U0456328

酉阳杂俎

谦德国学文库

〔唐〕段成式◎著　中华文化讲堂◎注译

团结出版社
UNITY PRESS

《谦德国学文库》出版说明

人类进入二十一世纪以来，经济与科技超速发展，人们在体验经济繁荣和科技成果的同时，欲望的膨胀和内心的焦虑也日益放大。如何在物质繁荣的时代，让我们获得内心的满足和安详，从经典中获取智慧和慰藉，或许是我们不二的选择。

之所以要读经典，根本在于，我们应当更好地认识我们自己从何而来，去往何处。一个人如此，一个民族亦如此。一个爱读经典的人，其内心世界必定是丰富深邃的。而一个被经典浸润的民族，必定是一个思想丰赡、文化深厚的民族。因为，文化是民族之灵魂，一个民族如果不能认识其民族发展的精神源泉，必定就会失去其未来的生机。而一个民族的精神源泉，就保藏在经典之中。

今日，我们提倡复兴中华优秀传统文化，当自提倡重读经典始。然而，读经典之目的，绝不仅在徒增知识而已，应是古人所说的"变化气质"，进一步，是要引领我们进德修业。《易》曰："君子以多识前言往行，以蓄其德。"实乃读经典之要旨所在。

基于此理念，我们决定出版此套《谦德国学文库》，"谦德"，即本《周易》谦卦之精神。正如谦卦初六爻所言："谦谦君子，用涉大川"，我们期冀以谦虚恭敬之心，用今注今译的方式，让古圣先贤的教诲能够普及到每一个人。引导有心的读者，透过扫除古老经典的文字障碍，从而进入经典的智慧之海。

　　作为一套普及型的国学丛书，我们选择经典，不仅广泛选录以儒家文化为主的经、史、子、集，也将视野开拓到释、道的各种经典。一些大家所熟知的经典，基本全部收录。同时，有一些不太为人熟知，但有当代价值的经典，我们也选择性收录。整个丛书几乎囊括中国历史上哲学、史学、文学、宗教、科学、艺术等各领域的基本经典。

　　在注译工作方面，版本上我们主要以主流学界公认的权威版本为底本，在此基础上参考古今学者的研究成果，使整套丛书的注译既能博采众长而又独具一格。今文白话不求字字对应，只在保证文意准确的基础上进行了梳理，使译文更加通俗晓畅，更能贴合现代读者的阅读习惯。

　　古籍的注译，固然是现代读者进入经典的一条方便门径，然而这也仅仅是阅读经典的一个开端。要真正领悟经典的微言大义，我们提倡最好还是研读原本，因为再完美的白话语译，也不可能完全表达出文言经典的原有内涵，而这也正是中国经典的古典魅力所在吧。我们所做的工作，不过是打开阅读经典的一扇门而已。期望藉由此门，让更多读者能够领略经典的风采，走上领悟古人思想之路。进而在生活中体证，方能直趋圣贤之境,真得圣贤典籍之大用。

经典,是一代代的古圣先贤留给我们的恩泽与财富,是前辈先人的智慧精华。今日我们在享用这一份财富与恩泽时,更应对古人心存无尽的崇敬与感恩。我们虽恭敬从事,求备求全,然因学养所限、才力不及,舛误难免,恳请先贤原谅,读者海涵。期望这一套国学经典文库,能够为更多人打开博大精深之中华文化的大门。同时也期望得到各界人士的襄助和博雅君子的指正,让我们的工作能够做得更好!

团结出版社

2017年1月

前　言

　　《酉阳杂俎》是一部别具风格的唐人笔记。共分前后两集，前集二十卷，续集十卷，撰者是唐人段成式。

　　关于《酉阳杂俎》的书名，《四库全书总目》指出："其曰'酉阳杂俎'者，盖取梁元帝赋'访酉阳之逸典'语。二酉，藏书之义也。"酉阳，即小酉山，在今天的湖南沅陵。相传，在小酉山下有石穴，穴中藏书千卷。秦代时候，有人避乱在此隐居学习。此外，《新唐书·段成式传》还记载，段成式"博学强记，多奇篇秘籍"，所以把家藏秘籍和酉阳逸典相比，内容广泛驳杂，因以《酉阳杂俎》为名。

　　本书撰者段成式，字柯古，祖籍邹平。约生于唐德宗贞元十九年（公元803年）或稍后，卒于懿宗咸通四年（公元863年）。是唐代著名的志怪小说家、骈文家。他的父亲段文昌，曾经做过显官，元和十五年（公元820年）穆宗即位，曾出任宰相，诗也写得很好。段成式本人也曾为官，曾做秘书省校书郎，后来又做过吉州刺史，最后做到太常少卿。段成式入仕后饱览秘阁书籍，尤深通于佛典。他与当时的李商隐、温庭筠齐名，三人号称"三才"。《全唐文》收其文11篇，《全唐诗》存其诗1卷及联句多篇。所著以笔记小说集《酉阳杂俎》最为著名。

《酉阳杂俎》所记内容，包括仙佛、鬼怪、人事、动物、植物、酒食、寺庙等等，作者将这些内容分类编排，一部分属志怪传奇，还有一部分记载各地与异域珍异之物。《四库全书总目》中说，本书"多诡怪不经之谈，荒渺无稽之物，而遗文秘籍，亦往往错出其中，故论者虽病其浮夸，而不能不相征引"。书中所记，或采缉旧闻，或作者亲自撰写，其中不少篇目隐僻诡异，如记道术的《壶史》，抄佛书的《贝编》等等。在志怪的同时，《酉阳杂俎》还保存了唐朝大量的珍贵历史资料、逸闻趣事和民间风情。历史资料，如史传中没有载录的事迹（高祖、太宗之善用弓矢等等），续集《寺塔记》所记叙的寺院建筑、塑像和壁画等详情。社会风俗，如民间婚丧礼俗，以及都市恶少纹身刺膊的风习，也有反映当时社会服饰、饮食、民间各种迷信活动等。民间风情，如所记食品——蒸饼法、赍字五色饼法、馅法——名称及其制作方法，是研究唐人饮食的宝贵材料。另外，书中还记载有很多关于动物、植物、矿产的情况，可了解唐代的物产分布。

在中国志怪小说的历史上，《酉阳杂俎》有着独特的地位，它上承六朝，下启宋、明以及清初志怪小说的重要著作，对后世的创作产生了较大的影响。直到清代，才有蒲松龄的《聊斋志异》，将这种文体推向顶峰。鲁迅曾高度评价《酉阳杂俎》，认为它与唐代的传奇小说"并驱争先"。他在《中国小说史略》中称该书："或录秘书，或叙异事，仙佛人鬼以至动植，弥不毕载，以类相聚，有如类书，虽源或出于张华《博物志》，而在唐时，则犹之独创之作矣。每篇各有题目，亦殊隐僻……而抉择记叙，亦多古艳颖异，足副其目也。"

本书历来版本众多，现存通行本主要有明刻脉望馆本、闽琅环斋本、李云鹄本以及《津逮秘书》与清刻《学津讨原》本等等。

本次出版，我们以明刻脉望馆本和《学津讨原》本为底本，并广泛汲取前人和今人的校勘、研究成果，择善从之。并且对原文进行了详细的注释和翻译，适合不同古文水平的爱好者阅读。囿于能力，书中难免存在不妥之处，恳请读者不吝指正。

目 录

酉阳杂俎

酉阳^①杂俎　序

夫《易》象"一车"之言^②，近于怪也。诗人南淇之奥，近乎戏也。固服缝掖者，肆笔之余，及怪及戏，无侵于儒。无若诗书之味大羹，史为折俎，子为醯醢^③也。炙鸮^④羞鳖，岂容下箸乎？固役而不耻者，抑志怪小说之书也。成式学落词曼，未尝覃思，无崔骃^⑤真龙之叹，有孔璋画虎之讥^⑥。饱食之暇，偶录记忆，号《酉阳杂俎》，凡三十篇，为二十卷，不以此间录味也。

【注释】①酉阳：即小酉山（在今湖南沅陵），相传山下有石穴，中藏书千卷。秦时有人避乱隐居学习于此。梁元帝为湘东王时，镇荆州，好聚书，赋有"访酉阳之逸典"语。《新唐书·段成式传》称段成式"博学强记，多奇篇秘籍"，因而以家藏秘籍与酉阳逸典相比。其书内容又广泛驳杂，故以《酉阳杂俎》为名。②一车：语出《易·睽》："上九，睽孤，见豕负涂，载鬼一车，先张之弧，后说之弧。"高亨注："爻辞所言乃一古代故事。有一睽孤（离家在外之孤子）夜行，见豕伏于道中，更有一车，众鬼乘之。睽孤先开其弓欲射之，后放下其弓而不射。盖详察之，非鬼也，乃人也；非寇贼也，乃婚姻也。"后因以指混淆是非，无中生有。③醯：醋。醢〔hǎi〕：肉酱。④鸮〔xiāo〕：俗称猫头鹰。⑤崔骃：骃〔yīn〕，字亭伯，涿郡安平人，西汉末期著名学者。与班固、傅毅齐名。《后汉书·崔骃传》"帝谓窦宪曰：'公受班固而忽崔骃，此叶公之好龙也。'"⑥孔璋：陈琳，字孔璋，汉魏时期文学家，"建安七子"之

1

一。曹植《与杨德祖书》："以孔璋之才，不闲于辞赋，而多自谓能与司马长卿同风，譬画虎不成反为狗也。"

【译文】《易经》里"载鬼一车"这样的话，近似于怪异；《诗经》中关于"维南有箕"这样的起兴，近乎戏说。因此，像我这样穿着宽大衣袍的儒者，随便说说一些怪异的事情，一些类似于戏说的话，对于儒者的尊严使命并没有什么侵害。但是读书人往往形容我们读书就像享用美味，各类经书就像肉汤，史书就像拆解好的肉，诸子著作就像醋酱之类的作料，如果是烤猫头鹰和小鳖，那也是能吃的吗? 坚持做这件事并且不以为耻的原因，也许是因为这是一本类似于《易》中卦象说的那种志怪小说类的书吧。我段成式学问不深，词藻不够华丽，也没有经过什么深入的思考，没有崔骃那样令人称道的大才，却有陈琳自比司马相如引发的嘲讽。闲暇的时候，把自己记得的一些事情写下来，因为较多而且繁杂，所以起名叫《酉阳杂俎》，共三十篇，分为二十卷，并不是想把这本书当做什么好东西，成为能够被读书人称道的典籍啊。

前集卷一

忠　志

　　高祖^①少神勇。隋末，尝以十二人破草贼号无端儿数万^②。又龙门战，尽一房^③箭，中八十人。

　　【注释】①高祖：这里指唐高祖李渊。②尝：曾经。无端儿：人名。③一房：数量词，这里是一箭匣子的意思。

　　【译文】唐高祖年轻的时候勇猛非凡。隋朝末年，曾带领十二人就打败了强盗无端儿好几万人。在龙门之战的时候，用尽了一匣子箭（一百支为一匣），射中了八十人。

　　太宗虬^①须，尝戏张弓挂矢。好用四羽大笴^②，长常箭一肤^③，射洞门阖。

　　【注释】①虬：传说中一种无角的龙。②笴〔gǎn〕：箭杆。借指箭。③肤：长度单位，约四指宽。

　　【译文】唐太宗长着络腮胡子，喜欢张弓搭箭，喜欢用四根羽毛的大箭，这种大箭比平常的箭要长一肤，他的箭能够洞穿房门。

上尝观渔^①于西宫，见鱼跃焉。问其故，渔者曰："此当乳^②也。"于是中网而止。

【注释】①渔：这里是动词，捕鱼。②乳：生育。

【译文】皇上（唐太宗）曾经有一次在西宫看渔夫捕鱼，看见鱼跳出水面。就询问原因。渔夫就说了："这是要生小鱼了。"于是皇帝就下令停止撒网捕鱼。

骨利干国献马百疋^①，十疋尤骏。上为制名决波騟^②者，近后足有距，走历门三限不踬^③，上尤惜之。隋内库有交臂玉猿，二臂相贯如连环。将表其辔^④。上后尝骑与侍臣游，恶其饰，以鞭击碎之（一曰文皇御制十骏名）。

【注释】①疋：同"匹"。②騟：紫色马。③踬：被东西绊倒。④辔：驾驭牲口的嚼子和缰绳。

【译文】骨利干国献上一百匹马，其中十匹特别优良。有一匹马，皇帝亲自取名为"决波騟"，这匹马靠近后脚有距骨，它在经过宫门的时候三次都没有被绊倒，皇帝特别喜欢。隋朝的皇宫仓库里有造型交叉双臂的玉猿，二个前臂像环一样连接起来。这个玉猿装饰在马的缰绳上。皇上后来曾经与侍臣一起骑着马出去游玩，却厌恶这个装饰，就拿鞭子把击碎了。（也有一种说法是唐太宗亲自给十四匹马取了名字）。

贞观^①中，忽有白鹊构巢于寝殿前槐树上。其巢合欢如腰鼓，左右拜舞称贺。上曰："我尝笑隋炀帝好祥瑞。瑞在得贤，此何足贺？"乃命毁其巢，鹊放于野外。

【注释】①贞观：唐太宗李世民的年号，共23年。

【译文】贞观年间，忽然有一只白鹊在皇帝的寝殿前槐树上做窝。这个鸟巢是两个巢合二为一（合欢的形状），就像树上挂着一个腰鼓，左右都向皇帝道贺（觉得这是祥瑞吉兆）。皇帝说："我曾经笑话隋炀帝喜欢祥瑞。祥瑞就是得到了贤人（来辅佐自己），这个有什么值得道贺的？"皇帝于是下令捣毁了这个鸟巢，将白鹊赶到野外去。

高宗①初扶床，将戏弄笔。左右试置纸于前，乃乱画满纸。角边画处成草书"敕"字，太宗遽②令焚之，不许传外。

【注释】①高宗：唐高宗李治（628年—683年），字为善，唐太宗李世民第九子，唐朝第三任皇帝（649—683年在位），其母为长孙皇后，为嫡三子。②遽：马上。

【译文】唐高宗李治小时候刚学走路的时候，拿笔来玩耍。旁边的侍从试着把纸放在他的面前，他就在纸上乱画，画满了整张纸。在纸的边角处无意写出了一个草书"敕"字，唐太宗看见了马上命人把这张纸烧掉，不允许它流传到外面去。

则天初诞之夕，雉雊①皆雊②。右手中指有黑毫，左旋如黑子，引之尺余。

【注释】①雉〔zhì〕：俗称野鸡。②雊〔gòu〕：雄鸡叫。

【译文】武则天刚出生的那个晚上，母的野鸡都鸣叫了。这个女人右手中指有一根黑色的毛，向左盘旋就像一个黑点，如果把它拉直有一尺多长。

骆宾王为徐敬业①作檄②,极疏大周过恶。则天览及"蛾眉不肯让人,狐媚偏能惑主",微笑而已。至"一抔③之土未干,六尺之孤安在",不悦曰:"宰相何得失如此人!"

【注释】①徐敬业:唐代为反抗武则天专政而发动叛乱的将领。唐初名将李绩之孙。②檄:古代官府用以征召或声讨的文书。③抔:量词,一捧。

【译文】骆宾王为徐敬业作檄文讨伐武则天,在檄文里尽力抨击武则天的罪恶。武则天在看这篇檄文中到"蛾眉不肯让人,狐媚偏能惑主"时,只是微笑而已,并不生气。等看到"一抔之土未干,六尺之孤安在"的时候,她不高兴地对丞相说:"宰相怎么没有发现这样的人才!"

中宗①景龙中,召学士赐猎,作吐陪行,前方后圆也。有二人雕,上仰望之。有放挫啼②曰:"臣能取之。"乃悬死鼠于鸢足,联其目,放而钓焉。二雕果击于鸢盘。狡兔起前,上举挝③击毙之。帝称那庚,从臣皆呼万岁。

【注释】①中宗:唐中宗李显(656年—710年),原名李哲,唐朝第四位皇帝,唐高宗李治第七子,武则天第三子,684年、705年至710年两度在位。景龙是他的年号。②挫啼:一种打猎前侦查用的鸽子。③挝:一种武器。④那庚:当时俗语,相当于"怎样"。

【译文】唐中宗景龙年间,召集学士一起去打猎,按照"吐陪"的方式前进,这种方式就是前方后圆的一种阵型。有两只大雕,皇帝抬头仰望。有一个放"挫啼"的人说:"我能够抓住它们。"于是他就把死老鼠悬挂在风筝的脚上,用来吸引大雕的注意,他把风筝放出去钓这两只大雕。两只大雕果然上当,冲了过来,掉进了抓鸟的网里。还没等这两只大雕橡狡兔一样跃起，皇上就拿着挝就把它们给击毙了。皇帝说："怎样？（我厉害吧。）"随从都齐称万岁。

三月三日，赐侍臣细柳圈，言带之免蛋①毒。

【注释】①蛋：古书上说的蝎子一类的毒虫。
【译文】三月三日，皇帝赐给侍从们用初生的嫩柳枝围成的圈，说是带着这个圈可以免除毒虫的叮咬。

寒食①日，赐侍臣帖彩球，绣草宣台。

【注释】①寒食：即寒食节，亦称为"禁烟节"、"冷节"、"百五节"。在夏历冬至后一百零五日，清明节前一或二日。在这一日，禁烟火，只吃冷食，所以叫做"寒食节"。
【译文】寒食节这一天，皇帝赐给侍臣们有着各种美丽装饰的彩球和用某种草做的一种小玩意儿。

立春日，赐侍臣彩花树①。

【注释】①彩花树：一种剪彩纸为花，纸花挂于真树或假树上的装饰物。
【译文】立春的时候，皇帝送给侍臣们美丽的彩花树。

腊日①，赐北门学士口脂、蜡脂，盛以碧镂牙筒。

【注释】①腊日：腊月最重大的节日，是十二月初八，古代称为"腊日"，俗称"腊八节"。从先秦起，腊八节都是用来祭祀祖先和神灵，祈求丰收和吉祥。

【译文】农历十二月初八，也就是腊八节这一天，皇帝要赐给宫廷的学士口脂、蜡脂（类似于唇膏之类的小玩意儿。）这些东西用绿色的镂空的（象）牙筒盛着。

上尝梦曰（一作白）鸟飞，蝙蝠数十逐而堕地。惊觉，召万回僧曰："大家即是上天时。"翌日而崩。

【译文】皇帝曾经做梦梦见一只白鸟在飞，被数十只蝙蝠追逐，最后这只白鸟掉到了地上。皇帝被这个恶梦惊醒，就找一个叫做万回的和尚来询问。和尚说："皇上这是要升天了。"第二天皇帝就死了。

睿宗①尝阅内库，见一鞭，金色，长四尺，数节有虫啮②处，状如盘龙，靼上悬③牙牌，题象耳皮，或言隋宫库旧物也。上为冀王时，寝斋壁上蜗迹成"天"字，上惧，遽扫之。经数日如初。及即位，雕玉铸黄金为蜗形，分置于释道像前。

【注释】①睿宗：唐睿宗李旦（662年-716年），初名李旭轮，唐高宗李治第八子，武则天幼子，唐中宗李显同母弟。初封殷墟王，领冀州大都督。②啮〔niè〕：咬。③悬：挂。

【译文】唐睿宗曾检查皇宫的库房，看见一条鞭子，金色，长四尺，好几节都有虫啃咬的痕迹，形状就好像盘在一起的龙，鞭子的把手上挂着牙牌，上面写着"象耳皮"。有人说这是隋朝库房里的旧物。皇上还是冀王的时后，他睡觉的房间墙壁上有蜗牛的痕迹组成了一个"天"字，那个时候的冀王很害怕，就把它扫掉了。没想到过了几天蜗牛的痕迹又像先前那样。等到冀王即了位,他就用玉和黄金制作了两个蜗牛的形状,分别放置在释、道的塑像(如来和太上老君)前。

　　玄宗①,禁中尝称阿瞒,亦称鸦。寿安公主,曹野那姬所生也。以②其九月而诞,遂不出降。常令衣③道服,主香火。小字虫娘,上呼为师娘。为太上皇时,代宗起居,上曰:"汝在东宫,甚有令名。"因指寿安,"虫娘为鸦女,汝后与一名号。"及代宗在灵武,遂令苏澄尚之,封寿安焉。

　　【注释】①玄宗:唐玄宗李隆基(685年–762年),公元685年出生在神都洛阳,712年至756年在位。唐朝在位最久的皇帝,唐睿宗李旦第三子,母窦德妃。庙号"玄宗",又因其谥号为"至道大圣大明孝皇帝",故亦称为唐明皇。清朝为避讳康熙皇帝之名"玄烨",多称其为唐明皇,另有尊号"开元圣文神武皇帝"。②以:因为。③衣:动词,穿。
　　【译文】唐玄宗,皇宫内曾经称呼他为阿瞒,也称作鸦。寿安公主,曹野那姬(一个外国女人)所生的孩子。因为她九个月就出生了,就没有让她出嫁。皇帝常常让她穿着道服,主持焚香膜拜的仪式。寿安小名虫娘,皇帝却称呼她师娘。(玄宗)当太上皇的时候,代宗参见玄宗问候起居,玄宗就说:"你在东宫的时候,就已经有了好的名称。"接着他指着寿安公主说:"虫娘是我的女儿,你以后给她一个名号。"等到代宗在灵武即位,他就命令苏澄娶了虫娘,封虫娘为寿安公主。

　　天宝末,交趾贡①龙脑,如蝉蚕形。波斯②言老龙脑树节方有,禁中呼为瑞龙脑。上唯赐贵妃十枚,香气彻十余步。上夏日尝与亲王棋,令贺怀智③独弹琵琶,贵妃立于局前观之。上数子将输,贵妃放康国猧子于坐侧,猧子乃上局,局子乱,上大悦。时风吹贵妃领巾于贺怀智巾上，良久，回身方落。贺怀智归，觉满身香气非常，乃卸幞头贮于锦囊中。及二皇复宫阙，追思贵妃不已，怀智乃进所贮幞头，具奏它日事。上皇发囊，泣曰："此瑞龙脑香也。"

【注释】①贡：献东西给上级，古代臣下或属国把物品进献给帝王。②波斯：波斯是伊朗在欧洲的古希腊语和拉丁语的旧称译音，历史上在西亚、中亚、南亚地区曾建立过多个的帝国，如阿契美尼德王朝、萨珊王朝、萨菲王朝等。③贺怀智：唐玄宗时代人，以石作琵琶琴身的，也许只有贺氏一人。他在宫廷中可能技艺最高，玄宗很是器重他，他在宫廷乐队中年纪较大资格老，有较高的声誉，常处于主宰的地位，受到唐玄宗的赏识和偏爱。

【译文】天宝末年，交趾国进贡龙脑，这种东西就像蝉蚕的形状。波斯国说老龙脑树的树节才有这个东西有，皇宫中称之为瑞龙脑。皇帝只赐给了杨贵妃十枚，香气能通达十余步。皇帝在夏日曾经和亲王下棋，命令贺怀智独自弹琵琶，杨贵妃立在棋局前观看。皇帝再有数子就要输了，杨贵妃就放康国猧子（哈巴狗）在坐榻旁边，哈巴狗就跑到了棋局上，棋局乱了，皇帝很高兴。当时风吹杨贵妃的领巾到了贺怀智的头巾上，很久，杨贵妃回身领巾才落下来。贺怀智回家后，觉得满身都是非常香的香气，就把包头巾取下来藏在锦囊里。安史之乱之后皇帝返回长安，玄宗追思贵妃不已，贺怀智就把所藏的头巾进献给了玄宗，详细地诉说了当时的情况。玄宗打开袋子，流着眼泪说："这是瑞龙脑的香气呀。"

安禄山恩宠莫比，赐赉①无数。其所赐品目有：桑落酒、阔尾羊窟利、马酪、音声人两部、野猪鲜、鲫鱼并鲙手刀子、清酒、大锦、苏造真符宝舆、余甘煎、辽泽野鸡、五术汤、金石凌汤一剂及药童昔贤子就宅煎、蒸梨、金平脱犀头匙箸、金银平脱隔馄饨盘、金花狮子瓶、平脱著足叠子、熟线绫接靴、金大脑盘、银平脱破觚、八角花鸟屏风、银凿镂铁锁、帖白(一曰花)檀香床、绿白平细背席、绣鹅毛毡兼令瑶令光就宅张设、金鸾紫罗绯罗立马宝、鸡袍、龙须夹帖、八斗金渡银酒瓮银瓶平脱掏魁织锦筐、银笊篱、银平脱食台盘、油画食藏,又贵妃赐禄山金平脱装具玉合、金平脱铁面碗。

【注释】①赍〔jī〕:送东西给别人。

【译文】安禄山受到的恩宠无人能比,被皇帝赏赐的物品无数。其中所赐物品目录有:桑落酒、阔尾羊窟利、马酪、音声人两部、野猪鲜、鲫鱼并鲙手刀子、清酒、大锦、苏造真符宝舆、余甘煎、辽泽野鸡、五术汤、金石凌汤一剂及药童昔贤子就宅煎、蒸梨、金平脱犀头匙箸、金银平脱隔馄饨盘、金花狮子瓶、平脱著足叠子、熟线绫接靴、金大脑盘、银平脱破觚、八角花鸟屏风、银凿镂铁锁、帖白檀香床、绿白平细背席、绣鹅毛毡兼令瑶令光就宅张设、金鸾紫罗绯罗立马宝、鸡袍、龙须夹帖、八斗金渡银酒瓮银瓶平脱掏魁织锦筐、银笊篱、银平脱食台盘、油画食藏。还有杨贵妃赐给安禄山的金平脱装具玉合、金平脱铁面碗。

肃宗①将至灵武一驿,黄昏,有妇人长大,携双鲤咤于营门曰:"皇帝何在?"众谓风狂,遽白②上潜视举止。妇人言已③,止大树下。军人有逼视,见其臂上有鳞。俄④天黑,失所在。及上即位,归京阙,虢州刺史王奇光奏女娲坟云:"天宝十三载,大雨,晦冥⑤忽沉。今月一日夜,河上有人觉风雷声,晓见其坟涌出,上生双柳树,高丈余,下有巨石。"兼画图进。上初克复,使祝史就其所祭之。至是而见,众疑向妇人其神也。

【注释】①肃宗：唐肃宗李亨（711年-762年），是唐玄宗第三子，唐朝第七位皇帝（除武则天和殇帝外，756年至762年在位）。②白：说。③已：止，停止。④俄：不就，一会儿。⑤晦冥：也作晦暝。昏暗，阴沉。

【译文】唐肃宗快要到灵武的一个驿站，黄昏，有一个高大的妇人，带着两条鲤鱼在营门口叫喊："皇帝在哪里？"众人认为这个女子是疯子，马上禀告请皇帝偷偷地观察她的举止。这个妇人说完，就停在一棵大树下。有一个军士靠近她查看，看见她手臂上有鱼鳞。不久天黑了，就看不见她了。等到唐肃宗在灵武即位之后，回到京城，虢州刺史王奇光禀告在女娲坟发生的事情："天宝十三年，大雨，天色忽然阴沉起来。这个月的一日的夜晚，河上有人感觉有风雷声，早上看见女娲坟向上升起，上面生长着两颗柳树，高一丈多，树下有巨石。"王奇光还画了图献上。皇帝刚刚即位恢复了天下，他就派使者到女娲坟去祭拜。到了女娲坟前一看，大家怀疑先前那个妇人是就是女娲。

代宗①即位日，庆云见，黄气抱②日。初，楚州献定国宝一十二，乃诏上监国。诏曰："上天降宝，献自楚州。神明生历数之符，合璧定妖灾之气。"初，楚州有尼真如，忽有人接去天上。天帝言下方有灾，令此宝镇之，其数十二。楚州刺史崔侁表献焉。一曰玄黄，形如笏③，长八寸，有孔。辟人间兵疫。二曰玉鸡，毛白玉也。王者以孝理天下则见④。三曰谷璧，白玉也。如粟粒，无雕镌之迹。王者得之，五谷丰熟。四曰西王母白环，二枚。所在处，外国归服。五曰碧色宝。六曰如意宝珠，大如鸡卵。七曰红靺鞨，大如巨栗。八曰琅玕珠，二枚，逾⑤常珠，有逾径一寸三分。九曰玉块，形如玉环，四分缺一。十曰玉印，大如半手，理如鹿形，啗入印中。十一曰皇后采桑钩，细如箸，屈其末。十二曰雷公石，斧形，无孔。诸宝置之日中，皆白气连天。

【注释】①代宗：唐代宗李豫（726年-779年），初名李俶，唐肃宗长子，唐朝第八位皇帝（不计武则天和殇帝李重茂），公元762年至公元779年在位。②抱：环绕。③笏〔hù〕：古代大臣上朝拿着的手板，用玉、象牙或竹片制成，上面可以记事。④见：同"现"。⑤逾：超过。

【译文】唐代宗即位的时候，出现五色祥云，一股黄气围绕着太阳。起初，楚州献上一十二个定国之宝，唐肃宗就下诏让代宗监国。诏书上说："上天降下宝物，楚州献上宝物。神仙给了我们这些宝物，合在一起可以平息妖气和灾害。"起初，楚州有一个叫做真如的尼姑，忽然有人把她接到天上去。天帝说下界有灾，命令有这个宝物来镇住，总共有十二个。楚州刺史崔侁上表献上这些宝物。第一个叫做"玄黄"，形状像笏板，长八寸，有孔。防止人间有兵疫之灾。第二个叫"玉鸡"，毛是白玉。君王以孝治理天下那么这个宝物就会出现。第三个叫做"谷璧"，白玉。就像粟谷粒，没有雕镂的痕迹。君王得到了它，五谷丰登。第四个叫做"西王母白环"，二枚。它在哪个国家，外国就会臣服这个国家。第五个碧色宝。第六个叫做"如意宝珠"，大得像个鸡蛋。第七个叫做"红靺鞨"，大得就像一个巨大的栗子。第八个叫做"琅玕珠"，二枚，比平常的珠要大，大得超过一寸三分。第九个叫做"玉块（玦）"，形状就像玉环，四分之一的缺口。第十个叫做"玉印"，大小就像半手，纹路就像鹿的形状，渗入印中。第十一叫做"皇后采桑钩"，细得就像筷子，末端是弯曲的。第十二叫做"雷公石"，形状像斧子，没有孔。这些宝物放在太阳底下，都是散发着白气，遮天蔽日。

礼 异

西汉，帝见丞相，谒者①赞曰："皇帝为丞相起。"御史大夫见，皇帝称谨谢。

【注释】①谒者：官名，皇帝身边的近侍。

【译文】西汉，皇帝接见丞相，（皇帝要站起身来，）谒者在旁边赞叹说："皇帝为丞相起身了。"御史大夫拜见皇帝，皇帝要称："谨谢"。

汉木主①缠②以桔木皮，置牖③中，张绵絮以障外。不出时，玄堂之上，以笼为俑人，无头，坐起如生时。

【注释】①木主：亦即载木主，系最早的故人替身物，就是说，当时人们用木简单剥雕成人形木偶，无字无图案，以象征死者，用以长久祭拜。后来经过很长时间的演化，最终才称"神主""神位"，上面开始书写或雕琢文字，以及图案。②缠：通缠。③牖〔yǒu〕：窗户。

【译文】汉木主，以桔木皮包裹覆盖，放置在家里，铺设绵絮用来挡住外来的光线。不外出的时候，就放在玄堂上面，用灯笼制作成人偶，这种人偶没有头，坐在那里就像活着的那样。

凡节，守国用玉节，守都鄙①用角节，使山邦②用虎节，土邦③用人节，泽邦④用龙节，门关用符节，货贿用玺节，道路用旌节。古者安平用璧⑤，与事用圭⑥，成功用璋⑦，边戎用珩⑧，战斗用璩⑨，城围用环，灾乱用隽，大旱用龙，龙节也，大丧用琮⑩。

【注释】①都鄙：周公卿、大夫、王子弟的采邑，封地。②山邦：山地的臣民。③土邦：平原地区的臣民。④泽邦：水乡的臣民。⑤璧：平圆形中间有孔的玉，古代在典礼时用作礼器，亦可作饰物。⑥圭：古代帝王或诸侯在举行典礼时拿的一种玉器，上圆（或剑头形）下方。⑦璋：古代的一种玉器，形状像半个圭。⑧珩：佩玉上面的横玉，形状像磬。⑨璩〔qú〕：古代的一种耳环。⑩琮：古代一种玉器，外边八角，中间圆形，常用作祭地的礼器。

【译文】节是一种凭证，治理国家用玉做的节，治理封地用角做的节，管理山邦用虎型的节，管理土邦用人型的节，管理泽邦用龙型的节，出入关卡用符号的节，交接货物用印的节，行走道路用旌旗的节。古时候报平安用璧，交代事务用圭，报成功用璋，守卫边疆用珩，打仗用璩，围城用环，出现灾祸用隽，旱灾用龙，就是龙型的节，办丧事用琮。

北齐迎南使，太学①博士②监舍迎使。传诏二人骑马荷信在前，羊车二人捉刀在传诏后。监舍一人，典客令③一人，并进贤冠。生④朱衣⑤骑马，罩伞十余。绛衫一人，引从使车前。又绛衫骑马平巾帻六人，使主副各乘车，但马在车后。铁甲者百余人。仪仗百余人，剪彩如衣带，白羽间为槊⑥，鬐⑦发绛袍，帽凡五色，袍随鬐鬣色，以木为槊、刃、戟，画绛为虾蟆幡。

【注释】①太学：中国古代的大学。太学之名始于西周。汉代始设于京师。②博士：当时专掌经学传授的教官。③典客令：掌管少数民族事务的官员。④生：这里指年轻人。⑤朱衣：穿红色衣服。⑥槊：长矛，古代的一种兵器。⑦鬐：头发散乱的样子

【译文】北齐要迎接南方来的使者，是让太学的博士监舍去接待

使者的。传诏的二个人骑马背着书信在前面，二人驾着羊车拿着刀在传诏人的后面。监舍一人，典客令一人，两个人戴着贤冠一起走。年轻人穿着红色衣服骑着马，罩伞有十多个。穿着绛衫的一人，带着使者的随从走在车前。又有穿着绛衫骑马戴着平巾帻的六个人，主副使者各自乘车，他们就骑马在车后跟随。穿着铁甲的士兵一百多人。仪仗队一百多人，这些仪仗队彩带就像飞扬的衣带，白色的羽毛中间夹杂着仪仗用的槊，梳着别致的发型穿着红色的袍子，帽子是各种各样的颜色，穿的袍子和头发上的饰物是同一种颜色（红色），木制的槊、刃、戟，旗子是虾蟆幡。

梁正旦，使北使乘车至阙下，入端门①。其门上层题曰朱明观，次曰应门②，门下有一大画鼓。次曰太阳门，左有高楼，悬一大钟，门右有朝堂，门辟，左右亦有二大画鼓。北使入门，击钟磬③，至马道北悬钟内道西北立。引其宣城王等数人后入，击磬，道东北面立。其钟悬外东西厢，皆有陛臣。马道南，近道东，有茄昆仑客。道西近道有高句丽、百济客，及其升殿之官三千许人。位定，梁主从东堂中出，云斋在外宿，故不由上阁来，击钟鼓，乘舆④警跸⑤，侍从升东阶，南面幄内坐。幄是绿油天皂裙，甚高，用绳系著四柱，凭黑漆曲几。坐定，梁诸臣从西门入，著具服、博山远游冠，缨末以翠羽、真珠为饰，双双佩带剑，黑舄。初入，二人在前导引，次二人并行，次一人擎牙箱、班、剑箱，别二十人具省服，从者百余人。至宣城王前数步，北面有重席为位，再拜，便次出，引王公登，献玉，梁主不为兴。

【注释】①端门：正南门。②应门：皇宫的正门。③钟磬：钟和磬，古代的礼乐器。④舆：车中装载东西的部分，后泛指车。⑤跸：泛指帝王出行的车驾。

【译文】梁朝正旦（大年初一）那一天，让北方的使者乘车到了皇宫，进入端门。门的上层题有"朱明观"三个字。然后进入应门，门下有一个大的有彩绘的鼓。然后进入太阳门，门的左边有一座高楼，悬挂着一口大钟，门的右边有朝堂，打开这扇门，左右也有二个大的画鼓。北方的使者进门之后，就会敲击钟磬，到马道北边悬挂着钟的内道，向着西北方向站立。让宣城王等几个人随后进入，敲击磬，站在路上面对东北站立。这个敲击的钟就悬挂在外，东西厢房皆有臣民站立。马道的南面，靠近道路的东面，站着来自昆仑的客人。道路的西边，靠近道路战友高句丽、百济的客人，还有要上殿议事的官员三千多人。官员位置站定，梁王从东堂中出来，云斋在外宿，因此不由上阁来，敲击钟鼓，梁王乘坐轿子随从进行警戒，侍从从东面的阶梯上去，皇帝就面向南面在帷帐中就坐。帷帐是绿油天皂裙，很高，用绳子绑在四根柱子上，靠着黑漆弯曲的几案。皇帝坐定，梁国的各位臣子从西门进入，穿着朝服、带着博山远游冠，帽缨的末端用绿色的羽毛、珍珠作为装饰，身子左右佩带着剑，黑色的朝靴。使者一进去，二人在前面引导，另外两个人一起走，一人拿着牙箱、班、剑箱，另外二十人穿着官服，跟从的一百多人。这些人一直走到宣城王前几步才站定，北面有布置奢华的座位，这些人再拜，便依次出去，引导王公登上朝廷，使者献上玉，梁主不因此而站起来。

　　魏使李同轨、陆操聘[①]梁，入乐游苑西门内青油幕下。梁主备三仗，乘舆从南门入，操等东面再拜，梁主北入林光殿。末几，引台使入。梁主坐皂帐，南面。诸宾及群官俱坐定，遣书舍人殷灵宣旨慰劳，具有辞答。其中庭设钟悬及百戏殿上，流杯池中行酒。具进梁主者题曰御杯，自余各题官姓之杯，至前者即饮。又图象旧事，令随流而转，始至讫[②]于坐罢，首尾不绝也。

17

【注释】①聘：古代指代表国家访问友邦。②讫：完结，终了。

【译文】北魏的使者李同轨、陆操出使梁国，他们进入乐游苑的西门里面青油幕下。梁王准备了三个仪仗，乘坐轿子从南门进入，陆操等人向东面再拜，梁王向北进入林光殿。不久，引领朝廷的使者进来。梁王坐在黑色的帷帐当中，面向南面。各位宾客和群臣都坐好了，遣书舍人殷灵宣布圣旨慰劳大家，大家各有辞谢回答。在中庭设钟，悬挂在百戏殿上，流杯池中行酒。进献给梁主的叫做御杯，其他的是各种官姓的杯子，酒杯到了某人的前面，这个人就喝酒。还有很多精美的图画，画的是一些故事，让它们随着水流转动，从头到尾就在你的座位边，首尾相连不绝。

梁主常遣传诏童赐群臣岁旦酒、辟恶散、却鬼丸三种。

【译文】梁王常常派遣传诏的童子赐给群臣岁旦酒、辟恶散、却鬼丸三种物品。

北朝婚礼，青布幔为屋，在门内外，谓之青卢，于此交拜。迎妇，夫家领百余人，或十数人，随其奢俭，挟车俱呼新妇子，催出来，至新妇登车乃止。婿拜阁日，妇家亲宾妇女毕集，各以杖打婿为戏乐，至有大委顿者。

【译文】北朝人的婚礼，用青布幔搭一个帐篷，就搭在房间的门外，这个帐篷被称为青卢，（夫妻）就在这里交拜天地。（丈夫）迎接新妇，夫家领着一百多人，或者十几个人，人数根据夫家奢俭来定，他们带着车子一起呼喊新妇的名字，督促她从家里出来，一直到新妇登上车才停止。夫婿到妻子娘家的日子，妇家的亲戚宾客的妇女一起聚集在一起，她们以用棍子打女婿为乐趣，甚至把夫婿打得半死。

律有甲娶，乙丙共戏甲。旁有柜，比之为狱，举置柜中，复之。甲因气绝，论当鬼薪①。

【注释】①鬼薪：一种刑罚，相当于徒刑，为官府从事体力劳动。

【译文】律法中有这么一个案例：甲娶老婆，乙丙一起戏耍甲。旁边有个柜子，他们就把它当做牢笼，他们把甲抬起来放到柜子里，并把柜子翻转过来。甲因此窒息而死。法律就判处他们两个当鬼薪。

近代婚礼，当迎妇，以粟三升填臼①，席一枚以覆井，枲②三斤以塞窗，箭三只置户上。妇上车，婿骑而环车三匝。女嫁之明日，其家作黍臛③。女将上车，以蔽膝覆面。妇入门，舅姑以下悉从便门出，更从门入，言当蹋④新妇迹。又妇入门，先拜猪橧⑤及灶。娶妇。夫妇并拜，或共结镜纽。又娶妇之家，弄新妇，腊月娶妇，不见姑。

【注释】①臼：舂米的器具，用石头或木头制成，中间凹下。②枲：大麻的雄株，只开雄花，不结果实，称"枲麻"。③黍臛：一种杂以黍米的肉羹。④蹋：践踏，比喻用暴力欺压、侮辱、侵害。⑤猪橧：猪圈

【译文】近代的婚礼，要迎娶新妇的时候，要用三升粟把石臼填满，用一张席把井口盖上，用三斤麻把窗户填上，三只箭放在门上。新妇上车后，夫婿骑着马绕着车走三圈。女子明天要出嫁，她的家就会制作黍臛。女子要上车的时候，要遮住膝盖盖住脸。新妇刚进夫家的门，舅姑以下的人都要从便门出入，说法就是要踩踩新妇的足迹。新妇入门后，要先拜猪圈和灶台。娶新妇的时候，夫妇一起拜，还有的要一起拿着镜纽。还有就是娶新妇的人家，要捉弄新妇，腊月娶新妇，不能够

让新妇看见公婆。

婚礼，纳采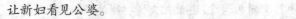有合欢嘉禾、阿胶、九子蒲、朱苇、双石、绵絮、长命缕、干漆。九事皆有词：胶漆取其固；绵絮取其调柔；蒲苇为心，可屈可伸也；嘉禾，分福也；双石，义在两固也。

【注释】①纳采：古代汉族婚姻风俗。流行于全国许多地区。"六礼"中的第一礼。男方欲与女方结亲，男家遣媒妁往女家提亲，送礼求婚。得到应允后，再请媒妁正式向女家纳"采择之礼"。初议后，若女方有意，则男方派媒人正式向女家求婚，并携带一定礼物，故称"纳采"。古纳采礼的礼物只用雁。纳采是全部婚姻程序的开始。后世纳采仪式基本循周制，而礼物另有规定。

【译文】婚礼的纳采礼物包括：两株生长在一起的美丽的禾苗、阿胶、九子蒲、朱苇、双石、绵絮、长命缕、干漆。这九样礼物都有说法：阿胶和干漆是取其（感情）坚固之意；绵絮是取其（性格）调和柔软之意；九子蒲、朱苇长得像心，可屈可伸；合欢的美丽的禾苗，有双份的福气；双石，意思就是两者（的感情）都坚固。

北朝妇人，常以冬至日进履袜及靴；正月进箕帚、长生花，立春进春书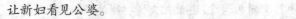，以青绘为帜，刻龙像衔之，或为虾蟆；五月进五时图、五时花，施帐之上。是日又进长命缕、宛转绳，皆结为人像带之；夏至日进扇及粉脂囊，皆有辞。

【注释】①春书：一种在"立春"日剪帖在宫中门帐上的书有诗句的帖子。诗体近于宫词，多为绝句，文字工丽，内容大都是歌功颂德的，或者寓规谏之意。"立春"日贴春帖、作春帖词，在宋代很盛行。

【译文】北朝的妇人，常常在冬至日买履袜和靴子；正月买箕帚、长

酉阳杂俎

生花, 立春买春书, 这种春书以黑色的墨书写文字, 用刻有龙像的钩子挂起来, 也有的是用刻着虾蟆的钩子; 五月买五时图、五时花, 放在帷帐上面。这一天还要买长命缕、宛转绳, 这些东西都是用绳子编织成人像佩戴; 夏至日买扇子和香囊, 上面都写有诗句。

秦汉以来, 于天子言陛下, 于皇太子言殿下, 将言麾下, 使者言节下, 毂下, 二千石长史言阁下, 父母言膝下, 通类相言于足下。

【译文】秦汉以来, 天子被称为陛下, 皇太子被称为殿下, 将军被称为麾下, 使者被称为节下, 毂下, 二千石长史被称为阁下, 父母被称为膝下, 辈分地位相同的人相互称为足下。

天咫

旧言月中有桂, 有蟾蜍, 故异书言月桂高五百丈, 下有一人常斫之, 树创随合。人姓吴名刚, 西河人, 学仙有过, 谪①令伐树。释氏书言须弥山南面有阎扶树, 月过, 树影入月中。或言月中蟾桂地影也, 空处水影也, 此语差近。

【注释】①谪: 降职。
【译文】老话说月中有桂树, 有蟾蜍, 所以有些将神奇故事的书就说月中的桂树高达五百丈, 树下有一人常常在砍这棵树, 树受到创伤之后随即又愈合了。这个人叫做吴刚, 西河人, 学习仙术犯了错误, 就被天帝惩罚到月亮里砍树。佛书里说须弥山南面有一棵阎扶树, 月亮在空中

21

经过时，树的影子进入月亮中。也有人说月中的蟾蜍是桂树的影子，空白处是水的影子，这种话差别不太大。

僧一行博览无不知，尤善于数，钩深藏往，当时学者莫能测。幼时家贫，邻有王姥，前后济之数十万。及一行开元中承上敬遇，言无不可，常思报之。寻①王姥儿犯杀人罪，狱未具。姥访一行求救，一行曰："姥要金帛，当十倍酬也。明君执法，难以请（一曰情）求，如何？"王姥戟手大骂曰："何用识此僧！"一行从而谢②之，终不顾③。一行心计浑天寺中工役数百，乃命空其室内，徙大瓮于中。又密选常住奴二人，授以布囊，谓曰："某坊某角有废园，汝向中潜伺，从午至昏，当有物入来。其数七，可尽掩之。失一则杖汝。"奴如言而往。至酉后，果有群豕至，奴悉获而归。一行大喜，令置瓮中，覆以木盖，封于六一泥④，朱题梵字数寸，其徒莫测。诘朝，中使叩门急召。至便殿，玄宗迎问曰："太史奏昨夜北斗不见，是何祥也，师有以禳之乎？"一行曰："后魏时，失荧惑⑤，至今帝车不见，古所无者，天将大警于陛下也。夫匹妇匹夫不得其所，则陨霜赤旱，盛德所感，乃能退舍。感之切者，其在葬枯出系乎？释门瞋以心坏一切善，慈心降一切魔。如臣曲见，莫若大赦天下。"玄宗从之。又其夕，太史奏北斗一星见，凡七日而复。成式以此事颇怪，然大传众口，不得不著之。

【注释】①寻：不久。②谢：道歉。③顾：回头看。④六一泥：一种密封用的道家专用泥。⑤荧惑：火星。

【译文】僧一行博览群书，无所不知，尤其擅长数学，他深入思考探究深邃的历史资料，当时的学者都不如他。一行小时候家里很穷，邻居有一个王老太太，前后救济了他家数十万之巨的费用。等到一行在开元年间得到了皇帝的赏识，说话变得有分量的时候，就常想着报答这位老太太。不久王老太太的儿子犯了杀人罪，还没有宣判的时候。老天太拜访一行求他救自己的儿子一命，一行说："老太太你要金帛，我就是多十倍也可以给你。但是现在英明的君王执行法律，很难求情呀，不好办呀，你说呢？"王老太太指着一行大骂："认识你这个和尚有什么用呀！"一行跟着老太太一路说抱歉，老太太始终头也不回。一行心里就有了一个计划。浑天寺中有数百工匠，一行就命令他们空出了一个房间，搬了一个大缸进去。（一行）又偷偷挑选了两个奴仆，给他们一个布袋子，对他们说："某坊某角有一个废园，你们悄悄地潜伏其中，从中午到黄昏，应当有东西进来。他们有七个，你们可以把它们全部抓住。少了一个我就要责罚你们。"两个奴仆按照他的话就去了。到了酉时（五点到七点）之后，果然有一群猪来了，奴仆全部抓住回来了。一行很高兴，就让人把这群猪放在那个缸里，盖上木头盖子，封上六一泥，用红笔写了梵字数十字，他的徒弟不知何意。第二天早上，皇帝的使者叩门急召一行。一行到了便殿，唐玄宗迎上来问："太史禀报昨夜北斗星不见了，这是什么预兆，大师有什么消灾祈福之法吗？"一行说："后魏时，天上没有了荧惑星，现在北斗星不见了，这是从来没有过的。这是上天将要给陛下一个很大的警示呀。男人女人没有房子住，就会下霜和旱灾，您有高尚的品德，您就能够感觉到上天的启示，您就能够躲避灾难。（陛下的做法）能够让上天感觉强烈的，就是埋葬丢弃在野外的枯骨和释放囚犯吧？佛门讲嗔心坏一切善，慈心能够降一切魔。依我之见，不如大赦天下。"唐玄宗听取了他的意见。又到了晚上，太史禀报北斗一颗星出现了，过了七天北斗七星都出现了。我觉得这件事情挺奇怪的，但是大家都在传这件事，我就只好把它记录下来。

永贞年，东市百姓王布，知书，藏镪①千万，商旅多宾之。有女年十四五，艳丽聪晤，鼻两孔各垂息肉，如皂荚子，其根如麻线，长寸许，触之痛入心髓。其父破钱数百万治之，不差。忽一日，有梵僧乞食，因问布："知君女有异疾，可一见，吾能止之。"布被问大喜，即见其女。僧乃取药，色正白，吹其鼻中。少顷，摘去之，出少黄水，都无所苦。布赏之白金，梵僧曰："吾修道之人，不受厚施，唯乞此息肉。"遂珍重而去，行疾如飞，布亦意其贤圣也。计僧去五六坊，复有一少年，美如冠玉，骑白马，遂扣门曰："适有胡僧到无②？"布遽延入，具述胡僧事。其人吁嗟不悦，曰："马小踠足，竟后此僧。"布惊异，诘其故，曰："上帝失药神二人，近知藏于君女鼻中。我天人也，奉帝命来取，不意此僧先取之，吾当获谴矣。"布方作礼，举首而失。

【注释】①镪：钱串，引申为成串的钱。后多指银子或银锭。②不：通"否"。

【译文】永贞年间，东市有一个百姓叫做王布，读过书，家有钱财千万，对待商人旅客都很好。王布有一女，年龄十四五岁，长得漂亮聪明，只是鼻子的两孔各有两个垂下来的息肉，就好像皂荚树的子，这两块息肉的根就好像麻线，长一寸多，要是触碰它，痛得钻心。当父亲的王布花费了数百万治这个息肉，就是治不好。忽然有一天，有一个印度和尚前来乞讨，他问王布："我得知你的女儿有一种奇怪的病，能让我看一看吗？我能够治好她。"王布听后大喜，就让他见自己的女儿。印度和尚就取出药来，颜色是纯白色的，和尚把药粉吹到女孩子的鼻子里。不一会，就把两块息肉摘掉了，只是出了一点黄水，根本就没有痛苦。王布赏给和尚金银，印度和尚说："我是修道的人，不接受贵重的施舍，只是想讨要这个息肉。"和尚很郑重严肃地捧着息肉离开了，他走得很快，就像飞一样，王布觉得这个和尚一定是一个贤者圣人。和尚大概走出去五六坊远，又有一个少年，面如美玉，骑着白马，扣门来问："刚才有没有一个西域的和尚来这儿？"王布就请他进，把和尚治病的事详细告知。这个人听了之后感叹不已，脸上很不高兴，他说："我的马小，有扭伤，才落后这个和尚呀。"王布甘感到很惊异，就问他原因，少年说："天帝丢失了两位药神，最近才知道他们藏在你女儿的鼻中。我是天上的人，奉天帝命来取这两个药神，没想到这个和尚先把他们给取走了，我要遭到天帝的惩罚了。"王布正给这个年轻人敬礼，抬起头就发现这个少年消失了。

长庆中，有人玩八月十五夜，月光属于林中如疋布。其人寻视之，见一金背虾蟆，疑是月中者。工部员外郎周封尝说此事，忘人姓名。

【译文】长庆年间，有一人在八月十五的夜晚外出游玩，他看见月光从树林中照射出来就好像一匹白色的布一样。这个人就寻找寻过去看，看见一只金背的蛤蟆，怀疑就是月中那个蟾蜍。工部员外郎周封曾经说起这件事，只是忘记了那个人的姓名。

大和中，郑仁本表弟，不记姓名，常与一王秀才游嵩山，扪萝越涧，境极幽，后遂迷归路。将暮，不知所之。徙倚间，忽觉丛中鼾睡声，披榛窥之，见一人布衣，甚洁白，枕一幞物，方眠熟。即呼之，曰："某偶入此径，迷路，君知向官道否？"其人举首略视，不应，复寝。又再三呼之，乃起坐，顾曰："来此。"二人因就之，且问其所自。其人笑(一曰言)曰："君知月乃七宝①合成乎？月势如丸，其影，日烁其凸处也。常有八万二千户修之，予即一数。"因开幞，有斤凿数事，玉屑饭两裹，授与二人曰："分食此。虽不足长生，可一生无疾耳。"乃起二人，指一支径："但由此，自合官道矣。"言已不见。

【注释】①七宝：唐代版本的七宝为黄金、白银、琉璃、颇梨、美玉、赤珠、琥珀。

【译文】大和年间，郑仁本的表弟，不记得他的姓名，曾经和一个王秀才游嵩山，他们拉着藤条翻越山涧，到了一个非常幽静的所在，后来就迷失了回家的路。天要黑了，他们不知道到哪里去。正在徘徊犹豫的时候，忽然就听见草丛中有人鼾睡的声音，拨开草悄悄地看，见一人穿着布衣，很洁白，头枕着一个包袱，睡得正熟。（两个人）就呼喊他，说："我们偶然到了这条路，迷路了，你知道怎么到大路上去吗？"这个人抬头看了看他们一眼，不回答，接着睡觉。两个人再三呼喊，这个人才坐了起来，看着他们说："过来。"二人就凑了过去，并问他自己现在身在何处。这个人笑着说："你们知道月亮乃是七个宝物合成的吗？月亮就像一个球，它的光亮，是太阳照在月亮上面的突出的地方呀。曾经有八万二千户在修整月球，我就是其中之一。"这个人于是打开包袱，包袱里有斧子凿子之类的工具，还有两包玉屑饭。这个人把这两包玉屑饭给这二人，说："你们把它分着吃了。虽不能够让你们长生，但是可以让你们一生没有疾病。"这个人让二人站起来，指着一条路说："只要从这儿走，自然就到大路上了。"说完他就不见了。

前集卷二

玉 格

　　道列三界诸天，数与释氏同，但名别耳。三界外曰四人境，谓常融、玉隆、梵度、覆奕四天也。四人天外曰三清，大赤、禹余、清微也。三清上曰大罗，又有九天波利等九名。天圆十二纲，运关三百六十转为一周，天运三千六百周为阳字。地纪推机三百三十转为一度，地转三千三百度为阳蚀。天地相去四十万九千里，四方相去万万九千里。名山三百六十，福地七十二，昆仑为天地之齐。又九地、四十六土、八酒仙宫，言冥谪阴者之所。有罗酆山，在北方癸地，周回三万里，高二千六百里。洞天六宫，周一万里，高二千六百里。洞天六宫，是为六天鬼神之宫。六天，一曰纣绝阴天宫，二曰泰煞谅事宫，三曰明辰耐犯宫，四曰怙照罪气宫，五曰宗灵七非宫，六曰敢司连苑（一曰究）宫。人死皆至其中，人欲常念六天宫名。空洞之小天，三阴所治也。又耐犯宫主生，纣绝天主死。祸福续命，由怙照第四天鬼官北斗君所治，即七辰北斗之考官也。项梁城《酆都宫颂》曰："纣绝标帝晨，谅事构重阿。炎如霄汉烟，勃如景耀华。武阳带神锋，怙照吞清河。开阖临丹井，云门郁嵯峨。七非通奇灵，连苑亦敷魔。六天横北道，此是鬼神家。"凡有二万言，此唯天宫名耳。夜中微读之，辟鬼魅。

【译文】道家也分三界天，数目和佛教相同，但名字不一样。三界之外叫做四人境，称为：常融、玉隆、梵度、覆奕四天。四人天外叫做三清，分别是：大赤、禹余、清微。三清之上叫做大罗，又有九天波利等九种。天是圆的，分为十二纲，运动三百六十转为一周，天运动三千六百周叫做阳字。地面也进行了划分，三百三十转为一度，地转三千三百度叫做阳蚀。天地相距四十万九千里，四个顶点相距一亿九千里。名山有三百六十座，福地有七十二做，昆仑山是天地相连的地方。又有九地、四十六土、八酒仙宫，这些都是言冥谪阴者的所在。有一座罗酆山，在北方的癸地，周长三万里，高二千六百。有一个宫殿叫做洞天六宫，周长一万里，高二千六百里。洞天六宫，就是六天鬼神的宫殿。六天，一天叫做纣绝阴天宫，二天叫做泰煞谅事宫，三天叫做明辰耐犯宫，四天叫做怙照罪气宫，五日天叫做宗灵七非宫，六天叫做敢司连苑宫。人死了之后灵魂全部会来到这里，人应该常常念一念六天的宫名。还有一个叫做空洞之小天，三阴管理的地方。还有耐犯宫主管生，纣绝天主管死。祸福和续命，由怙照第四天的鬼官北斗君管理，也就是七辰北斗的考官。项梁城的《酆都宫颂》这篇文章中说："纣绝标帝晨，谅事构重阿。炎如霄汉烟，勃如景耀华。武阳带神锋，怙照吞清河。开阖临丹井，云门郁嵯峨。七非通奇灵，连苑亦敷魔。六天横北道，此是鬼神家。"（这些话是介绍这些宫殿是如何的高大雄伟。）这篇文章大概有两万字，里面有天宫的名字。深夜读读这篇文章，可以辟邪防鬼。

酆都稻名重思，其米如石榴子，粒稍大，味如菱。杜琼作《重思赋》曰："霏霏春暮，翠矣重思。云气交被，嘉谷应时。"[1]

【注释】[1]霏霏春暮，翠矣重思。云气交被，嘉谷应时：春天的傍晚，云气弥漫。重思生长得很青翠；云和气交替着覆盖它，这正是庄稼的生长的好季节呀。

【译文】酆都的稻子名字叫做重思。它的米粒就好像石榴子，米粒还要稍大一点，味道就好像菱角。杜琼作的《重思赋》里说："霏霏春暮，翠矣重思。云气交被，嘉谷应时。"

夏启为东明公，文王为西明公，邵公为南明公，季札为北明公，四时主四方鬼。至忠至孝之人，命终皆为地下主者，一百四十年乃授下仙之教，授以大道。有上圣之德，命终受三官书，为地下主者，一千年乃转三官之五帝，复一千四百年方得游行太清，为九宫之中仙。又有为善爽鬼者，三官清鬼者，或先世有功，在三官流。逮后嗣易世练化，改世更生。此七世阴德，根叶相及也。命终当道遗脚一骨，以归三官，余骨随身而迁。男左女右，皆受书为地下主者，二百八十年，乃得进处地仙之道矣。

【译文】夏启担任东明公，周文王担任西明公，邵公担任南明公，季札担任北明公，四时管理四方的鬼。至忠至孝的人，死了之后都担任地下的管理者，一百四十年之后就会被传授下仙的教义，以大道传授。如果人有胜任的德行，死了之后会被传受三官书，担任地下的管理者，一千年后就会被转到三官之五帝，又过了一千四百年就能够到太清之地去，担任九宫中的仙人。又有担任善爽鬼的人，三官清鬼的人，有的是先世有功劳，就在三官的行列中了。到了他的子孙就到另一个人世进行修炼，到另一个人世去生活。这样积累了七世的阴德，绵绵不绝。死了之后会留下一个脚骨，这块骨头会留在三官之地，其他的骨跟随身体走。男左女右，都接受注册担任地下管理者，二百八十年后，就得到了升为地仙的法门。

炎帝甲为北太帝君，主天下鬼神。三元品式、明真科、九幽章，皆律也。连苑、曲泉、泰煞、九幽、云夜、九都、三灵、万掠、四极、九科，皆治所也。三十六狱，流沙赤等号溟澪狱，北岳狱也。又二十四狱，有九平、元正、女青、河北等号。人犯五千恶为五狱鬼，六千恶为二十八狱狱囚，万恶乃堕薛荔也。

【译文】炎帝担任北方的太帝君，主管天下的鬼神。三元品式、明真科、九幽章，这些都是他制定的律法。连苑、曲泉、泰煞、九幽、云夜、九都、三灵、万掠、四极、九科，这些都是他皆管辖的地方。三十六狱，流沙赤等号称为溟澪狱，北岳狱。又有二十四狱，有九平、元正、女青、河北等称号。一个人要是犯了五千罪恶，那么他就会成为五狱鬼，要是犯了六千次罪恶就会成为二十八狱的狱囚，要是犯了一万次恶，就要堕入薛荔（饿鬼）地狱了。

罪簿有黑、绿、白簿，赤丹编简。刑有搪蒙山石、副太山搪夜山石、寒河源及西津水寘、东海风刀、电（一曰雷）风、积夜河。

【译文】犯罪记录簿有黑、绿、白色三种，用红笔书写。刑具有搪蒙山石、副太山搪夜山石、寒河源及西津水寘、东海风刀、电风、积夜河。

鬼官有七十五品。仙位有九太帝，二十七天君，一千二百仙官，二万四千灵司，三十二司命，三品、九品、七城（一曰域，一曰地）。九阶二十七位，七十二万之次第也。

【译文】鬼官有七十五品第（等级）。仙位有九太帝，二十七天君，一千二百仙官，二万四千灵司，三十二司命，三品、九品、七城。九阶二十七位，七十二万的等级。

老君西越流沙，历八十一国。乌弋、身毒①为浮屠，化被三千国，有九万品戒经，汉所获大月支《复位经》是也。孔子为元宫仙，佛为三十三天仙，延宾官主所为。道在竺乾②。有古先生，善入无为。

【注释】①身毒：古代对今天印度的音译。②竺乾：天竺。

【译文】太上老君（老子）向西越过流沙河，经过了八十一个国家。后来就死在乌弋、身毒之国，他感化了很多国家，留下了九万种戒经，汉朝所获得得大月支的《复位经》就是老子留下来的。孔子担任元宫仙，佛是三十三天仙，延宾官主管作为。天竺国有道的圣人善于进入无为的境地。

《释老志》亦曰："佛于西域得道"。陶胜力言，小方诸国多奉佛，不死，服五笙精，读《夏归藏》，用之以飞行也。藏经，菩萨戒也。

【译文】《释老志》这本书上也说佛在西域得道。陶胜力说，那些小的国家大多信奉佛教，佛教徒不会死，是因为服用了五笙精；读了《夏归藏》这本经书，就能够飞行。藏经是菩萨的戒律。

方诸山在乙①地。

【注释】①乙：干支代表的方位，其中甲乙代表东方。
【译文】方诸仙山在东方。

太极真仙中，庄周为闾编郎①。八十一戒，千二百善，入洞天。二百三十戒，二千善，登山上灵官。万善，升玉清。白志见腹，名在琼简②者；目有绿筋，名在金赤书者；阴有伏骨，名在琳札青书者；胸有偃骨，名在星书者；眼四规，名在方诸者；掌理回菌，名在绿籍者。有前相，皆上仙也，可不学，其道自至。其次鼻有玄山③，腹有玄丘，亦仙相也。或口气不洁，性耐秽，则坏玄丘之相矣。

【注释】①闾编郎：相当于编辑。②琼简：红色书简。③玄山：黑色的隆起。后面的"玄丘"也是这个意思。

【译文】太极真仙当中，庄周担任闾编郎。遵守八十一戒，行一千二百善的人，可以进入洞天福地。遵守二百三十戒，行二千善的人，可以登山（老君山）上灵官殿。行一万善的人，能够升入玉清宫。肚子上有白痣，名字被记录在琼简的人；眼睛里有绿筋，名字在金赤书里的人；阴部有倒伏的骨头，名字在琳札青书的人；胸膛上有弯的骨头，名字在星书上的人；眼睛是圆的，名字在方诸里的；手掌纹理像回菌，名字在绿色的典籍里的。有这些容貌的，都是上仙，不用去学习道术，法力自然就成。其次是鼻子上有玄山，肚子上有玄丘，这也是仙人的相貌。要是有人口气不干净，喜欢污秽，那么就会破坏成仙的相貌。

五藏、九宫、十二室、四支、五体、三焦、九窍、百八十机关、三百六十骨节，三万六千神随其所而居之。魂以精为根，魄以目为户。三魂可拘，七魄可制。庚申日，伏尸言人过。本命日，天曹计人行。三尸一日三朝，上尸青姑伐人眼，中尸白姑伐人五藏，下尸血姑伐人胃。命，亦曰玄灵。又曰一居人头中，令人多思欲，好车马，其色黑；一居人腹，令人好食饮，恚怒，其色青；一居人足，令人好色，喜煞。七守庚申三尸灭，三守庚申三尸伏。

【译文】五藏、九宫、十二室、四支、五体、三焦、九窍、百八十机关、三百六十骨节，这些人体部位，有三万六千神住在里面。人的魂以精为根本，人的魄以眼睛作为窗户。人的三魂七魄可以被控制。庚申的日子，伏尸就上天言说这个人的过错。本命的日子，天曹（天上的官员）会记录人的行为。三尸虫一日三次上朝，上尸青姑败坏人的眼，中尸白姑败坏人的五脏，下尸血姑败坏人的胃。命，也叫做玄灵。有人说一虫居住在人头中，让人产生很多欲望，喜欢宝马香车这些奢侈品，它的颜色是黑色的；一虫居住在人的肚子里，让人喜欢吃喝，让人生气愤怒，它的颜色是青的；一虫居住在人足，让人好色，欢喜。庚申日这一天，你要是不睡觉，那么三尸灭，要是只是简单的休息，那么三尸伏。

仙药：钟山白胶、阆风石脑、黑河蔡瑚、太微紫麻、太极井泉、夜津日草、青津碧荻、圆丘紫奈、白水灵蛤、八天赤薤、高丘余粮、沧浪青钱、三十六芝、龙胎醴、九鼎鱼、火枣交梨、凤林鸣醅、中央紫蜜、崩岳电柳、玄郭绮葱、夜牛伏骨、神吾黄藻、炎山夜日、玄霜绛雪、环刚树子、赤树白子、徊水玉精、白琅霜、紫酱、（一曰浆）月醴、虹丹、鸿丹。

【译文】仙药有这么一些：钟山白胶、阆风石脑、黑河蔡瑚、太微紫麻、太极井泉、夜津日草、青津碧荻、圆丘紫奈、白水灵蛤、八天赤薤、高丘余粮、沧浪青钱、三十六芝、龙胎醴、九鼎鱼、火枣交梨、凤林鸣醅、中央紫蜜、崩岳电柳、玄郭绮葱、夜牛伏骨、神吾黄藻、炎山夜日、玄霜绛雪、环刚树子、赤树白子、徊水玉精、白琅霜、紫酱、月醴、虹丹、鸿丹。

药草异号：丹山魂——雄黄、青要女——空青、灵华汎腴——薰陆香、北帝玄珠——消石、东华童子——青木香、五精金——阳起

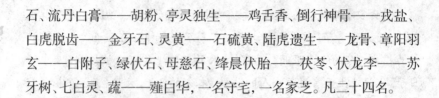

石、流丹白膏——胡粉、亭灵独生——鸡舌香、倒行神骨——戎盐、白虎脱齿——金牙石、灵黄——石硫黄、陆虎遗生——龙骨、章阳羽玄——白附子、绿伏石、母慈石、绛晨伏胎——茯苓、伏龙李——苏牙树、七白灵、蔬——薤白华，一名守宅，一名家芝。凡二十四名。

【译文】药草有不同的称号：丹山魂——雄黄、青要女——空青、灵华汎腴——薰陆香、北帝玄珠——消石、东华童子——青木香、五精金——阳起石、流丹白膏——胡粉、亭灵独生——鸡舌香、倒行神骨——戎盐、白虎脱齿——金牙石、灵黄——石硫黄、陆虎遗生——龙骨、章阳羽玄——白附子、绿伏石、母慈石、绛晨伏胎——茯苓、伏龙李——苏牙树、七白灵、蔬——薤白华，另一个名字叫守宅，另一个名字叫做家芝。大概有二十四个名字。

图藉有符图七千章：雌一玉捡、四规明镜、五柱中经、飞龟帙、飞黄子经、鹿卢蹻乔经、含景图、卧引图、园芝图、木芝图、大隗新芝图、牵牛经、玉案记、玉珍记、腊成记、丹台经（一曰记）、日月厨食经、金楼经、三十六水经、中黄丈人经、协龙子鹿台经、玉胎经、官氏经、凤纲经、六阴玉女经、白虎七变经、九仙经、十上化经、滕中有首摄提经、三纲六纪经、白子变化经、隐首经、入军经、泉枢经、赤甲经、金刚八叠录（一曰经）。

【译文】道家图书典籍有七千章符图：雌一玉捡、四规明镜、五柱中经、飞龟帙、飞黄子经、鹿卢蹻乔经、含景图、卧引图、园芝图、木芝图、大隗新芝图、牵牛经、玉案记、玉珍记、腊成记、丹台经、日月厨食经、金楼经、三十六水经、中黄丈人经、协龙子鹿台经、玉胎经、官氏经、凤纲经、六阴玉女经、白虎七变经、九仙经、十上化经、滕中有首摄提经、三纲六纪经、白子变化经、隐首经、入军经、泉枢经、赤甲经、金刚八叠录。

　　老君母曰玄妙玉女。天降玄黄，气如弹丸，入口而孕。凝神琼胎宫三千七百年，赤明开运，岁在甲子，诞于扶刀。盖天西那王国，郁寥山丹玄之阿。又曰老君有胎八十一年，剖左掖而生，生而白首。又曰青帝劫末，元气改运，托形于洪氏之胞。又曰李母本元君也，日精入口，吞而有孕。三色气绕身，五行兽卫形，如此七十二年，而生陈国苦县赖乡涡水之阳①、九井西李下。具三十六号，七十二名。又有九名，又千二百。老君又曰九大上皇洞真第一君、大千法王、九灵老子、太上真人、天老玄中法师、上清太极真人、上景君等号。形长九尺，或曰二丈九尺。耳三门，又耳附连环，又耳无轮廓。眉如北斗，色绿，中有紫毛，长五寸。目方瞳，绿筋贯之，有紫光。鼻双柱，口方，齿数六八。颐若方丘，颊如横垅，龙颜金容。额三理，腹三志，顶三约把，十蹈五身，绿毛白血，顶有紫气。

　　【注释】①阳：山的南面、水的北面。
　　【译文】太上老君的母亲叫做玄妙玉女。上天降下玄黄，这是一种像弹丸大小的气，进入她的口中让她怀孕。（老君）凝神于琼胎宫三千七百年，赤明开运，在甲子年的时候，诞生于扶刀。（所谓扶刀，）就是在天西那王国，郁寥山的丹玄的山坳处。还有人说老君怀胎八十一年，剖开左腋下出生，生下来就是白头发。还有人说青帝劫难的时候，元气改变了运道，把人体寄托在洪氏的胎儿上。还有人说李母（老子姓李）原本就是元君，太阳的精华进入口里，吞下去之后怀了孕。三种颜色的气绕在李母身边，五种走兽保护着她的身体，像这样过了七十二年，太上老君出生在陈国苦县赖乡涡水的北面、九井西面的李树下。太上老君有三十六称号，七十二名称。又有九个名字，又说有一千二百个名字。老君还有九大上皇洞真第一君、大千法王、九灵老子、太上真人、天老玄中法师、上清太极真人、上景君等称号。老君身体长九尺，又有人说二丈九尺。他的耳朵有三个洞，耳多上挂着连环，耳朵没有耳轮。他的眉毛像北斗的形状，颜色是绿的，中间有紫毛，长五寸。他的眼睛瞳孔是方的，绿筋贯通，有紫光。鼻子有两个鼻梁，口是方的，牙齿四十八颗。他的腮像方型的小山丘，他的脸颊就好像横的土埂，他有龙的容貌颜金色的面容。他的额上有三条纹理，腹上有三颗痣，头顶上有三约把，十蹈五身，绿色的毛白色的血，头顶上有紫气。

人死形如生，足皮不青恶，目光不毁，头发尽脱，皆尸解也。白日去曰上解，夜半去曰下解，向晓、向暮谓之地下主者。太一守尸，三魂营骨，七魄卫肉，胎灵录气，所谓太阴练形也。赵成子后五六年，肉朽骨在，液血于内，紫色发外。又曰若人暂死，适太阴权过三官，血沉脉散，而五藏自生，白骨如玉，三光惟息，太神内闭，或三年至三十年。

【译文】人死了之后身体还像活着的那样，脚上的皮肤不发青也不腐烂，眼睛不毁坏，头发全部落掉，这些都叫做尸解。白日死去叫做上解，深夜死去叫做下解，天亮前、快天黑的时候死去叫做地下主。太一守护尸体，三魂守住骨头，七魄守住肉体，胎灵吸收气，这就叫做太阴练形。赵成子死后五六年，肉已经腐烂了骨头还在，里面还有液体状的血，浑身散发着紫色。有人说一个人假死，正好是太阴经过三官，血液沉集经脉涣散，五藏自己会生长，白骨就像玉一样，只是人的三光熄灭了，太神关闭，有的人暂死三年到三十年。

又曰白日尸解自是仙，非尸解也。鹿皮公[1]吞玉华而流虫出尸，王西城漱龙胎而死诀，饮琼精而扣棺。仇季子咽金液而臭彻百里，季主服霜散以潜升，而头足异处。黑狄咽虹丹而投水，宁生服石脑而赴火，柏成纳气而胃肠三腐。

【注释】①鹿皮公："鹿皮翁"，亦称"鹿皮公"。汉族传说中的仙人名。

【译文】有人说白日尸解是成仙，不是尸解。鹿皮公吞食了玉华，结果三虫流出。王西城嘴巴里含着龙胎并且念死诀，喝琼精并且把自己关在棺材里。仇季子喝金液结果臭得百里外都闻得到。季主服霜散想要潜升，结果头足分离。黑狄吞咽虹丹，结果跳水自杀。宁生服石脑结果跳火自杀。柏成纳气结果胃肠腐烂。

句曲山①五芝，求之者投金环二双于石间，勿顾念，必得矣。第一芝名龙仙，食之为太极仙。第二芝名参成，食之为太极太夫。第三芝名燕胎，食之为正一郎中。第四芝名夜光洞鼻，食之为太清左御史。第五芝名料玉，食之为三官真御史。

【注释】①句曲山：在句容、金坛两县交界处，茅山古名句曲山。西汉时陕西茅氏三兄弟来山采药炼丹，救民济世。因而后人改名为三茅山，简称茅山。

【译文】句曲山有五种灵芝，寻找它们的人要把两只金环丢到石头间，并且不要回头看，（不要去想这两个贵重的金环，）那么，这五种灵芝就一定能够找到。第一芝叫做龙仙，吃了能够成为太极仙。第二芝叫做参成，吃了成为太极太夫。第三芝叫做燕胎，吃了成为正一郎中。第四芝叫做夜光洞鼻，吃了成为太清左御史。第五芝叫做料玉，吃了成为三官真御史。

【注释】①岘：小而高的山。②桑门：僧侣，指佛教僧侣，"沙门"的异译。

【译文】长白山，相传是古时候的肃然山。长白山的岘的南面有钟的鸣响，燕地的庙里有一个叫做释惠霄的和尚，从广固到了这个岘听到了钟声。他就稍稍前行，忽见一座寺庙，门宇金碧辉煌，就走到庙宇中去求中饭。他看见一个和尚，摘了一个桃子给他。不久，又给了他一个桃子，并对他说："至你到这已经逗留很久了，可以离开啦。"霄出了庙门，回头看，再没找到那座寺庙。他回到广固，见到了弟子，都说他去了有二年了。霄才明白二桃预兆的是二年呀。

高唐县鸣石山，岩高百余仞①，人以物扣岩，声甚清越。晋太康中，逸士②田宣隐于岩下，叶风霜月，常扪石自娱。每见一人，着白单衣，徘徊岩上，及晓方去。宣后令人击石，乃于岩上潜伺，俄然果来，因遽执袂③诘之。自言姓王，字中伦，卫人。周宣王④时，入少室山学道，此频适方壶，去来经此，爱此石响，故辄留听。宣乃求其养生，唯留一石如雀卵。初则凌空百余步犹见，渐渐烟雾障之。宣得石，含辄百日不饥。

【注释】①仞：古代计量单位。②逸士：即隐逸者，指节行高逸之士；人品清高脱俗，不贪慕虚名利禄的人。③袂：衣袖，袖口。④周宣王：（？-前782年），姬姓，名静，一作靖，周厉王之子，西周第十一代君主，前827年-前782年在位。

【译文】高唐县的鸣石山，山岩高一百多仞，人用东西敲击岩石，发出的声音非常清越。晋太康年间，一位隐士田宣隐居在岩下，过着与世无争的生活，常常敲打石头自娱自乐。他经常看见一人，穿着白色单衣，在岩石上走来走去，直到早上才离开。田宣于是就让人击打石头，自己在岩上悄悄偷看，不久这个白衣人果然又来了，于是田宣就抓住他的衣服责问。这个白衣人自言姓王，字中伦，卫地的人。周宣王的时候，进入少室山学道，从此频频往来仙境，来来去去经过这个地方，喜欢石头的响声，就驻足聆听。田宣就向他请求养生之法，这个人只留下一块像雀卵的石头，然后就飞走了，起初飞到空中一百余步还能够看见，渐渐烟雾就把他的身形给遮住了。田宣得到了这块石头之后，含在嘴巴里一百天都不觉得饥饿。

荆州利水间，有二石若阙，名曰韶石。晋永和中，有飞仙衣冠如雪，各憩一石，旬日而去。人咸见之。

【译文】荆州的利水的地方上，有二块石头就好像若皇宫里的望楼一样，名字叫做韶石。晋永和年间，有两位衣冠如雪的飞仙，各自休息在这两块石头上，十天之后才离开。人们都看见了这两个人。

贝丘西有玉女山，传云晋大始中，北海蓬球，字伯坚，入山伐木，忽觉异香，遂溯风寻之。至此山，廓然宫殿盘郁，楼台博敞。球入门窥之，见五株玉树。复稍前，有四妇人，端妙绝世，自弹棋于堂上，见球俱惊起，谓球曰："蓬君何故得来？"球曰："寻香而至。"遂复还戏。一小者便上楼弹琴，留戏者呼之曰："无晖，何谓独升楼？"球树下立，觉少饥，乃以舌舐叶上垂露。俄然有一女乘鹤而至，逆恚①曰："玉华，汝等何故有此俗人！"王母即令王方平行诸仙室。球惧而出门，回顾，忽然不见。至家，乃是建平中，其旧居闾舍皆为墟墓矣。

【注释】①恚：生气。

【译文】贝丘的西面有一座玉女山，传说晋大始年间，北海的蓬定不会吝啬的。"过了一会儿，龙王就把方子拿来了。孙思邈说："你姑且回去，不用担心胡僧。"从这以后池水忽然上涨，数日就溢满了岸，胡僧羞愧愤怒而死。孙思邈又重新写了《千金方》的三千卷，每卷加入了龙宫的一个仙方，别人不知道。等到孙思邈死了，才有人看见这些方子。

玄宗幸蜀，梦思邈乞武都①雄黄，乃命中使②斋十斤，送于峨眉顶上。中使上山未半，见一人幅巾被褐，须鬓皓白，二童青衣丸髻，夹侍立屏风侧，手指大盘石臼："可致药于此。上有青录上皇帝。"使视石上朱书百余字，遂录之。随写随灭，写毕，上无复字矣。须臾，白气漫起，因忽不见。

【注释】①武都：位于甘肃省东南部，地处秦巴山地，毗邻川、陕两省。境内沟壑纵横、峰峦叠嶂，素有"一山有四季，十里不同天"之说。②中使：官方名称宫中派出的使者。多指宦官。凡诏所征求，皆令西园驺密约勒，号曰"中使"。

【译文】唐玄宗到四川的时候，梦见孙思邈向他乞要武都产的雄黄，皇帝就命令太监敬献十斤，送到峨眉山顶上去。太监上山还没有走到一半，看见一人带着幅巾穿着褐衣，须鬓洁白，二个小童穿着青衣梳着丸状的发髻，在这个人的两边侍立在屏风傍边，（这个老人）手指一个大盘石臼，说："可以把药放在这儿。上面有字你们可以抄录给皇帝。"太监看石上用红笔写了一百多字，就把它抄录下来。石头上的字随写随灭，写完，石头上再也没有字了。一会儿，白气漫起，这些人突然就不见了。

同州司马裴沇，常说再从伯自洛中将往郑州，在路数日，晚程偶下马，觉道左有人呻吟声，因披蒿莱寻之。荆丛下见一病鹤，垂翼俛①

咮^②，翅关上疮坏无毛，且异其声。忽有老人，白衣曳杖，数十步而至，谓曰："郎君年少，岂解哀此鹤耶？若得人血一涂，则能飞矣。"裴颇知道，性甚高逸，遽曰："某请刺此臂血不难。"老人曰："君此志甚劲，然须三世是人，其血方中。郎君前生非人，唯洛中葫芦生三世是人矣。郎君此行非有急切，可能欲至洛中干葫芦生乎？"裴欣然而返。未信宿至洛，乃访葫芦生，具陈其事，且拜祈之。胡芦生初无难色，开箧取一石合^③，大若两指，援针刺臂，滴血下满其合，授裴曰："无多言也。"及至鹤处，老人已至，喜曰："固是信士。"乃令尽其血涂鹤。言与之结缘，复邀裴曰："我所居去此不远，可少留也。"裴觉非常人，以丈人呼之，因随行。才数里，至一庄，竹落草舍，庭庑狼籍。裴渴甚求茗，老人一指一土凫："此中有少浆，可就取。"裴视凫中有一杏核，一扇如笠，满中有浆，浆色正白，乃力举饮之，不复饥渴。浆味如杏酪。裴知隐者，拜请为奴仆。老人曰："君有世间微禄，纵住亦不终其志。贤叔真有所得，吾久与之游，君自不知。今有一信，凭君必达。"因裹一幞物，大如羹碗，戒无窃开。复引裴视鹤，鹤所损处毛已生矣。又谓裴曰："君向饮杏浆，当哭九族亲情，且以酒色为诫也。"裴还洛，中路闷其附信，将发之，幞四角各有赤蛇出头，裴乃止。其叔得信即开之，有物如乾大麦饭升余。其叔后因游王屋，不知其终。裴寿至九十七矣。

【注释】①俛：同"俯"。②咮〔zhòu〕：鸟嘴。③合：同"盒"。

【译文】同州司马裴沆，常常说起自己再次跟随伯父从洛中到郑州去，在路上走了好几天，晚上赶路的时候偶然下马，听见道路左边有人呻吟的声音，于是拨开蒿莱寻找。

荆棘丛下，他看见一只病鹤，垂着翅膀弈拉着嘴巴，翅膀的关节坐厅事，乃命先过戊申录。录如人间词状，首冠人生辰，次言姓名、年纪，下注生月日，别行横布六旬甲子，所有功过日下具之，如无即书无事。赵自窥其录，姓名、生辰日月一无差错也。过录者数盈亿兆。朱衣人言，每六十年天下人一过录，以考校善恶，增损其算也。朱衣者引出北门，至向路，执手别，曰："游此是子之魂也。可寻此行，勿返顾，当达家矣。"依其言，行稍急，蹶倒。如梦觉，死已七日矣。赵著《魂游上清记》，叙事甚详悉。

【注释】①明经：汉朝的一个考试科目。②滑州市：隋置，治白马，即古滑台城。明初撤销白马县，改州为县。今县治在旧治西，原为道口镇。现在的滑县，行政区划上属于河南省安阳市。③橡子：栎树的果实，形似蚕茧，故又称栗茧。④酒榼〔jiǔ kē〕：古代的贮酒器，可提挈。这里是一种乐器。

【译文】明经赵业贞元中年间被选拔任命为巴州清化县令，他觉得没有实现理想郁闷不乐，最后生了病，很厌恶光亮，不饮食已经有四十多日了。忽然他觉得房间里室中如雷声鸣响，很快就有红色的气就好像鼓，像轮子一样转到了床边并飞腾向上，他当时心脏停止了跳动。他起初觉得精神游散就好像在梦中，有一个穿着朱衣戴着平头巾的人带着他往东走。出了一个山脉中断处，看见水由东向西流，人非常多，便长久地站立观看。又往东走，看见一座金碧辉煌的桥。过了桥往北进入一座城，到了官府里，人人员官吏很多。他看见自己的妹婿贾奕，和自己争执杀牛的事，他怀疑这是是阴间的官府，就逃避到了一个房间，墙像黑石，高好几丈，听外面有呵喝声。穿朱衣的人就领着他进入大院，官吏通报："司命神查案审犯人。"赵业贞业又看见了贾奕，于是就和他辩论。贾奕顽固地坚持，赵业没有办法自证清白。忽然有一块直径一丈的大镜子，悬在空中，赵业贞抬头看，清晰地看见贾奕拿着刀，赵业贞业贞靠着门有不忍的神色，奕这才认罪。朱衣人又把他带到司人院，一个人穿着褐衣，披着紫帛戴着美丽的头冠，像塑像一般威严，他责问："何你为什么私自拨弄帽子？第二件事在渭州市，你偷了橡子三升。"（全部是事实，）于是赵业贞下拜磕头无数次。朱衣者又把他带出去，对他说："你能够去游历上清之地吗？"两个人登上一座山，下面就面临流水，这水向下流淌翻腾起泡沫，千万个人就跟随水流进入，赵业贞不知不觉也就跟随水流而下了。过了很久，他停在大石头上，石头有青白两条路。朱衣人变成两人，一个带路，一个督促，他们走上石崖站立，四周平坦没有尘埃。有走了几里路，旁边有红蓝颜色的草，茎叶很密，无刺，它的花在空中飘散。又有草就好像莴苣，伏在地上，也有飞花，一开始飞出来的时候像马勃（牛屎菇），破了之后变大，赤黄色。过了这个地方之后，他见大火如就好像山一样横在天边，等到火焰熄灭了才敢向前。到了一座大城，城上重重叠叠的谯楼，街道上排列生长着果树，成群的仙子，唱着歌弹着仙乐，美貌绝伦。他们一共走了三道门，色彩交相辉映，无论是地面还是墙壁，明亮如镜。往上看不见天，好像有帷帐光晕覆盖在上面。正殿有三层，都摆放着名人的塑像。他们看见了一个道士，好像是旧相识，赵业贞请求成为他弟子，没有被同意。各种乐器中，比如琴，长有四尺，九根弦，靠近头一尺多处才变宽，中间有两道横，用来变声。又如一个酒榼，三根弦，长三尺，腹面上面广下面狭，背部丰隆。很快他们就去做登记，就被带到了南面的一个院子，院子中有绛冠紫霞帔，赵业贞被命令喝二个朱衣人坐在厅事中，被告知过了戌时再做申报记录。记录就好像人间的记录的样子，一开始是写生辰，然后是些姓名、年纪，下面注明出生月日，旁边横着罗列着时间，所有的功和过在时间下面具体写明，如果没有就写：无事。赵业贞业自己看自己的记录，姓名、生辰日月都是对的。记录的数目数超过了亿兆次。朱衣人说，每六十年天下人来进行一次登记，用来考察校对他所做的善恶行为，增加或者减损他的命运。朱衣者带着他出了北门，到了回去的路，拉着手和他分别，说："到这儿游历的是你的魂。可以找来的路回去，不要回头看，当就可以到家了。"赵业贞按照他所说的话，走得稍微快了一点，摔倒在地。就好像梦醒一样，发现他已经死了七天了。赵业贞写了《魂游上清记》这篇文章，记叙这件事情写得非常详细。

史论在齐州时，出猎，至一县界，憩兰若^①中。觉桃香异常，访其僧。僧不及隐，言近有人施二桃，因从经案下取出献论，大如饭碗。时饥，尽食之。核大如鸡卵，论因诘其所自，僧笑："向实谬言之。此桃去此十余里，道路危险，贫道偶行脚见之，觉异，因掇数枚。"论曰："今去骑从，与和尚偕往。"僧不得已，导论北去荒榛中。经五里许，抵一水，僧曰："恐中丞不能渡此。"论志决往，乃依僧解衣戴之而浮。登岸，又经西北，涉二小水。上山越涧数里，至一处，布泉怪石，非人境也。有桃数百株，枝干扫地，高二三尺，其香破鼻。论与僧各食一蒂，腹果然矣。论解衣将尽力苞之，僧曰："此或灵境，不可多取。贫道尝听长老说，昔日有人亦尝至此，怀五六枚，迷不得出。"论亦疑僧非常，取两个而返。僧切戒论不得言。论至州，使招僧，僧已逝矣。

【注释】①兰若〔lán rě〕：原意是森林，引申为"寂静处""空闲处""远离处"，躲避人间热闹处之地，有些房子可供修道者居住静修之用，或一人或数人。也泛指一般的佛寺。

【译文】史论在齐州的时候，出去打猎，到了一县的边界，在寺庙中休息。他感觉桃花异常芳香，就去拜访僧人。僧人来不及躲藏，就说最近有人施舍了二个桃子，于是就从经案下取出来献给史论，桃子大得就像饭碗。史论当时正饥饿，就把这两个桃子全部吃掉了。桃核大就像鸡蛋，史论就问这个桃子来自哪里，和尚笑着说："这刚才说谎了，这个桃子距离这儿十来里路，道路危险，我偶而一次路过看见，觉得很奇异，于是就摘了几枚。"史论说："今天我们骑马去，和尚和我们一起去。"和尚没有办法，引导史论往北去荒草当中。走了五里多路，到了一条河边，和尚说："恐怕中丞大人不能够从这儿渡河。"史论坚决要去，乃于是就按照和尚的样子脱下衣服顶在头上游过去。登上了岸，又往西北走，渡过了二条小河。他们爬过山越过涧又走了几里路，到了一个地方，泉水如白布石头奇形怪状，不像人间的样子。这个地方有几百株桃树，枝干垂在地上，高二三尺，香味简直要把鼻子冲破。史论和和尚每个人吃了一个，腹中就饱了。史论解开衣服要把桃子包在衣服里面全部带走，和尚说："这个地方或许是仙境，不可以拿太多。贫道曾经听长老说，从前有人也到了这个地方，怀里拿了五六个桃子，就迷失了方向出不去了。"史论也怀疑这个和尚不是普通人，就拿了两个回去。和尚告诫史论不要说出去。史论到了齐州，派人招募这个奇怪的和尚，和尚不知所终了。

壶　史

武攸绪①，天后从子②。年十四，潜于长安市中卖卜，一处不过五六日。因徙升中岳，遂隐居，服赤箭、伏苓。贵人王公所遗鹿裘、藤器，上积尘萝，弃而不用。晚年肌肉始尽，目有紫光，昼见星月，又能辨数里外语。安乐公主出降，上遣玺书召，令勉受国命，暂屈高标。至京，亲贵候谒③，寒温之外，不交一言。封国公。及还山，敕学士赋诗送之。

【注释】①武攸绪：生于唐高宗承徽六年（655年），卒于唐玄宗开元十一年（723年），并州文水（今属山西）人，武则天从父武士让之孙。②从子：侄儿。③谒：拜见。

【译文】武攸绪，天后武则天的侄儿。年纪十四岁，就躲在长安市中给人算命，呆在一处不过五六天的样子。后来他去了中岳嵩山，就在嵩山隐居，他服用赤箭、伏苓这样的药物。达官贵人所送的鹿裘、藤器，上面都积满了灰尘网罗，都丢弃在一边没有使用。到了晚年，他的肌肉消失殆尽，眼睛里有紫光，白天能够看见星星月亮，还能够听见数里外别人说话。安乐公主出嫁的时候，皇帝下诏书把他召回京城，命令他姑且接受任命，暂且委屈自己身居高位。到了京城，他的亲戚贵族前来拜访，除了简单的寒暄，他不再和别人说一句话。他被封为国公。等到他回嵩山，皇帝命令学士赋诗送别他。

玄宗学隐形于罗公远①，或衣带、或巾脚不能隐。上诘之，公远极言曰："陛下未能脱屣天下，而以道为戏，若尽臣术，必怀玺入人家，将困于鱼服也。"玄宗怒，慢②骂之。公远遂走入殿柱中，极疏上失。上愈怒，令易柱破之。复大言于石碣③中，乃易碣观之。碣明莹，见公远形在其中，长寸馀，因碎为十数段，悉有公远形。上惧，谢焉，忽不复见。后中使于蜀道见之，公远笑曰："为我谢陛下。"

【注释】①罗公远：（618年-758年），唐代道士。又名思远。彭州九陇山（今四川彭县）人，一说鄂州（今湖北武昌）人。②慢：同"谩"，骂。③石碣：柱子的基石。

【译文】唐玄宗向罗公远学习隐形，皇帝在施法的时候有时衣带、巾脚不能够隐去。皇上就责问罗公远，公远竭力陈说："陛下不能够放弃天下，只是以学习道术为娱乐游戏，要是完全学会了我的道术，一定会怀里装着玉玺进入别人家里面，就会困在平凡人家呀。"玄宗很生气，对罗公远谩骂不已。罗公远就跑进了宫殿的柱子中，极力陈述皇帝的过失。皇上更加生气，命令更换柱子，并把换下来的柱子击破。没想到罗公远又在石碣中大声说话，皇帝就更换了基石查看。基石明亮晶莹，看见公远的样子就在里面，长一寸左右，于是皇帝就把基石打碎成十几段，结果每一段都有公远的样子在里面。皇上害怕了，向石头谢罪，忽然之间罗公远不见了。后来太监在蜀道看见了罗公远，公远笑着说："替我谢谢陛下。"

　　邢和璞偏得黄老之道，善心算，作颍阳书疏，有叩奇，旋入空，或言有草，初未尝睹。成式见山人郑昉说，崔司马者，寄居荆州，与邢有旧。崔病积年且死，心常恃于邢。崔一日觉卧室北墙有人鼾声，命左右视之，都无所见。卧室之北，家人所居也。如此七日，鼾不已，墙忽透明，如一粟。问左右，复不见。经一日，穴大如盘，崔窥之，墙外乃野外耳，有数人荷锹镬立于穴前（一曰侧）。崔问之，皆云："邢真人处分开此，司马厄①重，倍费功力。"有顷，导驺②五六，悉平帻朱衣，辟曰："真人至。"见邢与中白帢垂绶，执五明扇，侍卫数十，去穴数步而止，谓崔曰："公算尽，仆为公再三论，得延一纪，自此无若也。"言毕，壁如旧。旬日，病愈。又曾居终南，好道者多卜筑依之。崔曙年少，亦随焉。伐薪汲泉，皆是名士。邢尝谓其徒曰："三五日有一异客，君等可为予办一味也。"数日备诸水陆，遂张筵于一亭，戒无妄窥。众皆闭户，不敢謦欬。邢下山延一客，长五尺，阔三尺，首居其半，绯衣宽博，横执象笏，其睫疏挥，色若削瓜，鼓髯大笑，吻角侵耳。与邢剧谈，多非人间事故也。崔曙不耐，因走而过庭。客熟视，顾邢曰："此非泰山老师乎？"邢应曰："是。"客复曰："更一转，则失之千里，可惜。"及暮而去。邢命崔曙，谓曰："向客，上帝戏臣也。言太山老君师，颇记无？"崔垂泣言："某实太山老师后身，不复忆，幼常听先人言之。"房琯太尉祈邢算终身之事，邢言："若来由东南，止西北，禄命卒矣。降魄之处，非馆非寺，非途非署。病起于鱼飧，休于龟兹板。"后房自袁州除汉州，及罢归，至阆州，舍紫极宫。适雇工治木，房怪其木理成形，问之，道士称："数月前，有贾客施数段龟兹板，今治为屠苏也。"房始忆邢之言。有顷，刺史具鲙邀，房叹曰："邢君神人也。"乃具白于刺史，且以龟兹板为托。其夕，病鲙而终。

【注释】①厄：困苦，灾难，这里指生病。②驺：古代养马的人，兼管驾车。

【译文】邢和璞喜欢道术，善于心算，写过《颍阳书疏》，身怀奇功，能够盘旋升入空中，有人说他还会用草进行占卜，起初不曾看见过。

段成式听隐士郑昉说过一件事：崔司马，寄居在荆州，和邢和璞有过交往。崔司马病了很多年就要死了，心里常常指望着邢和璞。一天，他在睡觉的时候觉得卧室北墙有人打鼾的声音，就让仆人查看，都没有看见什么。卧室的北面，是他家人的居住地。像这样过了七天，鼾声不停，墙忽然出现了一个洞，就像一粒米那样大。他忙呼唤仆人，结果这个东西又不见了。过了一日，洞穴大得就像个盘子，崔从这个洞往里看，原来是墙外的野地，有几个人扛着荷锹镢站立在洞前。崔司马就询问，这几个人就回答："邢真人让我们掘开这个地方，司马先生得了重病，所以很费了一番功力。"过了一个会儿，来了五六个骑马的侍从，都是戴着头巾穿着朱衣，一边走一边开路："真人来了。"崔司马看见邢和璞在中间白色的帷幕垂下来的绶带，拿着五明扇，数十个侍卫，距离洞穴数步他就停了下来，对崔司马说："你的阳寿尽了，我为你争论了很多次，得以延长一纪年（十二年），这样你就没事了。"说完，墙壁又像原先那样。十天后，崔司马的病就好了。邢和璞又曾经居住在终南山，喜欢修道的人很多在他旁边造房子依附他。崔曙年纪轻，也跟着这样做。砍柴草汲泉水，都是一些名士。邢和璞曾经对他的徒弟说："三五天之后有一个神奇的客人要来，你们每人为我做一道菜。"几天之后各式各样的用具全部准备妥当，邢和璞就在一个亭子里摆下酒宴，告诫徒弟们不能够偷看。大家都关门闭户，不敢说笑。邢和璞下山请来了一位客人，长五尺，阔三尺，脑袋在身体中间，绯色的衣服宽大的带子，横拿着象牙笏板，他的睫毛疏挥，脸色就像削了皮的西，青绿色，他大笑的时候络腮胡子都张扬不已，嘴角都到耳朵根子上去了。他与邢和璞谈了很多，很多都不是人世间的故事。崔曙难捺不住，就跑出来经过庭院。这位客人很仔细地看着他，回头问邢："这不是泰山老师吗？"邢和璞应声回答："是。"客人又说："一轮转世，变化这么大，可惜。"到了傍晚，这位客人就走了。邢和璞让崔曙到他跟前来，对他说："先前那位客人，是上帝身边的戏臣。他说的太山老君师，你有记忆吗？"崔流下眼泪说："我的确是太山老师的后身，只是没有相关的记忆，我小的时候常听先人说起这样的话。"房琯太尉祈求邢和璞帮他算生死之事，邢和璞说："你要是从东南来，到西北去，那么你的命运到头了。你死亡的地方，不是旅店不是寺庙，不在路上不在官府。你死亡的原因是因为吃鱼，你会死在龟兹板上。"后来房从袁州被降职到汉州，等到被罢免，他又到了阆州，住在紫极宫。正好碰上雇工做木匠活，房很奇怪他的木头纹理是有形状的，就问这是什么木头，道士说："数月前，有一个商人赠送了几段龟兹板，现在我们要把它今制成一幢草房子。"房这才想起邢和璞的话。过了一会儿，刺史准备了鱼宴请他入席，房感叹："邢先生神人呀。"他就把详细情况告诉给刺史，并且用龟兹板作为以后死亡的依托。这天夜里，他吃了鱼就死掉了。

王皎（一曰畋）先生善他术，于数未尝言。天宝中，偶与客夜中露坐，指星月曰："时将乱矣。"为邻人所传。时上春秋高，颇拘忌。其语为人所奏，上令密诏杀之。刑和璞者镵其头数十方死，因破其脑视之，脑骨厚一寸八分。皎先与达奚侍郎来往，及安史平，皎忽杖屦至达奚家，方知异人也。

【译文】王皎（也有叫做王畋的）先生善于奇门异术，但是对于预测从来不发表言论。天宝年间，他偶尔与客人在夜晚露天坐着聊天说话，他指着星月说："局势将要乱了。"这句话被邻居传了出去。当时皇上老了，很是忌讳这样的言论。他这句话就被人告上去了，皇上下密令把他杀掉。行刑者用钻子钻他的头，钻了几十下王才死掉，于是他们就打开他的脑袋看，脑骨厚达一寸八分。先前王皎与达奚侍郎常来往，等到安、史之乱平定，王皎忽然带着杖屦到了奚的家，侍郎才知道王是与众不同的人。

翟天师名乾祐，峡中人。长六尺。手大尺余，每揖人，手过胸前。卧常虚枕①。晚年往往言将来事。常入夔州市，大言曰："今夕当有八人过此，可善待之。"人不之悟。其夜火焚数百家，八人乃火字也。每入山，虎群随之。曾于江岸与弟子数十玩月，或曰："此中竟何有？"翟笑曰："可随吾指观。"弟子中两人见月规半天，楼殿金阙满焉。数息间，不复见。

【注释】①虚枕：不要枕头，但是脑袋就像靠着枕头一样。

【译文】翟天师名叫乾祐，峡中人。身高六尺。手很大有尺余长，每次对人作揖，手都要过胸前。他躺下来的时候常常是虚枕。他晚年的时候常常说一些将来的事。他曾经有一次进入夔州市，大声宣布说："今天晚上一定会有八人经过这里，你们可要善待他呀。"大家都不明白他说的意思是什么。这天晚上，起了大火，火焚烧了数百家屋子，大家才明白：八人就是火字。他每次进山，虎群都会跟随着他。他曾经在江边与数十名弟子赏玩月亮，有人就说："这月亮里面有什么呢？"翟乾祐笑着说："你们可以随我的手指观看。"弟子中有两人看月亮看了半天，竟看见月亮上满满的都是金碧辉煌的楼台宫殿。很快，这些东西就不见了。

蜀有道士阳①狂，俗号为灰袋，翟天师晚年弟子也。翟每戒其徒："勿欺此人。吾所不及之。"常②大雪中，衣布褐入青城山，暮投兰若，求僧寄宿，僧曰："贫僧一衲而已，天寒如此，恐不能相活。"但言容一床足矣。至夜半，雪深风起，僧虑道者已死，就视之。去床数尺，气蒸如炊，流汗袒寝，僧知其异人。未明，不辞而去。多住村落，每住不逾信宿。曾病口疮，不食数月，状若将死。人素神之，因为设道场。斋散，忽起，就谓众人曰："试窥吾口中有何物也。"乃张口如箕，五脏悉露，同类惊异作礼，问之，唯曰："此足恶，此足恶。"后不知所终。成式见蜀郡郭采真尊师说也。

【注释】①阳：同"佯"，假装。②常：同"尝"，曾经。
【译文】蜀地有一道士假装疯疯癫癫，俗号叫做灰袋道人，他是翟天师晚年的弟子。翟每次都要告诫他的徒弟："不要欺负这个人。这个人的能力我都赶不上。"曾经有一次下大雪，灰袋道人穿着布衣进入青城山，傍晚到一家寺庙投诉，和尚就说："我只有一件衣服，天寒到了这般地步，恐怕不能够让我们两个人保暖。"道人说只要有一张床让他睡就行了。到了半夜，雪下得更大了，和尚想这个道人说不定就已经冻死了，就起床前去查看。没想到距离道士的床还有数尺，就感觉床有热气涌出，就好像在做饭一样，道士脱了衣服身上还流着汗在那儿睡觉，和尚这才明白这个道士不是普通人。天还没有亮，道士没有辞别和尚就离开了。灰袋道士大多住在村落，每次停留居住不超过两夜。他曾经害过口疮，不能够吃东西好几个月，样子就像快要死了。百姓一直把他当做神仙来看待，于是就给他设道场。没想到到道场做完，灰袋道人忽

57

然起身，对大家说："你们试着看看我口里面有什么东西。"接着就张开嘴巴，张得像簸箕那么大，身体里的五脏全部露了出来，人们吓得连忙低头作揖，并问灰袋道士这是怎么回事，灰袋道士只是说："这足够险恶了，这实在是太险恶了。"后来就不知道灰袋到哪里去了。这些故事是我拜见了蜀地的郭采真尊师，他亲口告诉我的。

秀才权同休友人，元和①中落第，旅游苏湖间。遇疾贫窘，走使者本村野人，雇已一年矣。疾中思甘豆汤，令其取甘草，雇者久而不去，但具火汤水，秀才且意其怠于祗承。复见折树枝盈握，仍再三搓之，微近火上，忽成甘草。秀才心大异之，且意必有道者。良久，取粗沙数掊②挼③捘④，已成豆矣。及汤成，与甘豆无异，疾亦渐差。秀才谓曰："余贫迫若此，无以寸步。"因褫⑤垢衣授之："可以此办少酒肉，予将会村老，丐少道路资也。"雇者微笑："此固不足办，某当营之。"乃斫一枯桑树，成数筐札，聚于盘上。哄之悉成牛肉。复汲数瓶水，顷之乃旨酒也。村老皆醉饱，获束缣三千。秀才方渐，谢雇者曰："某本骄雅，不识道者，今返请为仆。"雇者曰："予固异人，有少失，谪于下贱，合役于秀才。若限未足，复须力于它人。请秀才勿变常，庶卒某事也。"秀才虽诺之，每呼指，色上面，蹙蹙不安。雇者乃辞曰："秀才若此，果妨某事也。"因说秀才修短穷达之数，且言万物无不可化者，唯淤泥中朱漆筋及发，药力不能化。因去，不知所之也。

【注释】①元和：元和（806年—820年）是唐宪宗李纯的年号，在位期间唐朝出现短暂的统一，史称"元和中兴"。②掊：用手扒土。③挼〔ruó〕：揉搓。④捘〔zùn〕：按，捏。⑤褫：剥夺。

【译文】我的一个秀才朋友权同休，元和年间没有考中，游历到了苏湖地区。结果生病致贫生活窘迫，他的一个仆人，是他在当地雇佣的本村农夫，已经雇了有一年了。权同休在病中想要喝甘豆汤，就让这个仆人去拿甘草，结果这个仆人很长时间都不去取，只是在那里准备火烧热水，这个秀才以为这个仆人偷懒不愿意服从命令。又看见他折了满满一把树枝，再三揉搓，微微靠近火上，忽然这把草就变成了甘草。秀才感到非常奇怪，心想这个仆人是个有道术的人。过了很久，这个仆人取来粗沙又揉又捏又抓，结果粗沙就变成了豆子巴。等到甜豆汤做好，喝平常的甘豆没有区别，他的病也就慢慢的好了。秀才对这个仆人说："我穷到了这样的地步，已经是身无分文。"于是他就把因自己的衣服脱下来交给他："这些旧衣服可以典当，置办些酒肉，我将要拜访村中长老，乞讨一些回家的路费。"仆人微笑："你没必要这么做，我自有办法。"他砍了一棵枯桑树，做成几个筐盘，放在盘自上。嘴巴里念念有词，结果全部变成了牛肉。他又打了数瓶水，一下子就变成了美酒。村里的长老都吃饱喝足，就送给了秀才三千布绢。秀才生活渐渐好起来了，他感谢仆人说："我是一个骄雅的人，不认识得道的人，如今我请求成为你的仆人。"仆人说："我的确是个得道之人，因为有了一些小的过错，被贬到了这样的地步，成为你的仆人。如果期限还没有结束，就要为另外的人出力服务。请你就不要有所变化了，这样就算配合完成我的任务吧。"秀才虽然答应，但是到了后来每次指使这个仆人，他脸色上就有些尴尬，有些戚戚不安。仆人于是向他告别："你要是这个样子，就真的要妨碍我的事了。"于是他就开始说秀才的命运，并且说世间万物都是可以化去的，唯有淤泥中红色的漆筋长到头发那样长，药力是不能化去。这个仆人就走了，不知道到什么地方去了。

宝历中，荆州有卢山人，常贩桄①朴石灰，往来于白洑南草市，时时微露奇迹，人不之测。贾人赵元卿好事，将从之游，乃频市②其所货，设果茗，诈访其息利之术。卢觉，竟谓曰："观子意，似不在所市，意有何也？"赵乃言："窃知长者埋形隐德，洞过蓍龟，愿垂一言。"

卢笑曰："今且验，君主人午时有非常之祸也，若是吾言当免。君可告之，将午，当有卖饼者负囊而至。囊中有钱二千余，而必非意相干也。可闭关，戒妻孥勿轻应对。及午，必极骂，须尽家临水避之。若尔，徒费三千四百钱也。"时赵停于百姓张家，即遽归语之。张亦素神卢生，乃闭门伺也。欲午，果有人状如卢所言，叩门求籴，怒其不应，因足其户，张重篓捍之。顷聚人数百，张乃自从门率妻孥回避。差午，其人乃去，行数百步，忽蹶倒而死。其妻至，众人具告其所为。妻痛切，乃号适张所，诬其夫死有因。官不能评，众具言张闭户逃避之状。识者谓张曰："汝固无罪，可为办其死。"张欣然从断，其妻亦喜。及市槽就舆，正当三千四百文。因是，人赴之如市。卢不耐，竟潜逝。至复州界，维舟于陆奇秀才庄门。或语陆："卢山人，非常人也。"陆乃谒。陆时将入京投相知，因请决疑，卢曰："君今年不可动，忧旦夕祸作。君所居堂后有钱一瓯，覆以板，非君有也。钱主今始三岁，君慎勿用一钱，用必成祸。能从吾戒乎？"陆矍然谢之。及卢生去，水波未定，陆笑谓妻子曰："卢生言如是，吾更何求乎。"乃命家童锹其地，未数尺，果遇板，彻之，有巨瓮，散钱满焉。陆喜。其妻以裙运纫草贯之，将及一万，儿女忽暴头痛，不可忍。陆曰："岂卢生言将征乎？"因奔马追及，且谢违戒。卢生怒曰："君用之必祸骨肉，骨肉与利轻重，君自度也。"棹舟去之不顾。陆驰归，醮而瘳焉，儿女豁愈矣。卢生到复州，又常与数人闲行，途遇六七人，盛服俱带，酒气逆鼻。卢生忽叱之曰："汝等所为不悛，性命无几！"其人悉罗拜尘中，曰："不敢，不敢。"其侣讶之，卢曰："此辈尽劫江贼也。"其异如此。赵元和言，卢生状貌，老少不常，亦不常见其饮食。尝语赵生曰："世间刺客隐形者不少，道者得隐形术，能不试，二十年可易形，名曰脱离。后二十年，名籍于地仙矣。"又言："刺客之死，尸亦不见。"所论多奇怪，盖神仙之流也。

【注释】①桡: 曲木;木头弯曲;泛指弯曲。②市: 买。

【译文】宝历年间,荆州有一个卢山人,常贩卖桡朴石灰,他往来于白洑南的草市,还不时微微露出神奇的能力,别人感到他神奇莫测。贾人赵元卿好道术,打算拜他为师,就频繁地买他的东西,并准备好瓜果茶叶,假装去拜访他寻求挣钱的办法。卢山人明白过来,就对他说:"我看你的意思,似不在买卖,你到底什么用意?"赵元卿说:"我私下里明白老先生隐姓埋名,深知占卜之术,希望能够得到你的教诲。"卢山人笑:"今日就会有验证,君的主人家午时有非常之祸,假如按我的话去做就能够免除灾难。你可以告诉你的主人家,快到中午的时候,会有一个做饼的人背着口袋前来。口袋里有钱二千余,他一定会找你们的麻烦。你们可以关上门,告诫妻子孩子不要轻易和他对答。到了中午,这个人一定会尽力辱骂,你们一定要全家靠近水边躲避。如果这样做,只是白白耗费三千四百钱。"当时赵元卿停留在百姓张家,于是他就回去告诉张。张平时就觉得卢生很神奇,于是就关上门等待。快到中午,果有人就像卢所言的一样,敲门请求卖饼,并生气张家不回答,就拿脚踢他们家的窗户,张用两层席子封住窗户。很快就聚集了数百人,张就带着妻儿从后门回避。过了中午,这个人才离开,刚走了数百步,忽然倒在地上死掉了。这个人的妻子来了,众人就把情况告诉了她。这个人的妻子很是悲痛,哭着就来到了张家,诬告她的老公死亡是因为张的原因。官不能判,众人都说出了张关门关窗逃避的样子。明白人就对张说:"你原本是没有罪过的,但是可以为他操办丧事。"张欣然听从了这种解决方法,那个人的老婆也很高兴这种处理。等到买棺材及办完事,正好事三千四百文。因为这件事,大家都到卢这儿来,人多得就好像集市一样。卢山人不耐烦,竟然悄悄地走了。到复州地界,他把舟系在陆奇秀才庄门口。有人就对陆奇说:"卢山人,非常人。"陆奇就来拜访卢山人。陆奇当时打算到京城去投靠知己,于是就请卢山人来预测,卢山人说:"君今年不能动,我担心早晚祸患要发作。你所居住的厅堂后有一甄钱，被木板覆盖了，这不是你的钱。钱主今年才三岁，君小心不要使用一钱，用一定会有灾祸。你能够听从我的告诫吗？"陆奇惊慌地同意，拜谢而去。卢生才刚走，陆笑着对妻子说："卢生这样说，我还要别的请求吗？"他命家童挖地，没有几尺，果然碰到了一块板子，打开，有一个巨瓮，装满了散钱。陆奇很高兴。他的妻用裙运纫草贯穿这些散钱，将要到一万的时候，儿女忽然头痛，不可忍耐。陆奇说："难道是卢生的话应验了？"于是骑马去追，并且向卢山人谢罪违背了告诫。卢生生气地说："你用这些钱祸害就会落到骨肉身上，骨肉与利益孰轻孰重，你自己掂量。"划船而去没有回头。陆奇奔马回家，祭拜上天让孩子的病好，儿女的病就好了。卢生到了复州，又常常喝几个人悠闲地散步，途中遇六七人，穿着华美的服装，酒气扑鼻。卢生忽然呵斥他们说："你们做了坏事，性命难保了！"这些人全部跪倒在地，说："不敢，不敢。"卢生的同伴很惊讶，卢说："这些家伙都是劫江贼。"这个卢生的神奇就是这样。赵元和说，卢生的容貌，不老不少，也不常见他饮食。卢生曾经对赵生说："世间的刺客能够隐形的不在少数，修道的人会隐形术，但是不能够试用，二十年后就可以改变身体容貌，这叫做：脱离。"后来过了二十年，卢生的名字记载在地仙的行列。他还说："刺客死后，尸体也不会被看见。"他所说的话大多让人感觉奇怪，看来他的确是神仙呀。

长庆初，山人杨隐之在郴州①，常寻访道者。有唐居士，土人谓百岁人。杨谒之，因留杨止宿。及夜，呼其女曰："可将一下弦月子来。"其女遂帖月于壁上，如片纸耳。唐即起，祝之曰："今夕有客，可赐光明。"言讫，一室朗若张烛。

【注释】①郴州：位于湖南省东南部，地处南岭山脉与罗霄山脉交错、长江水系与珠江水系分流的地带。

【译文】长庆初年，隐士杨隐之在郴州，常常寻访得道的高人。有一个叫做唐居士的，当地人说他超过了百岁。杨隐之就去拜见他，这位高人就留杨在他家住宿。到了夜里，这位高人喊他的女儿："你可以拿一个弦月来。"他女儿就把月贴在墙壁上，这个月亮就好像一片纸。唐就起身，向月祝愿说："今晚有客，可赐给我们光明。"说完，整个室房间明亮得就好像点了蜡烛。

南中有百姓行路遇风雨，与一老人同庇树阴，其人偏坐敬让之。雨止，老人遗其丹三丸，言有急事即服。岁余，妻暴病卒。数日，方忆老人丹事，乃毁齿灌之，微有暖气，颜色如生。今死已四年矣，状如沉醉，爪甲亦长。其人至今舆①以相随，说者于四明见之矣。

【注释】①舆：马车。

【译文】南中有一个百姓行路遇到了风雨，他和一老人一同在树阴下躲雨，这个人偏坐很恭敬地让这个老人坐。雨停后，老人送给他三颗药丸，说有急事就服用。过了一年多，他的妻子暴病身亡。死了好几天，这个人才想起老人送给他药丸的事情来，就撬开妻子的牙齿把药丸灌进去，妻子的尸体微微有了热气，神色就好像活着一样。

到如今他的妻子已经死了四年了，但是样子就像醉酒了一样，指甲也在生长。这个人到现在一直是用车子装着他的妻子生活，说这个故事的人说在四明看见过他和他的妻子。

前集卷三

贝 编

释门^①三界^②二十八天^③、四洲^④至华藏世界^⑤、八寒八热地狱^⑥等，法自三身^⑦、五位^⑧、四果^⑨、七支至十八界^⑩、三十七道品^⑪等，入释者率能言之。今不复具，录其事尤异者。

【注释】①释门：就是佛门。②三界：指众生所居之欲界、色界、无色界。③二十八天：指欲界的六欲天、色界的四禅十八天、无色界的四无色天。④四洲：指的是东胜神洲、南赡部洲、西牛贺洲、北俱卢洲。东胜神洲其状如半月形，其人身形胜故，名胜神洲；南赡部洲其状上大下小，略如吾人之面，亦称南阎浮提，阎浮即赡部树，此洲有此树故名，吾人的世界，即在此洲；西牛贺洲其状周圆，其地多牛，以牛为货易，故名牛货；北俱卢洲其状方正，此洲人寿皆千岁，衣食自然，惟无佛法，故列为"八难"之一。⑤华藏世界：莲华藏世界的简称。佛经说，在风轮之上的香水海中有大莲华，此莲华中含藏着微尘数的世界，所以叫做莲华藏世界。⑥地狱大约分为三大类，即根本地狱、近边地狱、孤独地狱。在根本地狱中，又分为纵横两大类，纵的有八大地狱，又称为八热地狱。横的也有八大地狱，又称为八寒地狱。⑦三身：法身、报身、化身。⑧五位：色法、心法、心所法、心不相应法、无为法。⑨四果：须陀洹果、斯陀含果、阿那含果、阿罗汉果。⑩七支：身三支，谓杀、盗、淫。

口四支,谓妄言、绮语、两舌、恶口。十八界: 六根(眼界、耳界、鼻界、舌界、身界、意界); 六境(色界、声界、香界、味界、触界、法界); 六识(眼识界、耳识界、鼻识界、舌识界、身识界、意识界)。⑪三十七道品: 又称三十七觉支、三十七菩提分、三十七助道法、三十七品道法,为四圣谛中道谛的仔细开展,是趋向解脱、获得证悟的道路。循此三十七法而修,即可次第趋于菩提,故称为菩提分法。指四念住(处)、四正勤、四如意足、五根、五力、七觉支、八正道。

【译文】佛门有三界二十八天、四洲至华藏世界、八寒八热地狱等等,法自三身、五位、四果、七支至十八界、三十七道品等等,进入佛门的人大抵都能够说出来。如今能够说出这种神奇的事情的人已经没有了,这里摘录他们当中特别奇怪的事件。

䨄持天①,十住处十六分中轮王②,乐不及其二。

【注释】①䨄持天: 四王天五大区之一,这一天层分䨄持天、迦留天、恣意天、箜篌天、行天,前面四大区又各分十小区。四王天之第一住处——䨄持天,绕须弥山四埵而住。䨄持天有十住处,一名白摩尼,二名峻崖,三名果命,四名白功德行,五名常欢喜,六名行道,七名爱欲,八名爱境,九名意动,十名游戏林。是为十处,各各异住。②中轮王: 又作遮迦越罗,转轮圣王,转轮圣帝,转轮王,轮王。司掌人道。

【译文】佛教里的䨄持天,有十住处,有十六分中轮王,这个地方是最快乐的地方。

四种乐①,一无怨,二随念及天女不念余天等,身香百由旬②。迦留波陀天,此由象迹有十地也。

【注释】①四种乐：又作四味、四种味、四无罪乐。系由受戒、修定等出世之行所生之法味乐。出离乐、寂静乐、菩提乐、远离乐。②身香百由旬：身出微妙香气;百由旬内远近闻者,悉得同蒙供佛利益。

【译文】四种乐,一无怨,二随念、和天女不念余天,身香百由旬。迦留波陀天,此由象迹有十地。

目不瞬①,众蜂出妙音。六天香风,皆入此天。四天王十地彩地、质多罗地八林。箜篌天十地金流河、无影山、有影游（一曰随）、乌随（一曰众）。其行处,池同其色。众乌说偈②白身天,身色如拘勿头花,无足柔耎③,随足上下。乐游戏天,乘鹅殿,宝树枝叶如殿。三十三天,九十九那由天女,忆念树物,随意而出。十花池、千柱殿。六时林,一日具六时。

【注释】①瞬：同"瞬",眨眼。②偈：跑得快。③耎〔ruǎn〕：弱,与"强"相对。

【译文】眼睛一眨不眨,许多蜜蜂一起弹奏出美妙的乐曲。六天香风,都入到这里。这里有四天王十地彩地、质多罗地八林。箜篌天十地金流河、无影山、有影游、乌随。它行走所到之处,池水颜色和它本身颜色一样。众乌说偈白身天,身体的颜色如拘勿头花,没有足体态柔弱,随足上上下下。在乐游戏天,有乘鹅殿,宝树枝叶如殿。三十三天里,九十九那由天女,心里去想象树木之类的物品,随着想法一同出现。还有十花池、千柱殿。以及六时林,在这里一天有六个时辰。

千辐轮殿,天妃舍支（一曰女）所坐也。衣无经纬①,将死者尘着身。马殿千鹅驾,金刚縆带。行林随天所至。众乌金臆。大象百头,头有十牙,牙端有百浴池。顶有山,名曰界庄严。鼻有河,如阎牟那河,水散落世界为雾。胁有二园，一名喜林，二名乐林。象名伊罗婆那。光明林，四维有意树，帝释②将与修罗③战，入此林四树间，自见胜败之相。甲胄林，甲胄从树而生，不可破坏。莲出摩偷美饮也，修一千二百善业者生此天。上妙之触，如触迦旃邻提鸟，此鸟轮王出世方见。开合林，开目常见光明。夜摩天住虚空，阎婆风所持也。积崖山，高三百由旬，有七榻七箱。始生天者五相，一光覆身而无衣，二见物生希有心，三弱颜，四疑，五怖。

【注释】①经纬：指织物的纵线和横线。②帝释：亦称"帝释天"。佛教护法神之一，天龙八部之一的天众之首领，佛家称其为三十三天（忉利天）之主，居须弥山顶善见城。③修罗：即阿修罗，佛教护法神天龙八部之一。阿修罗原是印度远古诸神之一，被视为恶神，属于凶猛好斗的鬼神，经常与帝释天争斗不休。

【译文】千辐轮殿是天妃舍支所住的地方。穿的衣服没有新做的，都是将死者身上沾满尘土的衣服拿来穿。天妃有马车千架，金刚丝带系在上面。行林伴随着一方天来到。众人都在各自揣测。有一只大象，这只大象有上百个头，每个头上有十颗牙齿，牙齿上面有百浴池。头顶还有一座山，名字叫做庄严。鼻子上有河，叫做阎牟那河，水散落到世间就没有了。腋下有两座园林，一处叫做喜林，一处叫做乐林。大象名字叫做伊罗婆那。光明林，四周都有大树，帝释天将要于修罗作战，打到这林子里面来后就分出了胜负。甲胄林，甲胄是为了保护树木而生，因此不可以破坏。莲出摩偷盗美味的饮品，经过一千二百年修行才生在这片天地。上妙的展示，如同触迦旃邻提鸟，这种鸟在轮王出世才出现。在开合林中，睁开眼睛就能看见日光。夜摩天在虚空中，被阎婆风所持有。积崖山，高三百多旬，有七榻七箱。始生天具备五种形态，一种是光着身子没有衣服，二看见物品会生出稀有的心思，第三是年轻人，第四是怀疑、第五是惊怖。

又五木，一近莲池花不开（一无"不"字），二近林蜂（一曰绛）离树，三听天女歌而出厌离，四近树花萎，五殿不行空。

【译文】又有五种树木，第一种靠近莲池不开花，第二种靠近林蜂离树，第三种听见天女的歌声出现满足的离开，第四种靠近树上的花就会枯萎，第五种在殿上不在空中行动。

又见身光衣触如金刚，及照毗琉璃镜，不见其道。天女九退相，一皮缓，二头花散落，三赤花在道变为黄，四风吹无缕衣如人依触，五飞行意倦，六触水而浊，七取树花高不可及，八见天子无媚，九发散粗涩。又唇动不止，璎珞花鬘皆重。十二种离垢布施生此天，群鸟青影覆万由旬。摩尼珠中有金字偈。四天王天有十二失坏，常与修罗战斗等。三十三天八种失坏，有劣天不为帝释所识等。夜摩天六失坏，食劣生渐等。兜率陀天四失坏，不乐鹅王说法声等。化乐天四失坏，天业将尽，其足无影等。他化自在天四失坏，宝翅蜂舍去等。

【译文】又见身上没穿衣服，触如金刚一般，及照毗琉璃镜，看不见他的所在。天女九中退下的形状是：一皮缓，二头花散落，三赤花在道变为黄，四风吹无缕衣如人依触，五飞行意倦，六触水而浊，七取树花高不可及，八见天子无媚，九发散粗涩。又唇动不止，璎珞花鬘都是双份。十二种离垢布施生在这一天，群鸟青影覆在万由旬。摩尼珠中有金字偈。四天王天有十二失坏，常和阿修罗战斗。三十三天里面八种天毁坏了，有劣天不被帝释天认识。夜摩天六次失坏，里面滋生了坏东西。兜率陀天四种失坏，里面的不喜欢鹅王说法声。化乐天四种失坏，天上的业力将要耗尽，里面的人脚没有影子。他化自在天四次失坏，里面的宝翅蜂被舍去。

　　色界天下石，经十万八千三百八十三年方至地。阎浮提人生三肘半至四肘，骨四（一曰五）十五，脉十三，身虫有毛灯膜血。禅都摩虫流行血中。善色虫处粪中，令人安乐。起根虫饱则喜。欢喜根虫能见众梦，又有癩瘕等。赊婆罗人穿唇。驼面目有诸人，二足。师子有翼，女人狗面。有林名吱多迦，罗刹所住。眴目问行百千由旬，洲有赤地黑玉铜康白等。郁单越鸡多迦等天河七十。自在无畏四天王否如鸭音林、麒麟陀树、迦吱多那等。二十五鹿名。有山多牛头旃檀，天人与阿修罗斗，伤者于此涂香。提罗迦树花，见日光即开。拘尼陀树花，见月光即开。无忧树，女人触之，花方开。尸利沙树，足蹈即长。又白龙、活鹅、旋鼻境界等花。瞿陀尼女人主乳，有十亿聚落，一万二城大国。多伽多支五大河，月力等弗婆提。三大林峪鬐等。三（一作王）大城，大者三亿五十万三千五百五十六聚落。南洲耳发庄严，北洲眼庄严，西洲顶腹庄严，东洲肩胜庄严。生赡部者，见白叠毛。生郁林越，见赤叠毛，见母如鹅。生瞿陀夷，生黄屋，见母如牛。生弗婆提，见青叠毛，见母如马。阿修罗以鬼摄魔及鬼有神通者，二畜摄在海地下八万四千有由旬。酒树。又有树，群蜂流蜜，其色如金。婆罗婆树，其实如瓮。

　　【译文】色界天下石，经十万八千三百八十三年方至地。阎浮提人生三肘半至四肘，骨有四十五，脉有十三，身虫有毛灯膜血。禅都摩虫流行血中。善色虫处在粪中，令人安乐。起根虫饱则喜。欢喜根虫能见众梦，又有癩瘕等。赊婆罗人穿唇。驼面目有诸人，有二足。师子有翼，女人狗面。有林名吱多迦是罗刹所住的地方。眴目问行百千由旬，洲有赤地黑玉铜康白等。郁单越鸡多迦等天河七十。自在无畏四天王否如鸭音林、麒麟陀树、迦吱多那等。二十五鹿名。有山多牛头旃檀，天人与阿修罗斗，伤者于此涂香。提罗迦树花，见日光即开。拘尼陀树花，见月光即开。无忧树，女人触摸，花方开。尸利沙树，踩着就长。又白龙、活鹅、旋鼻境界等花。瞿陀尼女人主养育，有十亿聚落，有一万二城大国。有多伽多支五大河，月力等弗婆提。有三大林峪鬐等。三大城，大者三亿五十万三千五百五十六聚落。南洲耳发庄严，北洲眼庄严，西洲顶腹庄严，东洲肩胜庄严。生赡部者，见白氎。生郁林越，见赤氎，见母如鹅。生瞿陀夷，生黄屋，见母如牛。生弗婆提，见青氎，见母如马。阿修罗以鬼摄魔及鬼有神通者，二畜摄在海地下八万四千有由旬。酒树。又有树，群蜂流蜜，金色。婆罗婆树，果实像瓮一样。

四彩女如影等，各有十二亿那由他侍女，寿五千岁。地名月鬟。不见顶山十三处，鹿迷蜂旋。赤目鱼正走冰行，住空主山窟。爱池鱼口等黄鬟林。

【译文】四彩女如影等，各有十二亿那由他侍女，寿命有五千岁。地名叫月鬟。不见顶山有十三处，在哪里鹿迷蜂旋。赤目鱼正走冰行，住在无主的山窟。爱池鱼口等黄鬟林。

鋡毗罗城，战时手足断而更生，半身及道即死。鬼怪阎浮提下五百由旬，有三十六种魔罗令鬟鬼，此言鬼子。魔遮叱迦鸟，唯得食鱼，舍鹅鬼受此身。

【译文】鋡毗罗城，战时手足断掉会再长出来，半个身子掉下来就会死。鬼怪阎浮提下五百由旬，有三十六种魔罗令鬟鬼，这叫鬼子。魔遮叱迦鸟，只吃鱼，舍鹅鬼会轮回成它。

畜生有三十四（一曰六）亿种。龙住阎浮提者，五十七亿。龙于瞿陀尼不降浊水，西洲人食浊水则夭。单越人恶冷风，龙不发冷。弗婆提洲不作雷声，不起雷光，东洲恶也。其雷声，兜率天作歌呗音，阎浮提作海潮音。其雨，兜率天上雨摩尼，护世城雨美膳，海中注雨不绝如连轮，阿修罗中雨兵仗，阎浮提中雨清净水。地狱一百三十六。三角生死善无记也。团生死诸天也。

【译文】畜生有三十四亿种。龙住阎浮提的有五十七亿。龙在瞿陀尼不降浊水，西洲人的食浊水早夭。单越人怕冷风，龙不发冷。弗婆提洲不打雷，不起雷光，东洲厌恶。雷声，兜率天作歌呗音，阎浮提作海潮音。下雨，兜率天上下摩尼，护世城下美膳，海中注雨不绝如连轮一样，阿修罗中下兵仗，阎浮提中下清净水。地狱有一百三十六中。三角生死，不记得善事。团生死在诸天。

青出死地狱，黄出死饿鬼。赤业（一曰出）畜生。活地狱十六别处，下天五千年，此狱一昼夜。金刚虫瓷热黄蓝花心，弥泥鱼，排筒。

【译文】青色出死地狱，黄色出死饿鬼。赤色出畜生。活地狱有十六别处，下天有五千年，此狱只有一昼夜。金刚虫瓷热黄蓝花心，弥泥鱼，排筒。

黑绳地狱，旃荼（一曰茶）剧，畏鹫。处合地狱，上中下苦铜汁河中身。洋如苏鹫腹火入。割刳处，坚鞞（一曰新）炎口，夜干（一曰千）朱诛虫、铁蚁。泪火处，以佉陀罗灰致眼中，镬池鼋。

【译文】黑绳地狱，旃荼剧，畏鹫。处合地狱，上中下都是苦铜汁。

洋如苏鹜腹火入。割刿处，坚靼炎口，夜干朱诛虫、铁蚁。泪火处，把佉陀罗灰放到眼中，鑞池鼋。

号叫地狱，发流火处，火末虫处，四百四痛，火厚二百肘。大号叫地狱，阔广三居赊，口生确。虫火鬓(一曰须)处，金舒迦色，肉泥色也。赤树鱼腹苦。

【译文】号叫地狱，发流火的地方，火末虫处，四百四痛，火厚二百肘。大号叫地狱，阔广三居赊，口生确。虫点燃毛发，金舒迦色是肉泥色。赤树鱼腹苦。

燋热地狱，十二炎处，火生十方及饥渴火也。针风生龙口中，弥泥鱼。锅量五十由旬，沸沫高半由旬。吹下三十六亿由旬，鼍块乌处地盆虫，置之鼓牛鼓出恶声。千头龙。阿鼻十六别剧，衣裳健破浣而速垢，将生阿鼻之相。死时见身如八岁儿，面在下。空中风吹三千年受苦，胜如阿迦尼吒天乐。狱中臭气能坏欲界六天，有出没之二山遮之。乌口处，黑肚处，一角二角处。

【译文】燋热地狱，是有十二炎的地方，火生十方及饥渴火也。针风生龙口中，弥泥鱼。锅量五十由旬，沸沫高半由旬。吹下三十六亿由旬，鼍块乌处地盆虫，放一面鼓能敲出鼓出恶声。有千头龙。阿鼻十六别剧，衣裳完好，洗后马上生灰，这是将生阿鼻的征兆。死时见身如八岁的孩子一样，脸在下。空中风吹三千年受苦，痛苦程度超过阿迦尼吒天乐。狱中臭气能毁坏欲界六天，有时常出没的二山遮挡。在乌口处，在黑肚处，也在一角二角处。

八寒地狱，多与常说同。凡生地狱有三种形，罪轻作人形，其次畜形，极苦无形，如肉轩、肉屏等。今佛寺中画地狱变，唯隔子狱稍如经说，其苦具悉，图人间者曾无一据。旧说地狱中荫牛头阿傍，无情业所感现。人渐死时，足后最冷，出地狱之相也。器世将坏，无生地狱者。阿修罗有一切观见池，战之胜败，悉见池中。鬘持天，镜林中，天人自见善恶因缘。正行天，颇梨树，见人行法与非法。毗留博天，常于此观之。忉利天及人中七生事，见于殿壁中。无法第八生波利邪多天，有波利邪多树，见阎浮提人善不善相。行善则照百由旬，行不善则雕枯，半行善则半荣。微细行天，宝树枝叶悉见天人影像，上中下业亦见其中。阎摩那婆罗天，娑罗树中见果报。其殿净如镜，悉见天人所作之善果报。又第二树中有千柱殿，有业纲，诸地狱十六隔剧，悉见其中。夜摩天，抚垢镜池，池中见自身，额上所见过，见业果。又阎浮那施塔影中，见欲界罪福及三恶。趣言天象异者，若有将食肥腻沉水，鸟下飞，日将蚀，诸方赤。

【译文】八寒地狱，多人们传说的一样。地狱有三种形态，罪轻作人形，其次畜形，极苦无形，如肉轩、肉屏等。今佛寺中画地狱变，唯隔子狱稍微和经书类似，其苦具悉，图人间者没有一丝证据。旧说地狱中荫牛头阿傍，无情业所感现。人渐死时，足后最冷，这是出地狱的状态。器世将坏，没有生地狱。阿修罗有一切观见池，占卜胜败，都在池水里面显现。鬘持天，镜林中，天人自见善恶因缘。正行天，颇梨树，见人行法与非法。毗留博天，经常在此天里。忉利天及人中七生事，在殿壁中能见到。无法第八生波利邪多天，有波利邪多树，见阎浮提人善不善相。行善则照百由旬，行不善则雕枯，半行善则半荣。微细行天，宝树枝叶悉见天人影像，上中下业亦见其中。阎摩那婆罗天，娑罗树中见果报。其殿净如镜子，悉见天人所作的善的果报。又第二树中有千柱殿，有业纲，诸地狱十六隔剧，都在其中看见。夜摩天，抚垢镜池，池中见自身，额上所见过，见业果。又阎浮那施塔影中，见欲界罪福及三恶。说天象异者，若有将食肥腻的沉水，乌向下飞，将要日食，天地一片红色。

二十八宿：昴（一曰角）为首，一夜行三十（一有"六"字）时，形如剃刀，姓鞞耶尼，祭用乳，属火。毕形如笠，又属木，祭用鹿肉，祭颇罗堕。觜属日（一无"日"字），月之子，姓毗梨伕耶尼，形如鹿头，祭用果。参属日，天，姓婆斯絺，形如妇人鏖，祭用醍醐。井属日，姓同参，形如足迹，祭用粳米和蜜。鬼属木，姓炮波罗毗，形如佛胸，祭同井。柳属蛇，姓祭与参同，形如蛇。星属火，形如河岸，姓宾伽耶尼，祭用乌麻。张属福德天，姓瞿云弥，形、祭如井。翼属林天，姓憍陈如，祭用黑豆，形同上。轸属毗沙梨帝，形如人手，姓迦遮延，祭用莠稗。角属喜乐天，姓质多罗，形如上，祭用花。亢姓迦旃延，祭用绿豆。氐姓多罗尼，以花祭。房属慈天，姓阿蓝婆，形如璎珞，祭用酒肉。心属忉利天，姓迦罗延，形如大麦，祭用粳米。尾属腊师天，姓遮耶尼，形如蝎尾，祭用果根。箕属清净天，姓持义迦，形如牛角。斗姓莫迦逻，形如人拓石，祭如井。牛属梵天，姓梵岚摩，形如牛头，祭如参。女属毗纽天，姓帝利迦遮耶尼，形如心，祭以乌肉。虚姓同翼，形如鸟，祭用乌豆汁。危姓单罗尼，形如参（一曰心），祭以粳米。室属蛇头天，蝎天之子，姓阎浮都迦，祭用血。壁姓陀难阇。奎姓阿瑟吒，祭用酪。娄属乾阇婆天，姓阿含婆，形如马头，祭用大麦。胃姓驮伽毗，形如鼎足。亢、虚、参、胃四星，不得入阵。轸宿生人，七步无蛇。角宿生人，好嘲戏。女宿生人，亢、参、危三宿日作事不成。虚角（一有"事"字）胜。一千六百刹那为一迦那，倍六十名横呼律多，倍三十日为一日夜。夜义口烟为慧。

龙王身光曰忧流迦，此言天狗。

【译文】二十八宿：以昴为首，一夜行三十时，形如剃刀，姓鞞耶尼，用乳祭祀，属火。毕形如笠，又属木，用鹿肉祭祀，祭祀颇罗堕。觜属日，是月之子，姓毗梨佉耶尼，形如鹿头，用果祭祀。参属日，天，姓婆斯絺，形如妇人臀，用醍醐祭祀。井属日，姓同参，形如足迹，用粳米和蜜祭祀。鬼属木，姓炮波罗毗，形如佛胸，同井祭祀。柳属蛇，姓祭与参同，形如蛇。星属火，形如河岸，姓宾伽耶尼，用乌麻祭祀。张属福德天，姓瞿云弥，形、祭如井。翼属林天，姓憍陈如，用黑豆祭祀，形同上。轸属毗沙梨帝，形如人手，姓迦遮延，用荞稗祭祀。角属喜乐天，姓质多罗，形如上，用花祭祀。亢姓迦旆延，用绿豆祭祀。氐姓多罗尼，以花祭。房属慈天，姓阿蓝婆，形如璎珞，用酒肉祭祀。心属忉利天，姓迦罗延，形如大麦，用粳米祭祀。尾属腊师天，姓遮耶尼，形如蝎尾，用果根祭祀。箕属清净天，姓持义迦，形如牛角。斗姓莫迦遏，形如人拓石，祭祀如井一样。牛属梵天，姓梵岚摩，形如牛头，祭祀如参一样。女属毗纽天，姓帝利迦遮耶尼，形如心，以乌肉祭祀。虚姓同翼，形如乌，用乌豆汁祭祀。危姓单罗尼，形如参，以粳米祭祀。室属蛇头天，蝎天之子，姓阎浮都迦，用血祭祀。壁姓陀难阇。奎姓阿瑟吒，用酪祭祀。娄属乾闼婆天，姓阿含婆，形如马头，用大麦祭祀。胃姓驮伽毗，形如鼎足。亢、虚、参、胃四星，不得入阵。轸宿生人，七步无蛇。角宿生人，好嘲戏。女宿生人，亢、参、危三宿日作事不成。虚角胜。一千六百刹那为一迦那，倍六十名横呼律多，倍三十日为一日夜。夜义口烟为慧。

身上发光的龙王叫忧流迦，这原本是说天狗的。

魏明帝始造白马寺。寺中悬幡①，影入内，帝怪，问左右曰："佛有何神，人敬事之？"

【注释】①幡：用竹竿等挑起来直着挂的长条形旗子。

【译文】魏明帝开始造白马寺的时候，寺中悬挂着幡，影子照进了皇宫，皇帝感到奇怪，问左右："佛教有些什么神灵让人崇敬？"

乌仗那国①有佛迹，随人身福寿，量有长短。

【注释】①乌仗那国：印度天竺的北方国土。相当于现在的巴基斯坦国开伯尔–普什图省斯瓦特县。

【译文】乌仗那国有佛陀留下的印迹，这个印迹会跟随人的福寿的多寡，长度会相应地变长变短。

那揭罗曷国①城东塔中有佛顶骨，周二尺。欲知善恶者，以香涂印骨，其迹焕然，善恶相悉见。

【注释】①那揭罗曷国：那竭国，又名那迦罗阿国，是梵文Nagarahara的对音。

【译文】那揭罗曷国的城东，塔里面藏有佛陀头顶的骨头，周长二尺。想要了解一个人是善是恶，可以用香涂在骨头上，骨头上的痕迹很是清晰，是善是恶也就能够清楚地表现出来。

北天健驮罗国有大窣堵波，佛悬记，七烧七立，佛法方尽，玄奘言成坏已三。

【译文】北天健驮罗国有一个大窣堵波，佛曾经预言，它会被七次被烧毁又七次建立，佛法才会灭尽，玄奘曾经说这座城已经成坏了三次。

西域佛金刚座，有标界铜观自在像两躯，国人相传菩萨身没，佛法亦尽，隋末已没过胸臆矣。

【译文】西域佛金刚座，有标界铜观自在菩萨像两尊，老百姓传这尊菩萨的身子被埋没，佛法也就毁了。到了隋末，这尊菩萨已经没过了胸膛。

乾陀国①头河岸有系白象树，花叶似枣，季冬方熟。相传此树灭，佛法亦灭。

【注释】①乾陀国：乾陀罗，魏书西域传作乾陀国，西域记作健驮逻国Gandhara，佛国记作犍陀卫，又有作犍陀越者。

【译文】乾陀国头河岸边有一棵原本系着白象的树，花叶就像枣树，到了深冬，树上的果实才成熟。相传这棵树死了，佛法也就亡了。

北朝时，徐州角成悬之北，僧尼着白布法服，时有青布袈裟者。

【译文】北朝的时候，在徐州角成悬的北面，僧尼穿着白布的法服，不时有穿着青布袈裟的和尚。

波斯属国有阿韑①荼国，城北大林中有伽蓝音佛，于此听比丘著函缚屣。函缚，此言靴也。

【注释】①韑：音fàn。

【译文】波斯的附属国有一个叫做阿韑荼国，城北的树林中有伽蓝音佛，在此听法的信徒穿着靴子、用布条把脚绑起来。函缚，是鞋子的意思。

宁王宪①寝疾，上命中使送医药，相望于道。僧崇一疗宪稍瘳，上悦，持赐崇一绯袍、鱼袋。

【注释】①李宪（679年－742年），原名成器。唐朝宗室，睿宗李旦长子。母为睿宗元配肃明刘皇后。本为太子，后让与其弟李隆基。

【译文】宁王李宪卧病在床，皇上命令太监给他送医药，来来回回络绎不绝忙个不停。和尚崇一治疗李宪稍稍康复，皇上很高兴，赐给崇一和尚绯袍和鱼袋。

梁简文帝①有《谢赐郁泥纳袈裟表》。

【注释】①梁简文帝：萧纲（503年—551年），字世缵，南兰陵（今江苏武进）人，梁武帝萧衍第三子，昭明太子萧统同母弟，母贵嫔丁令光，南北朝时期梁朝皇帝、文学家。

【译文】梁朝简文帝有《谢赐郁泥纳袈裟表》。

魏使陆操至梁，梁王坐小舆，使再①拜，遣中书舍人殷炅宣旨劳问。至重云殿，引升殿。梁主着菩萨衣，北面，太子已下皆菩萨衣，侍卫如法。操西向以次立，其人悉西厢东面。一道人赞礼，佛词凡有三卷。其赞第三卷中，称为魏主、魏相高并南北二境士女。礼佛讫，台使其群臣俱再拜矣。

【注释】①再：第二次。

【译文】北魏国的使者陆操到了梁国，梁王坐在小车里，使者再次向他行礼，（梁王）派遣中书舍人殷炅颁布旨意进行慰问。（使者）到了重云殿，引升殿。梁王穿着菩萨衣，面对北面，太子以下都穿着菩萨衣，侍卫也是如此。陆操向西站在他们的后面，其它人全部站在西厢房的东面。一个和尚宣布礼拜佛主仪式开始，佛词大概有三卷。其种赞词在第三卷中，里面为魏主、魏相和南北两地的男男女女祈福。礼拜佛主结束，才让各位大臣再次参拜。

魏李骞^①、崔劼^②至梁同泰寺，主客^③王克、舍人^④贺季友及三僧迎门引接。至浮图中，佛旁有执板笔者。僧谓骞曰："此是尸头，专记人罪。"骞曰："便是僧之董狐^⑤。"复入二堂，佛前有铜钵，中燃灯。劼曰："可谓日月出矣，爝火不息。"

【注释】①李骞：（508－549年），字希义，小字景元，赵郡柏仁（今邢台隆尧县）人。元魏大臣，高平宣王李顺曾孙。博涉经史，文藻富盛。年十四，国子学生。以聪达见知。②崔劼：生卒不详，南北朝时期北齐大臣，北魏名臣崔光次子，以清正著称。约生于北魏孝文帝时期，卒于北齐武成帝末年（566年左右）。历仕北魏、东魏、北齐三代，主要政治生涯在北齐。③主客：官名，管接待。④舍人：官名。⑤董狐：史官。

【译文】北魏的李骞、崔劼到了梁朝的同泰寺，主客王克、舍人贺季友和三个和尚到门口迎接。几个人到了佛塔里，佛像旁有一个拿着板和笔的人。和尚对着李骞说："这个叫做尸头，专门记录人的罪过。"李骞答道："这就是和尚里的董狐。"大家又进入了二堂，佛像前有个铜钵，中间有灯在燃烧。崔劼就说："这个可以说是日月出来了，火炬却没有熄灭。"

卢县东有金榆山，昔朗法师令弟子至此采榆荚，诣瑕丘市易，皆化为金钱。

【译文】卢县的东面有一座金榆山，昔朗法师让弟子到这儿采集榆荚，收集好后就到瑕丘的集市上去进行交易，这些榆荚都化为了金钱。

后魏胡后尝问沙门(一曰法师)宝志国祚，且言把枣与鸡唤朱朱，盖尔朱也。

【译文】后魏的胡后曾经问宝志法师国家的命运，法师把枣给鸡吃，并且嘴巴里发出"朱朱"的声音，原来这个"朱朱"指的就是尔朱荣。

有赵法和请占，志公曰："大箭不须羽。东箱屋，急手作。"法和寻丧父。

【译文】有一个叫做赵法和请求占卜，宝志法师说："大箭不须要羽毛。东箱屋，急忙用手做。"法和不久就死了父亲。

历城县①光政寺有磬石，形如半月，腻光若滴。扣之，声及百里。北齐时移于都内，使人击之，其声杳绝。却令归本寺，扣之，声如故。士人语曰："磬神圣，恋光政。"

【注释】①历城县：历城县南依泰山，北靠黄河，是济南城东部重要的政治、经济、文化中心。
【译文】历城县的光政寺有一块磬石，形状就如半月，细腻光滑就像水滴。敲击它，声音可以传到一百里外。北齐的时候（这块石头）被搬到了都城内，让人敲击它，声音就没有了。只是让它回归光政寺，敲击它，声又像原先那样响亮。士人们就说了："磬是很神圣的，留恋光政寺。"

贝编

国初，僧玄奘①往五印取经，西域敬之。成式见倭国僧金刚三昧，言尝至中天，寺中多画玄奘麻屩及匙箸，以彩云乘之，盖西域所无者。每至斋日，辄膜拜焉。

【注释】①玄奘：602年~664年，唐代著名高僧，法相宗创始人，洛州缑氏（今河南洛阳偃师）人，其先颍川人，俗家姓名"陈祎〔yī〕"，法名"玄奘"，被尊称为"三藏法师"，后世俗称"唐僧"，与鸠摩罗什、真谛并称为中国佛教三大翻译家。

【译文】唐朝初年，和尚玄奘前往印度各国取经，西域各国都很敬重他。我见过倭国的和尚金刚三昧，这个和尚说他曾经到过中天竺，中天竺的寺庙中大多画着玄奘穿着麻鞋和拿着吃饭的用具，并在旁边用彩云围绕，这些都是西域没有的。每次到了祭拜的日子，人们就膜拜玄奘的画像。

又言那兰陀寺僧食堂中，热际有巨蝇数万。至僧上堂时，悉自飞集于庭树。

【译文】这个日本和尚又说那兰陀寺的和尚食堂中，在盛夏就会有数万只巨型的苍蝇。等到和尚去吃饭的时候，这些苍蝇全部会飞到庭院的树上。

僧万回年二十余，貌痴不语。其兄戍辽阳，久绝音问，或传其死，其家为作斋。万回忽卷饼菇，大言曰："兄在，我将馈之。"出门如飞，马驰不及。及暮而还，得其兄书，缄封犹湿。计往返，一日万里，因号焉。

【译文】万回和尚年纪二十多岁，容貌就像白痴还不说话。他的哥哥守卫辽阳，过了很久都已经断绝了音讯，有人传言说这个哥哥已经死了，他的家里就为他设斋饭祭拜。万回和尚突然卷起这些斋饭，大声说："我的哥哥还在，我将要把这个送给他。"他跑了出门，像飞一样，就连奔跑的马也赶不上。到了傍晚他回来了，得到了哥哥的书信，信的封口还是湿的。计算往返的路程，一日要走万里，万回和尚因此就叫做万回了。

天后任酷吏罗织，位稍隆者日别妻子。博陵王崔玄晖位望俱极，其母忧之，曰："汝可一迎万回，此僧宝志之流，可以观其举止祸福也。"及至，母垂泣作礼，兼施银匙箸一双。万回忽下阶，掷其匙箸于堂屋上，掉臂而去。一家谓为不祥。一日，令上屋取之，匙箸下得书一卷。观之，乃谶讳书也，遽令焚之。数日，有司忽即其家，大索图谶不获，得雪。时酷吏多令盗夜埋蛊，遗谶于人家，经月乃密籍之，博陵微万回则灭族矣。

【译文】武则天任命酷吏搜集罗列（官员的罪名，大搞白色恐怖），地位稍稍显赫的官员（每天都过得提心吊胆，）每次（上朝），都要和妻子孩子分别。
博陵王崔玄晖地位声望都非常高，他的母亲很担忧，说："你可以去恭迎万回和尚，这个和尚就像宝志法师那样有神通，你可以观看他的举止，防止灾祸发生。"等到万回和尚来了，他的母亲流着眼泪向和尚行礼，并且送了一双银汤匙和筷子。万回和尚忽然走下台下阶，把汤匙和筷子丢在堂屋上，转身就离开了。全家人都认为这是不祥的预兆。一天，崔玄晖令手下上屋把匙箸取回，匙箸下找到书一卷。打开一看，原来是预言书，就下令烧掉。过了几天，官府人员忽然来到他家，大肆寻找预言书，却没有得到，崔玄晖的清白得以保全。原来当时的酷吏很多喜欢让盗贼夜晚跑到别人家里去，把这种预言书留在别人家里，过了一个多月后就来秘密抄家，博陵要是没有万回和尚就要被灭族了。

梵僧不空，得总持门，能役百神。玄宗敬之。岁常旱，上令祈雨，不空言："可。过某日令祈之，必暴雨。"上乃令金刚三藏设坛请雨，连日暴雨不止，坊市有漂溺者。遽召不空，令止。不空遂于寺庭中捏泥龙五六，当溜水，作胡言骂之。良久，复置之，乃大笑。有顷，雨霁。

【译文】印度和尚不空，担任总持门的职务，他有能够驱使各种神灵的神本领。唐玄宗敬重他。有一年天大旱，皇上让他求雨，不空说："可以。但是要过了某一日再让我求雨，必定会下暴雨。"皇上（不信他的话，）就让另一个和尚金刚三藏设坛请雨，结果连日暴雨不停，城市里都有了漂浮的溺死者的尸体。皇上赶忙召来不空和尚，让他阻止大雨。不空和尚就在寺庙的庭院中捏了五六条泥龙，面对着屋檐的流水，用印度话怒骂训斥。过了很久，又做了一次，还大笑。过了一会儿，雨停了。

玄宗又尝召术士罗公远与不空同祈雨，互校[①]功力。上俱召问之，不空曰："臣昨焚白檀香龙。"上令左右掬庭水嗅之，果有檀香气。又与罗公远同在便殿，罗时反手搔背，不空曰："借尊师如意。"殿上花石莹滑，遂激（一曰击）窣至其前，罗再三取之不得。上欲取之，不空曰："三郎勿起，此影耳。"因举手示罗如意。

【注释】①挍〔jiào〕：同"校"，比较。

【译文】唐玄宗又有一次曾经征召术士罗公远和不空和尚一同求雨，相互比较一下功力。下雨之后，皇上把他们叫过来询问，问是谁求来的雨。不空和尚说："我昨天焚烧了白檀香龙。"皇上命令左右捧起庭院中的雨水闻闻，果然有檀香气。看来这场雨是和尚求来的。和尚又有一次和罗公远一同在便殿，罗不时反手搔背，不空和尚说："借尊师的如意一用。"便殿上的假山晶莹湿滑，和尚就把他丢在假山上，罗再三想要去捡回来却不能够成功。皇上也想去捡，不空和尚说："三郎不用起身，那个不过是个幻影。"于是他举手展示罗的如意还在他的手中。

又邙山有大蛇，樵者常见，头若丘陵，夜常承露气。见不空，人语曰："弟子恶报，和尚何以见度？常欲翻河水陷洛阳城，以快所居也。"不空为受戒，说苦空，且曰："汝以瞋心受此苦，复忿恨，吾力何及。当思吾言，此身自舍昔而来。"后旬月，樵者见蛇死于涧中，臭达数十里。不空每祈雨，无他轨则，但设数绣座，手簸旋数寸木神，念咒掷之，自立于座上，伺水神吻角牙出，目瞬则雨至。

【译文】还有一个故事，邙山有大蛇，樵夫常常能够看见，蛇头就好像丘陵，到了夜晚这条蛇常常承接露气。（这条蛇）看见了不空和尚，用人话说："弟子变成这个样子，是因为遭到了恶报，和尚怎么来度我呢？我常想翻腾起黄河水淹没洛阳城，让我更加快活一点。"不空为他受戒，诉说世间的苦空，并且说："你因为犯了嗔戒才会受这样的苦，你要是再忿恨，我就帮不了你了。你要好好思考一下我的话，你放弃了从前，你就会回到原先的样子。"后来过了一个月，樵夫看见蛇死在山涧中，臭味传出去数十里。不空每次求雨，没有别的方式方法，只是放几个绣座，手摇动旋转一个数寸长的木头制作的神像，念咒语丢掷这个神像，自己站立在绣座上，等候水神的嘴巴、角、牙齿出现，一眨眼的功夫雨就来了。

僧一行穷数，有异术。开元中，尝旱，玄宗令祈雨。一行言："当得一器，上有龙状者，方可致雨。"上令于内库中遍视之，皆言不类。数日后，指一古镜，鼻盘龙，喜曰："此有真龙矣。"乃持入道场，一夕而雨。

【译文】一行和尚对数术很有研究，有神奇的法术。开元年间，曾经大旱，玄宗让他求雨。一行和尚说："应该有一种器具，上有龙的形状，这样才可以让雨下下来。"皇上命令到内库中去翻找，一行都说不像。几天后，一行指着一个古镜，上面有个鼻盘龙，高兴地说："这个有真龙。"他就拿着这个古镜进入道场，一个晚上就下雨了。

荆州贞元初，有狂僧善歌《河满子》，尝遇醉，伍百途辱之，令歌。僧即发声，其词皆伍百从前非慝①也，伍百惊而自悔。

【注释】①慝〔tè〕：奸邪，邪恶。
【译文】贞元初年在荆州，有一个狂僧善长歌唱《河满子》，曾经有一次碰到了一个喝醉的官府衙役，在道路上羞辱他，命令他歌唱。这个疯和尚就发声歌唱，歌词全部是这个衙役先前的过错和隐藏的邪恶之事，衙役听后很惊讶并感到很后悔。

苏州贞元中有义师，状如风狂。有百姓起店十余间，义师忽运斤坏其檐，禁之不止。其人素知其神，礼曰："弟子活计赖此。"顾曰："尔惜乎？"乃掷斤于地而去。其夜市火，唯义师所坏檐屋数间存焉。常止于废寺殿中，无冬夏常积火，坏幡木象悉火之。好活烧鲤鱼，不待熟而食。垢面不洗，洗之辄^①雨，吴中以为雨候。将死，饮灰汁数斛^②，乃念佛而坐，不复饮食，百姓日观之，坐七日而死。时盛暑，色不变，支不摧。安国寺僧熟地，常烧木佛，往往与人语，颇知宗要，寺僧亦不之测。

【注释】①辄：就。②斛〔hú〕：中国旧量器名，亦是容量单位，一斛本为十斗，后来改为五斗。

【译文】苏州贞元年间有一个义师和尚，疯疯癫癫。有一个百姓建造了起十余间店铺，这个义师和尚忽然用斧子破坏了这些房间的屋檐，挡都挡不住。这个百姓向来了解这个和尚有神通，就对和尚行李说礼："弟子的生计就依赖这些店铺了。"和尚回头看他："你觉得可惜是吗？"说完，就把斧子扔地上然后离开了。这天晚上集市起火，只有和尚破坏的房间得以保存下来。和尚常常在废寺殿中停留休息，无论冬夏常常生着一堆火，坏的布幡木头造像全部用火烧掉。和尚喜欢活烧鲤鱼，不等鱼熟就吃掉。脸脏也不洗，要是他洗脸，那么天就要下雨，吴中的百姓把他当做雨候。他快要死的时候喝了，饮好几斛灰汁，念着佛号坐下，不再吃饭喝水，百姓每天都去看他，他坐了七日就死掉了。当时是盛暑，他的尸体颜色不变，身体也不倒。安国寺的和尚熟地，也是常常烧木佛，常常与人说话，对佛经颇有些了解，这个和尚也不可琢磨，也很神秘。

睿宗初生含凉殿，则天乃于殿内造佛氏，有玉像焉。及长，闲观其侧，玉像忽言："尔后当为天子。"

【译文】唐睿宗出生在含凉殿，武则天在殿内修造了佛像，有一尊玉佛像。等到唐睿宗慢慢长大，在这尊玉佛面前闲来无事观看的时候，玉像突然发声："你以后肯定要当天子。"

贝
编

前集卷四

境 异

东方之人鼻大，窍①通于目，筋力属焉。南方之人口大，窍通于耳。西方之人面大，窍通于鼻。北方之人窍通于阴，短颈。中央之人窍通于口。

【注释】①窍：窟窿，孔洞。

【译文】东方人鼻子大，鼻孔和眼睛相通，筋力所属。南方人口大，孔通耳。西方人面大，孔通鼻。北方人孔通阴，短颈。中央的人孔通口。

无启民，居穴食土。其人死，其心不朽，埋之，百年化为人。录民①，膝不朽，埋之，百二十年化为人。细民②，肝不朽，埋之，八年化为人。

【注释】①录民：即"禄民"，有俸禄的人，应该是官员。②细民：普通百姓。

【译文】无启这个地方的百姓，住在山洞里以吃土为生。那里的人死了，心不会朽坏，把他埋葬下去，百年之后又化为人。这个地方的官员膝盖不会腐坏，死了埋葬后一百二十年化为人。这个地方的细民（平头百姓），肝不会朽坏，埋葬，八年后化为人。

息土^①人美，耗土^②人丑。

【注释】①息土：自己可以生长不息的土壤。②耗土：瘠薄的土地。
【译文】在肥沃土地生长的人长得漂亮，在贫瘠土地生长的人长得
丑陋。

帝女子泽，性妒，有从婢散逐四川^①，无所依托。东偶^②狐狸，生
子曰殃。南交猴有子曰溪。北通玃猱所育为伦。

【注释】①四川：四周的山川。②偶：做配偶。
【译文】天帝的女儿叫做子泽，她性情善于嫉妒，她有些奴婢被驱
逐到了四面八方的山里，无所依托。东面的嫁给了狐狸，生的孩子叫做
殃。南面的嫁给了猴子有子叫做溪。北面的嫁给了玃猱生的孩子叫做
伦。

突厥之先曰射摩舍利海神，神在阿史德窟西。射摩有神异，又
海神女每日暮，以白鹿迎射摩入海，至明送出。经数十年。后部落将
大猎，至夜中，海神谓射摩曰："明日猎时，尔上代所生之窟当有金角
白鹿出，尔若射中此鹿，毕形与吾来往。或射不中，即缘绝矣。"至明
入围，果所生窟中有金角白鹿起，射摩遣其左右固其围。将跳出围，
遂杀之。射摩怒，遂手斩呵嚩首领，仍誓之曰："自杀此之后，须人祭
天。"即取呵嚩部落子孙斩之以祭也。至今突厥以人祭纛^①，常取呵
嚩部落用之。射摩既斩呵嚩，至暮还，海神女报射摩曰："尔手斩人，
血气腥秽，因缘绝矣。"

西阳杂俎

【注释】①纛〔dào〕：古代军队里的大旗。

【译文】突厥的祖先叫做射摩舍利海有神，神住在阿史德洞窟的西面。射摩有神异的本领，又再加上海神女在每日的傍晚，用白鹿迎接射摩进入海里，到第二天早上才送出来。这样过了数十年。后来部落将要大猎，到了深夜，海神对射摩说："明日打猎的时，你上代所生活的洞窟会有金角白鹿出现，你要是射中此鹿，那么你可以终生与我交往。你要是射不中，那么我们的缘分就尽了。"到了第二天上午进入围场，果然在所生窟中有金角白鹿出现，射摩派遣左右稳住围场。没想到鹿将跳要逃出围场的时候，手下就把它杀了。射摩很愤怒，就亲手斩杀了呵嘣首领，并发誓说："自从杀了这人之后，还要人祭天。"接着他抓获了呵嘣部落子孙，全部斩杀斩用来祭奠。到现在为止，突厥以人祭大旗，常常取呵嘣部落的人来用。射摩斩杀了呵嘣部落的人之后，到了傍晚回来，海神女对射摩说："你亲手斩杀人，血气腥秽，我们的缘分尽了。"

突厥事祆神，无祠庙，刻毡为形，盛于皮袋。行动之处，以脂苏涂之。或系之竿上，四时祀之。

【译文】突厥人侍奉祭祀祆神，没有祭祀的庙宇，只是用毡子做成祆神的形状，装在皮袋子里。要祭祀的时候，就用酥油涂抹。有的也系在竿上，一年四季进行祭祀。

坚昆部落非狼种，其先所生之窟在曲漫山北。自谓上代有神与牸①牛交于此窟。其人发黄、目绿、赤髭髯。其髭髯俱黑者，汉将李陵及其兵众之胤也。西屠俗，染齿令黑。

【注释】①牸〔zì〕：雌性牲畜。

【译文】坚昆部落不是狼的后代，他们的祖先所生存的洞窟在曲漫山的北面。他们自己说祖先有神和母牛在这个洞窟中交配繁殖。这个部落中的人头发是黄色的、眼睛是绿色的、红色的胡须。如果他的胡须都是黑色的，那么他们就是汉将李陵和他的士兵的后代。西屠部落的风俗就是把牙齿染黑。

獠在牂牁①，其妇人七月生子死，则坚棺埋之。

【注释】①牂牁：古地名，指夜郎区域之前的古国。
【译文】獠族在牂牁这个地方生活，他们的妇人怀胎七月就生孩子；人死了之后，棺材是竖着放进土里埋的。

木耳夷，旧牢西，以鹿角为器。其死则屈而烧之，埋其骨。后小骨类人，黑如漆，小寒则掊沙自处，但出其面。

【译文】木耳族，生活在旧牢山的西面，用鹿角制成器具。人死了之后，把尸体弯曲着然后火化，然后掩埋没有烧完的骨头。这种人，皮肤黑的像漆一样，天气寒冷的时候就用沙子把自己掩盖起来，只露出面部。

木饮州，珠崖①一州，其地无泉，民不作井，皆仰树汁为用。

【注释】①珠崖："珠"亦作"朱"，"崖"亦作"厓"。汉武帝于海南岛东北部置珠崖郡，治今琼山县东南。元帝时废。孙吴所置名朱崖，治徐闻（今县西），在雷州半岛，称海南岛为朱崖洲。晋废。隋再在海南岛置郡（珠崖、儋耳、临振），珠崖治所在今琼山东南。唐改崖州，废州存郡时又曾称珠崖郡。

【译文】木饮州，是珠崖的一个州，这个地方是没有泉水的，老百姓是不打井的，都仰仗着树汁生存下来。

木仆^①，尾若龟，长数寸，居木上，食人。

【注释】①木仆：传说中的动物。

【译文】木仆这种动物，尾巴就像龟，长约数寸，它们住在树上，会吃人。

阿萨部多猎虫鹿，剖其肉，重叠之，以石压沥汁。

【译文】阿萨部落大多猎杀动物和鹿，他们把猎物的肉切开，然后重叠在一起，用石头挤压让它流出汁水。

税波斯、拂林等国，米及草子酿于肉汁之中，经数日即变成酒，饮之可醉。

【译文】他们买波斯、拂林等国家的米和草籽酿在肉汁当中，过了几天就变成了酒，喝了会醉。

孝亿国界周三千余里。在平川中，以木为栅，周十余里，栅内百姓二千余家。周国大栅五百余所。气候常暖，冬不凋落。宜羊马，无驼牛。俗性质直，好客侣。躯貌长大，褰鼻黄发，绿眼赤髭，被发，面如血色。战具唯槊一色。宜五谷，出金铁。衣麻布。举俗事妖，不识佛法。有妖祠三百（一曰千）余所，马步甲兵一万。不尚商贩，自称孝亿人。丈夫、妇人佩带。每一日造食，一月食之，常吃宿食。

【译文】孝亿国，边境有三千余里长。在平缓的山川里，用木头制作栅栏，周长有十多里，栅栏里面百姓有二千多家。整个国家大的栅栏有五百多处。气候温暖，冬天树叶不凋落。适合羊马生存，没有骆驼和牛。这个国家的百姓性情直爽，好客。身材高大魁梧，翻鼻子黄头发，绿眼睛红胡子，披散着头发，脸像血一样红。他们的武器只有槊。这个国家适合五谷生长，出产金铁等矿产。他们穿着麻布。祭祀异神，不了解佛法。祭祀异神的寺庙三百（还有一种说法是三千）多所，他们马上步下甲兵有一万人。他们不喜欢贩卖货物，他们自称是孝亿人。丈夫、妇人都系着腰带。用一日来做食物，做出来的东西可以吃一个月，他们常吃过夜的剩饭菜。

仍建国，无井及河涧，所有种植，待雨而生。以紫矿泥地，承雨水用之。穿井即若海水，又咸。土俗潮落之后，平地为池，取鱼以作食。

【译文】仍建这个国家，没有水井和河涧，所有种植的庄稼，都要等待雨水才能够生长。他们用紫矿泥地，用来承接雨水使用。他们穿井的井水就像海水，也是咸的。当地风俗是潮水落下来之后，平地上有很多水池，当地人从中获取鱼当做食物。

婆弥烂国，去京师二万五千五百五十里。此国西有山，巉岩①峻险。上多猿，猿形绝长大。常暴雨年，有二三十万。国中起春以后，屯集甲兵，与猿战。虽岁杀数万，不能尽其巢穴。

【注释】①巉岩：意指高而险的山岩，形容险峻陡峭，山石高耸的样子。

【译文】婆弥烂国，距离京城二万五千五百五十里。这个国家西面有山，岩石高而险。山上多猿猴，猿猴的形体非常大。经常挖田地里的种子吃，有二三十万只。这个国家开春之后，就要屯集士兵，与猿作战。虽然每年都要杀掉数只猿猴，还是不能完全把他们剿灭。

拨拔力国①，在西南海中，不食五谷，食肉而已。常针牛畜脉，取血和乳生食。无衣服，唯腰下用羊皮掩之。其妇人洁白端正，国人自掠卖与外国商人，其价数倍。土地唯有象牙及阿末香。波斯商人欲入此国，围集数千，人斋继布，没老幼共刺血立誓，乃市其物。自古不属外国。战用象排、野牛角为槊，衣甲弓矢之器。步兵二十万。大食频讨袭之。

【注释】①拨拔力国：古国名。故地一般以为在今非洲索马里北部亚丁湾南岸的柏培拉附近。为古代东西方交通线上重要港口所在。

【译文】拨拔力国，在西南面的海里，他们不食五谷，只是食肉。他们常用针戳破牛的血管，取血伴着牛奶生吃。他们不穿衣服，只是在腰下用羊皮遮掩。他们的妇女长得洁白端正，这个国家的人自己抢夺妇女卖给外国商人，价钱翻上数倍。这块土地只出产象牙和阿末香。波斯商人想要进入这个国家，召集了数千人，送上捆绑的绳索，无论老幼一起刺血立誓，才能够买他们的物品。这个国家自古不附属其他国家。打仗用象的肋骨、野牛角制成槊，穿着盔甲使用弓箭。步兵有二十万。大食国经常地攻打他。

昆吾国①，累甓为丘，象浮屠，有三层，尸乾居上，尸湿居下，以近葬为至孝。集大毡居，中悬衣服彩绘，哭祀之。龟兹国，元日斗牛马驼，为戏七日，观胜负，以占一年羊马减耗繁息也。婆罗遮，并服狗头猴面，男女无昼夜歌舞。八月十五日，行像及透索为戏。焉耆国，元日、二月八日婆摩遮，三日野祀。四月十五日游林。五月五日弥勒下生。七月七日祀先祖。九月九日床撒。十月十日王为厌法。王出首领家，首领骑王马，一日一夜处分王事。十月十四日作乐至岁穷。

【注释】①昆吾国：昆吾（樊）是苏姓血缘的始祖，在夏朝受封夏侯伯，称昆吾氏，封地立国于今山西运城一带，后又迁到"祝融"之墟旧许（今许昌）。

【译文】昆吾国，他们用土砖垒起来制作成山丘一样的建筑，就好像浮屠塔一样，有三层，干尸放在最上面一层，还没有干的尸体放在下面，他们以人死了就近安葬为最孝顺。他们集体在大毡房子里，毡房中间悬着衣服和彩色的丝织物，哭着进行拜祀。龟兹国，在新年的第一天会举行斗牛马驼的娱乐活动，娱乐七日，百姓观看胜负，用这个来占卜新的一年羊马的损耗和繁衍生长的情况。婆罗遮这种舞会，大家一起带着狗头和猴子的面具，男女不分昼夜地歌舞。八月十五日，搬着佛像游行并玩跳绳的游戏。焉耆国，元日、二月八日进行婆摩遮舞会，三天在野外祭祀。四月十五日在树林中游玩。五月五日弥勒佛的生日。七月七日祭祀祖先。九月九日撒去祭祀的服饰。十月十日国王举行法术。国王到首领家去做法事，首领骑着国王的马，一日一夜帮助国王处理政务。十月十四日开始作乐到一年的结束。

拔汗那，十二月十九日，王及首领分为两朋，各出一人着甲，众人执瓦石东西捧杖，东西互系。甲人先死即止，以占当年丰俭。

【译文】拔汗那国，十二月十九日，国王和首领分成两支队伍，每支队伍出一人穿着盔甲，大家拿着瓦片石头和木棍，围着相互敲打。如果哪一方的人先死这个活动就停下来，用这种活动来占卜当年的粮食的收成情况。

苏都识匿国有夜叉城,城旧有野叉,其窟见在。人近窟住者五百余家,窟口作舍,设关籥,一年再祭。人有逼窟口,烟气出,先触者死,因以尸掷窟口。其窟不知深浅。

【译文】苏都识匿国有一座夜叉城,城原先有野叉,他们居住的洞窟现在还在。有五百余家人靠近洞窟居住,洞窟口造了一栋房子,设制了钥匙,一年祭奠两次。人要是太过靠近洞口,就会有烟气从洞里面冒出来,碰到的人就会死亡,于是大家就会把尸体从洞口丢进去。这个洞不知道有多深。

马伏波有余兵十家不返,居寿洽县,自相婚姻,有二百户,以其流寓,号马留。衣食与华同。山川移易,铜柱入海,以此民为识耳,亦曰马留。

【译文】伏波将军马援征伐南越的时候有留下来的士兵大概十余家,他们没有再返回自己的家乡,而是居住在寿洽县,他们相互婚姻,慢慢地扩展成二百户,因为他们是居住在异乡,所以号称为"马留"。他们的衣食与中华的人一样。时光流逝,山河变换,伏波将军炫耀征战的铜柱都已经沉入了大海,而这些百姓的存在表明伏波将军曾经来过,也叫做马留。

峡中俗,夷风不改。武宁蛮好着芒心接离,名曰芒绥。尝以稻记年月。葬时以笋^①向天,谓之刺北斗。相传盘瓠^②初死,置于树,以笋刺其下,其后为象临。

【注释】①笄：古代汉族女子用以装饰发耳的一种簪子，用来插住挽起的头发，或插住帽子。②盘瓠：古神话中人名。

【译文】峡中的风俗，夷地的风俗习惯没有改变不改。武宁的蛮族喜欢带着用芒心草做的草帽，名字叫做“苎绥”。他们曾经用稻谷的生长来记录年月。他们埋葬死者的时候，死者头发或者帽子上的簪子——笄向着天空，称之为“刺北斗”。传说盘瓠刚死的时候，放置在树下，他的簪子就正好对着北斗下方，他的后代就模仿这种习俗。

临邑县[1]有雁翅泊，泊旁无树木。土人至春夏，常于此泽罗雁鸟，取其翅以御暑。

【注释】①临邑县：临邑西周时属齐地，春秋分邑，名犁邱邑，秦朝时设漯阴县，南朝时改为临邑县。

【译文】临邑县有一个叫做雁翅泊的湖泊，湖边没有树木生长。当地的人在春夏的季节，常常在于这个湖泊边用网抓雁鸟，取它们翅膀上的羽毛做成扇子御暑。

乌耗西有悬渡国，山溪不通，引绳而渡，朽索相引二千里。其土人佃于石间，垒石为室，接手而饮，所谓猿饮也。

【译文】乌耗的西面有一个悬渡国，山高溪水阻挡道路不通，它们用滑索进行往来，用了很多年的滑索连接起来有二千里。他们当地人在石头间种植粮食，用石头垒房子，用手接水喝，这种喝水的方式叫做“猿饮”。

鄯鄯之东，龙城之西南，地广十里，皆为盐田。行人所经，牛马皆布毡卧焉。

【译文】鄯鄯国的东面，龙城的西南面，有一块十里宽的土地，都是盐田。行人所经过的地方，牛马都是躺卧在布毡之上。

岭南溪洞中往往有飞头者，故有飞头獠子①之号。头将飞一日前，颈有痕匝，项如红缕，妻子遂看守之。其人及夜状如病，头忽生翼，脱身而去，乃于岸泥寻蟹蚓之类食，将晓飞还，如梦觉，其腹实矣。

【注释】①飞头獠子：南方少数民族的称呼。

【译文】在岭南溪流旁山洞中往往住着飞头人，所以有"飞头獠子"的称呼。他们的头将要飞的一天前，颈上就会有一圈痕迹，围在脖子上就像一根红色的绳子，他的妻子孩子妻子就要看守着他。这个人到了晚上就好像生了病一样，头忽然长出翅膀，脱身飞走了，这颗头在溪岸的泥地中寻找螃蟹蚯蚓之类的食物吃掉，天快要亮的时候飞了回来，就好像梦醒了一样，奇怪的是他的肚子就装满了食物。

梵僧菩萨胜又言：阇婆国①中有飞头者，其人目无瞳子，聚落时有一人据。《于氏志怪》：南方落民，其头能飞。其俗所祠，名曰虫落，因号落民。

【注释】①阇婆国：《佛国记》作"耶婆提"。一说在今印度尼西亚爪哇岛；一说在今苏门答腊岛；一说兼有此二岛。五世纪中叶与中国有经济、文化交流。《新唐书》有"诃陵传"为爪哇岛的国名。宋代阇婆为爪哇之专称。

【译文】印度僧人菩萨胜还说：阇婆国中有飞头人，这种人眼睛里没有瞳孔，脑袋飞回来，落到身体上的时候会有一个帮助扶着。《于氏志怪》这本书里说：南方有一个民族叫做"落民"，他们的头能飞。他们的习俗祭拜的神，名字叫做"虫落"，因此这个民族就被称为"落民"。

晋朱桓^①有一婢，其头夜飞。

【注释】①朱桓：三国东吴一名将。
【译文】晋朝的朱桓有一个婢女，她的头夜晚能飞。

《王子年拾遗》言：汉武时，因墀国使南方，有解形之民，能先使头飞南海，左手飞东海，右手飞西泽。至暮，头还肩上。两手遇疾风，飘于海水外。

【译文】《王子年拾遗》这本书里说：汉武帝的时候，因墀国的使者说：南方有能够让自己的身体分解的民族，他们能先让头飞向南海，左手飞向东海，右手飞向西泽。到了傍晚，头回到肩上。但是两手遇到了大风，被吹走了，飘到了海外。

近有海客往新罗，吹至一岛上，满山悉是黑漆匙箸。其处多大木。客仰窥匙箸，乃木之花与须也，因拾百余双还。用之，肥不能使，后偶取搅茶，随搅而消焉。

【译文】近年来有出海的人前往新罗国，船被风吹到了一座岛上，岛上满山都是是黑漆的汤勺和筷子。这个地方有很多大的木头。这个水手抬头看这些汤勺和筷子，发现原来是这种木头的花和根须，于是就拾了百余双回去。用这些东西，太大了不好用，后来偶尔有一次用它们去搅拌茶水，结果就慢慢地消融了。

喜 兆

集贤张希复①学士尝言：李揆②相公将拜相前一月，日将夕，有虾
蟆大如床，见于寝堂中，俄失所在。又言：初授新州，将拜相，井忽涨，
才深余尺。

【注释】①张希复：生卒年不详，唐人张荐之子，字善继，深州陆泽（今
河北深县）人。一作镇州常山（今河北正定）人。登进士第。武宗会昌三年
（八四三），与段成式同官于秘书省。后官河南府士曹、集贤校理学士、员外
郎。②李揆：字端卿，荥阳（今河南荥阳）人。唐代开元末进士。封姑臧县伯，
官至国子祭酒、礼部尚书，卒年七十四，谥曰恭。美风仪，善奏对。肃宗叹曰：
"卿门地、人物、文学皆当世第一。"故时称三绝。善文章，尤工书。《唐书本
传》、《书史会要》。

【译文】集贤张希复学士曾经说：李揆相公将要当丞相的前一个
月，天快要黑的时候，有一只蛤蟆个头就像床一样大，出现在他的卧室
里，不久就消失了。他又说：李揆相公初次掌管新州，将要担任丞相时，
井水忽涨，水深了一尺多。

郑絪①相公宅，在招国坊南门。忽有物投瓦砾，五六夜不绝。乃
移于安仁西门宅避之，瓦砾又随而至。经久复归招国，郑公归心释
门，禅室方丈。及归，将入丈室，蟢子满室悬丝，去地一二尺，不知其
数。其夕，瓦砾亦绝。翌日，拜相。

【注释】①郑絪：字文明，荥阳人。生于唐玄宗天宝十一年，卒于文宗太和三年，年七十八岁。幼有奇志，善属文，所交皆天下名士。擢进士、宏辞高第。累迁中书舍人。

【译文】郑絪相公的住宅，在招国坊的南门。忽然有一个家伙往他们家投掷瓦砾，五六个晚上都不停不绝。于是他就把家搬到安仁西门的住宅躲避，没想到瓦砾又随之而至。过了很久他只好又重新回到了招国坊南门的住宅，郑公归心佛门，老的住宅有一间小禅房。等他回到老住宅，将要进入这个禅室时，发现房间里全是蜘蛛蛛网，距离地面只有一二尺。这天晚上，瓦砾就不再丢了。第二天，他被拜为丞相。

成式见大理丞郑复说，淮西用兵时，刘沔①为小将，军头颇易（一曰异）之。每捉生踏伏，沔必在数，前后重创，将死数四。后因月黑风甚，又令沔捉生。沔愤激深入，意必死。行十余里，因坐将睡，忽有人觉之，授以双烛，曰："君方大贵，但心有此烛在，无忧也。"沔后拜将，常见浊影在双旌上，及不复见烛，乃诈疾归宗。

【注释】①刘沔：字子汪，徐州彭城人，左骁卫大将军、东阳郡王刘廷珍之子，唐朝将领。

【译文】我拜见大理丞郑复，他说，他淮西带兵的时候，刘沔还是一员小将，他的上司对他很是轻视。每次捉俘虏搞埋伏要招人，刘沔一定在里面，前后受了几次重伤，好几次都要丧命。后来有一次月黑风大，上司又命令刘沔去抓俘虏。刘沔很生气深入敌后，心想自己这次肯定要死了。他走了十余里路，累了坐下来想睡一会儿，忽然有人叫醒他，给了他两根蜡烛，说："你正要大福大贵，只要心里有这两根蜡烛在，你就高枕无忧。"刘沔后来被拜为将军，常常看见蜡烛的影子在两面旗帜上，等到他再也看不到蜡烛，他就称病辞官回家去了。

祸 兆

　　杨慎矜①兄弟富贵，常不自安。每诘朝礼佛像，默祈冥卫。或一日，像前土榻上聚尘三堆，如冢状，慎矜恶之，且虑儿戏，命扫去。一夕如初，寻而祸作。

　　【注释】①杨慎矜：隋炀帝杨广玄孙，齐王杨暕曾孙，隋王杨政道之孙，弘农郡公杨崇礼之子，唐朝官员。为人深沉刚毅，富有才干，且相貌堂堂，尤善理财。官职起家汝阳县令，因才干在兄弟三人中最为出色，被擢升为监察御史，接替父亲为国掌管太府，政绩卓著。至天宝六年（747年），多次担任侍御史、御使中丞，兼任户部。然由于不能附于宰相李林甫，且才华出众引其妒忌，加之与王鉷有隙，终招致祸端，被构陷"复隋"而冤死。兄弟杨慎名、杨慎馀亦同时遇难。宝应元年（762年），唐代宗为之平反，并复其官爵。

　　【译文】杨慎矜兄弟拥有荣华富贵，但他们常常感到不安。每天早上都要礼拜佛像，默默祈祷神明暗中保护他们。有一日，佛像前土榻上聚了三堆尘土，就好像坟墓的形状，杨慎矜很厌恶这三堆尘土，他想这可能是孩童玩闹，就命仆人扫去。没想到过了一晚土堆又出现了，不久灾祸就降临了（被李林甫害死）。

　　姜楚公常游禅定寺，京兆办局甚盛。及饮酒，座上一妓绝色，献杯整鬟，未尝见手，众怪之。有客被酒戏曰："勿六指乎？"乃强牵视。妓随牵而倒，乃枯骸也。姜竟及祸焉。

【译文】姜楚公常常到禅定寺游玩，京兆为他举办的宴席非常隆重。等到他饮酒的时候，看见座上有一个绝色妓女，无论是献上酒杯还是整理发髻，都不曾看见她的手，大家都很奇怪。有一个客人借着酒意开玩笑说："难道是六指？"竟强行牵着妓女的手查看。妓女随着他的拉扯倒在地上，竟然是一具枯骨。姜楚公竟然后来就有了灾祸。

萧浣初至遂州，造二幡竿施于寺，设斋庆之。斋毕作乐，忽暴雷霹雳，竿各成数十片。至来年，当雷霹日，浣死。

【译文】萧浣刚到遂州的时候，造了二幡竿施舍给寺庙，和尚设斋庆祝。斋后表演音乐歌舞助兴，忽然天空暴雷霹雳，幡竿都断成了数十片。到了第二年，正好是雷电毁坏幡竿的那一天，萧浣就死了。

物　革

咨议朱景玄①见鲍容说，陈司徒在扬州，时东市塔影忽倒。老人言，海影翻则如此。

【注释】①朱景玄：唐朝武宗会昌（841年－846年）时人，吴郡（今江苏苏州）人，元和初应进士举，曾任咨议，历翰林学士，官至太子谕德。诗一卷，今存十五首。编撰有（唐朝名画录）。②陈司徒：原名陈杲仁，字仁盛，出生于梁朝，祖籍河南，迁至常州。是隋朝的大将，被封为司徒。

【译文】咨议朱景玄听见鲍容说，陈司徒在扬州的时候，东市的塔影忽然颠倒过来。老人说，"海影翻"就会这样。

崔玄亮^①常侍在洛中，常步沙岸，得一石子，大如鸡卵，黑润可爱，玩之。行一里余，砉然^②而破，有鸟大如巧妇飞去。

【注释】①崔玄亮：字晦叔，山东磁州人也。贞元十一年登进士第，从事诸侯府。性雅淡，好道术，不乐趋竞，久游江湖。至元和初，因知己荐达入朝。再迁监察御史，转侍御史。出为密、湖、曹三郡刺史。每一迁秩，谦让辄形于色。②砉然〔huā rán〕：属于象声词，多形容破裂声、折断声、开启声、高呼声。

【译文】崔玄亮常常住在洛中，他经常在沙岸散步，有一次他捡到了一枚石子，像鸡蛋那么大，黑色润滑很是可爱，他就拿在手上把玩。走了一里多地，石子咔嚓一声就破了，有一只鸟，大小就像巧妇一样，就飞走了。

进士段硕常识南孝廉者，善斫鲙^①。縠薄丝缕，轻可吹起，操刀向捷，若合节奏。因会客衒技，先起鱼架之，忽暴风雨，雷震一声，鲙悉化为蝴蝶飞去。南惊惧，遂折刀，誓不复作。

【注释】①鲙〔kuài〕：鱼名。

【译文】进士段硕常认识一名姓南的孝廉，这个人善于做鲙的生鱼片。切得生鱼片像縠（一种丝织物）一样薄，像丝线一样细，轻得可吹起，这个人拿着刀很是轻快敏捷，动作就好像合着节奏。一次在宴席上他向客人炫耀她的杀鱼技巧，先把鱼捞出来放在架子上进行切割，忽然来了暴风雨，一声惊雷，生鱼片都化作蝴蝶飞走了。这个人很害怕，就把刀折断，发誓不再做生鱼片了。

开成^①末，河阳黄鱼池，冰作花如缬。

【注释】①开成：是唐文宗的年号，共计五年。开成五年正月唐武宗李瀍即位沿用。

【译文】开成末年，河阳这个地方的黄鱼池里，结的冰的花纹就像绣花的丝织品一样。

河阳城①南百姓王氏，庄有小池，池边巨柳数株。开成末，叶落池中，旋化为鱼，大小如叶，食之无味。至冬，其家有官事。

【注释】①河阳城：此名出于萧鼎的《诛仙》位于青云山南五十里，为方圆百里之内最大最繁华的所在了。城里人口至少二、三十万人，而且地理位置又好，往来商旅极多。

【译文】河阳城的南面有一个姓王的老百姓，他家庄院里有一个小水池，池边有几棵巨大的柳树。开成末年，柳树叶子落到水池中，很快就化为鱼，大小就像柳叶，这种鱼食之无味。至了这一年的冬天，王家就遇到了官司。

婺州①僧清简，家园蔓菁，忽变为莲。

【注释】①婺州〔wù〕：隋置婺州，治金华。朱元璋改宁越府，不久改金华府。

【译文】婺州的清简和尚，家中菜园中的蔓菁菜，忽然变成了莲花。

前集卷五

诡　习

大历中，东都天津桥有乞儿，无两手，以右足夹笔写经乞钱。欲书时，先再三掷笔，高尺余，未曾失落。书迹官楷，手书不如也。

【译文】大历年间，东都的天津桥有一个乞丐，没有双手，他用右脚夹着笔写经书乞讨钱财。他要开始写的时候，先一再地把笔抛起来，抛起一尺多高，然后用脚接住，不曾失落在地。他用脚写的书法是官楷，写得非常好，用手写也比不上他呀。

于頔①在襄州②，尝有山人王固谒见于。于性快，见其拜伏迟缓，不甚知。书生别日游谳，不复得进，王殊怏怏。因至使院造判官曾叔政，颇礼接之。王谓曾曰："子以相公好奇，故不远而来，今实乖望矣。予有一艺，自古无者，今将归，且荷公见待之厚，今为一设。"遂诣曾所居，怀中出竹一节及小鼓，规才运寸。良久，去竹之塞，折枝连击鼓子，筒有蝇虎子③数十，分行而出，分为二队，如对阵势。每击鼓，或三或五，随鼓音变阵，天衡地轴，鱼丽鹤列，无不备也。进退离附，人所不及。凡变阵数十，乃行入筒中。曾观之大骇，方言于公，王已潜去。于悔恨，令物色求之，不获。

【注释】①于頔：唐朝大臣（？-818年），字允元，北周太师于谨的七世孙。行二十九，河南（今河南洛阳）人。始以门荫补千牛，调授华阴尉。建中四年以摄监察御史充入蕃使判官。迁司门员外郎兼侍御史，充入蕃计会使。历长安令、驾部郎中。贞元七年出为湖州刺史，有政声，与诗僧皎然等唱酬。②襄州：今襄州区是中国湖北省襄阳市所辖的一个市辖区。③蝇虎子：一种蜘蛛。

【译文】于頔在襄州的时候，曾经有一个隐士叫做王固的拜访他。于的性子比较急，见这个隐士行礼的动作迟缓，又没怎么读过书就轻视他。有一天于頔出去游玩宴会，这个王固因为没有得到赏识，没有被于頔邀请，王固很是不高兴。王固于是就到使院拜访判官曾叔政，曾叔政对他很是礼遇。王固对曾叔政说："我认为于頔相公喜欢新奇的玩意儿，所以特意远道而来，如今实在是让我失望。我有一种技艺，自古未有，如今我要回去了，见先生待我这么好，我今天给你展示一下。"于是他就到了曾叔政的住所，从怀里拿出一节竹筒和一面小鼓，小鼓的直径也就一寸左右。过了很久，他拔掉了竹筒的塞子，折了一根树枝连续击打小鼓，竹筒里有数十只蝇虎子，这些蜘蛛排着队从竹筒里出来，它们分为二队，就好像对阵的态势。王固每次击鼓，有时三下有时五下，随着鼓音，这些蜘蛛就改变阵型，变成天衡、地轴、鱼丽、鹤列等阵法，各种阵法都具备。这些蜘蛛的进退离开靠近等各种动作整齐划一，人都比不上。大概变了数十种阵法，这些蜘蛛就排队爬到竹筒中去了。曾叔政看了之后很是惊恐，正要把这件事告诉于頔，这个姓王的隐士已经偷偷地离开了。于頔很是悔恨，命令手下去寻找这个隐士，却没有找到。

张芬曾为韦南康①亲随行军，曲艺过人，力举七尺碑，定双轮水

107

磴。常于福感寺趨鞠②，高及半塔，弹力五斗。常拣向阳巨笋，织竹笼之，随长旋培，常留寸许，度竹笼高四尺，然后放长。秋深方去笼伐之，一尺十节，其色如金。每涂墙，方丈弹成"天下太平"字。

【注释】①韦南康：韦皋的别称。韦皋（746年－805年），字城武。京兆万年（陕西西安）人。唐代中期名臣，韦元礼七世孙，韦贲之子，出身京兆韦氏，排行二十三。代宗广德元年（763年）为建陵挽郎。大历初任华州参军，后历佐使府。德宗建中四年（783年）以功擢陇州节度使，兴元元年（784年）入为左金吾卫大将军。贞元元年（785年），韦皋出任剑南节度使，在蜀二十一年，和南诏，拒吐蕃，累加至中书令、检校太尉，封南康郡王。顺宗永贞元年（805年）卒，年六十，赠太师，谥忠武。《全唐诗》存其诗三首。②趨鞠〔yuè jū〕：古代军中习武之戏。类似今之足球运动。又称"蹴鞠"。

【译文】张芬曾以韦皋亲随的身份从军，他这个人会一些一般人不会的技艺，力气很大，能够举起七尺高的碑石，能够徒手固定住双轮的水磨。他常在福感寺趨鞠（踢足球），他踢的球，高度可以到达佛塔的一半，他玩的弹弓，要用五斗的力气才能够拉开。他常常挑选向阳的巨大竹笋，用竹片把它们罩起来，随着竹笋的生长马上就培土，常常留下竹笋一寸左右的长度，估计竹笼高四尺，然后就放任竹笋生长。到了深秋，他才把笼子去掉把竹子砍下来，这种竹子一尺有十节，颜色如金。他还用泥灰涂墙，方丈大小，然后用弹弓弹成"天下太平"这几个字。

建中①初，有河北军将姓夏，弯弓数百斤。尝于球场中累钱十余，走马以击鞠杖击之，一击一钱飞起六七丈，其妙如此。又于新泥墙安棘刺数十，取烂豆，相去一丈，一一掷豆贯于刺上，百不差一。又能走马书一纸。

【注释】①建中：是唐德宗的年号，780年正月至783年十二月，共计4年。

【译文】建中初年，有一个河北军的将领姓夏，他用的弯弓有数百斤。他曾在球场中摞起十余枚铜钱，然后骑在飞奔的马上用马球棍击打铜钱，每一次击只打一枚，钱飞起六七丈，他的骑术和棍术的精妙到了如此地步。他又在新泥墙上插上数十根棘刺，取来煮熟的烂豆，距离墙一丈，一个一个掷豆子，把豆子贯穿在刺上，百发百中。他还能在奔跑的马上写字。

元和①末，均州勋乡县有百姓，年七十，养獭十余头。捕鱼为业，隔日一放。将放时，先闭于深沟斗门内令饥，然后放之，无纲舌之劳，而获利相若。老人抵掌呼之，群獭皆至，缘袼藉膝，驯若守狗。户部郎中李福亲观之。

【注释】①元和：是唐宪宗李纯的年号（806年—820年），在位期间唐朝出现短暂的统一，史称"元和中兴"。

【译文】元和末年，均州的勋乡县有一位百姓，七十岁，养了十几头水獭。这位百姓以捕鱼为业，隔一天就把水獭放出去。在放水獭之前，先把这些水獭关在深沟窄门里让它们挨饿，然后放才放出去，不用费撒网的力气，但是获利却和撒网相当。老人拍着巴掌呼喊，这群獭就全部回来，在老人的脚下围绕依靠，驯服得就好像看门狗一样。户部郎中李福曾亲自观看过这件事。

怪 术

大历中，荆州①有术士从南来，止于陟岊寺，好酒，少有醒时。因寺中大斋会，人众数千，术士忽曰："余有一伎，可代抃②瓦磕珠之欢也。"乃合彩色于一器中，驔步③抓目，徐祝数十言，方欱④水再三哄壁上，成维摩问疾变相，五色相宣如新写。逮半日余，色渐薄，至暮都灭。唯金粟纶巾鹙子衣⑤上一花，经两日犹在。成式见寺僧惟肃说，忘其姓名。

【注释】①荆州：古称"江陵"，湖北省地级市，是春秋战国时楚国都城所在地。②抃〔pīn〕：同"拼"。③驔步：像马一样地纵步。驔〔diàn〕，黄色脊毛的黑马。④欱：同"喝"。⑤鹙〔qiū〕子衣：舍利佛所穿的衣。

【译文】大历年间，荆州有一个术士从南面来，停留在陟岊寺，他好酒，很少有清醒撒的时候。一次寺中举行大斋会，来了数千人，术士忽然说："我有一门技艺，可以代替代打瓦片弹珠子的欢乐。"他就混合各种颜料在一个器皿中，他迈着纵步，闭着眼睛，慢慢地念了数十句咒语，才喝一口这种混了各种颜色的水一次次喷在墙壁上，结果，墙壁上出现了众佛向维摩询问疾病的图案，各种颜色渲染如新画的一样。过了大半天，颜色渐淡，到了傍晚就完全消失。只有金粟纶巾袈裟上有一朵花，过了两日还在。这个故事是我听寺里和尚惟肃说的，忘了这位术士的姓名。

张魏公在蜀时，有梵僧难陀①，得如幻三昧，入水火，贯金石，变化无穷。初入蜀，与三少尼②俱行，或大醉狂歌，成将将断之。及僧至，且曰："某寄迹桑门，别有乐术。"因指三尼："此妙于歌管。"戍将反敬之，遂留连为办酒肉，夜会客，与之剧饮。僧假襴③裆巾帼，市铅黛，伎其三尼。及坐，含睇调笑，逸态绝世。饮将阑，僧谓尼曰："可为押衙踏某曲也。"因徐进对舞，曳绪回雪，迅赴摩跌，伎又绝伦也。良久，喝曰："妇女风邪？"忽起，取戍将佩刀，众谓酒狂，各惊走。僧乃拔刀斫之，皆踣于地，血及数丈。戍将大惧，呼左右缚僧。僧笑曰："无草草。"徐举尼，三支筇杖也，血乃酒耳。又尝在饮会，令人断其头，钉耳于柱，无血。身坐席上，酒至，泻入腔疮中。面赤而歌，手复抵节。会罢，自起提首安之，初无痕也。时时预言人凶衰，皆谜语，事过方晓。成都有百姓供养数日，僧不欲住。闭关留之，僧因是走入壁角，百姓遽牵，渐入，唯余袈裟角，顷亦不见。来日壁上有画僧焉，其状形似。日日色渐薄，积七日，空有黑迹。至八日，迹亦灭，僧已在彭州矣。后不知所之。

【注释】①难陀：又作难努、难屠、难提。娶妻孙陀利，为别于牧牛难陀，而称之为孙陀罗难陀。②尼：梵语"比丘尼"的简称，佛教中出家修行的女子。③襴〔mǎn〕：丝棉袄。

【译文】张魏公在蜀地任职时，有个西域僧人叫难陀，修得如梦似幻的诀窍，能入水火而不伤，贯穿金属石块而无碍，变化无穷。难陀刚到蜀地时，与三个年轻比丘尼一块闲逛，有时候会喝的酩酊大醉狂妄地歌唱，镇守当地的武将想管制他。等到僧人来了，对武将说："我寄身佛门，有你们所没有的娱乐方法。"边说边指着三个比丘尼："她们精通音乐。"武将听了不但不想管制了反而敬重这个僧人，就留住僧人并为他举办酒宴，夜晚大会宾朋，与僧人豪饮。事先僧人借来女式服饰，又买来胭脂青黛，化妆打扮那三个比丘尼。等到坐在酒宴上，这三个比丘尼秋波流媚打情骂俏，放纵的姿态世上难寻。酒喝得差不多了，僧

怪术

111

人对比丘尼说："现在可以为各位官员舞蹈一曲。"三女就徐徐进场相对跳舞，衣裙飞旋，姿态飘逸，高低参差，错落有致，舞技也是绝无伦比。过了好一会舞曲停了，三尼还继续跳舞，僧人大声喝道："几个妇女疯啦？"忽然站了起来，拿过武将的佩刀，大家说这僧人耍酒疯了，都吓跑了。僧人拔刀砍三个女尼，都被砍倒在地，血溅出几丈远。武将大惊，呼喊左右手下把僧人绑了。僧人笑道："别着急。"说着慢慢举起女尼，却是三支筇杖，溅出的血也只是酒。僧人又曾经在酒宴上，让人割断他的头，用钉子钉耳朵挂在柱子上，并不出血。身躯坐在席上，酒来了，就倒进脖子的创口中。并面红耳赤地唱歌，手还击打节拍。宴会结束，自己站起来提着脑袋安在脖子上，一点痕迹也没有。他时预言人的吉凶成衰，都是谜语一样的话，只有事情过后方才晓得。成都有个人供养僧人几天，僧人不想再住下去要走，主人就关上门想留住他，僧人因而走入墙角，主人急忙去拉，拉不住，还是慢慢进入墙里，唯留一点袈裟角，很快也不见了。第二天墙壁上有个影子像画上去的僧人，样子形状相似。一天天颜色渐淡，过了七天，只剩下黑痕迹。到第八天，痕迹也没有了，僧人已经在彭州了。后来不知哪里去了。

虞部郎中陆绍，元和中，尝看表兄于定水寺，因为院僧具蜜饵时果，邻院僧右邀之。良久，僧与一李秀才偕至，乃环坐，笑语颇剧。院僧顾弟子煮新茗，巡将匝而不及李秀才，陆不平曰："茶初未及李秀才，何也？"僧笑曰："如此秀才，亦要知茶味？"且以余茶饮之。邻院僧曰："秀才乃术士，座主不可轻言。"其僧又言："不逞之子弟，何所惮？"秀才忽怒曰："我与上人素未相识，焉知予不逞徒也？"僧复大言："望酒旗玩变场者，岂有佳者乎？"李乃白座客："某不免对贵客作造次矣。"因奉手袖中，据两膝，叱其僧曰："粗行阿师，争敢辄无礼！拄杖何在？可击之。"其僧房门后有筇杖，子子跳出，连击其僧。

时众亦为蔽护，杖伺人隙捷中，若有物执持也。李复叱曰："捉此僧向墙。"僧乃负墙拱手，色青短气，唯言乞命。李又曰："阿师可下阶。"僧又趋下，自投无数，衄^①鼻败颡^②不已。众为请之，李徐曰："缘对衣冠，不能煞此为累。"因揖客而去。僧半日方能言，如中恶状，竟不之测矣。

【注释】①衄：鼻出血。②颡：额，脑门儿。

【译文】虞部郎中陆绍，在元和年间，曾到定水寺看望表兄，因为给寺院的僧人们准备了蜜饵和时令水果，邻院的和尚也被陆绍恭敬地邀请过来。过了很久，邻院的和尚和一名姓李的秀才一道前来，于是就围坐在一起，大家很大声地谈笑说话。定水院的和尚嘱咐弟子煮新茶，倒茶快到一圈了却不给李秀才倒茶，陆绍为李秀才打抱不平："茶一开始就不给李秀才，为什么？"和尚笑了："这样的秀才，也想要知道新茶的味道？"和尚竟然拿剩下的茶给秀才喝。邻院的僧人说："秀才是一名术士，主人家不要说轻视的话。"这个和尚又说："不学好的年轻人，有什么好怕的？"秀才忽然发怒："我与上人你素不相识，你怎么知道我是个不学好的人？"和尚又大声说："四处找酒馆听说书的人，难道有什么好人吗？"李秀才就对在座的人说："我今天不免要得罪大家了。"说完，他就把手缩进袖子里，放在两个膝盖上，呵斥这个和尚说："没有德行的和尚，怎敢无礼！拄杖在哪里？给我打。"这个和尚僧房门后有一根筇杖，竟然一蹦一蹦地跳出来，连连击打这个和尚。当时大家也帮这个和尚做遮挡，筇竹杖却能够在人的缝隙间击中和尚，就好像有人拿着这根竹杖一样。李秀才又呵斥："抓住这个和尚让他面对墙壁。"这个和尚就背着墙拱着手，脸色发青气喘吁吁，口中直喊救命。李又说："把和尚带下台阶。"僧有往下走，自己拼命磕头，鼻子和脸都破了。大家为他求情，李秀才这才慢慢地说："我们都是文明人，不能杀了这个人连累大家。"于是对大家作揖后就离开了。和尚过了半天才能够说话，就好像中了邪一样，道行果然深不可测。

元和末，监城脚力张俨①，递牒②入京。至宋州，遇一人，因求为伴。其入朝宿郑州，因谓张曰："君受我料理，可倍行数百。"乃掘二小坑，深五六寸，令张背立，垂足坑口，针其两足。张初不知痛，又自膝下至骭，再三捋之，黑血满坑中。张大觉举足轻捷，才午至汴。复要于陕州宿，张辞力不能。又曰："君可暂卸膝盖骨，且无所苦，当日行八百里。"张惧，辞之。其人亦不强，乃曰："我有事，须暮及陕。"遂去，行如飞，顷刻不见。

【注释】①张俨：字子节。吴郡吴县（今江苏苏州）人。三国时吴国学者。弱冠时即知名，历任显职。以博学多识，拜大鸿胪。②牒：文书，证件。③骭〔gàn〕：胫骨，小腿，肋骨。

【译文】元和末年，监城的一位脚力叫做张俨，他递送文书进京。他到了宋州，遇见了一人，就请求和他结伴同行。这个人说他早上在郑州住宿，于是他对张俨曰："你接受我的安排，就可以以几百倍的速度行走。"他就挖了二个小坑，深五六寸，他叫张俨背对着坑站立，把两个脚站在坑口，用针刺他的两足。张俨起初不知道痛，这个人就从膝下到骭骨一路刺，并再三地将这些针孔，张俨身体内的黑血充满了两个坑。张俨顿时觉得抬脚很是轻捷，才中午就到了汴京。这个人又要到陕州住宿，张俨极力推辞说自己做不到。这个人又说："你可以暂时卸掉膝盖骨，并且没有痛苦，而且可以日行八百里。"张俨害怕了，拒不接受。这个人也不勉强，就说："我有事，必须要傍晚到陕州去。"他就走了，行走如飞，顷刻间就不见了。

蜀有费鸡师,目赤无黑睛,本濮①人也。成式长庆初见之,已年七十余。或为人解灾,必用一鸡设祭于庭,又取江石如鸡卵,令疾者握之,乃踏步作气虚叱,鸡旋转而死,石亦四破。成式旧家人永安,初不信,尝谓曰:"尔有厄。"因丸符逼令吞之。复去其左足鞋及袜,符展在足心矣。又谓奴沧海曰:"尔将病。"令袒而负户,以笔再三画于户外,大言曰:"过!过!"墨遂透背焉。

【注释】①濮:濮阳,地名,在中国河南省。

【译文】蜀地有一个姓费的用鸡看病的巫师,他的眼睛是红色的没有很色的瞳仁,他原本是濮阳人。我在长庆初年遇见过他,他的年龄已经七十多岁了。他有时为人解除灾祸,必定用一只鸡在庭院中设置祭坛,他找一块像鸡蛋一样的石头,让有疾的人握着,他就迈着步子对着虚空大声呵斥,鸡很快就死了,石头也就破得四分五裂。我的老家人永安,起初并不相信,这位巫师曾经对他说:"你有厄运。"于是就写了符揉成一个丸子命令他吞下去。又除掉了他左足的鞋和袜,写符贴在他的足心。他又对奴仆沧海说:"你将要得病。"命令他袒露上体背靠着门,他用笔再三在门外涂画,并大声说:"过!过!"墨水就透过门到了这位仆人的背脊上。

长寿寺僧誓言他时在衡山,村人为毒蛇所噬,须臾而死,发解肿起尺余。其子曰:"沓老若在,何虑!"遂迎沓至。乃以灰围其尸,开四门,先曰:"若从足入,则不救矣。"遂踏步握固,久而蛇不至。沓大怒,乃取饭数升,捣蛇形诅之,忽蠕动出门。有顷,饭蛇引一蛇从死者头入,径吸其疮,尸渐低。蛇疮缩而死,村人乃活。

【译文】长寿寺的和尚信誓旦旦地说他在衡山的时候,村里有一个人被毒蛇咬，很快就死掉了，解开发髻脑袋肿起有一尺多高。他的儿子说："昝老如果在的话，还有什么担心的呢！"他就去把昝迎来。昝就用灰围住尸体，但是打开四门，昝先说："如果蛇是从足进入，那么他就无法救活了。"昝就踩着步子握着手，但是过了很久蛇都不来。昝很生气，就取来数升米饭，捏制成蛇的形状并发出诅咒，忽然这条"米饭蛇"蠕动着出了门。过了一会儿，米饭蛇引着一条蛇从死者头部靠近尸体，径直去吸尸体的坏疮，尸体的肿块慢慢地降低。蛇却蜷缩着死去了，这个村民竟然复活了。

王潜在荆州，百姓张七政善治伤折。有军人损胫，求张治之。张饮以药酒，破肉去碎骨一片，大如两指，涂膏封之，数日如旧。经二年余，胫①忽痛，复问张。张言前为君所出骨，寒则痛，可遽觅也，果获于床下。令以汤洗贮于絮中，其痛即愈。王公子弟与之狎，尝祈其戏术。张取马草一掬，再三挼之，悉成灯蛾飞。又画一妇人于壁，酌酒满杯饮之，酒无遗滴。逡巡，画妇人面赤，半日许可尽，湿起坏落。其术终不肯传人。

【注释】①胫：指胫骨。泛指小腿部。

【译文】王潜在荆州的时候，一位百姓叫做张七政的善于治疗伤害骨折。有一位军人损伤了胫骨，求张治疗。张七政给他喝药酒，然后割开肌肤取出碎骨一片，这块碎骨有两指大小，张七政涂上膏药封好伤口，只过了几天军人恢复如初了。过了两年多，军人胫骨忽然疼痛，又去找张七政看病。张七政说先前给他拿出来的骨头，如果遇寒了，那么人的身体就会痛，可已找到那块骨头，果然在床下找到了。张七政让他把骨头洗干净之后存放在棉絮中，军人的疼痛就好了。王公的子弟和他在一起玩耍，曾请他变个戏法。张七政就找了一捆马的草料，他把这些草料反复揉搓，结果这些草料都变成了灯蛾飞了起来。他又画了一位妇女在墙壁上，酌了满满一杯酒为给这个画像喝，酒竟然没有一滴的遗漏。很快，这位妇女画像的脸红了，这红晕过了半天才消退，这个画像也就变湿，毁坏掉落了下来。但是他的道术始终不肯传给别人。

韩侂^①在桂州^②，有妖贼封盈，能为数里雾。先是常行野外，见黄蛱蝶数十，因逐之，至一大树下忽灭。掘之，得石函，素书大如臂，遂成左道。百姓归之如市，乃声言某日将收桂州，有紫气者，我必胜。至期，果紫气如疋帛，自山亘于州城。白气直冲之，紫气遂散。天忽大雾，至午稍开霁。州宅诸树滴下小铜佛，大如麦，不知其数。其年韩卒。

【注释】①韩侂：字相之，韩思复曾孙，京兆长安人也。少有文学，性尚简澹。举进士，累辟藩方。自襄州从事征拜殿中侍御史，迁刑部员外。②桂州：南朝梁置桂州，治始安（唐为临桂，即今桂林）。隋唐为桂州始安郡。南宋升为静江府。

【译文】韩侂在桂州的时候，有一个妖贼叫做封盈，他能够制造数里范围的雾。这个封盈起先常在野外旅行，看见数十只黄蛱蝶，于是他就去追赶，蝴蝶飞到了一棵大树下突然就不见了。封盈就挖树下的土，得到了一个石头盒子，有一卷像手臂一样粗的书卷，（封盈学后），就练就了邪道。老百姓像赶集一样的归附于他，封盈就声称某一日将要占领桂州，到时候会有紫气出现，我一定能够获胜。到了封盈所说的期限，果然紫气出现了，就好像丝织物一般，从山里一直绵延到了桂州城。又有白气直冲紫气，紫气就消散了。天忽然大雾，到中午，稍稍有点放晴。桂州城里的各种木树都滴下小铜佛，这些小铜佛像麦粒一样大，多得不知其数。这一年韩侂就死了。

海州司马韦敷曾往嘉兴，道遇释子希遁，深于缮生之术，又能用日辰，可代药石。见敷镊①白，曰："贫道为公择日拔之。"经五六日，僧请镊其半，及生，色若鬒矣。凡三镊之，鬓不复变。座客有祈镊者，僧言取时稍差。别后，髭色果带绿。其妙如此。

【注释】①镊：夹取毛发、细刺及其他细小东西的器具，一般用金属制成。这里借指鬓发。

【译文】海州司马韦敷曾前往嘉兴，路上遇见和尚希遁，这个和尚擅长养生之术，又能利用好的时辰，可以代替药物针石。和尚见韦敷鬓发斑白，说："我为你找个好日子拔掉。"经过了五六日，和尚就帮他拔掉了一半白发，等到头发重新生长出来，颜色就好像染的一样。

这样拔了三次，鬓发的颜色不再改变。在座的客人中有一个请求帮他拔除白发，和尚说拔他的头发时时间稍有差池。分别后，这位客人嘴边胡须的颜色果然带点绿色。这位和尚神奇到了这样的地步。

众言石旻有奇术，在扬州，成式数年不隔旬与之相见，言事十不一中。家人头痛嚏咳者，服其药，未尝效也。至开成初，在城亲故间，往往说石旻术不可测。盛传宝历中，石随钱徽尚书至湖州，常在学院，子弟皆"文丈"呼之。于钱氏兄弟求兔汤饼，时暑月，猎师数日方获。因与子弟共食，笑曰："可留兔皮，聊志一事。"遂钉皮于地，垒墼涂之，上朱书一符，独言曰："恨挍迟，恨挍迟。"钱氏兄弟诘之，石曰："欲共诸君共记卯年也。"至太和九年，钱可复①凤翔遇害，岁在乙卯。

【注释】①钱可复：即钱徽子，吴郡人。登进士第，累官至礼部郎中。太和九年，郑注出镇凤翔，李训选名家子以为宾佐，授可复检校兵部郎中、兼御史中丞，充凤翔节度副使。其年十一月，李训败，郑注诛，可复为凤翔监军使所害。

【译文】大家都说石旻有神奇的法术，在扬州时，我好几年经常和他见面，分开的时间不超过十天，他说的事情十件里一件都说不准。家里人头痛嚏咳，服用他的药，也没有什么效果。到了开成初年，在城里的亲朋好友间，常常流传着说石旻道术深不可测。宝历年间这种说法更是盛传。石旻跟随钱徽尚书到了湖州，常常出现在学院里，学院的子弟都称他为"文老先生"。他曾到钱氏兄弟哪儿去求兔汤饼，当时是夏天，猎人好几天才抓到兔子。于是和子弟一同吃，他笑这说："可留下兔皮，姑且记一件事。"他就把兔皮钉在地上，用土坯垒起来并涂上泥，上面用朱沙写了一符，并自言自语："后悔也来不及，后悔也来不及。"钱氏兄弟就询他是什么意思，石旻说："我想要和大家一起记住卯年。"到了太和九年，钱可复在凤翔遇害，时间正好就在在乙卯年。

元和中，江淮术士王琼，尝在段君秀家，令坐客取一瓦子，画作龟甲，怀之。一食顷取出，乃一龟。放于庭中，循垣①而行，经宿却成瓦子。又取花含默，封于密器中，一夕开花。

【注释】①垣：墙。

【译文】元和年间，江淮有一名术士叫做王琼，曾住在段君秀家里，他让在座的客人取一瓦片，画成龟甲的样子，然后把它放在怀里。一顿饭的时间之后取出来，竟然变成了一只乌龟。他把这只乌龟放在庭院中，乌龟沿着墙爬行，过了一晚又变成了瓦片。他又取花骨朵，然后把这个花骨朵封在密闭的容器中，一个晚上就开花了。

江西人有善展竹，数节可成器。又有人熊葫芦，云翻葫芦易于翻鞠。

【译文】江西人有善于制作球状竹器的，数节竹子就可以制成球状器具。有一个人叫做熊葫芦，他说他用竹子制作葫芦比用皮革制作球还要容易。

厌鼠法：七日，以鼠九枚置笼中，埋于地。秤九百斤土覆坎，深各二尺五寸，筑之令坚固。《杂五行书》曰："亭部地上土涂灶，水火盗贼不经；涂屋四角，鼠不食蚕；涂仓，鼠不食谷；以塞瑠，百鼠种绝。"

【译文】压制老鼠的方法：正月初七，拿九只老鼠放置在笼中，埋在地里。然后称九百斤土盖在坑里，这个土坑大小是二尺五寸，然后用力夯实让地面坚固。《杂五行书》上说："用监狱地上的土涂抹灶台，那么家里面就不会遭遇水火盗贼的灾祸；把土涂在屋子的四角，老鼠就不会吃养的蚕；把土涂抹在库仓，老鼠就不会吃谷子；用这种土填塞土坑，那么各种鼠都会灭绝。"

雍益坚云："主夜神咒，持之有功德，夜行及寐，可已恐怖恶梦。咒曰'婆珊婆演底'。"

【译文】雍益坚说："主管夜的神奇咒语，念的话就有功德，夜晚行走和睡觉，可以让自己不恐怖和不做噩梦。这个口诀就是：'婆珊婆演底'。"

宋居士说，掷骰子咒云"伊谛弥谛弥揭罗谛"，念满万遍，采随呼而成。

【译文】宋居士说，掷骰子的时候念咒语"伊谛弥谛弥揭罗谛"，念满一万遍，你想要多少点只要喊一声就能够成功。

云安井，自大江^①沂别派，凡三十里。近井十五里，澄清如镜，舟楫无虞。近江十五里，皆滩石险恶，难于沿溯。天师翟乾祐^②，念商旅之劳，于汉城山上结坛考召，追命群龙。凡一十四处，皆化为老人应召而止。乾祐谕以滩波之险，害物劳人，使皆平之。一夕之间，风雷震击，一十四里尽为平潭矣。惟一滩仍旧，龙亦不至。乾祐复严敕神吏追之。又三日，有一女子至焉。因责其不伏应召之意，女子曰："某所以不来者，欲助天师广济物之功耳。且富商大贾，力皆有余，而佣力负运者，力皆不足。云安之贫民，自江口负财货至近井潭，以给衣食者众矣。今若轻舟利涉，平江无虞，即邑之贫民无佣负之所，绝衣食之路，所困者多矣。余宁险滩波以赡佣负，不可利舟楫以安富商。所以不至者，理在此也。"乾祐善其言，因使诸龙皆复其故，风雷顷刻而长滩如旧。天宝中，诏赴上京，恩遇隆厚。岁余，还故山，寻得道而去。

【注释】①江：古代专指长江。②翟乾祐：云安人。他眉毛重额头宽，眼睛大下巴方，身高六尺，手长超过一尺，每次向人作揖手都超过胸前。他曾经在黄鹤山拜来天师为师，完全学到了来天师的道术。他会呼吸吐纳之法，能书写篆符，在陆地上能治服虎豹；在水里边能治服蛟龙。他躺卧的时候，往往头不靠在枕头上。他常常谈论将来的事情，说的没有不应验的。

【译文】云安井，在长江支流的上游，大概三十里的水路。靠近井十五里的水路，水面澄清就像镜子，舟船行驶很安全。靠近长江十五里的水路，都是险恶的河滩礁石，船只很难往来。天师翟乾祐，同情商人旅途劳顿，他就在汉城山上结坛召集命令群龙。总共有一十四处的险要所在，这些地方的龙神都化作老人听从了他的召唤前来。乾祐对他们说这些险滩礁石的危险，损坏财物让百姓劳累，让这些龙神把这些

121

险滩礁石弄平。一个晚上，电闪雷鸣，一十四里的水道全部成为了平静的水面。只有一滩还是老样子，这个地方的龙神也不来听命。乾祐又强烈督促神吏追索这位龙神。又过了三日，有一女子来到坛前听命。乾祐于是责备她不听召唤，女子说："我不来的原因，是想帮助天师你扩大救济百姓的功劳呀。那些富商大贾，有很强的财力，而那些搬运的苦工，财力都很弱。云安的穷苦百姓，很多从事从江口背负货物到云安井，以此养家糊口。如今要是舟船很容易到达，江水平静没有危险，那么到那个时候贫苦的百姓就没有了工作，断绝了他们的求生之路呀，因此贫困的人就很多了。我宁可让水道难行用来供养那些苦工，也不愿意有利于舟船行驶而让富商安心。这就是我不来的原因"。乾祐认为他说的是对的，于是就让其他龙神把险滩礁石恢复，又是一阵电闪雷鸣，顷刻间十五里的险滩又出现了。天宝年间，皇帝诏乾祐赴京，对他礼遇有加。一年多，他回到了修炼之处，不久就得道离开了。

玄宗既召见一行，谓曰："师何能？"对曰："惟善记览。"玄宗因诏掖庭①取宫人籍以示之，周览既毕，覆其本，记念精熟，如素所习读。数幅之后，玄宗不觉降御榻，为之作礼，呼为圣人。先是一行既从释氏，师事普寂于嵩山②。师尝设食于寺，大会群僧及沙门，居数百里者，皆如期而至，聚且千余人。时有卢鸿者，道高学富，隐于嵩山。因请鸿为文赞叹其会。至日，鸿持其文至寺，其师受之，致于几案上。钟梵③既作，鸿请普寂④曰："某为文数千言，况其字僻而言怪，盍于群僧中选其聪悟者，鸿当亲为传授。"乃令召一行。既至，伸纸微笑，止于一览，复致于几上。鸿轻其疏脱，而窃怪之。俄而群僧会于堂，一行攘袂而进，抗音兴裁，一无遗忘。鸿惊愕久之，谓寂曰："非君所能教导也，当从其游学。"一行因穷大衍，自此访求师资，不远数千里。尝至天台国清寺，见一院，古松数十步，门有流水。一行立于门屏间，闻院中僧于庭布算，其声籁籁。既而谓其徒曰："今日当有弟子求吾算法，已合到门，岂无人道达耶？"即除一算，又谓曰："门前水合却西流，弟子当至。"一行承言而入，稽首请法，尽受其术焉。而门水旧东流，今忽改为西流矣。邢和璞尝谓尹惜曰："一行，其圣人乎？汉之洛下闳造大衍历，云后八百岁当差一日，则有圣人定之，今年期毕矣。而一行造大衍历，正在差谬，则洛下闳之言信矣。"又尝诣道士尹崇，借扬雄《太玄经》。数日，复诣崇还其书。崇曰："此书意旨深远，吾寻之数年，尚不能晓。吾子试更研求，何遽还也。"一行曰："究其义矣。"因出所撰《太衍玄图》及《义诀》一卷以示崇，崇大嗟服，曰："此后生颜子也。"至开元末，裴宽为河南尹，深信释氏，师事普寂禅师，日夕造焉。居一日，宽诣寂，寂云："方有小事，未暇疑语，且请迟回休憩也。"宽乃屏息，止于空室。见寂洁正堂，焚香端坐。坐未久，忽闻叩门，连云："天师一行和尚至矣。"一行入，诣寂作礼。礼讫，附耳密语，其貌绝恭，但颔云无不可者。语讫礼，礼讫又语。如是者三，寂惟云："是，是。"无不可者。一行语讫，降阶入南室，自阖其户。寂乃徐命弟子云："遣钟，一行和尚灭度矣。"左右疾走视之，一行如其言灭度。后宽乃服衰经葬之，自徒步出城送之。

【注释】①掖庭：宫中旁舍，妃嫔居住的地方。②嵩山：道教主流全真派圣地，古名为外方、嵩高、崇高，位于河南省西部，属伏牛山系，地处登封市西北面，是五岳的中岳。③钟梵：寺院的钟声和诵经声。④普寂：唐时僧人。本姓冯，蒲州河东（今山西永济西）人。幼年即修学经律。后到荆州玉泉寺师事神秀六年。神秀被召赴洛阳，代师统其僧众。开元初，往嵩州嵩阳寺阐扬禅法。后被召到长安，王公大臣竞来礼谒。卒年八十九，谥"大照禅师"。

【译文】唐玄宗召见一行大师，对他说："大师有何本领？"一行回答："只是善于记住所看的。"玄宗就叫掖庭取来宫人的记录册展示给一行看，一行全部看了一遍，就盖上记录册，熟练地背了出来，就好像平时研读过一样。这样看了背了好几本，玄宗不由自主地从御榻上下来，给和尚行礼，称呼他为圣人。起先一行和尚信了佛教之后，拜普寂和尚为师在嵩山修行。普寂和尚曾经在寺里布置宴席，召集和尚和信徒，住在方圆数百里的信众，都按期来临，聚集了一千余人。当时有一个叫做卢鸿的人，道行高学问大，隐居在嵩山。和尚就请鸿帮他写文章赞叹这次宴会。到了宴会的日子，卢鸿拿着写好的文章来到了寺庙，和尚接过来，放在几案上。这个时候钟梵齐鸣，鸿对普寂说："我写了数千句话，而且文章中字偏僻语言怪异，你在和尚中挑选聪明的，我亲自传授。"师父就叫一行来。一行来了之后，展开文章微笑，只是看了一遍，就把文章放在几案上。卢鸿觉得这个小和尚这么随意，私底下感到奇怪。不久和尚们全部聚集在大堂里，一行挽着袖子走上前，声音高亢抑扬顿挫，无一遗忘。卢鸿惊讶了很久，他对普寂和尚说："他不是你能够教导的，应当让他去游学。"一行为了研究大衍历法，从此拜访老师寻求资料，不远数千里地探访。他曾经到天台山的国清寺，看见一个寺院，古松覆盖数十步的面积，门前流水。一行立在门和屏墙间，听见院中和尚在庭院中打算盘计算，算盘籁籁作响。不久和尚就问他的徒弟："今日应当有一个弟子来学我的计算方法，按照道理应该到门，难道没有人来吗？"然后他又算了一卦，又说："门前的水变得往西流，这个弟子就应当来了。"一行接着他的话就进去了，行礼请求学习算法，把这位和尚的本领全部学会了。而门前的水原本是往东流，如今突然改为西流了。邢和璞曾经对尹惜说："一行是圣人吗？汉朝的洛下闳修订大衍历，他说八百年后这部历法会差一日，到时候会有一个圣人来重新修订，今年已经是八百年了。而一行修订大衍历，正是弥补差谬，那么洛下闳的话也就得到了验证。"一行和尚曾经拜访道士尹崇，借他的扬雄《太玄经》一看。只过了几天，一行就重新拜访尹崇归还他的书。尹崇说："这本书意旨深远，我花了数年时间，都不能够完全明白。你应该试着更加认真地研究，何必那么快地归还呢。"一行说："我已经了解了这本书的意思。"于是他把他写的《太衍玄图》和《义诀》一卷书向尹崇展示，尹崇大感佩服，说："这位是后世的颜回呀。"到了开元末年，裴宽担任河南尹，他深信佛教，拜普寂禅师为师，日夜拜访。过了一日，裴宽来拜访寂，普寂说："正好有件小事，没有时间给你释疑，请你回去休息吧。"裴宽就屏住呼吸，停在一个空房间里。他看见普寂打扫干净正堂，焚香端坐。没有坐多久，突然就听见有人叩门并且说："天师一行和尚到了。"一行进来了，给普寂和尚行礼。礼毕，一行和尚附在师父耳边悄悄说话，普寂神色很是恭敬，只是点头称是。一行说完行礼，行礼完又说。像这样多次，普寂只是说："是，是。"没有表示不同意。一行说完，走下台阶进入南室，自己关上门。普寂就慢慢地命令他的弟子说："去敲钟，一行和尚圆寂了。"左右跑过去查看，一行果然如他所言圆寂了。后来裴宽就穿着丧服安葬一行，亲自徒步出城送葬。

　　天宝末，术士钱知微，尝至洛，遂榜天津桥表柱卖卜，一卦帛十疋。历旬，人皆不诣之。一日，有贵公子意其必异，命取帛如数卜焉。钱命蓍布卦成，曰："予筮可期一生，君何戏焉？"其人曰："卜事甚切，先生岂误乎？"钱云："请为韵语：'两头点土，中心虚悬。人足踏跋，不肯下钱。①'"其人本意卖天津桥给之。其精如此。

　　【注释】①两头点土，中心虚悬。人足踏跋，不肯下钱：两头连接着土，中间是悬空的，人们用脚来踩踏，却不肯为它花钱。
　　【译文】天宝末年，有一个术士叫做钱知微，曾经来到洛阳，就依靠着天津桥的立柱给人算卦，一卦要价十四帛。一连过了十天，没有人来向他算命。一日，有一个贵公子觉得他一定有些神奇的法术，就命人取来可以算几卦的帛。钱知微用蓍草算了一卦，说："我算卦可以算一生，你为什么和我开玩笑呢？"这个贵公子说："我要占卜是很真切的，先生别不是弄错了？"钱说："我说一句韵语吧：两头点土，中心虚悬。人足踏跋，不肯下钱。"原来这个贵公子本意是想卖掉天津桥来戏弄钱知微。这个钱知微的法术精妙到了这样的地步。

前集卷六

艺 绝

南朝有姥,善作笔,萧子云①常书用。笔心用胎发。开元中,笔匠名铁头,能莹管如玉,莫传其法。

【注释】①萧子云:南朝梁史学家、文学家。字景齐,南兰陵人。为萧嶷第九子。善于草隶书法,太清三年(549年)三月,台城失守,萧子云东奔晋陵,馁卒于显灵寺,时年62岁。萧子云著有《晋书》(已佚,有辑本1卷)、《东宫新记》。

【译文】南朝有一个老太太,善于制作笔,书法家萧子云常常用她制作的笔进行书写。笔心用的是胎儿的头发。开元年间,有一个笔匠叫做铁头,制作的笔管晶莹如玉,可惜他的制笔方法没有流传下来。

成都宝相寺偏院小殿中有菩提像,其尘不集如新塑者。相传此像初造时,匠人依明堂先具五藏,次四肢百节。将百余年,纤尘不凝焉。

【译文】成都宝相寺的偏院小殿里有一尊菩提像,这尊佛像不会沾染灰尘就好像新塑的一样。相传这尊佛像刚建造的时候，匠人门依据明堂的大小先制造了五藏六腑，然后制造了四肢和各个关节。这尊佛像已经有一百多年了，丝毫不会沾染哪怕最微小的灰尘。

　　李叔詹常识一范阳山人，停于私第，时语休咎必中，兼善推步禁咒。止半年，忽谓李曰："某有一艺，将去，欲以为别，所谓水画也。"乃请后厅上掘地为池，方丈，深尺余，泥以麻灰，日没水满之。候水不耗，具丹青墨砚，先援笔叩齿良久，乃纵笔毫水上。就视，但见水色浑浑耳。经二日，搨^①以稚绢四幅，食顷，举出观之，古松、怪石、人物、屋木无不备也。李惊异，苦诘之，惟言善能禁彩色，不令沉散而已。

　　【注释】①搨：同"拓"。在刻铸有文字或图像的器物上，涂上墨，蒙上一层纸，捶打后使凹凸分明，显出文字图像来。

　　【译文】李叔詹曾经认识一个范阳的隐居者，他曾停留在李叔詹的家里，平时预言一些福祸，一定会说中，他还善于推算天文和操纵神鬼。

　　他在李家待了半年，忽然对李说："我有一个技艺，我要走了，就想把它当做告别的礼物，就是所谓的水画。"然后他就请李在后厅上挖了一个池子，面积一丈，深一尺多，用麻灰涂抹，每天把水注满这个池子。等水不再渗透，他就准备好丹青墨砚，他先拿笔敲打牙齿构思良久，然后在水面上挥洒笔墨。靠近观看，只看见水色浑浑沌沌。过了两天，这个人就用细密的绢四幅铺在水面上，一顿饭的功夫，把这个绢揭起来看，古松、怪石、人物、屋木无不具备。李叔詹感到很惊异，苦苦询问，这个人只是说他善于控制彩色，不让色彩下沉分散而已。

　　旧记藏弸^①令人生离，或言古语有徵^②也。举人高映，善意抠。成式尝于荆州藏钩，每曹五十余人，十中其九。同曹钩亦知其处，当时疑有他术。访知映言，但意举止辞色，若察囚视盗也。山人石旻，尤妙打彄，与张又新兄弟善。暇夜会客，因试其意彄，注之必中。张遂置钩于巾襆中，旻曰：“尽张空拳。”有顷，眼钩在张君襆头左翅中。其妙如此。旻后居扬州，成式因识之，曾祈其术，石谓成式曰：“可先画人首数十，遣胡越异办则相授。”疑其见欺，竟不及画。

【注释】①彄〔kōu〕：环子、戒指一类的东西。②徵：证明。

【译文】旧书记载藏钩这个游戏让人产生判断力，有人说这种老话是被证明的。举人高映，很善于这种藏钩游戏。我曾经在荆州的时候和他玩藏钩游戏，每批五十多个人，他能够十猜九中。即便是同伴的钩在哪里他也知道，当时我就怀疑他是不是有别的什么法术。向他探访，他说，只是根据对方的神色进行判断，就好像观察囚犯一般。隐士石旻，尤其擅长这种游戏，他和张又新兄弟友善。闲暇时间晚上见朋友的时候，张兄弟就想试试他的藏钩的能力，没想到他下注就一定会中。张又新就把钩放在头巾的折缝里，石旻就猜："两只手都是空的。"过了一会儿，就看见钩在张的头巾的左边。石旻技术就是如此精妙呀。旻后住在扬州，我因此认识了他，我曾经问他藏钩的方法，石对我说："你可以先画几十个人像，等你能够分辨谁是胡人，谁是越人之后我再教你方法。"我怀疑他骗我，所以就没有画。

器　奇

开元中，河西骑将宋青春，骁果暴戾，为众所忌。及西戎岁犯边，青春每阵常运臂大呼，执馘^①而旋，未尝中锋镝。西戎惮之，一军始赖焉。后吐蕃大地获生口数千，军帅令译问衣大虫皮者："尔何不能害青春？"答曰："尝见青龙突阵而来，兵刃所及，若叩铜铁，我为神助将军也。"青春乃知钩之有灵。青春死后，钩为瓜州刺史李广琛所得，或风雨后，迸光出室，环烛方丈。哥舒镇西知之，求易以它宝，广琛不与，因赠诗："刻舟寻化去，弹铗未酬恩。"

【注释】①馘〔guó〕：古代战争中割取敌人的左耳以计数献功。

【译文】开元年间，河西骑将宋青春，骁勇粗暴，大家都害怕他。等到西戎每年侵犯边境，宋青春每次在阵前常常挥动手臂大声呼喊，往往是拿着敌人的首级凯旋，他从来没有被兵刃所伤。西戎人害怕他，而军队的人都很依赖他。后来唐军打败吐蕃族，获得俘虏数千人，军队的元帅让翻译问穿着老虎皮的吐蕃士兵："你为什么不能够伤害宋青春将军？"对方答："曾看见一条青龙突破阵型奔来，我们的兵刃去碰他的身体，就好像碰在铜铁上一样，我觉得有神在帮助宋将军。"宋青春这才知道他使用的武器——钩是有灵的。宋青春死后，他的钩被瓜州刺史李广琛所获得，有时在风雨之后，钩的光芒迸发出房间，就好像一丈以内点满了蜡烛。镇西将军哥舒翰知道这件事情之后，用别的宝贝来交换，广琛不给，反而赠诗给哥舒翰："刻舟寻化去，弹铗未酬恩。"

郑云达少时，得一剑，鳞铗星镡^①，有时而吼。常在庄居，晴日藉膝玩之。忽有一人，从庭树窣然而下，衣朱紫，虬发，露剑而立，黑气周身，状如重雾。郑素有胆气，佯若不见。其人因言："我上界人，知公有异剑，愿借一观。"郑谓曰："此凡铁耳，不堪君玩。上界岂藉此乎？"其人求之不已。郑伺便良久，疾起斫之，不中，忽坠黑气着地，数日方散。

【注释】①镡〔tán〕：古代兵器，似剑而小。

【译文】郑云达年轻的时候，得到了一把剑，鱼鳞的剑鞘，星光闪烁的护手，有时还会发出吼叫声。郑常在在山庄居住，晴日就把这把剑放在膝盖上把玩。忽然有一个人，从庭院的树上悄悄地下来，穿着朱紫色的衣服，虬状的头发，露出宝剑站着，黑气弥漫全身，这个黑气就像浓雾一般。郑云达向来有胆量，假装没看见。这个人说："我是上界的人，得知你有一把神奇的剑，希望借我一看。"郑云达对他说："这把剑不过是一块凡铁，不值得你赏玩。上界难道还要这玩意吗？"这个怪人不停地请求。郑云达花了半天找到了一个机会，突然站了起来拿剑砍向这个人，没有砍中，忽然黑气掉在地上，好几天才消散。

成式相识温介云："大历中，高邮百姓张存，以踏藕为业。尝于陂中见旱藕，梢大如臂，遂并力掘之。深二丈，大至合抱，以不可穷，乃断之。中得一剑，长二尺，色青无刃，存不之宝。邑人有知者，以十束薪获焉。其藕无丝。"

【译文】我的朋友温介说："大历年间，高邮有一个百姓叫做张存，以在泥塘里踩踏寻藕为业。他曾在池塘里看见一根旱藕，梢大得就像人的手臂，他就用力把它挖出来。没想到挖了二丈深，这根藕粗得要两个人合抱，因为一直挖不完，张就把藕给砍断了。在藕中他得到了一把剑，长二尺，青色无锋刃，他把这把剑放在家里也没有把它当作宝物。同乡有一个人知道这件事情后，用十捆柴给换走了。这个藕很奇怪，没有藕丝。"

元和末，海陵夏危乙庭前生百合花，大于常数倍，异之。因发其下，得甓^①匣十三重，各匣一镜。第七者光不蚀，照日光环一丈，其余规铜而已。

【注释】①甓〔pì〕：砖。

【译文】元和末年，海陵有一个人叫做夏危乙，他家庭院前生长着百合花，比平常的百合花要大好几倍。他感到很奇怪，就去挖掘百合花的根，得到了一个陶匣子十三个，一个个套在一起，每一个匣子里有一面镜子。第七个匣子里的镜子没有生锈还很亮，能够反射日光出现一丈大小的光环，其余的镜子都是普通的仿铜而已。

高瑀在蔡州，有军将田知回易折欠数百万。回至外县，去州三百余里，高方令锢身勘田。忧迫，计无所出，其类因为设酒食开解之。坐客十余，中有称处士皇甫玄真者，衣白若鹅羽，貌甚都雅。众皆有宽勉之辞，皇但微笑曰："此亦小事。"众散，乃独留，谓田曰："子尝游海东，获二宝物，当为君解此难。"田谢之，请具车马，悉辞，行甚疾。其晚至州，舍于店中，遂晨谒高。高一见，不觉敬之。因请高曰："玄真此来，特从尚书乞田性命。"高遽曰："田欠官钱，非瑀私财，如何？"皇请避左右："某于新罗获一巾子，辟尘，欲献此赎田。"即于怀内探出授高。高才执，已觉体中虚凉，惊曰："此非人臣所有，且无价矣。田之性命，恐不足酬也。"皇甫请试之。翌日，因宴于郭外。时久旱，埃尘且甚。高顾视马尾鬣及左右骖卒数人，并无纤尘。监军使觉，问高："何事尚书独不尘坌？岂遇异人获至宝乎？"高不敢隐。监军不悦，固求见处士，高乃与俱往。监军戏曰："道者独知有尚书乎？更有何宝，顾得一观。"皇甫具述救田之意，且言药出海东，今余一针，力弱不及巾，可令一身无尘。监军拜请曰："获此足矣。"皇即于巾上抽与之。针金色，大如布针。监军乃劄于巾试之，骤于尘中，尘唯及马鬃尾焉。高与监军日日礼谒，将讨其道要。一夕，忽失所在矣。

【译文】高瑀在蔡州，有一个军将叫做田知，他挪用公共款做生意亏损了数百万钱。田知到了外县，距离蔡州三百多里，高瑀就命人看住田知进行勘察。田知很是忧虑，想不出解决的办法，他的同伴就给他设宴开导他。宴会上有十余人，其中有一个自称处士名叫皇甫玄真的人，穿着白得就像鹅羽毛一样的衣服，容貌很是文雅清秀。大家都对田知说些宽慰勉励的话，只有皇甫玄真微笑着说："这也就是一件小事。"众人散去，这个人独自留下，对田知说："我曾经游历海东，获得了两件宝物，正好给先生你解除此难。"田知向他表示感谢，并给他准备车马，结果都被他推辞掉了，他很快地就走了。当天晚上这个人就赶到了蔡州，住在旅店里，第二天早晨求见高瑀。高瑀一见这个人的打扮，不觉就感到敬重。这个人请求高瑀说："玄真这次来，特意是向尚书大人乞求饶田知一命。"高瑀就说："田知欠了官钱，这钱不是我自己的私人财物，这可怎么办？"皇甫请求高瑀摒弃左右人等，并说："我在新罗获得了一块布，这块布能够辟尘，我想要把这块布献给你，以此赎回田知的性命。"他就从怀里掏出这块布交给高瑀。高瑀刚拿着这块布，就已经感到身体内空虚清凉，他惊讶地说："这个东西不是我们做臣子的所能够拥有的，况且这个东西是无价的。田知的性命，恐怕不值它的价值呀。"皇甫请高试一试这块布的功效。第二天，高就在城外设宴。当时很久没有下雨，尘土非常大。高回头看自己的马尾和几个左右跟随的士卒，他们身上竟然没有一点纤尘。监军发现了这件奇异的事情，就问高："为什么尚书大人独自不沾染不尘埃？难道是碰到了异人获得了宝贝吗？"高瑀不敢隐瞒，和盘托出。监军不高兴，强烈要求求见这个处士，高璃就和他一同前往。在皇甫玄真面前，监军开玩笑地说："道长眼里只知道有尚书吗？你还有啥宝贝，可以给我一看。"皇甫就把救田知的意思详细地说了一遍，还说他这两个宝贝出自海东，如今只留下一针，这种针法力弱，赶不上先前那块布，但是可以让一个人身上无沾尘土。监军行礼请求："能够得到这个我就满足了。"皇甫就从头巾上抽出一根针交给监军。针金色，大小就像一根缝衣针。监军就把这根针别在头巾上试验，他猛然骑马跑进尘土中，结果尘土只沾上了马尾巴。高璃与监军每天都对这个处士进行拜访，想要讨要询问一些道术的精要。一天傍晚，这位道士忽然就消失了。

咸阳宫中有铸铜人十二枚，坐皆三五尺，列在一筵上。琴筑笙竽，各有所执，皆组绶花彩，俨若生人。筵下有铜管，吐口高数尺。其一管空，内有绳大如指。使一人吹空管，人纫绳，则琴瑟竽筑皆作，与真乐不异。有琴长六尺，安十三弦二十六徽①，皆七宝饰之，铭曰"璵②璠之乐"。玉笛长二尺三寸，二十六孔，吹之则见车马出山林，隐隐相次，息亦不见，铭曰"昭华③之管"。

【注释】①徽：音阶的标示。②璵：美玉。③昭华：美好的。
【译文】咸阳的宫中有铜人十二尊，都是坐像，三五尺高，排列在一个竹席上。这些铜人手里各自拿着琴、筑、笙、竽等乐器，而且它们穿着各式的衣服，带着花的装饰品，就好像活人一样。竹席下装有铜管，铜管的开口高好几尺。其中一个管是空的，里面有手指粗的绳子。让一人吹空的管子，并拉着绳子，那么那些琴、竽、筑等乐器就都会演奏，和真的乐器演奏出来的声音一样。有一张琴长六尺，安装了十三弦和二十六徽，都用各种珠宝装饰，铭文是"璵璠之乐"。有一根玉笛长二尺三寸，有二十六孔，吹这个笛子的时候，听众就会看见车马从山林里出来，隐隐约约相连，不吹了，这些奇异的景象也就不见了。笛子上有铭文，叫做"昭华之管"。

乐

魏高阳王雍①，美人徐月华，能弹卧箜篌，为《明妃出塞》之声。

【注释】①高阳王雍：雍，字思穆，献文帝第四子。太和九年，封颍川王，加侍中、征南大将军。拜中护军，领镇北大将军。改封高阳王。行镇军大将军。迁卫尉，加散骑常侍，除镇北大将军、相州刺史，进号征北将军。宣武即位，迁征北大将军、冀州刺史，入拜骠骑大将军、司州牧。迁司空，转太尉，加侍中，除太保。孝明即位，以为宗师，进太傅。为于忠矫诏所废，以王归第。灵太后临朝，除侍中、太师，领司州牧，录尚书事，兼太保，进位丞相。孝庄初，于河阴遇害，谥曰文穆王。

【译文】后魏高阳王雍，有一个美人叫做徐月华，她能够能弹卧箜篌，演奏《明妃出塞》的曲子。

有田僧超，能吹笳①为《壮士歌》、《项羽吟》。将军崔延伯②出师，每临敌，令僧超为壮士声，遂单马入阵。

【注释】①笳〔jiā〕：中国古代北方民族的一种乐器，类似笛子。②崔延伯：博陵安平（今河北安平县）人。出身博陵崔氏，北魏大臣，著名将领。少有气力，以勇壮闻。初仕萧赜，为缘淮游军。太和年间，归顺北魏。

【译文】有一个叫做田僧超的人，他能够用能笳吹出《壮士歌》、

《项羽吟》这些曲子。将军崔延伯出兵，每次面对敌人，就会命令僧超吹出雄壮的乐曲声《壮士声》，然后他就单枪匹马杀入敌阵。

古琵琶用鹍鸡①股。开元中，段师能弹琵琶，用皮弦。贺怀智破拨弹之，不能成声。

【注释】①鹍鸡：一种鸟。

【译文】古琵琶用鹍鸡的筋皮来做弦。开元年间，一位姓段的琴师能够弹琵琶，用的就是皮弦。贺怀智开始用拨片弹这种用筋皮做的琵琶，却不能够发出优美的声音。

蜀将军皇甫直，别音律，击陶器能知时月。好弹琵琶。元和中，尝造一调，乘凉临水池弹之。本黄钟而声入蕤宾①，因更弦再三奏之，声犹蕤宾也。直甚惑，不悦，自意为不祥。隔日，又奏于池上，声如故。试弹于他处，则黄钟也。直因调蕤宾，夜复鸣弹于池上，觉近岸波动，有物激水如鱼跃，及下弦则没矣。直遂集客车水竭池，穷池索之。数日，泥下丈余，得铁一片，乃方响蕤宾铁也。

【注释】①蕤宾〔ruí bīn〕：古乐十二律中之第七律。

【译文】蜀将军皇甫直，懂音律，能够从敲击陶器发出的声音的细微差别分辨出敲击的时间。他很喜欢弹琵琶。元和年间，他曾经创作了一个曲子，便在乘凉时靠近水池边弹奏。没想到原本黄钟的音律，结果声音却到了蕤宾的律，于是他换了琴弦再三弹奏，声音还是在蕤宾律上。皇甫直很是疑惑，感到不高兴，以为这是不祥之兆。过了一天，他又在池塘边弹奏，声音还是和先前那样。他试着在别的地方弹奏，黄钟律就是黄钟律，不再会改变。皇甫直于是调到蕤宾律，夜晚又在池塘边弹奏，他就感觉到近岸的水面水波动荡，似乎有一个物体激荡水面就好像有鱼跃出，等到停止弹奏水面就平静下来。皇甫直就召集人用水车车水，把池塘的水排干，在池塘中寻找。过了几天，在淤泥下一丈多的地方，找到了一片铁，就是原先发出蕤宾的铁。

王沂者，平生不解弦管。忽旦睡，至夜乃寤，索琵琶弦之，成数曲，一名《雀啅①蛇》，一名《胡王调》，一名《胡瓜苑》，人不识闻，听之莫不流涕。其妹请学之，乃教数声，须臾总忘，后不成曲。

【注释】①啅〔zhuó〕：古同"啄"。
【译文】王沂，平时根本不懂弦管器乐。忽然有一次早上睡着了，到了夜里才醒了过来，就索要琵琶弹奏，没想到竟然弹出了好几支曲子，一支叫做《雀啅蛇》，一支叫做《胡王调》，一支叫做《胡瓜苑》，这些曲子人们都没有听过，听完之后无不感动得流泪。他的妹妹让他教自己演奏，才教了几声，很快就全部忘记了，后来再也弹奏不出乐曲了。

有人以猿臂骨为笛吹之，其声清圆，胜于丝竹。琴有气。常识一道者，相琴知吉凶。

【译文】有人用猿猴的手臂骨头制作成笛子吹奏，笛子发出的声音清亮圆润，胜过平常的丝竹乐器。琴是有气场的。我曾经认识一个道士，他可以通过相看琴来知晓吉凶。

前集卷七

酒 食

　　魏贾琳，家累千金，博学善著作。有苍头善别水，常令乘小艇于黄河中，以瓠匏接河①源水，一日不过七八升。经宿，器中色赤如绛，以酿酒，名昆仑觞。酒之芳味，世中所绝。曾以三十斛上魏庄帝。

　　【注释】①河：古义专指黄河。

　　【译文】魏国的贾琳，家才万贯，他学识渊博善长写作。他有一个仆人善于分辨水质的好坏，常常乘着小艇在黄河中，用瓠匏接黄河源头的水，一天不过接七八升。过了一个晚上，容器中的水的颜色就变成了大红色，他用这种水酿酒，酒的名字叫做"昆仑觞"。这种酒的芳香和味道，世上绝无仅有。他曾经拿三十斛这种美酒献给魏庄帝。

　　历城北有使君林。魏正始中，郑公悫三伏之际，每率宾僚避暑于此。取大莲叶置砚格上，盛酒二升，以簪刺叶，令与柄通，屈茎上轮菌如象鼻，传吸之，名为碧筩杯。历下学之，言酒味杂莲气，香冷胜于水。

【译文】历城的北面有一片叫做使君林的树林。魏正始年间，郑悫在三伏天的时候，常常带着宾客幕僚到这个地方避暑。他取来大莲叶放置在砚台木格上，叶子上盛上二升酒，用簪子刺破莲叶，让破的地方和莲叶柄相通，然后弯曲莲叶的茎，让它盘起来就好像大象的鼻子一般，他们把这种"酒杯"相互传递，并且吸茎的端口，用来喝叶子上的酒，他们把这种酒杯命名为"碧筒杯"。济南人也学着这样喝酒，说酒味里夹杂着莲的气味，又香又冷胜过水。

青田核，莫知其树实之形。核大如六升瓠①，注水其中，俄顷②水成酒，一名青田壶，亦曰青田酒。蜀后主有桃核两扇，每扇着仁处，约盛水五升，良久水成酒味醉人。更互贮水，以供其宴。即不知得自何处。

【注释】①瓠〔hù〕：年生草本植物，茎蔓生，夏天开白花，果实长圆形，嫩时可食。②俄顷：不一会儿。

【译文】青田核，不知道它的树是什么形状。核的大小就好像六升的葫芦，往里面注水，一会儿水就会变成酒，它有另外一个名字叫做青田壶，也叫做青田酒。蜀后主有这种桃核两扇，每扇在长果仁的地方，可以盛水大约五升，过很久水就能够变成酒，酒味醉人。这两扇桃核何以交互贮水，用来提供他宴会的酒。只是不知道这个东西是从哪里得来的。

武溪夷田强，遣长子鲁居上城，次子玉居中城，小子仓居下城。三垒相次（一曰望），以拒王莽①。光武二十四年，遣武威将军刘尚征之。尚未至，仓获白鳖为肴，举烽请两兄。兄至，无事。及尚军来，仓举火，鲁等以为不实，仓遂战而死。

【注释】①王莽：字巨君，新都显王王曼长子、西汉孝元皇后王政君侄。新朝建立者，是为新太祖，公元8年至公元23年在皇帝位。

【译文】武溪的少数民族彝族的首领田强，派遣长子鲁驻扎在上城，次子玉驻扎在中城，小子仓驻扎在下城。三城互为攻守，彼此守望，以此来抵御王莽。光武二十四年，刘秀派遣武威将军刘尚征讨田强。尚还没有到，仓抓获了一只白鳖做成了肉汤，他就点起烽火请两个兄弟前来享用美味。两个兄弟以为有军事发生，赶忙赶来，结果无事，只是喝汤。等到尚的军队到来，仓又举烽火报警，鲁、玉却以为这又是一次不实的烽火，结果仓就独自战斗，最终战死。

　　梁刘孝仪①食鲭鲊②，曰："五侯九伯③，令尽征之。"魏使崔劼、李骞在坐，劼曰："中丞之任，未应已得分陕？"骞曰："若然，中丞四履，当至穆陵。"孝仪曰："邺中鹿尾，乃酒肴之最。"劼曰："生鱼、熊掌，孟子所称。鸡跖、猩唇，吕氏所尚。鹿尾乃有奇味，竟不载书籍，每用为怪。"孝仪曰："实自如此，或是古今好尚不同。"梁贺季曰："青州蟹黄，乃为郑氏所记，此物不书，未解所以。"骞曰："郑亦称益州鹿，但未是珍味。"

【注释】①刘孝仪：初为始兴王萧法曹行参军，随同出镇益州，兼记室。后又随晋安王萧纲出镇襄阳。曾出使北魏。累迁尚书左丞，兼御史中丞。历任临海太守、豫章内史。后来侯景叛乱，州郡失陷。大宝元年（550）病逝。②鲭鲊〔zhēng zhǎ〕：用腌鱼制作的鱼脍。③五侯九伯：公、侯、伯、子、男五等诸侯和九州之长。泛指天下诸侯。

【译文】梁朝的刘孝仪在吃鲭鲊这种食物的时候，借用了《左传》里的一句话："五侯九伯，令尽征之。这句话实际的意思是：天下诸侯，应该下令全部征讨。而他的意思实际上是：天下的诸侯，都应该下命令征集这种食物。"魏国的使者崔劼、李骞正好在坐，崔劼没有听懂，就顺着他原本的意思说："以中丞大人的官职能力，还没有得掌管一方成为诸侯的重用吗？"李骞也说："如果得到重用，中丞大人管辖的范围，应当可以到达穆陵（战略要地）这样的级别。"孝仪接着说："邺中的鹿尾，乃是酒肴中最好的事物。"崔劼又接着话说："生鱼、熊掌，孟子所称赞的。鸡爪、猩唇，吕不韦所喜欢的。鹿尾的确有奇特的美妙滋味，竟然不被载入书籍，我每次食用的时候都会感到奇怪。"孝仪说："确实如此，这也许是古人今人喜好不同。"梁朝贺季说："青州的蟹黄，就被郑玄所记载，鹿尾这种食物不被记载，不知道是什么原因。"李骞说："郑玄也称赞过益州的鹿尾，但没有说是美味。"

何胤①侈于味，食必方丈。后稍欲去其甚者，犹食白鱼、鲥〔四库本为"鲗"〕腊、糖蟹。使门人议之，学士钟岏议曰："鲥之就腊，骤于屈伸，而蟹之将糖，躁扰弥甚。仁人用意，深怀恻怛。至于车螯、母蛎，眉目内阙，渐浑沌之奇；唇吻、外缄，非金人之慎。不荣不悴，曾草木之不若；无馨无臭，与瓦砾而何异？故宜长充庖厨，永为口实。"

【注释】①何胤：字子季（446年—531年），庐江灊〔qián〕（今安徽庐江）人，何点弟。生平简介生于宋文帝元嘉二十三年，卒于梁武帝中大通三年，年八十六岁。好学，从刘献受《易》及《礼记》《毛诗》，又入钟山定林寺听内典，其业皆通。起家齐秘书郎，出为建安太守。后入为太子中庶子，撰新礼。

【译文】何胤非常喜欢吃东西，吃东西一定要有一丈见方的地方摆放食物。到了后来他稍稍改变了先前的铺张与奢侈，但还是要吃白鱼、鲥（四库本为"鲗"）腊和糖蟹。他让他的门人讨论吃饭这件事，学士钟岏就说："鲥这种动物在制腊的时候，身体猛然地屈伸，而蟹进行糖腌的时候，烦躁扰动尤其厉害。作为一个仁人者，应该深怀悲悯的情怀。至于车螯、母蛎这种食物，没有眉眼，自我惭愧就像浑沌一样；他的唇吻长在外面，却没有铜人的慎言。这种动物没有情感，还不如草木；这种动物没有气味，与瓦砾又有什么区别？所以这种动物适宜长期在厨房，永远被我们食用。"

后梁韦琳，京兆人，南迁于襄阳。天保中，为舍人，涉猎有才藻，善剧谈。尝为《鲳表》，以讥刺时人。其词曰："臣鲳言：伏见除书，以臣为粽（一曰糁）熬将军、油蒸校尉、朣州刺史，脯腊如故。肃承将命，含灰屏息。凭笼临鼎，载兢载惕。臣美愧夏鳝，味惭冬鲤，常怀饴服之诮，每惧鳖岩之讥。是以漱流湖底，枕石泥中，不意高赏殊私，曲蒙钩拔，遂得超升绮席，忝预玉盘。远厕玳筵，猥颁象箸，泽覃紫篝，恩加黄腹。方当鸣姜动椒，纡苏佩悦。轻瓢才动，则枢盘如烟；浓汁暂停，则兰肴成列。宛转绿蔖之中，逍遥朱唇之内。御恩噬泽，九殒弗辞。不任屏营之诚，谨列铜镴门，奉表以闻。"诏答曰："省表具知，卿池沼缙绅，陂渠俊乂，穿蒲入荇，肥滑有闻，允堪兹选，无劳谢也。"

【译文】后梁的韦琳，是京兆人，南迁到了襄阳。天保年间，担任舍人，涉猎广泛有才华，善于高谈阔论。曾经写了一篇《鲳表》，用这篇文章讥刺当时的人。他的文章是这样写的："臣鳝鱼上奏说：俯伏拜见了授臣官职的文书，让臣作糁熬将军、油蒸校尉、朣州刺史。臣决心就是变成肉干也依然故我，勤勉而恭敬地秉承上级命令，口中含土屏住呼吸，任凭笼蒸鼎煮，虽然浑身发抖心中忧伤也无怨无悔。臣鲜美自愧难比夏天的鲟鱼，味道自惭不如冬天的鲤鱼，常常害怕不如河豚的腹肉受到嘲笑，每每畏惧不敌甲鱼的鳖甲遭到讥讽，所以洗漱在湖泊底，睡眠在石泥中。没想到崇高的奖赏特别偏爱，承蒙鱼钩钓拔，因而得以超升到华丽的坐席上，羞愧地参预到玉盘之中。远远的来置身于华美的筵宴，堆积着分赏给象牙筷子，之所以如此惠泽绵长是因为臣所滋养的脂腴，这般恩宠有加是为了臣肉肥味美的黄腹。正合使用黄姜花椒相伴，缠绕上绿色的苏子叶佩戴着红色的山茱萸。葫芦做的勺子才开始翻动，而刺榆木做的盘子就进入油烟中来盛装；浓浓的汤汁刚好妥帖，那味美高雅的菜肴已经成列。回旋在绿色的调料之中，逍遥于红色的口唇之内。被含在口中的恩德、咬嚼的惠泽，让臣九死不辞。今以不胜彷徨的诚意，小心地排列在铜鼎门前，奉表于君主听闻。"君主下诏答道："仔细看了奏表内情都知道了，卿是水池中湖沼内的缙绅，河渠里的俊杰，能穿过蒲草钻入荇丛，肥滑程度是有所耳闻的，允许担任这种选拔任职，不用劳卿来鸣谢了。"

伊尹干汤，言天子可具三群之虫，谓水居者腥，肉玃者臊，草食者膻也。

【译文】伊尹拜见商汤，说天子才可以食用三种动物，说住在水里的动物很腥，吃肉的动物很臊，吃草的动物很膻。

五味、三材、九沸、九变、三臠①、七菹②、具酸、楚酪、芍药之酱、秋黄之苏、楚苗、挫槽、山肤太（一云大）苦。

【注释】臠〔luán〕：带骨的肉酱。②菹：酸菜，腌菜。
【译文】五味、三材、九沸、九变、三臠、七菹、具酸、楚酪、芍药之酱、秋黄之苏、楚苗、挫槽、山肤太苦。

甘而不噮①，酸而不酷②，咸而不减，辛而不耀[四库本为"耀"]，淡而不薄，肥而不腻。

【注释】①嗯〔yuàn〕：味美。②噗〔hù〕：味浓。

【译文】甘味不要过于甜，酸味不要浓烈，咸味不能不足，辣味不能过分，味淡不要口寡，肥则不要腻人。

猩唇、獾炙、艫翠、鹠腴、糜腱、述荡之掔、旄象之约、桂蠹、石鳆、河隈之鯀、巩洛之鳟、洞庭之鲋、灌水之鲤（一云鳊）、珠翠之珍、菜黄之鲐、臑鳖、炮羔、鹏凫、蟮胆、御宿青祭（一云桑）、瓜州红菱、冀野之粱、芳菰、精稗、会稽之菰、不周之稻、玄山之禾、杨山之穄、南海之秬、寿木之华、玄木之叶、梦泽之芹、具区之菁、杨朴之姜、招摇之桂、越酪之菌、长泽之卵、三危之露、昆仑之井、黄颔胆、醒酒鲭、饴糊饛鲴、粔妆、寒具、小螄、熟蚬、炙粞、蛆子、蟹蝑、葫精、细乌贼、细飘（一曰"鱼鲦"）、梨酚〔四库本为"酴"〕、鲎酱、乾栗、曲阿酒、麻酒、抿酒、新鳅子、石耳、蒲叶菹、西櫴、青根粟、菰首、鰡子鮰、熊蒸、麻胡麦、藏荔支、绿施笋、紫鳒、千里蕙、鲙曰万丈、蟊足、红綷精细曰万、凿百炼、蝇首如蛆、张掖九蒸豉、一丈三节蔗、一岁一花梨、行米、丈松、窑鳅、蚍酱、苏膏、糖颏蚍子、新乌蛔、缥胶法、乐浪酒法、二月二日法酒、酱酿法、绿鄙法、猪骸羹、白羹、麻羹、鸽胆、隔冒法、肚铜法、大貊炙、蜀捣炙、路时腊、棋腊、獾天腊、细面法、飞面法、薄演法、龙上牢丸、汤中牢丸、樱桃饣曷蝎饼、阿韩特饼、凡当饼、兜猪肉、悬熟、杏炙、蛙炙、脂血、大扁饧、马鞍饧、黄丑、白丑、白龙舍、黄龙舍、荆饧、竿炙、羌煮（一曰炙）、疏饼、锑糊饼。饼谓之托，或谓之餦馄。饴谓之馑（一曰唯）、饱馂谓之馇（一曰馉）、齑酢钴（"钴"本二字，皆从鱼），茹叽食也。膜（一曰餕）、膜、脯、胀、膰，肉也。膫、䐛，膜也。膌、膍（一曰馈）、脤，胆也。格、稽、粔、粎，徽也。铎（一曰饌〔四库本为"饌"〕）、饻、膵、馕、饦，饵也。醡、醶、酮、酥，醅也。

酪、戴、醇，浆也。睄、𫗦、𩜀、𪎊，盐也。醯、䤈、醰、醸、酱，
酱也。

【译文】猩唇、獲做的烤肉、䱹翠、髐腺、糜腱、述荡的腕部、旄象的尾部、桂蝥、石鲅、黄河弯曲处的酥鱼、巩洛二地的鳟鱼、洞庭的鲋鱼、灌水的鲤鱼、珠翠之珍、菜黄之鲐、臑鳖、炮羔、臇兔、蠵臛、御宿的青米、瓜州红菱、冀州野地上的高粱、芳菰、精华的稗子、会稽的菰草、不周山的稻子、玄山的麦子、杨山的糜子、南海的黑黍、寿木的花、玄木的叶、梦泽的芹、具区的菁菜、杨朴的姜、招摇的桂花、越酪的蘑菇、长泽的鸡蛋、三危的露水、昆仑的井水、黄颔臁、醒酒鲭、弋弟 糊、飺餭、粔妆、寒具、小螺蛳、熟蚬、炙糁、蛆子、蟹蚞、葫精、细乌贼、细飘、梨酴、奝酱、干栗子、曲阿酒、麻酒、振酒、新鳅子、石耳、蒲叶菘、西蜓、青根粟、菰首、鳎子鲂、熊蒸、麻胡麦、藏荔支、绿施笋、紫鹩、千里蕙、鲙曰万丈、蠡足、红绯精细曰万、凿百炼、蝇首如蛆、张披九蒸豉、一丈三节的甘蔗、一年开一次的梨子、行米、丈松、窑鳅、蚶酱、苏膏、糖颏蜽子、新乌蜽、缥胶法、乐浪酒法、二月二日的法酒、酱酿法、绿醽法、猪骸羹、白羹、麻羹、鸽臛、隔冒法、肚铜法、大䝙炙、蜀捣炙、路时腊、棋腊、獾天腊、细面法、飞面法、薄演法、龙上牢丸、汤中的牢丸、樱桃馄蝎饼、阿韩特饼、凡当饼、兜猪肉、悬熟、杏炙、烤蛙肉、脂血、大扁饧、马鞍饧、黄丑、白丑、白龙舍、黄龙舍、荆饧、竿炙、羌煮、疏饼、锑糊饼。饼谓之托，或谓之飺馄。饴谓之馆、饱馄谓之储、饕馇饪，茹叽食也。膜、䐑、脯、胀、臁，都是肉。髎、𦜝，是膜。臇、䐑，都是一日内充饥的食物。朋，是一种肉羹。格、糌、𥻗、粜，是几种油炸的面条。择，中"铎"、饺、脖、镰、饦，都是糕饼。醭、酸、酮、酥，都是没有过滤过的酒。酪、戴、醇，是浓稠的饮品。

𫗦、𩜀、𪎊，是调咸味的调料。醯、䤈、醸、醸；酱，是佐餐的酱

汁。

折粟米法：取简胜粟一石①，加粟奴五斗②舂之。粟奴能令馨香。乳煮羊胯利法：槟榔詹阔一寸，长一寸半，胡饭皮。

【注释】①石：中国市制容量单位，十斗为一石。②斗：中国市制容量单位，十升为一斗，十斗为一石。

【译文】折粟米的方法：取一石简胜粟，加上粟奴五斗，然后舂。粟奴能够让这种食物变得更香。乳煮羊胯利的方法：加入槟榔、詹阔一寸，长一寸半，用胡饭皮。

鲤鮒鲊法：次第以竹枝赍①头置日中，书复为记赍字。五色饼法：刻木莲花，藉禽兽形按成之，合中累积五色竖作道，名为斗钉。色作一合者，皆糖蜜。副起粄法：汤胘法、沙棋法、甘口法。蔓菁菘菹法：饱霜柄者，合眼掘取作挐②薄形。蒸饼法：用大例面一升，炼猪膏三合。梨楼法、膜肉法、脾肉法、瀹鲇法。治犊头，去月骨，舌本近喉，有骨如月。木耳鲙：汉瓜菹③切用骨刀，豆牙菹。肺饼法、覆肝法，起起肝如起鱼菹。菹族并乙去法（一曰升）。又鲙法：鲤一尺，鲫八寸，去排泥之羽。鲫员天肉，腮后鬐前，用腹腴拭刀，亦用鱼脑，皆能令鲙缕不著刀。鱼肉冻胜法：渌肉酸胜，用鲫鱼、白鲤、鲂鲩、鳜、鲏，煮驴马肉，用助底郁。驴肉，驴作鲈贮反。炙肉，鲸鱼第一，白其次，已前日味。

【注释】①赍：带着。②挐：舒展。③菹：腌菜、酸菜

【译文】鲤鮒鲊法：按照顺序把竹枝带着头放到太阳底下，写上记号。五色饼法：雕刻木板如莲花状，借助模具中的禽兽形状按压做好，这里面积累着五色的竖道花纹，叫做斗钉。这里面的颜色都是由蜜糖制

作的。副起粄法：这里面包含着汤胘法、沙棋法、甘口法。蔓菁蕻菹法：曾经多次结霜的木柄，带着木头的节眼挖成舒展的薄片状。蒸饼法：用大例面一升，炼猪油三合。梨漤法、腜肉法、脺肉法、瀹鲇法。烹调牛头，除去月骨，这种骨头就是在舌根靠近喉咙的地方，一块像月牙形状的骨头。木耳鲙：把腌制的酸菜用骨刀切好，酸菜用豆芽腌制的。肺饼法、覆肝法，起起肝如同起鱼肉酱。酸菜并芽去法。又鲙法：一尺的鲤鱼，八寸的鲫鱼，除去排泥用的鱼鳍。腮后鬐前的鲫鱼员天肉，用腹的脂肪拭刀，亦用鱼脑，都能令鱼片不粘刀。鱼肉冻胝法：渌肉酸胝，用鲫鱼、白鲤、鲂鳜、鳜、鮱，煮驴马肉，用来提升底味的浓郁。驴肉，驴的读音是鲈贮反切。烤鱼里面，鳜鱼排在第一，白鱼其次，已前曰味。

今衣冠家名食，有萧家馄饨，漉①去汤肥，可以瀹②茗；庚家粽子，白莹如玉；韩约能作樱桃饆饠，其色不变；有能造冷胡突鲙、鳢鱼臆、连蒸诈草、草皮索饼；将军曲良翰，能为骏鬐驼峰炙。

【注释】①漉〔lù〕：液体慢慢地渗下，滤过。②瀹〔yuè〕：煮。

【译文】现在士绅豪族吃的名牌食物，有萧家馄饨，滤出汤上漂浮的肥油，可以用来泡茶；庚家粽子，白莹如玉；韩约能作樱桃馅的点心，做熟了樱桃色不变；又能造冷糊涂、鲙鳢鱼腹部的肉、连蒸诈草、像草叶一样薄的面条；将军曲良翰，能烧烤驴脖子和驼峰肉。

贞元中，有一将军家出饭食，每说物无不堪吃，唯在火候，善均五味。尝取败障泥①胡禄②（一曰麀），修理食之，其味极佳。道流陈景思说，敕使齐日升养樱桃，至五月中，皮皱如鸿柿不落，其味数倍。人不测其法。

【注释】①障泥：骑马时用来挡住泥巴的护板。②胡盝：箭匣。

【译文】贞元年间，有一将军家拿出饭食，他每次都说食物没有不可以吃的，只是在火候上有问题，他善于调和五味。他曾经取破烂的障泥和胡盝，修理好之后就吃掉了它们，并且味道极佳。道士陈景思说，皇帝让齐日升种植樱桃，到了五月中旬，樱桃皮皱得像大柿子一样不落，味道比普通樱桃甘美好几倍。人们不知道他用的什么方法。

医

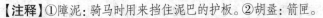

卢城之东有扁鹊冢，云魏时针药之士，以卮①腊祷之，所谓卢医也。

【注释】①卮：古代盛酒的器皿。

【译文】卢城的东面有扁鹊的坟冢，传说是战国时期魏国的医生，百姓用酒和腊肉在坟前祈祷祭拜，这个医生就是所谓的卢医。

魏时有句骊①客，善用针。取寸发，斩为十余段，以针贯取之，言发中虚也。其妙如此。

【注释】①句骊：古国名，在今朝鲜境内。

【译文】魏国时有一个句骊的客人，善于用针。他取一寸的头发，斩成十几段，然后以针贯穿这些头发，他说头发中间是空心的。多么巧妙呀。

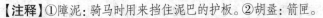

148

王玄荣俘中天竺王阿罗那顺以诣阙，兼得术士那罗迩（一有"婆"字）婆，言寿二百岁。太宗奇之，馆于金飚门内。造延年药，令兵部尚书崔敦礼[1]监主之。言婆罗门国有药名畔荼佉水，出大山中石臼内，有七种色，或热或冷，能消草木金铁，人手入则消烂。若欲取水，以骆驼髑髅沉于石臼，取水转注瓠芦中。每有此水，则有石柱似人形守之。若彼山人传道此水者则死。又有药名沮赖罗，在高山石崖下。山腹中有石孔，孔前有树，状如桑树。孔中有大毒蛇守之。取以大方箭射枝叶，叶下便有乌鸟御之飞去，则众箭射乌而取其叶也。后死于长安。

医

【注释】①崔敦礼：雍州咸阳人，隋礼部尚书崔仲方孙。

【译文】王玄荣俘虏了中天竺的王阿罗那顺，回京见唐太宗。他还抓到了一个术士叫做那罗迩婆，这个术士说有二百岁。唐太宗对此感到惊奇，就在金飚门内造了一个药馆。让他制造延长寿命的药，并令兵部尚书崔敦礼监管主导这项工作。这个术士说婆罗门国有一种药叫做畔荼佉水，出自大山中的石坑里，有七种色彩，有时热有时冷，这种水能够消融草木金铁，人手放进去就消融腐烂了。想要取这种水，就要用骆驼的骨头沉到石坑中进行舀取，取来的水要转移到葫芦里。每次石坑里有这种水，就会有人形石柱进行守护。如果那座山里的人谈论传播这种水的人就会死掉。还有一种药叫做沮赖罗，生长在高山的石崖下。山的腹地有石洞，洞前有树，形状就像桑树。石洞里中有大毒蛇守护。要取这种树的叶子的话就要用大方箭射枝叶，叶子掉下来下就会有一只乌鸟叼了叶子飞走，这个时候就要用乱箭射乌鸟就能够得到这种叶子。

荆人道士王彦伯[1]，天性善医，尤别脉断人生死寿夭，百不差一。裴胄[2]尚书子，忽暴中病，众医拱手。或说彦伯，遽迎使视。脉之，良久曰："都无疾。"乃煮散数味，入口而愈。裴问其状，彦伯曰："中无腮鲤鱼毒也。"其子因鲙得病。裴初不信,乃脍鲤鱼无腮者,令左右食之,其候悉同,始大惊异焉。

西阳杂俎

【注释】①王彦伯:唐代医生、道士。荆州(今湖北江陵)人。善医术,常以煮药散发救济贫民,服者无不瘥。尤精于脉,以之断生死,鲜有不中者。②裴胄:明经及第,解褐补太仆寺主簿,转秘书郎。出为行军司马,迁宣州刺史。荆南节度使樊泽移镇襄阳,裴胄代之,仍兼御史大夫。贞元十九年十月卒,时年七十五,赠右仆射,谥曰成。

【译文】荆州有一个道士叫做王彦伯,天生擅长医术,尤其是号脉诊断人的生死和寿命,一百个里面不会说错一个。裴胄尚书的儿子,忽然得了内脏的疾病,医生束手无策。有人就推荐彦伯,尚书就迎他来看病。王彦伯就号脉,过了很久才说:"内脏都没有任何疾病。"他就煮了几味药让病人吃,病人喝到嘴巴里病就好了。裴就问病因,彦伯说:"中了无腮鲤鱼的毒。"尚书的儿子是因为吃了生鱼片得了病。裴起初不信,他就又做了无腮鲤鱼的生鱼片,让左右手下吃,结果这些吃了的人病症和他儿子一样,尚书这才大感惊讶。

柳芳为郎中,子登疾重。时名医张方福初除泗州,与芳故旧,芳贺之,具言子病,唯恃故人一顾也。张诘旦候芳,芳遽引视登。遥见登顶曰:"有此顶骨,何忧也。"因按脉五息,复曰:"不错,寿且逾八十。"乃留芳数十字,谓登曰:"不服此亦得。"登后为庶子,年至九十而卒。

【译文】柳芳担任郎中之职的时候,他的儿子柳登生了重病。当时名医张方福刚到泗州来做官,他和与柳芳是老朋友,柳芳就来祝贺他,把自己孩子的病详细地告诉了他,并希望老朋友能够去看一看他的儿子。张方福第二天早上就去了柳芳家，芳就带他去看柳登。张方福远远地看见柳登的头顶就说："你儿子有这样的顶骨，还有什么好担心的呢。"他接着给病人号脉呼吸了五次，又说："不错，寿命超过八十。"他就给柳芳写了数十个字的药方，对柳登说："不服这种药也可以。"柳登后来担任庶子官职，年至九十才死。

前集卷八

黥

上都街肆恶少，率髡①而肤劄，备众物形状。持诸军，张拳强劫（一曰"弓剑"），至有以蛇集酒家，捉羊脾击人者。今京兆薛公上言白，令里长潜部，约三千余人，悉杖煞，尸于市。市人有点青者，皆炙灭之。时大宁坊力者张幹，劄左膊曰"生不怕京兆尹"，右膊曰"死不畏阎罗王"。又有王力奴，以钱五千，召劄工可胸腹为山亭院，池榭、草木、鸟兽，无不悉具，细若设色。公悉杖杀之。

【注释】髡〔kūn〕：古代剃去男子头发的一种刑罚。

【译文】京城街肆里的不良少年，带头剃发并且刺青，刺了各种事物的形状。他们依仗着军队里有人，动不动就出拳打人、抢劫，还有就是聚集在酒家里，拿着羊脾骨四处打人。当今的京兆薛公薛大人为官三日，就命令里长悄悄把他们抓了起来，大约抓了三千多人，全部用棍打死，陈尸集市示众。集市上有人有点刺青的，也吓得全部用艾草烧毁掉了。当时大宁坊有一个强悍的家伙叫做张幹，在左膊上刺"生不怕京兆尹"，右膊上刺有"死不畏阎罗王"。还有一个叫做王力奴的，花了五千块钱，召集刺青匠在胸腹上刺了山亭院，池榭、草木、鸟兽，无不完整，精细得就像绘画一样。薛公把他们全部杖杀了。

又贼赵武建，刭一百六处，番印盘鹊等，左右膊刺言："野鸭滩头宿，朝朝被鹘梢。忽惊飞入水，留命到今朝。"又高陵县捉得镂身者宋元素，刺七十一处，左臂曰："昔日已前家未贫，苦将钱物结交亲。如今失路寻知己，行尽关山无一人。"右臂上刺葫芦，上出人首，如傀偏戏郭公者。县吏不解，问之，言葫芦精也。

【译文】有一个叫做赵武建的盗贼，全身有一百六十处刺青，有弯弯曲曲的喜鹊等，左右胳膊上还刻了"野鸭滩头宿，朝朝被鹘梢。忽惊飞入水，留命到今朝。"的字。又有一个高陵县被捕的人，全身上下都刻满了宋朝的图案，名叫宋元素，一共七十一处，左臂上写道："昔日已前家未贫，苦将钱物结交亲。如今失路寻知己，行尽关山无一人。"右臂上刻了一个葫芦，葫芦上面长了个人的脑袋，就像木偶戏里面的郭公一样。县吏不懂为什么他要刻这些图案，就问他，说那就是葫芦精。

李夷简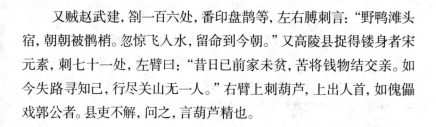①，元和末在蜀。蜀市人赵高，好斗。常入狱，满背镂毗沙门天王，吏欲杖背，见之辄止。恃此转为坊市患害。左右言于李，李大怒，擒就厅前。索新造筋棒，头径三寸，叱杖子打天王，尽则已，数三十余不绝。经旬日，袒衣而历门，叫呼乞修理功德钱。

【注释】①李夷简：757年至823年在世，字易之。李唐宗室、大臣。唐高祖李渊第十三子郑惠王李元懿四世孙。历官山南节度，御史大夫，官至门下侍郎同平章事。元和十三年七月，罢相，为淮南节度使。唐穆宗时，以检校左仆射兼太子少师，分司东都。长庆三年卒，赠太子太保。

【译文】李夷简元和末年住在蜀地。蜀地有一个做买卖的人叫做赵高，好打斗。常常被关进监狱，他的背上刻满了毗沙门天王的刺青，小吏想要打他的脊背，看见了这样的刺青就停下来没办法下棍。这个赵高就凭借这个在市场里祸害百姓。左右随从把这件事情告诉了李夷简，李很是生气，就把赵高抓到了厅前。找来新造的筋棒，棍子粗三寸，叫用这样的杖子打他脊背上的天王，把这个图案打得看不见了才停下来，打了三十多下图案还没有完全打掉。过了十天，这个赵高袒着脊背，挨家挨户叫喊，乞要修理佛像的功德钱。

蜀小将韦少卿，韦表微^①堂兄也。少不喜书，嗜好剳青。其季父^②尝令解衣视之，胸上刺一树，树杪集鸟数十。其下悬镜，镜鼻系索，有人止侧牵之。叔不解，问焉。少卿笑曰："叔不曾读张燕公诗否？'挽镜寒鸦集'耳。"

【注释】①韦表微：始举进士登第，累佐藩府。元和十五年，拜监察御史。逾年，以本官充翰林学士。迁左补阙、库部员外郎、知制诰。满岁，擢迁中书舍人。俄拜户部侍郎，职并如故。时自长庆、宝历，国家比有变故，凡在翰林，迁擢例无满岁，由是表微自监察，六七年间，秩正贰卿，命服金紫，承遇恩渥，盛于一时。卒，年六十。②季父：最小的叔叔。

【译文】蜀地的小将韦少卿，他是韦表微的堂兄。小时候不喜读书，就喜欢刺青。他的叔父曾经让他解开衣服观看，见他胸上刺着一棵树，树梢上聚集了数十只鸟。鸟的下面挂着一块镜子，镜纽上系着绳索，有一个人站在旁边牵着这根绳子。叔父不理解这刺青的意思，就问是怎么回事。少卿笑着说："叔父你不曾读过张燕公的诗吗？我这个就叫做：'挽镜寒鸦集'呀。"

荆州街子葛清，勇不肤挠，自颈已下，遍刺白居易舍人诗。成式常与荆客陈至呼观之，令其自解，背上亦能暗记。反手指其劄处，至"不是此花偏爱菊"，则有一人持杯临菊丛。又"黄夹缬林寒有叶"，则指一树，树上挂缬①，缬窠锁胜绝细。凡刻三十余处，首体无完肤，陈至呼为"白舍人行诗图"也。

【注释】①缬：古代称部分镂空版印花或防染印花灯织物为缬。

【译文】荆州的街上有一个人叫做葛清，勇敢不怕刺青，他把脖子以下的身体上全部刺满了白居易的诗。我常常和荆州的客人陈至把他喊过来观看他的刺青，我们叫他自己对刺青进行解释，他背上的刺青他也能够记住。他反手指着刺青处，说"不是此花偏爱菊"这一句，就会用手指着有一人拿着酒杯靠近菊丛图案。还有说出"黄夹缬林寒有叶"这一句，他就指着一棵树，树上挂着丝带，丝带上的花纹非常细。他的身体上大概刻了三十多处，全身没有一块完整的皮肤，陈至称他为"白舍人行诗图"。

成式门下驺①路神通，每军较力，能戴石簦靸②六百斤石，啮破石粟数十。背刺天王，自言得神力，入场人助多则力生。常至朔望日，具乳糜，焚香祖坐，使妻儿供养其背而拜焉。

【注释】①驺〔zōu〕：古代养马的人，兼管驾车。②簦靸：dēng sǎ。

【译文】我门下有一个养马赶车的仆人叫做路神通，每次军中比赛力气，他能够头顶着台阶石，同时举起六百斤石头，他还可以一连咬破石粟果数十颗。他的背上刺着天王像，他说能够得到神力相助，入场的神越多力气就长出来了。他常常在初一十五的时候，准备好乳糜，焚香，光着上身坐定，让妻儿用乳糜供养他背上的图案上的天王并且跪拜这些天王。

崔承宠，少从军，善驴鞠①，豆脱杖捷如胶焉。后为黔南观察使。少，遍身刺一蛇，始自右手，口张臂食两指，绕腕匝颈，龃龉在腹，拖股而尾及骬焉。对宾侣常衣覆其手，然酒酣辄袒而努臂戟手，捉优伶②辈曰："蛇咬尔。"优伶等即大叫毁而为痛状，以此为戏乐。

【注释】①驴鞠：古代的一种马球运动。因在驴上击鞠，故称。②优伶：伶，现在多称伶人，所指的是具有身段本事的演艺人员。古汉语里优和伶都是演员的意思。现在伶人或伶多指戏曲演员，有时中文里也会把外国传统戏剧演员称为"伶"。

【译文】崔承宠，年轻的时候就参了军，他善于击球，击球棍就好像黏在他的手上一样迅捷。他后来成为了黔南的观察使。他年轻的时候，全身刺了一条蛇，从右手开始，蛇口张来就好像要吃两个手指，蛇身绕着手腕围着颈部，身体盘曲在他的腹部，后半部分和尾巴就在他的小腿。他面对宾客常常用衣服盖住他的手，然后再酒酣之时就露出刺青并且露出手臂叉开手指，捉住那些演员说："蛇咬你。"那些演戏的人就惊叫并作出痛苦的模样，他就用这种方式开玩笑取乐。

宝历中，长乐里门有百姓刺臂。数十人环瞩之。忽有一人，白襕①屠苏，顷首微笑而去。未十步，百姓子刺血如衄，痛若次骨，俄顷出血斗余。众人疑向观者，令其父从而求之。其人不承，其父拜数十，乃捻撮土若祝："可传此。"如其言，血止。

【注释】①襕〔lán〕：上下衣相连的服装。
【译文】宝历年间，长乐里门有一百姓在刺青。数十个人围着观看。忽然有一人，穿着白襕衣戴着屠苏帽，抬着头微笑着离开。没想到没有走出十步，这个刺青的人流血就像流鼻血一样，痛得入骨，很快就出了一斗多血。众人就怀疑刚才看的那个人，就叫刺青的父亲跟随那个人去请求救助。那个人不承认，那位父亲就向他拜了数十下，这个人就捻了一点土口中念念有词："可把这个敷在伤口上。"父亲按照他的话去做，血止住了。

成式三从兄遘①，贞元中，尝过黄坑。有从者拾髑颅骨数片，将为药，一片上有"逃走奴"三字，痕如淡墨，方知黥②踪入骨也。从者夜梦一人，掩面从其索骨曰："我羞甚，幸君为我深藏之，当福君。"从者惊觉毛戴，遽为埋之。后有事，鬼仿佛梦中报之。以是获财，欲至十万而卒。

【注释】①遘〔gòu〕：遭遇。②黥〔qíng〕：古代在人脸上刺字并涂墨之刑，后亦施于士兵以防逃跑。

【译文】我的三堂兄遘，在贞元年间，曾经经过黄坑这个地方。他的一个随从捡了几片人的头颅骨，打算把这些东西做药，他发现一片骨头上上有"逃走奴"三个字，痕迹就好像淡墨，才知道黥刑会渗入到骨头里面去的。这个随从晚上梦见一人，掩着面向他索要骨头说："我太不好意思了，幸好你为我深深隐藏了我的不堪，我会报答你的。"这个随从从梦中惊醒，寒毛直竖，就把那几块骨头给埋了。后来随从有事发生，鬼就仿佛会在梦中指点他。随从因此获得了钱财，钱至了十万这个随从就死了。

蜀将尹偃营有卒，晚点后数刻，偃将责之。卒被酒自理声高，偃怒，杖数十，几至死。卒弟为营典，性友爱，不平偃。乃以刀剺①肌作"杀尹"两字，以墨涅之。偃阴知，乃他事杖杀典。及太和中，南蛮入寇，偃领众数万保邛峡关。偃膂力绝人，常戏左右以枣节杖击其胫，随击筋涨拥肿，初无痕挞。恃其力，悉众出关，逐蛮数里。蛮伏发，夹攻之，大败，马倒，中数十枪而死。初出关日，忽见所杀典拥黄案，大如毂②，在前引，心恶之。问左右，咸无见者。竟死于阵。

酉阳杂俎

【注释】①剺〔lí〕：割，划开。②毂〔gǔ〕：车轮中心的圆木。

【译文】蜀地将领尹偃的大营中有一个士卒，有一次点卯晚了几刻钟，尹偃打算责罚他。没想到这个士卒喝了点酒高声抵触，尹偃很生气，就打了这个家伙数十棍，几乎把他给打死。这个士卒的弟弟担任营典一职，和这个士卒很友爱，就对尹偃的行为表示不满。他拿刀在自己的身上刻下了"杀尹"两字，然后用墨涂抹，制成刺青。尹偃暗中得知此事，就找了一个其他的借口把这个营典给杖杀了。到了太和年间，南蛮入侵，尹偃带领数万将士保卫邛峡关。尹偃体力过人，他常常叫左右用枣节杖击打他的小腿作为游戏，随着击打他的小腿变得肿大，但是却没有敲打的痕迹。尹偃自恃自己有把子力气，就带领众将士出关，追逐蛮族好几里。没想到蛮族有埋伏，夹攻尹偃，尹偃大败，战马倒地，他中数十枪而死。尹偃刚出关的时候，忽见他杀死的营典端着摆放祭品的黄案，这个黄案大得就像车轮子一样，在前面进行引导，他感到很厌恶。就问左右看见了这种奇怪的事情没有，左右都说没有看见。没想到尹偃竟死在阵中。

房孺复①妻崔氏，性忌，左右婢不得浓妆高髻，月给燕脂一豆，粉一钱。有一婢新买，妆稍佳，崔怒曰："汝好妆耶? 我为汝妆!"乃令刻其眉，以青填之，烧锁梁，灼其两眼角，皮随手焦卷，以朱傅之。及痂脱，瘢如妆焉。

【注释】①房孺复：房管子，河南偃师人。少黠慧，年七八岁，即粗解缀文，亲党奇之。稍长，狂疏傲慢，任情纵欲。年二十，淮南节度陈少游辟为从事，多招阴阳巫觋，令扬言已过三十必为宰相。

【译文】房孺复的妻子叫做崔氏，性情好嫉妒，她左右的婢女不能够化浓妆、梳高高的发髻，每个月只给这些婢女胭脂一豆粒那么多，粉一钱。有一婢女是新买来的，化妆画得稍微好一点，崔氏就生气地说："你喜欢化妆是吗？我为你化化妆！"她就让人用针刺这个婢女的眉毛，然后用青色的颜料填塞，用火烧烤锁梁，然后用炙热的锁梁去烤这个婢女的两个眼角，皮随手就变焦并卷了起来，马上用红色的颜料敷上去。等到痂脱落之后，疤痕就像化的妆一样。

杨虞卿①为京兆尹，时市里有三王子，力能揭巨石。遍身图刺，体无完肤。前后合抵死数四，皆匿军以免。一日有过，杨令五百人捕获，闭门杖杀之。判云："鏨刺四支，只称王子，何须讯问，便合当罪。"

【注释】①杨虞卿：字师皋，虢州弘农人。杨宁之子。元和五年进士，为校书郎，擢监察御史。与阳城友好。李宗闵甚器重他，历官弘文馆学士、给事中、工部侍郎，官至京兆尹（首都市长），太和九年七月一日甲申，贬虔州司马，卒于任上。

【译文】杨虞卿担任京兆尹的职务的时候，当时集市里有一个叫做三王子的家伙，力气大得能够举起巨石。全身都是刺青，身体没有一块完整正常的皮肤。这个家伙前前后后犯罪合起来可以判死刑四次了，都因为他躲在军队里得以免除惩罚。一日他犯了过错，杨虞卿就叫五百人把这个家伙捕获了，关起门来用棍子把他给活活打死了。杨虞卿是这样对他进行判决的的："四肢全部是刺青，还自称王子，这种人还要审问么？肯定有罪。"

蜀人工于刺，分明如画。或言以黛则色鲜，成式问奴辈，言但用好墨而已。

【译文】蜀地的人擅长刺青，刺青制作得就好像画一样。有人说用黛这种颜料那么刺青的色泽就会鲜艳，我曾问过制作刺青的奴仆，却说只是用好墨而已。

荆州贞元中，市有鬻①刺者，有印，印上簇针为众物，状如蟾蝎杵臼。随人所欲一印之，刷以石墨，疮愈后，细于随求印。

【注释】①鬻〔yù〕：卖。
【译文】荆州，在贞元年间，集市上有贩卖刺青的人。他们用一种印，印上有很多针形成各种图案，印的型状就是蟾、蝎、杵、臼等。想要刺青的人可以挑选一个在皮肤上印一下，然后用石墨刷一下，疮好了之后，图案的细腻程度超过一般的刺青。

近代妆尚靥如射月，曰黄星（一曰是）靥。靥钿之名，盖自吴孙和①邓夫人也。和宠夫人，尝醉舞如意，误伤邓颊血流，娇婉弥苦。命太医合药，医言得白獭髓，杂玉与虎珀屑，当灭痕。和以百金购得白獭，乃合膏。虎珀太多，及差，痕不灭。左颊有赤点如意，视之更益甚妍也。诸婢欲要宠者，皆以丹青点颊而进幸焉。

【注释】①孙和：字子孝（224-253年），三国时期吴国宗室、皇太子，吴大帝孙权第三子，会稽王孙亮、景帝孙休的异母兄弟。王夫人与孙和的一位姊妹全公主不和。不久，孙和因在入庙祭祀时拜访妻子的叔父，而被全公主陷害他无礼，又诬陷王夫人对当时病倒的孙权幸灾乐祸。孙权最后把孙和废掉,并把他放逐到长沙,改立孙亮为太子。很多为孙和抱不平的大臣(包括丞相陆逊)都被孙权责备或惩罚,一些据理力争的大臣更被杀死。孙权暮年曾有意召回孙和,但因全公主等人加以阻挠而未有成事。孙和之子孙皓(东吴最后一位皇帝)即位后于元兴元年九月,追谥父孙和为文皇帝,尊母何氏为太后。

【译文】近代妇女化妆流行装饰酒窝,例如妆饰有射月样式的就称为黄星靥。靥钿这个名,始于东吴孙和的邓夫人。当年孙和专宠邓夫人,孙和曾经耍酒疯拿着水晶如意跳舞,误伤了邓夫人的脸,面颊破了流了血,邓夫人撒娇地倚在孙和身上显得十分痛苦。孙和命令太医配治伤药,太医说得用白水獭的骨髓,掺杂玉和琥珀的碎屑一起配药,才能不留疤痕。孙和用很多钱才买到白水獭,就让太医配药膏。太医用的虎珀太多了,等到邓夫人伤好了,虽无疤痕但瘢痕却还在,左脸颊有个红点就像颗痣,看起来更加增艳。其他婢女想要邀宠的,都用朱砂或空青点在脸颊上从而取得孙和的喜爱。

今妇人面饰用花子,起自昭容上官氏[1]所制以掩点迹。大历已前,士大夫妻多妒悍者,婢妾小不如意辄印面,故有月点、钱点。

【注释】①上官氏:上官婉儿(公元664—公元710),复姓上官,小字婉儿,又称上官昭容,陕州陕(今河南省三门峡陕县)人,唐代女诗人、政治家。因祖父上官仪获罪被杀后随母郑氏配入内庭为婢。十四岁时因聪慧善文为武则天重用,掌管宫中制诰多年,有"巾帼宰相"之名。唐中宗时,封为昭容,权势更盛,在政坛、文坛有着显要地位,从此以皇妃的身份掌管内廷与外朝的政令文告。曾建议扩大书馆,增设学士,在此期间主持风雅,代朝廷品评天下诗文,一时词臣多集其门,《全唐诗》收其遗诗三十二首。710年,临淄王李隆基起兵发动政变,与韦后同时被杀。

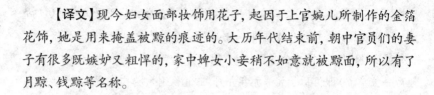

【译文】现今妇女面部妆饰用花子，起因于上官婉儿所制作的金箔花饰，她是用来掩盖被黥的痕迹的。大历年代结束前，朝中官员们的妻子有很多既嫉妒又粗悍的，家中婢女小妾稍不如意就被黥面，所以有了月黥、钱黥等名称。

百姓间有面戴青志如黥。旧言妇人在草蓐亡者，以墨点其面，不尔则不利后人。

【译文】百姓中间有的人脸上有黑的标志就像受过黥刑过一样。是因为老话说妇女生孩子因难产等原因死了的，就用墨点在新生儿脸上，不然的话，则不利子孙后代。

越人习水，必镂身以避蛇龙之患。今南中绣面猺子，盖雕题之遗俗也。

【译文】南方人通晓水性，但必先纹身以避免鳄鱼、水蛇类的伤害。现今南中地区纹面的少数民族，大概就是古时纹身的遗俗所致。

周官，墨刑罚五百，郑言先刻面，以墨窒之。窒墨者，使守门。《尚书·刑德考》曰："涿鹿者，凿人颡也。黥人者，马羁笮人面也。"郑云："涿鹿、黥世，谓之刀墨之民。"

【译文】《周礼》记载："应受黥刑的罪有五百种。"郑玄解释说："先刻面，然后用墨堵塞伤口。受了黥刑的人，让他去看守城门。"《尚书·刑德考》这部书说："涿鹿的意思就是，凿人的额头。黥人的意思，是给人像戴马笼头一样固定住人头部然后刺人脸。"郑玄说："受过涿鹿这种刑罚,世上人称他们是刀墨之民。"

《尚书大传》:"虞舜象刑,犯墨者皂巾。"《白虎通》:"墨者,额

也。取汉法,火之胜金。"

【译文】《尚书大传》记载:"虞舜效仿古肉刑法律制出象征性的刑
罚,其中犯有该受黥刑的人蒙上黑色的头巾。"《白虎通》记载:"墨刑
的地方,在额上。"(这是)效法(五行中)火可以克金。

《汉书》:"除肉刑,当黥者髡①钳为城旦舂②。"

【注释】①髡〔kūn〕:古代剃去男子头发的一种刑罚。②城旦舂:中国
秦代、汉代时期的一种刑罚,属于徒刑。城旦是针对男犯人的刑罚,其意思是
"治城",即筑城;舂是针对女犯人的刑罚,其意思是"治米",即舂米。
【译文】《汉书》记载说:"除了肉刑,应该在脸上刺青的人剃去头
发,受城旦舂之刑"。

又《汉书》:"使王乌①等窥匈奴。法,汉使不去节,不以墨黥面,
不得入穹卢。王乌等去节、黥面,得入穹卢,单于爱之。"

【注释】①王乌:汉武帝时派到匈奴的使臣,放弃符节,用墨涂面而得
到匈奴单于的接见,乌维单于骗了他,告诉他要派王子到汉朝。
【译文】《汉书》里又说:"派王乌等去匈奴侦查。按照匈奴法令,
汉朝使者如果不拿出符节,不用黑墨在脸上刺青,就不能够进入匈奴
国。于是,王乌等人就拿出符节,在脸上涂上刺青,才得以进入匈奴境
地,匈奴单于非常重视他们。"

晋令：奴始亡，加铜青若墨，黥两眼；从再亡，黥两颊上；三亡，横黥目下，皆长一寸五分。

【译文】《晋令》说：奴隶第一次逃亡，用铜锈的深蓝色代替墨，黥奴隶的两眼；如果再逃亡，就黥在两腮上；第三亡逃，则横着黥在眼睛下，都刺黥长一寸五分。

梁朝杂律：凡囚未断，先刻面作"劫"字。

【译文】梁朝杂律：凡是囚犯还没有判刑前，先在脸上刺黥作"劫"字。

释僧祇律：涅盘印者，比丘作梵王法，破肉，以孔雀胆、铜青等画身作字及鸟兽形，名为印黥。

【译文】佛教《摩诃僧祇律》记载：涅盘印的意思，比丘们始用大梵天王的法规，弄破皮肉，用孔雀胆、铜青等画在身上作字或鸟、兽的图形，名叫印黥。

《天宝实录》云："日南厥山连接，不知几千里，裸人所居。白民之后也。刺其脑前作花，有物如粉而紫色，画其两目下。去前二齿，以为美饰。"成式以"君子耻一物而不知"，陶贞白每云"一事不知，以为深耻"。况相定黥布当王，淫著红花欲落，刑之墨属，布在典册乎？偶录所记寄同志，愁者一展眉头也。

【译文】《天宝实录》云："日南那个地方大山连接，不知有几千里，是裸人所居住的地方，白族人的后裔。他们刺自己的胸前作出花的图饰，用一种紫色像粉似的东西，画在自己的两只眼睛下。弄掉二个前门牙，认为那样是一种美丽的妆饰。"我以君子不明世务为耻，陶贞白常常说"一事不知，深以为耻。"更何况相士说英布受黥刑后才会封王，五刑里面的墨刑，难道都用典册记载吗？只是偶尔记录下来寄给同道中人，作为消遣之用。

雷

安丰县尉裴颢，士淹①孙也。言玄宗尝冬月召山人包超，令致雷声。超对曰："来日及午有雷。"遂令高力士监之。一夕醮式作法，及明至巳矣，天无纤翳。力士惧之。超曰："将军视南山，当有黑气如盘矣。"力士望之，如其言。有顷风起，黑气弥漫，疾雷数声。玄宗又每令随哥舒西征，每阵常得胜风。

【注释】①裴士淹：开元末人，尝为郎官。

【译文】唐代安丰县尉裴颢，是裴士淹的孙子。他说，玄宗皇帝曾经在农历十一月里，召见山人包超，让他引来雷声。包超回答说："明天中午应该有雷。"于是，玄宗命令高力士前去监督。一天傍晚，包超开始祭祀、祈祷，施行法术，一直到天亮又接近中午，天空仍然没有一丝云彩。高力士十分担心。包超说："将军请往南山看，那里应当有黑气盘旋不散啊。"高力士望去，果然正像他所说的那样。不一会儿刮起风，黑云扩散开来，响起几声霹雳。后来皇帝命令包超跟随哥舒翰征讨西疆，每次作战都取得了胜利。

贞元初，郑州百姓王幹有胆勇，夏中作田，忽暴雨雷，因入蚕室中避雨。有顷雷电入室中，黑气陡暗。幹遂掩户，把锄乱击。声渐小，云气亦敛，幹大呼，击之不已。气复如半床，已至如盘，豁然坠地，变成熨斗、折刀、小折脚铛焉。

【译文】贞元初年，郑州有个百姓名叫王幹，有胆量而且很勇敢，夏天在田间劳作，忽然急剧地下雨打雷，王幹因而进入养蚕的屋子中避雨。过了一会，雷电进入屋子里，满屋黑气使屋内突然变暗。于是王幹赶紧关上门，拿着锄头乱打。慢慢声音小了，云气也有所收敛，王幹还是大声呼喊，不停地乱打。黑气变得只有半张床大小，最后又变小像只盘子时，突然坠落在地，变成熨斗、镰刀、小三脚锅这些东西了。

李墉在北都，介休县百姓送解牒①，夜止晋祠宇下。夜半，有人叩门云："介休王暂借霹雳车，某日至介休收麦。"良久，有人应曰："大王传语，霹雳车正忙，不及借。"其人再三借之，遂见五六人秉烛，自庙后出，介休使者亦自门骑而入。数人共持一物如幢扛，上环缀旗幡，授与骑者曰："可点领。"骑者即数其幡，凡十八叶，每叶有光如电起。百姓遍报邻村，令速收麦，将有大风雨，村人悉不信，乃自收刈。至其日，百姓率亲情据高阜，候天色及午，介山上有黑云气如窑烟，斯须蔽天，注雨如绠。风吼雷震，凡损麦千余顷。数村以百姓为妖讼之，工部员外郎张周封亲睹其推案。

【注释】①牒：文件，证书。

【译文】李廓在北都任职的时候，介休县百姓送公文，夜间在晋祠殿檐下休息。半夜时，有人敲门说："介休王暂时借霹雳车用一下，某日上介休去收麦子。"过了好久，有人回答说："大王传下话来说'霹雳车正忙,没空闲外借'。"来借车的人再三要求借车用用,就看见五六个人,点燃火烛从庙后走出来,介休使者也从门骑马进来了。庙后出来的人共同抬着一件像旌旗样的东西,上面环绕连接着旗幡,这些人把东西递给求借的人说:你点验一下。"求借的人随即查了上面的幡,共有十八面,每面幡都发光就像有电要闪起来。送公文的百姓回去告诉邻村所有的人,让他们火速收割麦子,因为要有大风雨,各村的人都不信,这个人就自顾收割自己家的。到了那一天日,这个人率领亲人上了高处。等到天色接近中午,介山上有黑色云气就像烧窑冒出的黑烟,很快就遮住了天,下的雨就像一根根井绳从天而降。风声吼、雷怒震,共损坏田里的麦子一千多顷。几个村子里的人因而以这个人施做妖法向官衙诉讼他,工部员外郎张周封亲眼目睹了这个案件审理过程。

成式至德坊三从伯父,少时于阳羡家,乃亲故也。夜遇雷雨,每电起,光中见有人头数十,大如栲栳[1]。

【注释】[1]栲栳:用柳条编成的容器,深于半球形,也叫笆斗。

【译文】我段成式在长安至德坊居住的三从伯父,小时去过阳羡,居住的那家是亲戚。(他说)有一天夜间遇到雷雨,每次闪电起光,电光中都可见到有人头几十个,就像栲栳那么大。

柳公权[1]侍郎尝见亲故说,元和末,止建州山寺中。夜中,觉门外喧闹,因潜于窗棂中观之。见数人运斤造雷车,如图画者。久之,一嚏气,忽斗暗,其人两目遂昏焉。

【注释】[1]柳公权:778年至865年在世,字诚悬,汉族,京兆华原(今陕西铜川市耀州区)人。唐代著名书法家、诗人,兵部尚书柳公绰之弟。历仕宪、穆、敬、文、武、宣、懿七朝，官至太子少师，封河东郡公，以太子太保致仕，故世称"柳少师"。咸通六年(865年)，柳公权去世，年八十八，赠太子太师。

【译文】柳公权侍郎曾经听见亲友说："元和末年，旅途住在建州的一座山寺中。半夜时，觉得门外吵闹，因而悄悄于窗棂中向外看。看见有几个人拿着斧子等工具在造雷车，雷车的样子就像图上画的一样。看了半天，他打了一个喷嚏，忽然星光变暗，他的两眼也只见一片昏黑了。"

处士周洪言，宝历中，邑客十余人，逃暑会饮。忽暴风雨，有物坠如玃，两目睒睒。众人惊伏床下。倏忽上阶，历视众人，俄失所在。及雨定，稍稍能起，相顾，耳悉泥矣。邑人言，向来雷震，牛战鸟坠。邑客但觉殷殷而已。

【译文】处士周洪说，宝历年间，城里的朋友十几人，避暑聚会饮酒。忽然起了暴风雨，在雨中有个怪物掉下来就像只大猴子，两只眼睛光芒闪烁。大家都吓得伏在床下。那怪物一闪上了台阶，挨个看看众人，很快就消失了。等到雨停了，大家稍稍爬起来一看，每个人耳朵里都满是泥土。城里人说，当时打的响雷，吓得老牛都战抖鸟也坠落下来了。这些喝酒的朋友(因耳朵里有土)只是觉得有点雷声而已。

元稹在江夏襄州买埏有庄，新起堂，上梁才毕，疾风甚雨。时庄客输油六七瓮，忽震一声，油瓮悉列于梁上，一滴不漏。其年，元卒。

【译文】元稹在江夏襄州贾埏有农庄，新修建一座房子，上梁刚刚完事就刮大风下大雨。当时庄里人缴纳六七瓮油，忽然一声巨雷响，油瓮都被震到梁上排成了队，一滴也没洒。当年，元稹就死了。

贞元年中，宣州忽大雷雨，一物坠地，猪首，手足各两指，执一赤蛇啮之。俄顷，云暗而失。时皆图而传之。

【译文】贞元年间，宣州忽然打大雷下大雨，有一个东西坠落在地，长着猪头，手和脚各长两个指头，拿着一条红蛇在咬嚼。很快，因天阴云暗就消失了。当时人们都把这怪物画成图样相互传看。

梦

魏杨元稹能解梦，广阳王元渊梦著衮衣①倚槐树，问元稹。元稹言当得三公，退谓人曰："死后得三公耳。槐字木傍鬼。"果为尔朱荣所杀，赠司徒。

【注释】①衮衣：简称"衮"，亦称"衮服"，为古代天子及王公的礼服，因上有龙的图案得名。衮衣是皇帝在祭祀天地、宗庙、社稷、先农、册拜、圣节和举行大典时所穿的礼服。

【译文】魏地的杨元稹能解梦，广阳的王元渊梦见自己穿着衮服倚靠在槐树下，他就把梦见的内容拿来问杨元稹。杨元稹说他会担任三公之职，（王元渊走后）杨元稹就对身边的人说："他死后将位至三公。他倚槐树而立，'槐'是木旁一个鬼字，所以他应该在死后才位至三公。"果然被尔朱荣所杀，死后被追封为司徒一职，位列三公。

许超梦盗羊入狱，元稹曰："当得城阳令。"后封为城阳侯。

【译文】许超梦见自己因偷羊进了监狱，杨元稹解梦说："你会成为城阳令。"后来徐超被封为城阳侯。

侯君集①与承乾②谋通逆，意不自安，忽梦二甲士录至一处，见一人高冠彭髯，叱左右："取君集威骨来！"俄有数人操屠刀，开其脑上及右臂间，各取骨一片，状如鱼尾。因啽呓③而觉，脑臂犹痛。自是心悸力耗，至不能引一钩弓。欲自首，不决而败。

【注释】①侯君集：唐朝名将。豳州三水（今陕西旬邑土桥镇侯家村）人，凌烟阁二十四功臣之一。官至兵部尚书。封陈国公。早期不学无术，而以勇武自称。②承乾：李承乾（619年–645年），字高明，唐太宗李世民长子，母长孙皇后。③啽呓〔án yì〕：说梦话。

【译文】侯君集与承乾太子商议谋逆，心中一直惴惴不安，忽然梦见二个穿着盔甲的人把他抓到一个地方，看见一个人戴着高帽满脸大胡子，喝令左右的人说："取出侯君集的威骨来！"很快就有几个人拿着屠刀，打开侯君集头上及右臂间的皮肉，两处各取出骨头一片，形状就像鱼尾。侯君集因说梦话自己醒了过来，觉得脑袋和右臂还在疼痛。从此心跳力竭，以至于连用三十斤力量的弓都拉不开。想自首，又犹豫不决，终于失败。

扬州东陵圣母庙主女道士康紫霞，自言少时梦中被人录于一处，言天符令摄将军巡南岳，遂擐①以金锁甲，令骑道从千余人马，蹀虚南去。须臾至，岳神拜迎马前。梦中如有处分，岳中峰岭溪谷，无不历也。恍惚而返，鸡鸣惊觉。自是生须数十根。

【注释】①擐〔huàn〕：穿，贯。

【译文】扬州东山圣母庙女道士康紫霞，自己说小时候睡梦中被人抓到一个地方，那里人说天书有令，让她代理将军职务巡查南岳，接着就给她穿上金锁甲，让她骑着马，路上随从一千多人马，踏着虚空向南而去。很快就到了，衡山山神跪拜迎接于她的马前。依稀记得睡梦中好像还处理了事情，衡山中的峰岭溪谷，无不历历在目。恍惚间又回到庙中，拂晓鸡叫了被惊醒。从此就生出胡须几十根。

司农卿韦正贯①应举时，尝至汝州，汝州刺史柳凌，留署军事判官。柳尝梦有一人呈案，中言欠柴一千七百束。因访韦解之，韦曰："柴，薪木也。公将此不久乎？"月余，柳疾卒。素贫，韦为部署，米麦锵②帛悉前请于官数月矣，唯官中欠柴一千七百束。韦披案方省柳前梦。

【注释】①韦正贯：字公理，唐朝政治人物。京兆万年人。任太子校书郎，调华原尉，一生为官清廉。韦皋之弟韦平之子，少年时即失去双亲，以荫担任单父尉，不久辞官，再举贤良方正异，真除为太子校书郎。韦正贯任岭南节度使时，"南方风俗右鬼，正贯毁淫祠，教民毋妄祈"，清廉公正，有"南海舶贾始至，大帅必取象犀明珠，上珍而售以下直。正贯既至，无所取，吏咨其清。"②锵〔qiǎng〕：钱串，引申为成串的钱。后多指银子或银锭。

【译文】司农卿韦正贯应试科举时，曾经到了汝州，汝州刺史柳凌，留韦正贯在官署担任军事判官。柳凌曾经梦见有一个人交呈案卷，文中说欠柴禾一千七百捆。柳凌因而让韦正贯给他解这个梦，韦正贯说："柴，是烧火的木头啊。您大概在这里不会长久了吧？"过了一个多月，柳凌得病死了。柳凌一向贫苦，韦正贯为他安排后事才知道，米麦钱帛都预支了前几个月的了，只是官家还欠他柴禾一千七百捆。韦正贯阅读了这些账目，方才明白柳凌以前说过的梦。

　　道士秦霞霁，少勤香火，存想不怠。尝梦大树，树忽穴，有小儿青褶鬐发，自穴而出，语秦曰："合土尊师。"因惊觉。自是休咎①之事，小儿仿佛报焉。凡五年，秦意为妖。偶以事访于师，师遽戒勿言，此修行有功之证。因此遂绝。旧说梦不欲数占，信矣。

　　【注释】①休咎：吉与凶；善与恶。

　　【译文】道士秦霞霁，从小就殷勤地管理庙里的香火，一心修炼从不松懈。曾经梦见一棵大树，树下忽然出现一个洞穴，有个小孩儿梳着摺鬐发型，从洞穴中走了出来，对秦霞霁说："凡界尊师。"秦霞霁因而惊醒了。从此有关吉凶的事，仿佛小孩儿会事先通报。经过五年，秦霞霁猜测是有妖作怪。偶然有事要办见到了师父就问师父，师父急忙告戒他不要再说这件事，因为这是修行有成果的证明。但小孩儿从此再也不来了。老话说的梦不可以解，从这里得到验证了。

　　蜀医咎殷①言，藏气阴多则数梦，阳壮则少梦，梦亦不复记。

　　【注释】①咎殷：古代医家名。四川成都人，唐代名医，著名妇产科学家，擅长妇产科和药物学。他精通医理，将数十年治疗妇产科常见病证的临床经验，仿孙思邈《千金方》体裁，撰著成书，名《经效产宝》。《经效产宝》是我国现存最早、流传最广的妇产科专著，对后世医家有着广泛而深入的影响，具有很高的文献学和临床学价值。他对摄生、食疗也颇有研究，著有《道养方》、《食医心监》各三卷，今亦存。

　　【译文】蜀地的医师咎殷说，五脏之气阴气多则梦多。阳气壮则梦少，阳气壮的人就是做了梦醒了也不会记得。

《周礼》有掌占梦，又"以日月星辰各占六梦"，谓日有甲乙，月有建破，星辰有居直，星有扶〔一曰符〕刻也。又曰："舍萌于四方，以赠恶梦。"谓会民方相氏，四面逐送恶梦至四郊也。

【译文】《周礼》记载"有太卜掌三梦"，又记载"以日月星辰各占六梦"，注释说：日有甲乙，月有生克，星辰有固定的在处和值守，星能显示时间。又记载说："住宿在草发芽时四郊外，为的是把恶梦留在荒郊。"说的是：聚集众人和逐疫驱鬼的方相，向四面驱逐恶梦，把梦送到四方荒郊里去。

汉仪，大傩①倀子②辞，有伯奇食梦。

【注释】①大傩：秦汉时，于腊日前一日，民间击鼓驱除疫鬼，称为"逐除"。官禁之中，则集童子百余人为倀子，以中黄门装扮方相及十二兽，张大声势以驱除之，称为"大傩"。又称"逐疫"。②倀子〔zhèn zǐ〕：又叫倀僮，即男巫，为进行祭祀活动的一类执行人员。

【译文】《汉仪》记载，大傩时倀子唱词有"伯奇吃梦"这个说法。

道门言梦者魄妖，或谓三尸所为。释门言有四：一善恶种子，二四大偏增，三贤圣加持，四善恶徵祥。成式尝见僧首素言之，言出《藏经》，亦未暇寻讨。又言梦不可取，取则著，著则怪入。夫瞀①者无梦，则知梦者习也。成式表兄卢有则，梦看击鼓。及觉，小弟戏叩门为街鼓也。又成式姑婿裴元裕言，群从中有悦邻女者，梦女遗二樱桃，食之。及觉，核坠枕侧。

【注释】①瞽：盲人，瞎子。

【译文】道家说梦是魄中的妖，也有的说是三尸所为。佛家说梦有四种因缘所致：一是善恶种子所致，二是地、水、火、风不和谐，三是贤圣加持护佑，四是善恶所征兆的吉凶。这是我段成式曾经听到僧人首素说的话，他说这些出自《大藏经》，但是我也没有空闲去寻找研讨。又有人说梦不可当真，当真就会贴附，贴附则各种精怪就会成真。那些盲人不会做梦，由此而知梦这个东西都是人们所习见习闻的事。我段成式的表兄卢有则，梦中看人打鼓。等到醒了才知道，是小弟淘气模仿街鼓敲门敲出的声音。还有我段成式的姑父裴元裕说，侄子中有喜欢邻家女孩儿的，他梦见女孩儿给了他二粒樱桃，他就吃了。等到睡醒一看，樱桃核就落在枕头边。

李铉①著《李子正辩》，言至精之梦，则梦中身人可见。如刘幽求见妻，梦中身也，则知梦不可以一事推矣。愚者少梦，不独至人②，问(一云闻)之驺皂③，百夕无一梦也。

【注释】①李铉：字宝鼎，北齐渤海南皮(今河北南皮)人。②至人：古时具有很高的道德修养，超脱世俗，顺应自然而长寿的人。也归于真人一类。③驺皂：解释养马驾车的差役。

【译文】李铉著的书《李子正辩》记载说，至精至诚的梦，则在梦中可以见到人的全身。就像刘幽求梦见妻子，梦中的妻子是全身清晰可见的。由此就可知梦不可以一概而论了。愚蠢的人很少有梦，不单单是至人无梦。听养马驾车的人说，一百个晚上也不会做一个梦。

秘书郎韩泉，善解梦。卫中行为中书舍人，时有故旧子弟选，投卫论属，卫欣然许之。驳榜将出，其人忽梦乘驴蹶，坠水中，登岸而靴不湿焉。选人与韩有旧，访之，韩被酒半戏曰："公今选事不谐矣。据梦，卫生相负，足下不沾。"及榜出，果驳放。韩有学术，韩仆射犹子也。

【译文】秘书郎韩皋，擅长解梦。卫中行担任中书舍人一职，有老朋友的弟子进京应选，投他的门下，并拜托于他，他痛痛快快地答应下来。驳榜将要公布的时候，那个人梦见自己骑驴过河，驴一甩蹶子把他甩到了水里，他上岸后鞋子却没有湿。这个人与秘书郎韩皋有交情，于是就登门拜访，韩皋备下酒菜宴请他。席间，谈起此梦，韩皋半开玩笑地说："你今年应选的事情不顺利啊！根据你的梦分析，卫中行肯定不会替你说话的，因为你的鞋上没有沾水。"等到榜公布的时候，那个人的名字果然被甩到一旁，并没有得到重用。韩皋有学问，有见识，他本是大名鼎鼎的韩仆射的侄子啊！

威远军小将梅伯成，以善占梦，近有优人李伯怜游泾州乞钱，得米百斛，及归，令弟取之，过期不至，昼梦洗白马，访伯成占之。伯成伫思曰："凡人好反语，洗白马，泻白米也。君所忧或有风水之虞乎？"数日，弟至，果言渭河中覆舟，一粒无余。

【译文】威远军中有位小将，叫梅伯成，善解梦。卖艺人李伯怜在泾州，边卖艺边乞讨钱粮，共得到一百斛米，回到家之后，让弟弟来取。过了很久，没见弟弟将米运回。一天晚上，他梦见自己洗白马，便去请梅伯成解梦。梅伯成沉思说："凡是人都爱说反语。洗白马，泻白米也。你所忧虑的，也许有风、水之灾。"几天后，弟弟回来了，果然告诉他说船在渭河中翻沉，一粒米也没有剩。

卜人徐道升言，江淮有王生者，榜言解梦。贾客张瞻将归，梦炊于臼中。问王生，生言："君归不见妻矣，臼中炊，固无釜也。"贾客至家，妻果卒已数月，方知王生之言不诬矣。

【译文】占卜的徐道升说，江淮有个王生，张贴告示说自己善解梦。商人张瞻想回家去，梦见自己用石臼做饭，便将这个梦拿来请教于王生。王生说："你回去就见不到妻子了！在石臼里做饭，是因为没有锅啊。"张瞻赶到家中，妻子果然已经死好几个月了，这才知道王生说的果然不假。

补阙^①杨子孙堇，善占梦。一人梦松生产前，一人梦枣生屋上，堇言："松，丘垅间所植。枣字重来，重来呼魄之象。"二人俱卒。

【注释】①补阙：唐朝官名。武则天垂拱元年（公元685年）置，秩从七品上，职责为对皇帝进行规谏及举荐人才，与拾遗同掌供奉讽谏。分左右补阙，左补阙属门下省，右补阙属中书省。北宋时改为左右司谏。南宋一度沿设，旋罢。明初又设左右司谏，不久即罢，建文帝设补阙，成祖即位后罢。

【译文】补阙于堇善于占卜梦。有一个人梦见松树生长在屋前，又有一个人梦见枣树生长在屋顶上，于堇说："松树，是丘垅间所植的树，说的是坟墓啊；'枣'字重来，是重来呼魄之象。"后来不久，这两个人都死了。

前集卷九

事 感

平原高菀城东有渔津，传云魏末平原潘府君字惠延，自白马登舟之部，手中算囊遂坠于水，囊中本有钟乳一两。在郡三年，济水泛溢，得一鱼，长三丈，广五尺。刳其腹，中有得一坠水之囊，金针尚在，钟乳消尽。其鱼得脂数十斛，时人异之。

【译文】平原郡高苑城的东面有个卖鱼的渡口。传说魏末的时候，平原郡的潘府君字惠延，从白马津上船到官任上去，手里拿的装着计算工具的口袋掉到水里去了，口袋里还有一两石钟。在平原郡的第三年，济喝水泛滥，漫过江堤，捉了一条鱼，三丈长，五尺宽，剖开鱼的肚子，得到了那时掉到水里的口袋，金针还在，石钟乳却消化光了。那条鱼一共熬了几十斛油脂，当时的人认为这件事很奇异。

谯郡有功曹岵，天统①中，济南来府君出除谯郡，时功曹清河崔公恕，弱冠有令德，于时春夏积旱，送别者千余人，至此岵上，众渴甚思水，升直万钱矣，来公有思水色。恕独见一青鸟于岵中，乍飞乍止，怪而就焉。鸟起，见一石，方五六寸。以鞭拨之，清泉涌出。因盛以银瓶,瓶满水立竭,唯来公与恕供疗而已。议者以为盛德所感致焉。时人异之,故以为目。

【注释】①天统:是北魏时期领导邢杲的年号,共计近一年。

【译文】谯郡有个地方叫功曹涧。北齐后主天统年间,济南来太守到谯郡任职。清河的崔恕是本郡功曹,也同时调任,因为他从年轻的时候就有美好的品德,所以前来送行的有一千多人。当地从春到夏连续干旱了很长时间,他们走到一个山涧上,众人感到口渴,都很想喝一口水。崔恕独自看见一只青鸟一会儿飞起一会儿落下。他感到很奇怪,便追了过去,在青鸟飞起的地方发现一块直径有五六寸的石头,他用鞭子一拨,石头地下冒出一股清泉水。他立刻用银瓶接水,刚讲瓶子装满,泉水立即就没有了。接到的一瓶水,刚好够来公和崔恕饮用。有人议论说这件事是由于崔恕的品德感动了天地神灵的结果,当地人对这件事都感到很奇怪,所以称这个山涧为"功曹涧"。

李彦佐在沧景,太和九年,有诏诏浮阳兵北渡黄河。时冬十二月,至济南郡,使击冰延舟,冰触舟,舟覆诏失。李公惊惧,不寝食六日,鬓发暴白,至貌侵肤削,从事亦讶其仪形也。乃令津吏:"不得诏尽死。"吏惧,且请公一祝,沉浮于河,吏凭公诚明,以死索之。李公乃令具爵酒言祝,传语诘河伯,其旨曰:"明天子在上,川渎山岳祝史咸秩。予境之内,祀未尝匮,尔河伯泪鳞之长,当卫天子诏,何返溺之?予或不获,予斋告于天,天将谪尔。"吏醉冰,辞已,忽有声如震,河冰中断,可三十丈。吏知李公精诚已达,乃沉钩索之,一钓而出,封角如旧,唯篆印微湿耳。李公所至,令务严简,推诚于物,著于官下。如河水色浑,驶流大木与纤芥顷而千里矣,安有舟覆六日,一酹而坚冰陷,一钓而沉诏获,得非精诚之至乎!

【译文】李彦佐镇守沧景，在唐朝的太和九年，皇帝发出的公文命令将浮阳的兵马调到黄河以北。当时正是冬天的十二月份，队伍到了济南，郡府的官员敲打浮冰引导船只向前行驶，船碰到坚冰上产生倾覆，将皇帝的诏书掉到了河里。李彦佐又惊又怕，连续六天没有吃饭喝水，头发变白了，相貌变得衰老瘦削，参谋助手们也都说他的相貌发生了变化。李彦佐命令管理渡口的官员，不把文书捞上来就杀头。官员们感到害怕，就请李彦佐向黄河祈祷，想要借助李彦佐的虔诚感动神灵帮忙，然后再拼死打捞。李彦佐命令拿酒洒到河里，对着黄河祈祷说："圣明的天子在上，河流高山，祝史咸秩，是我们这里的声望。我们定期祭祀未曾欠缺。然而水神河伯，你是黄河里鱼虾水族的首领，应当护卫天子的诏书，为什么反而将它淹没了呢？如果你不把它还给我，我在吃斋后祭祀的时候将要告诉上天，天将处罚你。"祭祀结束，忽然河里发生震动伴随着巨大的响声，河上的坚冰一下子断裂了三十丈远。官员们知道李彦佐的虔诚和心愿已经感应到河伯那里，便将钩子伸到水中一下子就将诏书钩了起来。见诏书完好如初，只是上面的印章湿了一点。李彦佐管理政务，令出必行，办事简练，以诚处事，声名显赫。黄河涨水，巨大的木头和纤小的种子都可以在顷刻之间漂流千里。哪有船倾覆六天以后，祭祀一次坚冰就开了，用钩子以下子就将文书捞出来的事呢？这难道不是李彦佐的精诚感应的结果吗？

盗　侠

魏明帝①起凌云台，峻峙数十丈，即韦诞②白首处。有人铃下③能着屐登缘，不异践地。明帝怪而杀之，腋下有两肉翅，长数寸。

【注释】①魏明帝：即曹睿（204年~239年），字元仲，魏文帝曹丕长子，母甄夫人。文帝死后继位，是曹魏的第二位皇帝，226~239年在位，在位十三年年，享年三十六岁，葬于高平陵（今河南省洛阳市东南大石山）。②韦诞：字仲将（179-253年），魏京兆（今陕西西安）人，擅长各种书体，三国魏书法家、制墨家，太仆端之子，官至侍中。伏膺于张伯英，兼邯郸淳之法。③铃下：指门卫、侍从。

【译文】魏明帝建造凌云台，高几十丈，就在韦诞老年居住的地方。有一个侍从能穿着木头鞋登上凌云台，走路和踩在地上没有区别。魏明帝对他感到很奇怪并杀了他，因为看见这个人腋下长了两个肉翅膀，长有几寸。

　　高堂县南有鲜卑城，旧传鲜卑聘①燕，停于此矣。城傍有盗跖②冢，冢极高大，贼盗尝私祈焉。齐天保初，土鼓县令丁永兴，有群贼劫其部内，兴乃密令人冢傍伺之，果有祈祀者，乃执诸县案杀之，自后祀者颇绝。

【注释】①聘：访问，古代指代表国家访问友邦。②盗跖：春秋时期人，展氏，名跖，一作蹠，鲁国大夫柳下惠之弟。传说中的大盗，率领盗匪数千人，人称盗跖。

【译文】高堂县的南面有一座鲜卑城，过去传说鲜卑派遣使者访问燕国，在这个地方停留过。城外有盗跖的坟墓，墓很高大，盗贼曾经私下在这里祭奠祈祷。天保初年，县令是丁永兴。当时有一伙盗贼在本县作案，丁永兴暗中派人在盗跖墓旁埋伏，果然有人前来祭祀，便把他们缉拿到县衙，审问后处死。从那以后，祭祀的人便绝迹了。

　　《皇览》①言，盗跖冢在河东。按盗跖死于东陵；此地古名东平陵，疑此近之。

【注释】①《皇览》：三国魏文帝时刘劭、王象、桓范、韦诞、缪袭等奉敕所撰，撰集经传，分门别类，共四十余部，约八百余万字。供皇帝阅读，故称为"皇览"。原书隋唐后已失传。据《魏略》著录，《皇览》分40余部，每部有数十篇，共800万余字。

【译文】《皇览》上说，盗跖墓在河东。据考证盗跖死在东陵，这地方古名叫东平陵，这里的盗跖墓比较可信。

或言刺客，飞天夜叉术也。韩晋公①在浙西，时瓦官寺因商人无遮斋②，众中有一年少请弄阁，乃投盖而上，单练鬤履膜皮，猿挂鸟跂，捷若神鬼。复建罌水于结脊下，先溜至檐，空一足，欹身承其溜焉，睹者无不毛戴。

【注释】①韩晋公：韩滉别称。唐代画家。字太冲，长安（今陕西西安）人。贞元初，官检校左仆射同中书门下平章事。政治上要求国家统一，曾参予平定藩镇叛乱的斗争。工书法，草书得张旭笔法。擅绘人物及农村风俗景物，摹写牛、羊、驴子等动物尤佳。所作《五牛图》，元赵孟頫赞为"神气磊落，希世名笔"，和《文苑图》并存于世。②无遮斋：即无遮大会。

【译文】有人说刺客，持有飞天夜叉的法术。韩晋公在浙西任职时，瓦官寺因商人布施开无遮斋会，人群中有一个年轻人说要在楼阁上做游戏助兴，他就直接奔着阁楼顶盖爬了上去——这人穿着薄薄的丝绢短袖上衣，鞋子是极薄的皮革做成的——一时如猿挂在树上，转瞬又似小鸟登枝，轻捷如神鬼飘忽不定。

马侍中尝宝一玉精碗，夏蝇不近，盛水经月，不腐不耗。或目痛，含之立愈。尝匣于卧内，有小奴七八岁，偷弄坠破焉。时马出未归，左右惊惧，忽失小奴。马知之大怒，鞭左右数百，将杀小奴。三日寻之，不获。有婢晨治地，见紫衣带垂于寝床下，视之乃小奴蹶张其床而负焉，不食三日而力不衰。马睹之大骇，曰："破吾碗乃细过也。"即令左右撲①杀之。

【注释】①撲〔bó〕：用条状物体从上而下打下去。

【译文】马侍中曾经非常宝贝一个玉碗，这个碗夏天苍蝇不会靠近，装一碗水在里面可以放几个月，水既不会发臭也不会挥发。如果有人眼睛发痛，把碗里的水含在嘴里立刻就会好了。马侍中曾经把这个碗收在匣子里放在卧室，有一个七八岁的小奴去偷这个碗，结果碗从桌上掉下来摔破了。当时马侍中出去了还没有回来，左右的人都非常害怕，忽然小奴不见了。马侍中知道后非常生气，鞭打左右的人数百下，并扬言要杀掉小奴。找了几天，都没找到小奴。有一个女婢早上起来扫地，看见有一根紫色的衣带吊在床下，仔细看才发现是小奴从床上跌下来躺在那里，几天没吃东西但力气一点没有衰减。马侍中看见他之后非常吃惊，说："打破我的玉碗只是轻微的过失，逃避责任才罪不可恕啊。"于是马侍中立刻命令左右随从把他给打死了。

韦行规自言少时游京西，暮止店中，更欲前进，店前老人方工作，曰："客勿夜行，此中多盗。"韦曰："某留心弧矢，无所患也。"因进发。行数十里，天黑，有人起草中尾之。韦叱不应，连发矢中之，复不退。矢尽，韦惧，奔马。有顷，风雨忽至。韦下马负一树，见空中有电光，相逐如鞠杖，势渐逼树杪，觉物纷纷坠其前。韦视之，乃木札也。须臾，积札埋至膝。韦惊惧，投弓矢，仰空乞命。拜数十，电光渐高而灭，风雷亦息。韦顾大树，枝干童矣。鞍驮已失，遂返前店。见老人方箍桶，韦意其异人，拜之，且谢有误也。老人笑曰："客勿持弓矢，须知剑术。"引韦入院后，指鞍驮言："却须取相试耳。"又出桶板一片，昨夜之箭悉中其上。韦请役力汲汤，不许。微露击剑事，韦亦得其一二焉。

【译文】唐时，韦行规自己讲过：他年轻时有一次到京西旅游，天黑时到一个店中，还想继续往前走。店中有一个老人正在干活，对他说："你晚间不要走了，这里强盗很多。"韦行规说："我准备了弓箭，我不怕。"于是他继续往前走。走了几十里，天特别黑，有人在草丛中跟着他。他大声喝叱，对方也不应声，他连射了几箭。射中了，那人却不退。箭射完了，韦行规害怕了，急忙骑马奔去。一会儿，大风、雷电一齐来了，韦行规下了马，背靠大树站着，看见空中电闪雷鸣，互相追逐，好像很多看不到头的大木杖，逼近了树梢。他觉得有东西纷纷往下落，一看，是些木头片，一会儿，木头片埋到了他的膝盖，韦行规害怕了，扔了弓箭，仰面朝天大喊救命，跪拜数十次。电闪渐渐远去，风停了，雷熄了，韦行规看大树，枝干都没有了。他马上的鞍驮也没了，只好返回那个旅店。到店看见那个老人正在箍桶，韦行规想，这老头是个奇异的人，便向他拜谢。老人笑了，说："客官，你不要依恃你有弓箭，你还要学点剑术。"他把韦行规领到后院，指了指鞍驮，叫他拿回去，我只是试试你呀，又拿出一片桶板，昨夜他射的箭头都在上面。韦行规请求为老人做点什么，老人不用。只把剑术露了一点，韦行规略学得一二招。

相传黎幹①为京兆尹，时曲江涂龙祈雨，观者数千。黎至，独有老人植杖不避。幹怒，杖背二十，如击鞔革，掉臂而去。黎疑其非常人，命老坊卒寻之。至兰陵里之内，入小门，大言曰："我今日困辱甚，可具汤也。"坊卒遽返白黎，黎大惧，因弊衣怀公服，与坊卒至其处。时已昏黑，坊卒直入，通黎之官阀。黎唯趋而入，拜伏曰："向迷丈人物色，罪当十死。"老人惊起，曰："谁引君来此？"即牵上阶。黎知可以理夺，徐曰："某为京兆尹，威稍损则失官政。丈人埋形杂迹，非证慧眼不能知也。若以此罪人，是钓人以贼，非义士之心也。"老人笑曰："老夫之过。"乃具酒设席于地，招访卒令坐。夜深，语及养生之术，言约理辩。黎转敬惧，因曰："老夫有一伎，请为尹设。"遂入。良久，紫衣朱鬘②，拥剑长短七口，舞于庭中，迭跃挥霍，攒光电激，或横若裂盘，旋若规尺。有短剑二尺余，时时及黎之衽。黎叩头股慄。食顷，掷剑植地如北斗状，顾黎曰："向试黎君胆气。"黎拜曰："今日已后性命丈人所赐，乞役左右。"老人曰："君骨相无道气，非可遽教，别日更相顾也。"揖黎而入。黎归，气色如病，临镜方觉须制③落寸余。翌日复往，室已空矣。

【注释】①黎干：唐代戎州（今四川省宜宾）人，曾任谏议大夫，京兆尹。善星纬术。②鬘〔mà〕：头巾。③弗〔fú〕：砍，铲除。

【译文】唐朝，黎干当京兆尹的时候，曲江地方人们涂龙求雨，几千人围观。黎干到时，唯有一老人拄着拐杖不回避，黎干命人打老人，就像打一个鞯草似的，老人不觉怎样，回头走了。黎干认为这老人不同寻常，便命一个坊间的老差役去寻找老人。到了兰陵里南面，进了一个小门，听老人大声说："我受了这么大的污辱，准备些热水，我要洗一洗。"老差役急忙回去禀报黎干，黎干有些惊惧，便换了衣服，与老差役同到老人住处。天已经要黑了，老差役直接进入，告诉老人说京兆尹黎干来了。黎干很谨慎地进去，拜了老人，说："方才我没看准老人的身份，罪该万死。"老人吃了一惊，说："谁把你领来的？"老人把黎干领到上屋，黎干知道自己理亏，慢慢地说："我这个京北尹没当好，为了我的尊严，丢掉了为官的准则。你老人家混在众人之中，我也没看出来，不知道你的身份，你若是以此怪罪我，那可有点沽名钓誉了，那就有些不讲义气。"老人笑着说："这是我的过错。"吩咐设席摆酒，让老差役也就坐。喝到夜深时，谈起了养生之道，老人言简意深，黎干很敬畏。老人说，老夫有一技，想为京兆尹表演一下。说完进入室内，过了很久，老人出来了，身穿紫衣，拿了长短不一的七口宝剑，在中庭舞了起来，剑起剑落，如闪似电，有一二尺长的短剑，时时不离黎干的身边，黎干边叩头，边战栗。一会儿，老人把剑扔在了地上，恰成了一北斗形。对黎干说："我只是试试你的胆量。"黎干边拜边说："我的性命，是你老人家给的，今后愿为你老效劳。"老人说："看你的骨相没有道气，我还不能教你，等以后再说吧。"说完向黎干一拱手进入室内。黎干回去后，气色像有病，一照镜子，自己的胡子被削去了一寸多。第二天又去找老人，可是已经人去室空。

　　建中初，士人韦生，移家汝州。中路逢一僧，因与连镳①，有论颇洽。日将衔山，僧指路谓曰："此数里是贫道兰若②，郎君岂不能左顾乎？"士人许之，因令家口先行。僧即处分步者先排。比行十余里，不至，韦生问之，即指一处林烟曰："此是矣。"又前进，日已没，韦生疑之，素善弹，乃密于靴中取弓卸弹，怀铜丸十余，方责僧曰："弟子有程期，适偶贪上人清论，勉副相邀。今已行二十里不至，何也？"僧但言且行。至是，僧前行百余步，韦知其盗也，乃弹之。僧正中其脑，僧初不觉，凡五发中之，僧始扪中处，徐曰："郎君莫恶作剧。"韦知无奈何，亦不复弹。见僧方至一庄，数十人列炬出迎。僧延韦坐一厅中，唤云："郎君勿忧。"因问左右："夫人下处如法无？"复曰："郎君且自慰安之，即就此也。"韦生见妻女别在一处，供帐甚盛，相顾涕泣。即就僧，僧前执韦生手曰："贫道，盗也。本无好意，不知郎君艺若此，非贫道亦不支也。今日故无他，幸不疑也。适来贫道所中郎君弹悉在。"乃举手搦^③脑后，五丸坠地焉。盖脑衔弹丸而无伤，虽《列》言"无痕挞"、《孟》称"不肤挠"，不啻过也。有顷布筵，具蒸犊，犊劄刀子十余，以蒟饼环之。揖韦生就坐，复曰："贫道有义弟数人，欲令伏谒。"言未已，朱衣巨带者五六辈，列于阶下。僧呼曰："拜郎君，汝等向遇郎君，则成蒟粉矣。"食毕，僧曰："贫道久为此业，今向迟暮，欲改前非。不幸有一子，技过老僧，欲请郎君为老僧断之。"乃呼飞飞出参郎君。飞飞年才十六七，碧衣长袖，皮肉如脂。僧叱曰："向后堂侍郎君。"僧乃授韦一剑及五丸，且曰："乞郎君尽艺杀之，无为老僧累也。"引韦入一堂中，乃反锁之。堂中四隅，明灯而已。飞飞当堂执一短马鞭，韦引弹，意必中，丸已敲落。不觉跳在梁上，循壁虚摄，捷若猱玃^④，弹丸尽不复中。韦乃运剑逐之，飞飞倏忽逗闪，去韦身不尺。韦断其鞭节，竟不能伤。僧久乃开门，问韦："与老僧除得害乎？"韦具言之。僧怅然，顾飞飞曰："郎君证成汝为贼也，知复如何？"僧终夕与韦论剑及弧矢之事。天将晓，僧送韦路口，赠绢百疋，垂泣而别。

【注释】①连镳：指并驾齐驱。镳，马勒。②兰若：指寺院。③搦：用手摸。④猱玃：泛指猿猴。

【译文】唐德宗建中初年，士人韦生举家迁往汝州，中途遇到一个僧人，便和他并驾齐驱，一起行进，彼此言谈很融洽。天快黑时，僧人指着一个岔路说："离这里不远是我的寺庙，您能不能到那去住一宿？"韦生答应了，叫家人先走。僧人让他的随从先走，回去准备食宿用品。走了十余里还没到，韦生问僧人。僧人指一处林烟说："这就是。"可是走到那儿以后，又往前走了。这时天已经黑了，韦生有点疑心。他平常就擅长射弹弓，便悄悄地从靴子里取出弹弓，怀中有铜丸十多粒。这才以责备的口气问僧人："我的行程是有日期的，方才见到你，由于言谈投机，便应邀而来，现在已经走了二十里了，怎么还没到？"僧人只说走吧，他自己往前走了百多步。韦生看出他是一个大盗，便拿出弹弓射他，正打中他的脑袋。僧人起初像没有察觉一样，打中五发后，他才用手去摸打中的地方，慢慢说："郎君（指韦生）你不要恶作剧。"韦生也无可奈何，不再打了。又走了一段时间，到了一处庄园。几十人打着火把出来迎接。僧人请韦生到一厅中坐下，笑着说："郎君不用担心。"又问左右的下人，夫人的住处已经安排好了吗？又说："郎君就在这里好好休息吧。"韦生看到妻子子女住在了另一处，住处安排得很好。夫妇互相看着都哭了。僧人来了，拉着韦生的手说："我是个大盗，本来未怀好意，不知郎君你有这么高的武艺，除了我别人是受不了的。现在没别的事，感谢你没有怀疑我，方才我中郎君的弹丸都在这里。"说着举手摸脑后，五个弹丸便落下来。过了一会儿，开始布筵，端上来的是蒸犊，蒸犊上插着十几把刀子，周围摆着切碎的饼。请韦生就座。又说："我有几个结义弟兄，我叫他们拜见你。"说完，有五六个穿红衣扎巨带的人排列在台阶下。僧人喊道："拜见郎君!你们若是遇到郎君，早粉身碎骨了。"吃完饭，僧人说："我干这一行很久了，现在已经老了，很想痛改前非。不幸的是我有一个儿子，他的技艺超过我，我想请郎君为我除掉他。"他便叫来了儿子飞飞出来拜见韦生。飞飞才十六七岁，穿着长袖的绿衣服，皮肤蜡黄。僧人说："你上后堂去等郎君。"僧人给韦生一把剑和五粒弹丸，并且对韦生说："我乞求郎君使出所有的武艺来杀他，老僧我今后就没有累赘了。"他领韦生进入一个堂中后，出来反锁了门。堂中四个角落，都点了灯。飞飞拿一短鞭站在当堂。韦生拉紧了弹弓，心想必然打中。弹丸射出时，飞飞竟跳到梁上去了，沿着墙壁慢慢行走，像猿猴一样敏捷。弹丸打光了，也没打中他。韦生又持剑追逐他，飞飞腾跳躲闪，只离韦生有一尺远。韦生把飞飞的鞭子断成数节，却没有伤着飞飞。时间过去很久了，僧人开了门，问韦生："你为老夫除了害了吗？"韦生把刚才的事都详细告诉了他。老僧人怅然若失，对飞飞说："你和郎君比武，弄得你非得做贼了，只好这么办了吗？"僧人和韦生就剑术和弓箭之术谈了一夜，天要亮时，僧人把韦生送到路口，并赠给他绢布一百匹。二人垂泪而别。

元和中，江淮中唐山人者，涉猎史传。好道，常游名山。自言善缩锡，颇有师之者。后于楚州逆旅遇一卢生，气相合。卢亦语及炉火，称唐族乃外氏，遂呼唐为舅。唐不能相舍，因邀同之南岳。卢亦言亲故在阳羡，将访之，今且贪舅山林之程也。中途止一兰若，夜半语笑方酣，卢曰："知舅善缩锡，可以梗概语之？"唐笑曰："某数十年重趼从师，只得此术，岂可轻道耶？"卢复祈之不已，唐辞以师授有时，可达岳中相传。卢因作色："舅今夕须传，勿等闲也。"唐责之："某与公风马牛耳，不意盱眙相遇。实慕君子，何至驵卒不若也。"卢攘臂瞋目，睨之良久曰："某刺客也。舅不得，将死于此。"因怀中探乌韦囊，出匕首，刃势如偃月，执火前熨斗削之如扎。唐恐惧，具述。卢乃笑语唐："几误杀舅。"此术十得五六，方谢曰："某师，仙也，令某等十人索天下妄传黄白术者杀之。至添金缩锡，传者亦死。某久得乘蹻之道者。"因拱揖唐，忽失所在。唐自后遇道流，辄陈此事戒之。

【译文】唐宪宗元和年间，江淮有一个唐山人，他读过史书，并且好道，常住名山，自己说他会"缩锡术"。有很多人想学此术，后来，到楚州的时候遇到一个卢生。二人意气相投，卢生也谈到一些冶炼技术，他说外婆家姓唐，便叫唐山人为舅舅。唐山人更不能舍下卢生，便邀他同去南岳，卢生也说他在阳羡有亲戚，他要去拜访，很高兴能和唐山人同行。中途，宿在一座寺庙里，半夜，二人谈得正高兴时，卢生说："知道舅舅会缩锡术，你大概地给我讲一讲。"唐山人笑了，说："我好几十年到处拜师，只学得此术，哪能轻易告诉你？"卢生反复乞求唐山人，唐山人说授此术需要一定的时日，到岳中时再教给你。卢生变了脸色说：

"你今晚就要传，你可别不当回事儿。"唐山人斥责卢生说："咱俩本来素不相识，只是偶然相遇，我以为你是个正人君子呢，谁想你还不如一个小放牛的。"卢生抱膀瞪眼，对唐山人看了很久，说："我是刺客，你要是不传，你就得死在这里。"说着伸手向怀中取出匕首，对着火炉上的铁镏就削了一刀，像切木头片似的。唐山人害怕了，便把缩锡术都说了。这时卢生笑着对唐山人说："好险把你误杀了，这个技术，你也只不过学了十之五六。"又表示谢意说："我的师傅是位仙人，他令我们十几人搜寻那些妄传黄白术的人，并杀了他们，什么添金缩锡，传授这些邪术的人也要被杀死。我是一个练了很久飞行术的人。"说着向唐山人拱了拱手，忽然不见了。唐山人后来遇到道家人，经常说起此事，引以为戒。

李廓①在颍州，获光火贼七人，前后杀人，必食其肉。狱具，廓间食人之故，其首言："某受教于巨盗，食人肉者夜入，人家必昏沉，或有魇不悟者，故不得不食。"两京逆旅中多画鹦鹆②及茶椀，贼谓之鹦鹆辣者③，记觜所向；椀子辣者④，亦示其缓急也。

【注释】①李廓：官宦之家，吏部侍郎同平章事李程之子。唐（约公元八三一年前后在世）代陇西人，字号不详，生卒年均不详，约唐文宗太和中前后在世。少有志功业，而困于场屋。工诗，少有志功业，与贾岛友善。元和十三年登进士第，调司经局正字，出为鄂县令。累官刑部侍郎、颍州刺史。②鹦鹆：鹦鹉与鹊鹆。皆能摹仿人语。③鹦鹆辣者：当时盗贼的特殊标记；辣，明显的。④椀子辣者：同上。

【译文】李廓担任颍州刺史的时候，抓获了七个明火执仗的强盗，他们之前杀人之后一定会吃人家的肉。罪行陈列出来后，李廓问他们吃人肉的原因，强盗首领说："我从一个大盗那里学来的，说吃人肉的人半夜进去别人家里偷盗，那家人一定会昏昏沉沉，或者做梦不会醒来，因此不得不吃。"两京旅店中有很多画鹦鹉和茶碗做标记，盗贼说明显的鹦鹉记号，要观察它的嘴的方向来辨认财物方向；明显的椀子记号，是用碗口的大小表示轻重缓急的。

前集卷十

物 异

　　秦镜，傩溪古岸石窟有方镜，径丈余，照人五藏，秦皇世号为照骨宝。在无劳县境山。

　　【译文】秦镜：傩溪岸边的石洞里有一面方镜，直径有一丈多，可以同时照五个人，秦始皇称它为照骨报。这个石洞在无劳县境山上。

　　风声木，东方朔西那汗国回，得风声木枝，帝以赐大臣。人有疾则枝汗，将死则折，应"人生年未半枝不汗"。

　　【译文】风声木：东方朔从西那汗国回来，得到风声木树枝，皇上把它赐给大臣。如果人生病了那么树枝上会有液体流出，如果人将要死了那么树枝会折断，因此说"人生年未半枝不汗"。

　　汉高祖入咸阳宫，宝中尤异者有青玉灯。檠①高七尺五寸，下作蟠螭，以口衔灯。灯燃则鳞甲皆动，炳焕若列星。

【注释】①檠〔qíng〕：灯架，烛台。

【译文】汉高祖刘邦入住咸阳宫，宫内宝物中特别突出的是一盏青玉灯。灯架高七尺五寸，下面盘旋着无角的龙，龙口衔着灯。灯一亮，龙身上的鳞甲就全部都在晃动，鲜艳华丽得就像罗列的星辰一样。

珊瑚，汉积翠池中珊瑚，高一丈二尺，一本三柯，上有四百六十二条。是南越王赵佗所献，号为烽火树。夜有光影，常似欲燃。

【译文】珊瑚：汉代积翠池中有珊瑚，高一丈二尺，一个根上有三条枝干，每条枝干上有四百六十二条珊瑚枝。这是南越王赵佗进献的，叫做烽火树。夜晚有灯光照耀在上面，那样子就像要燃起来一样。

石墨，无劳县山出石墨，爨①之弥年不消。

【注释】①爨〔cuàn〕：烧火做饭。

【译文】石墨：无劳县山上盛产石墨，用火烧好之后（石墨的颜色）一年都不会消失。

异字，境山西有石壁，壁间千余字，色黄，不似镌刻，状如科斗，莫有识者。

【译文】异字：境山的西面有一座石壁，壁上有千余字，字是黄色的，不像是镌刻上去的，形状像蝌蚪一样，没有认识那些字的人。

田公泉，华阳雷平山有田公泉。饮之除肠中三虫。用以浣衣，胜灰汁。

【译文】田公泉：华阳雷平山上有个田公泉。据说喝里面的水能去除肠中的虫子。用泉水来洗衣服，比用灰汁还要好。

萤火芝，良常山有萤火芝，其叶似草，实大如豆，紫花，夜视有光。食一枚，心中一孔明。食至七，心七窍洞彻，可以夜书。

【译文】萤火芝：良常山上有萤火芝，它的叶子像草一样，果实有豆粒那么大，花是紫色的，晚上看上去还会发光。吃一枚果实，思路就变得很清晰。如果吃上七颗，那么心境就更加通达了，可以彻夜读书了。

石人，寻阳山上有石人，高丈余。虎至此，辄倒石人前。

【译文】石人：寻阳山上有一个石人，有一丈多高。老虎走到这个地方，就会倒在石人的前面。

冬瓜，晋高衡为魏郡太守，戍石头。其孙雅之在厩中，有神来降，自称白头公，所拄杖光照一室。又有一物如冬瓜，眼遍其上也。

【译文】冬瓜：晋高衡担任魏郡太守，防守石头城。他的孙子高雅之在马厩里，说有神明将领，自称是白头公，他所拄的拐杖发出的光亮能照亮一间屋子。还有一个东西形状像冬瓜，非常吸引人的眼睛。

豫章船，昆明池汉时有豫章船一艘，载一千人。

【译文】豫章船：汉代昆明池中有一艘豫章船，能载一千人。

铜驼，汉元帝竟宁元年，长陵铜驼生毛，毛端开花。

【译文】铜驼：汉元帝竟宁元年，长陵的铜驼身上长出了毛发，毛发顶端还会开花。

簨①，晋时钱塘有人作簨，年收鱼亿计，号为万匠簨。

【注释】①簨：鱼梁，用竹篾编成的捕鱼器具。

【译文】簨：晋代钱塘有一个人编捕鱼用的簨，每年收鱼上亿只，人们称他为万匠簨。

碑龟，临邑县北有华公墓，碑寻失，唯趺龟①存焉。石赵世，此龟夜常负碑入水，至晓方出，其上常有萍藻。有伺之者，果见龟将入水，因叫呼，龟乃走，坠折碑焉。

【注释】①趺龟：石碑下面的乌龟。古代人立碑时，常在碑下压一乌龟，也是石刻的，与碑连成一体。

【译文】碑龟：临邑县的北面有一座华公墓，墓碑立好之后没多久就遗失，只有趺龟还在。这只乌龟喜欢在半夜背负着石头进入水中，到第二天早上才出来，出来的时候石碑上挂满硅藻、浮萍之类的东西。一天晚上，有人又见乌龟进入水中，于是大声呼叫，乌龟慌忙返回，石碑落入水中，不见了。

陆盐，昆吾①陆盐周十余里，无水，自生天盐。月满则如积雪，味甘。月亏则如薄霜，味苦。月尽②则全尽。

【注释】①昆吾：今河南许昌东南。②月尽：旧历每月的最后一天。

【译文】陆盐：昆吾这个地方方圆十多里都有陆盐，没有水，是天生的陆盐。月圆的时候堆积起来就像雪一样，味道甘甜。月缺的时候又像一层薄霜，味道苦涩。每月最后一天则全部消失不见。

颍阳碑，"魏曹丕受禅①处"，后六字生金。司马氏金行，明六世迁魏也。

【注释】①受禅：即禅让制，是那个过上古时期推举部落首领的一种方式，几十部落个人表决，以多数决定。

【译文】颍阳碑：颍阳碑上镌刻有'魏曹丕受禅处'六个字。后来六个字变成金黄色。司马氏在五行中属金，明示着司马氏在曹魏六世后替代曹魏。

泉，元街县有泉，泉眼中水交旋如盘龙。或试挠破之，寻手成龙状。驴马饮之，皆惊走。

【译文】泉：元街县有一座泉眼，泉眼中的水喷出来交汇的情景就像盘踞的龙一样。有人试图把泉水搅乱改变它的形状，不一会儿他的手就变成了龙的形状。驴马等正在饮泉眼中的水，看见这情形都被惊吓地赶紧离开了。

石漆，高奴县石脂水①，水腻浮水上如漆，采以膏车②及燃灯，极明。

【注释】①石脂水：石油的别称。②膏车：在车轴上涂油，使之润滑。常喻远行。

酉
阳
杂
俎

【译文】石漆：高奴县有石油，石油多的时候浮在水面上就像油漆一样，把它采集起来涂抹在车轴上或者是用来点灯，都很亮。

麝橙，晋时有徐景，于宣阳门外得一锦麝橙。至家开视，有虫如蝉，五色，后两足各缀一五铢钱①。

【注释】①五铢钱：五铢是一种中国古铜币，钱重五铢，上有"五铢"二字，故名。

【译文】麝橙：晋朝有一个叫徐景的人，在宣阳门外得到一张锦麝橙。回家后打开一看，里面有一只像蝉一样的虫，身体呈现出五中颜色，后面两只脚上各吊了一枚五铢钱。

玉龙，梁大同八年，戍主①杨光欣获玉龙一枚，长一尺二寸，高五寸，雕镂精妙，不似人作。腹中容斗余，颈亦空曲。置水中，令水满，倒之，水从口出，水声如琴瑟。水尽乃止。

【注释】①戍主：古代驻守一地的长官。

【译文】玉龙：梁朝大同八年，戍主杨光欣得到一枚玉龙，长一尺二寸，高五寸，雕刻得精美奇妙，不像是人做出来的。玉龙肚子容量有一斗多，脖子部分也是空的。把它放在水中，让它装满水，再把水从它肚子里倒出来，水流的声音就像弹琴一样。水流完了声音也就消失了。

木字，齐永明九年，秣陵①安明寺有古树，伐以为薪，木自然有"法大德"三字。

【注释】①秣陵：秦代的南京名称。

【译文】木字：齐永明九年，南京安明寺内有一棵古树，把它砍来作为柴禾，看见树上有"法大德"三个字。

木简，齐建元初，延陵①季子庙旧有涌井，井北忽有金石声，掘深二尺，得涌泉。泉中得木简，长一尺，广一寸二分，隐起字曰"卢山道士张陵再拜谒"。木坚而白，字色黄。赤木，宗庙地中生赤木，人君礼名得其宜也。

【注释】①延陵：古邑名，本为春秋吴邑，季札（季子）所居之封邑。延陵郡为中国十大姓之一的"吴"姓的郡望。

【译文】木简：齐建元初年，延陵季子庙以前有一口井，井的北面忽然有金石的声音，于是把井再往下挖了两尺，找到一眼涌泉。从泉中得到一块木简，长一尺，宽一寸二分，上面隐隐约约有字，说"卢山道士张陵再拜谒"。木简坚硬，白色，字是黄色。用的是赤木，赤木在宗庙的地界中生长。君主如果有遵守礼法的名声，那么得到它就是应当的。

红沫，练丹砂为黄金，碎以染笔，书入石中，削去逾明，名曰红沫。

【译文】红沫是炼制丹砂变为黄金时的副产品，碾碎它染到毛笔上，写到石头中，（红字）越是削去越是明朗清晰。这种东西就叫做红沫。

镜石，济南郡有方山，相传有夯生得仙于此。山南有明镜崖，石方三丈，魑魅①行伏，了了然在镜中。南燕②时，镜上遂使漆焉。俗言山神恶其照物，故漆之。

【注释】①魑魅：中国古代汉族神话传说中的山神，也指山林中害人的鬼怪。②南燕：十六国时期慕容德所建。398年建都广固。统治今山东及河南的一部分，史称南燕。

【译文】镜石：济南有座方山，相传有个人在这里地方成仙。山的南面有一面明镜在崖上，岩石方三丈，像山神的样子，在镜子中看得明明白白。南燕时，有人把镜子用漆遮盖了。传说山神讨厌它里面照出来的东西，因此才把它给漆掉。

承受石，筑阳县水中，有孤石挺出，其下澄潭。时有见此石根如竹，色黄。见者多凶，俗号承受石。

【译文】承受石：筑阳县的水中，有一座石头孤零零地突出来，石头下面是澄清的潭水。当时有人看见这个石头底部像竹节一样，颜色是黄色的。看见的这个人经常经历凶险，因此俗称承受石。

锥，中牟县魏任城王①台下池中，有汉时铁锥，长六尺，入地三尺，头西南指，不可动。

【注释】①中牟县魏任城王：指三国时期魏国宗室成员曹楷，曹操与卞氏所生的第二子任城王曹彰之子，母亲为孙贲之女。黄初四年（223年），曹彰薨于府邸，曹楷嗣位，徙封中牟王。黄初五年（224年），改封任城县。太和六年（232年），又改封任城国，食五县二千五百户。

【译文】锥：中牟王曹楷台下水池中，有一块汉代的铁锥，长六尺，深入地下三尺，头指向西南面，不能搬动。

198

釜石，夷道县有釜濑^①，其石大者如釜，小者如斗，形色乱真，唯宝中耳。

【注释】①濑：从沙石上流过的急水。

【译文】釜石：夷道县有釜濑，里面的石头大的像釜一样，小的像斗，形状与颜色都能以假乱真，是宝物中的宝物了。

鱼石，衡阳湘乡县有石鱼山，山石色黑，理若生雌黄^①。开发一重，辄有鱼形，鳞鳍首尾有若画，长数寸，烧之作鱼腥。

【注释】①雌黄：一种药物。

【译文】鱼石：衡阳湘乡县有一座石鱼山，山上的石头是黑色的，石头的纹理就像长出雌黄一样。挖开一层，就看到一条鱼，鱼鳞鱼鳍包括鱼头和鱼尾巴上都像有画一样，这条鱼长几寸，用火烤发出很大的腥味。

铜神，衡阳唐安县东有略塘，塘有铜神。往往铜声激水，水为变绿作铜腥，鱼尽死。

【译文】铜神：衡阳唐安县东面有一个略塘，塘里面有一个铜神。经常听见铜神拍击水的声音，水变成绿色，闻起来有铜臭味，里面的鱼闻到这个味道都死了。

材下，宿县山下有神宇^①，溱水^②至此，沸腾鼓怒。槎木^③泛至此沦没，竟无出者，世人以为河伯下材。

【注释】①神宇：指庙宇。②溱水：古水名，它源于河南省新密市白寨镇，与洧水在交流寨村会流后称双洎河，最后注入贾鲁河。③槎木：木筏。

【译文】材下：宿县山脚下有一座庙宇，溱水流到这里，河水沸腾怒号。木筏划到这里也会沉沦，被河水淹没，没有能从这里出去的，世人都认为这是河伯扣下了这些木材。

鼓杖，含洭县翁水口下东岸有圣鼓杖，即阳山之鼓杖也。横在川侧，冲波所激，未尝移动。众鸟飞鸣，莫有萃者，船人误以篙触，必患疟。

【译文】鼓杖：含洭县翁水口下东岸边有圣鼓杖，就是阳山的鼓杖。横在河流旁，就是很激越的水流激打它都没曾移动过位至。众鸟受到惊吓飞起鸣叫，不敢聚集在一起。船人误用竹篙触碰，一必会患上疟疾。

井，石阳县有井，水半青半黄。黄者如灰汁，取作粥饮，悉作金色，气甚芬馥。

【译文】井：石阳县有一口井，井水半青半黄。黄色的井水像灰汁一样，取来煮粥喝，粥都是金色的，气味也很芳香。

燃石，建城县出燃石，色黄理疏。以水灌之则热，安鼎其上，可以炊也。

【译文】燃石：建城县出产燃石，石头是黄色的，纹理稀疏。把水装好放在上面水就会变热，把锅放在上面就可以做饭了。

石鼓，冀县有天鼓山，山有石如鼓。河鼓星摇动则石鼓鸣，鸣则秦土有殃。

【译文】石鼓：冀县有一座天鼓山，山上有一块石头形状像鼓一样。河鼓摇动石鼓就会发出声响，石鼓一响秦地就会有灾祸。

半汤湖，句容县吴渎塘有半汤湖，湖水半冷半热，热可以瀹鸡，皆有鱼。发①入辄死。

【注释】①发：草木
【译文】半汤湖：句容县吴渎塘有一个半汤湖，湖水一半冷一半热，热的那一边可以烫蜕鸡毛，冷和热的湖水里都有鱼。草木植物掉进去就会死。

盐，朐䏚（一曰肋）县盐井有盐方寸，中央隆起如张伞，名曰伞子盐。

【译文】盐：朐䏚县的盐井有一寸见方的地方，中央隆起像张开的伞一样，把它叫做伞子盐。

泉，玉门军有芦葭泉，周二丈，深一丈，驼马千头饮之不竭。

【译文】泉：玉门军中有芦葭泉，周长两丈，深有一丈，就算一千匹马饮用也喝不完。

伏苓，沈约①谢始安王②赐伏苓一枚，重十二斤八两，有表。

【注释】①沈约：字休文（441至513年），汉族，吴兴武康（今浙江湖州德清）人，南朝史学家、文学家。②始安王：始安贞王萧道生，字孝伯，太祖萧道成次兄也。宋世为奉朝请，卒。建元元年，追封谥。建武元年，追尊为景皇，妃江氏为后。立寝庙于御道西，陵曰修安。

【译文】茯苓：沈约感谢始安王赐给他一枚茯苓，重到十二斤八两，有当时奏表存世。

古锅，虢州陵县石城岗有古锅一口，树生其内，大数围。

【译文】古锅：虢州陵县石城岗有一口古锅，有一棵树从里面长出来，引来很多人围观。

君王盐，白盐崖有盐如水精，名为君王盐。

【译文】君王盐：白盐崖的盐像水一样清亮，名字叫做君王盐。

手板，宋山阳王休祐，屡以言语忤颜。有庾道敏者，善相手板。休祐以己手板托言他人者，庾曰："此板乃贵，然使人多忤。"休祐以褚渊详密，乃换其手板。别日，褚于帝前称下官，帝甚不悦。

【译文】手板：宋时山阳人王休祐，多次因为说话触犯皇上。有位叫庾道敏的人，擅长相看官员们上朝拿的手板。王休祐让别人把自己手板拿给庾道敏相看。庾道敏说："这块手板是贵相，但是能使主人触犯皇上。"王休祐与褚渊非常熟悉关系密切，就和他换了手板。另外有一天，诸渊手持这只手板上朝，在皇上面前称自己为"下官"，皇上非常不高兴。

鼠丸，王肃造逐鼠丸，以铜为之，昼夜自转。

【译文】鼠丸：王肃造驱鼠丸，用铜做的，白天黑夜不停地自己转动。

木囚，《论衡》言，李子长为政，欲知囚情。以梧桐为人，象囚之形，凿地为臼，以芦苇为郭，藉卧木囚于其中。囚当罪，木囚不动。囚或冤，木囚乃奋起。不知囚之精神著木人邪？将天神之气动木囚也！

【译文】木囚：《论衡》记载说，汉朝的李子长处理政务，想要知道关押在监狱里的罪犯的情况。他便将木头当作人，将木头刻成罪犯的形状，在地上挖一个坑作为监狱，用芦苇插成监狱的墙壁，然后将木人横放在里面。如果木人所代表的那个罪犯所判定的罪行正确，那么木人就不会动。如果木人所代表的罪犯有冤屈，木人就会自动跳出来。不知道是罪犯的灵魂附在了木人身上，还是有神仙在操纵木人？

苏秦金，魏时，洛阳令史①高显掘得黄金百斤，铭曰"苏秦金"。

【注释】①令史：官名，即三公令史

【译文】苏秦金：魏朝时期，洛阳三公史令史高显从地里挖出黄金一百斤，黄金上写着"苏秦金"。

梨，洛阳报德寺梨，重六斤。

【译文】梨：洛阳报德寺的梨，一个就重达六斤。

甑①花，滕景真在广州七层寺，元徽①中，罢职归家，婢炊，釜中忽有声如雷，米上芀③芀隆起。滕就视，声转壮，甑上花生数十，渐长似莲花，色赤，有光似金，俄顷萎灭。旬日，滕得病卒。

【注释】①甑〔zèng〕：古代蒸饭的一种瓦器。底部有许多透蒸气的孔格，置于鬲上蒸煮，如同现代的蒸锅。②元徽：南朝宋后废帝刘昱的年号（473年—477年），共四年余。③芀：本义：活力，生命力，勇敢和积极进取，健康、健壮。另古文，草茂密的样子。

【译文】甑花：滕景真在广州七层寺，元徽年间，辞掉职位回到家中，家中奴婢做饭，柴禾中忽然发出像雷声一样的声音，米变得蓬松隆起。滕景真立即跑去看，听见声音转为雄壮，甑上长出数十朵花，形状越来越像莲花，颜色是红色的，发出像金子一样的光芒，一会儿又都消失了。没过多久，滕景真就得病死了。

金，金中蝼顶金最上，六两为一垛①，有卧蝼蛄穴②及水皋形③，当中陷处名曰趾腹。又铤上凹处有紫色④，名紫胆。开元中，有大唐金（一有"印"字），即官金也。

【注释】①垛：量词，用于堆砌起来的东西。②卧蝼蛄穴：砂型铸锭时产生的气孔，似蝼蛄洞，故名蝼顶金。③水皋形：皋，水边的高地。这里指铸锭冷却过程中产生的中间低凹四周高。④凹处有紫色：当系黄金中最后冷凝的微量杂质所致。因杂质密度小且被氧化故浮于顶部并呈紫色。

【译文】黄金：黄金中蝼顶金最成色最好，六两重为一锭，有缩孔及形状中间低四周高，金锭当中陷处名叫趾腹。另外金锭上凹处有紫色，名叫紫胆。开元年间，有'大唐金'字样或者上面有'大唐金印'字样，即是官金了。

玄金①，唐太宗时，汾州言青龙白虎吐物在空中，有光如火，坠地陷入二尺。掘之，得玄金，广尺余，高七寸。

【注释】①玄金：指陨石。

【译文】玄金：唐太宗时期，汾州地方传言，青龙和白虎吐了一物在空中，发出像火一般的光亮，坠落到地上隐没进地下二尺深。众人去此物坠落的地方挖掘，挖到了一块黑金，宽一尺多，高七寸。

芝，天保①初，临川人李嘉胤所居柱上生芝草，状如天尊，太守张景伕拔柱献焉。

【注释】①天保：原文如此，疑误，应为天宝。天宝，唐玄宗晚年年号。

【译文】芝：天宝初年，临川人李嘉胤所居住的房屋柱子上长出了灵芝草，形状像天尊一样，太守张景伕就把柱子拔了献给皇上（唐玄宗）。

龟，建中①四年，赵州宁晋县沙河北，有大棠梨树。百姓常祈祷，忽有群蛇数十，自东南来，渡北岸，集棠梨树下为二积，留南岸者为一积。俄见三龟径寸，绕行积傍，积蛇尽死。乃各登其积，视蛇腹各有疮，若矢所中。刺史康日知图甘棠奉三龟来献。

【注释】①建中：唐德宗李适的年号（780年-783年），共计四年。

【译文】乌龟：建中四年，赵州宁晋县沙河北面，有一棵很大的棠梨树。百姓们常常在树下祈祷。一次，忽然有一群蛇共好几十条，从东南方爬来，渡过沙河的北岸，集中到棠梨树下形成两堆，留在南岸的形成一堆。不一会只见三只直径一寸的乌龟，仅仅绕着蛇爬一圈，堆蛇全死了，于是各自爬上蛇堆。人们看见蛇腹全都有疮，像是被箭射中。刺史康日知画下甘棠梨和三只乌龟的形象献给皇上。

雪，贞元二年，长安大雪，平地深尺余。雪上有薰黑色。

【注释】①贞元：唐德宗李适的年号（785年–805年），共计二十一年。
【译文】大雪：贞元二年，长安天降大雪，平地上堆积起来有一尺多深。雪上呈现薰黑的颜色。

雨木，贞元四年，雨木于陈留，大如指，长寸许。每木有孔通中，所下其立如植，遍十余里。

【译文】像雨一样落下的木头：贞元四年，陈留县木头像雨一样从天而降，这些木头有手指那么大，长一寸多。每根木头中间有孔相通，落下来后像种植的树木一样是直立的，遍及十余里。

齿，梵那衍国^①有金轮王齿，长三寸。

【注释】①梵那衍国：位于阿富汗兴都库什山中的古代王国。又作范阳国、望衍国、帆延国。
【译文】齿：梵那衍国有金轮王的牙齿，长达三寸。

石柱，劫化他国有石柱，高七十余尺，无忧王所建。色绀^①光润，随人罪福影其上。

【注释】①绀：稍微带红的黑色。

【译文】石柱：劫化他国有一根石柱，高七尺多，是无忧王建的。颜色黑红，色泽光亮圆润，根据人间的罪过或福分而光影不停变动。

旃檀鼓，于阗城东南有大河，溉一国之田。忽然绝流，其国王问罗洪僧，言龙所为也。王乃祠龙，水中有一女子，凌波而来，拜曰："妾夫死，愿得大臣为夫，水当复旧。"有大臣请行，举国送之。其臣车驾白马，入水不溺。中河而后，白马浮出，负一旃檀鼓及书一函。发书，言大鼓悬城东南，寇至鼓当自鸣。后寇至，鼓辄自鸣。

【译文】旃檀鼓：于阗王城东南一百多里的地方有条大河，河水用来灌溉全国上下的土地。河床突然干涸了，于阗国的国王就问一个叫罗洪的僧人是怎么回事，罗洪说这是龙王干的。于阗国王于是就去宗祠里面祭拜龙王，看见水中有一个女子，凌波而来，拜见国王说："我的丈夫死了，希望能得到一位大臣为夫，如果愿望实现了，河水就会和原来一样了。"有一个大臣请求前去，全国上下都来送他。那个大臣用白马驾车，车驶入水里却没有被淹没。到了河中央后，白马浮出水面，背上驮着一个旃檀鼓和一封信。打开信看，说将这个鼓悬挂在城的东南面，如果有外敌入侵那么鼓就会自己响起。后来外敌前来，鼓果然自己就响了。

石靴，于阗国刹利寺有石靴。

【译文】石头做的靴子：于阗国的刹利寺里有石头做的靴子。

石阜石，河目县东有石阜石，破之，有禄马①迹。

【注释】①禄马：犹禄命。古代相术术语。意谓人生禄食命运，随乘天

207

马运行,均有定数。

【译文】石皁石:河目县的东边有一个石皁石,将它敲破后,发现上面相术中所说的禄马命的痕迹。

舍利,东迦毕诚国有窣堵波①,舍利常见,如缀珠幡②,循绕表树(一曰柱)。

【注释】①窣〔sū〕堵波:印度的窣堵坡原是埋葬佛祖释迦牟尼火化后留下的舍利的一种佛教建筑,窣堵坡就是坟冢的意思。开始为纪念佛祖释迦牟尼,在佛出生、涅盘的地方都要建塔,随着佛教在各地的发展,在佛教盛行的地方也建起很多塔,争相供奉佛舍利。后来塔也成为高僧圆寂后埋藏舍利的建筑。②珠幡:饰珠的旗幡。

【译文】舍利:东迦毕诚国有的地方叫窣堵波,经常能看见舍利子,就好像连缀着珍珠的旗幡一样,围绕在树的表面。

虮像,健驮逻国①石壁上有佛像。初,石壁有金色虮②,大者如指,小者如米,啮石壁如雕镌,成立佛状。

【注释】①健驮逻国:又译犍陀罗、干陀罗、建陀罗、罽宾、香风国等。有的学者认为健驮逻是今日阿富汗坎大哈的前身。②虮:虱子的卵。

【译文】虮像:健驮逻国的石壁上有一尊佛像。最初的时候,石壁上有金色的虱卵,大的有手指大,小的只有米那么大,紧紧贴在石壁上像雕刻上去的一样,组成站着的佛的样子。

焦米,乾陀国①昔尸毗王仓库为火所烧,其中粳米焦者,于今尚存。服一粒,永不患疟。

【注释】①乾陀国：乾陀罗，《魏书·西域传》作乾陀国，《西域记》作健驮逻国，《佛国记》作犍陀卫，又有作犍陀越者。

【译文】焦米：往日乾陀国尸毗王的仓库被大火所烧，那里面烧焦的粳米，到现在还有。如果吃上一粒，就会永远不会患疟疾。

辟支佛①靴，于阗国赞摩寺有辟支佛靴，非皮非彩②，岁久不烂。

【注释】①辟支佛：辟支迦佛陀的简称。②彩：彩色丝织品。

【译文】辟支佛的靴子。于阗国赞摩寺有辟支佛的靴子，不是皮革也不是彩色丝织品，即是放了很多年也不会烂。

石驼溺，拘夷国北山有石驼溺，水溺下，以金、银、铜、铁、瓦、木等器盛之皆漏，掌承之亦透，唯瓢不漏。服之，令人身上臭毛落尽得仙。出《论衡》。

【译文】石驼溺：拘夷国北面山上有石驼溺，水从中流出，用金、银、铜、铁、瓦、木等制成的容器去接都会漏，用手掌去接也会漏，只有用瓢去接不漏。喝了那水，会让人身上的毛都掉下，成为仙人。这个故事出自《论衡》。

人木，大食①西南二千里有国，山谷间树枝上化生人首，如花，不解语。人借问，笑而已，频笑辄落。

【注释】①大食：即大食国，在阿拉伯地区。

【译文】长人头的树：大食西南二千里有个国家，山谷间树枝上自然生长人脑袋，就像树上开的花，不懂人话。如果人问他什么，只是笑笑而已，频繁地笑就会落下来。

马，俱位国以马种莳，大食国马解人语。

【译文】马：俱位国用马来播种，据传说大食国的马能听懂人话。

石人，莱子国^①海上有石人，长一丈五尺，大十围^②。昔秦始皇遣此石人，追劳山不得，遂立于此。

【注释】①莱子国：大概始建于西周初期，亡于齐灵公15年（公元前567年），前后约500余年。莱子国都城大致位于现在龙口市黄城东南7.5公里的归城姜家村一带。②围：量词，两手大拇指和食指合拢的长度或两臂合拢的长度。

【译文】石人：莱子国的海上有石头做的人，长一丈五尺，直径有十围。昔日秦始皇让人追这个石人，到劳山都没有追到，于是就让他立在这里了。

铜马，俱德建国乌浒河中，滩派中有火祆祠，相传祆神本自波斯国乘神通来此，常见灵异，因立祆祠。内无象，于大屋下置大小炉，舍檐向西，人向东礼。有一铜马，大如次马，国人言自天下，屈前脚在空中而对神立，后脚入土。自古数有穿视者，深数十丈，竟不及其蹄。西域以五月为岁，每岁日，乌浒河中有马出，其色如金，与此铜马嘶相应，俄复入水。近有大食王不信，入祆祠，将坏之，忽有火烧其兵，遂不敢毁。

【译文】铜马：俱德建国的乌浒河中，浅滩聚集的地方有一个火祆祠，相传祆神本来是从波斯国来到这个地方的，常常看见灵异的东西，因此才立了祆祠。祠内没有神像，在一间很大的屋子里放了大小不一的炉子，屋檐朝向西边，人朝向东边站立。有一个铜马，有次马大小，国人说它是从天上降落下来，弯着前脚在空中面对着祆神站立，后脚伸入泥土里。自古以来常有前去探究铜马的人，进走进祠中数十丈，竟然还没触到铜马的蹄子。西域是以五月作为新年，每到过年这天，乌浒河中就有马出来，它的颜色像金子一样，与这个铜马互相嘶鸣，一会儿又会进入到水里去。附近的大食国国王不相信，到火祆祠，想要毁掉铜马，忽然有大火烧了他的军队，于是不敢毁坏铜马了。

蛇碛，苏都瑟匿国西北有蛇碛，南北蛇原五百余里，中间遍蛇，毒气如烟。飞鸟坠地，蛇因吞食。或大小相噬，及食生草。

【译文】蛇碛：苏都瑟匿国西北有蛇碛，蛇占据南北方圆五百多里，这个地方中间全部是蛇，放出的毒气像烟一样。有鸟飞过就会落到地上，众蛇趁机把鸟吞吃了。有的时候大小蛇相互啃噬，甚至有吃生草的。

石鼍，私诃条国金辽山寺中有石鼍^①，众僧饮食将尽，向石鼍作礼，于是饮食悉具。

【注释】①鼍〔tuó〕：类似鳄鱼的爬行生物
【译文】私诃条国金辽山的寺庙中，有个石鼍，和尚们饮食将要吃完时，只要向石鼍行礼，饮食饭菜就又会有了。

神厨，俱振提国尚鬼神，城北隔真珠江二十里有神，春秋祠之。

时国王所须什物金银器，神厨中自然而出，祠毕亦灭。天后^①使验之，不妄。

【注释】①天后：即武则天

【译文】神厨：俱振提国崇信鬼神，城北距离真珠江二十里的地方有一个神，春秋两季不断对他祭祀。当时国王所需要的日用器物和金银器具，在神庙的厨房中会自动出现。等到祭祀仪式结束，这些东西又会自动消失。武则天让人验证这件事，果然不虚假。

毒槊^①，南蛮^②有毒槊，无刃，状如朽铁，中人无血而死。言从天雨下，入地丈余，祭地方撅得之。

【注释】①槊：兵器，一种长约三米的长矛。②南蛮：大理的南诏国。

【译文】带毒的槊：南蛮有带毒的槊，没有刃，形状就像块腐朽的铁，被击中的人还没来得及流血就会死。据说此物是从天上下来的，钻入地下一丈多深，对大地祭祀后才挖掘出来的。

甲，辽城东有锁甲，高丽言前燕时白天而落。

【译文】甲：辽城东边有锁甲，高丽族说是前燕时从天上落下来的。

土槟榔，状如槟榔，在孔穴间得之，新者犹软，相传蟾蜍矢也。不常有之，主治恶疮。

【译文】土槟榔：形状像槟榔，在洞穴里面得到的，刚得到的时候是软的，相传是蟾蜍屎。不经常有，主要用来治恶疮。

鬼矢，生阴湿地，浅黄白色。或时见之，主疮。

【译文】鬼矢：生于阴湿之地，浅黄白色。有时能看见，主要用来治疮。

石栏干，生大海底，高尺余，有根，茎上有孔如物点。渔人纲眢取之，初出水正红色，见风渐渐青色。主石淋。

【译文】石栏干：生长于大海海底，高一尺多，有根，茎上有像小点一样的孔。渔夫提着提网总绳就能得到它，刚从水里出来的时候是正红色，遇风之后渐渐变为青色。能用来治石淋。

壁影，高邮县有一寺，不记名，讲堂①西壁枕道。每日晚，人马车舆影悉透壁上，衣红紫者，影中卤莽可辨。壁厚数尺，难以理究。辰午之时则无。相传如此二十余年矣，或一年半年不见。成式太和初扬州见寄客及僧说。

【注释】①讲堂：旧称佛教讲经说法的殿堂。

【译文】壁影：高邮县有一座寺庙，不记得寺庙的名字了，殿堂西面的墙壁上有枕头的样子。每天晚上，人马车辆的影子都会印到墙壁上，穿红色紫色衣服的，影子中可以辨别出个大概。墙壁有数尺厚，不能推就它的纹理。辰午时分则不会有影子。相传这种情况已经存在二十多年了，偶尔一年半年看不见。这是太和初年，我在扬州听见寄宿在那里的客人和僧人说的。

醯石，成式群从有言，少时尝毁鸟巢，得一黑石如雀卵，圆滑可爱。后偶置醋器中，忽觉石动，徐视之，有四足如綖①，举之，足亦随缩。

【注释】①綖〔xiàn〕：同"线"。

【译文】醯石：我的诸多随从中有人说，少年时曾捣毁鸟巢，得到一个像雀卵一样的黑色石头，圆滑可爱。后来偶然将石头放在装有醋的容器中，忽然觉得石头在动，仔细观看，发现石头有像线一样细的四只脚，把它提起来看，脚也随之缩回去了。

桃核，水部员外郎杜陟，常见江淮市人以桃核扇量米，止容一升，言于九嶷山①溪中得。

【注释】①九嶷山：又名苍梧山。位于湖南省南部永州市宁远县境内，宁远县城南60里，属南岭山脉之萌渚岭，纵横2000余里，南接罗浮山，北连衡岳。

【译文】桃核：水部员外郎杜陟，经常看见江淮人用桃核做成的扇子来量米，只能装一升，说是从九嶷山小溪中得到的。

人足，处士元固言，贞元初，尝与道侣游华山，谷中见一人股，袜履犹新，断如膝头，初无疮迹。

【译文】人足：处士元固说，在唐朝贞元初年，曾经和道侣漫游华山。他们在山谷中看见一条人的大腿，袜子和鞋都很新，断处像膝盖骨的头，原来一点伤痕也没有。

瓷碗，江淮有士人庄居，其子年二十余，常病魔。其父一日饮茗，瓯中忽疱起如沤，高出瓯外，莹净若琉璃。中有一人，长一寸，立于沤，高出瓯外。细视之，衣服状貌，乃其子也。食顷，爆破，一无所见，茶碗如旧，但有微璺耳。数日，其子遂着神，译神言，断人休咎不差谬。

【译文】瓷碗：江淮有一个士人居住村庄里。他的儿子二十多岁，曾经患病很重。有一天，他的父亲喝茶，茶碗里忽然鼓起一个气泡像茶碗，高出茶碗之外，晶莹匀净像琉璃一样。有一个一寸高的小人站在水泡上，高出茶碗来。细看那个人，衣服模样，竟然是他的儿子。一顿饭的功夫，气泡爆破，什么都看不到了，茶碗和原来一样，只有轻微的裂纹。几天之后，他的儿子有神灵附着在身上，能翻译神的语言，判断人的祸福丝毫不差。

铁镜，苟讽者，善药性，好读道书，能言名理，樊晃尝给其絮帛。有铁镜，径五寸余，鼻大如拳，言于道者处得。亦无他异，但数人同照，各自见其影，不见别人影。

【译文】铁镜：苟讽，擅长药理，喜欢读道家经书，能说会道，明白事理，樊晃曾给他棉絮被帛。苟讽有一面铁镜，直径五寸多，把手有拳头大，说是从一个道士那里得来的。铁镜也没有其他特殊之处，但是几个人一起照镜子，个人只能看见个人的影像，看不到别人的。

大虫①皮，永宁王盐铁，旧有大虫皮，大如一掌，须尾斑点如犬者。

【注释】①大虫：指老虎。

【译文】虎皮：永宁王盐铁，曾有一张虎皮，有一只手掌大，尾巴上有斑点，像狗尾巴一样。

人腊①，李章武有人腊，长三寸余，头项骱肋成就，云是僬侥国人。

【注释】人腊：枯干的人尸。

【译文】人腊：李章武有枯干的人尸，长三寸多，头颅中间骨头明现，说是僬侥国人。

牛黄，牛黄在胆中，牛有黄者，或吐弄之。集贤校书张希复①言，尝有人得其所吐黄，剖之，中有物如蝶飞去。

【注释】①张希复：生卒年不详，唐人张荐之子，字善继，深州陆泽（今河北深县）人。

【译文】牛黄：牛黄长在肝脏中，长了牛黄的牛，有人会让它吐出来。集贤校书张希复说，曾有人得到牛吐出来的牛黄，把它剖开，中间有像蝴蝶一样的东西飞出来。

上清珠，肃宗为儿时，常为玄宗所器。每坐于前，熟视其貌，谓武惠妃曰："此儿甚有异相，他日亦吾家一有福天子。"因命取上清玉珠，以绛纱裹之，系于颈。是开元中罽宾国所贡，光明洁白，可照一室，视之，则仙人玉女、云鹤降节之形摇动于其中。及即位，宝库中往往有神光。异日掌库者具以事告，帝曰："岂非上清珠耶？"遂令出之，绛纱犹在，因流泣遍示近臣曰："此我为儿时，明皇所赐也。"遂令贮之以翠玉函，置之于卧内。四方忽有水旱兵革之灾，则虔恳祝之，无不应验也。

【译文】唐肃宗小时候，常受到唐玄宗的重视。唐玄宗经常坐在肃宗面前，仔细地观察他的相貌，然后对武惠妃说："这孩子的相貌与众不同，日后也是我家一个有福的天子。"于是玄宗让人把自己的上清玉珠拿来。上清玉珠用紫纱包裹着。玄宗亲手把它系到肃宗的脖子上。这是开源年间罽宾国所进的贡品，光明洁白，能把全屋照亮。仔细一看，则有仙子玉女、运河绛节的影象在里边摇动。等到肃宗即位以后，宝库中往往有神光闪耀。管库的人就向肃宗禀报了。肃宗说："大概是上清珠吧？"于是令人把上清珠取出来。紫纱还在。于是肃宗热泪盈眶，让近臣们都来观看，说："这是我小时候，明皇赐给我的。"于是名人把它珍藏在一个翠玉匣子里，放在自己的床榻前。不管哪里突然间发生了水、旱或者战乱之灾，肃宗就虔诚地向上清珠祈祷，没有不灵验的。

楚州界有小山，山上有室而无水。僧智一掘井，深三丈遇石。凿石穴及土，又深五十尺，得一玉，长尺二，阔四尺，赤如琥珀，每面有六龟子，燦耀可爱，中若可贮水状。僧偶击一角视之，遂沥血，半月日方止。

【译文】楚州边界上有一座小山，山上有房子但是没有水。和尚智一想挖口井，挖到三丈深时遇到一块石头。凿开石头见到土，又挖了五十尺深，得到一块玉。这玉一尺二寸长，四寸宽，像石榴花一样红。每个面都有六个龟子，紫色的，非常可爱，中间像能贮水的样子。智一和尚偶然击打一个角看看，一股血就从里面沥沥滴出，半个月才停止。

虞乡有山观，甚幽寂，有涤阳道士居焉。太和中，道士尝一夕独

217

登坛，望见庭内忽有异光，自井泉中发。俄有一物，状若兔，其色若精金，随光而出，环绕醮坛。久之，复入于井。自是每夕辄见。道士异其事，不敢告于人。后因淘井得一金兔，甚小，奇光烂然，即置于巾箱中。时御史李戎职于蒲津，与道士友善，道士因以遗之。其后戎自奉先县令为忻州刺史，其金兔忽亡去。后月余而戎卒。

【译文】虞乡有座山观，非常幽静清寂，有个涤阳道士住在这里。大和年间，道士曾在一天晚上独自登上祭坛瞭望，见庭院中忽然有奇异的光，从水井中发出。顷刻有一物，形状像兔子，它的颜色像精粹的黄金，随光而出，环绕祭坛，很长时间，又进入到井中。自这之后每天晚上就出现。道士觉得这件事奇怪，不敢告诉别人。以后由于淘井，得到一个金兔，很小，光亮奇特灿烂，道士立即将金兔放到巾箱中。当时御史李戎在蒲津任职，与道士友好，道士就把金兔送给了他。这以后李戎从奉先县令升为忻州刺史，那个金兔忽然逝去，以后一个多月李戎就死了。

李师古治山亭，掘得一物，类铁斧头。时李章武游东平，师古示之，武惊曰："此禁物也，可饮血三斗。"验之而信。

【译文】李师古治理山亭，挖到一个东西，类似铁斧头。当时李章武在东平游览，李师古就把那东西给李章武看。李章武吃惊地说："这是禁物，能喝三斗血！"经过验证，李师古才相信。

前集卷十一

广　知

俗讳五月上屋，言五月人蜕，上屋见影，魂当去。

【译文】俗俗话避讳说五月人的影子会印在屋子上，说五月是人的精神逝去的时候，上屋见影就是魂魄离去了。

金曾经在丘冢，及为钗钏溲器，陶隐居谓之辱金，不可合炼。

【译文】炼铜时，与一童女俱，以水灌铜，铜当自分为两段。有凸起者牡铜也，凹陷者牝铜也。

爨釜不沸者，有物如豚居之，去之无也。

【译文】烧火做饭柴禾不燃的，是有种类似猪的东西居住，赶去即可。

灶无故自湿润者，赤虾蟆名钩注居之，去则止。

【译文】灶台无故潮湿的，是有一种叫钩注的红蛙居住在里面，赶走即可。

饮酒者，肝气微则面青，心气微则面赤也。

【译文】喝酒的人，肝气微弱的面色就青，心气微弱的面色则红。

脉勇怒而面青，骨怒而面白，血勇怒而面赤。

【译文】脉搏强劲的人，发怒时脸就会呈青色；骨骼坚固之人，发怒则会呈白色；血液较多的人，发怒时呈红色。

山气多男，泽气多女，水气多喑，风气多聋，木气多伛，石气多力，阻险气多瘿，暑气多残，云气多寿，谷气多痹，丘气多尪，衍气多仁，陵气多贪。

【译文】山中云气较多而使人生男孩，沼泽雾气多而使人多生女婴，湿热瘴气多使人喑哑，邪恶风气多使人耳聋，木林之气重使人背驼，居住在岩石地区的人力气大，险阻地区的人易患粗脖子病；暑热之气使人命短，山谷之气多使人肢体麻痹，丘陵之气使人骨骼弯曲，平衍之气教人仁爱，土山之气诱人贪婪。

身神及诸神名异者，脑神曰觉元，发神曰玄华，目神曰虚监，血神曰冲龙王，舌神曰始梁。

【译文】身体部位的称呼和诸神称呼不同：脑神叫做觉元，发神叫做玄华，目神叫做虚监，血神叫做冲龙王，舌神叫做始梁。

夫学道之人，须鸣天鼓^①以召众神也。左相叩为天钟，卒遇凶恶不祥叩之。右相为天磬，若经山泽邪僻威神大祝叩之。中央上下相叩名天鼓，存思念当道鸣之。叩之数三十六，或三十二，或二十七，或二十四，或十二。

【注释】①天鼓：道家的一种法术，中央牙齿上下相叩。

【译文】学习道术的，需通过叩响中央的上下牙齿来召唤众神。左边牙齿相叩叫做天钟，突然遇到凶恶不详的时候才叩响。右边牙齿相叩叫做天磬，如果穿越山泽遇到蛮夷邪僻的神的祭祀仪式时候才叩响。中央上下牙齿相叩叫做天鼓，如果心中尚存有俗世的念想阻碍修道时就会叩出声音，叩齿的次数有三十六下，或者三十二下，或者二十七下，或者二十四下，或者十二下。

玉女以黄玉为痣，大如黍，在鼻上。无此痣者鬼使也。

入山忌日：大月忌三日、十一日、十五日、十八日、二十四日、二十六日、三十日；小月忌一日、五日、十三（一作二）日、十六日、二十六日、二十八日。

凡梦五脏得五谷：肺为麻，肝为麦，心为黍，肾为菽，脾为粟。

凡人不可北向理发、脱衣、及唾、大小便。

月朔日勿怒。

三月三日不可食百草心，四月四日勿伐树木，五月五日勿见血，六月六日勿起土，七月七日勿思忖恶事，八月四日勿市履屧，九月九日勿起床席，十月五日勿罚责人，十一月十一日可沐浴，十二月三日可斋戒，如此忌，三官所察。凡存修不可叩头，叩头则倾九天，覆泥丸，九天帝号于上境，太乙泣于中田，但心存叩头而已。

老子拔白日：正月四日、二月八日、三月十二日、四月十六日、五月二十（一有六字）日、六月二十四日、七月二十八日、八月十九日、九月十六日、十月十三日、十一月十日、十二月七日。

【译文】 未出嫁的女孩，用大如黍米的黄色玉石贴在鼻子上，作为美人痣。没有这种痣的人，被称为鬼使。

入山忌讳的日期有：大月忌三日、十一日、十五日、十八日、二十四日、二十六日、三十日；小月忌一日、五日、十三日、十六日、二十六日、二十八日。

凡是梦到五脏往往象征着五谷丰登：肺为麻，肝为麦，心为黍，肾为菽，脾为粟。

不可以朝着北方理发、脱衣、及唾、大小便。

农历每月的初一不可发怒。

三月三日不能吃百草心，四月四日不要伐树木，五月五日不要见血，六月六日不要动土，七月七日不要思虑恶事，八月四日不要买鞋子，九月九日不要掀床席，十月五日不要罚责人，十一月十一日可沐浴，十二月三日可斋戒，这些忌讳，三官所主管。凡存修不可叩头，叩头会倾倒九天，泥丸反覆，九天帝在上境号哭，太乙真君在田中哭泣，只要心存叩头就可以了。

老子拔白日：正月四日、二月八日、三月十二日、四月十六日、五月二十日、六月二十四日、七月二十八日、八月十九日、九月十六日、十月十三日、十一月十日、十二月七日。

《隐诀》①言，太清外术：生人发挂果树，乌鸟不敢食其实。瓜两鼻两蒂，食之杀人。檐下滴菜有毒堇，黄花及赤芥（一曰芥），杀人。瓠牛践苗则子苦。大醉不可卧黍穰上，汗出眉发落。妇人有娠，食干姜，令胎内消。十月食霜菜，令人面无光。三月不可食陈菹。莎衣结治蟪蜮疮。井口边草止小儿夜啼，着母卧荐下，勿令知之。船底苔疗天行。寡妇藁荐草节去小儿霍乱。自缢死，绳主颠狂。孝子衿灰傅面䵟^②。东家门鸡栖木作灰，治失音。砧垢能蚀人履底。古衬板作琴底，合阴阳通神。鱼有睫，及目合，腹中自连珠。

【注释】①《隐诀》：南北朝时中山道士陶弘景的秘密著作。②䵟：通"䵟"，脸黑

【译文】《隐诀》里说，太清外术是这样的：将人的头发悬挂于果树上，飞鸟就不敢啄食果实了。如果一个果实有两瓣而且有两个瓜蒂，人吃了以后就会死。屋檐下的菫草，黄花及赤芥，毒性是可以杀人的。瓟牛践踏果苗那么果子必定是苦涩的。醉酒后不能卧在黍杆垛上，否则将大汗不止，眉发尽落。女人怀孕时，如果吃干姜，那么体内的胎儿就会慢慢地自行消失。十月吃结过霜的菜，会令面色没有光彩。三月不可食放久的腌制酱菜，莎衣结能治好蟪蜮疮。井口边的草能止小儿夜哭，要让孩子母亲把草放在铺床的荐草下，不能让小孩知道。船底的青苔可以治疗流行病。寡妇躺的草席里面的草节可以治疗儿童的霍乱。若自缢而死，那么绳子的主人事后也将疯狂。孝子衣领烧成的灰涂抹在脸上可以把脸染黑。东家邻居养在门口的鸡的栖木烧成的灰，可以治疗失音病。砧板子的污垢可腐蚀人的鞋底。古衬板做的琴底，音律准确，上可通神。有睫毛的鱼，两眼能闭上的鱼，腹内有珠相连的鱼。

二目不同，连鳞白鬐，腹下丹字，并杀人。鳖目白，腹下五（一曰丹）字、卜（一曰十）字者不可食。蟹腹下有毛，杀人。蛇以桑柴烧之，则见足出。兽歧尾，鹿斑如豹，羊心有窍，悉害人。马夜眼，五月以后食之，

杀人。犬悬蹄肉有毒。白马鞍下肉食之，伤人五藏。乌自死，目不闭。鸭目白，乌四距，卵有八字，并杀人。凡飞鸟投入家井中，必有物，当拔而放之。水脉不可断，井水沸不可饮，酒浆无影者不可饮。蝮与青蛙，蛇中最毒。蛇怒时，毒在头尾。凡冢井闭气，秋夏中之杀人。先以鸡毛投之，毛直下无毒，乃舞而下不可犯。当以醋数斗浇之，方可入矣。颇梨，千岁冰所化也。琉璃、马脑先以自然灰煮之令软，可以雕刻。自然灰生南海。马脑，鬼血所化也。《玄中记》言："枫脂入地为琥珀。"《世说》曰："桃沛入地所化也。"《淮南子》云："兔丝，琥珀苗也。"

【译文】两个眼睛不同的鱼，连鳞白馨即没有鳃的鱼，肚皮处有红字的鱼，吃了都会死人。鳖的眼睛是白的，肚皮下有五字、卜字的不能吃。螃蟹肚子下面长毛的不能吃，吃了会死人。用桑树条烧蛇，可以让它露出脚。尾巴分叉的动物，花斑如豹子一样的鹿，心脏有孔的羊，都是不祥之兽。按照一种说法，马是有夜眼的，因此方能于夜间奔驰，其夜眼在膝上，五月后食之则死人。狗蹄上吊了很多头的有毒。白马鞍下的肉也不能吃，吃之伤五脏。死后睁着眼睛的鸟，双目是白色的鸭子，四趾鸡和有八字纹的蛋，皆不可食，吃了会死人。假如有飞鸟自坠于井中，那么井中必有异物，当想办法放掉井中的异物。水源不能断，沸腾的井水不可饮，酒体浑浊、照不出人的影子的不能饮。蝮蛇与蟾蜍，毒性最强，蛇发怒时，其毒在头与尾。枯井中多有瘴气，秋夏之中，如果有人下井，往往会中其毒气。怎么试其有没有毒呢，可先将鸡毛投下，若鸡毛直下则无毒，若飘舞而下则有毒气，而不可下井。若一定要下，可以用往井下倒醋数斗，这样才安全。至于颇梨，即状如水晶一般的宝石，为千岁之冰所化。琉璃、玛瑙先要用自然灰煮它让它变软，然后才能在上面雕刻。自然灰长在南海。马脑即玛瑙，按照秘密说法，是鬼血所凝结而成。《玄中记》里说："枫树脂落到地上就成了琥珀。"《世说新语》

说："琥珀是桃汁落到地上变成的。"《淮南子》说："兔毛，是琥珀幼苗。"

鬼书①有业煞②，刁斗③出于古器。

【注释】①鬼书：一种古代书法字体。南朝梁的庾元威著有《论书》说："鬼书惟有业杀，刁斗出于古器。"②业煞：佛教用语，指的是因为恶性而产生的坏的业力。③刁斗：即刁斗。铜质，有柄，能容一斗。体呈盆形，下有三足细柄向上曲，柄首常作成兽头型，口部带流。军中白天可供一人烧饭，夜间敲击以巡更。这里指的是一种特殊字体。

【译文】鬼书这种字体很有业煞，刁斗这种字体出自古代青铜器皿上面的刻字。

百体中有悬针书、垂露书、秦王破冢书、金鹊书、虎爪书、倒薤书、偃波书、信幡书、飞帛书、籀书、谬（一云缪）篆书、制书、列书、日书、月书、风书、署书、虫食叶书、胡书、蓬书、天竺书、楷书、横书、芝英隶、钟隶、鼓隶、龙虎篆、麒麟篆、鱼篆、虫篆、乌篆、鼠篆、牛书、兔书、草书、龙草书、狼书、犬书、鸡书、震书、反左书、行押书、揖书、景书、半草书。

【译文】现在人们所说的百种书法字体里面有悬针字体、垂露字体、秦王破冢字体、金鹊字体、虎爪字体、倒薤字体、偃波字体、信幡字体、飞帛字体、.籀书字体、谬篆书字体、制书字体、列书字体、日书字体、月书字体、风书字体、署书字体、虫食叶书字体、胡书字体、蓬书字体、天竺书字体、楷书字体、横书字体、芝英隶书体、钟隶书体、鼓隶字体、龙虎篆书字体、麒麟篆书字体、鱼篆字体、虫篆字体、乌篆字体、鼠篆字体、牛书字体、兔书字体、草书字体、龙草书字体、狼书字体、犬书字体、鸡书字体、震书字体、反左书字体、行押书字体、揖书字体、景书字体、半草书字体。

召奏用虎爪，为不可学，以防诈伪。诰下用偃波书。谢章诏板用蝌脚书。节信用乌书。朝贺用慎书，一曰填。亦施于昏姻。

【译文】诏书奏疏要用虎爪，因为不好模仿，以防伪造。诰书用偃波体。谢表昭告用蝌脚书。符节用乌书。朝贺用慎书，一说叫做填书。慎书也用于写婚约之书。

西域书有驴唇书、莲叶书、节分书、大秦书、驮乘书、牸牛书、树叶书、起尸书、石旋书、覆书、天书、龙书、鸟音书等，有六十四种。

【译文】西域的书体有驴唇书、莲叶书、节分书、大秦书、驮乘书、牸牛书、树叶书、起尸书、石旋书、覆书、天书、龙书、鸟音书等，总共有六十四种。

胡综、博物，孙权时掘得铜匣，长二尺七寸，以琉璃为盖。又一白玉如意，所执处皆刻龙虎及蝉形，莫能识其由。使人问综，综曰："昔秦皇以金陵有天子气，平诸山阜，处处辄埋宝物，以当王气。此盖是乎?"

【译文】胡综，博学多识。东吴孙权时，有人在掘地时得到一个铜匣，长二尺七寸，上面有琉璃盖。又得到一个白色玉石如意，手拿的地方刻着龙、虎、蝉形图案。当时，谁也不知道这物件的来由。孙权派人去问胡综。胡综说:"当年秦始皇东游,认为金陵一带有天子气,便改了县名,掘江挖河,推平山丘,并在各地埋下宝物,用这种办法破坏王土之气,这些东西就是当年埋下的宝物。"

邓城西百余里有谷城,谷伯绥之国。城门有石人焉,刊其腹云"摩兜鞬,摩兜鞬,慎莫言",疑此亦同太庙《金人缄口铭》。

【译文】邓城西面一百多里有一座谷城,伯绥的国家就在那一带。城门有个石雕的人,石人腹部刻有"摆弄头盔、弓袋、(再)摆弄头盔、弓袋,谨慎不要随便发表见解",怀疑这个也和太庙的那个"金人缄口铭"相同。

历城①北二里有莲子湖②,周环二十里。湖中多莲花,红绿间明,乍疑濯锦。又渔船掩映,罦罳疏布,远望之者,若蛛网浮杯③也。魏袁翻④曾在湖醮集,参军张伯瑜诮公,言:"向为血羹,频不能就。"公曰:"取洛水必成也。"遂如公语,果成。时清河王⑤怪而异焉,乃诮公:"未审何义得尔?"公曰:"可思湖目。"清河笑而然之,而实未解。坐散,语主簿房叔道曰:"湖目之事,吾实未晓。"叔道对曰:"藕能散血,湖目莲子,故令公思。"清河叹曰:"人不读书,其犹夜行。二毛之叟,不如白面书生。"

【注释】①历城:在今山东济南。因历山而得名。②莲子湖:《水经注》所说的'大明湖'。今还叫大明湖。③浮杯:古代每逢三月上旬的巳日集会水渠旁,在上流放置酒杯,任其飘浮,停在谁的面前,谁即取饮,叫做'浮杯'。后引申'浮'为罚酒的意思。④袁翻:字景翔,陈郡项(今河南沈丘)人。生于魏孝文帝承明元年,为尔朱荣所害于孝庄帝建义元年,年五十三岁。少以才学擅美。⑤清河王：元亶（？-537年），北魏孝文帝元宏第四子元怿的长子，生母罗氏。灵太后除掉元义后，命元亶袭封清河王，将堂侄女胡智嫁给元亶。

【译文】历城北二里有莲子湖，周长二十里。湖中生长许多莲花，红花绿叶相衬映，猛一看就像在洗涤锦。又有渔船在荷丛中掩映行止，渔网搬罾稀疏分布，远远一望，就像一片片蜘蛛网和漂浮的酒杯。北魏袁翻曾经在湖上宴会众人，参军张伯瑜在酒席上问袁翻："以前我做血羹，经常做不成怎么办。"袁翻说："用洛水就必然能做得成。"后来张伯瑜就按袁翻的话再做，果然做成了。（在闲聊时张伯瑜告诉了袁翻），这时清河王元亶听了后觉得奇怪弄不明白，就问袁翻说："用洛水就能做成血羹，我不清楚这里有什么道理？"袁翻说："您想想湖目。"清河王元亶笑笑表示同意了袁翻的话，实际上并没有理解。大家闲坐散了以后，元亶对主簿房叔道说："湖目这个事，我实在是不明白。"房叔道回答说："莲藕能散血，湖目，就是莲子，所以让您想想。"清河王叹道："人不读书，就像夜间摸黑行路。鬓发斑白的老人，不如白面书生。"

　　梁主客①陆缅谓魏使尉瑾②曰："我至邺，见双阙极高，图饰甚丽。此间石阙亦为不下。我家有荀勖尺③，以铜为之，金字成铭，家世所宝此物。往昭明太子④好集古器，遂将入内。此阙既成，用铜尺量之，其高六丈。"瑾曰："我京师象魏⑤，固中天之华阙，此间地势过下，理不得高。"魏肇师曰："荀勖之尺，是积黍⑥所为，用调钟律，阮咸讥其声有湫隘之韵。后得玉尺度之，过短。"

【注释】①主客：官名。战国时已有此官，秦及汉初称典客，为九卿之一。武帝时称大鸿胪。汉成帝时尚书置客曹，主管外交及处理民族间的事务。东汉光武分为南北主客二曹，晋分左右南北四主客，南朝单有主客，唐宋因之。②尉瑾：尉瑾，字安仁。父庆宾，为魏肆州刺史。③荀勖尺：荀勖，字公曾。颍川颍阴（今河南许昌市）人。东汉司空荀爽曾孙。西晋开国功臣，三国至西晋时音律学家、文学家、藏书家。曾组织统一度量衡，其中长度标准的即荀勖尺。④昭明太子：即萧统（501年-531年），字德施，小字维摩。南兰陵（祖籍江苏武进）人。南朝梁代文学家，梁武帝萧衍长子，梁简文帝萧纲、梁元帝萧绎长兄，母为丁贵嫔。⑤象魏：古代天子、诸侯宫门外的一对高建筑，亦叫"阙"或"观"，为悬示教令的地方。⑥积黍：汉代确定长度的方式，选取大小中的黍子排列起来十黍为分，十分为寸，十寸为尺。

【译文】南朝梁的主客陆缅告诉魏国使节尉瑾说："我到了邺城，看到两个门楼十分高大，上面的图装饰特别华丽。没想到这里的石阙也不比邺城楼阙要差。我家里保存着一把荀勖尺，是用铜浇铸而成，在上面刻上金字，我家世代都特别珍视这件物品。之前昭明太子萧统喜好古董，于是便将这件宝物谨献给了皇宫之内。这间楼阙已经改好了，拿这把铜尺度量，测得高达六丈。"尉瑾说："我们京城的门楼本来就是整个中华数一数二的高大门楼。这里地势太低了，按理建筑物不能太高。"魏国肇师说："荀勖的铜尺使用排列黍子这种方法得来的。用它来调整音律，阮咸嘲讽调整后的声音就好像处于低洼狭小的地方一样。后来拿标准的玉尺来和它比较，果然是铜尺太短。"

　　旧说不见辅星①者将死，成式亲故②常会修行里，有不见者，未周岁而卒。

　　【注释】①辅星：即大熊座，是大熊座ζ（开阳）的伴星，又称左辅。有许多人把这颗辅星用在测试视力，如能分辨出这颗辅星，视力就达到了1.5了。②亲故：亲戚和老友。
　　【译文】旧时说看不见辅星的人就会死，我的亲戚和老友中有出家修行的，看不见辅星的人，整整一年不到就死了。

相传识人星不患疟，成式亲识中，识者悉患疟。又俗不欲看天狱星，有流星人，当被发坐哭之，候星却出，灾方弭。《金楼子》言："予以仰占辛苦，侵犯霜露，又恐流星入天牢。"方知俗忌之久矣。

【译文】相传，能辨识人形星座的人不会患疟疾。我的亲人朋友中，能识别的人都患过疟疾。俗话又说不想看见天王星的而看流星的人，每当他披散着头发坐在地上哭泣的时候，观察的星象出现了，灾难也就消除了。《金楼子》中说："我认为仰头占卜星座很辛苦，每天早起晚睡身体经受着霜露摧残，又担心着流星坠入天牢这种星象的出现。"才知道按习俗已经忌讳这些很久了。

荆州陟屺寺僧那照善射，每言光长而摇者鹿，帖地而明灭者兔，低而不动者虎。又言，夜格虎时，必见三虎并来，挟者虎威，当刺其中者。虎死威乃入地，得之可却百邪。虎初死，记其头所藉处，候月黑夜掘之。欲掘时必有虎来吼掷前后，不足畏，此虎之鬼也。深二尺，当得物如虎珀，盖虎目光沦入地所为也。

【译文】荆州陟屺寺有个叫那照的僧人擅长根据野兽眼睛夜间发出的光来判断他是什么兽。这位僧人谈起这种方法时说："在夜间，凡是眼睛发出的光亮长而摇动，一准时鹿；贴地面而又时而亮时而灭的，一准是野兔；低而不协的，一准是虎。"这位僧人又说："夜间跟虎搏斗，你一定会看见有三只老虎一同向你扑来。这是由于距离太近，虎纵跳疾速造成的。应当刺杀中间的那只，才能刺中。虎死后，虎威就进入地里。得到虎威可以避开各种邪魔。虎刚死的时候，你要记住虎头所枕的位置。等到没有月亮的夜晚去挖掘。挖掘时，一定有虎在你的前后吼叫跳跃，不要怕，那时死虎的鬼魂。掘地二尺深，你可以找到一种东西，像琥珀。它就是虎的目光掉入地里所形成的虎威。"

又言，雕翎能食诸鸟羽，复善作风羽。风羽法：去括三寸钻小孔，令透笴及镂风渠深一粒，自括达于孔，则不必羽也。

【译文】又说：雕翎能够吸收其他鸟的羽毛，重新成为好的凤羽。风羽法：去掉头三寸钻出小孔，让可以透过笴和一粒镂风渠，从头到孔，不必装饰羽毛。

道士郭采真言，人影数至九。成式常试之，至六七而已，外乱莫能辨，郭言渐益炬则可别。又说九影各有名，影神：一名右皇，二名魁魈，三名泄节枢，四名尺凫，五名索关，六名魄奴，七名灶图（一日图），旧抄九影名在麻面纸中，向下两字，鱼食不记。八名亥灵胎，九鱼全食不辨。

【译文】道士郭采真说，人有九个影子。我曾经试过，顶多六七个而已，外人看上去很乱不能分辨，郭道士说举起火炬渐渐靠近就可以分别了。又说九个影子有各自的名字，还有对应的影神：第一个叫右皇，第二个叫魁魈，第三个叫泄节枢，第四个叫尺凫，第五个叫索关，第六个角魄奴，第七个叫灶图，古时把九个影子的名字抄写在麻面纸上，最下面两个字被鱼吃了，记不清楚。第八个叫亥灵胎，第九个全被鱼吃掉了，认不出来了。

宝历中，有王山人，取人本命日，五更张灯相人影，知休咎。言人影欲深，深则贵而寿。影不欲照水、照井及浴盆中，古人避影亦为此。古蠼螋、短狐、踏影蛊，皆中人影为害。近有人善炙人影治病者。

【译文】宝历年间，有一个人叫做王山人，说在人的本命日，在五更天点灯观察人的影子，就可以知道人的凶吉灾祸。还说等下人的影子越深，那么这影子的主人日后就越显贵、越长寿。影子不能用水来照，或者在井边和浴盆中照，（因为在水中照出的影子照出的影子一定是浅的，古人忌讳在河边、井边乃至浴盆边专有就是这个原因。传说蠼螋、短狐、踏影蛊这三种神秘的动物，踏到或者去中人的影子之上，那个人必定会得怪异之病。近代就有人说通过炙烤人的影子可以治病的。

都下佛寺往往有神鸟雀不污者，凤翔山人张盈善飞化甲子，言或有佛寺金刚鸟不集者，非其灵验也，盖由取土处及塑像时，偶与日辰王相相符也。

【译文】都城下的佛寺往往鸟雀用鸟粪污染的神像，凤翔山人张盈擅长飞化六十年，说有的佛寺佛像上不落鸟不是因为灵验，大概是因为取土做佛像时，碰巧和日辰里的王相相符合。

又言，相寺观当阳像，可知其贫富。故洛阳修梵寺有金刚二，鸟雀不集。元魏时，梵僧菩提达摩，称得其真像也。

【译文】又说，观察佛寺应该看佛像，知道它的贫富。以前洛阳佛寺有两座佛像，鸟雀不落下。元魏时，印度僧人菩提达摩称这是因为雕刻的是真正的金刚形象。

或言龙血入地为琥珀。《南蛮记》："宁州沙中有折腰蜂，岸崩则蜂出，土人烧治以为琥珀。"

【译文】有人说龙血滴入地上就成了琥珀。《南蛮记》中说："宁州的沙土中有折腰蜂，堤岸塌陷折腰蜂就会出来，当地人用火烧它就成了琥珀。"

李洪山人，善符籙①，博知，常谓成式："瓷瓦器釁②者可以弃，昔遇道，言雷盅及鬼魅多遁其中。"

【注释】①符籙：道教中的一种法术，亦称"符字"、"墨篆"、"丹书"。符篆是符和篆的合称。②釁〔wèn〕：裂纹。
【译文】李洪山人，擅长画符籙，学识渊博，曾对我说："瓷瓦器有裂痕可以抛弃，从前遇见一个道士，说雷盅和鬼魅多隐藏在里面。"

近佛画中有天藏菩萨、地藏菩萨，近明谛观之，规彩铄目，若放光也。或言以曾青①和壁鱼设色，则近目有光。又往往壁画僧及神鬼，目随人转，点眸子极正则尔。

【注释】①曾青：又叫朴青（《石药尔雅》），层青（《造化指南》）天然的硫酸铜。为碳酸盐类矿物蓝铜矿的矿石成层状者。
【译文】近代佛画中有天藏菩萨、地藏菩萨，走进了仔细审视他们，光彩夺目，好像在发出光亮一般。有人说那是用曾青和壁鱼来给他们上的颜色，因此走进看他们的眼睛会发光。又说常常看见壁画上的僧人和鬼神，目光随着人转动，用手指指着他们的眼睛则又会恢复直视。

秀才顾非熊言，钓鱼当钓其旋绕者，失其所主，众鳞不复去，顷刻可尽。

【译文】秀才顾非熊说，钓鱼应当钓其中游来游去的，找不到它的主人，众鱼儿找不到回去的路，一会儿就可以把他们网尽了。

慈恩寺僧广升言，贞元末，阆州僧灵鉴善弹。其弹丸方，用洞庭沙岸下（一曰畔），土三斤，炭末三两，瓷末一两，榆皮半两，泔淀二勺，紫矿二两，细沙三分，藤纸五张，渴搨汁半合，九味和捣三千杵，齐手丸之，阴干。郑篆为刺史时，有当家名寅，读书，善饮酒，篆甚重之。后为盗，事发而死。寅常诣灵鉴角放弹，寅指一枝节，其节目相去数十步，曰："中之获五千。"一发而中，弹丸反射不破，至灵鉴乃陷节碎弹焉。

【译文】慈恩寺的僧人广升说，贞元末年，阆州的灵鉴和尚擅长使用弹弓。他的弹丸，是用洞庭湖岸边的泥土三斤，碳末三两，瓷末一两，榆皮半两，泔淀两勺，紫矿二两，细沙三分，藤纸五张，渴搨汁半盒，把九味药放在一起捣三千下，用手捏成弹丸，风干。郑篆担任刺史的时候，身边有一个叫做寅的门客，寅喜欢读书，又爱饮酒，郑篆很重视他。后来寅成了强盗，最终事发而死。寅曾经和灵鉴比试弹弓，寅指定一棵松树的某段枝节，那枝节距离灵鉴有数十步之远，说："打中了就能得到五千钱。"灵鉴一发弹弓就打中了，弹丸反弹回来而没有破碎。到灵鉴了时，他将泥丸打中目标，深深地碎陷于树中。

王彦威尚书在汴州[①]，二年，夏旱，时袁王傅季玘寓汴，因宴王以旱为言，季醉曰："欲雨甚易耳。可求蛇医四头，十石瓮二枚，每瓮实以水, 浮二蛇医, 以木盖密泥之, 分置于闲处, 瓮前后设席烧香。选小儿十岁已下十余, 令执小青竹, 昼夜更击其瓮, 不得少辍。" 王如言试之, 一日两夜雨大注。旧说龙与蛇师为亲家焉。

【注释】①汴州: 即开封市。

【译文】王彦威镇守开封的第二年夏天, 天大旱。当时袁王的师傅季玘路过开封, 于是设宴款待。王彦威谈起对天旱的忧虑, 季玘趁醉说道: "想要下雨很容易。可以去找四只蝾螈, 再找能装十石水的大瓮两个, 每个瓮中装满水, 让两只蝾螈浮在水上, 瓮上盖上盖子, 用泥巴封严, 分别放到热闹的地方。瓮前摆上酒席并烧香, 选十岁以下的小孩十几个, 叫他们手拿小青竹, 白天晚上轮换着抽打那两只瓮, 一会儿也不许停。" 王彦威按照他的话进行实验, 果然一天下了两场雨, 面积达数百里。人们传说, 龙跟蛇的师傅是亲家。

前集卷十二

语　资

历城县魏明寺中有韩公碑，太和中所造也。魏公曾令人遍录州界石碑，言此碑词义最善，常藏一本于枕中，故家人名此枕为麒麟函。韩公讳麒麟。

【译文】历城县魏明寺中有一座韩公碑，是太和年间建造的。魏王曾令人寻遍各州的石碑，说只有这座碑的内容写得最好，曾藏了一本在枕头下，因此家人叫这个枕头为麒麟枕。韩公死去后讳称麒麟。

庾信作诗，用《西京杂记》事，旋自追改，曰："此吴均语，恐不足用也。"魏肇师曰："古人托曲者多矣，然《鹦鹉赋》，祢衡、潘尼二集并载；《弈赋》，曹植、左思之言正同。古人用意，何至于此？"君房曰："词人自是好相采取，一字不异，良是后人莫辩。"魏尉瑾曰："《九锡》或称王粲，《六代》亦言曹植。"信曰："我江南才士，今日亦无。举世所推如温子升，独擅邺下，常见其词笔，亦足称是远名。近得魏收数卷碑，制作富逸，特是高才也。"

【译文】庾信写诗，多用《西京杂记》里的事，马上又改了，说："这是吴均说的，恐怕不能用。"魏肇师说："古人托名创作的多了，就说《鹦鹉赋》祢衡、潘尼的文集里面都有；《弈赋》曹植、左思写得一样。古人的想法怎么这么一样。"君房说："作者都是互相借鉴，一个字也不差，当然后人无法辨别。"魏尉瑾说："《九锡》有的说是王粲，《六代》也说是曹植。"庾信说："我们江南的才子，今天也是风采依旧。全国推崇的像温子升，在邺城独步文坛，经常看见他的作品，也有很大的名声。"今日得到魏收几卷碑帖，写的很好，富有文采。

梁遣黄门侍郎明少遐、秣陵令谢藻、信威长史王缵冲、宣城王文学萧恺、兼散骑常侍袁狎、兼通直散骑常侍贺文发宴魏使李骞、崔劼。温良毕，少遐咏骞赠其诗曰："'萧萧（一曰肃）风帘举'，依依然可想。"骞曰："未若'灯花寒不结'，最附时事。"少遐报诗中有此语。劼问少遐曰："今岁奇寒，江淮之间，不乃冰冻？"少遐曰："在此虽有薄冰，亦不废行，不似河冰一合，便胜车马。"狎曰："河冰上有狸迹，便堪人渡。"劼曰："狸当为狐，应是字错。"少遐曰："是。狐性多疑，鼬性多豫，狐疑犹豫，因此而传耳。"劼曰："鹊巢避风，雉去恶政，乃是鸟之一长。狐疑鼬豫，可谓兽之一短也。"

【译文】梁朝遣黄门侍郎明少遐、秣陵令谢藻、信威长史王缵冲、宣城王文学萧恺、兼散骑常侍袁狎、兼通直散骑常侍贺文发宴请魏朝使李骞、崔劼。叙谈完毕，明少遐咏骞赠诗说："'萧萧（一曰肃）风帘举'，依依然可以想象。"李骞说："比不上'灯花寒不结'，最切近时事。"明少遐的报诗中有这一句。崔劼问明少遐说："今年奇寒，江淮一带，不冰冻吗？"少遐说："这里虽有薄冰，但不妨碍行船，不像黄河一结冰，就能承载车马。"袁狎说："河冰上有狸的印迹，便可以渡人。"

崔劼说:"狸当为狐,应是字错。"明少遐说:"是。狐性多疑,鼬性多豫,狐疑犹豫,因此便传下来了。"崔劼说:"鹊巢避风,雉去恶政,这是鸟类的一个长处。狐疑鼬豫,可说是兽类的一项短出啊!"

梁徐君房①劝魏使瑾酒,一噏即尽,笑曰:"奇快!"瑾曰:"卿在邺饮酒,未尝倾卮。武州已来,举无遗滴。"君房曰:"我饮实少,亦是习惯。微学其进,非有由然。"庾信曰:"庶子②年之高卑,酒之多少,与时升降,便不可得而度。"魏肇师曰:"徐君年随情少,酒因境多,未知方十复作,若为轻重?"

【注释】①徐君房:生卒里居未详,与庾信(?-581)同时人,曾官散骑常侍。②庶子:本义指周代司马的属官。郑玄《礼记·燕义》注曰:"庶子犹诸子也。"这里似泛指常人。

【译文】魏晋南北朝时,梁徐君房劝魏使瑾酒,一杯酒忽然就一饮而尽,笑着说:"不寻常地快!"瑾说:"您在邺城饮酒,还不曾竭尽杯中之酒,武州以来,举杯滴酒不剩。"君房说:"我饮酒的量实在是少,也是习惯。稍微学有进步,并非有什么缘由。"庾信说:"常人年岁的大小,酒量的多少,与时机相升降,就不能由度量而得。"魏肇师说:"徐君年岁随着情爱而减少,酒量因为处境而增多,不知才又喝了十数杯,如何来衡量轻重呢?"

梁宴魏使,魏肇师①举酒劝陈昭曰:"此席已后,便与卿少时阻阔,念此甚以凄眷。"昭曰:"我钦仰名贤,亦何已也。路中都不尽深心,便复乖隔,泫叹如何!"俄而酒至鹦鹉杯②,徐君房饮不尽,属肇师。肇师曰:"海蠡③蜿蜒,尾翅皆张。非独为玩好,亦所以为罚,卿今日真不得辞责。"信曰:"庶子好为术数。"遂命更满酌。君房谓信曰:

"相持何乃急！"肇师曰："此谓直道而行，乃非豆其之喻。"君房乃覆碗。信谓瑾、肇师曰："适信家饷致醲酿酒数器，泥封全，但不知其味若为。必不敢先尝，谨当奉荐。"肇师曰："每有珍藏，多相费累，顾更以多渐。"

语资

【注释】①肇师：即崔肇师，魏尚书仆射崔亮之孙，崔鹏（又名崔悛）族子，清河东武城人也。②鹦鹉杯：一种酒杯，用鹦鹉螺制成。③海蠡：即海螺。

【译文】梁王宴请魏国使臣，魏国崔肇师举起酒杯劝陈昭说："这顿筵席之后就要与您暂时分开，想到这里觉得很是伤感眷恋。"陈昭说："我景仰那些著名的贤人，也是多么悲伤啊。路上没来得及和您深谈交心，就要重新分隔两地，只有不住地流泪叹息啊。"不一会儿喝到了鹦鹉杯中的酒，徐君房没有喝完，就到崔肇师这里了。崔肇师说："海螺身子是弯弯曲曲的，尾部羽毛都是张开的。并不仅仅只是为了好玩，因此今天之所以受罚，是您如今真的不得推辞了。"庾信说："你这个人喜好故弄玄虚。"于是让斟满酒。徐君房对庾信说："你逼我不要太急了。"魏肇师说："这是真正的酒席不是曹丕杀曹植的借口。"徐君房才干了一碗酒。庾信对瑾魏肇师说："正好我家里买了数坛酒，还没开封不知道味道如何。我不敢先喝，送给各位喝吧。"魏肇师说："多次接受你的珍藏让你破费了。"

宁王常猎于鄠县界，搜林，忽见草中一柜，扃锁甚固。王命发视之，乃一少女也。问其所自，女言："姓莫氏，叔伯庄居。昨夜遇光火贼，贼中二人是僧，因劫某至此。"动婉含颦，冶态横生。王惊悦之，乃载以后乘。时慕荜者方生获一熊，置柜中，如旧锁之。时上方求极色，王以莫氏衣冠子女，即日表上之，具其所由。上令充才人。经三日，京兆奏鄠县食店有僧二人，以钱一万，独赁店一日一夜，言作法事，唯舁一柜入店中。夜久，腷膊①有声。店户人怪日出不启门，撤户视之，有熊冲人走出，二僧已死，骸骨悉露。上知之，大笑，书报宁王："宁哥大能处置此僧也。"莫才人能为秦声，当时号"莫才人啭"焉。

【注释】腷〔bì〕膊：象声词。

【译文】宁王曾经有一次在鄠县山中狩猎，搜索树林，忽然看见草丛中有一只柜子，关闭锁得特别牢。宁王让人将这只柜子打开一看，柜子里装的是一位妙龄少女。宁王问她从哪里来的，少女说自己姓莫，父亲也曾任过官职。昨天晚上遇到一伙盗贼，将她劫到这里。盗贼中有两个还是和尚。这位少女蛾眉微蹙地向宁王诉说此事，妖冶之态不断变化，面部表情非常丰富，宁王见了异常喜悦。于是将这位少女放在后车中，运回府里。当时正好猎到一只活熊，就将这只活熊放在柜子里，原样锁好。这时正赶上玄宗皇帝昭告天下，搜求极端美丽的女子。宁王就将很有教养、深明礼仪的莫氏女子进献给玄宗，并上表言明她的来历。玄宗皇帝将莫氏女封为才人。三天后，京兆府上报玄宗皇上说：鄠县一家旅店，来了两个和尚，用一万钱包租了一个房间住了一天一宿，说是做法事。这两个和尚只抬着一只大柜子来到旅店。当晚夜深，只听到和尚包住的屋子里"腷膊"有声，似乎有人在厮打，店主感到很奇怪。到了大天亮时还不见两个和尚开门出来，店主让伙计打开门看看，有一只熊从屋中冲着伙计走过来。两个和尚已经死在了屋里，浑身让熊咬得露出骨头。玄宗知道这件事情后，高兴得放声大笑。马上写信告诉宁王，说："大哥真有好办法处置这两个和尚啊！"莫氏女能唱秦地的新曲。当时宫中都称她为"歌星莫才人"。

一行①公本不解弈，因会燕公宅，观王积薪②棋一局，遂与之敌，笑谓燕公曰："此但争先③耳，若念贫道四句乘除语，则人人为国手。"

语
资

【注释】①一行：中国唐代著名的天文学家和佛学家，本名张遂，魏州昌乐（今河南省南乐县）人生于唐高宗弘道元年，卒于玄宗开元十五年。②王积薪：唐玄宗时的棋手。③争先：围棋术语，抢先手。

【译文】一行本来不擅长围棋，因为在燕公宅邸集会，看见王积薪下了一局棋，于是就与他下了一局，笑着对燕公说："下棋只不过是抢先手罢了，如果默念我的四句乘除语，那么久人人都能成为国棋中的高手了。"

晋罗什与人棋，拾敌死子，空处如龙凤形。或言王积薪对玄宗棋局毕，悉持（一曰时）出。

【译文】晋人罗什跟人下棋，捡起对方的死棋，空缺的地方呈现出龙凤的形状。有人说王积薪与玄宗皇帝下棋完毕，把棋子都拿出来了。

黄虬儿，矮陋机惠，玄宗常凭之行。问外间事，动有锡赏。号曰肉机。一日入迟，上怪之，对曰："今日雨淖，向逢捕贼官与臣争道，臣掀之坠马。"因下阶叩头。上曰："外无奏，汝无惧。"复凭之。有顷，京尹上表论，上即叱出，令杖杀焉。

【译文】黄虬儿，个子低矮，样貌丑陋，唐玄宗经常骑在他上面行走，并询问皇宫外面的事情，经常有赏赐，叫做肉机，一天来迟了，皇帝奇怪并询问。黄虬儿回答说："今天雨大道路泥泞，刚才我和捉贼的官员争路，我把他掀下马了。"于是下台阶磕头谢罪。皇帝说："朝廷没有上奏你的事情，你不要担心。"又骑在了上面。过了一会，京兆尹上奏这件事，皇帝马上呵斥将黄狐儿拉出去，杖毙了他。

历城房家园，齐博陵君豹之山池。其中杂树森竦，泉石崇邃，历中被禊之胜也。曾有人折其桐枝者，公曰："何谓伤吾凤条。"自后人不复敢折。公语参军尹孝逸曰："昔季伦①金谷②山泉何必逾此。"孝逸对曰："曾诣洛西，游其故所。彼此相方，诚如明教。"孝逸常欲还邺，词人饯宿于此。逸为诗曰："风沦历城水，月倚华山树。"时人以此两句，比谢灵运"池塘"十字焉。

【注释】①季伦：即石崇（249年–300年），字季伦，小名齐奴。渤海南皮（今河北南皮东北）人。大司马石苞第六子，西晋时期文学家、官员、富豪，"金谷二十四友"之一。②金谷：金谷园，石崇修建的著名私人园林。

【译文】历城房家园是齐博陵君豹的山池庄园。这里面有花样繁杂的树木繁茂耸立，泉水石头高耸深邃。这个地方是举办修禊仪式活动的好地方。曾经有人折下一根枝条，博陵君说："你为什么损伤我庄园里的凤枝。"从此后来人就不敢折断树枝了。博陵君告诉参军尹孝逸说："以前石崇金谷园的风景怎么比得过我。"尹孝逸回答说："我曾经去洛西，游览遗迹，这两处相对比，果然是这样。"尹孝逸经常想回到邺城，一群文人为他饯行。尹孝逸写了一首诗说："风沦历城水，月倚华山树。"当时的人们认为这句诗可与谢灵运的"池塘生春草，园柳变鸣禽"相比肩。

单雄信①幼时，学堂前植一枣树。至年十八，伐为枪，长丈七尺，拱围不合，刃重七十斤，号为寒骨白。常与秦王卒相遇，秦王以大白羽射中刃，火出。因为尉迟敬德②拉折。

【注释】①单雄信：生年不详，卒于620年，曹州济阴人。勇武过人，与徐世绩关系友好，誓同生死。隋末与徐世绩一起加入翟让的瓦岗义军反隋。后翟让被杀，李密与王世充偃师之战时，单雄信归降王世充，徐世绩投奔李唐。王世充被李世民击败后，徐世绩为单雄信求情失败，单雄信被斩首。②尉迟敬德：尉迟恭（585年-658年），字敬德，朔州平鲁下木角人。唐朝名将，官至右武候大将军，封鄂国公，是凌烟阁二十四功臣之一。

【译文】单雄信幼年时，学堂前面种了一棵枣树。到他十八岁的时候，把枣树砍来做了一把长枪，有一丈七尺长，刀刃重达七十斤，称它为寒骨白。单雄信曾与秦王军队相遇，秦王用带有白色毛的箭长击中他的刀刃，擦出了火花。最后被尉迟敬德拉断了。

秦叔宝①所乘马，号忽雷驳②，常饮以酒。每于月明中试，能竖越三领黑毡。及胡公卒，嘶鸣不食而死。

【注释】①秦叔宝：秦琼（571年-638年）字叔宝，齐州历城（今山东济南）人，唐朝开国将领，凌烟阁二十四功臣之一，与尉迟恭为传统门神。②忽雷驳："忽雷"唐代弹弦乐器。流传在西南地区，又称为"龙首琵琶"，这里大概是指代马首头型，"驳"指代马色不纯。

【译文】秦叔宝所乘的马叫做忽雷驳，这匹马很奇特，经常要喝酒，且雄武有力，每次越野下测试，能奋力跨越三顶黑毡房，秦叔宝将军去世后，这马也不吃不喝，悲伤地嘶鸣不已，不久也就死去了。

徐敬业①年十余岁，好弹射。英公每曰："此儿相不善，将赤吾族。"射必溢镝，走马若灭，老骑不能及。英公常猎，命敬业入林趁兽，因乘风纵火，意欲杀之。敬业知无所避，遂屠马腹，伏其中。火过，浴血而立，英公大奇之。

【注释】①徐敬业：唐代反抗武则天专政的军事首领。唐初名将李绩孙。祖籍曹州离狐（今山东鄄城西南）。李绩本姓徐，赐姓李。总章二年（669年），李绩死，敬业袭爵英国公，历官太仆少卿、眉州刺史。

【译文】徐敬业十多岁的时候，喜欢射击。英国公李绩经常说："这个小孩面相不善，会毁灭我们一家，"徐敬业射箭靶子上会射满箭矢，骑马速度很快人眼都看不清，老练的骑士也不能赶得上。英国公经常打猎，让徐敬业进入树林驱干野兽，于是趁着风向放火，想要杀死他。徐敬业知道无处逃避，于是杀了一匹马剖开肚子，躲在里面大火烧过去了，徐敬业浑身都是血却活了下来。英国公十分惊奇。

玄宗常伺察诸王，宁王常夏中挥汗鞔鼓^①，所读书乃龟兹乐谱也。上知之，喜曰："天子兄弟，当极醉乐耳。"

【注释】①鞔鼓〔mán gǔ〕：张革蒙鼓。把皮革绷紧，固定在鼓框上，做成鼓面。

【译文】唐玄宗经常暗中观察诸王，宁王常常在夏天挥汗击鼓，按照龟兹乐谱来击打。玄宗知道后，高兴地说："皇帝的好兄弟，就应当如喝醉一般地纵欢享乐。"

魏仆射收临代，七月七日登舜山，徘徊顾眺，谓主簿崔曰："吾所经多矣，至于山川沃壤，襟带形胜，天下名州，不能过此。唯未审东阳何如？"崔对曰："青有古名，齐得旧号，二处山川，形势相似，曾听所论，不能逾越。"公遂命笔为诗。于时新故之际，司存缺然，求笔不得，乃以五伯杖画堂北壁为诗曰："述职无风政，复路阻山河。还思麾盖日，留谢此山阿。"

【译文】魏仆射收临代，七月七日登上舜山，徘徊远眺，告诉崔主簿说："我经历的很多了，但是说到峻美的山川，作为大地的襟带形式险峻，天下没有能超过它的。只是不知道东阳的山川怎么样。"崔主簿说道："这两座山都是很有名声的，没听说它们相比，不知道能不能超过。"仆射让崔主簿写诗，当时没有笔墨，于是用拐杖在山崖上写着："述职无风政，复路阻山河。还思庵盖日，留谢此山阿。"

舜祠东有大石，广三丈许，有凿"不醉不归"四字于其上。公曰："此非遗德。"令凿去之。

【译文】舜祠东面有一颗大石头，宽三丈多，上面刻有"不醉不归"四个字。仆射说："这不是应该传给后世的风尚。"于是命令把字迹凿下去。

梁宴魏使李骞、崔劼，乐作，梁舍人贺季曰："音声感人深也。"劼曰："昔申喜听歌，怆然知是其母，理实精妙然也。"梁主客王克曰："听音观俗，转是精者。"劼曰："延陵昔聘上国①，实有观风之美。"季曰："卿发此言，乃欲挑战？"骞曰："请执鞭弭，与君周旋。"季曰："未敢三舍。"劼曰："数奔之事②，久已相谢。"季曰："车乱旗靡，恐有所归。"劼曰："平阴之役，先鸣③已久。"克曰："吾方欲馆谷④而旌武功。"骞曰："王夷师熠⑤，将以谁属？"遂共大笑而止。乐欲讫，有马数十匹驰过，未有阉人，骞曰："巷伯⑥乃同趣⑦马，讵非侵官？"季曰："此乃貌似。"劼曰："若植袁绍⑧，恐不能免。"

【注释】①延陵昔聘上国：延陵就是吴公子季札，他在出使途中参加宴会，听音乐叹为观止，准确地预知了最后一曲。②数奔之事：《左传·宣公十二

245

年》"晋人或以广队不能进，楚人惎之脱扃，少进，马还，又惎之拔旆投衡，乃出。顾曰：吾不如大国之数奔也。"大意为楚人惎之嘲笑晋人说："我不如你们大国那样多次逃跑。"③先鸣：首先鸣叫。《左传·襄公二十一年》"平阴之役，先二子鸣。"晋杜预注："十八年，晋伐齐，及平阴。州绰获殖绰、郭最。故自比於鸡，斗胜而先鸣。"先鸣指的是获胜。④馆谷：《左传·僖公二十八年》："楚师败绩……晋师三日馆谷。"杜预注："馆，舍也。谷，食楚军谷三日。"馆谷就是舍弃下自军的粮食食用战利品。⑤王夷师燔：《左传·襄公二十六年》："楚师大败，王夷师燔，子反死之。"夷，移动，这里指因受伤而躲避；燔，军队溃败。⑥巷伯：太监。⑦趣：通驺，养马。养马是官中养马官的职权，所以后文说太监侵官。⑧袁绍：袁绍在平定十常侍之乱大肆屠杀太监。

【译文】梁王宴请魏国使者李骞、崔劼，音乐响起，梁王的舍人贺季说："这音乐真是感人至深啊。"崔劼说："昔日申喜听歌，听到怆然的声音，就知道是他的母亲，这实在是有精妙的道理啊。"梁主客王克说："听着声音去查看民间事务这是一件惊奇的事。"崔劼说："吴季札曾经前往晋国工作，留下了季札挂剑的传说。"贺季说："这件事你这样说是想和我挑战么？"李骞说："请允许我来为您辩护，和他辩论。"贺季说："那我就不敢退避三舍了。"崔劼说："你们逃跑那么多次，我很是感谢啊。"贺季说："对面车架混乱旗子倒下，恐怕有埋伏。"崔劼说："平阴一战，我先胜利很久了。"王克说："我刚想舍弃自己的事物吃战利品，并挂出胜利的旌旗。"李骞说："王上受伤，军队战败，这是谁的罪过呢？"于是大家一起大笑。乐曲要演奏完了，有数十匹马飞奔而过，里面没有太监，李骞说："太监在养马，难道不是侵犯官员的职权么？"贺季说："这只是长得像太监罢了。"崔劼说："假如这里的人是袁绍，那么这些人就不能幸免了。"

王勃每为碑颂，先墨磨数升，引被覆面而卧。忽起，一笔书之，初不窜点，时人谓之腹藁。少梦人遗以丸墨盈袖。

【译文】大文学家王勃每当书写碑颂时，先磨很多墨，他却盖被蒙头躺卧。忽然起来，提笔书写，一气呵成，也不涂改。当时人们把这叫做腹稿。他年轻时曾梦见有人赠送给他满袖袋的丸墨。

燕公①常读其夫子学堂碑颂，头自"帝车"至"太甲"四句悉不解，访之一公②，公言："北斗建午③，七曜④在南方，有是之祥，无位圣人当出。""华盖"已下，卒不可悉。

【注释】①燕公：指唐燕国公张说。②一公：指僧一行。③建午：五月叫做建午之月。④七曜：又称七政、七纬、七耀。中国古代对日（太阳）、月（太阴）与金（太白）、木（岁星）、水（辰星）、火（荧惑）、土（填星、镇星）五大行星的一种总称，源于汉族人民对远古的星辰自然崇拜。

【译文】张燕公经常诵读他的夫子立在学堂里的碑颂，最开始从"帝车"到"太甲"四句都读不懂，便去问一行和尚，夫子说："北斗星在五月出现，七星出现在南方，是吉祥的征兆，没有位分的圣人会出现。""华盖"以下的内容，一行也不知道。

李白名播海内，玄宗于便殿召见，神气高朗，轩轩然若霞举。上不觉亡万乘之尊，因命纳屦，白遂展足与高力士曰："去靴。"力士失势，遽为脱之。及出，上指白谓力士曰："此人固穷相。"白前后三拟词选，不如意，悉焚之，唯留《恨》、《别赋》。及禄山反，制《胡无人》，言："太白入月敌可摧。"及禄山死，太白蚀月。众言李白唯戏杜考功"饭颗山头"之句，成式偶见李白祠亭上宴别杜考功诗，今录首尾曰："我觉秋兴逸，谁言秋兴悲？山将落日去，水共晴空宜。""烟归碧海

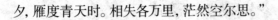

夕，雁度青天时。相失各万里，茫然空尔思。"

【译文】李白名扬四海，唐玄宗在便殿召见他。李白神气高昂，行动轩然就像彩霞飘荡。皇帝不知不觉忘掉了自己的万乘之尊，命他提鞋。李白于是伸出脚来给高力士，说："给我脱靴子。"高力士一时失宠，赶紧为他脱鞋。李白出来时，唐玄宗指着李白对高力士说："这人就是一副穷酸样。"李白前后三次拟作词选，都不满意，全部烧了，只留下《恨》和《别赋》。等到安禄山造反的时候，作了《胡无人》，说："太白入月敌可摧。"安禄山死后，李白因捞月而死。大家都议论李白戏耍杜甫"饭颗山头"的句子。我偶然看见李白的祠堂亭子上有宴会送别杜甫的诗，现在抄录下来："我觉秋兴逸，谁言秋兴悲？山将落日去，水共晴空宜。""烟归碧海夕，雁度青天时。相失各万里，茫然空尔思。"

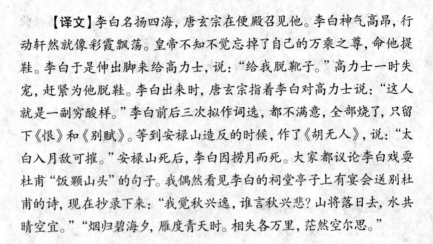

薛平①司徒常送太仆卿周皓，上诸色人吏中来有一老人，八十余，著绯。皓独问："君属此司多少时？"老人言："某本艺正伤折，天宝初，高将军郎君被人打，下颔骨脱，某为正之。高将军赏钱千万，兼特奏绯。"皓因颔遣之，唯薛觉皓颜色不足，伺客散，独留，从容谓周曰："向卿问著绯老吏，似觉卿不悦，何也？"皓惊曰："公用心如此精也。"乃去仆，邀薛宿，曰："此事长，可缓言之。某年，常结客为花柳之游，竟蓄亡命。访城中名姬，如蝇袭膻，无不获者。时靖恭有姬子夜来，稚齿巧笑，歌舞绝伦，贵公子破产迎之。好时与数辈者更擅之。会一日，其母白好曰：'某日夜来生日，岂可寂寞乎？'皓与往还，竟求珍货，合钱数十万，会饮其家。乐工贺怀智、纪孩孩，皆一时绝手。

"扃方合，忽觉击门声甚急。皓戒内忽开，良久，折关而入。有少年紫衣，骑从数十，诟其母，即将军高力士之子也。母与夜来泣拜，诸客将散。皓时血气方刚，且恃其力，顾从者不相敌。因前让其怙势，攘臂格之。紫衣者踣于拳下，且绝其颔骨。大伤流血，皓遂突出。时都亭驿所由魏贞，有心义，好养私客，皓以情投之。贞乃藏于妻女间。时有司追捉急切，贞恐踪露，乃夜办装具，腰白金数锭，谓皓曰：'汴州周简老，义士也，复与郎君当家，今可依之，且宜谦恭不怠。'周简老盖大侠也，见魏贞书，喜甚。皓因拜之为叔，遂言其状。简老令居一船中，戒无妄出，供与极厚。居岁余，忽听船上哭泣声。皓潜窥之，见一少妇，缟衣甚美，与简老相慰。其夕，简老忽至皓处，问：'君婚未？某有表妹，嫁与甲，甲卒无子，今无所归，可事君子。'皓拜谢之。即夕，其表妹归皓，有女二人，男一人，犹在舟中。简老忽语皓：'事已息，君貌寝，必无人识者，可游江淮。'乃赠百余千，号哭而别，于是遂免。皓官已达，简老表妹尚在，儿聚女嫁，将四十余年，人无所知者。适被老吏言之，不觉自愧。不知君子察人之微。"有人亲见薛司徒说之也。

【注释】①薛平：字坦涂，唐代藩镇。（约公元756-约公元836）高宗朝右武卫大将军薛仁贵曾孙，范阳节度使薛楚玉之孙，昭义节度使薛嵩之子。

【译文】薛平担任司徒期间，曾送各种事物给太仆卿周皓，送上各物的人中有一个老人，八十多岁，穿着红色的衣服。周皓专门问那个老人说："您在司徒家多长时间了？"老人说："我本是专门为人疗伤的。天宝初年，高将军的儿子被人打了，下颌骨都被打掉了，我为他矫正的。高将军赏给我银钱千万，并特意允许我穿红色的衣服。"周皓点了点下巴让他下去了，但是薛平却觉得周皓脸色不好看，等客人都散去后，他一个人留了下来，慢慢地问周皓："之前你问那个穿红衣服的老人，我觉得你好像不太高兴，是为什么呢？"周皓吃惊地说："你观察事物真是用心精细啊。"于是周皓遣散了随从，邀薛平留宿，对他说道："这事说来话长，等我慢慢道来。那年，我常常结伙寻花问柳，终于酿成逃命之灾。我当时遍访城中名妓，犹如苍蝇猎获腥臭，没有不到手的。那时

249

有个靖恭坊名妓叫夜来，天真单纯，笑口常开，歌声舞姿又属天下绝伦，贵公子们往往倾家荡产地去逢迎。我与几个富家子弟更是专在她身上下功夫。有一天，夜来母亲告诉我说：'某日是夜来的生日，可不能冷落了她啊！'我为她的生日做准备，竟然弄了折合几十万的贵重东西。在夜来家里举办宴会。贺怀智、纪孩孩的那个当时最有名的乐手到场献技。

刚把门关好，忽然听到有急切的敲门声，我不让屋里的人前去开门。过了好长时间，门栓被推断了，外面的人破门而入。领头的是个穿紫色衣服的少年，还有几十名随从的骑手，进屋之后便破口大骂夜来的母亲。这位少年就是高力士将军的儿子，母亲与夜来吓得哭哭啼啼地对他跪拜施礼，客人们见状就要离去。我当时正血气方刚，又仗着有浑身的力气，看那些相从的人敌不过自己，就上前指责他们仗势欺人，就攘臂上去与他格斗，紫衣少年便倒在我的拳头下，下巴骨也被打掉了，伤势很重，血流不止。后来我夺路逃走了。当时都亭驿所由魏贞，很重义气，喜欢私下收养客人。我凭着交情投奔到他家。他便将我藏匿在妻子女儿们中间。当时有关部门追捕得很紧急，魏贞担心暴露踪迹，便趁夜晚置办行装，让我带上白金数锭，并叮嘱我说：'汴州周简老是一位义士，又跟你是一家子，如今你可以去投靠他。到他那里后应当谦让恭敬不要有所怠慢。'周简老是一位大侠，见了魏贞的书信非常高兴，我便拜他为叔父，向他讲述了自己的遭遇。简老让我住在一只船里面，不让我随便出来，供给我极为丰厚的生活用品。住了一年多，我忽然听到船上有哭泣声，便偷偷爬上来观看，见一位少妇穿着孝服，长得极美，正跟简老相互劝慰。这天晚上，简老忽然来到我住的地方，问我结婚没有，并说：'我有个表妹嫁给了一个男人，这个男人死了，又没有儿子；表妹如今无依无靠，可以侍奉您。'当天夜晚，他就把表妹送给了我，还有两个女仆，一个男仆，也都在船里。简老忽然对我说：'事情已经平息，你的相貌又不大惹人注意，肯定没人认出你来，可以到江淮一带去。'说完便赠给我一百多串钱，双方挥泪而别。我于是逃脱了。等我做官显赫之后，简老的表妹尚在人世，儿娶女嫁，将近四十多年，都没有人知道我们的身世。恰逢被老吏认出，自觉惭愧。不知道您观察人细微到了如此地步。"有人亲耳听到薛平讲过这件事。

大历末，禅师玄览住荆州陟屺寺，道高有风韵，人不可得而亲。张璪常画古松于斋壁，符载赞之，卫象诗之，亦一时三绝，览悉加垩焉。人问其故，曰："无事疥吾壁也。"僧那即其甥，为寺之患，发瓦探鷇，坏墙薰鼠，览未尝责。有弟子义诠，布衣一食，览亦不称。或怪之，乃题诗于竹曰："大海从鱼跃，长空任鸟飞。"忽一夕，有梵僧拨户而进，曰："和尚速作道场。"览言："有为之事，吾未尝作。"僧熟视而出，反手阖户，门扃如旧。览笑谓左右："吾将归欤！"遂遽浴讫（一曰蚤起），隐几而化。

【译文】唐朝大历末年，禅师玄览住在荆州的陟屺寺。道业高又有风韵，人们很难跟他亲近。为了赞扬他的道业和人品，在他住处的墙上，有张垍画的古松，符载撰写的赞文，还有卫象题写的诗。这三样东西也算是一时的三绝。玄览却把他们统统涂掉了。别人问他为什么要涂掉，他说："他们这是无缘无故使我墙上生疥疮。"僧那是他的外甥，是寺庙里的一个祸患，不是揭开房瓦掏家雀，就是刨墙挖洞熏老鼠。但是玄览却从不责备他。有个弟子叫义诠，穿的是布制衣衫，一天只吃一顿饭，严守教规，刻苦修练。玄览对他从不称赞。有人责怪他，他便在竹竿上题诗道："欲知吾道廓，不与物情违。大海纵鱼跃，长空任鸟飞。"一天晚上突然来了个梵僧，推门进屋道："和尚，速速去作道场！"玄览说："凡属有所作为的事情，我从来不做。"这位僧人打量他一番就出去了，他反手带上了房门，但门内的插关却跟原来插的一样。玄览对身边的人说："我要回去（圆寂）了。"于是急忙洗浴完毕，倚着几案而逝。

马仆射（一曰"侍中"）既立勋业，颇自矜伐，常有陶侃之意[1]，故呼田悦为钱龙，至今为义士非之。当时有揣其意者，乃先著谣于军中，曰："斋钟动也，和尚不上堂。"月余，方异其服色，谒之，言善相。马遽见，因请远左右，曰："公相非人臣，然小有未通处，当得宝物直数千万者，可以通之。"马初不实之，客曰："公岂不闻谣乎? 正谓公也。'斋钟动'，时至也。'和尚'，公之名。'不上堂'，不自取也。"马听之始惑，即为具肪玉、纹犀及贝珠焉。客一去不复知之，马病剧，方悔之也。

【注释】①陶侃之意：指谋反自己当皇帝的想法。《晋书·陶侃传》载，陶侃梦生八翼，飞登天门，已登其八，唯一不得入，阍者以杖击之，折其左翼。后侃都督八州，握重兵，潜有窥窬之志，每思折翼之祥，即自抑而止。

【译文】马仆射建立了功业，十分自得，经常谋划谋反的事情，于是把田悦叫做钱龙，现在被正义人士非议。当时有揣摩他心意的人，就在军队中先造谣说："斋钟震动，和尚不会上堂。"过了一个多月，马仆射觉得怪异，接见了他。那个人说自己善于看相。马仆射马上接见了他，请求屏蔽左右，说道："马公您不是人臣的命，但是有一些命运不通达的时候，应当用价值千万的宝物来疏通。"马仆射一开始不相信，客人说："您没听到谣言么? 那正是在说你啊。'斋钟动'是说时机到了，'和尚'是您的名字，'不上堂'是因为自己不去。"马仆射这才明白，马上准备了金银财宝给他。客人收到财物一去不复返，马仆射重病倒下，这才后悔。

信都民苏氏有二女，择良婿。张文成往，苏曰："子虽有财，不能富贵，得五品官即死。"时魏知古方及第，苏曰："此虽官小，后必贵。"
乃以长女妻之。女发长七尺，黑光如漆，相者云大富贵。后知古拜相，
封夫人云。

【译文】信都有个姓苏的富翁，有两个女儿，他要为女儿们挑选
称心如意的女婿。张文成想要娶苏家的女儿，前去苏家求婚。苏某说：
"这个人虽然有才学但能富贵。他幸运的话能得个五品官，就该死了。"
当时魏知古参加科举考试已经榜上有名，但没有授予官职。苏某说：
"这个人虽然现在官位很小，但是将来一定能富贵。"于是把大女儿嫁
给了他。这位女儿留着七尺长的头发，像漆一样又黑又亮，有位相士为
她看相，说她天生一副富贵相。后来，魏知古做了在想，他的妻子也被
封为夫人。

明皇封禅泰山，张说为封禅使。说女婿郑镒，本九品官。旧例，
封禅后自三公以下，皆迁转一级。惟郑镒因说骤迁五品，兼赐绯服。
因大脯次，玄宗见镒官位腾跃，怪而问之，镒无词以对。黄幡绰曰：
"此泰山之力也。"

【译文】唐玄宗到泰山封禅，丞相张说担任封禅使。张说的女婿
郑镒本来是九品官，张说把他也带去了。按照旧例，随皇帝参加封禅
后，丞相以下的官吏都可以升一级。只有郑镒因为张说滥用职权让他一
下子升到了五品，并穿上了红色官服。一次宴会，唐玄宗看到郑镒官位升
上来了，觉得奇怪，过去问他，郑镒支支吾吾不好回答。这时，玄宗身边
的宫廷艺人黄幡绰一语双关地说："此泰山之力也！"

成式曾一夕堂中会，时妓女玉壶忌鱼炙，见之色动。因访诸妓所

恶者，有蓬山忌鼠，金子忌虱尤甚。坐客乃兢徵虱拏鼠事，多至百余条。予戏摭其事，作《破虱录》。

【译文】一天晚上我曾经在厅堂聚会，当时有妓女玉壶厌恶烤鱼，看见之后就会变脸色。于是询问了诸位妓女厌恶的东西，有蓬山厌恶老鼠，有金子特别厌恶虱子。座上客人就一起说关于虱子老鼠的故事，多达一百多条。我开玩笑摘录这里面的事情，辑录成了《破虱录》

前集卷十三

冥 迹

　　魏韦英卒后，妻梁氏嫁向子集。嫁日，英归至庭，呼曰："阿梁，卿忘我耶？"子集惊，张弓射之，即变为桃人茅马。

　　【译文】魏国的韦英死后没多久，他的妻子梁氏改嫁给了向子集。出嫁那天，韦英到了庭院中，大喊道："阿梁，你这么快就忘了我吗？"向子集听到之后非常害怕，拉开弓箭射击他，韦英立刻变成了桃木小人，他骑的马则变为一堆茅草。

　　长白山西有夫人墓，魏孝昭之世，搜扬天下才俊，清河崔罗什，弱冠有令望，被徵诣州，夜经于此。忽见朱门粉壁，楼台相望。俄有一青衣出，语什曰："女郎须见崔郎。"什悦然下马，入两重门，内有一青衣通问引前。什曰："行李之中，忽蒙厚命，素既不叙，无宜深入。"青衣曰："女郎平陵刘府君之妻，侍中吴质之女。府君先行，故欲相见。"什遂前，入就床坐。其女在户东立，与什温凉。室内二婢秉烛，呼一婢令以玉夹膝置什前。什素有才藻，颇善风咏，虽疑其非人，亦惬心好也。女曰："比见崔郎息驾庭树，嘉君吟啸，故欲一叙玉颜。

什遂问曰："魏帝与尊公书，称尊公为元城令，然否？"女曰："家君元城之日，妾生之岁。"什乃与论汉魏大事，悉与《魏史》符合，言多不能备载。什曰："贵夫刘氏，愿告其名。"女曰："狂夫刘孔才之第二子，名瑶，字仲璋。比有罪被摄，仍去不返。"什乃下床辞出，女曰："从此十年，当更相逢。"什遂以玳瑁簪留之，女以指上玉环赠什。什上马行数十步，回顾乃见一大冢。什届历下，以为不祥，遂请僧为斋，以环布施。天统末，什为王事所牵，筑河堤于垣冢，遂于幕下话斯事于济南奚叔布，因下泣曰："今岁乃是十年，可如何也作罢。"什在园中食杏，唯云："报女郎信，我即去。"食一杏未尽而卒。什十二为郡功曹，为州里推重，及死，无不伤叹。

【译文】长白山的西面有一座贵妇人墓。南北朝北齐孝昭帝时，朝廷搜罗天下才俊，名门大族清河崔家，有叫崔罗什的年轻人，二十出头，文采出众，才华横溢，被征到所在州郡为官。路过长白山时，天色将晚，忽见前面楼台亭榭，红门粉墙。正当他迟疑间，有一青衣丫鬟从门中探出头来，说道："我家夫人要见见清河崔郎。"崔罗什感到奇怪。在恍惚间下马，跟随那丫鬟，穿过两道门，来到后宅，这时又看到一个丫鬟，她在前引路。崔罗什说："我是过路人，竟得如此垂睐，但毕竟我跟你家夫人不熟啊，贸然去后宅，不太合适吧？"丫鬟说："您不用顾虑，我家夫人是平陵刘府君的妻子，是侍中吴质的女儿，刘府君故去了。我家夫人久慕公子名声，所以想见见，你可明白？"崔罗什于是跟着那丫鬟进了内室，在床边坐下。不一会儿从屏风后转出一妇人，雍容华贵，双目流情，坐于东窗之下，与崔罗什攀谈起来。有两个丫鬟秉烛立于左右，唤了一个丫鬟，让她把玉放在膝盖上放在崔罗什面前。崔罗什不仅善诗赋，且精史书，虽然疑心她不是人，也心想听听她说些什么也好。那女子说："我看见崔郎路过于此，这满庭院的树木似乎都在吟咏诗赋。知

道公子有才,所以想一睹容颜,今日一见,果然是俊少年!"崔罗什遂问:
"当初,曹丕给您父亲吴质写信,称他为'元城令',有这事吧?"贵妇
人说:"我父亲做元城令时,我刚出生。"随后二人共论汉魏大事,贵妇
人所言与后来的《三国志》不差分毫,小崔暗自佩服陈寿,这老兄所写
的《三国志》真是信史啊!后来小崔问:"您丈夫姓刘,能透露一下叫什
么名字吗?"贵夫人说:"我家狂夫是刘孔才的二儿子,叫刘瑶的便是,
字仲璋,前些日子有罪被摄去,至今没回来。"崔罗什下床告辞离开,贵
妇人说:"十年之后,我们定会重逢。"小崔取下身上的玳瑁簪,赠给贵
夫人,贵妇人摘下手指上的玉环送给小崔。出了大门后,小崔上马,走
出一段路后,他突然想起些什么回头相望,刚才进去的那宅院,正是一
座大坟。回想刚才的一幕,崔罗什感到不祥,于是在附近的镇子住下,请
僧设斋,在那坟墓前作道场,以驱鬼魂。到了北齐后主天统末年,在郡
上做公曹的崔罗什奉命修建河堤,正好修到当初的那座坟墓前,想起往
事,感慨不已,便跟朋友奚叔布说了,说着说着,忽然泪流:"到现在,
正好是十年了!又会发生什么事呢?"后来有一天,崔罗什在后院中吃杏
子,边吃边自言自语说:"去给那夫人报信,我马上就去见她了。"一个
杏子都还没吃完,崔罗什就死了。崔罗什十二岁起就在郡里做了功曹,
颇有政绩,他吃杏被噎死,州里的人们无不叹息。

南巨川常识判冥①者张叔言,因撰《续神异记》,具载其灵验。叔
言判冥鬼十人,十人数内,两人是妇人。又,乌龟、狐亦判冥。

【注释】①判冥: 审理阴间的案件。

【译文】南巨川曾与审理阴间案件的张叔言有交往,因为编撰《续
神异记》,详细记载其中事迹的灵验性。张叔言审理阴间鬼魂十人,这
十人中有两个是妇人。又,把阴间乌龟、狐狸的案件都审了。

于襄阳頔在镇时，选人刘某入京，逢一举人，年二十许，言语明朗，同行数里，意甚相得。因藉草，刘有酒，倾数杯。日暮，举人指支迳曰："某弊止①从此数里，能左顾②乎？"刘辞以程期，举人因赋诗："流水涓涓芹努（一日吐）牙，织乌双飞客还家。荒村无人作寒食，殡宫空对棠梨花。"至明旦，刘归襄州。寻访举人，殡宫存焉。

【注释】①弊止：谦称自己的居住之所。②左顾：屈驾，枉顾。

【译文】于頔镇守襄阳时，有一个姓刘的选人进京，遇到一个举人，二十多岁，说话明白清楚，两人一起同行数里，很是投机。到一草地上休息，刘某带了酒，倒了几杯共饮。黄昏时候，举人指着一条岔路说："我就住在前面几里的地方，您愿意屈驾前往吗？"刘某人以日程有限推辞了，举人于是作诗："流水涓涓芹努牙，织乌双飞客还家。荒村无人作寒食，殡宫空对棠梨花。"到了第二天早上，刘某回到了襄阳。到处寻访那个举人，只找到他的坟墓。

顾况①丧一子，年十七。其子魂游，恍惚如梦，不离其家。顾悲伤不已，因作诗，吟之且哭。诗云："老人丧其子，日暮泣成血。老人年七十，不作多时别。"其子听之感恸，因自誓："忽若作人，当再为顾家子。"经日，如被人执至一处，若县吏者，断令托生顾家，复都无所知。忽觉心醒，开目认其屋宇，兄弟亲满侧，唯语不得。当其生也，已后又不记。年至七岁，其兄戏批之，忽曰："我是尔兄，何故批我。"一家惊异，方叙前生事，历历不误，弟妹小名悉遍呼之。抑知羊叔子事非怪也。即进士顾非熊。成式常访之，涕泣为成式言。释氏《处胎经》言人之住胎，与此稍差。

【注释】①顾况：字逋翁（约725年—约814年），号华阳真逸（一说华阳真隐），晚年自号悲翁，苏州海盐恒山人（今在浙江海宁境内），唐代诗人。

【译文】顾况一儿子去世了，年仅十七岁。他的儿子虽然已死，但是他的魂魄到却经常在家中飘荡，恍恍惚惚就像做梦一样，没有离开过他的家。顾况悲痛不已，于是作诗，每每念来都止不住大哭。诗是这样的："老人丧其子，日暮泣成血。老人年七十，不作多时别。"他的儿子听道他父亲的哭声，心里感动不已，于是发誓说："如果我再能投生作人，一定要再做顾家的孩子。"过了几天，他儿子的魂魄果然被人带到一个地方，有一个像县官模样的人，判决命令他到顾家托生，再往后就失去了知觉。过了一段时间，他忽然觉得心里明白了，睁开眼睛，看到了家中和自己的弟兄，身边沾满了亲人。唯独不能说话，知道自己已经重新托生。对从这以后的事情，他又记不清了。他长到七岁的时候，他的哥哥和他玩耍时打了他。他忽然说："我是你的哥哥，你为什么打我？"一家人都很惊诧。这时，他才把前生的事讲出来，每件事都丝毫不差。弟弟妹妹的小名全都能叫出来。他就是顾非熊。

尸 岁

近代丧礼，初死内棺，而截亡人衣后幅留之。

【译文】近代丧礼，人刚死的时候就装入内棺，然后选点亡人的衣服给后人留着纪念他。

又内棺加盖，以肉饭黍酒着棺前，摇盖叩棺，呼亡者名字，言起食，三度然后止。

【译文】又在内棺上加盖，将肉饭米酒放在棺材前，边摇动棺盖，叩响棺木，边呼叫亡人的名字，呼他起来食用酒水，这样做三次后才停止。

琢钉①及漆棺止哭，哭便漆不乾也。

【注释】①琢钉：东汉末孔融被杀时，其子大者九岁、小者八岁，正为琢钉戏，后因以"琢钉"指八、九岁的少年时期。

【译文】八九岁的小孩到了漆棺前就应该止住哭声，如果再哭漆就不会干了。

铭旌①出门，众人掣裂将去。

【注释】①铭旌：同"明旌"，也叫"旌铭"简称"铭"。古代丧俗，人死后，按死者生前等级身份，用绛色帛制一面旗幡，上以白色书写死者官阶、称呼，用与帛同样长短的竹竿挑起，竖在灵前右方，称之为铭旌。大敛后，以竹杠悬之依灵右。葬时取下加于柩上。

【译文】把铭旌捧出门去，众人拉着随之前去。

送亡人不可送韦革、铁物及铜磨镜奁盖，言死者不可使见明也。董勋言："《礼》：'弁服靺韐。'此用韦也。"（一曰"茅韦"）

【译文】送亡人不可以送韦革、铁物以及铜磨镜奁盖，说死者不可以使他看见光亮。董勋说："《礼记》里说：'赤黄色的朝服。'这里用茅韦。"

刻木为屋舍、车马、奴婢，抵虫蛊等。周之前用涂车、刍灵，周以来用俑。

【译文】用木头来刻出屋舍、车马、奴婢，用来抵御虫蛊等的侵害。周朝以前用的泥车，周朝以后用的是陶俑。

送亡者又以黄卷、蜡钱、菟毫、弩机、纸疏、挂树之属。又作辌车。车，古萎也，萎似屏。

【译文】送亡人又用黄卷、蜡钱、菟毫、弩机、纸疏、挂在树上。又做辌车。车，古代作萎，萎像屏风一样。

世人死者有作伎乐，名为乐丧。魌头[1]，所以存亡者之魂气也。一名苏衣被，苏苏如也。一曰狂阻，一曰触圹。四目曰方相，两目曰僛。据费长房[2]识李娥（一曰俄）药丸，谓之方相脑，则方相或鬼物也，前圣设官象之。

【注释】①魌头：古时打鬼驱疫时扮神者所戴的面具。②费长房：传说中的仙人。

【译文】世人有给死人做丧乐，名叫喜丧。魌头，是用来存放亡者魂魄气息的东西。也叫苏衣被、苏苏如。又叫狂阻，还叫触圹。有四只眼睛的叫做方相，两只眼睛的叫做僛。据说费长房认识李娥药丸，叫做方相脑，就是方相的脑子或者其他鬼怪。前皇帝设置官吏画下来过。

又忌狗见尸，令有重丧。

【译文】又忌讳让狗看见尸体，这样会导致很惨的丧事。

亡人坐上作魂衣，谓之上天衣。

【译文】把尸体扶起来穿上丧衣，叫做上天衣。

送亡者不镜赍奁盖。

【译文】葬送亡人不用镜子也不送妆奁盖。

裓①，鬼衣也。桐人起虞卿②，明衣③起左伯桃④，挽歌起绋讴⑤。故旧律发冢弃市，冢者重也，言为孝子所重，发一蘽土则坐，不须物也。

【注释】①裓：古代小殓时，在死者脸上覆盖的巾帕。古人又称鬼衣。②虞卿：邯郸（今河北邯郸）人，战国名士。虞卿善于战略谋划，在长平之战前主张联合楚魏迫秦求和；邯郸解围后，力斥赵郝、楼缓的媚秦政策，坚持主张以赵为主联合齐魏抵抗秦国。后因拯救魏相魏齐的缘故，抛弃高官厚禄离开赵国，终困于魏都大梁，于是发愤著书。著有《虞氏征传》、《虞氏春秋》15篇。③明衣：古代死者洁身后所穿的干净内衣。④左伯桃：生卒年不详，据传是战国末期时代的人，因其与羊角哀之间的感人故事而为大家所知。⑤绋讴：挽歌。

【译文】裓，就是鬼衣。桐人始于虞卿，明衣始于左伯桃，挽歌始于绋讴。以前刑法有发冢弃市。冢就是重要的意思，说的是被孝子看重，挖一蘽土就获罪，不要说盗取葬品。

"吊"字，矢贯弓也。古者葬弃中野，《礼》：贯弓而吊，以助鸟兽之害。后魏俗竟厚葬，棺厚高大，多用柏木，两边作大铜镮钮，不问公私贵贱，悉白油络幰辆〔四库本为"辆"〕车，逈素槊仗，打房鼓，哭声欲似南朝。传哭挽歌无破声，亦小异于京师焉。

【译文】吊字是箭矢穿过了弓字。古代的人葬在荒郊野外，《礼记》说："拉满弓凭吊死者，用来防止鸟兽毁坏遗体。"后来到了曹魏风俗都用厚葬，棺椁厚实高达，多用柏木，两边有达铜环，无论当官与否高低贵贱，都铺白色的巾幡在灵车上，用白布裹在长槊仪仗上，敲打着房鼓，哭声很大。哭丧时挽歌没有破声，这也很京师有小小的不同。

《周礼》："方相氏驱〔四库本为'殴'〕罔象。"罔象好食亡者肝，而畏虎与柏。墓上树柏，路口致石虎，为此也。

【译文】《周礼》说："方相氏信封罔象。"罔象喜好吃死尸的肝脏，害怕老虎和柏树。现在墓上种柏树，路口安置石虎，就是为了这个。

昔秦时陈仓人，猎得兽若彘而不知名。道逢二童子，曰："此名弗述，常在地中食死人脑。欲杀之，当以柏插其首。"

【译文】以前秦国陈仓人，捕猎到一种像猪一样的野兽却不知道名字。路上碰到两个儿童，说："这种动物叫做弗述，经常在地里吃死尸的脑子。如果想杀死它，就要用柏枝插到兽头上。"

遭丧妇人有面衣，期已下妇人著帼，不著面衣。又妇人哭，以扇掩面。或有帷幄内哭者。

尸
彘

【译文】丧事中的妇人有面纱，已经出嫁的妇人穿着巾帼，不带面纱。还有妇人哭丧时，用扇子遮住脸。也有在帷幄里面哭的。

汉平陵王墓①，墓多狐。狐自穴出者，皆毛上坌灰。

【注释】①平陵王墓：位于山后寨村南1.5公里，危山之巅西侧。据清道光《章丘县志·古迹考》载，"平陵王墓在县西南四十里危山之巅，墓旁有祠"。

【译文】汉代平陵王墓，墓旁很多狐狸。狐狸从洞穴中出来，毛上沾满了泥土。

魏末有人至狐穴前，得金刀镊、玉唾壶。

【译文】魏末年有人到一座狐狸洞穴前，得到一把金刀镊，一个玉唾壶。

贝丘县东北有齐景公墓，近世有人开之，下入三丈，石函中得一鹅，鹅回转翅以拨石。复下入一丈，便有青气上腾，望之如陶烟，飞鸟过之辄堕死，遂不敢入。

【译文】贝丘县东北面有一座齐景公的墓穴，近代有人打开墓穴，下去进入墓穴三丈，从石匣子中看到到一只鹅，搬转鹅翅就拨开了石头。继续往下走了一丈，便有青气往上冒，看上去像烧制陶器冒出的烟，飞鸟从那个地方飞过就马上死了，于是不敢再继续进去。

元魏时，菩提寺增多(一曰"达多")发冢取砖，得一人，自言姓崔名涵，字子洪，在地下十二年，如醉人，时复游行，不甚辨了。畏日及水火兵刃。常走，疲极则止。洛阳奉洛里多卖送死之具，涵言："作柏棺^①莫作桑榠。吾地下发鬼兵，一鬼称是柏棺，主者曰：'虽是柏棺，乃桑榠也。'"

【注释】①柏棺：柏木做的棺材，民间传说可以防止死者被征发为鬼兵。

【译文】元魏国时，菩提寺的增多，发掘坟墓取砖石，得到一个人，自称叫崔涵，字子洪，在地下一共十二年，像喝醉了一样，时常出游，不能很好地分辨事物。惧怕太阳和水火兵刃。经常跑，筋疲力尽了就停下。洛阳奉洛里多有买丧葬用品的，崔涵说："做柏木棺材不要用桑榠。在地府时征发鬼兵，一个鬼说自己的棺材是柏木的，阎王说：'虽然是柏木的但是用的是桑榠。'"

南朝薨卒赠予者以密^①，应看貂蝉者以雁代之，绶者以书。

先贤大臣冢墓，揭杙^②题其官号姓名，五品以上漆棺，六品以下但得漆际。

【注释】①密：同蜜。古代一定身份的死者之后要陪葬官印，官印用蜜蜡制成。②杙：黑衣。

【译文】南朝死者用蜜蜡做的印章，本该给的貂蝉的用雁翎代替，绶带有书写的布条替代。

先代的贤臣墓葬，揭开黑衣在上面写上官职和姓名，五品以上的用漆棺，六品以下的只能有漆的痕迹。

南阳县民苏调女，死三年，自开棺还家，言夫将军事。赤小豆、黄

265

豆，死有持此二豆一石者，无复作苦。又言可用梓木为棺。

【译文】南阳县苏调的女儿，死了三年后，自己打开棺材回到家中，诉说她丈夫将军家的事。死的时候含赤小豆或者黄豆的人，就不会继续受苦。又传言说可以用梓木做棺材。

刘晏判官李邈，庄在高陵，庄客悬欠租课，积五六年。邈因官罢归庄，方欲勘责，见仓库盈羡，输尚未毕。邈怪问，悉曰："某作端公庄客二三年矣，久为盗。近开一古冢，冢西去庄十里，极高大，入松林二百步方至墓。墓侧有碑，断倒草中，字磨灭不可读。初，旁掘数十丈，遇一石门，固以铁汁，累日洋粪沃之方开。开时箭出如雨，射杀数人。众惧欲出，某审无他，必机关耳，乃令投石其中。每投箭辄出，投十余石，箭不复发，因列炬而入。至开第二重门，有木人数十，张目运剑，又伤数人。众以棒击之，兵仗悉落。四壁各画兵卫之像。南壁有大漆棺，悬以铁索，其下金玉珠玑堆集。众惧，未即掠之。棺两角忽飒飒风起，有沙迸扑人面。须臾风甚，沙出如注，遂没至膝，众皆恐走。比出，门已塞矣。一人复（一日后）为沙埋死，乃同酹地谢之，誓不发冢。"

【译文】刘晏判官李邈的庄院在高陵。佃户欠他的地租已有五、六年之久，李邈因罢官回到庄院准备去催讨，看见仓库堆满好东西。还是不断地向里运。李邈觉得奇怪就问庄丁，一庄丁回答说："我们长时间做盗贼，最近挖掘一座古墓，位置由庄院向西走十里地，坟墓非常高大。进入松林二百来步，就到墓地了。墓的旁边有块石碑，折断倒在草丛中，碑上的字迹已经磨损得不能够辨认了。刚开始从墓的侧面挖掘，挖了数十丈深时遇到一个石门，用铁水浇固。连日用粪水浇它，才打开，刚打开时，箭象雨点一样射出，射死好几个人，众人害怕想要出来。我仔细察看了一下，感到没有什么别的东西，一定是设置的机关罢了，就让他们向里面投石块。每投一次，箭就从里边射出来。投了十多次石块，不再有箭向外射了。于是就带人举着火把进入墓中，到打开第二个门的时候，看到有十多个木人，瞪着眼睛。舞动利剑，又伤了几个人。众人用棍棒还击，兵器全被打落。看看四壁，那上面都画着卫兵的形象。紧靠南面石壁有个很大的涂漆棺材，用铁索悬吊在半空。棺材下面堆满金、银、玉器、宝珠等。大家看到后都很害怕，没有马上就去抢掠。这时，棺材的两个角忽然飒飒作响，刮起风来，同时有沙子扑面而来。片刻之间风更大了，沙子喷出象淌水一样，不久就埋到膝盖以上。大家非常惊慌纷纷退了出来。一到门外，门就被沙子堵塞住了，有一个人还被沙子埋死，于是大家一起洒酒祭奠谢罪，发誓再也不盗墓了。"

《水经》言，越王勾践都琅琊，欲移允（一曰元）常冢，冢中风生，飞沙射人，人不得近，遂止。按《汉旧仪》，将作营陵地，内方石，外沙演，户交横莫耶，设伏弩、伏火、弓矢与沙，盖古制有其机也。

【译文】《水经》记载：越王勾践都琅琊，想迁移允常墓。结果墓中起风，飞沙射人，人不能靠近，就中止了。根据汉朝的制度，在作为主墓的墓一丈见方之外，设暗弩、暗火弓及沙。古代的墓葬制度里就有这种机关。

又侯白《旌异记》曰（一作言）："盗发白茅冢，棺内大吼如雷，野雉悉雊。穿内火起，飞焰赫然，盗被烧死。"得非伏火乎？

【译文】侯白的《旌异记》里说："有盗墓者发现一个白茅冢，棺材中发出像雷一样的大吼声，野鸡听了后都弯着脖子用力鸣叫。突然棺材内燃起大火，火势极盛，盗墓者被烧死了。"莫非就是伏火吗?

永泰初，有王生者，住在扬州孝感寺北。夏月被酒，手垂于床。其妻恐风射，将举之。忽有巨手出于床前，牵王臂坠床，身渐入地。其妻与奴婢共曳之，不禁地如裂状，初余衣带，顷亦不见。其家并力掘之，深二丈许，得枯骸一具，已如数百年者，竟不知何怪。

【译文】永泰初年，有一个姓王的人，家住扬州孝感寺北面。夏天喝醉了酒，躺在床上，手垂在床边。他的妻子担心他受了风寒，准备将他手放进去。忽然有一只巨大的手从床前伸出来，拉着王生的手把他拉下床，身子渐进埋入了地下。他的妻子和奴婢一起拖住他都拖不住，一会儿地就裂开了，只留下了王生的衣服，过了一会儿衣服也不见。全家人一起挖地想要把他挖出来，挖了两丈多深，得到一具干枯了的尸骸，好像死了数百年的样子，也不知道是哪里来的怪物。

江淮元和中有百姓耕地，地陷，乃古墓也。棺中得裈五十腰。

【译文】元和年间，江淮有一个百姓在地里耕地，突然土地凹陷下去了，原来是一座古墓。棺材中得到五十条裤子。

处士郑宾于言，尝客河北，有村正妻新死，未殓。日暮，其儿女忽觉有乐声渐近，至庭宇，尸已动矣。及入房，如在梁栋间，尸遂起舞。乐声复出，尸倒，旋出门，随乐声而去。其家惊惧，时月黑，亦不敢寻逐。一更，村正方归，知之，乃折一桑枝如臂，被酒大骂寻之。入墓林约五六里，复闻乐声在一柏林上。及近树，树下有火荧荧然，尸方舞矣。村正举杖举之，尸倒，乐声亦住，遂负尸而返。

【译文】处士郑宾于曾在河北寓居，那个村子的村长之妻新死，还未入殓。在日暮时分，守灵的儿女在恍惚中听到有乐声传来，渐至庭院，再看所停之尸，竟然微动！很快，乐声已响彻房内，女尸则忽地从灵床上坐起来，随乐起舞！一家人瞠目结舌。乐声顺门而出，僵尸遂倒，不一会儿又起身出门，一路蹦跳追随乐声而去。家人大恐，当时月色已黑，哪敢追寻。一更时分，村长从外面回来，听说自己死去的妻子化作僵尸追乐而去，就折了根手臂大小的桑枝，叫骂着寻去，入得一处乱坟岗，走了约五六里，越走越黑，这时候隐约听到有乐声在一棵柏树上响起。走近那棵柏树，看见树下火光闪动，那僵尸正在翩翩起舞。村长举那桑树枝便打，僵尸妻子应声而倒，此时乐声亦停，村长背起僵尸取道回家去啦。

医僧行儒说，福州有弘济上人，斋戒清苦，常于沙岸得一颅骨，遂贮衣篮中归寺。数日，忽眠中有物啮其耳，以手拨之落，声如数升物，疑其颅骨所为也。及明，果坠在床下，遂破为六片，零置瓦沟中。夜半，有火如鸡卵，次第入瓦下。烛之，弘济责曰："尔不能求生人天，凭朽骨何也？"于是怪绝。

【译文】医僧行儒说，福州高僧弘济上人在河边沙岸上得到了一个死人颅骨，顺手将其带回寺院，置于床头，用做灯碗。几天后的一个晚上，上人灭烛而睡，至半夜，忽感有什么东西在咬他的耳朵，便随手将其拨落在地。及至天明，上人发现那头盖骨破为六片，昨夜果然为其所为！上人遂将那一片片头盖骨拾起来放到瓦沟里。当天夜里，忽有一团火如鸡蛋大小，钻入放置头盖骨的瓦片下。上人毕竟是上人，道行高深，冷静沉着，手持蜡烛，照而问之："你人已死，活时行善不济，死后不能求得升天；既然如此，又何必借助于骷髅作怪！"随后，该怪于是就灭绝了。

近有盗，发蜀先主墓。墓穴，盗数人齐见两人张灯对棋，侍卫十余。盗惊惧拜谢，一人顾曰："尔饮乎？"乃各饮以一杯，兼乞与玉腰带数条，命速出。盗至外，口已漆矣。带乃巨蛇也。视其穴，已如旧矣。

【译文】近日有一个盗贼把刘备的墓挖开了。进入墓穴后，盗贼发现墓室里面有两个人正围坐在灯下下棋，旁边还站了十多个侍卫。盗贼见这阵势也很害怕了，赶紧跪下来拜谢，其中一人回头来问盗墓贼："你会喝酒吗？"那盗贼竟然真的各自喝了一杯酒，然后向那人要了几条玉腰带，那人便叫盗贼赶紧出去。等盗墓贼刚到墓地外，洞口就合上了。带出来的玉腰带竟然是一条大蛇。再看那墓穴，已经恢复如初了。

前集卷十四

诺皋记上

　　夫度朔司刑，可以知其情状；葆登掌祀，将以著于感通。有生尽幻，游魂为变。乃圣人定璇玑之式，立巫祝之官，考乎十辉之祥，正乎九黎之乱。当有道之日，鬼不伤人；在观德之时，神无乏主。若列生言灶下之驹掇，庄生言户内之雷霆，楚庄争随兕而祸移，齐桓睹委蛇而病愈，徵祥变化，无日无之，在乎不伤人，不乏主而已。成式因览历代怪书，偶疏所记，题曰《诺皋记》。街谈鄙俚，与言风波，不足以辨九鼎之象，广七车之对。然游息之暇，足为鼓吹云耳。

　　【译文】在度朔山下询问鬼怪来审判，可以知道详细的案情；在植物茂盛的高山上祭祀，将可以有助于感觉神灵的意思。世上的生命都是虚幻的，是游魂的变化。于是圣人确定了天上璇玑星辰的排列方式，建立了巫师占卜的神庙，考证十种光辉的祥瑞，平定了九黎的叛乱。如果在有道的日子，鬼不会伤害人类；在观察德行道德时机，神灵没有缺乏主人。好像列子说的炉灶下的驹掇兽，庄子所说的室内的雷霆，楚庄王争夺随兕于是祸患转移，齐桓公看见曲行的蛇于是病愈了，这种祥瑞的征兆变化，每日都有，在于不伤害人，不缺乏主人罢了。我于是看了历代的志怪书，偶尔记下来，题目叫做《诺皋记》。街边的闲谈俚语，可以和他们讨论八卦，而不能够说国家大事。但是学习之余，足够可以听一听罢了。

昆仑之墟，帝之下都，百神所在也。大荒中有灵山，有十巫，曰咸、即、盼、彭、姑、真、礼、抵、谢、罗，从此升降。

天山有神，是为浑澈。状如橐而光，其光如火。六足重翼，无面目。是识（一曰"嗜音"）歌舞，实为帝江。形天与帝争神，帝断其首，葬之常羊山，乃以乳为目，脐为口，操干戚而舞焉。

汉竹宫用紫泥为坛，天神下若流火，玉饰器七千枚（一作枝），舞女三百人。一曰汉祭天神用万二千杯，养牛五岁，重三千斤。

太一君讳腊，天秩万二千石。

天翁姓张名坚，字刺渴，渔阳人。少不羁，无所拘忌。常张罗得一白雀，爱而养之。梦天刘翁责怒，每欲杀之，白雀辄以报坚，坚设诸方待之，终莫能害。天翁遂下观之，坚盛设宾主，乃窃骑天翁车，乘白龙，振策登天。天公乘余龙追之，不及。坚既到玄宫，易百官，杜塞北门，封白雀为上卿侯，改白雀之胤不产于下土。刘翁失治，徘徊五岳作灾。坚患之，以刘翁为太山太守，主生死之籍。

北斗魁第一星神名执（一曰报）阴，第二星曰叶诣，第三星曰视金，第四星曰拒理，第五星曰防作，第六星曰开宝，第七星曰招摇（一曰始）。

东王公讳倪，字君明。天下未有人民时，秩二万六千石。佩杂绶，绶长六丈六尺。从女九千。以丁亥日死。

西王母姓杨，讳回，治昆仑西北隅。以丁丑日死。一曰婉衿。

灶神名隗，状如美女。又姓张名单，字子郭。夫人字卿忌，有六女，皆名察（一作祭）洽。常以月晦日上天白人罪状，大者夺纪，纪三百日，小者夺算，算一百日。故为天帝督使，下为地精。己丑日，日出卯时上天，禺中下行署，此日祭得福。其属神有天帝娇孙、天帝大夫、天帝都尉、天帝长兄、硎上童子、突上紫宫君、太和君、玉池夫人等。一曰灶神名壤子也。

河伯，人面，乘两龙（一曰冰夷，一曰冯夷）。又曰人面鱼身。《金匮》言名冯循（一作修）。《河图》言姓吕名夷，《穆天子传》言无夷，《淮南子》言冯迟。《圣贤记》言："服八石，得水仙。"《抱朴子》曰："八月上庚日，溺河。"

甲子神名弓隆，欲入水内，呼之，河伯九千导引，入水不溺。甲戌神名执明，呼之，入火不烧。

《太真科经》说，有鬼仙，丙戌日鬼名罄生，丙午日鬼名挺[四库本为"挺"]张，乙卯日鬼名天陪，戊午日鬼名耳述，壬戌日鬼名遵，辛丑日鬼名泜[四库本为"泜"]，乙酉日鬼名聂左，丙辰日鬼名夭雄，辛卯日鬼名憋，酉虫鬼名发廷迁，厕鬼名项天竺（一曰笙）。语忘、敬遗，二鬼名，妇人临产呼之，不害人。长三寸三分，上下乌衣。马鬼名赐，蛇鬼名俰石圭（一曰廛），井鬼名琼，衣服鬼名甚僚。神荼、郁垒领万鬼，旧傩词曰："申作食。"狒胃食虎，雄伯食魅，腾兰（一曰简）食祥，搅（一曰揽）诸食咎，伯倚食梦，强梁祖名共食砾（一曰磔）死、寄生、穷奇、腾根，共食蛊。王延寿所梦有游光、纍毅、诸渠、印尧、夔瞿、伦僤、将剧、摘脉、尧岘寺（一曰尧峴等）。

吐火罗国缚底野城，古波斯王乌瑟多习之所筑也。王初筑此城，高二三尺即坏，叹曰："吾应无道，天令筑此城不成矣！"有小女名那息，见父忧患，问曰："王有邻敌乎？"王曰："吾是波斯国王，领千余国，今至吐火罗国中，欲筑此城，垂功万代。既不遂心，所以忧耳。"

女曰："愿王无忧，明旦，令匠视我所履之迹筑之，即立。"王异之。至明，女起，步西北，自截右手小指，遗血成踪，匠随血筑之，逐日转踪匝，女遂化为海神。其海神至今犹在堡子下，澄清如镜，周五百余步。

【译文】昆仑之墟是天帝在民间的都城，百神所在的地方。大荒当中有灵山，内有十个巫师叫做：道咸、即、盼、彭、姑、真、礼、到达、谢、罗，日月从这里升降。

天山有神，叫做浑潋。形状像风箱却发光，它的光辉像火光。六只脚双翼，无脸，喜好唱歌跳舞，原本是帝江。刑天与天帝争夺神位，天帝砍下他的头，葬在常羊山，于是把乳头当作眼睛，肚脐当做嘴，舞动着干戚跳舞。

汉竹宫用紫泥为坛，天神之下就像流火一样，玉饰器七千块，舞女三百人。一说汉代祭祀天神用一万二千杯酒，养了五年重三千斤的牛。

太一君名讳是腊，天官官秩是一万二千石。

天翁姓张名坚，字刺渴，渔阳人。年轻时放荡不羁，没有什么禁忌。曾经网得一只白雀，喜欢它就与之生活。梦见天上的刘老头斥责，每次想杀了他，白雀就会立即报告张坚，张坚准备好了去应对，始终没有人能伤害他。天翁就到人间查看，张坚款待他，于是他骑上天翁的车，乘坐白龙，飞上了天空。天公乘剩下的龙追他，没追到。张坚回到天宫，改变百官，杜绝北门，封白雀为上卿，改白雀的后代不在人间生产。刘翁失去了天帝职位，徘徊在五岳兴起灾患。张坚担心，就让刘老头做泰山太守，掌管生死的登记。

北斗斗魁第一星神叫拿阴，第二颗星叫叶到，第三颗星叫看金，第四颗星叫拒理，第五颗星叫防作，第六颗星叫开宝，第七颗星叫招摇。

东王公名倪，字君明。天下没有人民时，秩二万六千石。佩带杂色丝带，长六丈六尺。从女有九千。在丁亥日死去。

西王母姓杨，名回，在昆仑的西北角。在丁丑日死。也叫婉衿。

灶神名隗，形状像美女。又姓张名单，字子郭。夫人字卿忌，有六个女儿，都叫察洽。通常在每个月最后一天上天报告人的罪行，大罪夺取寿命一纪，一纪三百天，小罪夺取寿命一算，一算百日。当上天帝的督查使，在人间成为地仙。己丑日，日出卯时上天，禺中日下人间，这一天祭祀能得到福气。属官神有天帝娇孙、天帝大夫、天帝都尉、天帝的大哥、硎上童子、突上紫宫君、太和君、玉池夫人等。一说灶神名爱子。

河伯，长着人的脸，乘着两条龙（一个叫冰夷，一个叫冯夷）。又说是人面鱼身。《金匮》说叫做冯沿。《河图》说姓吕名夷，《穆天子传》说叫无夷，《淮南子》说叫冯迟。《圣贤记》说："服八石，得到水仙。"《抱朴子》说："八月上旬的庚日，溺河。"

甲子神名弓隆，想进入水里，叫他的名字，河伯派九千人作为引导，入水不被淹没。甲戌神叫执明，叫他的名字，不会被火烧到。

《太真科经》说，有鬼仙，丙戌日的鬼叫做虀生，丙午日的鬼叫做挺张，乙卯日的鬼叫做天陪，戊午日的鬼叫做耳述，壬戌日的鬼叫做逶，辛丑日的鬼叫做诋，乙酉日的鬼叫做聂左，丙辰日的鬼叫做天雄，辛卯日的鬼叫做懋，酉虫鬼叫发廷廷，厕鬼叫做项天竺。语忘、敬遗，是两个鬼的名字，妇人临产呼他们的名字，就不会害人。长达三寸三分，上下穿着乌衣。马鬼叫做赐，蛇鬼叫做倒石圭，井鬼叫做琼，衣服鬼叫做甚僚。神荼、郁垒二鬼领导万鬼。

旧傩词中说："申时制作祭品。"狒胃吃虎，雄伯吃魅，腾兰吃祥，搅诸吃咎，伯倚吃梦，强梁、祖名一起吃砾死、寄生，穷奇、腾根都吃蛊。王延寿所梦有游光、矍毅、诸渠、印尧、夔瞿、伦儜、将剧、摘脉、尧岏寺。

吐火罗国的缚底野城，是古波斯王乌瑟多习所筑的。当初筑此城的时候，筑到二三尺就坏调了，王感叹道："我可能是因为没有德行，老天让此城筑不成啊！"他有个小女名那息，见父忧虑生气，就问道："父王您担忧邻敌吗？"国王说："我是波斯国王，统领千余国，今天来到吐火罗国中，想筑此城，垂功万代。现在事情不顺心，所以忧虑啊！"王女说："愿父王不要忧虑，明天早晨，让工匠看我的足迹修筑，就不会倒塌了。"国王很惊讶。到了第二天，那息走到西北方，自截右手小指，血滴成线，工匠随血修筑，一天的时间正好绕城一周，王女化为了海神。至今还在堡子下面，澄清如镜，周长有五百余步。

古龟兹国王阿主儿者，有神异，力能降伏毒龙。时有贾人买市人金银宝货，至夜中，钱并化为炭。境内数百家皆失金宝。王有男先出家，成阿罗汉果。王问之，罗汉曰："此龙所为。龙居北山，其头若虎，今在某处眠耳。"王乃易衣持剑默出。至龙所，见龙卧，将欲斩之，因曰："吾斩寐龙，谁知吾有神力。"遂叱龙，龙惊起，化为狮子，王即乘其上。龙怒，作雷声，腾空至城北二十里。王谓龙曰："尔不降，当断尔头。"龙惧王神力，乃作人语曰："勿杀我，我当与王乘，欲有所向，随心即至。"王许之。后常乘龙而行。

【译文】规带龟兹的国王阿主儿，有神异，力气能够降服毒龙。当时有买金银珠宝的商人，当了夜间，钱都变成了黑炭。国内数百家都丢失了金银。国王有个儿子先前出价，成为了阿罗汉果。国王询问他，罗汉说："这是龙干的，龙居住在北山，头像老虎，现在那某个地方睡觉呢。"国王就换衣服拿着宝剑出门，到了龙所在的地方，就要砍下去，自言自语说："我杀死了睡觉的龙，谁又能知道我有神力呢？"于是把龙叫醒，龙惊醒变作狮子，国王就骑在了狮子上面。龙很愤怒，发出了打雷的声音，腾空飞到城北二十里。国王说："你不降服于我，我就拿宝剑砍断你的头颅。"龙害怕国王的神力，于是说人话道："别杀我，我做你的坐骑，想去哪里，一想就到。"国王答应了。以后经常乘坐者龙出行。

乾陀国昔有王神勇多谋，号伽当（一曰"加色伽当"），讨袭诸国，所向悉降。至五天竺国，得上细綖二条，自留一，一与妃。妃因衣其綖谒王，綖当妃乳上有郁金香手印迹，王见惊恐，谓妃曰："尔忽着此手迹之服，何也？"妃言："向王所赐之綖。"王怒问藏臣，藏臣曰："綖本有是，非臣之咎。"王追商者问之，商言："南天竺国娑陀婆恨王，有宿愿，每年所赋细綖，并重迭积之，手染郁金柘于綖上，区划千万重手印悉透。丈夫衣之，手印当背。妇人衣之，手印当乳。"王令左右披之，皆如商者言。王因叩剑曰："吾若不以剑裁娑陀婆恨王手足，无以寝食。"乃遣使就南天竺索娑陀婆恨王手足。使至其国，娑陀婆恨王与群臣绐报曰："我国虽有王名娑陀婆恨，元无王也，但以金为王，设于殿上，凡统领教习，在臣下耳。"王遂起象马兵南讨其国。其国隐其王于地窟中，铸金人来迎。王知其伪，且自恃福力，因断金人手足，娑陀婆恨王于窟中，手足亦自落也。

【译文】乾陀国以前有个国王神勇多谋，号伽当。他讨伐袭击各国，所到之处全都投降。到五天竺国时，得到上等的细绸衣两条，自己留下一条，另一条给了妃子。妃子于是穿上那条绸衣，拜见伽当王。王见妃子穿的衣服正当乳房的地方有郁金香色的手印，非常惊恐。问妃子说："你忽然穿这件带手印的衣服是怎么回事呢？"妃子说是前些日子国王赐的。王大怒，问藏臣。藏臣说："那衣服上原来有就这手印，不是我的过错。"国王又抓来商人询问。商人说天竺国的国王叫做娑陀婆恨王，他一向有个愿望：要把每年百姓上交的细绸，都重叠着放成一堆，然后把手染上郁金香染料，印到绸衣上。即使有千万层绸，手印也能立刻印透。男的穿上它，手印在背上；女的穿上它，手印就在乳房部位。"国王就命令近侍穿上它，果然像商人说的那样。国王于是敲着宝剑说："我如果不用这把剑砍下娑陀婆恨王的手脚，就无法睡觉吃饭！"于是派遣使者到南天柱，所要娑陀婆恨王的手脚。使者到了那个国家，娑陀婆恨王与群臣用谎话回复说："我国虽然有个国王叫娑陀婆恨，但是那只是个虚名，其实我们根本就没有王，只不过用金子做成王的像，摆在殿上。所有的事情都是大臣说了算。"伽当王于是带领象、马、兵，讨伐天竺国。天竺国把国王隐藏在地窖中，而铸了一个金人，来迎接伽当王。伽当王知道他们弄虚作假，并且仗着自己的神力，于是砍断了那金人的手脚。娑陀婆恨王当时正在地窖中，手脚居然全都自己掉了下来。

齐郡接历山上有古铁锁，大如人臂，绕其峰再浃。相传本海中山，山神好移，故海神锁之。挽锁断，飞来于此矣。

【译文】齐郡与历山相连，山上有一把古铁锁链，粗如胳膊，环绕那座山峰两周。相传这座山本来是海中山，但是山神好迁移，因此海神把山锁上了，后来系着的锁链断了，飞到了这个地方。

太原郡东有崖山，天旱，土人常烧此山以求雨。俗传崖山神娶河伯女，故河伯见火，必降雨救之。今山上多生水草。

【译文】太原郡东边有座山叫崖山，每当天旱的时候，当地人常常放火烧这座山以求雨。传说，崖山神娶河伯的女儿为妻，因此河伯见崖山火起，就必然降雨去救他们。现在山上生长很多水草。

华不注泉，齐顷公取水处，方圆百余步。北齐时，有人以绳千尺沉石试之不穷，石出，赤如血，其人不久坐事死。

【译文】华不注泉就是齐顷公取水的地方，泉水面积方圆有一百

多步。北齐时，有人多次尝试用千尺绳子绑着石头沉下去，石头被拿出来
出，颜色血红，这个人不久之后因为犯罪被处死了。

　　荆州永丰县东乡里有卧石一，长九尺六寸。其形似人体，青黄隐
起，状若雕刻。境若旱，便齐手（一作祭，无“齐”字）而举之，小举小雨，
大举大雨。相传此石忽见于此，本长九尺，今加六寸矣。

　　【译文】荆州永丰县东乡里有一块卧倒的石头，长有九尺六寸。形
状好像人体，隐隐约约地具有青黄二色，好像被雕刻出来一样。这里
要是有旱灾，便一起把石头举起来，小举便下小雨，大举便下大雨。相
传这块石头是忽然在这里被发现的，本来长有九尺，现在增加了六
寸。

　　清（一曰清）水宛（一曰穴）口傍，义兴十二年，有儿群浴此水，忽然岸
侧有钱出如流沙，因竟取之。手满置地，随复去，乃衣襟结之，然后各
有所得。流钱中有铜车，以铜牛牵之，行甚迅速。诸童奔遂，掣得车一
脚，径可五寸许。猪鼻毂有六幅，通体青色，毂内黄锐，状如常运。于
时沈敬守南阳，求得车脚钱，行时贯草辄便停破，竟不知所终往。

　　【译文】荆州的清水宛曲的入口处，东晋义熙十二年的时候，一群
儿童河中洗澡，忽然看见有钱从那里涌出，于是群童都跑去捡钱。手
拿满了就放到地上，可是又被流水冲走了。群童就把钱放进扎起的衣
襟里，每个人都得到了一些。流钱中有一辆铜车，铜牛拉车的奔势特别
快。群童奔跑着去追车，拉到了铜车的一只车轮。车轮的直径有五寸左
右，中间隆起为猪鼻形，车轮有六根幅条。整个车轮呈黑色，车轮中心
的圆孔呈黄色且很细。当时沈敞任南阳太守，寻求到铜车的车轮，把它

当作钱币流通时，用草穿轮草便断裂。竟然没有人知道车轮最终的下落。

虎窟山，相传燕建平中，济南太守胡谙于此山窟得白虎，因名焉。

【译文】虎窟山，相传在燕国的建平，济南太守胡谙在山窟中得到一只白虎，因此给它取名虎窟山。

乌山下无水，魏末，有人掘井五丈，得一石函[1]。函中得一龟，大如马蹄，积炭五枝于函旁。复掘三丈，遇盘石，下有水流汹汹然，遂凿石穿水，北流甚驶。俄有一船触石而上，匠人窥船上得一杉木板，板刻字曰"吴赤乌二年八月十日，武昌王子义之船"。

【注释】①石函：亦作"石函"。石制的匣子。
【译文】乌山下面没有水，魏国末年，有一个人挖了一口五尺深的井，得到一个石制的匣子。匣子中有一个乌龟，有马蹄大小，在匣子旁还有五根堆砌的柴禾。再往下挖三丈，挖到一块石头，下面流水淙淙，于是把石头打穿，很快地向北方流去。一会儿有一只船触到石头上，船上匠人发现有一块杉木板，木板上刻有字说："吴赤乌二年八月十日，武昌王子义之船。"

平原县西十里，旧有杜林。南燕太上末，有邵敬伯者，家于长白山。有人寄敬伯一函书，言："我吴江使也，令吾通问于济伯。今须过长白，幸君为通之。"仍教敬伯，但于杜林中取树叶，投之于水，当有人出。敬伯从之，果见人引出。敬伯惧水，其人令敬伯闭目，似入水

280

中，豁然宫殿宏丽。见一翁，年可八九十，坐水精床，发函开书曰："裕兴超灭。"侍卫者皆圆眼，具甲胄。敬伯辞出，以一刀子赠敬伯曰："好去，但持此刀，当无水厄矣。"敬伯出，还至杜林中，而衣裳初无沾湿。果其年宋武帝灭燕。敬伯三年居两河间，夜中忽大水，举村俱没，唯敬伯坐一榻床，至晓着履，敬伯下看之，床乃是一大鼋（一曰龟）也。敬伯死，刀子亦失。世传杜林下有河伯冢。

【译文】平原县西十里，以前有杜林。南燕太上末，有个叫邵敬伯的人，居住在长白山。有人寄敬伯一封信，信中说："我是吴江河神的使者，河神让我来向济伯询问。现在河水需要经过长白山，请您为我们疏通。"使者教导敬伯，去杜林中取树叶，投到水中，就会有人出来。敬伯照样做了，果然看见人出来。敬伯怕水，这个人令敬伯闭眼，感觉好像进入水中，突然见到宫殿宏丽。见道一老年男子，年龄大概八九十，坐在水晶椅上，打开信曰："刘裕会兴起，慕容超会灭亡。"侍卫都圆眼，穿着甲胄。敬伯告辞推出，把一刀子赠送给敬伯说："你可以走了只要拿着这把刀，就不会遭受水灾了。"敬伯出来，回到杜林中，但是衣裳初无沾湿。果然这一年宋武帝灭亡了燕国。敬伯住在两河间有三年，一夜里忽然出现洪水，整个村子都被淹没，只有敬伯坐在一榻床上没有事情，等到早上起身穿鞋，敬伯向下看去，所谓的床原来是一只大乌龟。敬伯死后，刀子也丢失了。世人传说杜林下有河伯的坟墓。

妒妇津，相传言，晋大始中，刘伯玉妻段氏，字光明，性妒忌。伯玉常于妻前诵《洛神赋》，语其妻曰："娶妇得如此，吾无憾焉。"明光曰："君何以水神善而欲轻我？吾死，何愁不为水神。"其夜乃自沉而死。死后七日，托梦语伯玉曰："君本愿神，吾今得为神也。"伯玉寤而觉之，遂终身不复渡水。有妇人渡此津者，皆坏衣枉妆，然后敢济，不尔风波暴发。丑妇虽妆饰而渡，其神亦不妒也。妇人渡河无风浪者，以为己丑，不致水神怒。丑妇讳之，无不皆自毁形容，以塞嗤笑也。故齐人语曰："欲求好妇，立在津口。妇立水旁，好丑自彰。"

【译文】妒妇津：相传言，晋大始年间，刘伯玉的妻子段氏，字光明，性格十分妒忌。伯玉经常在他妻子面前诵读《洛神赋》，对妻子说："如果我娶到这样的妻子那我就没有遗憾了。"明光曰："你为什么因为水神好就来轻视我？我死了之后何愁不能成为水神。"在这天夜里跳河自杀。死后七日，托梦告诉刘伯玉说："你本来想要娶神当妻子，现在我就变成了神。"伯玉惊醒，于是终身不再渡河。有渡过这个渡口的妇人，都弄坏衣服涂花妆容，这样之后才敢渡河，不然风波就会暴发。丑妇即使化妆过河，河神也不会妒忌。妇人渡河无风浪的妇人，认为自己长得丑，不至于让水神发怒。丑妇很忌讳这件事，全部自毁形容，来应付嘲笑。所以齐人的俗语说："想要求漂亮的媳妇，让她站在渡口。女子站水旁，长得好坏就是自己彰显。"

虞道施，义熙中，乘车山行。忽有一人，乌衣，径上车言寄载。头上有光，口目皆赤，面被毛。行十里方去，临别语施曰："我是驱除大将军，感尔相容。"因留赠银环一双。

【译文】虞道施在义熙年间，乘车在山中行进。忽然有一个人，穿黑衣，径直上车说要搭便车。头上有光，口目都是红色的，脸上长满毛发。行进了十里才去，临别告诉虞道施说："我是驱除大将军，感激你能容纳我。"于是留赠给一双银环。

晋隆安中，吴兴有人年可二十，自号圣公，姓谢，死已百年，忽诣陈氏宅，言是己旧宅，可见还，不尔烧汝。一夕火发荡尽，因有鸟毛插地绕宅，周匝数重，百姓乃起庙。

【译文】晋隆安年间，吴兴有人年龄才二十岁，自称叫圣公，姓谢，这个姓谢的人死去已经一百年了，忽然拜访陈宅，说这是自己的旧房，要还给他，不给就烧毁。一夜之间火起把房子烧没了，因为有围了好几圈的鸟毛围绕着屋子插在了地上，百姓于是建起一座庙。

大定初，有士人随新罗使，风吹至一处，人皆长须，语与唐言通，号长须国。人物茂盛，栋宇衣冠，稍异中国，地曰扶桑洲。其署官品，有正长、戢波、目役，岛逻等号。士人历谒数处，其国皆敬之。忽一日，有车马数十，言大王召客。行两日方至三大城，甲士守门焉。使者导士人入伏谒，殿宇高敞，仪卫如王者。见士人拜伏，小起，乃拜士人为司风长，兼附马。其主甚美，有须数十根。士人威势煊赫，富有珠玉，然每归见其妻则不悦。其王多月满夜则大会，后遇会，士人见姬嫔悉有须，因赋诗曰："花无蕊不妍，女无须亦丑。丈人试遣总无，未必不如总有。"王大笑曰："驸马竟未能忘情于小女颐额间乎？"经十余年，士人有一儿二女。忽一日，其君臣忧感，士人怪问之，王泣曰："吾国有难，祸在旦夕，非驸马不能救。"士人惊曰："苟难可弭，性命不敢辞也。"王乃令具舟，命两使随士人，谓曰："烦驸马一谒海龙王，但言东海第三汉第十岛长须国有难求救。我国绝微，须再三言之。"因涕泣执手而别。士人登舟，瞬息至岸。岸沙悉七宝，人皆衣冠长大。士人乃前，求谒龙王。龙宫状如佛寺所图天宫，光明迭激，目不能视。龙王降阶迎士人，齐级升殿。访其来意，士人具说，龙王即令速勘。良久，一人自外白曰："境内并无此国。"其人复哀祈，言长须国在东海第三汉第七岛。龙王复叱使者："细寻勘速报。"经食顷，使者返，曰："此岛虾合供大王此月食料，前日已追到。"龙王笑曰："客固为虾所魅耳。吾虽为王，所食皆禀天符，不得妄食。今为客减食。"乃令引客视之，见铁锅数十如屋，满中是虾。有五六头色赤，大如臂，见客跳跃，似求救状。引者曰："此虾王也。"士人不觉悲泣，龙王命放虾王一锅，令二使送客归中国。一夕，至登州。回顾二使，乃巨龙也。

【译文】大定初年，有书生随着新罗使节被大风吹到了一个地方，那里的人都是长胡子，语言和唐国语言可以沟通，国家叫做长须国。物产丰盛，屋舍衣物和中国有所不同。土地叫扶桑洲，他们的官职有正长、戢波、目役，岛逻等名字。书生遍观了多处地方，整个国家都尊敬他。忽然有一天，有数十辆车马，说大王召见他。走了两天采访了三座大城，有事甲兵守门。使臣引导书生进入拜见。宫殿高大宽敞，中间有一个仪仗保卫得像国王的人，看见书生拜倒，直起身来，于是任命书生为司风长兼任驸马。公主十分漂亮，有数十根胡须。书生权势煊赫，家有巨财，但是每次回家看到他的妻子就不高兴。过了几个月国王大摆筵席，士人看见国王和后妃都有须发，于是赋诗说："花没有花朵不好看，女子没有胡子也很丑。老丈人假如不把女儿嫁给我，不一定不如我有妻子。"国王大笑："驸马还没有释怀我女儿面上的胡须么？"过了十多年，士人有了一个儿子两个女儿。有一天，国家君臣都在忧虑一件事，书生奇怪就去询问，国王哭着说："我国家有迫在眉睫的危难了，除了驸马你没人能拯救。"书生说："如果能消除祸患，我的生命也可以抛下。"国王下令准备船只，令两个使节跟随书生，说："烦请驸马拜见海底龙王，只说东海第三汊第十岛长须国有危难求救。我国特别小一定多强调几回。"于是哭着送走了书生，书生到了海底看见龙宫像佛寺一样，散发着光明，不能直视。龙王亲自出来迎接书生，朝见书生，询问来意，士人都告诉了龙王，龙王即可命令快速勘察。很久，一个人从外面说："境内没有这个国家。"书生又哀伤地祈求，说长须国在东海第三汊第十岛长须国。龙王重新命令使者：'仔细地勘察赶快回报'过了一顿饭的时间，使者回来说："这个岛的虾供龙王吃，前日已经捕到了。"龙王笑着说："客人被虾迷惑了。虽然我是龙王，食谱也按照天条来，不能随意吃。现在为了客人减少饭量吧。"于是命令到这客人去查看，看见如屋子大的铁锅数十口，里面都是虾，有五六只红色虾，像手臂一样粗大，看见书生就跳起来，好像求救一样。向导说："这就是虾王。"书生不由得哭了出来。龙王于是释放了虾王那一锅的虾，令两个使节把书生送回中国，一晚上就到了登州，回头看两位使节，是两条巨龙。

天宝初，安思顺进五色玉带，又于左藏库中得五色玉杯。上怪近日西尽无五色玉，令责安西诸蕃。蕃言："比常进皆为小勃律所劫，不达。"上怒，欲征之。群臣多谏，独李右座赞成上意，且言武成王天运谋勇可将。乃命王天运将四万人，兼统诸蕃兵伐之。及逼勃律城下，勃律君长恐惧请罪，悉出宝玉，愿岁贡献。天运不许，即屠城，虏三千人及其珠玑而还。勃律中有术者言："将军无义，不祥，天将大风雪矣。"行数百里，忽起风四起，雪花如翼，风激小海水成冰柱，起而复摧。经半日，小海涨涌，四万人一时冻死，唯蕃汉各一人得还。具奏，玄宗大惊异，即令中使随二人验之。至小海侧，冰犹峥嵘如山，隔冰见兵士尸，立者坐者，莹彻可数。中使将返，冰忽稍释，众尸亦不复见。

【译文】天宝年间，安思顺进献五色玉带，又在左藏国库中间得到五色玉杯。皇帝埋怨最近西域都不进献五色玉石，令责问安西各个藩国。他们回答说："最近经常被小勃律劫掠了，到不了。"皇帝大怒，想要征讨。群臣多劝止，只有李右座赞成皇帝，并且说武成王天运有谋略有勇气可以做将领。于是命令王天运率领四万人，同时统领少数民族士兵一起攻击。到了进逼勃律到城下，勃律君主害怕请罪，把宝物都献出，希望允许每年进献。王天运不允许，屠城，俘虏三千人和他们的财宝回来。勃律国会占卜的人说："将军不讲道义是不祥的，会下大雪。"军队行进了几百里，忽然大风四起，雪花像翅膀一样大，风卷起海水冻成冰柱，结成冰又断开。过了半日，海水涨潮，四万人同时冻死，只有蕃兵汉人各活下一个人。上表告诉皇帝，玄宗十分奇怪，令太监和这两个人以求检查。到了海边，冰像山一样高，隔着冰看见士兵尸体，站立的坐下的，都可以清晰地看见。太监要回去了，冰马上融化，尸体马上不见了。

郭代公尝山居，中夜有人面如盘，瞋目出于灯下。公了无惧色，徐染翰题其颊曰："久戍人偏老，长征马不肥。"公之警句也。题毕吟之，其物遂灭。数日，公随樵闲步，见巨木上有白耳，大如数斗，所题句在焉。

【译文】代国公郭震曾经住在山里，午夜有一个脸向盘子一样的人，瞪着眼睛出现在灯光下。郭代公完全不害怕，慢慢拿起笔在它的脸上题字："久戍人偏老，长征马不肥。"这是郭代公的警句。写完后吟咏一遍，这个东西就消失了。过了几天，郭代公随着砍樵的散步，看见一根大木头上有白木耳，有数斗大，所写的诗句在上面。

大历中，有士人庄在渭南，遇疾卒于京，妻柳氏因庄居。一子年十一二，夏夜，其子忽恐悸不眠。三更后，忽见一老人，白衣，两牙出吻外，熟视之。良久，渐近床前。床前有婢眠熟，因扼其喉，咬然有声，衣随手碎，攫食之。须臾骨露，乃举起饮其五藏。见老人口大如簸箕，子方叫，一无所见，婢已骨矣。数月后，亦无他。士人祥斋，日暮，柳氏露坐逐凉，有胡蜂绕其首面，柳氏以扇击堕地，乃胡桃也。柳氏遽取玩之掌中，遂长。初如拳，如碗，惊顾之际，已如盘矣。曝然分为两扇，空中轮转，声如分蜂。忽合于柳氏首，柳氏碎首，齿着于树。其物因飞去，竟不知何怪也。

【译文】大历年间，有书生庄园在渭水之南，在京城病死，他的妻子柳氏在庄园里居住。一个儿子十一二岁，夏日夜晚，这个儿子忽然惊悸不能睡觉。三更后，看见一个老人，穿白衣，两个门牙在嘴唇外，仔细观察。过了很久，渐渐到了床前。床前有婢女熟睡，于是扼住她喉咙，有咬动的声音，衣服随着手到而破碎，把她吃掉了。过了不久骨头露出了，于是举起尸体饮下她的五脏。小儿看见老人嘴像簸箕一样大，才惊叫，什么也没有了，婢女只剩下骨头了。数月之后，什么也没有发生。书生的三七斋事，晚上，柳氏坐在外面乘凉，有胡蜂绕着头飞，柳氏用扇子把它打到地上，是一个胡桃。柳氏马上拿到手掌里把玩，核桃就变长。一看是像拳头，像碗，害怕的时候，已经向盘子一样大了。突然变作两瓣，在空中飞转，是像蜂一样的声音。突然合在柳氏的头，柳氏头被咬碎，牙齿附着在树上。这个东西于是飞走了，最终不知道是什么鬼怪。

贾相公在滑州，境内大旱，秋稼尽损。贾召大将二人，谓曰："今岁荒旱，烦君二人救三军百姓也。"皆言："苟利军州，死不足辞。"贾笑曰："君可辱为健步，乙日当有两骑，衣惨绯，所乘马蕃步鬣长，经市出城，君等踪之，识其所灭处，则吾事谐矣。"二将乃裹粮衣皂，行寻之，一如贾言，自市至野二百余里，映大冢而灭，遂垒石标表志焉。经信而返，贾大喜，令军健数百人具畚锸，与二将偕往其所。因发冢，获陈粟数十万斛，人竟不之测。

【译文】贾相公在滑州时，境内大旱，秋天的庄稼都毁坏了。贾相公召唤大将两个人说："今年旱灾，烦请两位拯救三军百姓。"两大将都说："如果能对军队百姓有利，我死都可以。"贾相公笑着说："两位可以屈尊去跟踪人么，几天后会有两骑，衣服破旧为红色，乘坐的马鬣毛长，经过集市出城去，请你们跟踪他们，记下消失的地方，那么我的事情就好办了。"两人于是变换服装，跟踪他们，果然像贾相公所说一样，从集市到野外二百多里，在一处大坟墓消失了，于是在坟墓上做了标记。返回后贾相公大喜，命令军队壮丁数百人带着铁锨和簸箕，和两位大将一起去目的地。于是打开坟墓，获得旧小米数十万斛，人都不知道这是怎么回事。

胡珦为虢州，时猎人杀得鹿，重一百八十斤。蹄下贯铜镮，镮上有篆字，博物不能识之。

【译文】胡珦治理虢州时，有猎人捕杀到一只野鹿，重达一百八十斤。蹄子下面穿着铜环，环上有篆字，博学的人也不能辨识。

博士丘濡说，汝州旁县，五十年前，村人失其女。数岁忽自归，言初被物寐中牵去，倏止一处，及明，乃在古塔中。见美丈夫，谓曰："我天人，分合得汝为妻。自有年限，勿生疑惧。"且戒其不窥外也。日两返，下取食，有时炙饵犹热。经年，女伺其去，窃窥之，见其腾空如飞，火发蓝肤，磔磔耳如驴焉。至地乃复人矣，惊怖汗浃。其物返，觉曰："尔固窥我，我实野叉①，与尔有缘，终不害尔。"女素惠，谢曰："我既为君妻，岂有恶乎？君既灵异，何不居人间，使我时见父母乎？"其物言："我辈罪业，或与人杂处，则疫疠作。今形迹已露，任公踪观，不久当尔归也。"其塔去人居止甚近，女常下视，其物在空中不能化形，至地方与人杂。或有白衣尘中者，其物敛手侧避。或见枕其头唾其面者，行人悉若不见。及归，女问之："向见君街中有敬之者，有戏狎之者，何也？"物笑曰："世有吃牛肉者，予得而欺之。或遇忠直孝养，释道守戒律、法籙者，吾误犯之，当为天戮。"又经年，忽悲泣语女："缘已尽，候风雨送尔归。"因授一青石，大如鸡卵，言至家可磨此服之，能下毒气。一夕风雷，其物遽持女曰："可去矣。"如释氏言屈伸臂顷，已至其家，坠之庭中。其母因磨石饮之，下物如青泥斗余。

【注释】①野叉：佛经里面的恶鬼

【译文】博士丘濡说在汝州旁县五十年前，有村民丢失了它的女儿。过了多年忽然自己回来了，说当初被怪物在梦中掳走，马上到了一处，到了明天，在古塔里。看见一个美男子，对她说："我是天人，应该得到你做妻子。缘分有年限，不要怀疑恐惧。"并且不让他向外看。每日两次回来，下去拿食物，有时候食物还热。过了一年，女子等他出去，窥伺他，见他腾飞，火红的头发蓝色的皮肤，发出碌碌的如同驴叫一样的声音。到了地面上又变成人，吓得浑身是汗。怪物返回，发觉说道："你偷偷看了我，我实际是野叉鬼，和你有缘分，不会害你。"女子很贤惠，道歉说："我已经是你的妻子了，还不害你么？你已经显示了灵异，为什么不居住在人间，让我能看见父母呢？"怪物说："我辈和凡人居住会带来瘟疫祸患。现在暴露了行迹，被你看到，不久你就会回家。"这座塔离开人间很近，女子经常向下看，怪物不能在空中变成人，到了地方和人混杂。遇到人群里面穿白衣的人，怪物就肃立躲避；有的人就枕在头上唾在脸上，行人都看不见。等到回来，女子问他："看见你在大街上有的尊敬有的戏耍他，这是问什么？"怪物笑着说："世上有吃牛肉的我就能欺负他。如果是忠诚正直孝顺赡养父母的人，准守戒律的僧道，我要是误欺了他，就会被上天杀掉。"又过了一年，哭着对女子说："缘分尽了，待到时机送你回去。"于是给了一块青石头，像鸡蛋一样大，说回家研磨后服下能排除毒气。一天刮风打雷，怪物就告诉女子可以走了。像佛教里面一样屈伸手臂间已经到了家，坠落在庭院。她母亲于是磨碎石头服下，排除青泥状物质一斗多。

李公佐大历中在庐州，有书吏王庚请假归。夜行郭外，忽值引骑呵辟，书吏遽映大树窥之，且怪此无尊官也。导骑后一人，紫衣，仪卫如节使。后有车一乘，方渡水，御者前白："车辖索断。"紫衣者言："检簿。"遂见数吏检簿，曰："合取庐州某里张某妻脊筋。"乃书吏之姨也。顷刻吏回，持两条白物，各长数尺，乃渡水而去。至家，姨尚无恙，经宿忽患背疼，半日而卒。

【译文】李公佐在大历年间在泸州，有书吏王庚请假回家。晚上在城外行进，忽然碰上一各骑士让他回避开，书吏于是躲在大树后面窥探，奇怪这里并没有大官。骑士后面跟着一个人，穿着紫色衣服，仪卫士如同节度使一样。后面有一辆车正在渡水，驾车的人说："车辖索断了。"紫衣人说："查阅生死簿。"于是看到几个小吏在查阅簿书，报告说："应当取庐州某地的张某妻子的脊筋。"正是这个书吏的姨娘。顷刻间，小吏取回来两条数尺长的白色东西，于是渡水而去。王庚回到家，姨娘还没有病，一宿过后，忽然背疼，半天后就去世了。

元和初，有一士人失姓字，因醉卧厅中。及醒，见古屏上妇人等，悉于床前踏歌，歌曰："长安女儿踏春阳，无处春阳不断肠。无袖弓腰浑忘却，蛾眉空带九秋霜。"其中双鬟者问曰："如何是弓腰？"歌者笑曰："汝不见我作弓腰乎?"乃反首髻及地,腰势如规焉。士人惊惧,因叱之,忽然上屏,亦无其他。

【译文】元和初年,有人忘记了名字,醉倒在客厅。等到醒了,看见屏风上的妇人都在床前唱歌,歌词是:"长安女儿踏春阳,无处春阳不断肠。无袖弓腰浑忘却,蛾眉空带九秋霜。"其中梳着两个发髻的人说:"什么是弓腰?"唱歌的人说:"你看不见我做的弓腰么?"于是向后弯腰头发碰到地上,她的腰就好像圆规一样。书生很害怕,于是叱骂她们,这些妇人有回到了屏风上,没有其他东西了。

郑相在梁州,有龙兴寺僧智圆,善总持敕勒之术,制邪理痛多著效,日有数十人候门。智圆腊高稍倦,郑公颇敬之。因求住城东隙地,郑公为起草屋种植,有沙弥、行者各一人。居之数年,暇日,智圆向阳科脚甲,有妇人布衣,甚端丽,至阶作礼。智圆遽整衣,怪问:"弟子何由至此?"妇人因泣曰:"妾不幸夫亡而子幼小,老母危病。知和尚神咒助力,乞加救护。"智圆曰:"贫道本厌城隍喧啾,兼烦于招谢,弟子母病,可就此为加持也。"妇人复再三泣请,且言母病剧,不可举扶,智圆亦哀而许之。乃言从此向北二十余里一村,村侧近有鲁家庄,但访韦十娘所居也。智圆诘朝如言行二十余里,历访悉无而返。来日妇人复至,僧责曰:"贫道昨日远赴约,何差谬如此?"妇人言:"只去和尚所止处二三里耳。和尚慈悲,必为再往。"僧怒曰:"老僧衰暮,今誓不出。"妇人乃声高曰:"慈悲何在耶?今事须去。"因上阶牵僧臂。惊迫,亦疑其非人,恍惚间以刀子刺之,妇人遂倒,乃沙弥误中刀,流血死矣。僧忙然,遽与行者瘗之于饭瓮下。沙弥本村人,家去兰若十七八里。其日,其家悉在田,有人皂衣揭幞,乞浆于田中。村人访其所由，乃言居近智圆和尚兰若。沙弥之父欣然访其子耗，其人请问，具言其事，盖魅所为也。沙弥父母尽皆号哭诣僧，僧犹绐焉。其父乃锹索而获，即诉于官。郑公大骇，俾求盗吏细按，意其必冤也。僧具陈状："贫道宿债，有死而已。"按者亦以死论。僧求假七日，令持念为将来资粮，郑公哀而许之。僧沐浴设坛，急印契缚爆考其魅。凡三夕，妇人见于坛上，言："我类不少，所求食处辄为和尚破除。沙弥且在，能为誓不持念，必相还也。"智圆恳为设誓，妇人喜曰："沙弥在城南某村几里古丘中。"僧言于官，吏用其言寻之，沙弥果在，神已痴矣。发沙弥棺，中乃苕帚也。僧始得雪，自是绝珠贯，不复道一梵字。

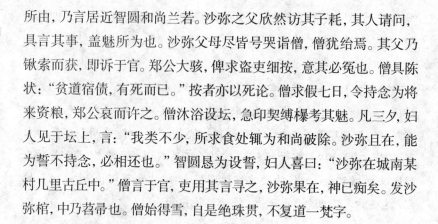

【译文】郑相在梁州是，有龙兴寺僧人智圆，擅长总持敕勒的法术，制服邪恶料理病痛很有成效，每天有数十人守候在门前。智圆年龄大了感到劳累，郑相很尊敬他。智圆于是请求住在城东的狭小地方，郑相为他修盖房屋种植花草，里面有沙弥、行者各一人。住了几年，一日智圆向着阳光剪脚趾甲，有穿布衣的妇人，很是端庄美丽，到了台阶下行礼。智圆于是整理好衣服，奇怪地问道："你为什么到这里来？"妇人于是哭着说："我不幸死了丈夫，儿子还年幼，老母亲又病危。知道您神通的咒语很灵验，请求救我母亲一命。"智圆说："我本来厌烦了城市里面的喧嚣，并且厌烦了请我去治病，你母亲病了，可以叫她过来我为他治病。"妇人又哭着哀求说母亲病重，不能扶着过来，智圆怜悯她答应去治病。妇人说从这里向北二十里有一村庄，村旁有一个鲁家庄，只要拜访韦十娘的住所就行了。智圆天还没亮就如她所说走了二十多里，遍访人家没有找到就回来了。第二天妇人又来了，僧人责问他："我昨天远去赴约，为什么你说谎骗我。"妇人哀求："我家离和尚相距二三里罢了，您十分慈悲，一定要再去。"僧人愤怒说："我老了，发誓不再去。"妇人大喊："你的慈悲去哪里了？你必须去。"于是，上台阶抓住智圆的手臂，智圆怀疑这不是人，争执时用刀子刺中，妇人倒地，定睛一看是沙弥中刀，流出血来死掉了。智圆不知道发生了什么，于是和行者把沙弥的尸体埋在饭瓮之下。沙弥是本村人，家离寺庙十七八里。一天他父母都在田里劳动，有人穿着黑衣揭幞，在地里求水喝。村民问她哪里来的，他说住的很靠近智圆和尚的寺庙。沙弥的父母就询问沙弥的情况，他就把沙弥被人杀了的情况全部对人说了，这大概是鬼怪所为的。沙弥父母号哭着找到智圆，智圆还骗人，于是沙弥的父亲把他捆住报官。郑相特别震惊，让办案官员仔细侦查，认为其中一定有冤情。和尚承认说："事情都是我干的，我应该被判处死刑。"办案的认为应该处以死刑。和尚请求宽限七日，做法事为死后准备，郑相怜悯他同意了。于是和尚登坛作法追查那个女鬼，过了三天女鬼出现在台上，说："我们这类鬼怪很多，生活的地方都被你破坏了。沙弥还活着，如果你发誓不再念咒破除鬼怪我就放他回来。"和尚发誓了，女鬼高兴地说："沙弥在城南某个村里几里外的古丘里。"智圆把这些话告诉官吏，官吏按照他的话去找人，在里面发现了沙弥，沙弥的神智已经不清。智圆的冤情才得以昭雪，从此智圆扯断珠串，再也不念梵语咒语了。

元和初，洛阳村百姓王清，佣力得钱五镮。因买田畔一枯栗树，将为薪以求利。经宿，为邻人盗斫，创及腹，忽有黑蛇举首如臂，人语曰："我王清本也，汝勿斫。"其人惊惧，失斤而走。及明，王清率子孙薪之，复掘其根，根下得大瓮二，散钱实之。王清因是获利而归。十余年巨富，遂錾钱成龙形，号王清本。

【译文】元和初年，洛阳村百姓王清，打工得到五镮钱。于是买下了田边一棵枯死的栗子树，将砍作柴火卖掉。过了一晚，被邻居盗砍走了，创口到了树干里面，突然有一条如手臂粗的黑蛇抬头，蛇说人话道：

"我是王清的本钱，你别砍我。"这个人害怕，丢下斧子就逃走了。到了天亮，王清带着子孙去砍树，有挖除树根，树根底下找到两个大瓮，里面充满了散钱。王清于是赚了一笔回来了。十多年后成为巨富，于是把钱铸成龙形，叫做王清本。

元和中，苏湛游蓬鹊山，裹粮钻火，境无遗迹。忽谓妻曰："我行山中，睹倒崖有光镜，必灵境也。明日将投之，今与卿诀。"妻子号泣，止之不得。及明遂行，妻子领奴婢潜随之。入山数十里，遥望岩有白光，圆明径丈，苏遂逼之。才及其光，长叫一声，妻儿遽前救之，身如蠒矣。有蜘蛛黑色，大如钻鍪，走集岩下。奴以利刀决其网，方断，苏已脑陷而死。妻乃积柴烧其崖，臭满一山中。相传裴旻山行，有山蜘蛛垂丝如匹布，将及旻。旻引弓射杀之，大如车轮。因断其丝数尺收之。部下有金创者，剪方寸贴之，血立止也。

【译文】元和年间，苏湛游览蓬鹊山，带着干粮火把，游览遍了。突然对他妻子说，我在山里看见悬崖有一面镜子，一定是灵异的地方，第二天要去哪里了，今天就和你诀别吧。他妻子哭了，不能劝止他。等到天亮苏湛出发，妻子儿子带着奴婢一起跟在后面。入山有数十里，远远地看见山上有白光，发出直径几丈的光，苏湛于是靠近他。才到了光，大叫一声，他的妻子儿子就去救他，苏湛就像结茧一样。有黑色的蜘蛛，像熨斗小锅一样大，跑到集岩下面。奴婢有利刃切断网，才切断苏湛已经脑子被掏空死了。他妻子于是积累柴火放火烧了山崖，一山里都能闻到臭味。相传裴旻在山里走，有山里的蜘蛛垂下丝网像布匹一样，快要碰到裴旻了。裴旻拉弓射死了它，蜘蛛有车轮那么大。于是收集了几缕蛛丝。裴旻有受刀伤的部下就剪下一点贴上去，流血马上就会停止。

前集卷十五

诺皋记下

　　和州刘录事者，大历中，罢官居和州旁县。食兼数人，尤能食鲙，常言鲙味未尝果腹。邑客乃网鱼百余斤，会于野亭，观其下箸。初食鲙数叠，忽似哽，咯出一骨珠子，大如黑豆，乃置于茶瓯中，以叠覆之。食未半，怪覆瓯倾侧，刘举视之，向者骨珠已长数寸，如人状。座客竞观之，随视而长。顷刻长及人，遂鲙刘，因欧流血。良久，各散走。一循厅之西，一转厅之左，俱及后门相触，翕成一人，乃刘也，神已痴矣。半日方能言，访其所以，皆不省。自是恶鲙。

　　【译文】和州刘录事，大历年间，罢官居住在和州旁边一个县。一顿能吃几个人的饭，有其能吃鲙，经常说吃鲙没有吃饱过。同县人有捕得一百多斤鱼，在野外亭子聚会，看刘录事吃。一开始吃了鲙几盘子，好像卡住了嗓子，咳嗽出一个骨头珠子，像黑豆一样大，放到茶碗里，用盘子盖上。吃了不到一半，茶碗倒下，刘录事拿起来看，那个骨头珠子已经数寸长了，像人一样。客人都一起观察，看着看着越来越长。一会长成一个人，于是开始吃刘录，刘录事殴打它出血。过了很久之后，各自分开跑掉了。一个向西一个出了宴会厅向左，都在后门撞上，合成一个人，就是刘录事，已经痴傻了。过了半天才能说话，询问发生了什么，不能回答。原因是恶鲹。

　　冯坦者，常有疾，医令浸蛇酒服之。初服一瓮子，疾减半。又令家人园中执一蛇，投瓮中，封闭七日。及开，蛇跃出，举首尺余，出门，因失所在。其过迹，地坟起数寸。陆绍郎中又言，尝记一人浸蛇酒，前后杀蛇数十头。一日，自临瓮窥酒，有物跳出啮其鼻将落，视之，乃蛇头骨。因疮毁其鼻如劓焉。

　　【译文】冯坦常有病，医生让泡蛇酒喝下。一开始喝了一瓮，疾病减轻一半。又让家人在园中抓住一条蛇，扔到瓮里，封闭了七天。等到打开，蛇跃出，抬起头有一尺多，出门找不到了。其经过的地方，地面抬升了几寸。陆绍郎中说，记得以前有人泡蛇酒，前后杀了数十条蛇，一天靠近瓮看酒，有东西跳出来，咬掉鼻子落了下去，一看，是蛇的头骨。他的伤口就像遭受了劓刑一样。

　　有陈朴，元和中，住崇贤里北街。大门外有大槐树，朴常黄昏徙倚窥外，见若妇人及狐大老乌之类，飞入树中，遂伐视之。树三槎，一槎空中，一槎有独头栗一百二十，一槎中襁一死儿，长尺余。

　　【译文】元和年间，陈仆住在崇贤里北街。门外有一颗大槐树，陈仆常常黄昏时靠着槐树向外看，看见好像妇人和大狐狸一样的东西，飞到树里，于是砍伐这棵树察看。树有三槎，一槎时中空的，一槎有独头栗一百二十粒，一槎有一个襁褓中的死婴，有一尺长。

　　僧无可言，近传有白将军者，常于曲江洗马，马忽跳出惊走。前足有物，色白如衣带，萦绕数匹。遽令解之，血流数升。白异之，遂封纸帖中，藏衣箱内。一日，送客至滻水，出示诸客。客曰："盍以水试之？"白以鞭筑地成窍，置虫于中，沃盥其上。少顷，虫蠕蠕如长，窍中泉涌，倏忽自盘若一席，有黑气如香烟，径出檐外。众惧曰："必龙也。"遂急归。未数里，风雨忽至，大震数声。

诺皋记下

【译文】和尚无可说，最近有传说白将军，常在曲江洗马，马跳起惊吓地跑走了。前足缠绕着数匹白色衣带状的虫子。令解下来，流血有数升。白将军认为奇怪，于是封在纸帖里面藏在衣箱内。一天送客到了滻水，拿出来给他们看。客人说："为什么不放到水里看看？"白将军用马鞭把地围起来，把虫子放到里面，用水浇下。过了一会，虫子蠕动变长，鞭子里面水像泉水一样涌出。突然虫子自己盘起来像一块席子，有黑气像香烟一样出来了。众人害怕地说："这一定是龙。"于是急忙跑走了。未走几里，突然下起大雨，有几声巨响。

景公寺前街中，旧有巨井，俗呼为八角井。元和初，有公主夏中过，见百姓方汲，令从婢以银棱碗就井取水，误坠碗。经月余，出于渭河。

【译文】景公寺前街，以前有一口巨井，民间称作八角井。元和初年有个公主在夏天经过，看见百姓在那里喝水，命令女婢用银碗取水，不小心把碗掉了下去。过了一个多月，在渭水看见了这个碗。

东平未用兵，有举人孟不疑，客昭义。夜至一驿，方欲濯足，有称淄青张评事者，仆从数十，孟欲参谒，张被酒，初不顾，孟因退就西间。张连呼驿史索煎饼，孟默然窥之，且怒其傲。良久，煎饼熟，孟见一黑物如猪，随盘至灯影而立。如此五六返，张竟不察。孟因恐惧无睡，张寻大鼾。至三更后，孟才交睫，忽见一人皂衣，与张角力，久乃相捽入东偏房中，拳声如杵。一饷间，张被发双袒而出，还寝床上。入五更，张乃唤仆，使张烛巾栉，就孟曰："某昨醉中，都不知秀才同厅。"因命食，谈笑甚欢，时时小声曰："昨夜甚惭长者，乞不言也。"孟但唯唯。复曰："某有程，须早发，秀才可先也。"遂摸靴中，得金一挺，授曰："薄贶，乞密前事。"孟不敢辞，即为前去。行数日，方听捕杀人贼。孟询诸道路，皆曰淄青张评事至其驿早发，迟明，空鞍失所在。驿吏返至驿寻索，驿西阁中有席角，发之，白骨而已，无泊一蝇肉也。地上滴血无余，惟一只履在旁。相传此驿旧凶，竟不知何怪。举人祝元膺常言，亲见孟不疑说，每每诚夜食必须发祭也。祝又言，孟素不信释氏，颇能诗，其句云："白日故乡远，青山佳句中。"后常持念游览，不复应举。

【译文】东平没有用兵的时候，有一位名叫孟不疑的举人客居在昭义。一天夜里他来到一家驿站，刚要洗脚，有一个自称是淄青张评事的人来到驿站，有几十个仆从。孟不疑想要去拜见他。张评事刚喝过酒，一开始不理睬。孟不疑于是退回来到西间。张评事连喊驿站里的官吏，要煎饼。孟不疑默默地看着，对他的傲慢很生气。许久，煎饼到了。孟不疑看到一个黑东西象猪一样，随着盘子来到灯影之下就消失了。如此往返了五六次，张评事居然没有察觉。孟不疑害怕，没敢睡。张评事不一会儿就发出鼾声。到了三更，孟不疑才睡下。忽然看见一个黑衣人与张评事摔跤。时间长了就互相揪到东偏房，拳击声就象舂米的棒槌声。过了一会儿，张评事披散着头发坦露着双臂出来了，回到床上睡觉。到了五更，张评事就喊奴仆，点灯，梳头，缠头巾，到孟不疑这里说："我昨天喝醉了，都不知道和您同住在一起！"于是让人摆下酒饭，说说笑笑很高兴，时时小声说："昨晚上很对不住长者，请不要说了。"孟不疑只是一声声地答应。张评事又说："我有点事儿，不能早出发。您可以先走。"他探手到靴子里，拿出来一挺金子，送给孟不疑说："小意思，希望为以前的事保密。"孟不疑不敢推辞，就提前离开了。走了几里，才听到追捕杀人的强盗。孟不疑向路上的人打听，都说："淄青张评事，到那驿站早早就出发了。到了天明，只剩下空马鞍，不知张评事哪儿去了。骑马的官吏回到驿站寻找，驿站西阁中有一张席子，打开，是白骨而已。没剩下苍蝇大小一块肉。地上滴血没有留下，只有一双鞋放在旁边。相传这个驿站以前很凶，到底不知道是什么怪物。"举人祝元膺曾经说："亲自听见孟不疑说，他常常警告夜间吃饭必须祭祀。"祝元膺又说："孟不疑一向不信佛教。他很能作诗，有两句诗是：'白日故乡远，青山佳句中。'后来曾经拿出来吟诵。他沉湎于游览名山大川，不再参加科举考试。"

　　刘积中，常于京近县庄居。妻病重。于一夕刘未眠，忽有妇人白首，长才三尺，自灯影中出，谓刘曰："夫人病，唯我能理，何不祈我。"刘素刚，咄之，姥徐戟手曰："勿悔！勿悔！"遂灭。妻因暴心痛，殆将卒，刘不得已祝之。言已复出，刘揖之坐，乃索茶一瓯，向口如咒状，顾命灌夫人。茶才入口，痛愈。后时时辄出，家人亦不之惧。经年，复谓刘曰："我有女子及笄，烦主人求一佳婿。"刘笑曰："人鬼路殊，固难遂所托。"姥曰："非求人也，但为刻桐木为形，稍上者则为佳矣。"刘许诺，因为具之。经宿，木人失矣。又谓刘曰："兼烦主人作铺公、铺母，若可，某夕我自具车轮奉迎。"刘心计无奈何，亦许。至一日过西，有仆马车乘至门，姥亦至，曰："主人可往。"刘与妻各登其车马，天黑至一处，朱门崇墉，笼烛列迎。宾客供帐之盛，如王公家。引刘至一厅，朱紫数十，有与相识者，有已殁者，各相视无言。妻至一堂，蜡炬如臂，锦翠争焕，亦有妇人数十，存殁相识各半，但相视而已。及五更，刘与妻恍惚间却还至家，如醉醒，十不记其一二矣。经数月，姥复来，拜谢曰："小女成长，今复托主人。"刘不耐，以枕抵之，曰："老魅敢如此扰人。"姥随枕而灭。妻遂疾发，刘与男女酹地祷之，不复出矣。妻竟以心痛卒。刘妹复病心痛，刘欲徙居，一切物胶著其处，轻若履屣亦不可举。迎道流上章，梵僧持咒，悉不禁。刘尝暇日读药方，其婢小碧自外来，垂手缓步，大言："刘四颇忆平昔无？"既而嘶咽曰："省近从泰山回，路逢飞天野又携贤妹心肝，我亦夺得。"因举袖，袖中蠕蠕有物，左顾似有所命曰："可为安置。"又觉袖中风生，冲帘幌，入堂中。乃上堂对刘坐，问存殁，叙平生事。刘与杜省躬同年及第，有分，其婢举止笑语无不肖也。顷曰："我有事，不可久留。"执刘手呜咽，刘亦悲不自胜。婢忽然而倒，及觉，一无所记。其妹亦自此无恙。

【译文】刘积中，平常在西京附近县的村庄里居住。他的妻子病得很重。一天晚上，他还没睡，忽然有一个三尺来高的白头妇人从灯影中走出来，对刘积中说："夫人的病，只有我能治，为什么不求我？"刘积中一向刚直，呵叱她。老妇人又手曰："你可别后悔！"于是就消失了。妻子于是突然心痛，几乎要死了。刘积中不得已，只好祭祝祷告。话刚说完，那妇人就又出来了。刘积中揖请她入了座。老妇人就要来一盏茶，朝向太阳像念咒的样子，回头让人用茶灌夫人。茶才入口，病痛就没了。后来这妇人常常出现。家人也不怕她。一年以后，她又对刘积中说："我有个女儿成年了，烦您给找个好女婿。"刘积中笑道："人和鬼道路不同，我很难遂你的心愿。"老妇人说："不是要找个人，你用桐木为她刻一个比较工细的就行了。"刘积中答应了，于是就为她准备了。经过一宿，木人丢失了。妇人又对刘积中说："再麻烦您夫妇二人作铺公铺母。如果可以，那一天，我亲自准备车辆来迎接。"刘积中心里觉得无可奈何，也答应了。到了那一天，过了酉时，就有仆从车马来到门前，老妇人也到了。她说："二位可以走了。"刘积中和妻子各自登上车马。天黑来到一处，朱红的大门，高高的院墙，挑着灯笼列队迎接。宾客之多，排场之大，犹如王公之家。妇人领刘积中来到一厅中，穿红戴紫的人有好几十，有相识的，也有已经死了的，各都相视而不说话。妻子来到一个堂屋，蜡烛象胳膊那么粗，陈设金碧辉煌，也有几十位妇人，活着的死去的相识的各占一半。只相视而已。到了五更，刘积中和妻子恍恍惚惚地回到家中，就像醉了之后刚醒，十件事记不起一两件。几天之后，那妇人又来拜谢，说："我的小女儿也长大了，今天又来求您……"刘积中不耐烦了，用枕头抵挡她说："老鬼，你敢如此打扰我！"老妇人随着挡过来的枕头消失了。妻子于是就犯病了。刘积中和儿女们一起跪在地上祷告，老妇人不再出来了。妻子终于因为心痛而死。刘积中的妹妹又开始心痛。刘积中要搬家，一切物品都象被胶粘在那里，即便像鞋那样轻的也拿不起来。请道士来作法，请和尚来念咒，都不能禁止。刘积中闲暇时间读药方，他的婢女小碧从外边进来，垂着手，慢举步，大声说："刘四，你很想念以前的事情不？"然后又呜咽着说："省躬我最近从泰山回来，路上遇到飞天夜叉，他携带着你妹妹的心肝，我已经把它夺回来了！"于是她举了举袖子，袖子里有东西在蠕动。刘积中往左一看，见小碧好像有什么使命，就说："我可以为你安排一下。"又觉得袖子里生风，吹动了帘帷。婢女来到堂中，竟面对刘积中而坐，问谁死了谁活着，叙平生的往事。刘积中和杜省躬同一年考中进士，二人是好朋友。他的婢女小碧此时的举止谈笑，没有不像杜省躬的地方。过了一会儿，小碧说："我有事，不能久留。"握着刘积中的手哭泣。刘积中也不胜悲伤。婢女忽然倒在地上。等她醒来，刚才的事，什么也不记得了。刘积中妹妹的病也从此痊愈了。

临川郡南城县令戴詧，初买宅于馆娃坊。暇日，与弟闲坐厅中，忽听妇人聚笑声，或近或远，詧颇异之。笑声渐近，忽见妇人数十，散在厅前，倏忽不见。如是累日，詧不知所为。厅阶前枯梨树，大合抱，意其为祥，因伐之。根下有石露如块，掘之围阔，势如鏊形。乃火上沃醋，凿深五六尺不透，忽见妇人绕坑抵掌大笑。有顷，共牵詧入坑，投于石上。一家惊惧之际，妇人复还，大笑，詧亦随出。詧才出，又失其弟。家人恸哭，詧独不哭，曰："他亦甚快活，何用哭也。"詧至死不肯言其情状。

【译文】临川郡南城县县令戴詧，当初在馆娃坊买了一处宅子。闲暇之日，他和弟弟坐在厅堂里，忽然听到外面有妇人聚到一起哄笑的声音，有的近有的远。戴詧觉得很奇怪。笑声渐渐地近了，忽然看到几十个妇人散站在厅前，忽地又不见了。如此一连几天。戴詧不知为什么会这样。厅堂边上有一棵枯梨树，合抱那么粗，认为它是不祥之兆，于是就把它砍了。树根下有一块石头，露出来有拳头大小，向下挖便变大，样子象煎饼鏊子形。就在它上面点上烈火烧，浇上醋，再凿。凿了五六尺深，也没凿透。忽然看见一个妇人绕着坑拍掌大笑。过了一会儿，她拉着戴詧一块进到坑里，把他扔到石头上。一家人又惊又怕。妇人又回来了，她放声大笑。戴詧也跟着她走出来。戴詧刚走出来，又丢失了他的弟弟。家人悲伤地大哭。只有戴詧不哭。他说："他也很快活，何必要哭呢？"戴詧一直到死，也不肯说出实情。

独孤叔牙，常令家人汲水，重不可转，数人助出之，乃人也。戴席帽，攀栏大笑，却坠井中。汲者揽得席帽，挂于庭树。每雨，所溜雨处辄生黄菌。

【译文】独孤叔牙，经常让家人打水，水太重了辘轳转不动，许多人来帮助，打上来是一个人。带着席帽，攀着栏杆大笑，又落到井中。打水的人只找到席帽，挂到庭院里的树上。每次下雨，滴到雨水的地方都生了黄色的菌。

有史秀才者，元和中，曾与道流游华山。时暑，环憩一小溪。忽有一叶，大如掌，红润可爱，随流而下。史独接得，置怀中。坐食顷，觉怀中渐重。潜起观之，觉叶上鳞起，栗栗而动，史惊惧，弃林中，遽白众曰："此必龙也，可速去矣。"须臾，林中白烟生，弥于一谷。史下山未半，风雷大至。

【译文】有个史秀才，元和年间，正经和一个道士游玩华山。当时很热，环坐在一个小溪。忽然有一个叶子，像手掌一样大，红润可爱，随着水流向下。史秀才接到了叶子，放到怀里。坐着吃饭，过了一会，觉得怀中越来越重。拿出来看，看见叶片上有鳞片生起在抖动。史秀才害怕，丢到林子里面，于是告诉大家："这一定是龙，大家快走。"过了不久，林中生起白烟，消失在一个山谷里面，史秀才还没下山，就大风起来打起雷来了。

史论作将军时，忽觉妻所居房中有光，异之。因与妻遍索房中，且无所见。一日，妻早妆开奁，奁中忽有五色龟，大如钱，吐五色气，弥满一室。后常养之。

【译文】史论当将军时，突然觉得他妻子住的房子里面有光，觉得很奇怪。于是和他妻子找遍房子，没有发现。一天他妻子早上化妆打开脂粉盒，盒子里面有一只五色龟，像铜钱一样大，突出五色的气息，充满整个房间，后来经常喂养它。

　　工部员外郎张周封言，旧庄城东狗脊觜（《水经注》言此狗架觜）西，尝筑墙于太岁上，一夕尽崩。且意其基虚，功不至，乃率庄客指挥筑之。高未数尺，炊者惊叫曰："怪作矣。"遽视之，饭数斗悉跃出蔽地，着墙匀若蚕子，无一粒重者，蠹墙之半如界焉。因诣巫酹地谢之，亦无他焉。

　　【译文】工部员外郎张周封说，旧庄城东的狗脊觜西，曾经把墙盖在了太岁身上，一天就都崩塌了。而且意料到地基很虚，盖不成，于是率领庄上仆人盖。还没有盖到几尺高，厨子惊讶地叫道："妖怪显灵了。"一看几斗饭都跳出来，遮住了地，在地上像蚕一样均匀，没有一粒重叠，那座高立的墙就像界限一样。于是请了一位巫师作法道歉，之后就没事了。

　　山萧，一名山臊，《神异经》作山㺉（一曰操），《永嘉郡记》作山魅，一名山骆，一名蛟（一曰蚨），一名濯肉，一名热肉，一名晖，一名飞龙。如鸠，青色，亦曰治鸟。巢大如五斗器，饰以土垩，赤白相见，状如射侯。犯者能役虎害人，烧人庐舍，俗言山魈。

　　【译文】山萧也叫山臊，《神异经》作山㺉，《永嘉郡记》作山魅，也叫山骆，又叫蛟，还叫濯肉、热肉、晖、飞龙。像鸠一样，黑色，也叫治乌。巢穴像五斗器一样大，用白垩土装饰，红白相间，形状像射侯。能够驱使老虎害人，烧毁屋舍，俗语叫做山魈。

　　伍相奴，或扰人，许于伍相庙多已。旧说一姓姚，二姓王，三姓汪。昔值洪水，食都树皮，饿死，化为鸟都，皮骨为猪都，妇女为人都。鸟（一曰乌）都左腋下有镜印，阔二寸一分，右脚无大指，右手无三指，左耳缺，右目盲。在树根居者名猪都，在树半可攀及者名人都，在树尾者名鸟都。其禁有打土垄法、山鹊法。其掌诀，右手第二指上节边禁山都眼，左手目标其喉。南中多食其巢，味如木芟。窠表可为履屟，治脚气。

【译文】伍相奴有时候扰民，躲在伍相庙里面。以前传说一姓姚，二姓王，三姓汪。以前恰逢洪水，吃首都的树皮饿死了，变成鸟都，皮骨变成猪都，妇女变成人都。鸟都左腋下有镜印，两寸一分宽，左脚没有大脚趾，右手没有第三指，缺少左耳，右眼瞎。在树根居住的叫猪都，在树中间可以攀登的叫人都，在树梢的叫鸟都。其中有打土垄法、山鹊法。掌诀是右手第二指上节边禁山都的眼，左手目标山都的喉。南方多吃它的巢穴，味道像木芟，巢穴的表面可以做履屟，可以治疗脚气。

旧说野狐名紫狐，夜击尾火出。将为怪，必戴髑髅拜北斗，髑髅不坠，则化为人矣。

【译文】以前传说野狐叫紫狐，晚上打尾巴会有火光爆发。要作怪的时候，一定带着骷髅向北斗七星跪拜。骷髅不掉在地上就会变成人。

刘元鼎为蔡州，蔡州新破，食（一曰仓）场狐暴，刘遣吏生捕，日于球场纵犬逐之为乐。经年，所杀百数。后获一疥狐，纵五六犬皆不敢逐，狐亦不走。刘大异之，令访大将家猎狗及监军亦自夸巨犬，至皆弭耳环守之。狐良久才跳，直上设厅，穿台盘出厅后，及城墙，俄失所在。刘自是不复令捕。道术中有天狐别行法，言天狐九尾金色，役于日月宫，有符有醮日，可洞达阴阳。

【译文】刘元鼎治理蔡州，蔡州新北攻破，仓库的狐狸暴虐，刘元鼎派捕捉，每天在球场放狗追逐取乐，杀了一百多只狐狸。后来得到一只长了疥疮的狐狸，放了五六条狗不敢追逐，狐狸也不跑。刘元鼎特别奇怪，让找到大将家的猎犬和监军自夸的猛犬，都围在狐狸旁边守着。狐狸很久之后才跳起，直接上了厅堂，出了厅堂到了城墙，不久就看不见在哪里了。于是刘元鼎不再让人抓狐狸。道术里面有天狐别行法，说天狐有金色九尾，在日月宫服役，有符篆或者在斋醮日，可以到达人间。

南中有兽名风狸，如狙，眉长好羞，见人辄低头。其溺能理风疾。卫士多言风狸杖难得于翳形草。南人以上长绳系于野外大树下，入匿于旁树穴中伺之。三日后，知无人至，乃于草中寻摸。忽得一草茎，折之长尺许，窥树上有鸟集，指之，随指而堕，因取而食之。人候其怠，劲走夺之。见人遽啗食之，或不及，则弃于草中。若不可下，当打之数百，方肯为人取。有得之者，禽兽随指而毙。有所欲者，指之如意。

【译文】南方有野兽叫做风狸，像猴子一样，眉毛长十分羞涩，看见人就会低下头。它的排泄物可以治疗中风。卫士们说在翳形草中很难得到风狸杖。南方人用长绳系在野外大树上，自己跑到旁边树穴里隐藏。三天后，知道没人来，就在草中摸索。忽然得到一根草，有一尺多长，窥看树上有鸟落下，用草指鸟，随指即落，趁机取食。人等到它怠惰时，快跑抢走。看见人就会把它吃掉，来不及就扔在草丛中。如果不能用，就打数百下，才能被人所用。又得到的人，禽兽随指即死，东西随指即得。

开成末，永兴坊百姓王乙掘井，过常井一丈余无水。忽听向下有人语及鸡声，甚喧闹，近如隔壁。井匠惧，不敢掘。街司申金吾韦处仁将军，韦以事涉怪异，不复奏，遽令塞之。据亡新求《周秦故事》：谒者阁上得骊山本，李斯领徒七十二万人作陵，凿之以韦程，三十七岁，固地中水泉，奏曰："已深已极，凿之不入，烧之不燃，叩之空空，如下天（一曰'如存天状'）状。"抑知厚地之下，别有天地也。

【译文】唐文宗开成末年，永兴坊的百姓王乙家聚拢了一群人掘井，，可是挖了好几天，硬是不见有水渗出来。忽然听到井下有人说话和鸡叫声，特别吵闹，好像在隔壁一样。挖井的人害怕，不敢往下挖。街司告诉了金吾韦处仁将军，韦处仁认为事情很怪异，就不上奏，命令堵塞住。根据亡新求《周秦故事》说：谒者得到骊山奏本，李斯率领七十二万人修筑陵墓，秦始皇三十七年，挖出了水泉。上奏说已经特别深入了，凿不下去，点不着，敲起来是中空的，如好像下面是天一样。这才知道厚厚的地表下面还有另一个天地。

太和三年，寿州虞侯景乙，京西防秋回。其妻久病，才相见，遽言我半身被斫去往东园矣，可速逐之。乙大惊，因趣园中。时昏黑，见一物长六尺余，状如婴儿，裸立，挈一竹器。乙情急将击之，物遂走，遗其器。乙就视，见其妻半身。乙惊倒，或亡所见。反视妻，自发际眉间及胸有釁如指，映膜赤色，又谓乙曰："可办乳二升，沃于园中所见物处。我前生为人后妻，节其子乳致死。因为所讼，冥断还其半身，向无君则死矣。"

【译文】唐文宗大和三年，在寿州军中负责执法的虞侯景乙回京，其妻久病，刚一相见，妻子就说："我的上半身已被鬼所砍，那鬼已去东园，夫君快去追赶。"景乙大惊，直往东园。当时天色昏沉，于东园荒草中突见一物过六尺，面如婴儿，裸身而立，手中拿着一个竹器。景乙惊恐中投石击之，该怪遂遗其竹器，奔而消失。景乙上前一看，见竹器中所盛的正是其妻的上半身。景乙惊倒，过后再看，那竹器已不见。景乙回到卧室，反观其妻，见她自发际、眉间及胸，有一道指头粗细的裂痕，里面呈赤红色，对景乙说："你可寻乳汁二升，浇于东园所见竹器之处。"景乙问其究竟，其妻说："我前生是他人的后妻，不给后子喂奶，导致其夭亡。后子在冥界控告了我，冥官将我的上半身断给他，如果没有你及时赶来，我早就死了。"

太和末，荆南松滋县南，有士人寄居亲故庄中肄业。初至之夕，二更后，方张灯临案，忽有小人才半寸，葛巾杖策，入门谓士人曰："乍到无主人，当寂寞。"其声大如苍蝇。士人素有胆气，初若不见。乃登床，责曰："遽不存主客礼乎？"复升案窥书，诟骂不已，因覆砚于书上。士人不耐，以笔击之堕地，叫数声，出门而灭。顷有妇人四五，或姥或少，皆长一寸，呼曰："真官以君独学，故令郎君言展，且论精奥，何痴顽狂率，辄致损害？今可见真官。"其来索续如蚁，状如骑卒，扑缘士人。士人悦然若梦，因啮四支痛苦甚。复曰："汝不去，将损汝眼。"四五头遂上其面。士人惊惧，随出门。至堂东，遥望见一门，绝小，如节使之门。士人乃叫："何物怪魅，敢凌人如此！"复被齧，且众啮之。恍惚间已入小门内，见一人峨冠当殿，阶下侍卫千数，悉长寸余，叱士人曰："吾怜汝独处，俾小儿往，何苦致害，罪当腰斩。"乃见数十人，悉持刀攘背迫之。士人大惧，谢曰："某愚騃，肉眼不识真宫，乞赐余生。"久乃曰且解知悔，叱令曳出，不觉已在小门外。及归书堂，已五更矣，残灯犹在。及明，寻其踪迹，东壁古墙下有小穴如栗，守宫出入焉。士人即率数夫发之，深数丈，有守宫十余石，大者色赤，长尺许，盖其王也。坏土如楼状，士人聚苏焚之。后亦无他。

【译文】太和末年，荆州南松滋县南，有书生寄居在朋友的家里学习。刚到的夜晚二更之后，才点灯学习，突然有才半寸的小人戴着葛巾拄着拐杖，进门对书生说："刚来没有主人，应当很寂寞吧。"声音像苍蝇一样大。书生平素很有胆子，一开始像没看见一样。小人上床，责问道："就没有主客之间的礼仪么？"又爬到书桌上看，大骂不止，打翻砚台在书上，书生不耐烦用笔把他打到地上，叫了几声，出门消失了。一会有妇人四五个，有老有少，都高一寸，叫唤道："真官认为你学习好，所以派人来找你，况且言论精妙，怎么这么痴狂，把人打伤呢？现在要你去见真官。"来了几个小人扑倒书生捆绑起来。书生好像做梦一样，于是咬四肢很疼。又说："你不去，就弄瞎你的眼。"书生害怕跟随着走，到了堂东远远地看见一个小门，像节度使的门，书生大叫："哪里来的怪物敢欺凌人到了这种程度。"又被咬了。恍惚间进入了小门，看见一个人戴着高帽子站在中间，台阶下侍卫数千，都一寸多长，叱骂书生说："我可怜你独处，派小儿去找你，为什么伤害他，应该腰斩你。"看见数十人都带着刀出来，书生害怕道歉说："我太愚笨了，看不出真官，请放过我。"过了很久说知道你后悔了，命令从小门里带走，不知不觉已经在门外了。回到书房，已经五更了，灯还在亮。等天亮了，找他们的踪迹，东墙下有粟米大的小穴，守宫在这里出入。书生带着人挖开它，深达数丈，有十几块石头。大的红色有几寸长，就是他们的王，土壤像楼一样，书生烧毁了它们。之后就没事了。

京宣平坊，有官人夜归入曲，有卖油者张帽驱驴，驮桶不避，导者搏之, 头随而落, 遂遽入一大宅门。官人异之, 随入, 至大槐树下遂灭。因告其家, 即掘之。深数尺, 其树根枯, 下有大虾蟆如叠, 挟二笔鍀, 树溜津满其中也。及巨白菌如殿门浮沤钉, 其盖已落。虾蟆即驴矣, 笔鍀乃油桶也, 菌即其人也。里有沾其油者, 月余, 怪其油好而贱。及怪露, 食者悉病呕泄。

【译文】长安宣平坊出现了一件怪事: 一个夏夜, 有一官人赴饭局回来, 入得坊子深处, 辗转街巷, 前面突然出现一个人, 戴着毡帽, 赶着一头毛驴, 驴身上驮着两个油桶, 见官人一行后, 并不躲避。官人的侍从上前呵斥, 侍从大怒, 手搏卖油者, 哪知其手刚碰到卖油者的脑袋, 那脑袋就落地了, 随后滚入旁边的一处大宅门。官人惊异, 与侍从一起跃门而入, 见那脑袋在一棵大槐树下消失了踪影。随后, 官人征得该户人家的同意, 对槐树进行挖掘。掘到数尺深, 已见槐树之根, 根旁有一只因害怕正在哆嗦的蛤蟆, 它的身边有两个笔匣, 里面尽是槐树的津液。在旁边, 有一巨型白蘑菇, 蘑菇盖已落。原来, 那蛤蟆就是驴, 笔匣就是油桶, 而那白蘑菇就是卖油人。妖怪被发现以后, 当初吃其油的人都病吐不已。

陵州龙兴寺僧惠恪, 不拘戒律, 力举石臼。好客, 往来多依之。常夜会寺僧十余, 设煎饼。二更, 有巨手被毛如胡麃, 大言曰: "乞一煎饼。"众僧惊散, 惟惠恪掇煎饼数枚, 置其掌中。魅因合拳, 僧遂极力急握之。魅哀祈, 声甚切, 惠恪呼家人斫之。及断, 乃鸟一羽也。明日, 随其血踪出寺, 西南入溪, 至一岩罅而灭。惠恪率人发掘, 乃一坑礜石。

【译文】陵州龙兴寺有一个法号叫惠恪的和尚, 惠恪不守清规、力

大无比能举起笨重的石臼、极度好客以至江湖朋友们路过陵州时都会
到龙兴寺跟惠恪说几句话。惠恪找了寺里一帮好吃和尚，经常在夜里烙
煎饼吃。突然有一只毛茸茸的巨手摊开着伸进屋来，同时大声说：请给
我一个煎饼吧！这帮光头一见如此，立即开溜。但是惠恪先是拿了几块
煎饼放到巨手掌心，等这个怪物准备收回手的时候，立马以迅雷不及掩
耳之势擒住怪手，下死劲握。怪物被他握得哇哇直叫，哀声求饶；惠恪
不为所动，叫来庙里的人用刀斧使劲砍怪手，砍断一看，原来是一只鸟
翅膀。第二天，惠恪领了一帮人沿着血迹寻找，到庙的西南方小溪边的
一处石缝里，血迹就消失了。挖开一看，原来是一方礜石。

开成初，东市百姓丧父，骑驴市凶具。行百步，驴忽然曰："我姓
白名元通，负君家力已足，勿复骑我。南市卖麸家欠我五千四百，我又
负君钱数亦如之，今可卖我。"其人惊异，即牵行。旋访主卖之，驴甚
壮，报价只及五千。诣麸行，乃还五千四百，因卖之。两宿而死。

【译文】开成初年东市百姓死了父亲，骑着驴去买丧葬用品。走了
百步，驴说话："我叫白元通，替你家干活已经够了，别骑我了。南市有卖
麸皮的人欠我五千四百钱，我欠你的钱也已经，现在可以卖了我。"这
个人很惊讶，马上找人卖了它，驴子很健壮，报价只有五千。找到卖麸皮
的才出价五千四百，于是卖了，过了两夜驴子死了

郓州阙司仓者，家在荆州。其女乳母钮氏，有一子，妻爱之，与其
子均焉，衣物饮食悉等。忽一日，妻偶得林檎一蒂，戏与己子，钮母乃
怒曰："小娘子成长，忘我矣。常有物与我子停分，何容偏？"因唼吻攘
臂，再三反覆主人之子。一家惊怖，逐夺之。其子状貌长短，正与乳母
儿不下也。妻知其怪，谢之，钮氏复手簸主人之子，始如旧矣。阙为灾

祥, 密令奴持钁暗击之, 正当其脑, 骈然反中门扇。钮大怒, 诟阚曰: "尔如此勿悔。"阚知无可奈何, 与妻拜祈之, 怒方解。钮至今尚在其家, 敬之如神, 更有事甚多矣。

【译文】郓州有个姓阚的管仓库官员, 家在荆州居住。他女儿的乳母姓钮, 也有一个孩子(带在身边), 姓阚的妻子也很喜爱乳母的那个孩子, 与自己的孩子一样, 衣物饮食两个孩子都相等。忽然有一天, 阚妻偶然在果林中得到一个沙果, 逗孩子玩给了自己的孩子, 乳母就发怒说: "小姑娘长大了, 忘了我了。以前有东西都与我的孩子平分, 今天怎么能让你偏向?"一边说着就咬牙挥胳膊, 再三颠倒阚家的孩子。姓阚的一家又惊又怕, 就抢回孩子自己抱着。孩子身高大小, 正好与乳母的孩子不相上下。阚妻知道乳母怪罪她, 就向她道歉, 乳母就又用手轻轻恬着阚家的孩子, 像从前一样。姓阚的认为乳母迟早是个灾害, 密令家奴拿头偷偷打她, 家奴照准乳母的脑袋打下去, 骈的一声反弹回来打中了门扇。乳母大怒, 骂姓阚的说: "你这样别后悔。"姓阚的知道无可奈何, 就与妻子下跪祈求乳母, 乳母的怒气才消了。乳母至今依旧在阚家, 阚家人对她敬之如神, 还有很多事一时也说不完。

荆州处士侯又玄, 常出郊, 厕于荒冢上。及下, 跌伤其肘, 创甚。行数百步, 逢一老人, 问何所苦也, 又玄见其肘。老人言: "偶有良药, 可封之, 下日不开必愈。"又玄如其言。及解视之, 一臂遂落。又玄兄弟五六互病, 病必出血。月余, 又玄两臂忽病疮六七处, 小者如榆钱, 大者如钱, 皆人面, 至死不差。时荆秀才杜晔话此事于座客。

【译文】荆州处士侯又玄, 一次去郊处, 在荒坟上解手。往下走时, 跌了一跤摔伤了肘部, 伤势很重。他走出几百步, 遇见一位老人, 问他为什么这样痛苦。侯又玄把一切都告诉了他，并把自己受伤的肘部给老人看。老人说："正好我有好药，可以涂上，包扎好，十日之内不要打开，一定能好。"侯又玄按照老人说的涂上药。包扎好，十天后，拆开一看，这只臂膊掉在了地上。侯又玄弟兄五、六人连续都病了，得病一定出血一个多月。侯又玄看见哥哥的两臂，忽然长了六、七块疮。小的象榆树钱，大的如钱币，全都象人的脸。当时的荆州秀才杜晔把这个故事告诉了座上客人。

许卑山人言，江左数十年前，有商人左膊上有疮，如人面，亦无它苦。商人戏滴酒口中，其面亦赤。以物食之，凡物必食，食多觉膊内肉涨起，疑胃在其中也。或不食之，则一臂痹焉。有善医者，教其历试诸药，金石草木悉与之。至贝母，其疮乃聚眉闭口。商人喜曰："此药必治也。"因以小苇筒毁其口灌之，数日成痂，遂愈。

【译文】许卑山人说江南数十年前曾经有一位商人，左臂生了疮，全都象人的脸，也没有什么痛苦，商人象玩似的在它口中滴了几滴酒，它的脸也变红。凡是给它食物，它就吃。吃多了，感觉到臂膊的肉发涨，他怀疑胃在里面。有时不给食物吃，这胳臂就瘦下去。有位擅长医术的人，告诉他用金、石、草、木各种药都试着给它吃。试到贝母时，这个疮脸就皱眉闭口。商人高兴地说："这种药一定能治这种脸疮。"于是用小苇筒戳毁它的嘴，把药灌了进去。几天以后结成痂，就好了。

工部员外张周封言，今年春，拜扫假回，至湖城逆旅。说去年秋有河北军将过此，至郊外数里，忽有旋风如升器，常起于马前，军将以鞭击之转大，遂旋马首，鬣起如植。军将惧，下马观之，觉鬣长数尺，中有细缚如红线焉。时马立嘶鸣，军将怒，乃取佩刀拂之。风因散灭，马亦死。军将割马腹视之，腹中无伤，不知是何怪也。

　　【译文】工部员外张周封说，今年春天放假回来到了湖城旅店。说去年秋有河北军队来到这里，到了郊外数里，忽然有旋风状上升的东西，在马前生起，军将用马鞭抽击，于是在马头上旋转，马的鬣毛升起。军将害怕下马察看，看见鬣毛有数尺长，中间有条细细的红线。当时马就嘶鸣，军将愤怒拔刀砍去。风于是消失，马也死了。军将剖开马腹查看，马也没有受伤，不知道是什么怪物。

前集卷十六

广动植之一并序

　　成式以天地间所化所产,突而旋成形者樊然矣,故《山海经》、《尔雅》所不能究。因拾前儒所著,有草木禽鱼未列经史,已载事未悉者,或接诸耳目,简编所无者,作《广动植》,冀培土培丘陵之学也。昔曹丕著论于火布,滕循献疑于虾须,蔡谟不识彭蜞,刘绦误呼荔挺,至今可笑,学者岂容略乎?

　　【译文】我认为天地间所产生的生物,是突然马上就形成具备的,所以《山海经》、《尔雅》不能研究透生物。我于是捡起前代人的著作里的,没有列入经史的各种生物,有已经载入却不了解的,或者是有所耳闻目见的,古书上没有的各种生物做成了《广动植》这一篇文章。希望能对庞大的学说有微小的帮助。以前曹丕著作讨论火布,滕循献因为虾须而怀疑,蔡谟不认识彭蜞,刘绦误称荔挺,学者怎么能省略这些东西呢?

　　羽嘉生飞龙,飞龙生凤,凤生鸾,鸾生庶鸟。应龙生建鸟,建鸟生骐麟,骐麟生庶兽。分鳞生蛟龙,蛟龙生鲲鲠,鲲鲠生建邪,建邪生庶鱼。分潭生先龙,先龙生玄航,玄航生灵龟,灵龟生庶龟。日冯生玄阳阏,玄阳阏生鳞胎,鳞胎生干木,干木生庶木。招摇生程君(一曰若),程君生玄玉,玄玉生醴泉,醴泉生应黄,应黄生黄华,黄华生庶草。海间生屈龙，屈（一曰尾）龙生容华，容华生蒮，蒮生藻，藻生浮草。甲虫影伏，羽虫体伏。食草者多力而愚，食肉者勇敢而悍。齕吞者八窍而卵生，咀嚼者九窍而胎生。无角者膏而先前，有角者脂而先后。食叶者有丝，食土者不息。食而不饮者蚕，饮而不食者蝉，不饮不食者蜉蝣。蜽（一曰蚓）属却行，蛇属纡行，蜻蜩属往鸣，蜩属旁鸣，发皇翼鸣，蚣蝑股鸣，荣原胃鸣。蜩三十日而死。鳣鱼三月上官于孟津。鹂鹆向日飞。鳊与鲫鱼，车螯与移角，并相似。凤雄鸣节节，雌鸣足足，行鸣曰归嬉，止鸣曰提袂。麒麟牡鸣曰逝（一曰游）圣，牝鸣曰归和，春鸣曰扶助，夏鸣曰养绥。鳖无耳为守神。虎五指为貙。鱼满三百六十年，则为蛟龙，引飞去水。鱼二千斤为蛟。武阳小鱼，一斤千头。东海大鱼，瞳子大如三斗盘。桃文竹以四寸为一节，木瓜一尺一百二十一节。木兰去皮不死。荆木心方。蛇有水、草、木、土四种。孔雀尾端一寸名珠毛。鹤左右脚里第一指名兵爪。蜀郡无兔、鸽。江南（一曰东）无狼、马。朱提以南无鸠鹊。鸟有四千五百种，兽有二千四百种。鸮，楚鸠所生（骡不滋乳）。蔡中郎以反舌为虾蟆，《淮南子》以蚤为蟧蠓，诗义以蟊为蝼蛄，高诱以乾鹊为蟋蟀。兔吐子，鸬鹚吐雏。瓜瓠子曰犀，胡桃人曰虾蟆。虾蟆无肠。龟（一曰鼋）肠属于头。科斗尾脱则足生。鸟未孕者为禽，鸟养子曰乳。蛇蟠向王，鹊巢背太岁，燕伏戊巳，虎奋冲破，乾鹊知来，猩猩知往。鹳影抱，虾蟆声抱。蝉化齐后，鸟生杜宇。椰子为越王头，壶楼为杜宇项。一鹂鹆鸣曰"向南不北"，逃闾鸣"玄壶卢系项"（一曰颈）。豆以二七为族，粟累十二为寸。

【译文】羽嘉生飞龙，飞龙生凤，凤生鸾，鸾生庶鸟。应龙生建鸟，建鸟生骐麟，骐麟生庶兽。分鳞生蛟龙，蛟龙生鲲鲠，鲲鲠生建邪，建邪生庶鱼。分潭生先龙，先龙生玄鼋，玄鼋生灵龟，灵龟生庶龟。日冯生

玄阳阙，玄阳阙生鳞胎，鳞胎生干木，干木生庶木。招摇生程君，程君生
玄玉，玄玉生醴泉，醴泉生应黄，应黄生黄华，黄华生庶草。海间生屈
龙，屈龙生容华，容华生菜，菜生藻，藻生浮草。甲虫像影子低伏，羽
虫身体低伏。食草的多力愚笨，食肉的勇敢强悍。齗吞的有八窍是卵生，
咀嚼的有九窍是胎生。无角的有膏又先前，有角的有脂又先后。食叶的
有丝，食土的不息。食而不饮的是蚕，饮而不食的是蝉，不饮不食的是
蜉蝣。蚓属于却行，蛇属于纡行，蜻蚓属于往鸣，蜩属于旁鸣，发皇用
翼鸣，蚣蝑用大腿鸣，荣原用胃鸣。蜩三十日就死。鳣鱼三月逆行去孟
津。鹠鹊向太阳飞。鳊与鲫鱼，车螯与移角，都相似。凤雄鸣声像节节，
雌鸣声像足足，行鸣叫归嬉，止鸣叫提袂。母麒麟鸣叫叫逝圣，公的鸣
叫叫归和，春天鸣叫扶助，夏天鸣叫养绥。鳖无耳是守神。虎有五指成
为貙。鱼满三百六十年，就变成蛟龙，飞离水面。鱼二千斤是蛟。武阳小
鱼，一斤千头。东海大鱼，瞳子大得像三斗盎。桃文竹把四寸作为一节，
木瓜一尺一百二十一节。木兰去皮不死。荆木心是方的。蛇有水、草、
木、土四种。孔雀尾端一寸叫珠毛。鹤左右脚里第一指叫兵爪。蜀郡无
兔鸽。江南无狼马。朱提以南无鸠鹊。鸟有四千五百种，兽有二千四百
种。鸲是楚鸠所生。蔡中郎认为反舌吐音就成了虾蟆，《淮南子》把蚅
认作蟓螺，《诗义》把蟊认作蝼蛄，高诱把乾鹊认作蟋蟀。兔吐子。鹠
鹊吐雏。瓜瓞子叫犀，胡桃人叫虾蟆。虾蟆无肠。龟肠属于头。科斗尾
脱则足生。鸟未孕者为禽，鸟养子曰乳。蛇蟠向着国王，鹊巢背着太岁，
燕伏在戊巳年，虎奋力冲破，乾鹊知来，猩猩知往。鹳对着影子抱，虾
蟆声抱。蝉变化作齐后，鸟衍生出杜宇。椰子是越王头，壶楼是杜宇项。
一鹠鹊鸣声说："向南不北。"逃间叫："玄壶卢系项。"豆以十四作为一
族，粟米累积十二颗为一寸。

人参处处生，兰长生为瑞。有实曰果。又在木曰果。小麦忌戌，

大麦忌子。荞、葶苈、蒜莫为三叶，孟夏煞之。乌头壳外有毛，石劫应节生花。木再花，夏有雹。李再花，秋大霜。木无故丛生，枝尽向下，又生及一尺至一丈自死，皆凶。邑中终岁无鸟，有寇。郡中忽无鸟者，曰乌亡。鸡无故自飞去，家有蛊。鸡日中不下树，妻妾奸谋。见蛇交，三年死。蛇冬见寝室，主兵急。人夜卧无故失髻者，鼠妖也。屋柱木无故生芝者，白为丧，赤为血，黑为贼，黄为喜。其形如人面者亡财，如牛马者远役，如龟蛇者田蚕耗。德及幽隐，则比目鱼至（一曰生）。妾媵有制，则白燕来巢。山上有葱，下有银。山上有薤，下有金。山上有姜，下有铜锡。山有宝玉，木旁枝皆下垂。

【译文】人参处处生长，兰长生得是祥瑞。有实叫果。又在树上叫果。小麦忌讳戌，大麦忌讳子。荞、葶苈、蒜莫叫做三叶，孟夏时节对生长不利。乌头壳外有毛，石劫对应每节生花。树上两次开花，夏天有雹子。李子两次开花，秋天有大霜。木没原因丛生，枝都向下，长到一尺至一丈自死，都是凶兆。乡里整年没有鸟，说明有贼。郡中忽然无鸟，要日食。鸡无故自飞去，家里有蛊。鸡正午不下树，妻妾有奸谋。看见蛇交，三年内会死。冬天看见蛇在寝室，说明有兵祸。人夜卧无故失去髻是鼠妖作怪。屋柱木无故生出灵芝，白色说明有丧事，赤色说明有血光之灾，黑色说明有贼，黄色说明有喜事。形状像人面的说明要破财，像牛马的说明要远役，像龟蛇的说明田里蚕会损耗。德行到达幽隐的地方，那么比目鱼至。妾媵有制度，那么白燕来巢。山上有葱，下面会有银。山上有薤，下面会有金。山上有姜，下面会有铜锡。山有宝玉时树的旁枝都下垂。

葛稚川尝就上林令鱼泉，得朝臣所上草木名二十余种。邻人石琼，就之求借，一皆遗弃。语曰："买鱼得鳒，不如食茹。""宁去累世宅，不去鬐鱼额。""洛鲤伊鲂，贵于牛羊。""得合澜蠣，虽不足豪，亦足以高。""槟榔扶留，可以忘忧。""白马甜榴，一实直牛。""草木晖晖，苍黄乱飞。"

【译文】葛洪曾居住在上林鱼泉，得到朝臣所进献的草木二十余种。邻人石琼，找他求借，全部遗弃。告诉他说："买鱼得鳠，不如食茹。""宁去累世宅，不去鬐鱼额。""洛鲤伊鲂，贵于牛羊。""得合澜蠣，虽不足豪，亦足以高。""槟榔扶留，可以忘忧。""白马甜榴，一实直牛。""草木晖晖，苍黄乱飞。"

羽 篇

凤，骨黑，雄雌夕旦鸣各异。黄帝使伶伦制十二簫写之，其雄声，其雌音。乐有凤凰台，此凤脚，下物如白石者。凤有时来仪，候其所止处，掘深三尺，有圆石如卵，正白，服之安心神。

【译文】凤的骨头是黑色的，雄雌晚上早晨的鸣叫不一样。黄帝让伶伦制作十二簫描写声音，乐曲有凤凰台。这是凤凰脚。排泄物像白石头。凤凰有时候会来到，在它停止的地方，深挖三尺，会得到蛋状圆石，正白色，吃下能安心神。

孔雀，释氏书言，孔雀因雷声而孕。

【译文】孔雀：佛经说孔雀听到雷声就怀孕。

鹳，江淮谓群鹳旋飞为鹳井。鹳亦好旋飞，必有风雨。人探巢取鹳子，六十里旱。能群飞薄霄激雨，雨为之散。

【译文】鹳，江淮把群鹳旋飞叫做鹳井。鹳也喜好旋转飞翔，这一定会有风雨。人搜寻巢穴抓鹳子，六十里内会大旱。鹳子能群飞很高，冲开雨云。

乌鸣地上无好声。人临行，乌鸣而前引，多喜，此旧占所不载。贞元四年，郑、汴二州，群乌飞入田李纳绪境内，衔木为城，高至二三尺，方十余里。纳绪恶而命焚之，信宿如旧，乌口皆流血。俗候乌飞翅重，天将雨。

【译文】乌鸦鸣在地上没有好声。人临行，乌鸦鸣叫作为前引，多有喜事，这是旧占书所不载的。贞元四年，郑、汴二州，群乌飞入田李纳绪境内，衔木为城，高至二三尺，方十余里。纳绪厌恶，命焚烧，乌鸦口都流血。民间说乌飞翅重，天将下雨。

鹊巢中必有梁。崔圆相公妻在家时，与姊妹戏于后园。见二鹊构巢，共衔一木，如笔管，长尺余，安巢中，众悉不见。俗言见鹊上梁必贵。大历八年，乾陵上仙观天尊殿有双鹊衔柴及泥，补葺隙坏一十五处。宰臣上表贺。

【译文】鹊巢中必有梁。崔圆相公妻在家时，与姊妹在后园玩耍。见二鹊构巢，共衔一木，如笔管，长尺余，安巢中，众都不见。民间说见鹊上梁一定有富贵。大历八年，乾陵上仙观天尊殿有双鹊，衔柴和泥修葺缝隙坏掉的有一十五处，宰臣上表庆祝。

贞元三年，中书省梧桐树上有鹊，以泥为巢。焚其巢，可禳狐魅。

【译文】贞元三年，中书省梧桐树上有鹊，用泥做巢。烧掉其巢，可防止狐魅。

燕，凡狐白貉鼠之类，燕见之则毛脱。或言燕蛰于水（一曰月）底。旧说燕不入室，是井之虚也。取桐为男女各一，投井中，燕必来。胸班黑，声大，名胡燕。其巢有容匹素练者。

【译文】燕：只要是狐白貉鼠一类，燕见到就会毛脱。有的人说燕蛰在水底。以前传说燕不入屋室，是因为井的空虚。取桐作为男女各一棵，投入井中，燕子一定来。胸口有班状黑点，声音大，叫胡燕。它的巢有的能容纳一匹素练的。

雀，释氏书言，雀沙生，因浴沙尘受卵。蜀吊乌山，至雉雀来吊最悲，百姓夜燃火伺取之。无嗉不食，似持（一曰特）悲者，以为义，则不杀。

【译文】雀，佛经说，雀在沙中生，所以沐浴着沙尘下卵。四川吊乌山，到了雉雀来吊声音最悲，百姓夜晚燃火伺取鸟雀。无嗉囊空空的不吃东西，好像特别悲伤的样子，人们赞赏这种道义，就不杀他们了。

鸽，大理丞郑复礼言，波斯舶上多养鸽。鸽能飞行数千里，辄放一只至家，以为平安信。

【译文】鸽，大理丞郑复礼说，波斯船上多养鸽。鸽能飞行数千里，放飞一只至家，可以寄送平安信。

鹦鹉，能飞。众鸟趾前三后一，唯鹦鹉四趾齐分。凡鸟下睑眨上，独此鸟两睑俱动，如人目。玄宗时，有五色鹦鹉能言，上令左右试牵帝衣，鸟辄瞋目叱咤。岐府文学能延京献《鹦鹉篇》，以赞其事。张燕公有表贺，称为时乐鸟。

【译文】鹦鹉能飞。众鸟脚趾都是后一，只有鹦鹉四趾齐分。凡鸟下面眼皮向上眨，只有这种鸟上下眼皮一起动，像人目。玄宗时，有五色鹦鹉能说话，皇帝让左右试着牵动皇帝的衣服，鸟就瞪眼鸣叫。岐府文学能延京进献《鹦鹉篇》，来赞美这件事。张燕公有表文庆贺，这只鸟被称为时乐鸟。

杜鹃，始阳相催而鸣，先鸣者吐血死。尝有人山行，见一群寂然，聊学其声，即死。初鸣先听其声者，主离别。厕上听其声，不祥。厌之法，当为大声应之。

【译文】杜鹃，始阳相逼迫才鸣叫，先鸣的吐血死。曾有人在山上行走，见一群杜鹃寂然，学了杜鹃叫声，就死了。初鸣先听其声的人，说明要离别。厕上听这个声音是不祥的。对应的办法是大声呼喊回应。

鸲鹆，旧言可使取火，效人言，胜鹦鹉。取其目睛，和人乳研，滴眼中，能见烟霄外物也。

【译文】鸲鹆，以前说可使它去取火，模仿人言，超过鹦鹉。取其眼睛和人乳研磨，滴入眼中，能看见天外的东西。

鹅，济南郡张公城西北有鹅浦。南燕世，有渔人居水侧，常听鹅之声。众中有铃声甚清亮，候之，见一鹅咽颈极长，罗得之，项上有铜铃，缀以银锁，隐起"元鼎元年"字。

【译文】鹅，济南郡张公城西北有鹅浦。南燕时，有渔人居住在水侧，常听到鹅的声音。众鹅中有像铃声特别清亮的，等着，看见一鹅脖子极长，用网抓住，项上有铜铃，挂有银锁，上面隐约有"元鼎元年"的字样。

晋时，营道县令何潜之，于县界得鸟，大如白鹭，膝上髀下自然有铜镮贯之。

【译文】晋朝时，营道县令何潜之在县的边界得到一只鸟，大如白鹭，膝上髀下天生有铜环贯穿。

鸩鹍，旧言辟火灾。巢于高树，生子穴中，衔其母翅飞下养之。

【译文】鸩鹍，以前传说能避免火灾。在高树上做巢，生子在巢穴中，小鸟衔着它母亲的翅膀飞下来喂养。

鸩（即鸥字），相传鹊生三子，一为鸩。肃宗张皇后专权，每进酒，常置鸩脑酒。鸩脑酒令人久醉健忘。

【译文】鸩，相传鹊生三子，一为鸩。肃宗的张皇后专权，每次进酒，经常放置一杯鸩脑酒。鸩脑酒令人久醉健忘。

异鸟，天宝二年，平卢有紫虫食禾苗。时东北有赤头鸟，群飞食之。开元二十三年，榆关有虸[四库本为"蚄"]蚄虫，延入平州界，亦有群雀食之。又开元中，具州蝗虫食禾，有大白鸟数千，小白鸟数万，尽食其虫。

【译文】异鸟：在天宝二年，平卢有紫虫吃庄稼苗。时东北有赤头鸟，成群飞来吃掉它。开元二十三年，榆关有虸蚄虫，跑到平州界内，也被群雀吃掉。又在开元年间，具州有蝗虫吃庄稼，有大白鸟数千只，小白鸟数万只，吃光了蝗虫。

大历八年，大鸟见武功，群鸟随噪之。行营将张日芬射获之，肉翅，狐首，四足，足有爪，广四尺三寸，状类蝙蝠。又邠州有白头鸟，乳鸲鹆。

【译文】大历八年，有大鸟出现在武功，群鸟随之鸣叫起来。行营将张日芬射下来得到一只，肉状翅，狐状的头，有四足，足上有爪，有四尺三寸大，形状类似蝙蝠。又在邠州有一种白头鸟，养育鸲鹆。

王母使者，齐郡函山有鸟，足青，觜赤，黄素翼，绛颡，名王母使者。昔汉武登此山，得玉函，长五寸。帝下山，玉函忽化为白鸟飞去。世传山上有王母药函，常令鸟守之。

【译文】王母使者：齐郡函山有一种鸟，足是青色的，觜是红色的，黄色的翅膀，红色的头，名叫王母使者。以前汉武帝登上这座山，得到玉函，长达五寸。汉武帝下山，玉函忽然变作白鸟飞去。世上传说山上有王母的药函，常让这种鸟守护。

吐绶鸟，鱼复县南山有鸟，大如鸲鹆，羽色(一曰毛)多黑，杂以黄白，头颊似雉，有时吐物，长数寸，丹彩彪炳，形色类绶，因名为吐绶鸟。又食必蓄嗉，臆前大如斗，虑触其嗉，行每远草木，故一名避株鸟。

【译文】鱼复县的南山有一种鸟象鸲鹆那样大，羽毛大部黑色，夹杂着黄、白色，头像野鸡。有时吐出几寸长的一种东西，大红色十分鲜艳，形状像绶带，因而叫它吐绶鸟。另外，吃食后必存在嗉子里，前胸大得像酒斗，为防触碰它的嗉子，走时远避树林和草，所以，另一名叫避株鸟。

鹳鸹，一名堕羿，形似鹊。人射之，则衔矢反射人。

【译文】鹳鸹，也叫堕羿，形似鹊。人拿弓箭射它，就会叼着箭矢反向射击人。

鶚雕，喙大而勾，长一尺，赤黄色，受二升，南人以为酒杯也。

【译文】鶚雕，喙大同时弯曲内勾，长达一尺，颜色为赤黄色，容积有二升，南方人把它作为酒杯。

菘节鸟，四脚，尾似鼠，形如雀，终南深谷中有之。

【译文】菘节鸟，有四脚，尾巴像鼠尾，形状像雀，终南山的深谷中有这种鸟。

老鹙,秦中山谷间有鸟如枭,色青黄,肉翅,好食烟。见人辄惊落,隐首草穴中,常露身。其声如婴儿啼,名老鹙。

【译文】老鹙:秦中山谷间有鸟像老鹰一样,颜色是青黄的,肉状翅,好吃烟雾。见人就惊吓掉落,隐藏头在草穴中,常常露着身子。声音像婴儿啼叫,名老鹙。

柴蒿,京之近山有柴蒿,鸟头,有冠如戴胜,大若野鸡。

【译文】柴蒿,京城的近山有柴蒿,有鸟头,有冠像戴胜一样,大如野鸡。

兜兜鸟,其声自号,正月以后作声,至五月节不知所在。其形似鸲鹆。

【译文】兜兜鸟,用它鸣叫的声音命名的,正月以后鸣叫,到了端午就不知它所在。形似鸲鹆。

虾蟆护,南山下有鸟名虾蟆护,多在田中,头有冠,色苍,足赤,形似鹭。

【译文】虾蟆护,南山下有鸟叫虾蟆护,多在田中,头上有冠,颜色是苍色,足为红色,形似鹭。

夜行游女,一曰天帝女,一曰钓星。夜飞昼隐如鬼神,衣毛为飞鸟,脱毛为妇人。无子,喜取人子,胸前有乳。凡人饴小儿不可露处,小儿衣亦不可露晒，毛落衣中，当为鸟祟。或以血点其衣为志。或言产死者所化。

【译文】夜行游女，一说是天帝女，一说是钓星。夜里飞昼里隐像鬼神，穿羽毛成为飞鸟，脱去羽毛成为妇人。无子，喜欢偷取别人孩子，胸前有乳。喂养小儿不可显露，小儿的衣亦不可露天暴晒，羽毛落到衣中，就会有鸟祟。有的用血点其衣作为标志。有的人说这种鸟是难产死的人所变的。

鬼车鸟，相传此鸟昔有十首，能收人魂，一首为犬所噬。秦中天阴，有时有声，声如力车鸣，或言是水鸡过也。

【译文】鬼车鸟，传说这种鸟以前有十个脑袋，能收集人的魂魄，一头被犬所吃。秦中地区天阴，有时有声音，声音如力车轰鸣，有人说是水鸡经过。

《白泽图》谓之苍鸆，《帝喾书》谓之逆鸧，夫子、子夏所见。宝历中，国子四门助教史迥语成式，尝见裴瑜所注《尔雅》，言鸆鸓鸹是九头鸟也。

【译文】《白泽图》叫做苍鸆，《帝喾书》叫做逆鸧，是夫子、子夏所见的。宝历年间，国子四门助教史迥告诉我，曾经见裴瑜所注《尔雅》的，说鸆鸓鸹是九头鸟。

细鸟，汉武时，毕勒国献细鸟，以方尺玉为笼，数百头，状如蝇，声如鸿鹄。此国以候日，因名候日虫。集宫人衣，辄蒙爱幸。

【译文】细鸟，汉武帝时，毕勒国进献小鸟，用方尺玉作为笼头，数百只鸟，形状如苍蝇，声音如鸿鹄。此国因为等候太阳出来，于是命名叫候日虫。落在宫女衣服上，宫女就会得到宠幸。

嗽金鸟，出昆明国。形如雀，色黄，常翱翔于海上。魏明帝时，其国来献此鸟。饴以真珠及龟脑，常吐金屑如粟，铸之乃为器服。宫人争以鸟所吐金为钗珥，谓之辟寒金，以鸟不畏寒也。宫人相嘲弄曰："不服辟寒金，那得帝王心。不服辟寒钿，那得帝王怜。"

【译文】嗽金鸟，出自昆明国。形如雀，黄色，常翱翔在海上。魏明帝时，昆明国来献这种鸟。喂给真珠和龟脑，常吐出金屑像粟米一样，熔铸金屑作为饰品。宫女争夺用鸟所吐的金子作饰品，叫做辟寒金，因为鸟不畏寒。宫人相嘲弄说："不服辟寒金，那得帝王心。不服辟寒钿，那得帝王怜。"

背明鸟，吴时，越隽之南献背明鸟。形如鹤，止不向明，巢必对北，其声百变。

【译文】背明鸟，吴时，越隽南方进献背明鸟。形状像鹤，停止时不向着光明，巢必对着北方，叫声百变。

岂岚鸟，出河西赤坞镇。状似乌而大，飞翔于阵上，多不利。

【译文】岂岚鸟，出自河西赤坞镇。状像乌鸦却有点大，飞翔在军阵上，多有不利的事。

鹪鹩，状如燕稍大，足短，趾似鼠。未尝见下地，常止林中。偶失势控地，不能自振。及举，上凌青霄。出凉州。

【译文】鹪鹩，形状像燕子却稍大，足短，趾像鼠。未曾见它下地，常停止在林中。偶尔失控到地上，不能自己飞起来。等到飞起，向上超过青霄。生活在凉州地区。

鹕鸟，武州县合火山，山上有鹕鸟。形类鸟，觜赤如丹。一名赤觜鸟，亦曰阿鹕鸟。

【译文】鹕鸟，武州县合火山，山上有鹕鸟。形状类似鸟，觜像丹砂一样是红色。也叫赤觜鸟，还叫阿鹕鸟。

训胡，恶鸟也。鸣则后窍应之。

【译文】训胡是一种凶恶的鸟。鸣叫时用后面的孔应和。

百劳，博劳也。相传伯奇所化。取其所踏枝鞭小儿，能令速语。南人继母有娠，乳儿病如虐，唯鹏毛治之。

【译文】百劳鸟就是伯劳鸟。相传是伯奇变化成的。拿这种鸟踩过的枝条鞭打婴儿，能让小儿快速学会说话。南方继母生育的婴儿病很严重的话，用伯劳鸟的羽毛诊治。

毛 篇

师子^①，释氏书言，师子筋为弦，鼓之众弦皆绝。西域有黑师子、捧师子。集贤校理张希复言，旧有师子尾拂，夏月，蝇蚋不敢集其上。

【注释】①师子：即狮子

【译文】狮子，佛经里说，用狮子的筋做弦，别的弦都拉断了，它也不会断。西域有黑狮子、捧狮子。集贤校理张希复说，以前有狮子尾巴做的拂尘，夏天苍蝇蚊虫不敢落在上面。

旧说苏合香，师子粪也。

【译文】以前传说苏合香是狮子粪。

象，旧说象性久识，见其子皮必泣。一枚重千斤。

【译文】大象：以前传说大象记忆强，看见它孩子的皮会哭泣。一头大象有一千多斤重。

释氏书言，象七九柱地六牙。牙生理，必因雷声。

【译文】佛经说，象六十三岁有六颗牙拄着地。牙上有纹理，一定是循雷声而成的。

又言，龙象六十岁，骨方足。今荆地象色黑，两牙，江猪也。咸亨二年，周澄国遣使上表，言："诃伽国有白象，首垂四牙，身运五足，象之所在，其土必丰。以水洗牙，饮之愈疾。请发兵迎取。"象胆，随四时在四腿，春在前左，夏在前右，如龟无定体也。鼻端有爪，可拾针。肉有十二般，唯鼻是其本肉。陶贞白言，夏月合药，宜置象牙于药旁。南人言象妒，恶犬声。猎者裹粮登高树，构熊巢伺之。有群象过，则为犬声，悉举鼻吼叫，循守不复去。或经五六日，困倒其下，因潜杀之。耳后有穴，薄如鼓皮，一刺而毙。胸前小横骨灰之酒，服令人能浮水出没。食其肉，令人体重。古训言，象孕五岁始生。

【译文】又说龙象六十岁骨头才长全。现在荆州的大象颜色发黑，有两颗牙是江猪。咸亨二年，周澄国派使节上表说："诃伽国有白象，头上有四颗牙，身上长着五条腿。大象在的地方，土壤肥沃、洗牙的水喝下去能治病。请派兵去拿大象。"象胆随着四季变化在四条腿上。春天在左前，夏天在右前。像乌龟一样不确定。鼻子的末端有钩爪，可以捡起针。肉有十二种，只有鼻子是根本的肉。陶贞白说，夏天做药，适宜把象牙放到药旁。南方人说大象好嫉妒，厌恶狗叫声。猎人带着粮食躲在高树上，筑一个巢穴等着。有一群大象到，学狗叫声，大象都抬起鼻子鸣叫，不再走开。五六日后大象累倒，暗杀掉大象。大象耳后有一处穴位，像鼓皮一样薄，刺一下就死了。胸前短小横立的骨头烧作灰和酒喝下去能让人自由在水中浮沉。吃了大象肉，会增加体重。以前的人说：大象怀胎五年才生孩子。

虎交而月晕。仙人郑思远常骑虎，故人许隐齿痛求治，郑曰："唯得虎须，及热插齿间即愈。"郑为拔数茎与之，因知虎须治齿也。虎杀人，能令尸起自解衣，方食之。虎威如乙字，长一寸，在胁两旁皮内，尾端亦有之。佩之临官佳，无官人所媢嫉。虎夜视，一目放光，一目看物。猎人候而射之，光坠入地成白石，主小儿惊。

【译文】老虎交配月亮会有月晕。仙人郑思远常常骑虎，老朋友许隐牙疼求治，郑思远说："用老虎须子加热放到牙齿间就好了。"郑思远拔了几根给许隐，于是知道老虎胡须可以治牙。老虎杀死人，能叫尸体起来自己脱去衣服，才吃人。老虎的威骨像"乙"字，长达一寸，在腰胁的两旁皮内，尾巴末端也有。佩戴它就会官运亨通，这是没有当官的人所妒忌的。老虎夜晚出行，一只眼放光，一只眼看东西。猎人瞄准射击，光掉到地上成为白色石头，能治小孩夜惊。

马，虏中护兰马，玉白马也，亦曰玉面谙真马，十三岁马也。以十三岁已下，可以留种。旧种马，戎马八尺，田马七尺，怒马六尺。瓜州饲马以蕡草，沙州以茨萁，凉州以勃突浑，蜀以稗草。以萝卜根饲马，马肥。安比饲马以沙蓬根针。大食国马解人语。悉怛国、怛幹国出好马。马四岁，两齿。至二十岁，齿尽平。体名有输鼠、外凫、乌头、龙翅、虎口。猪槽饲马，石灰泥槽，汗而系门，三事落驹。回毛在颈，白马。黑马鞍下腋下回毛，右胁白毛，左右后足白。马四足黑，目下横毛；黄马白喙，旋毛在吻后，汗沟上通尾本，目赤睫乱及反睫；白马黑目，目白却视，并不可骑。夜眼名附蝉，尸肝名悬蹄，亦曰鸡舌、绿袄。方言以地黄、甘草啖五十岁，生三驹。

【译文】马，虏中护兰马就是玉白马，也叫玉面谙真马，年龄为十三岁。十三岁以下，可以留作种马。以前的种马，戎马要高八尺，田马高七尺，怒马高六尺。瓜州喂马用蕡草，沙州用茨萁，凉州用勃突浑，蜀用稗草。用萝卜根喂马，马会变肥。安比喂马用沙蓬根针。大食国马能听懂人话。悉怛国、怛幹国出产好马。马四岁，有两齿。到二十岁，齿都掉了。体态的名字有输鼠、外兔、乌头、龙翅、虎口。用猪槽喂马，用石灰泥槽，会流汗系门。回毛在脖子上，白马。黑马鞍下腋下有回毛，右胁有白毛，左右后足白色。马四足黑色，目下有横毛；黄马有白喙，旋毛在吻后，汗沟向上通达尾巴跟，目红色，睫毛乱；白马黑目的，目白直看人的，都不能骑。夜眼叫做附蝉，尸肝叫做悬煺，也叫鸡舌、绿袄。地方上说用地黄、甘草啖五十年，会生下三驹。

牛，北人牛瘦者，多以蛇灌鼻口，则为独肝。水牛有独肝者杀人，逆贼李希烈食之而死。相牛法，岐胡有寿，膺匡欲广，毫筋欲横，蹄后筋也。常有声，有黄也。角冷有病。旋毛在珠泉无寿。睫乱触人。衔乌角偏妨主。毛少骨多有力。溺射前，良半也。疏肋难养。三岁二齿，四岁四齿，五岁六齿。六岁以后，每一年接脊骨一节。

【译文】牛，北方的牛瘦弱的，多用蛇灌鼻，就会有一个肝。水牛有一肝的会杀人，叛逆之贼李希烈吃了就死了。相牛法，岐胡有长寿，膺匡要广，毫筋要横，毫筋就是蹄子后面的筋。常有叫声的，有牛黄。角冷的有病。旋毛在珍珠泉不长寿。睫毛乱的好触人。对乌角妨碍主人。毛少骨多有力量。溺朝前，是好的一半。疏肋难培养。三年生二齿，四齿用四年，五年生六齿。六年以后，每一年长一节脊椎骨。

宁公所饭牛，阴虹属颈。阴虹，双筋自尾属颈也。

【译文】宁公吃的牛，阴虹在脖子上。阴虹是牛自尾尻到颈部的双筋。

北房之先索国有泥师都，二妻生四子。一子化为鸿，遂委三子，谓曰："尔可从古荫。"古荫，牛也。三子因随牛，牛所粪，悉成肉酪。太原县北有银牛山，汉建武二十一年，有人骑白牛蹂人田，田父诃诘之，乃曰："吾北海使，将看天子登封。"遂乘牛上山。田父寻至山上，唯见牛迹，遗粪皆为银也。明年，世祖封禅。

【译文】北房的先索国有泥师都，两个妻子生了四个孩子。一个孩子变成飞鸿，于是把三个孩子委托给他，对他说："你可以跟从古荫。"古荫就是牛。三子尾随牛，牛的粪便，全部成肉酪。太原县北有银牛山，汉建武二十一年，有人骑白牛践踏民田，农夫大声问他，就说："我是北海神使，要看天子登山。"于是乘牛到山上。农夫寻到山上，只见牛脚印，遗粪都是银的。第二年，刘秀封禅。

鹿，虞部郎中陆绍弟，为卢氏县尉。尝观猎人猎，忽遇鹿五六头临涧，见人不惊，毛班如画。陆怪猎人不射，问之，猎者言："此仙鹿也，射之不能伤，且复不利。"陆不信，强之。猎者不得已，一发矢，鹿带箭而去。及返，射者坠崖，折左足。

【译文】鹿，虞部郎中陆续兄弟，担任卢氏县尉。曾经看到猎人打猎，突然遇上鹿五六头靠近林涧，看见别人不怕，皮毛的斑点像画一样。陆奇怪猎人不射，问他，打猎的人说："这仙鹿啊，射中不能伤害到，而且又会有不利。"陆不信，强迫射去。打猎的人不得已，射了一箭，鹿带箭跑走。等到回来时，射箭的人坠崖，摔断了左脚。

《南康记》云："合浦有鹿，额上戴科藤一枝，四条直上，各一丈。"

【译文】《南康记》说:"合浦有鹿,额头上带着一枝科藤,四条腿直直向上,各有一丈长。"

犀之通天者必恶影,常饮浊水。当其溺时,人趁不复移足。角之理,形似百物。或云犀角通者是其病,然其理有倒插、正插、腰鼓插。倒者,一半已下通。正者,一半已上通。腰鼓者,中断不通。故波斯谓牙为白暗,犀为黑暗。成式门下医人吴士皋,尝职于南海郡,见舶主说本国取犀,先于山路多植木,如狙杙,云犀前脚直,常倚木而息,木栏折则不能起。犀牛一名奴角,有鸠处必有犀也。犀,三毛一孔。刘孝标言,犀堕角埋之,以假角易之。

【译文】通天的犀牛一定会讨厌月光,常饮浊水。当它便溺时,人们趁它不移动腿。角的文理,形似万物。有人说中通的犀牛角能治病,但是他的纹理有倒插、正插、腰鼓插。倒插是,一半以下通。正插,一半以上通。腰鼓插的,中断不通。所以波斯对牙叫做白暗,犀牛叫做黑暗。我门下医生吴士皋,曾任职于南海郡,见到船主人说本国猎取犀牛,先在山路多种植树木,像狙杙一样,说犀牛前脚直,常常依靠木而休息,木栏杆折断就不能起身。犀牛也叫奴隶角,有鸠的地方一定有犀牛的。犀牛,三根毛成一孔。刘孝标说,犀牛角掉下会被埋掉,用假角换上。

驼,性羞。《木兰篇》"明驼千里脚",多误作"鸣"字。驼卧,腹不贴地,屈足漏明,则行千里。

【译文】骆驼很害羞。《木兰篇》说:"明驼千里脚。"经常错写成"鸣"字,骆驼肚子不贴着地,弯着脚眵眼。这样能行走千里。

天铁熊，高宗时，加（一曰伽）毗叶国献天铁熊，擒白象、师子。

【译文】天铁熊，唐高宗时期，加毗叶国进献天铁熊，能擒住白象狮子。

狼，大如狗，苍色，作声诸窍皆沸。胜中筋大如鸭卵，有犯盗者，薰之，当令手挛缩。或言狼筋如织络，小囊虫所作也。狼粪烟直上，烽火用之。或言狼狈是两物，狈前足绝短，每行常驾于狼腿上，狈失狼则不能动，故世言事乖者称狼狈。临济郡西有狼冢。近世曾有人独行于野，遇狼数十头，其人窘急，遂登草积上。有两狼乃入穴中，负出一老狼。老狼至，以口拔数茎草，群狼遂竞拔之。积将崩，遇猎者救之而免。其人相率掘此冢，得狼百余头杀之，疑老狼即狈也。

【译文】狼，大如狗，苍青色，叫唤时各个孔窍都沸腾。胃里筋大如鸭蛋，有盗窃的人，薰蒸他，会让手挛缩。有人说狼筋像纺织的，是小囊虫所作的。狼粪的烟直上，是烽火用燃料的。有人说狼狈是两种东西，狈前足绝短，出行常驾在狼腿上，狈失去狼就不能动，所以人们把干不成事的称作狼狈。临济郡西有狼冢。近代曾有人独自行走在田野，遇到狼几十头，那人急，于是登上草积累上。有两只狼进入洞中，背出来一个老狼。老狼到了，用嘴拔几根草，狼群于是争着拔的。将崩塌堆积，遇到打猎的救他才幸存。那人一起挖掘这座坟墓，找到狼一百多头杀了，怀疑老狼就狈啊。

貙泽，大如犬，其膏宣利，以手所承及于铜铁瓦器中，贮悉透，以骨盛则不漏。

【译文】貊泽像狗一样大，它的油脂能宣利，用手所承到铜铁瓦的器具里面，贮藏的东西浸透，那么盛放遗体不会撒漏。

猎猢，徼外勃樊州重陆香所出也，如枫脂，猎猢好啖之。大者重十斤，状似獭。其头身四支了无毛，唯从鼻上竟脊至尾有青毛，广一寸，长三四分。猎得者斫刺不伤，积薪焚之不死，乃大杖击之，骨碎乃死。

【译文】猎猢，徼外勃樊州出产重陆香，像枫树的树脂。猎猢喜欢吃。大的猎猢有十斤，形状像獭。身上没有毛，只有从鼻子经过脊梁到尾巴有青毛。宽一寸，长三四分。捕猎的人不能砍伤，用大棍子击打，骨头敲碎才死。

黄腰，一名唐已，人见之不祥，俗相传食虎。

【译文】黄腰，也叫唐已，人看见会发生不祥的事，民间相传它吃老虎。

香狸，取其水道连囊，以酒浇乾之，其气如真麝。

【译文】香狸，取它和胃相通的肠道，用酒浇干，气味像麝香一样。

耶希，有鹿两头，食毒草，是其胎矢也。夷谓鹿为耶，矢为希。

【译文】在耶希，有两头鹿，吃毒草，毒素能从排泄物中排走。蛮夷把鹿叫做耶，屎叫做希。

魊，似黄狗，圊①有常处。若行远不及其家（一云处），则以草塞其尻。

【注释】①圊：厕所。

【译文】魊像黄狗，厕所里常有。假如走远了到不了家，就用草塞满屁股。

猨狖，蜀西南高山上有物如猴状，长七尺，名猨猨狖，一曰马化。好窃人妻，多时形皆类之，尽姓杨，蜀中姓杨者往往玃爪。

【译文】猨狖，四川西南的高山上有长得像猴的动物，长达七尺，叫做猨狖，也叫马化。喜好奸淫人妻，很多时候形状像人，都姓杨，四川姓杨的人往往有玃爪。

狒狒，饮其血可以见鬼。力负千斤，笑辄上吻掩额，状如猕猴，作人言，如鸟声，能知生死。血可染绯，发可为髢①。旧说反踵，猎者言无膝，睡常倚物。宋建武高城郡进雌雄二头。

【注释】①髢：假发

【译文】喝了狒狒的血可以看见鬼。狒狒能举起千斤重的东西，笑时上嘴唇会盖住额头，像猕猴，说人话，像鸟叫声，能知道生死。血液可以作为红色染料。须发可以作为假发。以前说是反长脚跟，猎人说它没有膝盖，长靠着东西睡觉。宋建武年间高城郡进献雌雄狒狒两头。

在子者，鳖身人首，灸之以藿，则鸣曰在子。

【译文】在子长着鳖身人头，用藿熏烤，就会发出"在子"的鸣叫声。

大尾羊，康居出大尾羊，尾上旁广，重十斤。又僧玄奘至西域，大雪山高岭下有一村养羊，大如驴。罽宾国出野青羊，尾如翠色，土人食之。

【译文】发尾羊，康居出产大尾巴绵羊，尾巴上宽广，重达十斤。又有玄奘到西域，大雪山高岭下有一村养羊，那里的羊大如驴子。罽宾国出产野青羊，尾巴像翡翠颜色，是当地人吃的。

前集卷十七

广动植之二

鳞介篇

龙，头上有一物，如博山形，名尺木。龙无尺木，不能升天。

【译文】龙头上有一个博山形状的东西，叫尺木，龙没有尺木就飞不上天。

井鱼，井鱼脑有穴，每翕水辄于脑穴蹙出，如飞泉散落海中，舟人竞以空器贮之。海水咸苦，经鱼脑穴出反淡，如泉水焉。成式见梵僧菩提胜说。

【译文】井鱼，井鱼脑有孔穴，每次收缩水就在脑穴挤出来，如飞溅散落在大海中，船上的人用空器储存的。海水咸苦，经鱼脑穴出变淡，像泉水一样。我听梵僧菩提胜说的。

异鱼，东海渔人言，近获鱼，长五六尺，肠胃成胡鹿刀槊之状，或号秦皇鱼。

【译文】异鱼，东海渔夫说进来捕到的鱼，长达五六尺，肠胃成胡鹿刀槊的样子，也叫秦皇鱼。

鲤，脊中鳞一道，每鳞有小黑点，大小皆三十六鳞。国朝律，取得鲤鱼即宜放，仍不得吃，号赤鲢公。卖者杖六十，言"鲤"为"李"也。

【译文】鲤鱼，脊中有鳞一道，每鳞上有小黑点，大小都是三十六鳞。我朝法律，取得鲤鱼马上放归，不得食用，叫做赤鲢公。卖的人判刑杖打六十下，因为"鲤"字和"李"字同音。

黄鱼，蜀中每杀黄鱼，天必阴雨。

【译文】黄鱼，蜀中每次杀黄鱼，一定会阴天下雨。

乌贼，旧说名河伯度（一曰从）事小吏，遇大鱼辄放墨，方数尺，以混其身。江东人或取墨书契，以脱人财物，书迹如淡墨，逾年字消，唯空纸耳。海人言，昔秦皇东游，弃算袋于海，化为此鱼，形如算袋，两带极长。一说乌贼有碇，遇风则蚪前一须下碇。鲐鱼，凡诸鱼欲产，鲐鱼辄舐其腹，世谓之众鱼之生母。

【译文】乌贼，旧的说法叫河伯的从事小吏，碰到大鱼就把墨放出来，几尺见方，用来隐藏自身。江东有人用墨文字，用来赖账，书迹淡如墨，过了一年字消，只有空纸而已。渔民的话，从前，秦始皇东游，丢墨

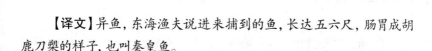

广动植之二

341

袋到海，变成这鱼，形如墨袋，两个带最长。一说乌贼有墨碗，遇风则排下墨碗。鮧鱼：只要是要产卵的鱼，鮧鱼就舔他的肚子，人们说它是各种鱼的接生婆。

鮹鱼，章安县出。出入鮹腹，子朝出索食，暮入母腹。腹中容四子。颊赤如金，甚健，网不能制，俗呼为河伯健儿。

【译文】章安县出产鮹鱼。小鱼早上从鱼腹出来，晚上进入鱼腹。鱼腹能容纳四条小鱼。面颊金红色，很健壮，渔网不能捕捉，民间叫做河伯的健儿。

鲛鱼，鲛子惊则入母腹中。

【译文】鲛鱼，小鲛鱼受惊会回到母亲肚子里。

马头鱼，象浦有鱼，色黑，长五丈余，头如马，伺人入水食人。

【译文】马头鱼，象浦有种鱼，色黑，长达五丈多，头像马，等人入水就把人吃掉。

印鱼，长一尺三寸，额上四方如印，有字。诸大鱼应死者，先以印封之。

【译文】印鱼，长达一尺三寸，头上有个印章，上面有字。该死的大鱼就用印去封上。

石班鱼,僧行儒言,建州有石班鱼,好与蛇交。南中多隔蜂,窠大如壶,常群螫人。土人取石班鱼就蜂树侧灸之,标于竿上向日,令鱼影落其窠上,须臾有鸟大如燕,数百,互击其窠。窠碎,落如叶,蜂亦全尽。

【译文】石班鱼,僧行儒说,建立州有石班鱼,喜欢与蛇交往。南方多隔蜂,巢穴大如壶状,常成群螫人。当地人取石班鱼到蜜蜂在树旁烤的,树立一根竿向着天,让鱼影落在巢穴上,不一会儿有大如燕子的鸟数百只,啄击巢穴。巢穴碎掉,掉落如叶片,隔蜂也完全死光。

鲵鱼,如鲇,四足长尾,能上树。天旱辄含水上山,以草叶覆身,张口,鸟来饮水,因吸食之,声如小儿。峡中人食之,先缚于树鞭之,身上白汗出如构汁,此方可食,不尔有毒。

【译文】鲵鱼像鲇鱼,四只脚长长的尾巴,能上树。天旱就含着水上山,用草叶盖住身体,张嘴,鸟来河水,就吃掉它,声音像小孩。峡谷中的人吃了它,先绑在树上,身上白汗析出,才能吃掉,不然有毒。

鲎,雌常负雄而行,渔者必得其双。南人列肆卖之,雄者少肉。旧说过海辄相负于背,高尺余,如帆乘风游行。今鲎壳上有一物,高七八寸,如石珊瑚,俗呼为鲎帆。成式荆州尝得一枚。至今闽岭重鲎子酱。鲎十二足,壳可为冠,次于白角。南人取其尾,为小如意也。

【译文】鲎,雌的经常背着雄的行进,打鱼的人一定会得一双。南方人商铺卖的,雄的少肉。旧说过海就背在背上,一尺多高,像船帆乘风游行。现在鲎壳上有一个东西,高七八寸,像石珊瑚,俗称为鲎帆。我在荆州曾经得到一枚。到现在闽岭喜欢鲎子酱。鲎有十二脚，壳可以做帽子，其次在白角。南方人把它的尾巴，做成小如意。

飞鱼，朗山浪水有鱼，长一尺，能飞，飞即凌云空，息即归潭底。

【译文】飞鱼，朗山浪水有鱼，长达一尺，能飞，一飞就超过云空，休息时回归到潭底。

温泉中鱼，南人随溪有三亭城，城下温泉中生小鱼。

【译文】温泉中的鱼，南人随溪有三亭城，城下温泉中生小鱼。

羊头鱼，周陵溪溪中有鱼，其头似羊，俗呼为羊头鱼。丰肉少骨，殊美于余鱼。

【译文】羊头鱼，周陵溪的里面有鱼，头像羊，民间叫做羊头鱼。肉多鱼刺少，味道比其他鱼来说特别好。

鲤鱼，济南郡东北有鲤坑，传言魏景明中，有人穿井得鱼，大如镜。其夜，河水溢入此坑，坑中居人皆为鲤鱼焉。

【译文】鲤鱼，济南郡东北有鲤坑，传言魏景明年间，有人挖井得鱼，大如镜子。当天夜里，河水溢入此坑，坑中居人都变成鲤鱼焉。

玳瑁，虫不再交者，虎鸳与玳瑁也。

【译文】璹瑁，只交配一次的虫类是虎鸳与璹瑁。

螺蚌，鹦鹉螺如鹦鹉，见之者凶。蚌当雷声则瘵（一曰痫）。

【译文】螺蚌，鹦鹉螺如鹦鹉，看见的人会发生不好的事。蚌当雷声则瘵。

蟹八月腹中有芒，芒真稻芒也，长寸许，向东输与海神，未输不可食。

【译文】蟹八月腹中有芒，芒像稻芒，长大一寸左右，向东给海神祭祀，没有祭祀不能食用。

善苑国出百足蟹，长九尺，四螯。煎为胶，谓之螯胶，胜凤喙胶也。

【译文】善苑国出产百足蟹，长达九尺，有四螯。煎成胶，叫做螯胶，超过凤喙胶。

平原郡贡糖蟹，采于河间界。每年生贡，斩冰火照，悬老犬肉，蟹觉老犬肉即浮，因取之。一枚直百金。以毡蜜束于驿马，驰至于京。

【译文】平原郡贡糖蟹，采于河间界内。每年上贡时，凿冰用火照，悬挂老犬的肉，蟹发觉老犬肉就浮起来，趁机捕捉。一枚价值百金。用蜜糖包扎起来，快马送到京师。

蝤蛑，大者长尺余，两螯至强。八月，能与虎斗，虎不如。随大潮退壳，一退一长。

【译文】蝤蛑，大的长达一尺多，两螯特别强壮。八月时，能与虎争斗，老虎不如它。随着大潮退壳，褪一次壳长大一次。

奔䲖，奔䲖一名㶉，非鱼非蛟，大如船，长二三丈，色如鮎，有两乳在腹下，雄雌阴阳类人。取其子着岸上，声如婴儿啼。顶上有孔通头，气出哧哧作声，必大风，行者以为候。相传懒妇所化。杀一头得膏三四斛，取之烧灯，照读书、纺绩辄暗，照欢乐之处则明。

【译文】奔䲖：奔䲖也叫㶉，不像鱼也不想蛟蛇，像船一样大，长达两三丈，颜色像鮎鱼，肚子下有两个乳头，雄雌像人的男女一样。把它的孩子放到岸上，声音像婴儿啼哭。头顶上有一个孔中通，有哧哧的声音出气，那么一定会刮大风，行人把这个最为判断天气的物候。相传这种生物是懒惰的妇人变化的。杀一头得到三四斛油脂，用来烧灯，读书时照明，对着丝麻纺物会黯淡，照欢乐的地方就会光明。

系臂，如龟，入海捕之，人必先祭。又陈所取之数，则自出，因取之。若不信，则风波覆船。

【译文】系臂，像龟，入海捕捉，人一定先祭祀。又陈列所要取的数目，然后出来再去捕捉。如果不诚信，就会有风波掀翻船只。

蛤梨，候风雨，能以壳为翅飞。

【译文】蛤梨，等风雨时，能用壳变成翅膀飞走。

拥剑，一螯极小，以大者斗，小者食。

【译文】拥剑的一螯极小，用大的打斗，用小的进食。

寄居，壳似蜗，一头小蟹，一头螺蛤也。寄在壳间，常候蜗（一曰螺）开出食。螺欲合，遽入壳中。

【译文】寄居蟹，壳似蜗牛的，一头是小蟹，一头是螺蛤也。寄居在壳间，常伺候螺蛤外出就食。螺想合体，就进入壳中

牡蛎，言牡，非谓雄也。介虫中唯牡蛎是咸水结成也。

【译文】牡蛎，说叫牡，不是说它是雄的。甲虫中唯牡蛎是海水里生成的。

玉桃，似蚌，长二寸，广五寸，壳中柱炙之如牛头肱项。

【译文】玉桃，像蚌，长达二寸，广达五寸，壳中的闭壳肌炙烤像牛头的肱肌一样。

数丸，形似蟛蜞，竟取土各作丸，丸数满三百而潮至（一曰沙丸）。

【译文】数丸，形似蟛蜞，取土作土球，球的数量满了三百个潮水就会来。

千人捏，形似蟹，大如钱，壳甚固，壮夫极力捏之不死。俗言千人捏不死，因名焉。

【译文】千人捏，形状像蟹，大如钱，壳很坚固，壮夫极力捏不死它。民间俗语说千人捏不死，于是得名。

虫 篇

蝉，未脱时名复育，相传言蝮蜻所化。秀才韦翾（一曰翻）庄在杜曲，尝冬中掘树根，见复育附于朽处，怪之。村人言蝉固朽木所化也，翾因剖一视之，腹中犹实烂木。

【译文】蝉，在没脱皮的时候叫做复育，相传是蝮蜻变化而来的。秀才韦翾庄园在杜曲，曾经冬天挖掘木根，看见复育在木头朽烂的地方，很奇怪。村民说蝉是朽木变化的，韦翾于是剖开蝉查看，里面果然都是烂木头。

蝶，白蛱蝶，尺蠖蚕所化也。秀才顾非熊少年时，尝见郁栖中坏绿裙幅，旋化为蝶。工部员外郎张周封言，百合花合之，泥其隙，经宿化为大胡蝶。

【译文】蝶：白蛱蝶，是尺蠖蚕所化的。秀才顾非熊少年时，曾经看见灌木丛中坏的绿裙边，马上变化成为蝶。工部员外郎张周封说，百合花合上时，用泥填满其隙，过一晚上变为大胡蝶

蚁，秦中多巨黑蚁，好斗，俗呼为马蚁。次有色窈赤者。细蚁中有

黑者，迟钝，力举等身铁。有窃黄者，最有兼弱之智。成式儿戏时，尝以棘刺标蝇，置其来路，此蚁触之而返，或去穴一尺，或数寸，才入穴中者如索而出，疑有声而相召也。其行每六七有大首者间之，整若队伍。至徙蝇时，大首者或翼或殿，如备异蚁状也。元和中，假居在长兴里。庭有一穴蚁，形状大如次窃赤者，而色正黑，腰节微赤，首锐足高，走最轻迅。每生致蠼及小鱼（一曰虫）入穴，辄坏垤窒穴，盖防其逸也。自后徙居数处，更不复见此。山人程宗义（一曰文）云："程执恭在易定，野中蚁楼三尺余。"

【译文】蚂蚁，秦中多大黑蚂蚁，好斗，通常称为马蚁。有颜色是红色的。细蚁中有黑色的，迟钝，力量举等自己身大的铁屑。黄色的，最喜欢吞并弱小。我在儿童游戏时，曾经用棘刺标苍蝇，放置到它来的路，这只蚂蚁碰到的就回来，有人去挖一尺，有几寸，才能进入洞穴中的连续出来，怀疑有声音而召唤它们。它们的行为常常六七个有大脑袋的在中间，整理得像队伍。至于迁徙时，大脑袋的在两翼或者殿后，像防备其他蚂蚁。元和年间，借居在长兴里。院子里有一个蚂蚁，形状大如次红色的，而颜色是黑色，腰节微微发红，头尖足高，走最轻迅猛。常常导致蠼和小鱼进入洞穴，就毁坏堵塞洞穴，这是为了防止他们逃跑了。从后来迁徙到几处，再不见这种蚂蚁。山人程宗义说："程执恭在易定，野中蚂蚁楼三尺多。"

蜘蛛，道士许象之言，以盆覆寒食饭于暗室地上，入夏悉化为蜘蛛。

【译文】蜘蛛：道士许象说，用盆子把冷饭扣在黑暗的房间，到了夏天会都变成蜘蛛。

吴公，绥安县多吴公，大者兔寻，能以气吸兔(一云"大者能以气吸兔")。小者吸蜥蜴，相去三四尺，骨肉自消。

【译文】蜈蚣：绥安县多蜈蚣，大的像兔子，能用气息吸走兔子。小的能吸走蜥蜴，距离三四尺，骨肉都消失。

蟏蛸，成式书斋多此虫，盖好窠于书卷也。或在笔管中，祝声可听。有时开卷视之，悉是小蜘蛛，大如蝇虎，旋以泥隔之，时方知不独负桑虫也。

【译文】蟏蛸：我书房里多这种虫，是因为喜欢筑巢在书中。有的在笔管里，可听见叫声。有时打开书查看，都是小蜘蛛，大的像苍蝇一样大，马上用泥包裹隔离开，当时才知道不只有负桑虫会这样。

颠当，成式书斋前，每雨后多颠当，窠(俗人所呼)深如蚓穴，网丝其中，土盖与地平，大如榆荚。常仰捍其盖，伺蝇蠖过也翻盖捕之，才入复闭，与地一色，并无丝隙可寻也。其形似蜘蛛(如墙角乱绒中者)，《尔雅》谓之王蛛蜴，《鬼谷子》谓之蛛母。秦中儿童对曰："颠当颠当牢守门，蟏蛸寇汝无处奔。"

【译文】颠当：我书房前，每次下雨后多颠当，巢穴很像蚯蚓洞穴，其中是网络通道，巢穴和地面齐平，大如榆荚。常仰抓住它的盖子，等蝇蠖超过的翻盖子捕捉，刚刚进入再次关闭，与地一种颜色，并没有一丝缝隙可以寻找。它的形状像蜘蛛，《尔雅》叫做王蛛蜴，《鬼谷子》叫做蛛母。秦中儿童回答说："颠当颠当牢守门，蟏蛸侵犯你无处投奔。"

蝇，长安秋多蝇，成式蠹书，常日读百家五卷，颇为所扰，触睫隐字，驱不能已。偶拂杀一焉，细视之，翼甚似蜩，冠甚似蜂。性察于腐，嗜于酒肉。按理首翼，其类有苍者声雄壮，负金者声清眇，其声在翼也。青者能败物。巨者首如火，或曰大麻蝇，茅根所化也。

【译文】苍蝇，长安秋季多苍蝇，我喜欢读书，平时读百家五卷，比较所困扰，皱着的眉头一直下不去，驱赶不止。偶尔打死一只，细看下发现很像蝉翅膀，帽子很像蜜蜂。喜欢腐烂的东西，爱吃酒和肉。首翼有纹理，这类有苍白的声音雄壮，背金点的声音清烦，他的声音在翼上发出。青的人能使东西腐败。大的首如同火焰，有人叫做大麻蝇，是茅根变成的。

壁鱼，补阙张周封言，尝见壁上白瓜子化为白鱼，因知《列子》言朽瓜为鱼之义。

【译文】壁鱼：补阙张周封说，看见墙上白瓜子变成了白鱼。于是知道《列子》说的朽木变鱼的话是真的。

蛞蜮，草中有蛞蜮树。

【译文】蛞蜮：在草中有蛞蜮树。

天牛虫，黑甲虫也。长安夏中，此虫或出于离壁间必雨，成式七度验之皆应。

【译文】天牛虫就是黑甲虫。长安的夏天，这种虫子要是出现在离壁间一定会雨，我七度检验，都成功了。

异虫，温会在江州，与宾客看打鱼。渔子一人，忽上岸狂走。温问之，但反手指背，不能语。渔者色黑，细视之，有物如黄叶，大尺余，眼遍其上，啮不可取，温令烧之落。每对一眼，底有觜如钉，渔子出血数升而死，莫有识者。

【译文】温会在江州的时候，与宾客一起去看打鱼。忽然一位打鱼的人从水里上岸狂跑起来。温会问他，渔人只是反手指着自己的后背，说不出话来。这个打鱼的人皮肤黑，仔细看他身上，有个东西像黄树叶，有一尺多，上面有很多眼，咬住皮肤弄不下来。温会叫人用火烤才掉了下来。它每一对眼的下面都有一个像钉子似的嘴。打鱼人身上出了好几升血后就死了。没有人认识这种东西。

冷蛇，申王有肉疾，腹垂至骭，每出则以百练束之，至暑月，常齁息不可过。玄宗诏南方取冷蛇二条赐之，蛇长数尺，色白，不螫人，执之冷如握冰。申王腹有数约，夏月置于约中，不复觉烦暑。

【译文】冷蛇：申王有肌肉疾病，腹部下垂到小腿，每次出去就以百条白练捆起来，到夏天，通常气喘不止。玄宗下诏南方取两条冷蛇给他，蛇长数尺，白色，不螫人，抓住冷得像握冰。申王肚子有几个褶子，夏天放在褶子中，再也不觉得烦热。

异蜂，有蜂如蜡蜂稍大，飞劲疾，好圆裁树叶，卷入木窍及壁罅中作窠。成式常发壁寻之，每叶卷中实以不洁，或云将化为蜜也。

【译文】异蜂，有些蜂如蜡蜂稍大，飞起来很快，喜好圆裁树叶，卷入木孔和墙壁裂缝中作窝。我常挖开墙壁寻找，每叶卷中盛放垃圾，有人说要变成蜂蜜。

白蜂窠，成式修竹里私第，果园数亩。壬戌年，有蜂如麻子蜂，胶土为窠于庭前檐，大如鸡卵，色正白可爱。家弟恶而坏之，其冬果蛃钟手足。《南史》言，宋明帝恶言白门。《金楼子》言，子婚日，疾风雪下，帏幕变白，以为不祥。抑知俗忌白久矣。

【译文】白蜂窝，我长竹里的私人住宅，有几亩果园。壬戌年，有些像麻子蜂的蜂，胶泥土是窝在庭前檐，像鸡蛋一样大，颜色雪白很可爱。我弟弟讨厌就去毁坏它。《南史》说，宋明帝厌恶说白色大门。《金楼子》说，儿子结婚那天，暴风雪下，帷幕变白，是不吉利的。而且民间忌讳白色很长了。

毒蜂，岭南有毒菌，夜明，经雨而腐化为巨蜂，黑色，喙若锯，长三分余。夜入人耳鼻中，断人心系。

【译文】毒蜂：岭南有毒菌，夜晚发亮，经过一场雨腐化变成巨蜂，黑色，嘴像锯子一样，长达三分。晚上进入人耳鼻中，能咬断人的心血管。

竹蜜蜂，蜀中有竹蜜蜂，好于野竹上结窠。窠大如鸡子，有带，长尺许。窠与蜜并绀色可爱，甘倍于常蜜。

【译文】竹蜜蜂：蜀中有竹蜜蜂，喜好在野竹上结巢。巢穴大如鸡蛰，有带，长达一尺多。巢与蜜都是黄色很可爱，比平常蜂蜜要甜。

水蛆，南中水溪涧中多有蛆，长寸余，色黑。夏深变为虻，螫人甚毒。

【译文】水蛆：南中的河流中多有水蛆，长达一寸，黑色。盛夏变成虻，螫人十分毒辣。

水虫，象浦其川渚有水虫，攒水食船，数十日船坏。虫甚微细。抱抢，水虫也。形如蛣蜣，稍大，腹下有刺似抢，如棘针螫人，有毒。

【译文】水虫：象浦的河川里有水虫，在水里咬船，过数十日船就会坏。虫特别微小。抱抢是一种水虫。形如蛣蜣，比之稍大，腹下有刺像枪，像螫人的棘针一样，有毒。

负子，水虫也。有子多负之。

【译文】负子是一种水虫。有子之后大多背负着。

避役，南中有虫名避役，一曰二十辰虫。状似蛇医，脚长，色青赤，肉鬣。暑月时见于篱壁间，俗云见得多称意事。其首倏忽更变为十二辰状。成式再从兄郚尝观之。

【译文】避役，南中把这种动物叫做避役，也叫二十辰虫。长得像蛇医，脚长，颜色青赤，肉上长着鬣毛。夏天能在篱壁间看到，民间说看见之后会多发生得意的事情。他的头会马上变成十二辰的形状。我堂哥段郛曾经看到过。

食胶虫,夏月食松胶,前脚传之,后脚聂之,内之尻中。

【译文】食胶虫在夏天吃松胶,前脚传递,后脚镊取,放到屁股中。

蟛蟹,形如蝉,其子如虾,着草叶。得其子,则母飞来就之。煎食,辛而美。

【译文】蟛蟹,形状像蝉,它的孩子像虾,附着在草叶。抓住孩子,那么他的母亲飞来到一起。煎着吃,味道辣很美味

灶马,状如促织,稍大,脚长,好穴于灶侧。俗言灶有马,足食之兆。

【译文】灶马形状像促织,比之稍大,脚长,喜好筑穴在灶侧。俗话说灶有马,是丰衣足食的征兆。

谢豹,虢州有虫名谢豹,常在深土中。司马裴沈子常治坑获之。小类虾蟆,而圆如球,见人以前两脚交覆首,如羞状。能穴地如鼢鼠,顷刻深数尺。或出地听谢豹鸟声,则脑裂而死,俗因名之。

【译文】谢豹,虢州有虫叫谢豹,经常在深土中。司马裴沈子常挖坑获得的。个头小,类似青蛙,但是圆圆的像球,见到人就用前两脚交覆首级,像害羞一样。能打洞穴像鼢鼠一样,一会儿就深达数尺。如果出

来时能听到谢豹发出鸟的声音，那么它就会脑浆迸裂而死，因此给它这样命名。

碎车虫，状如唧聊，苍色，好栖高树上，其声如人吟啸，终南有之。一本云，沧州俗呼为搔前，太原有大而黑者，声唧聊。碎车，别俗呼为没盐虫也。

【译文】碎车虫，形状像唧聊，苍黑色，喜好栖息在高树上，叫声像人吟啸，终南山有这种虫。一本云：沧州民间叫做搔前，太原有又大又黑的，叫声听起来像唧聊。碎车，有的地方方言叫做没盐虫。

度古，似书带，色类蚓，长二尺余，首如铲，背上有黑黄襕，稍触则断。尝趁蚓，蚓不复动，乃上蚓掩之，良久蚓化。惟腹泥如涎，有毒，鸡吃辄死。俗呼土虫。

【译文】度古，像书带，颜色类似蚓，长达二尺多，头像铲子，背上有黑黄的襕，轻轻触碰就会折断。趁着蚯蚓不动，爬上蚯蚓盖住，过了一会蚯蚓被消化了。只有肚子里的泥还在，有毒，鸡吃了就死。民间叫做土虫。

雷蜞，大如蚓，以物触之乃蜷缩，圆转若鞠。良久引首，鞠形渐小，复如蚓焉。或云啮人毒甚。

【译文】雷蜞，蚯蚓一般大，用物触之就蜷缩起来，圆转的样子像球一样。很久之后才抬头，球形渐小，又像蚯蚓了。有人说咬人特别毒。

矛, 蛇头鳖身, 入水缘树木, 生岭南, 南人谓之矛。膏至利, 铜瓦器贮浸出, 惟鸡卵壳盛之不漏。主肿毒。

【译文】矛, 蛇头鳖身, 注入水爬上树木, 生在岭南, 南方人叫做矛。油脂穿透性强, 用铜瓦贮存都会浸出来, 只有用鸡蛋壳盛不漏。主治肿毒。

蓝蛇, 首有大毒, 尾能解毒, 出梧州陈家洞。南人以首合毒药, 谓之蓝药, 药人立死。取尾为腊, 反解毒药。

【译文】蓝蛇, 头有剧毒, 尾巴能解毒, 出产自梧州陈家洞。南方人用它的头做毒药, 叫做蓝药, 要人立死。把尾巴风干, 做解毒药。

蚺蛇, 长十丈, 常吞鹿, 消尽, 乃绕树出骨。养创时肪腴甚美。或以妇人衣投之, 则蟠而不起。其胆上旬近头, 中旬在心, 下旬近尾。

【译文】蚺蛇, 长达十丈, 常吞下一只鹿, 都消化完, 绕着树吐出骨头。养伤时最肥美。如果用妇人的衣服扔中, 就会起不来。它的胆年轻时近头, 中年时在心, 晚年靠近尾巴。

蝎, 鼠负虫巨者多化为蝎。蝎子多负于背, 成式尝见一蝎负十余子, 子色犹白, 才如稻粒。成式尝见张希复言, 陈州古仓有蝎, 形如钱, 螫人必死。江南旧无蝎, 开元初, 尝有一主簿, 竹筒盛过江, 至今江南往往亦有, 俗呼为主簿虫。蝎常为蜗所食, 以迹规之, 蝎不复去。旧说过满百, 为蝎所螫。蝎前谓之螫, 后谓之虿。

【译文】蝎子，老鼠背负巨大的虫子多化为蝎子。蝎子的孩子多背在背上，我曾看见一个蝎子负十多个儿子，还是白颜色，就像稻粒。我曾见张希再说，陈州古仓有蝎子，形如钱，螫人一定会死。江南旧没有蝎子，开元初年，曾经有一个主簿，用竹筒盛过江，到现在江南往往也有，俗称为主簿虫。蝎子通常被蜗所吃，以走迹画一圈的，蝎子就不离开了。旧说过满百劫的，会被蝎子咬伤。蝎子前面叫螫，后面叫虿。

虱，旧说虱虫饮赤龙所浴水则愈。虱恶水银。人有病虱者，虽香衣沐浴不得已。道士崔白言，荆州秀才张告，尝扪得两头虱。有草生山足湿处，叶如百合，对叶独茎，茎微赤，高一二尺，名虱建草，能去虮虱。有水竹，叶如竹，生水中，短小，亦治虱。

【译文】虱子，旧说长虱虫的喝下赤龙洗澡水就好了。虱子厌恶水银。有人患虱子的人，虽然香衣沐浴不能不再长。道士崔白说，荆州秀才张告，曾经摸到两个虱子。有草生山脚潮湿处，叶子像百合，对叶独茎，茎微红色，高一二尺，名虱建草，能去虱子。有水竹，叶子像竹子，生在水中，矮小，也治疗虱子。

蝗，荆州有帛师，号法通，本安西人。少于东天竺出家，言蝗虫腹下有梵字，或白天下来者，乃忉利天梵天来者。西域验其字作木天坛法禳之。今蝗虫首有"王"字，固自不可晓。或言鱼子变，近之矣。旧言虫食谷者，部吏所致，侵渔百姓则虫食谷。虫身黑头赤，武吏也。头黑身赤，儒吏也。

【译文】蝗虫，荆州有帛师，号法通，本安西人。年轻时在东天竺出家，说蝗虫腹下有梵文，有人告诉天下来者，于是忉利天梵天来的。西域查看这个字，修筑木天坛祈祷。现在蝗虫头上有"王"字，原因已经不可理解。有人说是鱼子变化，接近了。旧说虫子吃谷物的人，是部吏变的，部吏侵渔百姓虫子就吃谷物。虫身黑头红，以前是武官。头黑身红，以前是儒吏。

野狐鼻涕，螵蛸也，俗呼为野狐鼻涕。

【译文】野狐鼻涕就是螵蛸，民间叫做野狐鼻涕。

前集卷十八

广动植之三

木　篇

松，今言两粒、五粒，粒当言鬣。成式修竹里私第，大堂前有五鬣松两根，大财如碗，甲子年结实，味如新罗、南诏者不别。五鬣松皮不鳞，中使仇士良水碣亭子在城东，有两鬣皮不鳞者。又有七鬣者，不知自何而得。俗谓孔雀松，三鬣松也。松命根遇石则偃，盖不必千年也。

【译文】松，现在说两个粒、五粒，粒应当说鬣。我长竹里私人住宅，大堂前有五鬣松两根，大的树干像碗一样，甲子年结出果实，味道与新罗、南诏的没有区别。五鬣松皮不成鳞片状，太监仇士良水碣亭子在城东，有两鬣松却没有鳞片。又有七鬣松，不知道从哪里得到。俗称孔雀松就是三鬣松了。松树的命根遇到石头就停下，这不一定能活千年。

竹，竹花曰覆（一曰覆）。死曰箉。六十年一易根，则结实枯死。

【译文】竹：竹花叫蓲。死了叫做药。每六十年变换一次跟，然后竹子结实枯死。

菡堕竹，大如脚指，腹中白幕拦（一曰兰）隔，状如湿面。将成竹而筒皮未落，辄有细虫啮之隩篝，后虫啮处成赤迹，似绣画可爱。

【译文】菡堕竹脚趾一般大，竹子腹中有白幕间隔，像湿面一样。将要成熟未落皮的竹子，就会有小虫子咬褪下来的壳，被虫子咬的地方后来会变成红色痕迹，很可爱。

棘竹，一名芭竹，节皆有刺，数十茎为丛。南夷种以为城，卒不可攻。或自崩根出，大如酒瓮，纵横相承，状如缲车，食之落人齿。

【译文】棘竹，也叫芭竹，每节上面都有刺，数十茎是一丛。南夷种作城墙，不能攻破。有事从崩开的跟长出，像酒瓮一样大，纵横交错相承，像缲车，吃了之后会掉牙齿。

筋竹，南方以为矛。笋未成时，堪为弩弦。

【译文】筋竹，南方会做成长矛。没长笋的时候，课做弩的弓弦。

百叶竹，一枝百叶，有毒。

【译文】百叶竹，一枝有上百片叶子，有毒。

《竹谱》：竹类有三十九。

【译文】《竹谱》说："竹子有三十九种。"

慈竹，夏月经雨，滴汁下地，生蓐似鹿角，色白，食之已痢也。

【译文】慈竹，夏天下雨流到地上的水，会长处一种像鹿角的草，吃了治疗痢疾。

异木，大历中，成都百姓郭远，因樵获瑞木一茎，理成字曰"天下太平"，诏藏于秘阁。

【译文】异木，大历年间，成都百姓郭远，因为砍樵获得一根瑞木，纹理成了字写着"天下太平"，下诏命令藏在秘阁。

京西持国寺，寺前有槐树数株，金监买一株，令所使巧工解之。及入内回，工言木无他异，金大嗟惋，令胶之，曰："此不堪矣，但使尔知予工也。"乃别理解之，每片一天王，塔戟成就。都官陈修古员外言，西川一县，不记名，吏因换狱卒木薪之，天尊形像存焉。

【译文】京西持国寺，寺前有几棵槐树，金监买了一棵，让是让巧匠的解释。当进入内宅，工人说树木没有奇怪的，金非常惋惜，命令粘合起来，说："这个不行，只是让你知道我好了。"就用别的纹路去雕刻，每片刻一个天王，塔戟成就。都官陈修古员外说，西川一县，不记得名字，官吏换狱卒的木做柴火，天尊形象存在在上面。

异树，娄约居常山，据禅座。有一野妪，手持一树，植之于庭，言此是蜻蜓树。岁久，芬芳郁茂，有一鸟身赤尾长，常止息其上。

【译文】异树，娄约居住在普通的山上，坐在禅座上，有一个老妇人有利拿着一棵树种在院子里，说这是蜻蜓树，过了很多年树长茂盛有香气，有一个身子红色尾巴长的鸟常常在上面休息。

异果，赡披国有人牧羊千百余头，有一羊离群，忽失所在。至暮方归，形色鸣吼异常，群羊异（一曰长）之。明日，遂独行，主因随之，入一穴。行五六里，豁然明朗，花木皆非人间所有。羊于一处食草，草不可识。有果作黄金色，牧羊人切一将还，为鬼所夺。又一日，复往取此果，至穴，鬼复欲夺，其人急吞之，身遂暴长，头才出，身塞于穴，数日化为石也。

【译文】异果：赡披国家有人牧羊一千一百多头，有一只羊离群，突然迷路。到傍晚才回来，形状颜色叫声异常，一群羊都很奇怪的。第二天，独自行走，主就跟着他，进入一个洞穴。走了五六里，豁然明朗，花木都不是人世间所有的。在一个地方羊吃草，草都不认识。有果是金黄色，牧羊人抢了一个将返回，被鬼夺走。又一天，再去拿这果然，回到洞穴，鬼又想夺取，那人急忙吞下了，身体就暴长，头才出来，身体塞在洞穴，几天后变成石头呢。

甘子，天宝十年，上谓宰臣曰："近日于宫内种甘子数株，今秋结实一百五十颗，与江南蜀道所进不异。"宰臣贺表曰："雨露所均，混天区而齐被；草木有性，凭地气而潜通。故得资江外之珍果，为禁中之华实。"相传玄宗幸蜀年，罗浮甘子不实。岭南有蚁，大于秦中马蚁，结窠于甘树。甘实时，常循其上，故甘皮薄而滑。往往甘实在其窠中，冬深取之，味数倍于常者。

【译文】甘子：天宝十年，皇帝对大臣说："最近在宫内种甘子数株，今年秋天结的果实一百五十颗，与江南蜀道进献的没有区别。"宰臣贺表说："雨露均匀，跨越天区一齐受到雨水；草木有个性，利用地气而沟通。所以得到资助江南的珍果，为宫中的开花结果。"相传玄宗入蜀那年，罗浮甘子不结果。岭南有蚂蚁，比关中马蚁大，结巢在甘树。甘树结果时，常沿着树上去，所以甘果皮薄而光滑。往往甘子在巢穴里结果，深冬摘取，比平常的味道好吃几倍。

樟木，江东人多取为船，船有与蛟龙斗者。

【译文】樟木，江东人多拿樟木坐船，船能和江里蛟龙争斗。

石榴，一名丹若。梁大同中，东州后堂石榴皆生双子。南诏石榴，子大，皮薄如藤纸，味绝于洛中。石榴甜者谓之天浆，能已乳石毒。

【译文】石榴也叫丹若。梁国大同年间，东州后堂的石榴都结两个果子。南诏国的石榴，果子大，皮薄如同藤纸，味道最好吃。甜石榴叫做天浆，能够解乳石毒。

柿，俗谓柿树有七绝，一寿，二多阴，三无鸟巢，四无虫，五霜叶可玩，六嘉实，七落叶肥大。

【译文】柿，民间说柿树有七绝，一长寿，二多阴凉，三无鸟巢，四无虫，五霜叶可以玩赏，六果实好，七落叶肥大

汉帝杏，济南郡之东南有分流山，山上多杏，大如梨，黄如橘，土

人谓之汉帝杏，亦曰金杏。

【译文】汉帝杏：济南郡的东南有分流山，山上多杏，大小如梨，黄色如橘，当地人称作汉帝杏，也叫金杏。

脂衣柰，汉时紫柰大如升，核紫花青，研之有汁，可漆。或着衣，不可浣也。

【译文】脂衣柰，汉时紫柰大小有一升，核紫花青，研磨会出汁，可以做漆。染到衣服上，洗不掉。

仙人枣，晋时大仓南有翟泉，泉西有华林园，园有仙人枣，长五寸，核细如针。

【译文】仙人枣：晋朝大仓南有翟泉，泉西有华林园，园里有仙人枣，长达五寸，核细如针。

楷，孔子墓上特多楷木。

【译文】楷，孔子墓上特别多的楷木。

栀子，诸花少六出者，唯栀子花六出。陶真白言，栀子剪花六出，刻房七道，其花香甚。相传即西域蒼卜花也。

【译文】栀子，所有花里少有六瓣花的花，只有栀子花有六瓣花。陶真白说栀子剪花成六瓣，雕刻花房成七道，花会更香。相传这就是西域薝卜花。

仙桃,出郴州苏耽仙坛。有人至,心祈之辄落坛上,或至五六颗。形似石块,赤黄色,破之,如有核三重。研饮之,愈众疾,尤治邪气。

【译文】仙桃,出自郴州苏耽仙坛。有人至,用心祈祷就会落在坛上,有时掉落五六颗。形似石块,赤黄色,掰开它,有三重核。研磨成汁,能治愈众疾,特别是治疗中邪。

娑罗,巴陵有寺,僧房床下忽生一木,随伐随长。外国僧见曰:"此娑罗也。"元嘉初,出一花如莲。天宝初,安西道进娑罗枝,状言:"臣所管四镇,有拔汗那最为密近,木有娑罗树,特为奇绝。不庇凡草,不止恶禽,耸干无惭于松栝,成阴不愧于桃李。近差官拔汗那使,令采得前件树枝二百茎。如得托根长乐,擢颖建章。布叶垂阴,邻月中之丹桂;连枝接影,对天上之白榆。"

【译文】娑罗:巴陵有一座寺,僧房床下忽然生出一树,跟砍下去一点就长一点。外国和尚见到后说:"这是娑罗啊。"元嘉初年,从一个像莲花的花。天宝初年,安西道进献娑罗枝,描述:"我所管四镇,有拔汗那最为靠近,木有娑罗树,特别是奇绝。不庇护平凡的草,不停恶禽,高耸的树干无愧于松栝,阴凉无愧于桃李。近来差官拔汗那使,让采得前件树枝二百茎。假如能扎根在皇宫,长得高大。又能布叶垂阴,相邻月中的桂花;树枝相连接影,对着天上的白榆。"

赤白柽,出凉州。大者为炭,复(一曰伤)人以灰汁,可以煮铜为银。

【译文】赤白柽，出自凉州。大者做成炭，再倒入灰汁，可以把铜煮为银。

仙树，祁连山上有仙树实，行旅得之止饥渴。一名四味木。其实如枣，以竹刀剖则甘，铁刀剖则苦，木刀剖则酸，芦刀剖则辛。

【译文】神仙树，祁连山上有仙树果实，游客得到能解决饥饿和干渴。也叫四味木。果实像枣，用竹刀剖开是甜的，铁刀剖开是苦的，木刀剖开是酸的，芦刀剖开始辣的。

木五香，根栴檀，节沉香，花鸡舌，叶藿，胶薰陆。

【译文】木五香，根栴檀，节沉香，花鸡舌，叶藿，胶薰陆。

椒，可以来水银。茱萸气好上，椒气好下。

【译文】椒，可以用来水银。吃茱萸打嗝，吃椒放屁。

构，幹田久废，必生构。叶有办曰楮，五曰构。

【译文】构，干枯的田地弃废很久，一定会生出构。叶子叫做楮，生长五个叫做构。

黄杨木，性难长，世重黄杨以无火。或曰以水试之，沉则无火。

取此木必以阴晦，夜无一星则伐之，为枕不裂。

【译文】黄杨木，性质难以生长，世上看重黄杨不着火。有人说用水试之，沉下去就不着火。取此木必在阴晦天里，夜晚没有一个星的时候砍伐，做枕头不会裂开。

蒲萄，俗言蒲萄蔓好引于西南。庾信谓魏使尉瑾曰："我在邺，遂大得蒲萄，奇有滋味。"陈昭曰："作何形状？"徐君房曰："有类软枣。"信曰："君殊不体物，可得言似生荔枝。"魏肇师曰："魏武有言，末夏涉秋，尚有余暑。酒醉宿醒，掩露而食。甘而不饴，酸而不酢。道之固以流味称奇，况亲食之者。"瑾曰："此物实出于大宛，张骞所致。有黄、白、黑三种，成熟之时，子实逼侧，星编珠聚，西域多酿以为酒，每来岁贡。在汉西京，似亦不少。杜陵田五十亩，中有蒲萄百树。今在京兆，非直止禁林也。"信曰："乃园种户植，接荫连架。"昭曰："其味何如橘柚？"信曰："津液奇胜，芬芳减之。"瑾曰："金衣素裹，见苞作贡。向齿自消，良应不及。"

【译文】葡萄，俗话说葡萄蔓喜欢向西南长。庾信对魏国使者尉瑾说："我在邺城，于是大得葡萄，味道好吃。"陈昭说："是什么样子？"徐君房说："类似软枣。"他说："你根本不认识东西，你说得好像是生荔枝。"魏肇师说："魏武帝说过，晚夏到秋季，还有些热。酒醉宿醒。甘甜不，酸而不醉。道的坚持以流味称奇，更何况父母吃的人。"我说："这东西实在是在大宛，张骞引进的。有黄、白、黑三种，成熟的时候，果实聚集在一侧，像星星一样聚集，西域多用来酿酒，每年都用来进贡。在西汉时期，似乎也不少。杜陵五十亩田，其中有葡萄百树。今天在京兆，不仅只在禁林里有啊。"他说："现在种植户种植，荫凉一片连架。"昭说："它的味道和橘柚相比如何？"他说："津液出奇制胜，芬芳不如。"我说："金衣素包，见苞作贡。向齿自消，确实应该不如。"

贝丘之南有蒲萄谷，谷中蒲萄，可就其所食之，或有取归者即失道，世言王母蒲萄也。天宝中，沙门昙霄因游诸岳，至此谷，得蒲萄食之。又见枯蔓堪为杖，大如指，五尺余，持还本寺植之遂活。长高数仞，荫地幅员十丈，仰观若帷盖焉。其房实磊落，紫莹如坠，时人号为草龙珠帐。

【译文】贝丘之南有葡萄谷，谷中葡萄，可以够他们吃的，有人回来取的就迷路，世人传说这是王母葡萄。天宝年间，僧人昙霄因游诸岳，到这山谷，得到葡萄吃了。又见枯藤可以做拐杖，大如手指，五尺多，拿回本寺种植的就活。长高达数丈，荫凉的土地幅员十丈，抬头看如果帷盖了。果实众多错落，紫色晶莹吊坠，当时的人称为草龙珠帐。

凌霄花中露水，损人目。

【译文】凌霄花中的露水损害人眼。

松桢，即钟藤也。叶大，晋安人以为盘。

【译文】松桢就是钟藤也。叶子大，晋安人把它做成盘子。

侯骚，蔓生，子如鸡卵，既甘且冷，轻身消酒。《广志》言，因王太仆所献。

【译文】侯骚是蔓生的，果实像鸡蛋，既甘又凉，吃下去轻身消酒。《广志》说，经王太仆进献。

蠹莽，子如弹丸，魏武帝常啖之。

【译文】蠹莽的果实如弹丸，魏武帝经常吃。

酒杯藤，大如臂，花坚可酌酒，实大如指，食之消酒。

【译文】酒杯藤，粗大如臂，花朵坚实可以用来喝酒，果实大如手指，吃下去解酒。

白柰，出凉州野猪泽，大如兔头。

【译文】白柰，出自凉州野猪泽，大如兔头。

菩提树，出摩伽陀国，在摩诃菩提寺，盖释迦如来成道时树，一名思惟树。茎干黄白，枝叶青翠，经冬不凋。至佛入灭日，变色凋落，过已还生。至此日，国王人民大作佛事，收叶而归，以为瑞也。树高四百尺，已下有银塔周回绕之。彼国人四时常焚香散花，绕树作礼。唐贞观中，频遣使往，于寺设供并施袈裟。至显庆五年，于寺立碑以纪圣德。此树梵名有二，一曰宾拨梨（一曰"梨婆"）力叉，二曰阿湿曷哳他婆（一曰婆）力叉。《西域记》谓之卑钵罗，以佛于其下成道，即以道为称，故号菩提。婆（一曰婆）力叉，汉翻为道树。昔中天无忧王剪伐之，令事火婆罗门积薪焚焉。炽焰中忽生两树，无忧王因忏悔，号灰菩提树，遂周以石垣。至赏设迦至（一曰王）复掘之，至泉，其根不绝。坑火焚之，溉以甘蔗汁，欲其焦烂。后摩竭陀国满曹王，无忧之曾孙也，乃以千牛乳浇之，信宿，树生故旧。更增石垣，高二丈四尺。玄奘至西域，见树出垣上二丈余。

【译文】菩提树，出自摩伽陀国，在摩诃菩提寺，这是释迦如来成道时树，也叫思维树。茎干黄白，枝叶青翠，经冬不凋谢。到佛陀入灭日，变色凋落，不过以后复生。到这一天，国王人民大作佛事，收集树叶而归，为了证明。树高四百尺，以下有银塔周围环绕的。那国人四季经常烧香散花，绕着树作礼。唐代贞观年间，多次派遣使者去，在寺设供并施袈裟。到了显庆五年，在寺立石碑来记录圣德。这棵树梵名有两个，一个叫宾棱梨力叉，二是阿湿曷咃婆奋力叉。《西域记》称为卑钵罗，因为佛教在其下成道道，所以把道作为称呼，所以称为菩提。婆力叉，汉语翻译成道树。过去中天无忧王砍伐掉，让事火的婆罗门积薪焚烧。炽焰中忽然产生两树，无忧王于是忏悔，叫做灰菩提树，于是周围用石头墙围住。到了赏设迦再挖掘，挖到泉水出来，它的根部不断。坑火焚烧，用甘蔗汁浇灌，想让他焦烂。后来摩竭陀国的满曹王，无忧王的曾孙，就以千头牛的奶浇，一夜，树生长的像以前一样。进一步增加石垣，高达二丈四尺。玄奘到达西域，看到树高出围墙二丈多。

贝多，出摩伽陀国，长六七丈，经冬不凋。此树有三种，一者多罗婆（一曰婆）力叉贝多，二者多梨婆（一曰婆）力叉贝多，三者部婆（一曰婆）力叉多罗梨（一曰"多梨贝多"）。并书其叶，部阇一色取其皮书之。贝多是梵语，汉翻为叶。贝多婆（一曰婆）力叉者，汉言叶树也。西域经书用此三种皮叶，若能保护，亦得五六百年。

【译文】贝多，出自摩伽陀国，树高六七丈，经过冬天不落叶。这树有三种，一种叫多罗娑力叉贝多，第二种叫多梨娑力叉贝多，第三种叫部娑力叉多罗梨贝多。（当地人）都用它做书页，所属的僧人也清一色取这种树的皮书写经文。'贝多'是梵语音译，汉语翻译为'叶'。'贝多娑力叉'的意思，译成汉语就是'书页树'。西域经书用这三种树的皮做书页，若能精心保护，也可保存五六百年。

《嵩山记》称嵩高等中有思惟树，即贝多也。

【译文】《嵩山记》称嵩高寺中有思惟树，就是贝多。

释氏有贝多树下《思惟经》，顾徽《广州记》称贝多叶似枇杷，并谬。

【译文】和尚们说贝多树下有《思惟经》，顾徽《广州记》说贝多叶子像枇杷叶，都错了。

交趾近出贝多枝，弹材中第一。

【译文】交趾出产贝多枝条，是弹性材料里面的第一名。

龙脑香树，出婆利国，婆利呼为固不婆律。亦出波斯国。树高八九丈，大可六七围，叶圆而背白，无花实。其树有肥有瘦，瘦者有婆律膏香，一曰瘦者出龙脑香，肥者出婆律膏也。在木心中，断其树劈取之。膏于树端流出，斫树作坎而承之。入药用，别有法。

【译文】龙脑香树，产自婆利国，婆利称为固不婆律。也出自波斯国。树高达八丈，大约六七围，叶圆而背白，无花和果实。这棵树有肥有瘦，瘦的有婆律香膏，一是瘦的出产龙脑香，肥的出婆律油了。在木心中，断的树劈开取的。油脂在树端流出，砍掉树作坎而承的。药用，另外有法。

安息香树，出波斯国，波斯呼为辟邪。树长三丈，皮色黄黑，叶有四角，经寒不凋。二月开花，黄色，花心微碧，不结实。刻其树皮，其胶如饴，名安息香。六七月坚凝，乃取之。烧通神明，辟众恶。

【译文】安息香树，产自波斯国，波斯人称之为辟邪。树有三丈长，皮色黄黑，叶有四个角，天气寒冷也不凋谢。二月开花，黄色，花小碧心，不结果实。刻划树皮，流出像糖一样的树胶，叫安息香。六七月坚凝，取出。燃烧可以通达神明，能辟众恶。

无石子，出波斯国，波斯呼为摩贼。树长六七丈，围八九尺，叶似桃叶而长。三月开花，白色，花心微红。子圆如弹丸，初青，熟乃黄白。虫食成孔者正熟，皮无孔者入药用。其树一年生无石子。一年生跋屡子，大如指，长三寸，上有壳，中仁如栗黄，可啖。

【译文】无石子，产自波斯国，波斯人称之为摩贼。树长六七丈，周长八九尺，叶子像桃叶又比之长。三月开花，白颜色，花心思微红。果实圆如弹丸，最初青，成熟是黄白色。虫吃成孔的正熟，皮肤无孔的药用。这棵树一年生无石子。一年生跋屡子，大如手指，长达三寸，上有壳，中仁如栗黄，可以吃。

紫𬀩树，出真腊国，真腊国呼为勒佉。亦出波斯国。树长一丈，枝条郁茂，叶似橘，经冬而凋。三月开花，白色，不结子。天大雾露及雨沾濡，其树枝条即出紫𬀩。波斯国使乌海及沙利深所说并同。真腊国使折冲都尉沙门施沙尼拔陀言，蚁运土于树端作窠，蚁壤得雨露凝结而成紫𬀩。昆仑国者善，波斯国者次之。

【译文】紫𬀩树，出自真腊国，真腊国称为勒怯。也出自波斯国。树长一丈，树枝茂盛，叶子像橘子叶，经冬而凋零。三月开花，白颜色，不结果实。天大露水和雨水浸湿，这棵树树枝就出紫𬀩。波斯国使臣乌海及沙利深所说一致。真腊国使臣折冲都尉和尚施沙尼拔陀说，蚁运土在树端筑巢，蚂蚁的土壤被雨水凝结而成紫𬀩。昆仑山国的好，波斯国的次之。

阿魏，出伽阇那国，即北天竺也。伽阇那呼为形虞。亦出波斯国，波斯国呼为阿虞截。树长八九丈，皮色青黄。三月生叶，叶似鼠耳，无花实。断其枝，汁出如饴，久乃坚凝，名阿魏。拂林国僧弯所说同。摩伽陀国僧提婆言，取其汁如米豆屑合成阿魏。

【译文】阿魏，出自伽阇那国，就是北天竺。伽阇那称为形测。也产自波斯国，波斯国称为阿虞截。树长八九丈，皮肤呈青黄色。三个月长出叶子，叶子像老鼠耳朵，无花和果实。断树枝，汁出，像糖一样，很久才坚凝，名阿魏。拂林国僧拉所说相同。摩伽陀国僧人提婆说，取其汁和米豆屑合成阿魏。

婆那娑树，出波斯国，亦出拂林，呼为阿蔀亶。树长五六丈，皮色青绿，叶极光净，冬夏不凋。无花结实，其实从树茎出，大如冬瓜，有壳裹之，壳上有刺，瓤至甘甜，可食。核大如枣，一实有数百枚。核中仁如栗黄，炒食甚美。

【译文】婆那娑树，出自波斯国，也出自拂林，称为阿蔀亸。树长达五六丈，皮绿色，叶极光净，冬夏不凋谢。不长花就结果实，果实从树茎出，大如冬瓜，有壳包裹的，壳上有刺，瓜瓤甘甜，可以吃。核大如枣，一个果实有数百枚。核中仁如栗黄，炒食味道特别美。

波斯枣，出波斯国，波斯国呼为窟莽。树长三四丈，围五六尺，叶似土藤，不凋。二月生花，状如蕉花，有两甲，渐渐开罅，中有十余房。子长二寸，黄白色，有核，熟则子黑，状类干枣，味甘如饧，可食。

【译文】波斯枣，产自波斯国，波斯国称为窟莽。树长达四丈，周围有五六尺，叶子像土藤，不凋谢。二月开花，形状像香蕉花，有两个甲，逐渐打开裂缝，其中有十几个房。果实长二寸，黄白颜色，有核，成熟时果实黑，类似干枣，味甘如糖，可以吃。

偏桃，出波斯国，波斯国呼为婆淡。树长五六丈，围四五尺，叶似桃而阔大。三月开花，白色。花落结实，状如桃子而形偏，故谓之偏桃。其肉苦涩，不可啖。核中仁甘甜，西域诸国并珍之。

【译文】偏桃花，产自波斯国，波斯国称为婆淡。树长五六丈，包围四五尺，叶似桃而宽阔。三月开花，白颜色。花落结果，形状像桃子而形扁，所以叫做偏桃花。他的肉苦涩，不可以吃。核中仁甜，西域各国都认为很珍贵。

槃砮穭树，出波斯国。亦出拂林国，拂林呼为群汉。树长三丈，围四五尺，叶似细榕，经寒不凋。花似橘，白色。子绿，大如酸枣，其味甜腻，可食。西域人压为油以涂身，可去风痒。

【译文】槃砮穭树，产自波斯国。也出自拂林国，拂林称为群汉。树有三丈长，周长有四五尺，叶子像细榕，经冷不凋谢。花像橘，白颜色。果实绿，大如酸枣，它的味道甜腻，可以吃。西域人压榨出油用来涂身，可以治疗风痒。

齐暾树，出波斯国。亦出拂林国，拂林呼为齐虚。树长二三丈，皮青白，花似柚，极芳香。子似杨桃，五月熟。西域人压为油以煮饼果，如中国之用巨胜也。

【译文】齐暾树，产自波斯国。也产自拂林国，拂林称为齐虚。树长达二三丈，皮肤呈青白色，花似柚，极其芳香。果实类似杨桃，五月成熟。西域人压榨成油来煮饼果，像中国用巨胜一样。

胡椒，出摩伽陀国，呼为昧履支。其苗蔓生，极柔弱。叶长寸半，有细条与叶齐，条上结子，两两相对。其叶晨开暮合，合则裹其子于叶中。形似汉椒，至辛辣。六月采，今人作胡盘肉食皆用之。

【译文】胡椒，产自摩伽陀国，称作昧履支。它的幼苗像蔓状生长，非常柔软。叶长半寸，有细枝条和叶平齐，枝条上结果，两两相对。其叶早晨开晚上合，合就裹着果实在叶中。形似汉椒，味道辛辣。六月采，现在，人们在胡盘肉食里面使用。

白豆蔻，出伽古罗国，呼为多骨。形如芭焦，叶似杜若，长八九尺，冬夏不凋。花浅黄色，子作朵如蒲萄。其子初出微青，熟则变白，七月采。

【译文】白豆蔻，产自伽古罗国，称为多骨。形如芭焦，叶子像杜若，长达八九尺，冬夏不凋谢。花浅黄色，果实作花像葡萄一样。果实最初微青，成熟就变白，七月采摘。

荜拨，出摩伽陀国，呼为荜拨梨，拂林国呼为阿梨诃咃。苗长三四尺，茎细如箸。叶似蒇叶。子似桑椹，八月采。

【译文】荜拨，产自摩伽陀国，称为荜拨梨，拂林国称为阿梨诃咃。苗长三四尺，茎细如筷子。叶似乎蒇叶。果实似桑椹，八月采摘。

齖齐，出波斯国。拂林呼为顶勃梨咃。长一丈余，围一尺许。皮色青薄而极光净，叶似阿魏，每三叶生于条端，无花实。西域人常八月伐之，至腊月更抽新条，极滋茂。若不剪除，反枯死。七月断其枝，有黄汁，其状如蜜，微有香气。入药疗病。

【译文】齖齐，产自波斯国。拂林称为顶勃梨咃。长达一丈多，周长达一尺左右。皮肤青薄而极光净，叶子像阿魏，每次三片叶子生长在枝条顶端，无花和果实。西域人经常在八月砍伐，到腊月再抽出新条，极其茂盛。如果不铲除，反而会枯死。七月断掉树枝，有黄汁流出，它的形状像蜜，微有香气。入药治病。

波斯皂荚，出波斯国，呼为忽野檐默。拂林呼为阿梨去伐。树长三四丈，围四五尺，叶似构橼而短小，经寒不凋。不花而实，其荚长二尺，中有隔。隔内各有一子，大如指头，赤色，至坚硬，中黑如墨，甜如饴，可啖，亦入药用。

【译文】波斯皂荚，产自波斯国，称为忽野檐默。拂林称为阿梨去伐。树长达四丈，周长四五尺，叶子像构橼而矮小，经寒不凋谢。不开花就结果，果荚长达二尺，中间有隔。隔内各有一个果实，大如指头，红色，很坚硬，中黑如墨汁，甜如糖，可以吃，也可以药用。

没树，出波斯国。拂林呼为阿缝。长一丈许，皮青白色，叶似槐叶而长，花似橘花而大。子黑色，大如山茱萸，其味酸甜，可食。

【译文】没树，产自波斯国。拂林称为阿缝。长有一丈左右，皮肤呈青白色，叶子像槐叶而比之要长，花似橘花而比之要大。果实黑色，很像山茱萸，味道是酸中带甜，可以吃。

阿勃参，出拂林国。长一丈余，皮色青白。叶细，两两相对。花似蔓菁，正黄。子似胡椒，赤色。斫其枝，汁如油，以涂疥癣，无不瘥者。其油极贵，价重于金。

【译文】阿勃参，出自拂林国。长达一丈多，皮肤呈青白色。叶细，两两相对。花像蔓菁，颜色是正黄。果实像胡椒，红色。砍树枝，会流出油汁，用它涂抹疥癣，没有不好的。这种油非常高贵，价格比金还要贵重。

槕祗，出拂林国。苗长三四尺，根大如鸭卵。叶似蒜叶，中心抽条甚长。茎端有花六出，红白色，花心黄赤，不结子。其草冬生夏死，与荞麦相类。取其花压以为油，涂身，除风气。拂林国王及国内贵人皆用之。

【译文】榛祗，出拂林国。苗长达三四尺，根大如鸭蛋。叶子像蒜叶，中心的抽条很长。茎端有花六瓣，红白色，花心颜色为黄赤，不结果。这种草冬天生夏天死，与荞麦相似。取其花压榨出油，涂在身上，能除风湿。拂林国王以及国内贵人都用。

野悉蜜，出拂林国，亦出波斯国。苗长七八尺，叶似梅叶，四时敷荣。其花五出，白色，不结子。花若开时，遍野皆香，与岭南詹糖相类。西域人常采其花压以为油，甚香滑。

【译文】野全部蜜，出自拂林国，也出自波斯国。苗高达七八尺，叶似梅叶，四季都开花。它的花有五瓣，白颜色，不结果。花开时，遍野都香，与岭南詹糖相似。西域人常采用这种花压榨出油，油很香滑。

阿驿，波斯国呼为阿驲，拂林呼为底珍。树长丈四五，枝叶繁茂。叶有五出，似椑麻。无花而实，实赤色，类椑子，味似甘柿，一月一熟。

【译文】阿驿，波斯国称为阿驲，拂林称为底珍。树长达一丈五，枝叶繁茂。叶有五出，像椑麻。不开花就结果，果实红色，类似椑子，味道像甘柿子，一个月成熟一次。

前集卷十九

广动植类之四

草 篇

芝，天宝初，临川郡人李嘉胤所居柱上生芝草，形类天尊，太守张景佚截柱献之。

【译文】芝：天宝初年，临川人李嘉胤所住的柱上生长出芝草，形状类似天尊，太守张景佚截断柱子进献。

大历八年，庐江县紫芝生，高一丈五尺。芝类至多：参成芝，断而可续。夜光芝，一株九实。实坠地如七寸镜，视如牛目，茅君种于句曲山。隐辰芝，状如斗，以屋为节，以茎为刚。

【译文】大历八年，庐江县生出紫芝，高达一丈五尺。灵芝的种类最多：参成芝，砍断后可以继续生长。夜光芝，一株九实。果实掉在地上像七寸镜，看像牛眼睛，茅君种在句曲山。隐辰芝，形状像斗，以房屋为节，以茎为刚。

《仙经》言，穿地六尺，以镮实一枚种之，灌以黄水五合，以土坚筑之。三年生苗如匏(一曰刻)。实如桃，五色，名凤脑芝。食其实，唾地为凤，乘升太极。白符芝，大雪而华。五德芝，如车马。菌芝，如楼。凡学道三十年不倦，天下金翅鸟衔芝至。罗门山食(一曰生)石芝，得地仙。

【译文】《仙经》说，挖掘地下六尺，用环填满一个果实种下，用黄水五合灌溉，用土坚固地培筑。三年生出苗像杯。果实像桃子，有五色，叫凤脑芝。吃它的果实，唾地成了凤凰，乘坐它可以飞升上天。白符芝，大雪时开花。五德芝，如车马一般。菌芝，如楼一样。学道三十年不厌倦，天下金翅鸟就会衔芝到。罗门山吃了石芝，得以成为地仙。

莲石，莲入水必沉，唯煎盐咸卤能浮之。雁食之，粪落山石间，百年不坏。相传橡子落水为莲。

【译文】莲石：莲子入水一定会沉下，只有盐卤水中能浮起。大雁吃了，鸟粪落在山石之间，经历百年不会坏，相传说橡子落到水中会变成莲花。

苔，慈恩寺唐三藏院后檐阶，开成末有苔，状如苦苣。初于砖上，色如盐绿，轻嫩可爱。谈论僧义林，太和初改葬棋法师，初开冢，香气袭人，侧卧砖台上，形如生。砖上苔厚二寸余，作金色，气如爇檀。

【译文】苔，慈恩寺唐三藏院后檐阶开，在开成末年有青苔，形状像苦苣。当初在砖上，盐绿颜色，轻嫩可爱。僧人义林，太和初年改葬棋法师，起初挖开坟墓，香气袭人，尸体侧睡砖台上，形状如生着一般。砖上苔厚达二寸多，金黄色，气像蒸檀。

瓦松，崔融《瓦松赋序》曰："崇文馆瓦松者，产于屋溜之下。谓之木也，访山客而未详。谓之草也，验农皇而罕记。"赋云："煌煌特秀，状金芝之产溜；历历虚悬，若星榆之种天。葩条郁毓，根柢连卷。间紫苔而裛露，凌碧瓦而含烟。"又曰："惭魏宫之鸟悲，恶汉殿之红莲。"崔公学博，无不该悉，岂不知瓦松已有著说乎？

【译文】瓦松：崔融《瓦松赋序》说："崇文馆的瓦松，产于屋檐下。叫做树木，但是询问山民不知道这是什么树。叫做草，验证农书去没有记载。"赋说："煌煌特秀，状金芝之产溜；历历虚悬，若星榆之种天。葩条郁毓，根柢连卷。间紫苔而裛露，凌碧瓦而含烟。"又说："惭魏宫之鸟悲，恶汉殿之红莲。"崔公学识渊博，应该都知道，难道不知道瓦松已有著作提到了吗？

《博雅》："在屋曰昔耶，在墙曰垣衣。"《广志》谓之兰香，生于久屋之瓦。魏明帝好之，命长安西载其瓦于洛阳，以覆屋。前代词人诗中多用昔耶，梁简文帝《咏蔷薇》曰："缘阶覆碧绮，依檐映昔耶。"或言构木上多松栽土，木气泄则瓦生松。大历中修含元殿，有一人投状请瓦，且言："瓦工唯我所能，祖父已尝瓦此殿矣。"众工不服，因曰："若有能瓦，毕不生瓦松。"众方服焉。又有李阿黑者，亦能治屋。布瓦如齿，间不通綖，亦无瓦松。《本草》："瓦衣谓之屋游。"

【译文】《博雅》："在屋曰昔耶，在墙曰垣衣。"《广志》谓之香，生老屋的瓦片。魏明帝喜欢这种松，命令运送这片瓦到洛京之西，用来覆屋。前代词人诗中多用昔耶，梁简文帝《咏蔷薇》："缘阶覆碧绮，依檐映昔耶。"或言构木上多松栽土，木气泄漏那么瓦上就会生松。大历年间修含元殿，有一人投状请求做瓦匠，且言："只有我能当瓦匠，祖父就在这座宫殿做瓦匠。"众工不服，于是说："若有好瓦，一定不生瓦松。"众人才服。又有个李阿黑，也能治屋。布瓦如齿，中间没有空隙，亦无瓦松。《本草》："瓦衣叫做屋游。"

瓜，恶香，香中尤忌麝。郑注太和初赴职河中，姬妾百余尽骑，香气数里，逆于人鼻。是岁自京至河中所过路，瓜尽死，一蒂不获。

【译文】瓜厌恶香气，香气中最忌讳麝香。太和年间郑注去河中就职，姬妾一共一百多骑，香气飘散数里，香气冲鼻子。当年从京师到河中路过的路，瓜都死了，没有一丝收获。

芰，今人但言菱芰，诸解草木书亦不分别，唯王安贫《武陵记》言，四角、三角曰芰，两角曰菱。今苏州折腰菱多两脚。成式曾于荆州，有僧遗一斗郢城菱，三角而无芒（一曰刺），可以接（一曰接）莎。

【译文】芰：今人都叫做菱芰，各种解释草木的书也不分别，只有王安贫《武陵记》说，四角、三角的叫做芰，两角的叫做菱。今苏州折腰菱多两个角。我曾经在荆州，有僧赠送一斗郢城菱，三角而无伤，可用来接搓弄皱莎织物。

芰，一名水栗，一名薢茩。汉武昆明池中有浮根菱，根出水上，叶沦没波下，亦曰青水芰。玄都有菱碧色，状如鸡飞，名翻鸡芰，仙人凫伯子常采之。

酉
阳
杂
俎

　　【译文】芰也叫水栗，也叫薢茩。汉武帝昆明池里有浮根菱，根在
水面上，叶子还水面下，也叫青水芰。玄都有碧绿色的菱，形状像鸡在
飞翔，叫做翻鸡芰，仙人兔伯子经常采摘。

　　兔丝子，多近棘及藋，山居者疑二草之气类也。

　　【译文】兔丝子，多靠近棘和藋，山上住的人这是棘和藋的产物。

　　天名精，一曰鹿活草。昔青州刘憕，宋元嘉中射一鹿，剖五藏，以
此草塞之，蹶然而起。憕怪而拔草，复倒。如此三度，憕密录此草种
之，多主伤折，俗呼为刘憕草。

　　【译文】天名精，也叫鹿活草，以前青州刘憕，在宋元嘉年间射中
一头鹿，剖开五脏，用这种草塞满，鹿满上就蹦起来。刘憕奇怪拔出这
种草，鹿又倒下，像这样有三次，刘憕记下了这种草并种植，多治疗损
伤骨折，民间叫做刘憕草

　　牡丹，前史中无说处，唯《谢康乐集》中言竹间水际多牡丹。成
式捡隋朝《种植法》七十卷中，初不记说牡丹，则知隋朝花药中所无
也。开元末，裴士淹为郎官，奉使幽冀回，至汾州众香寺，得白牡丹一
窠，植于长安私第。天宝中，为都下奇赏。当时名公有《裴给事宅看牡
丹》诗，时寻访未获。一本有诗云："长安年少惜春残，争认慈恩紫牡
丹。别有玉盘乘露冷，无人起就月中看。"太常博士张乘尝见裴通祭
酒说。又房相有言："牡丹之会，珰不预焉。至德中，马仆射镇太原，又

得红紫二色者，移于城中。"元和初犹少，今与戎葵角多少矣。韩愈侍郎有疏从子侄自江淮来，年甚少，韩令学院中伴子弟，子弟悉为凌辱。韩知之，遂为街西假僧院令读书，经旬，寺主纲复诉其狂率。韩遽令归，且责曰："市肆贱类营衣食，尚有一事长处。汝所为如此，竟作何物？"侄拜谢，徐曰："某有一艺，恨叔不知。"因指阶前牡丹曰："叔要此花青、紫、黄、赤，唯命也。"韩大奇之，遂给所须试之。乃竖箔曲尺遮牡丹丛，不令人窥。掘窠四面，深及其根，宽容入座。唯赍紫矿、轻粉、朱红，旦暮治其根。几七日，乃填坑，白其叔曰："恨校迟一月。"时冬初也。牡丹本紫，及花发，色白红历绿，每朵有一联诗，字色紫，分明乃是韩出官时诗。一韵曰"云横秦岭家何在，雪拥蓝关马不前"十四字，韩大惊异。侄且辞归江淮，竟不愿仕。

兴唐寺有牡丹一窠，元和中着花一千二百朵。其色有正晕、倒晕、浅红、浅紫、深紫、黄白檀等，独无深红。又有花叶中无抹心者。重台花者，其花面径七八寸。兴善寺素师院牡丹，色绝佳。元和末，一枝花合欢。金灯，一曰九形，花叶不相见，俗恶人家种之，一名无义草。合离，根如芋魁，有游子十二环之，相须而生，而实不连，以气相属，一名独摇，一名离母，言若士人所食者，合呼为赤箭。

【译文】牡丹，前史中没有提到，只有《谢康乐集》中说竹间水际多花。我看隋《种植法》七卷中，最初不记载牡丹，这就知道隋朝花药中没有牡丹。开元末年，裴士淹做郎官，奉命出使幽冀回来，到汾州众香寺，得白牡丹一株，在私宅中种植。天宝年间，成为都下的奇特景观。当时名公有《裴给事宅看牡丹》诗，当时寻访没有找到。一种版本的诗说："长安年少惜春残，争认慈恩紫牡丹。别有玉盘承露冷，无人起而月中看。"太常博士张乘曾经见裴通祭酒这么说。又有房相说："牡丹之会，琯不预焉。至德中，马仆射镇太原，又得红紫二色者，移于城中。"元和初年我还年轻。韩愈有子侄从淮河来，很年轻，韩愈令学院中的学生陪伴，子弟都被羞辱了。韩愈于是在街西借一间僧院让他读书，经过十天，寺主又投诉他过于轻率。韩愈就让他回来，谴责他说道："普通百姓经营衣食，还有一技所长。你这样做想要干什么？"侄子缓慢地说："我有一门技艺，怕您不知道。"于是指着台阶前牡丹说："叔要这些花里青、紫、黄、红的，随便说。"韩愈十分惊奇的，就供给所需要来测试他。他侄子于是竖起挡板拦截牡丹丛，不让别人看。挖掘一个坑围绕四面，深达花根，从容坐下。只带着紫矿、轻粉、朱红，早晚处理花根。连续七天，就填上坑，告诉他的叔叔说："遗憾的是迟了一个月。"当时是初冬。牡丹本来是紫的，当花开时，有白、红到绿各种颜色。每朵有一联诗，字的颜色是紫的，是当时韩愈贬官时的诗。一句叫做"云横秦岭家何在，雪拥蓝关马不前"十四个字，韩愈被震惊了。侄子就告辞回到了江淮，最终不愿意做官。

兴唐寺有牡丹一株，元和年间开花一千二百朵。它的颜色有正晕、倒晕、浅红色、浅紫色、深紫、黄白檀等，唯独没有深红色。又有花叶中没有抹心的。重台花的花面直径七八寸。兴善寺素师院牡丹，颜色好看。元和末年，双头牡丹又称合欢牡丹。金灯，也叫九形，花叶不能一起看见，民间厌恶种植，也叫无义草。根像芋魁，有在外的果实十二环，互相连接生长，而实际上不连续，用气相连接，一名独摇，一名离母，说的像是士人吃的那种，叫做赤箭。

蜀葵，可以缉为布。枯时烧作灰，藏火，火久不灭。花有重台者。

【译文】蜀葵：可以纺织做布。枯时烧作灰，能藏火，火星很久不灭。花有重台的。

茄子，茄字本莲茎名，革遐反。今呼伽，未知所自。成式因就节下食有伽子数蒂，偶问工部员外郎张周封伽子故事，张云："一名落苏，事具《食疗本草》。此误作《食疗本草》，元出《拾遗本草》。"成式记得隐侯《行园》诗云："寒瓜方卧垅，秋菰正满陂。紫茄纷烂熳，绿芋郁参差。"又一名昆仑瓜。岭南茄子宿根成树，高五六尺。姚向曾为南选使，亲见之。故《本草》记广州有慎火树，树大三四围。慎火即景天也，俗呼为护火草。茄子熟者，食之厚肠胃，动气发疾。根能治灶瘕。欲其子繁，待其花时，取叶布于过路，以灰规之，人践之，子必繁也。俗谓之稼茄子。僧人多炙之，甚美。有新罗种者，色稍白，形如鸡卵。西明寺僧造玄（一曰"玄造"）院中有其种。《水经》云："石头四对蔡浦，浦长百里，上有大获浦，下有茄子浦。"

【译文】茄子，茄字本来是莲茎名，读音革遐切。现在叫伽，不知道从哪里来的。因为这个时令蔬菜有伽子数蒂，偶然询问工部员外郎张周封伽子的故事，张说："也叫落苏，事情记载在《食疗本草》。这里误作成《食疗本草》，原来出自《拾遗本草》。"我记得隐侯《行园》诗说："寒瓜方卧垅，秋菰正满陂。紫茄纷烂熳，绿芋郁参差。"又叫昆仑瓜。岭南茄子宿根成树，高达五六尺。姚向曾经做南选使，亲眼看见。所以《本草》记载广州有慎火树，树大三四围。小心火就是景天，民间称作护火草。茄子成熟的，吃了厚肠胃，动气发病。根能治灶疮。想要它的果实多，等它开花时，取叶布在过路，用灰画一圈，人踩它，果实一定变多。民间说的稼茄子。僧人们多烤着吃，味道很美。有新罗种的，颜色较白，形如鸡蛋。西明寺僧造玄在院中有这种茄子的种子。《水经》说："石头四对蔡浦，浦长百里，上有大获浦，下有茄子浦。"

异菌，开城元年春，成式修竹里私第书斋前，有枯紫荆数枝蠢折，因伐之，余尺许。至三年秋，枯根上生一菌，大如斗。下布五足，顶黄白两晕，绿垂裙如鹅鞴(一曰鞴)，高尺余。至午，色变黑而死，焚之气如麻香。成式尝置香炉于柄台，每念经，门生以为善徵。后览诸志怪，南齐吴郡褚思庄，素奉释氏，眠于渠下，短柱是楠木，去地四尺余，有节。大明中，忽有一物如芝，生于节上，黄色鲜明，渐渐长数尺。数日，遂成千佛状，面目爪指及光相衣服，莫不完具。如金碟隐起，摩之殊软。常以春末生，秋末落，落时佛行如故，但色褐耳。至落时，其家贮之箱中。积五年，思庄不复住其下。亦无他显盛，阖门寿考，思庄父终九十七，兄年七十，健如壮年。

【译文】异菌，开城元年春，我长竹里家中书房前，有几枝枯紫荆被虫子咬折了，于是砍掉，剩下的有一尺左右。到第三年秋季，枯根上生出一菌，大如斗。下布五只脚，顶黄色有两处白晕，绿垂裙像鹅鞴。一尺多高。到中午，颜色变黑而死亡，焚烧的气像麻香。我曾置香炉在树桩台，每当我讲课时，学生认为是好的征兆。后来看各志怪，南齐吴郡褚思庄，向来信奉佛教，睡在他下，短柱是楠木，离地四尺多，有节。大明年间，忽然有个东西像芝，生于节上，黄颜色鲜艳，渐渐长数尺。几天，于是长成千佛形状，面目手指和光相衣服，没有不完备的。如金盘隐隐升起，摸起来特别软。通常在春末生长，秋季末期掉落，落时千佛形状依旧完好，只是颜色是褐色罢了。到落的时候，他储存在家里箱子中。过了五年，思庄不再住那里。也没有其他事情出生，但是全家长寿，思庄父亲九十七岁去世，哥哥七十岁时，健康和壮年人一样。

又梁简文延香园，大同十年，竹林吐一芝，长八寸，头盖似鸡头实，黑色。其柄似藕柄，内通干空(一曰"柄干通空")，皮质皆纯白，根下微红。鸡头实处似竹节，脱之又得脱也。自节处别生一重，如结网罗，四面同(一日周)，可五六寸，圆绕周匝，以罩柄上，相远不相着也。其似结网众目，轻巧可爱，其柄又得脱也。验仙书，与威喜芝相类。

【译文】梁简文帝延香园，大同十年，竹林吐一芝，长达八寸，头是像鸡头果实，黑色。它的柄好像藕柄，里面中通干空，皮肉都是纯白色，根下微红。鸡头实的地方像竹节，一节跟着一节。从节处另生一重，如结网，四面同，可达五六寸，围绕好几圈，在罩柄上，距离远不相附着。似乎结网许多眼，轻巧可爱，根柄又脱落。验证于仙书，和威喜芝相似。

舞草，出雅州。独茎三叶，叶如决明。一叶在茎端，两叶居茎之半相对。人或近之歌及抵掌讴曲，必动叶如舞也。

【译文】舞草，出自雅州。独茎三叶，叶像决明子。一叶在茎端，两叶在茎的中点相对应地生长。人有时靠近唱歌和鼓掌，一定会舞动叶子像跳舞一样。

护门草：常山北，草名护门，置诸门上，夜有人(一曰物)过辄叱之。

【译文】护门草：常山之北有种草叫做护门，放在门上，夜里有人经过就会叱骂。

仙人条，出衡岳。无根蒂，生石上，状如同心带，三股，色绿，亦不常有。

【译文】仙人条，出自衡岳。无根蒂，生在石上，状如同心带，有三

389

股,色绿,不常有。

睡莲,南海有睡莲,夜则花低入水。屯田韦郎中从事南海,亲见。

【译文】睡莲,南海有睡莲,晚上花入水。屯田韦郎中去南海当从事,亲眼所见。

蔓金苔,晋时外国献蔓金苔,萦聚之如鸡卵。投水中,蔓延波上,光泛铄日如火,亦曰夜明苔。

【译文】蔓金苔:晋国时外国进献蔓金苔,缠绕在一起像鸡蛋一样。扔到水里,蔓随着水坡浮上来,光亮耀眼像火一样,也叫作夜明苔。

异蒿,田在实,布之子也。大和中,尝过蔡州北。路侧有草如蒿,茎大如指,其端聚叶,似鹡鸰巢在颠。折视之,叶中有小鼠数十,才若皂荚子,目犹未开,啾啾有声。

【译文】异蒿,常在天地里,老鼠把孩子放在里面。大和年间我上任路过蔡州,发现路边有一棵异草,于是下马俯身来观察其特征,看它茎大如手指,顶端聚满叶子,像鹡鸰的巢穴在树冠。打开发现在草叶中小鼠数十只,才跟皂荚子一样大,还没张开眼睛,发出啾啾的声音。

蜜草,北天竺国出蜜草。蔓生,大叶秋冬不死,因重霜露,遂成蜜,如塞上蓬盐。

【译文】蜜草，北天竺国出产蜜草。蔓状生长，大叶，秋冬不凋谢。因为受到严重的霜露，所以结出了蜜，像塞上的蓬盐一样。

老鸦爪篱，叶如牛蒡而美。子熟时色黑，状如爪篱。

【译文】老鸦爪篱，叶如牛蒡但比之要味美。子熟时颜色为黑，状如爪篱。

鸭舌草，生水中，似莼，俗呼为鸭舌草。

【译文】鸭舌草，生在水中，像莼，民间呼为鸭舌草。

胡蔓草，生邕、容间。丛生，花偏如支子稍大，不成朵，色黄白。叶稍黑，误食之，数日卒，饮白鹅、鸭血则解。或以一物投之，祝曰："我买你。"食之立死。

【译文】胡蔓草，生长在邕、容之间。丛生，花偏如支子又比之稍大，花不成花朵，色黄白。叶稍黑，误食之，数日就会死去，饮白鹅、鸭血才能解毒。有人用一物仍过去，祈祷说："我买你。"吃了立刻死去。

铜匙草，生水中，叶如剪刀。

【译文】铜匙草，生在水中，叶如剪刀。

水耐冬，此草经冬在水不死。成式于城南村墅池中见之。

【译文】水耐冬，这种草经冬在水中不死。我在城南村墅池中见到过。

天芊，生终南山中。叶如荷而厚。

【译文】天芊，生在终南山中。叶如荷而比之要厚。

水韭，生于水湄，状如韭而叶细长，可食。

【译文】水韭，生于水边，状如韭菜，叶细长，可以食用。

地钱，叶圆茎细，有蔓生溪涧边，一曰积雪草，亦曰连钱草。

【译文】地钱，叶圆茎细，有蔓，生在溪涧边，也叫积雪草，又叫连钱草。

蚍蜉酒草，一曰鼠耳，象形也。亦曰尤心草。

【译文】蚍蜉酒草，也叫鼠耳，因为形状类似。又叫尤心草。

盆甑草，即牵牛子也。结实后断之，状如盆甑。其中有子似龟，蔓如薯蓣。

【译文】盆甑草，就是牵牛子。结果后断开，状如盆甑。其中有果实像龟，蔓如薯蓣一般。

蔓胡桃，出南诏。大如扁螺，两隔，味如胡桃。或言蛮中藤子也。

【译文】蔓胡桃，出自南诏国。大如扁螺，有两隔，味如胡桃。有人说这是蛮中藤子。

油点草，叶似菩荙，每叶上有黑点相对。

【译文】油点草，叶子类似菩荙，每片叶上有黑点相对。

三白草，此草初生不白，入夏叶端方白。农人候之莳，曰："三叶白，草毕秀矣。"其叶似薯蓣。

【译文】三白草，这种草初生不白，入夏叶端才白。农民总结道："三叶白，草木都茂盛了。"叶子类似薯蓣。

落回（一曰"博落回"）有大毒，生江淮山谷中。茎叶如麻。茎中空，吹作声如勃逻回，因名之。

【译文】落回有剧毒，生在江淮山谷中。茎叶如麻。茎中空，吹响是声音如勃逻回，所以这么命名。

蒟蒻，根大如碗，至秋叶滴露，随滴生苗。

【译文】蒟蒻，根大如碗，至秋叶子上滴下露水，随着露水生长幼苗。

鬼皂荚，生江南地，泽如皂荚，高一二尺，沐之长发，叶亦去衣垢。

【译文】鬼皂荚，生在江南地，泽如皂荚，高达一二尺，能用它洗长发，叶也能去除衣垢。

通脱木，如蜱麻，生山侧。花上粉，主治恶疮。心空，中有瓢，轻白可爱，女工取以饰物。

【译文】通脱木，如同蜱麻，生在山侧。花上粉色的，主治恶疮。心空，中有瓢，轻白可爱，女工拿来装饰物品。

毗尸沙花，一名日中金钱花，本出外国，梁大同一年进来中土。

【译文】毗尸沙花，也叫日中金钱花，原本出自外国，梁大同一年进来中国。

左行草，使人无情。范阳长贡。

【译文】左行草，使人无情。范阳一直进贡。

青草槐，龙阳县禅牛山南有青草槐，丛生，高尺余。花若金灯，仲夏发花，一本云迄千秋。

【译文】青草槐：龙阳县禅牛山南有青草槐，丛生，高达一尺多。花若金灯，仲夏开花，也有叫迄千秋的。

竹肉，江淮有竹肉，生竹节上如弹丸，味如白鸡，皆向北。有大树鸡，如杯棬^①，呼为胡孙眼。

【注释】①杯棬：一种木质酒器。

【译文】竹肉：江淮有竹肉，生在竹节上如弹丸，味道如白鸡，都向北生长。有大树鸡，如杯棬一般，叫做胡孙眼。

庐山有石耳，性热。

【译文】庐山有石耳，药性热。

野狐丝，庭有草蔓生，色白，花微红，大如栗，秦人呼为狐丝。

【译文】野狐丝：庭院里有草蔓生，色白，花微红，大如栗，秦人叫做狐丝。

金钱花，一云本出外国，梁大同二年进来中土。梁时，荆州掾属双陆，赌金钱，钱尽，以金钱花相足，鱼弘谓得花胜得钱。

【译文】金钱花：有人说产自外国，梁大同二年进入中国。梁时，荆州掾属玩双陆棋赌博，钱输光了，用金钱花赔偿，鱼弘说拿到花超过拿到钱。

荷，汉明帝时，池中有分枝荷，一茎四（一曰两）叶，状如骈盖。子如玄珠，可以饰珮也。灵帝时，有夜舒荷，一茎四莲，其叶夜舒昼卷。

【译文】荷：汉明帝时，池中有分枝荷，一茎四叶，状如骈盖。果实如玄珠，可以当做饰珮。灵帝时，有夜舒荷，一茎四莲，其叶夜晚舒展，白天卷起。

梦草，汉武时异国所献，似蒲。昼缩入地，夜若抽萌。怀其草，自知梦之好恶。帝思李夫人，怀之辄梦。

【译文】梦草：汉武时异国进献的，似蒲，白天缩入地下，夜里好像生长。怀抱这种草，自知梦的好恶。汉武帝思念李夫人，怀揣着它就做梦。

乌蓬，叶如鸟翅，俗呼为仙人花。

【译文】乌蓬，叶如鸟翅，民间叫做仙人花。

雀芋，状如雀头，置干地反湿，置湿处复干。飞鸟触之堕，走兽遇之僵。

【译文】雀芋，状如雀头，置于干地反而会湿，置与湿处又会干。飞鸟碰上就会堕落，走兽碰到就是僵直。

望舒草，出扶支国。草红色，叶如莲叶，月出则舒，月没则卷。

【译文】望舒草，产自扶支国。草是红色的，叶如莲叶，月出叶子就舒展，月没叶子就卷起。

红草，山戎之北有草，茎长一丈，叶如车轮，色如朝虹。齐桓时，山戎献其种，乃植于庭，以表霸者之瑞。

【译文】红草，山戎之北有草，茎长达一丈，叶如车轮，色如朝虹。齐桓公时，山戎进献草种，于是种在庭院，用来表示霸者的祥瑞。

神草，魏明时，苑中合欢草状如蓍，一株百茎，昼则众条扶疏，夜乃合一茎，谓之神草。

【译文】神草，魏明帝时，苑中合欢草状如蓍草，一株有百茎，白天众条散开，晚上合成一茎，叫做神草。

三蔬，晋时有芳蔬园，在墉（一曰"金墉"）之东，有菜名芸薇，类有三种：紫色为上蔬，味辛；黄色为中蔬，味甘；青者为下蔬，味咸。常以三蔬充御菜，可以藉食。

【译文】三蔬：晋时有芳蔬园，在金墉城东，有种菜叫芸薇，种类有三种：紫色为上蔬，味辣；黄色为中蔬，味甜；青者为下蔬，味咸。常用三蔬充当御菜，可以生吃。

掌中芥，末多国出也。取其子，置掌中吹之，一吹一长，长三尺，乃植于地。

【译文】掌中芥，产自末多国。取它的果实，置掌中吹一下，一吹一长，长达三尺，才植到地里。

水网藻，汉武昆明池中有水网藻，枝横侧水上，长八九尺，有似网目。凫鸭入此草中，皆不得出，因名之。

【译文】水网藻：汉武帝昆明池中有水网藻，枝横侧在水上，长达八九尺，类似网目。凫鸭入此草中，就出不来，因此得名。

地日草，南方有地日草。三足乌欲下食此草，羲和之驭，以手掩乌目，食此则美闷不复动。东方朔言，为小儿时，井陷，坠至地下，数十年无所寄托。有人引之，令往此草中，隔红泉不得渡，其人以一只屦，因乘泛红泉，得至草处食之。

【译文】地日草：南方有地日草。三足乌想下来吃这种草，羲和因此驾驭了三足乌，用手盖住鸟眼，吃到这种草就不再移动。东方朔说，在他消失掉到井下，数十年无所寄托。有人引导他，让去这种草中，隔着红色泉水度不过去，这个人用一只鞋，到了对岸，得到这种草吃掉了。

挟剑豆，乐浪东有融泽，之中生豆荚，形似人挟剑，横斜而生。

【译文】挟剑豆，乐浪东有融泽，之中生长豆荚，形似人挟剑，横斜着生。

牧靡，建宁郡乌句山南五百里，牧靡草可以解毒。百卉方盛，乌鹊误食乌喙中毒，必急飞牧靡上，啄牧靡以解也。

【译文】牧靡，建宁郡乌句山南五百里，有牧靡草可以解毒。百花方盛，乌鹊误食乌喙中毒，必急飞到牧靡上，啄牧靡用来解毒。

前集卷二十

肉攫部

取鹰法，七月二十日为上时，内地者多，塞外者殊少。八月上旬为次时。八月下旬为下时，塞外鹰毕至矣。鹰网目方一寸八分，从八十目，横五十目，以黄蘗和杼汁染之，令与地色相类。蠢虫好食网，以蘗防之。有网竿、都杖、吴公。磔竿二：一为鹑竿，一为鹄竿。鸽飞能远察，见鹰，常在人前。若竦身动盼，则随其所视候之。

【译文】取鹰的方法，七月二十日为最好的时节，内地的多，塞外的很少。八月上旬为次一等的时节。八月下旬为最下等的时节，塞外鹰都来了。鹰网正方边长一寸八分，竖着80目，横着50目，用黄蘗和梭子汁染的，令与地面颜色相似。蠢斯蟋蟀喜欢吃网，用黄蘗防范。有网竿、都杖、吴公。磔竿两个：一个是鹌鹑竿，一个是天鹅竿。鸽子飞到远方观察，见鹰，常在人前。如果竿起身查看，就随它所看的方向检查。

取木鸡、木雀、鸪网目方二寸，纵三十目，横十八目。

【译文】取木鸡、木雀、边长二寸的鸪网目，纵着有三十目，横着有十八目。

凡鹫鸟，雏生而有惠，出壳之后，即于窠外放巢。大鹫恐其坠堕及为日所曝，热喝致损，乃取带叶树枝插其巢畔，防其坠堕及作阴凉也。欲验雏之大小，以所插之叶为候。若一日二日，其叶虽萎而尚带青色。至六七日，其叶微黄。十日后枯瘁，此时雏渐大可取。

【译文】凡是猛禽，小鸟出生就十分关心小鸟，出壳的后，就在窝外放巢。大鸟惊恐怕坠落以及太阳曝晒致使热中暑导致损伤，就拿带叶子的树枝插进它的巢穴，防止他们坠落以及做阴凉。要验证雏鸟的大小，以所插入的叶为标准。如果一天两天，它的叶子虽然枯萎而还带着青色。到六七天，叶子微黄。十天后干枯憔悴，这时小鸟慢慢长大可取了。

凡禽兽，必藏匿形影同于物类也。是以蛇色逐地，茅兔必赤，鹰色随树。

【译文】只要是禽兽，就一定在大自然中隐藏自己。所以蛇的颜色随地面而变化，茅兔红色，老鹰的颜色和树一样。

鹰巢，一名菆鹰。呼菆子者，雏鹰也。鹰四月一日停放，五月上旬拔毛入笼。拔毛先从头起，必于平旦过顶，至伏鹑则止。从颈下过飔毛，至尾则止。尾根下毛名飔毛。其背毛并两翅大翎覆翮及尾毛十二根等并拔之，两翅大毛合四十四枝，覆翮翎亦四十四枝。八月中旬出笼。

【译文】鹰巢，也叫菆鹰。叫做菆子的，是小鹰啊。四月一日停放鹰，五月上旬拔毛入笼。拔毛先从头开始，一定要在早晨过顶，到伏鹑就停止。从颈下过飔毛，到尾就停止。尾根下毛名飔毛。它的背毛和两个翅膀上的大羽毛和尾巴上的毛十二根等一起拔除，两个翅膀大羽毛共四十四枝，覆盖翅膀的羽毛四十四枝。八月中旬出笼子。

雕角鹰等，三月一日停放，四月上旬置笼。

【译文】雕角鹰等，三月一日停放，四月上旬放进笼子。

鹘，北回鹰过尽停放，四月上旬入笼，不拔毛。

【译文】鹘，北回鹰过尽停放，四月上旬放进笼子，不拔毛。

鹃，五月上旬停放，六月上旬拔毛入笼。

【译文】鹃，五月上旬停放，六月上旬拔毛入笼。

凡鸷击等，一变为鸽，二变为鹇，转鸽，三变为正鸽。自此已，后至累变，皆为正鸽。

【译文】所有凶猛的鸟，一变变成鸽，二变会变成鹇，转变成鸽，三变成正鸽。从此开始，以后的变化，都变成正鸽。

白鸽，觜爪白者，从一变为鹇，至累变，其白色一定，更不改易。若觜爪黑者，臆前纵理，翎尾斑节微微有黄色者，一变为鹇，则两翅封上及两胜之毛间似紫白，其余白色不改。

【译文】白鸽子，觜爪白色的，第一次变为鹘，连续变化，白色固定，再不改变。如果紫黑色的觜爪，观察胸前纵理，翎尾斑节微微有黄色的，第一次变为鹘，那两个翅膀封上及两胜的毛间似紫白，其余白色不变。

齐王高纬武平六年，得幽州行台仆射河东潘子光所送白鹘，合身如雪色。视臆前微微有纵白斑之理，理色暧昧如纁。觜本之色微带青白，向末渐乌。其爪亦同于觜。蜡胫并作黄白赤。是为上品。黄麻色，一变为鹘，其色不甚改易，惟臆前从斑渐阔而短。鹘转出后乃至累变，背上微加青色，臆前从理转就短细，渐加膝上鲜白。此为次。青麻色，其变色一同黄麻之鹘。此为下品。又有罗乌鸽、罗麻鸽，一日鹘。

【译文】齐王高纬武平六年，得到幽州行台仆射河东潘子光所送白鸽子，通体雪色。胸部前微微有放白斑的纹理，纹理颜色如红色模糊不清。觜底色是青白色，向末端渐渐变乌。它的指爪也和觜一样。蜡胫黄白赤三种颜色在一起。这是最好的。黄麻色，第一次变为鹘，他的颜色不怎么改变，只有胸前从斑逐渐宽而短。鹘转出后甚至多次变化，背上稍加青色，主观前从治理转向到短细，逐渐增加膝上鲜白。这是次一等的。青麻色，变化的颜色一同黄麻色的鹘。这是下品。又有罗乌鸽、罗麻鸽，一日鹘等品种。

白兔鹰，嘴爪白者，从一变为鹘，乃至累变，其白色一定更不改易。嘴爪黑而微带青白色，臆前纵理及翎尾班节微有黄色者，一变背上翅尾微为灰色，臆前纵理变为横理，变色微漠若无，胜间仍白。至于鹘转已后，其灰色微褐，而渐渐向白，其嘴爪极黑，体上黄鹊斑色微深者，一变为青白鹘，鹘转之后乃至累变，臆前横理转细，则渐为鸽色也。

【译文】白兔鹰，嘴爪白色的，第一次变为鸤，以后多次变化，他的白色一定再不改变。嘴爪黑而微带青白色，胸前纵列纹理以及翎尾班节有点黄颜色的，一种背上翅膀尾巴微为灰色，胸前纵状纹理变为横向纹理，变色微微消失像没有一样，膁间仍是白色。至于鸤转以后，他的灰褐色，而渐渐变成白色，他的嘴爪极黑，身体上黄鹊斑颜色稍深的，第一次变成为青白鸤，鸤转后多次变化，胸前横纹变细，就逐渐变成鸽色。

齐王高洋天保三年，获白兔鹰一联，不知所得之处。合身毛羽如雪，目色紫，爪之本白，向末为浅乌之色（一曰"目赤色，觜爪之本色白"）蜡胫并黄，当时号为金脚。

【译文】齐王高洋天保三年，获的兔子老鹰各一只，不知道从哪里得到的。全身羽毛雪白，眼睛是紫色的，爪底色为白色，像末端变为浅黑色，蜡胫都是黄色的，当时叫做金脚。

又高帝（一曰"高齐"）武平初，领军将军赵野叉献白兔鹰一联，头及顶遥看悉白，近边熟视，乃有紫迹在毛心。其背上以白地紫迹点其毛心，紫外有白赤周绕，白色之外以黑为缘。翅毛亦以白为地，紫色节之。臆前以白为地，微微有纁赤从理。眼黄如真金，觜本之色微白，向末渐乌。蜡作浅黄色，胫指之色亦黄。爪与觜同。

【译文】又高帝武平初年，领军将军赵野叉献白兔鹰各一只，头顶遥看都是白色，近处看，有紫色在中心。背上有白底紫点，紫色外面有白红围绕。白色之外是黑边。翅膀上的毛也是底色为白，紫色截断。胸前底色是白色，微微有些红色成纹理状。眼睛黄色像金子，嘴的底色是微白，到末端见见变黑，腿是浅黄色，指爪的颜色也是黄的。爪子和嘴一样。

散花白，觜爪黑而微带青白色者，一变为紫理白鵤，鵤转以后乃至累变，横理转网，臆前紫渐灭成白。其觜爪极黑者，一变为青白鵤，鵤转之后乃至累变，横理转细，臆前渐作灰白色。

【译文】散花白，觜爪黑色又微带青白色的，一变为紫理白鵤，鵤转以后的多次变化，横纹变成网纹，胸前紫渐灭变成白色。觜爪极黑的，一变为青白鵤，鵤转之后的多次变化，横纹变细，胸前渐作灰白色。

赤色，一变为鵤，其色带黑，鵤转已后乃至累变，横理转细，臆前微微渐白。其背色不改，此上色也。

【译文】赤色，一变为鵤，颜色里带着黑，鵤转以后的多次变化，横纹转细，胸前微微渐白。它的背色不改，这是最好的颜色。

白唐，一变为青鵤而微带灰色，鵤转之后乃至累变，横理转细，臆前微微渐白。

【译文】白唐，一变为青鵤而微带灰色，鵤转之后的多次变化，横纹转细，胸前微微渐白。

鶅烂堆（一曰雌，又曰雄）黄，一变之鵤，色如鹙鳖，鵤转之后乃至累变，横理转细，臆前渐渐微白。

肉攫部

【译文】鹯烂堆黄，一变为鹘，颜色像鸑鷟，鹘转之后的多次变化，横纹转细，胸前渐渐微白

黄色，一变之后乃至累变，其色似于鸑鷟而色微深，大况鹯烂雄黄，变色同也。

【译文】黄色，一变之后的多次变化，颜色类似于鸑鷟但是颜色要比之微深，鹯烂雄鸟是黄的，变色一样。

青班，一变为青父鹘，鹘转之后乃至累变，横理转细，臆前微微渐白。此次色也。

【译文】青班，一变为青父鹘，鹘转之后的多次变化，横纹转细，胸前微微渐白。这是次一等的颜色。

白唐，唐者黑色也，谓斑上有黑色，一变为青白鹘，杂带黑色，鹘转之后乃至累变，横理转细，臆前渐渐微白。

【译文】白唐，唐者黑色也，说的是斑上有黑色，一变为青白鹘，夹杂着黑色，鹘转之后的多次变化，横纹转细，胸前渐渐变成微白。

赤斑唐，谓斑上有黑色也。一变为鹘，其色多黑，鹘转之后乃至累变，横理转细，臆前黑虽渐褐，世人仍名为黑鹘。

【译文】赤斑唐，说的是斑上有黑色。一变为鹞，其色多黑，鹞转之后的多次变化，横纹转细，胸前黑虽然渐渐变成褐色，但是人们仍然叫做黑鹞。

青斑唐，谓斑上有黑色也。一变为鹞，其色带青黑，鹞转之后乃至累变，横理虽细，臆前之色仍常暗黪。此下色也。

【译文】青斑唐，说的是斑上有黑色。一变为鹞，颜色还带着青黑，鹞转之后的多次变化，横纹虽然细，胸前之色仍然经常黯淡无光。这是最下等的颜色。

鹰之雌雄，唯以大小为异，其余形象本无分别。雉鹰虽小，而是雄鹰，羽毛杂色，从初及变，既同兔鹰，更无别述。雉鹰一岁，臆前从理阔者，世名为鸰斑。至后变为鹪鸰之时，其臆从理变作横理，然犹阔大。若臆前从理本细者，后变为鹪鸰之时，臆前横理亦细。

【译文】鹰的雌雄，只有大小不同，其余形象没有区别。小鹰虽小，确实雄鹰，羽毛颜色混杂，从最初到变化，就同成年鹰一样，再没有别的述。雉鹰一岁，胸前竖纹宽的，世人称为鸰斑。到后来变为鹪鸰的时候，胸前竖纹变作横纹，但是依然宽阔。如果胸前竖纹本来就小的，后来变为鹪鸰的时候，主观前横纹也细。

窠白者，短身而大，五斤有余，便鸟而快，一名沙里白。生代北沙漠里荆窠上，向雁门、马邑飞。

【译文】窠白，短身而大，体重五斤多，便鸟而快，也叫沙里白。生在代州北部沙漠里荆棘上，向雁门、马邑飞。

代都赤者，紫背黑须，白睛白毛。三斤半已上、四斤已下便兔，生代川赤岩里，向虚丘、中山、白峒飞。

【译文】代都赤，紫背黑须，白睛白毛。三斤半以上、四斤以下便可以捕捉兔子。生在代川赤岩里，向虚丘、中山、白峒飞。

漠北白者，身长且大，五斤有余，细斑短腔，鹰内之最。生沙漠之北，不知远近，向代川、中山飞。一名西道白。房山白者，紫背细斑，三斤已上、四斤已下便兔，生代东房山白杨、椴树上，向范阳、中山飞。

【译文】漠北白：身高高大，五斤有余，细斑短腔，是鹰里面最好的。生在沙漠以北，不知道多远，向代川、中山飞。也叫西道白。房山白，紫背细斑，三斤以上、四斤以下就可以捕捉兔子，生在代东房山白杨、椴树上，向范阳、中山飞。

渔阳白，腹背俱白，大者五斤便兔，生徐无及东西曲。一名大曲、小曲。白叶树上生，向章武、合口、博海飞。

【译文】渔阳白：腹部、背部都白，大的五斤能捕捉兔子，生在徐无及东西曲。也叫大曲、小曲。在白叶树上生，向着章武、合口、博海飞。

东道白，腹背俱白，大者六斤余，鹰内之最大。生卢龙、和龙以北，不知远近，向涣休、巨黑（一曰里）、章武、合口、光州（一曰川）飞。虽稍软，若值快者，越于前鹰。土黄，所在山谷皆有。生柞栎树上，或大或小。

【译文】东道白：腹部、背部都白，大的六斤多，鹰内的最大。生在卢龙、和龙以北，不知道多远，向涣休、巨黑、章武、合口、光州飞。虽然稍软，如果遇上快的，超越前鹰。土黄色，所以在山谷都有。生在柞栋树上，有的大有的小。

黑皂雕，大者五斤，生渔阳山松杉树上，多死。时有快者，章武飞。白皂雕，大者五斤，生渔阳、白道、河阳、漠北，所在皆有。生柏枯树上，便鸟，向灵丘、中山、范阳、章武飞。青斑，大者四斤，生代北及代川白杨树上。细斑者快，向灵丘山、范阳飞。

【译文】黑皂雕，大的五斤，生在渔阳山松杉树上，容易死亡。当时有飞得快的，叫章武飞。白皂雕，大的五斤，生在渔阳、白道、河阳、漠北，到处都有。生在柏枯树上。便鸟向灵丘、中山、范阳、章武飞。青斑，大的四斤，生在代北和代川白杨树上。有细斑的飞得快，向灵丘山、范阳飞。

鸺鹰荏子，青黑者快，蜕净眼明，是未尝养雏，尤快。若目多眵，蜕不净者，已养雏矣，不任用，多死。又条头无花，虽远而聚。或条出句然作声，短命之候。口内赤，反掌热，隔衣蒸人，长命之候。叠尾、振卷打格、只立理面毛、藏头睡，长命之候也。

【译文】鸺鹰荏子，青黑的飞得快，蜕净眼亮，没养过小鸟的，更快。如果眼睛多眵，蜕不净的，是已经养国小鸟的，不堪使用，容易死亡。还有条头无花的，虽然飞得远但聚集在一起。有条出发出"句"般声音的，短命的象征。口内红色，反掌热，隔着衣服蒸人，长命的象征。重叠尾、振卷打格、单独站立理面毛、藏头睡，是长寿的标志。

凡鸷鸟飞尤忌错，喉病入叉，十无一活。在咽喉骨前皮里，缺盆骨内，嗉之下。

【译文】所有猛禽飞起来都特别忌讳飞错，喉病入叉的，十只无一只能活。在咽喉骨前皮里，缺盆骨内，嗉之下。

吸筒，以银镍为之，大如角鹰翅管。鹰已下，筒大小准其翅管。

【译文】吸筒，用银镍做成，和角鹰翅管一样大。鹰已经飞下，用筒对准它的翅管。

凡夜条不过五条数者短命，条如赤小豆汁与白相和者死。

【译文】凡是夜里排泄不过者五次的短命，尿液赤小像豆汁和白色在中间的死。

凡网损、摆伤、兔蹋伤、鹤兵爪，皆为病。

【译文】凡是网损、摆伤、兔蹋伤、鹤兵爪，都是病。

续集卷一

支诺皋上

　　新罗国有第一贵族金哥。其远祖名旁㐌，有弟一人，甚有家财。其兄旁㐌因分居，乞衣食，国人有与其隙地一亩，乃求蚕谷种于弟，弟蒸而与之，㐌不知也。至蚕时，有一蚕生焉，目长寸余，居旬大如牛，食数树叶不足。其弟知之，伺间杀其蚕。经日，四方百里内蚕飞集其家。国人谓之巨蚕，意其蚕之王也。四邻共缲之，不供。谷唯一茎植焉，其穗长尺余，旁㐌常守之，忽为鸟所折衔去。旁㐌逐之，上山五六里，鸟入一石罅，日没径黑，旁㐌因止石侧。至夜半，月明，见群小儿赤衣共戏。一小儿云："尔要何物？"一曰："要酒。"小儿露一金锥子，击石，酒及樽悉具。一曰："要食"。又击之，饼饵羹炙罗于石上。良久，饮食而散，以金锥插于石罅。旁㐌大喜，取其锥而还。所欲随击而办，因是富侔国力。常以珠玑赡其弟，弟方始悔其前所欺蚕谷事，仍谓旁㐌："试以蚕谷欺我，我或如兄得金锥也。"旁㐌知其愚，谕之不及，乃如其言。弟蚕之，止得一蚕如常蚕，谷种之复一茎植焉。将熟，亦为鸟所衔。其弟大悦，随之入山。至鸟入处，遇群鬼，怒曰："是窃予金锥者。"乃执之，谓曰："尔欲为我筑糠（一作塘）三版乎？欲尔鼻长一丈乎？"其弟请筑糠三版。三日饥困，不成，求哀于鬼，乃拔其鼻，鼻如象而归。国人怪而聚观之，惭恚而卒。其后子孙戏击锥求狼粪，因雷震，锥失所在。

【译文】新罗国有排名第一的贵族金哥，他的远祖叫旁㐌，他远祖有一个弟弟，十分富有。他哥哥旁㐌于是和他分居。乞讨为生。有同国的人给了他一亩狭小的土地。于是想他弟弟祈求蚕卵和谷物的种子。他弟弟蒸熟了之后才给他。旁㐌不知道这件事，等到生出蚕的时候有一个蚕孵化出来。蚕的眼睛有一寸多长，过了十天就像牛一样大，一顿吃许多树的叶子都不够。他的弟弟知道了，伺机杀了这条蚕。过了一天四周方圆百里之间的蚕都飞到了旁㐌的家里。这个国家的人称那条蚕为"巨蚕"，意思是说它是蚕王。旁㐌的邻居一起缲丝供应不上旁㐌的需要。谷子里面只有一株成活，它的谷穗有一尺多长。旁㐌常常守候在旁边，突然被一只鸟折断衔走了。旁㐌追着跑上到山上有五六里地，鸟飞入一道石头缝隙，太阳落下道路隐于黑暗之中，旁㐌于是停在石头的旁边。到了午夜，月光照亮，看见一群小孩没穿衣服以其嬉戏。其中一个小孩或："你要什么东西？"一小孩说："要喝酒"这个小孩拿出一把金锥子，敲击石头，酒和酒杯一起具备了。一个小孩说"要食物"又敲击了一下，各种食物都罗列在石头上。过了很久，宴席散去，把金锥插在石头的缝隙中。旁㐌十分高兴，把锥子拿回来了。想要的东西只要一敲击锥子就会出现。于是富可敌国。经常拿珠宝送给他弟弟。他弟弟才开始后悔之前用蚕和谷欺骗他的事，对旁㐌说，你也用蒸熟的蚕和谷子欺骗我，我也许也能想你一样得到金锥。旁㐌知道他很愚笨，不能跟他讲明白道理，于是照样做了。但是他弟弟蚕之孵化了一条普通的蚕，谷子种下来只得到一颗普通谷子。快要成熟的时候，也被鸟叼走了，他十分高兴跟着鸟上山，在鸟飞到的时候，遇到了一群鬼，这群鬼怒气冲冲地说："就是你把我们的金锥偷走了。"于是把他捉拿住，问他"你是想替我建三道墙，还是想把自己的鼻子变长一丈？"他请求筑墙，过了三天饥渴难耐，墙还没盖成，他向群鬼哀求，于是被拔长了鼻子。他带着象鼻一样的鼻子回到了家。同国的人认为很奇怪都来观看。他又惭愧又生气不久就去世了。旁笆的后代有嬉戏一样击打金锥求狼粪的，因为当时有巨大的雷声，金锥就找不到了。

临濑（一作瑞）西北有寺，寺僧智通，常持《法华经》入禅。每晏坐，必求寒林静境，殆非人所至。经数年，忽夜有人环其院呼智通，至晓声方息。历三夜，声侵户，智通不耐，应曰："汝呼我何事？可人来言也。"有物长六尺余，皂衣青面，张目巨吻，见僧初亦合手。智通熟视良久，谓曰："尔寒乎？就是向火。"物亦就坐，智通但念经。至五更，物为火所醉，因闭目开口，据炉而鼾。智通睹之，乃以香匙举灰火置其口中。物大呼起走，至阃①若蹶声。其寺背山，智通及明视蹶处，得木皮一片。登山寻之，数里，见大青桐，树梢已童矣，其下凹根若新缺然。僧以木皮附之，合无踪隙。其半有薪者创成一蹬，深六寸余，盖魅之口，灰火满其中，火犹荧荧。智通以焚之，其怪自绝。

【注释】①阃：门槛。

【译文】临濑西北有一座寺，寺庙的僧侣智通，经常拿着《法华经》入禅。每次安静地坐下，以必要求在寒冷的树林里的安静环境，大概都不是正常人能到达的地方。过了数年，忽然有一夜有人围绕着寺院呼喊智通，到了早上声音才停止。过了三夜，声音透过门窗，智通不耐烦了，回应到："你叫我有什么事？你可以过来和我说。"有一个生物身高六尺多，黑衣青面，张目巨嘴，看见僧人一开始也合手。智通熟视看了很久，说道："你冷吗？可以坐在火堆旁烤烤火。"怪物也就坐，智通就开始念经。到了五更，物被火烤的心思紊乱，于是闭着眼睛张着嘴，抱着火炉睡着了。智通看见了，于是用香匙举起炉灰放到怪物口中。怪物大声呼喊起身跑走了，到了门槛好像有绊倒的声音。这座寺在山背，智通到了天亮查看门槛，得到树皮一片。登山寻找，过了几里地，见到一棵大青桐，树已经有些光秃秃课，这棵树的下凹的根好像最近缺少了什么。僧人用树皮比对，合在一起没有一丝缝隙。这棵树一半的伤口形成一处绊倒的上后，深达六寸多，树上的一个开口，里面都是炉灰，火星都还在闪亮。智通烧掉了这棵树，之后怪事就没有发生过了。

南人相传，秦汉前有洞主吴氏，土人呼为吴洞。娶两妻，一妻卒。有女名叶限，少惠，善陶（一作钩）金，父爱之。末岁父卒，为后母所苦，常令樵险汲深。时尝得一鳞，二寸余，赪鬐金目，遂潜养于盆水。日日长，易数器，大不能受，乃投于后池中。女所得余食，辄沉以食之。女至池，鱼必露首枕岸，他人至不复出。其母知之，每伺之，鱼未尝见也。因诈女曰："尔无劳乎，吾为尔新其襦。"乃易其弊衣。后令汲于他泉，计里数百（一作里）也。母徐衣其女衣，袖利刃行向池。呼鱼，鱼即出首，因斤杀之，鱼已长丈余。膳其肉，味倍常鱼，藏其骨于郁栖之下。逾日，女至向池，不复见鱼矣，乃哭于野。忽有人被发粗衣，自天而降，慰女曰："尔无哭，尔母杀尔鱼矣，骨在粪下。尔归，可取鱼骨藏于室，所须第祈之，当随尔也。"女用其言，金玑衣食随欲而具。及洞节，母往，令女守庭果。女伺母行远，亦往，衣翠纺上衣，蹑金履。母所生女认之，谓母曰："此甚似姊也。"母亦疑之。女觉，遽反，遂遗一只履，为洞人所得。母归，但见女抱庭树眠，亦不之虑。其洞邻海岛，岛中有国名陀汗，兵强，王数十岛，水界数千里。洞人遂货其履于陀汗国，国主得之，命其左右履之，足小者履减一寸。乃令一国妇人履之，竟无一称者。其轻如毛，履石无声。陀汗王意其洞人以非道得之，遂禁锢而栲掠之，竟不知所从来。乃以是履弃之于道旁，即遍历人家捕之，若有女履者，捕之以告。陀汗王怪之，乃搜其室，得叶限，令履之而信。叶限因衣翠纺衣，蹑履而进，色若天人也。始具事于王，载鱼骨与叶限俱还国。其母及女即为飞石击死，洞人哀之，埋于石坑，命曰懊女冢。洞人以为祺祀，求女必应。陀汗王至国，以叶限为上妇。一年，王贪求，祈于鱼骨，宝玉无限。逾年，不复应。王乃葬鱼骨于海岸，用珠百斛藏之，以金为际。至征卒叛时，将发以赡军。一夕，为海潮所沦。成式旧家人李士元所说。士元本邕州洞中人，多记得南中怪事。

【译文】南方人传说，在秦汉之前，有个姓吴的洞主，当地人就叫他吴洞。他娶了两个老婆，其中大老婆死了，留下一个女儿叫做叶限，从小温柔贤惠，能用金线做出华美的衣服，吴洞非常宠爱她。几年后（的年末），吴洞也死了，叶限被后妈嫌弃，后母常常让她到高山上砍柴，去深潭边汲水。叶限有次打水的时候得到一尾鱼，两寸来长，红色的脊鳍，金色的眼睛，就偷偷地把鱼喂养在盆里。鱼一天天长大，叶限换了好几次盆子，大到盆子放不下的时候，叶限就把它放到院子后面的池塘里。她每天都把节省出的一些饭食投进去。在叶限过去的时候，这只鱼就会游到岸边，露出头来。其他人来到池塘边，鱼就不再出来。她后母察觉了这件事，每次到池塘边偷看，总是看不到鱼。就骗叶限说："你最近累了吧，我为你做了件新衣裳。"于是把她的旧衣服藏了起来，然后又让她到别的泉水那里去汲水，路程计有上百里。后母慢慢穿上她女儿的衣服，袖子里藏着锋利的刀子走到池塘边呼唤鱼，那鱼把头露了出来，后母趁机把它砍死了。鱼已经长到一丈多长，后母把鱼烹饪了，味道比一般的鱼强数倍，后母把吃剩下的鱼骨藏在了粪坑里。过了一天，叶限到池塘边上，可怎么也见不到鱼了，于是跑到野外悲伤地哭泣。忽然有个人披散着头发，穿着粗布衣服从天而降，告诉她："你别哭了，你的鱼被你母亲砍死吃掉了！骨头扔在粪坑里，你回去后，可把骨头取出来藏在屋里，需要什么只管向它祈祷，都可以如愿的。"叶限采纳了他的话，果然金玉珠宝吃的穿的想要什么都可以得到。到了洞节的时候，后母（带着她自己的女儿）去参加了，让叶限在家里看守庭院中的果树。叶限等后母走远了，穿上翠鸟羽毛编纺的衣服、金银丝线做成的鞋子也跟着去了。后母的女儿认出她来，就告诉她母亲："那个人很像姐姐。"后母看了也很怀疑。叶限察觉出来，赶忙匆匆地赶回去，丢了一只鞋子，被一个洞人得到了。后母回来，只见女儿抱着院子里的树睡觉，也就不再怀疑她了。吴姓的这个部落临近海岛，岛上有个叫陀汗的国家，兵力强盛，统治着附近几十个海岛，面积达到几千海里。洞人把那只金线鞋子卖给他们，陀汗王得到后，让左右下人穿上去试试，脚最小的穿上去鞋子也差一寸。于是下令全国所有的妇人都穿上试一下，竟然没有一个合适的。那鞋子轻的像羽毛，踩在石头上也没有声音，陀汗王猜测那个洞人是通过不正当的途径得到鞋的，于是拘禁并拷打他，最终也不知鞋是从哪里来的。国王就认为是谁丢在路边的，于是派人到此洞的各户人家搜查，若有同样的妇女穿的鞋子，就报告抓来。找到叶限，让她穿上试试，然后就相信了。于是叶限又穿上翠羽衣和金丝鞋进见，容貌如天上的仙女。这才向国王陈述事实，陀汗王带着叶限和鱼骨回国。后母和她的女儿们都被飞石打死了，洞人可怜她们，就挖了个石坑埋起来，叫做"懊女冢"。国王把叶限带回国后，封为第一夫人。有一年，国王起了贪念，向鱼骨祈求，得到无数珠宝。过了一年，再求鱼骨，什么也得不到了。国王就把鱼骨埋到了海边，用百斛珠玉隐藏起来，以金子为界限，等征讨叛军作乱时，国王决定挖出珠宝供养部队，结果一晚上的时间，埋藏的地方就被海潮淹没了。

太和五年，复州医人王超，善用针，病无不差。于午忽无病死，经宿而苏。言始梦至一处，城壁台殿如王者居。见一人卧，召前祖视，左髆有肿，大如杯。令超治之，即为针出脓升余。顾黄衣吏曰："可领毕也。"超随入一门，门署曰毕院，庭中有人眼数千聚成山，视肉迭瞬明灭。黄衣曰："此即毕也。"俄有二人，形甚奇伟，分处左右，鼓巨箑吹激，眼聚扇而起，或飞或走，或为人者，顷刻而尽。超访其故，黄衣吏曰："有生之类，先死而毕。"言次，忽活。

【译文】太和五年，复州医生王超，善于用针，没有治不好的。在中午突然无病而死，经过一夜又复苏。说做梦到了一个地方，城墙台殿像王者的住所。看见一个人躺在床上，召前来脱去上衣察看，左肩髆有肿，大如杯。让王超诊治的，于是施针出脓水一升多。那人对黄衣服官员说："可领毕了。"王超跟着进一个门，门署说这是毕院，院子里有人眼睛数千聚成山，交替瞬间消失。黄衣官吏说："这就是毕。"不一会儿，有两个人，形状很奇特，分别在左右，鼓巨扇扇出大风，眼聚集煽动起来，或飞或走，或许是人的，一会儿就全部消失。班超询问他们所以，黄衣官员说："有生命的东西，死亡就会出现毕。"说完就活过来了。

前秀才李鹄觐于颍川，夜至一驿，才卧，见物如猪者突上厅阶。鹄惊走，透后门，投驿厕，潜身草积中，屏息且伺之。怪亦随至，声绕草积数匝，瞪目相视鹄所潜处，忽变为巨星，腾起数道烛天。鹄左右取烛索鹄于草积中，已卒矣。半日方苏，因说所见。未旬，无病而死。

【译文】前朝秀才去颍川朝觐，晚上到了一个驿站，才躺下，见一头像野猪一样的动物冲上大厅的台阶。李鹄害怕地跑走了，从后门逃出，奔向驿站的马厩，隐藏在草堆中，屏住呼吸等待事情的发展。怪物也随着李鹄到了草堆，李鹄听见怪物的声音绕着草堆有好几圈，瞪眼看着李鹄躲藏的地方，突然变做一颗巨大的星星，腾空而起在天上点亮数道火光。李鹕的仆人拿着蜡烛在草堆中找到李鹕，李鹕已经昏迷了。过了半天才复苏，于是对别人说了所见的事情。不到十天，没有得病就死了。

元和中，国子监学生周乙者，常夜习业，忽见一小鬼髽髻^①，头长二尺余，满头碎光如星，眨眨（一作荧荧）可恶。戏灯弄砚，纷搏不止。学生素有胆，叱之，稍却，复傍书案。因伺其所为，渐逼近，乙因擒之，踞坐求哀，辞颇苦切。天将晓，觉如物折声，视之，乃弊木杓也，其上粘粟百余粒。

【注释】①髽髻：头发散乱的样子

【译文】元和年间，国子监学生周乙，常在晚上学习，看见一个头发散乱的小鬼，头长二尺多，满头映着碎星般的反光，闪亮的样子很可恶。在书桌上搞得乱七八糟。学生平素有胆子，叱骂它，稍微停止了，有靠着书案窥探小鬼行为，看他逼近，一举擒拿，小鬼凄苦哀求。天快亮了，发觉有东西折断的声音，一看，是一个断木杓，上面粘着小米百粒。

贞元（一作"上元"）中，蜀郡有僧志功（一作"志誉"），言住宝相寺持经。夜久，忽有飞虫五六枚，大如蝇，金色，迭飞起灯焰。或蹲于炷花上鼓翅，与火一色，久乃灭焰中。如此数夕。童子击堕一枚，乃薰陆香也，亦无形状。自是不复见。

【译文】贞元年间，蜀郡有僧人志功，住在宝相寺持经。深夜，忽然有五六只飞虫，大如苍蝇，金色，轮流飞向灯焰。有的蹲在炷花上展翅，和火一个颜色，很久才消失在火焰中。像这样有几天。儿童攻击下一个，是薰陆香了，也没有形状。从此不见元和初，上都东市恶少李和子，父努眼。和子性忍，常攘狗及猫食之，为坊市之患。常臂鹞立于衢，见二人紫衣，呼曰："公非李努眼子名和子乎？"和子即遽只揖。又曰："有故，可隙处言也。"因行数步，止于人外，言："冥司追公，可即去。"和子初不受，曰："人也，何绐言。"又曰："我即鬼。"因探怀中，出一牒，印窠犹湿。见其姓名，分明为猫犬四百六十头论诉事。和子惊惧，乃弃鹞子拜祈之，且曰："我分死，尔必为我暂留，具少酒。"鬼固辞，不获已。初，将入毕罗肆，鬼掩鼻不肯前，乃延于旗亭杜家。揖让独言，人以为狂也。遂索酒九碗，自饮三碗，六碗虚设于西座，且求其为方便以免。二鬼相顾："我等既受一醉之恩，须为作计。"因起曰："姑迟我数刻，当返。"未移时至，曰："君办钱四十万，为君假三年命也。"和子诺许，以翌日及午为期。因酬酒直，且返其酒，尝之味如水矣，冷复冰齿。和子遽归，货衣具凿楮，如期备酹焚之，自见二鬼挈其钱而去。及三日，和子卒。鬼言三年，盖人间三日也。

【译文】元和初年，上都东市恶少李和子，父亲叫努眼。性格残忍，经常偷猫狗食物吃，为坊市的祸患。常臂上放一只鹞鹰站在大街，见二人穿着紫色衣服，叫道："你不是李努眼的儿子叫李和子的那个人么？"李和子要作揖离开。又说："咱们有交情，去别的地方说。"又走了几步，停止在人群外，说："冥司追公，可以马上离开。"他最初不接受，说："你是人，为什么欺骗我？"又问："我就是鬼。"从怀里，从一个文件，印案还是湿。看到他们的姓名，分明是猫狗四百六十头上诉。和子害怕，于是放弃鹞子祈祷，并且说："我应该死，你一定要缓一会，稍微喝点酒。"鬼坚决推辞，不得已。最初，将进入毕罗肆，鬼掩住鼻子不肯前进，就邀请到旗亭杜家。一个人自言自语，人们认为他疯了。于是索酒九碗，自喝了三碗，六碗放在西座，并且要求他们随便喝酒。两个鬼相视："我们已经接受一顿酒席的恩惠，必须为他着想。"于是起身说："姑且等我几刻，马上返回。"一会回来说："你准备钱四十万，为你续命三年。"和子答应，把第二天中午作为期限。于是付酒钱，那六杯酒的味道像水，又冰牙齿。和子赶紧回家，把东西卖了凑够了钱，如期备酒烧了，看见二鬼带着钱而去。到第三天，和子死。鬼说三年，这就是人间三天。

贞元末，开州军将冉从长轻财好事，而州之儒生道者多依之。有画人宁采图为《竹林会》，甚工。坐客郭萱、柳成二秀才，每以气相轧。柳忽昤图谓主人曰："此画巧于体势，失于意趣。今欲为公设薄技，不施五色，令其精彩殊胜，如何？"冉惊曰："素不知秀才艺如此！然不假五色，其理安在？"柳笑曰："我当入被画中治之。"郭抚掌曰："君欲绐三尺童子乎？"柳因邀其赌，郭请以五千抵负，冉亦为保。柳乃腾身赴图而灭，坐客大骇。图表于壁，众摸索不获。久之，柳忽语曰："郭子信来？"声若出画中也。食顷，瞥自图上坠下，指阮籍像曰："工夫只及此。"众视之，觉阮籍图像独异，吻若方笑。宁采昤之，不复认。冉意其得道者，与郭俱谢之。数日，竟他去。宋存寿处士在释时，目击其事。

【译文】贞元末年，开州将军冉从长请示金钱重交情，一州的儒生都依附他。有画师宁采给了一幅《竹林会》，特别好看。门客郭萱、柳成二秀才，经常有意气之争。柳成看着画对主人说："这幅画体势很巧，缺少意趣。我现在要为您表现技巧，不用五色，会让他精彩倍加，怎么样？"冉将军惊讶地说道："不知道秀才技艺到此！但是不用五色怎么画啊？"柳成笑着说："我入画中去画。"郭秀才拍手说："你在骗小孩么？"柳成和他打赌，赌资是五千，冉将军作保。柳成跳向画消失了，坐客都吓了一跳，找不到柳成了。过了很久，柳成声音从画里出来说："郭秀才信了么？"过了一顿饭，从画里跳出来，指着阮籍说："功夫就在这里。"大家一看，觉得阮籍图像有变化，好像在笑。宁采看了都不认识了。冉将军认为他是得道的人，和郭秀才一起道歉。过了几天就走开了。宋存寿处士在佛门时，目击了这件事。

奉天县国盛村百姓姓刘者，病狂，发时乱走，不避井堑，其家为迎禁咒人侯公敏治之。公敏才至，刘忽起曰："我暂出，不假尔治。"因杖薪担至田中，袒而运担，状若击物。良久而返，笑曰："我病已矣。适打一鬼头落，埋于田中。"兄弟及咒者犹以为狂，不实之，遂同往验焉。刘掘出一髑髅，戴赤发十余茎，其病竟愈。是会昌五年事。

【译文】奉天县国盛村百姓刘姓某人，疯了，发作时乱跑，不避开井口和堑沟，这家人请禁咒人侯公敏治疗。侯公敏才到，刘起来说："我暂时出来，不用你治。"于是挂着拐杖到田里，挑着东西，好像在击打着什么东西，过了很久才回来笑着说："我病好了。刚才把一个鬼头打掉，埋到了田里。"兄弟和侯公敏都认为是疯了，不信，于是和他一同去检验。刘挖出一个骷髅，戴着十多根红头发，他的病就好了。这是会昌五年的事。

柳璟知举年，有国子监明经，失姓名，昼寝，梦徙倚于监门。有一人负衣囊，衣黄，访明经姓氏。明经语之，其人笑曰："君来春及第。"明经因访邻房乡曲五六人，或言得者，明经遂邀入长兴里毕罗店常所过处。店外有犬竞，惊曰："差矣！"遽呼邻房数人语其梦。忽见长兴店子入门曰："郎君与客食毕罗计二斤，何不计直而去也？"明经大骇，褫衣质之。且随验所梦，相其榻器，皆如梦中。乃谓店主曰："我与客俱梦中至是，客岂食乎？"店主惊曰："初怪客前毕罗悉完，疑其嫌置蒜也。"来春，明经与邻房三人梦中所访者，悉及第。

【译文】柳璟知举年，有国子监明经，没记住姓名，白天睡觉，梦见靠在监门。有一人背负衣囊，衣服黄色，询问明经姓氏。明经告诉他，这个人笑着说："君来年春天及第。"明经于是拜访邻房乡曲五六人，于是邀入长兴里毕罗店那个经常经过的地方。店外有犬争斗，惊讶地说："坏了！"马上呼唤邻房数人告诉了这个梦。忽然看见长兴店子入门说道："郎君与客食毕罗计二斤，为什么不付钱？"明经很害怕，脱衣抵押。且随验证所梦到的事情，观察它的椽器，都跟梦中相似。于是问店主说："我与客都梦中来到这里，客难道在这里吃饭了？"店主惊讶地说："当初奇怪客前的毕罗悉被吃完了，怀疑这是嫌弃放蒜了。"第二年春天，明经与梦中拜访的邻房三人都进士及第了。

潞州军校郭谊，先为邯郸郡牧使，因兄亡，遂于郓州举其先，同茔（一作"兄柩"）葬于磁州滏阳县之西岗。县界接山，土中多石，有力葬者，率皆凿石为穴。谊之所卜亦凿焉。积日倍工，忽透一穴。穴中有石，长可四尺，形如守宫，支体首尾毕具，役者误断焉。谊恶之，将别卜地，白于刘从谏，从谏不许，因葬焉。后月余，谊陷于厕，体仆几死。骨肉、奴婢相继死者二十余人。自是常恐悸，唵呓不安。因哀请罢职，从谏以都押衙焦长楚之务与谊对换。及贼积（一作"刘积"）阻兵，谊为其魁，军破，枭首。其家无少长，悉投井中死。盐州从事郑宾于，言石守宫见在磁州官库中。

【译文】潞州军校郭谊，之前担任邯郸郡牧使，因兄长死亡，于是在郓州挖出祖先坟墓，同兄长的墓葬在磁州滏阳县西边岗。县界接山，

421

土中多石，有力量埋葬的，都是凿石做成洞穴。占卜吉日开始挖掘。连天挖掘突然透出一个洞。洞中有岩石，长约四尺，形状像壁虎，支体首尾都具备，干活的误碰断了。由于厌恶，将另择他地，告诉刘从谏，刘从谏不答应，就葬在这里。一个多月后，郭谊陷在厕所，差点死去。骨肉、奴婢相继死亡的有二十多人。从此经常担心，唵喃喃的梦话不安。于是哀求罢职，刘从谏以都押衙焦长楚的事务和郭谊对换。当反贼刘稹拥兵，郭谊是他们的首领，军队打败，砍了头。他家无论老少，全部投井自杀。盐州从事郑宾在，说石守棺出现在磁州官库中。

伊阙县令李师晦，有兄弟任江南官，与一僧往还。常入采药，遇暴风雨，避于欹（一作桅）树。须臾大震，有物瞥然坠地。倏而朗晴，僧就视，乃一石，形如乐器，可以悬击者。其上平齐如削，其中有窍可盛，其下渐阔而圆，状若垂囊，长二尺，厚三分，其左小缺，斑如碎锦，光泽可鉴，叩之有声。僧意其异物，置于樵中归。柜而埋于禅床下，为其徒所见，往往有知者。李生恳求一见，僧确然言无。忽一日，僧召李生。既至，执手曰："贫道已力衰弱，无常将至。君前所求物，聊用为别。"乃尽去侍者，引李生入卧内，撤榻掘地，捧匣授之而卒。

【译文】伊阙县令李师晦，有兄弟任江南官，与一个僧人往来。常去采草药，遇到暴风雨，在倾斜的树旁倾斜。一会儿发生大地震，有东西瞬间掉到地上。突然停止，和尚靠近一看，是一块石头，形状像乐器，可以悬挂敲击。其上平齐陡峭，中间有孔可穿过，其下渐渐变宽变圆，形状像垂袋，长达二尺，厚三分，左边有小缺口，如碎斑锦，光亮可鉴，叩之有声。僧认为这是奇异的东西，放在柴火里面回去。用柜子装起来就埋在禅床下，被他的门徒看到，往往就有人知道。李先生恳求一见，僧确定地说没有。忽然有一天，僧人把李先生。已到，握手说："我已经力竭不行了，无常要来了。你以前所求的东西，我姑且用作离别礼。"于是尽去侍奉的人，把李先生带进卧室，撤去床挖掘，捧着匣子给他就去世了。

贼积阻命之时，临洛市中百姓有推磨盲骡，无故死，因卖之。屠者剖腹中得二石，大如合拳，紫色赤斑，莹润可爱。屠者遂送积，乃留之。

【译文】反贼刘积作乱的时候，临洛市的百姓有一头推磨的瞎眼骡子，无故死去，于是卖掉。屠夫剖开腹中得到两块石头，拳头一般大，紫色红斑，晶莹剔透很可爱。屠夫于是送给了刘积，于是留下这块石头。

韦温为宣州，病疮于首，因托后事于女婿，且曰："予年二十九为校书郎，梦涯水中流，见二吏赍牒相召。一吏至，言彼坟至大，功须万日，今未也。今正万日，予岂逃乎？"不累日而卒。

【译文】韦温治理宣州，头得病了，于是对女婿托付后事，说："我二十九当上校书郎，梦到悬崖上水流，看见两个官吏带着公文来召唤他。一个官吏到了，说你的坟墓会很大，功绩会在万日之后，现在不是。今天正好是一万天，我难道能逃避么？"没过几天就死了。

醴泉尉崔汾仲兄居长安崇贤里。夏月乘凉于庭际，疏旷月色，方午风过，觉有异香。顷间，闻南垣土动籁籁，崔生意其蛇鼠也。忽睹一道士，大言曰："大好月色。"崔惊惧遽走。道士缓步庭中，年可四十，风仪清古。良久，妓女十余，排大门而入，轻绡翠翘，艳冶绝世。有从者具香茵，列坐月中。崔生疑其狐媚，以枕投门阃警之。道士小顾，怒曰："我以此差静，复贪月色。初无延伫之意，敢此粗率！"复厉声曰："此处有地界耶？"欻有二人，长才三尺，巨首儋耳，唯伏其前。道士颐指崔生所止，曰："此人合有亲属入阴籍，可领来。"二人趋出。一饷间，崔生见其父母及兄悉至，卫者数十，捽曳批之。道士叱曰："我在此，敢纵子无礼乎？"父母叩头曰："幽明隔绝，诲责不及。"道士叱遣之，复顾二鬼曰："捉此痴人来。"二鬼跳及门，以赤物如弹丸，遥投崔生口中，乃细赤绳也。遂钩出于庭中，又诟辱之。崔惊失音，不得自理。崔仆妾号泣。其妓罗拜曰："彼凡人，因讶仙官无故而至，非有大过。"怒解，乃拂衣由大门而去。崔病如中恶，五六日方差。因迎祭酒醮谢，亦无他。崔生初隔纸隙见亡兄以帛抹唇如损状，仆使共讶之。一婢泣曰："几郎就木之时，面衣忘开口，其时忽忽就剪，误伤下唇，然傍人无见者。不知幽冥中二十余年，犹负此苦。"

【译文】醴泉县崔汾的二哥住在长安崇贤里。夏天乘凉在庭院，疏旷月色，方午风过，发现有异常的香味。过了一会儿，听说南墙土动声音簌簌作响，崔生认为是蛇鼠。忽然看见一个道士，大声说："非常喜欢月光。"人吓得急忙逃走。道士徒步在庭院，年约四十，风度清古。过了很长时间，妓女十多人，推开大门，进入，衣服饰品漂亮，美丽妖艳。有跟从的侍者准准备香茵，坐在月光中心。崔生怀疑是狐精，用枕头扔到门上做警报。道士回头，生气地说："我认为这是比较静，又贪婪月色。当初没有久留的意思，你敢这样的粗率！"又厉声说："这里有地界吗？"忽然有两个人，长有三尺，巨头儋耳，站在他面前。道士颐指崔生所停止的地方，说："这个人应该有亲属进入阴籍，可以去领来。"二人跑出来。一饷之间，崔生见他父亲母亲和哥哥都到，卫士几十，都把他们揪出来。道士喝叱说："我在这里，你也敢无礼？"父母叩头说："阴阳隔绝，教育不到。"道士喝叱他们，再看向两个鬼说："捉这个傻瓜来这。"两个鬼跳到门口，用赤色的东西如弹丸，远远地扔崔生口中，是细赤绳。于是牵出来到院子里，又辱骂他。崔惊恐失声，不能自理。崔生的仆妾哭着。那妓女罗列而拜说："他们凡人，因为惊讶仙官无缘无故地来到，不是大的过失。"那人愤怒解去，于是拂衣从大门口就走了。崔生病像中恶的病症，五六天才转好。于是祭酒做醮道歉，也没有别的事情发生。崔生当初隔着纸的缝隙看到死去的哥哥用帛覆盖嘴唇像有损坏一样，仆人都很惊讶。一个婢女哭着说："他入殓的时候，外衣忘记开口，这时匆忙剪开，误伤下唇，但是旁边的人没有看到的。不知道幽冥中二十多年，还受着这痛苦。"

辛秘五经擢第后，常州赴婚。行至陕，因息于树阴。傍有乞儿箕坐，痂面虮衣，访辛行止，辛不耐而去，乞儿亦随之。辛马劣，不能相远，乞儿强言不已。前及一衣绿者，辛揖而与之语，乞儿后应和。行里余，绿衣者忽前马骤去。辛怪之，独言此人何忽如是，乞儿曰："彼时至，岂自由乎？"辛觉语异，始问之，曰："君言时至，何也？"乞儿曰："少顷当自知之。"将及店，见数十人拥店。问之，乃绿衣者卒矣。辛大惊异，遽卑下之，因褫衣衣之，脱乘乘之，乞儿初无谢意，语言往往有精义。至汴，谓辛曰："某止是矣。公所适何事也？"辛以娶约语之，乞儿笑曰："公士人，业不可止。此非君妻，公婚期甚远。"隔一日，乃扛一器酒，与辛别，指相国寺刹曰："及午而焚，可迟此而别。"如期，刹无故火发，坏其相轮。临去，以绫帕复赠辛，带有一结，语辛异时有疑当发视也。积二十余年，辛为渭南尉，始婚裴氏。泊泊生日，会亲宾，忽忆乞儿之言，解帕复结，得楮幅大如手板，署曰"辛秘妻，河东裴氏，某月日生"，乃其日也。辛计别乞儿之年，妻尚未生，岂蓬瀛籍者谪于人间乎？方之蒙袂辑屦，有愤于黔娄，擿埴索途，见称于杨子，差不同耳。

【译文】辛秘五经进士及第后,去常州结婚。走到陕,就在树荫下休息。旁边有一个乞丐箕踞而坐,疬面破衣,建议辛别去,辛不耐烦地离开,乞丐也跟着他走。辛马劣,不能远去,乞丐一直说个不停。前面碰到一个绿衣的人,辛作揖而跟他说话,乞丐在后响应。走了一里多,穿绿衣服的人忽然跑到马前,又突然离开了。辛奇怪的,只说这个人为何如此,乞丐说:"他时间到了,难道还能自由吗?"辛觉得语言奇异,开始问他,说:"你说时间到,是什么?"乞丐说:"一会你就知道了。"要到旅店,看到数十人向旅店去。问他,是绿色衣服的人去世了。辛大惊奇,急忙尊敬那个乞丐,因此脱下衣服给他穿,下马给他骑马,乞丐当初没有谢意,语言往往有精妙的意思。到了汴,对辛说:"我到了。你到者有什么事呢?"辛吧婚约告诉了他,乞丐笑着说:"公是读书人,仕途不停。这不是你妻子,你结婚日期很远。"隔一天,扛起一瓶酒,与辛告别,指相国寺刹说:"到了中午,焚烧,可以推迟这告别。"到了中午,寺庙无故起火。临离开,用绫帕又送给辛,带有一个结,对辛异说有怀疑时打开看。过了二十余年,辛做渭南县尉,刚和裴氏结婚。到了生日,与亲戚朋友聚会,忽然想起乞丐的话,解开手帕的结,到纸张大如手板,署名"辛的妻子,河东裴氏,某月某日生",正是这天。辛计算告别乞丐的年分,妻子果然还没有出生,难道是蓬瀛州籍的仙人在人世间吗?最开始穿得破旧,有黔娄的节操,敲地探路,著称于杨雄,差不多一样。

续集卷二

支诺皋中

上都浑瑊宅，戟门内一小槐树，树有穴，大如钱。每夜月霁后，有蚓如巨臂，长二尺余，白颈红斑，领数百条如索，缘树枝条。及晓，悉入穴。或时众鸣，往往成曲。学士张乘言，浑令公时，堂前忽有一树从地踊出，蚯蚓遍挂其上。已有出处，忘其书名目。

【译文】上都浑瑊的宅，戟门内有一棵小槐树，树上有洞穴，钱币一般大。每天晚上月亮消失后，有像胳膊一样大的蚯蚓，长达二尺，白色领子红色斑点，领子有数百条像铁索一样，蚯蚓会爬上树枝。到了早上都进入洞穴。有时候都鸣叫，能成曲调。学士张乘说浑令公时，在堂前涌出一棵树，挂满了蚯蚓，有出处但是忘了书名。

东都尊贤坊田令宅，中门内有紫牡丹成树，发花千朵。花盛时，每月夜有小人五六，长尺余，游于上。如此七八年。人将掩之，辄失所在。

【译文】东都尊贤坊田令宅，在中门内有一个紫牡丹长成树，开了千朵花。花盛开时，每个月晚上有五六个小人，在上面游玩，这样过了七八年。人们把这棵牡丹拔除了，于是再也找不到了。

太和七年，上都青龙寺僧契宗，俗家在樊州(一作川)。其兄樊竟，因病热，乃狂言虚笑。契宗精神总持，遂焚香敕勒。兄忽诟骂曰："汝是僧，第归寺住持，何横于事？我止居在南柯，爱汝苗硕多获，故暂来耳。"契宗疑其狐魅，复禁桃枝击之。其兄但笑曰："汝打兄不顺，神当殛汝，可加力勿止。"契宗知其无奈何乃已。病者欻起牵其母，母遂中恶；援其妻，妻亦卒；乃摹其弟妇，回面失明，经日悉复旧。乃语契宗曰："尔不去，当唤我眷属来。"言已，有鼠数百，谷谷作声，大于常鼠，与人相触，驱逐不去。及明，失所在。契宗恐怖加切，其兄又曰："慎尔声气，吾不惧尔。今须我大兄弟自来。"因长呼曰："寒月，寒月，可来此。"至三呼，有物大如狸，赤如火，从病者脚起，缘衾止于腹上，目光四射。契宗持刀就击之，中物一足，遂跳出户。烛其穴踪，至一房，见其物潜走瓮中。契宗举巨盆覆之，泥固其隙。经三日发视，其物如铁，不得动。因以油煎杀之，臭达数里，其兄遂愈。月余，村有一家，父子六七人暴卒，众意其兴蛊。

【译文】太和七年，上都青龙寺和尚契宗，家在樊州。其兄樊竟，因为发烧，最终胡言乱语狂笑。契宗为之做法，于是烧香祈祷。哥哥突然大骂说："你这和尚，应该回寺住持，为什么插手这事？我只不过居住在南柯，爱你家的苗硕多获，所以暂时到此。"契宗怀疑这是狐魅，又拿起桃枝打他。他的哥哥只是笑着说："你打你哥哥这是不对的，神要惩罚你，你可以用力不停。"契宗知道自己没有办法才罢休。病人触碰他的母亲，母亲就中邪了；触碰妻子，妻子就死；来碰他的弟媳，马上她就失明，一天来一直这样。于是对契宗说："你不离开，我要召唤我的亲属来了。"说完，有鼠数百，发出"谷谷"的声音，比平常的老鼠大，与人相抵触，赶也赶不走。到第二天就找不到了。契宗恐怖加切，他的哥哥又说："小心你声音，我可不害怕你。现在需要我的大弟来到。"于是大喊道："寒月，寒月，可以来这里了。"到了第三声呼喊，有怪物大如狸，红得像火，从病人的脚跳起，抓住衣服爬到肚子上，眼睛光四射。契宗持刀去攻击的，砍中怪物一条腿，于是跳到窗户上。顺着洞穴踪迹，到了一个房间，看见东西偷偷跑到瓮中。契宗就用大盆覆盖它，封住缝隙。经过三天打开一看，怪物僵硬如铁，不能动。用油煎杀了它，臭味发散到达几里之外，于是他的哥哥就好了。一个多月后，村里有一家，父子六七人突然去世，大家猜想他们在用巫蛊。

贞元中，望苑驿西有百姓王申，手植榆于路傍成林，构茅屋数椽，夏月常馈浆水于行人，官者即延憩其茗。有儿年十三，每令伺客。忽一日，白其父："路有女子求水。"因令呼入。女少年，衣碧襦，白幅巾，自言："家在此南十余里，夫死无儿，今服禫矣，将适马嵬访亲情，丐衣食。"言语明悟，举止可爱。王申乃留饭之，谓曰："今日暮夜可宿此，达明去也。"女亦欣然从之。其妻遂纳之后堂，呼之为妹。倩其成衣数事，自午至戌悉办。针缀细密，殆非人工。王申大惊异，妻犹爱之，乃戏曰："妹既无极亲，能为我家作新妇子乎？"女笑曰："身既无托，愿执粗井灶。"王申即日赁衣赍礼为新妇。其夕暑热，戒其夫："近多盗，不可辟门。"即举巨椽捍而寝。及夜半，王申妻梦其子披发诉曰："被食将尽矣。"惊欲省其子。王申怒之："老人得好新妇，喜极呓言耶！"妻还睡，复梦如初。申与妻秉烛呼其子及新妇，悉不复应。启其户，户牢如键，乃坏门。阖才开，有物圆目凿齿，体如蓝色，冲人而去。其子唯余脑骨及发而已。

【译文】有百姓王申，其人乐善好施，在路边广植榆树，成林成荫，为行旅遮风蔽日；又在住所旁建了几间茅屋，盛夏时供行人歇脚，并置办浆水、果子，很是热心。他有一男孩，一十三岁，每每负责伺候客人。此日午后，有一女子求水，男孩于是将其引进门来。女子身着绿衣，戴白巾，说："我家住在此地以南十余里处，夫死无儿，今丧期已满，去马嵬坡亲戚家，从这路过，讨些吃的。"女子容貌美艳，言语明快，举止可爱。王申遂留之吃饭，说："今晚你可以住在这里，明天一早赶路，落日时可抵达马嵬坡。"女子欣然从之。吃饭后，王申之妻将那女子带到后堂，呼之为妹，叫她帮自己做衣服。女子所缝做之衣，针脚细密，不是一般人能做出的。王申夫妇很是惊异，其妻更犹喜欢那女子，戏言道："你既然没有至亲了，能做我的儿媳妇吗？"女子笑道："我身孤苦，现愿听您的安排。"当天，女子与王申的儿子就成婚了。当时正是酷暑，入洞房后，女子告诫王申的儿子："最近听说盗贼很多，不可开门而睡。"说着，她意味深长地看了王申的儿子一眼，用巨棒将门顶住……到了后半夜，王申之妻突然被噩梦惊醒，在梦中，其子披着头发哭诉："母亲，孩儿快被鬼吃尽了……"王妻将所梦之事告诉王申，后者很不耐烦："你得了个这样好的儿媳妇，难道是喜极而说梦话吗？"王妻只好躺下接着睡，随后又梦到儿子的哭诉。惊醒后告诉王申，这时候王申也有了一种不祥的预感，马上跟妻子下床，举着蜡烛去儿子的房间。来到门口，二人呼喊儿子和那女子，里面一无声音，死一般寂静。王申大呼"不好"，将门撞开，刚一开门，里面忽地窜出一物，圆眼利齿，其身暗蓝，一如厉鬼，猛然而去。再进屋一看他的儿子只剩了头骨和头发。

枝江县令张汀子名省躬，汀亡，因住枝江。有张垂者，举秀才下第，客于蜀，与省躬素未相识。太和八年，省躬昼寝，忽梦一人自言姓张名垂，因与之接，欢狎弥日。将去，留赠诗一首曰："戚戚复戚戚，秋堂百年色。而我独茫茫,荒郊遇寒食。"惊觉,遽录其诗。数日卒。

【译文】枝江县令张汀的儿子叫张省躬。父亲死后,他一直住在枝江。有一位叫张垂的人,考秀才科未中,客死于四川,与省躬素不相识。大和八年,张省躬白天睡于堂前,忽梦一人自称与他同姓,名字叫垂。张垂同他一见如故,无拘无束地玩了几天,临别时,留下一首诗赠给省躬,那诗是:"戚戚复戚戚,秋堂百年色。而我独茫茫,荒郊遇寒食。"这时,张省躬惊醒了,当即录下那首诗。他于数日之后死去。

江淮有何亚秦,弯弓三百斤,常解斗牛,脱其一角。又过蕲州,遇一人,长六尺余,髯而甚口,呼亚秦:"可负我过桥。"亚秦知其非人,因为背,觉脑冷如冰,即急投至交牛柱,乃击之,化为杉木,沥血升余。

【译文】江淮一带有个何亚秦,能拉开三百斤的弯弓,曾经为了制止两牛相斗,弄掉了一只牛角。还有一次路过蕲州时,遇到一个人,高六尺多,胡须非常多,口呼何亚秦:"你背着我过桥。"何亚秦知道他不是人,就背起他,觉得脑袋冷得像冰,立即跑到路标柱子下,开始打那人,那人被打后化为杉木,滴出一升多血。

长庆初,洛阳利俗坊有百姓行车数辆,出长夏门。有一人负布囊,求寄囊于车中,且戒勿妄开,因返入利俗坊。才入坊,内有哭声起。受寄者发囊视之,其口结以生绠,内有一物,状如牛胞,及黑绳长数尺,百姓惊,遽敛结之。有顷,其人亦至,复曰:"我足痛,欲憩君车中数里,可乎?"百姓知其异,许之。其人登车,览其囊不悦,顾曰:"何无信?"百姓谢之。又曰:"我非人,冥司俾予录五百人,明历陕、虢、晋、绛，及至此，人多虫，唯得二十五人耳。今须往徐、泗。"又曰："君晓予言虫乎？患赤疮即虫耳。"车行二里，遂辞："有程，不可久留。君有寿者，不复忧矣。"忽负囊下车，失所在。其年夏，天下多患赤疮，少有死者。

【译文】长庆初年，洛阳利俗坊有百姓行车数辆，出于长夏门。有一个人背着布袋，请求放口袋在车上，而且告诫千万不要随便打开，于是返回利俗坊。刚刚进入坊，内有哭声起。接受包裹的人打开布囊看的，一看瞠目结舌，里面有一个东西，形状像牛胞，和数尺长的黑绳，百姓惊讶，急忙系好结。过了一会儿，那个人也到了，再次说："我的脚疼痛，想在你车里休息几里地，可以吗？"百姓知道他是个神异的人答应了。那人上车，看到他的口袋便不高兴了，他说："你为什么不遵守诺言呢？"百姓道歉。那人说："我不是人，冥司使我录下五百人，历经陕、虢、晋、绛，到这，人都多有虫子，只得到二十五人罢了。现在要去徐、泗。"又问："你明白我说的虫吗？患红疮就是虫。"车了走二里，于是告辞："我还赶路，不可久留。你是长寿的人，不用担心了。"忽然背着行李下了车，一会就找不到了。这一年夏天，天下多患红疮，却少有人死。

元和中，光宅坊百姓失名氏，其家有病者将困，迎僧持念，妻儿环守之。一夕，众仿佛见一人入户，众遂惊逐，乃投于瓮间。其家以汤沃之，得一袋，盖鬼间所谓撟气袋也。忽听空中有声求其袋，甚哀切，且言："我将别取人以代病者。"其家因掷还之，病者即愈。

【译文】元和年间，光宅坊忘记名字的百姓，家里有重病号要死了，找了和尚来念经，妻儿环绕守候。一天晚上，大家好像看见一个人进入，大家都很惊讶，把它扔到罐子里，倒上热水，得到一个阴间叫做搐气袋的袋子。忽然听到空中有声音想求回袋子，十分哀切，说："我会找别人代替他生病。"这家人就扔还给他，生病的人就痊愈了。

相传人将死，虱离身。或云取病者虱于床前，可以卜病。将差，虱行向病者，背则死。

【译文】相传人快死了，虱子会离开人身。有的人说拿病人的虱子放到床前，可以探测病情。要好了，虱子就会向病人方向走，如果离开就要死了。

兴州有一处名雷穴，水常半穴。每雷声，水塞穴流，鱼随流而出。百姓每候雷声，绕树布网，获鱼无限。非雷声，渔子聚鼓于穴口，鱼亦辄出，所获半于雷时。韦行规为兴州刺史时，与亲故书说其事。

【译文】兴州有一处叫雷穴的地方，水面到了洞穴的一半。每次打雷，水就流出，鱼也随之出来。百姓等着打雷时，围绕布网，得到了许多鱼。不打雷时渔民聚集在洞穴口敲鼓，鱼也会出来，收获是打雷时的一半。韦行规做兴州刺史时，和亲戚说过这件事。

上都务本坊，贞元中有一家，因打墙掘地，遇一石函。发之，见物如丝满函，飞出于外。惊视之次，忽有一人起于函，被白发，长丈余，振衣而起，出门失所在。其家亦无他。前记之中多言此事，盖道门太阴炼形，日将满，人必露之。

【译文】贞元年间，上都务本坊有一户人家，为了筑墙挖掘地面得到一个石函。打开看见里面都是丝状物质，飞了出去。惊讶之余有一个人从里面起身，白发，高一丈多，抖抖衣服出来了，出了门就不见了。这家也没有什么事发生。前人笔记中多记载了这一件事，大概是道士太阴炼形，日期满了，这个人就会自己出现。

于季友为和州刺史，时临江有一寺，寺前渔钓所聚。有渔子下网，举之重，坏网，视之，乃一石如拳。因乞寺僧置于佛殿中，石遂长不已，经年重四十斤。张周封员外入蜀，亲睹其事。

【译文】于季友担任和州刺史，当时在临江有一寺，寺前都是钓鱼的。有渔夫下网，网到重物，渔网破了，一看，是一块拳头大的石头。于是请求寺僧放在佛殿中，石头慢慢长大不停，经年重达四十斤。张周封员外入蜀，亲眼目睹这件事。

进士王恽，才藻雅丽，犹长体物，著《送君南浦赋》，为词人所称。会昌二年，其友人陆休符，忽梦被录至一处，有驺卒止之屏外，见若胥靡数十，王恽在其中。陆欲就之，恽面若愧色。陆强牵与语，恽垂泣曰："近受一职司，厌人闻。"指其类："此悉同职也。"休符恍惚而觉。时恽往扬州，有妻子居住太平侧。休符异所梦，迟明访其家信，得王至洛书。又七日，其讣至。计其卒日，乃陆之梦夕也。

【译文】进士王恽，有才华有文学，擅长描绘物品，著有《送君南浦赋》，被词人称赞。会昌二年，他朋友陆休符，梦到自己被抓到一处，有卫士在屏风外，看见小吏数十，王恽在其中。陆香靠近他，王恽面露惭愧。陆强行拉过来和他说话，王恽说："最近接受一个职位，怕别人知道。"指着这些小吏说："这都是我的同事。"陆休符恍惚间醒了。当时王恽去了扬州，妻子住在太平里。陆休符奇怪梦境，第二天看王恽的家信，知道他到了洛阳。过了七天，王恽的讣告就到了。计算去世的时日就是陆休符做梦的那天晚上。

武宗元年，金州军事典邓俨先死数年，其案下书手蒋古者，忽心痛暴卒。如有人捉至一曹司，见邓俨，喜曰："我主张甚重，籍尔录数百幅书也。"蒋见堆案绕壁，皆涅楮朱书，乃绐曰："近损右臂，不能搦管。"有一人谓邓："既不能书，令可还。"蒋草草被遣还，陨一坑中而觉。因病，右手遂废。

【译文】武宗元年，金州军事典邓俨已经死了数年，他手下的书吏蒋古，突然心疼去世了。好像被人捉到了一个办公室，见到了邓俨，邓俨说："我的活很重，让你去抄录数百本书。"蒋古看见书案堆满墙壁，墨纸红字，骗人说："进来我的右臂残废了，不能拿笔。"有一个人对邓俨说："既然不能写字，让他走吧。"于是草草遣返了蒋古，醒来得病，右手残废了。

姚司马者，寄居汾州，宅枕一溪。有二小女常戏钓溪中，未常有获。忽挠竿各得一物，若鳝者而毛，若鳖者而鳃。其家异之，养以盆池。经年，二女精神恍惚，夜常明灯挫针，染蓝涅皂，未尝暂息，然莫见其所取也。时杨元卿在邠州，与姚有旧，姚因从事邠州。又历半年，女病弥甚。其家张灯戏钱，忽见二小手出灯下，大言曰："乞一钱。"家人或唾之，又曰："我是汝家女婿，何敢无礼。"一称乌郎，一称黄郎，后常与人家狎熟。杨元卿知之，因为求上都僧瞻，瞻善鬼神部，持念治魅，病者多著效。瞻至其家，摽红界绳，印手敕剑召之。后设血食盆酒于界外。中夜，有物如牛，鼻于酒上。瞻乃匿剑，躩步大言，极力刺之。其物匦刃而走，血流如注。瞻率左右明炬索之，迹其血至

435

后宇角中，见若乌革囊，大可合簝，喘若鞴囊，盖乌郎也。遂毁薪焚杀之，臭闻十余里。一女即愈。自是风雨夜，门庭闻啾啾。次女犹病，瞻因立于前，举伐折罗叱之，女恐怖泚额。瞻偶见其衣带上有皂袋子，因令侍婢解视之，乃一簝也。遂搜其服玩，簝得一簀，簀中悉是丧家搭帐衣，衣色唯黄与皂耳。瞻假将满，不能已其魅，因归京。逾年，姚罢职入京，先诣瞻，为加功治之。浃旬，其女臂上肿起如沤，大如瓜。瞻针刺之，出血数合，竟差。

【译文】姚司马，寄居在汾州，住宅在一个小溪旁边。有两个小女儿常常做游戏在溪流垂钓，不常有收获。忽然弯竿各得到一个东西，像鳝却有毛，像鳖却有鳃。家以为奇特，养在盆池。经过一年，二女儿精神恍惚，夜常明灯挫针，染布成蓝黑色，没有休息，但是没有人看见她取拿东西。当时杨元卿在邠州，与姚有旧，姚因到邠州做从事。又经过半年，女孩的病越来越严重。他家点灯赌钱，忽然看见两个小手在灯下出现，大声说："给我一个钱。"家里有人吐唾沫，又说："我是你家的女婿，怎敢无礼。"一个称为乌郎，一个自称黄郎，以后慢慢亲近熟悉。杨元卿知道后，因此邀请上都的和尚僧瞻，僧瞻擅长处理鬼神，持念治理，病人多显著效果。僧瞻到他家，用红绳标出界限用来约束，捏着手印拿着宝剑召唤。后放置血食盆酒在界外。半夜，有动物像牛，鼻子放在酒上。僧瞻藏着剑，大叫跑去，用力刺他。怪物抓住刀就跑走了，血流如注。僧瞻率领左右点亮火把索拿，追踪血液到后来屋角中，看见一个乌皮口袋，大可合筐，气喘得像鞍囊，这就是乌郎。于是点燃柴火烧死，臭气扩散十里。一个女儿就好了。从此风雨之夜，庭院里就听到啾啾声。二女儿病还没好，瞻就站在前面，举着伐折罗呵叱他，女孩很害怕，流汗满额。僧瞻偶见她衣服上有黑色袋子，于是命令侍女解开察看，看见一个簝。于是搜查她的衣服玩物，通过簝得到一个筐，筐里全是丧服，衣服的颜色只有黄色和黑色。僧瞻请假将满，不能停止鬼怪作祟，就归京了。过了一年，姚罢职回京，先去找僧瞻，请求加工治疗。十天后，他的女儿手臂上肿起来一处大如瓜的肿块。僧瞻用针刺它，出血数合，最后痊愈了。

东都龙门有一处，相传广成子所居也。天宝中，北宗雅禅师者，于此处建兰若。庭中多古桐，枝干拂地。一年中，桐始华，有异蜂，声如人吟咏。禅师谛视之，具体人也，但有翅长寸余。禅师异之，乃以卷竹幕巾网获一焉，置于纱笼中。意嗜桐花，采华致其傍。经日集于一隅，微聆吁嗟声。忽有数人翔集笼者，若相慰状。又一日，其类数百，有乘车舆者，其大小相称，积于笼外，语声甚细，亦不惧人。禅师隐于柱听之，有曰："孔升翁为君筮不祥，君颇记无？"有曰："君已除死籍，又何惧焉。"有曰："叱叱，予与青桐君弈，胜获琅玕纸十幅，君出可为礼星子词，当为料理。"语皆非世人事。终日而去。禅师举笼放之，因祝谢之。经次日，有人长三尺，黄罗衣，步虚止禅师屠苏前，状如天女："我三清使者，上仙伯致意多谢。"指顾间失所在。自是遂绝。

【译文】东都洛阳龙门有一住所，相传是仙人广成子的旧宅。唐玄宗天宝年间，有一法号名北宗雅的高僧，收购了该处地皮，将其改为寺院。庭中多参天古桐，枝干拂地，甚为幽静，禅师一人居住修行。有一年，梧桐树花叶始展，突有异蜂现于其中，仔细倾听，一如人在吟咏。禅师于树下观看，异蜂皆是人体模样，只是多了一对翅膀而已。他深为诧异，也觉好奇，于是悄悄地以网具捕获一只，置于纱笼中，悬挂庭前，与自己为伴。禅师觉得那异蜂应嗜好梧桐花朵，所以就采了一些，放在笼中相喂。可笼中蜂似乎不想吃。这被捕捉而失去自由的家伙，是在绝食吗？这一天，禅师在庭下打坐，忽听笼中蜂似乎发出叹息，不一会儿，有多只异蜂飞至笼子周围，发出声音，似乎是在安慰笼中的同伴。又过了一天，已有数百只蜂集于笼子周围，其中一只异蜂还乘着车舆。这是它们的国王吗？禅师算是修行高深之人，却也未见过如此奇象。他移步隐于庭柱之后，侧耳倾听。其中，有一只异蜂说："前些天，孔升翁为你占算，说你会遇见不祥之事，还记得吗？"又有异蜂说："你已经被除去了死籍，还害怕什么呢？"还有异蜂说："呵呵！我与青桐君下棋，赢了它琅纸十幅，你可在上面作礼星子词。"众蜂所语，皆非人间之事。直到暮色将至，那些围在笼子外的异蜂才渐渐离去。禅师感叹不已，从柱后转出，打开笼子，将那只异蜂放去。后者并未马上飞走，而是一度停于空中向禅师道谢："谢谢啊！"禅师答："你我也算是有缘分吧！"转天，有一美丽女子于门外拜访雅禅师，其人身高三尺，身着黄罗衣，风姿绰约，脚步飘然，来到禅师近前，说："我是上天三清宫中的使者，奉上仙之命向您致谢。"转眼间就消失不见了。

倭国僧金刚三昧，蜀僧广升，峨眉县，与邑人约游峨眉，同雇一夫，负笈荷糗药。山南顶径狭，俄转而待，负笈忽入石罅。僧广升先览，即牵之，力不胜。视石罅甚细，若随笈而开也。众因组衣断蔓，厉其腰肋出之。笈才出，罅亦随合。众诘之，曰："我常薪于此，有道士住此隙内，每假我春药。适亦招我，我不觉入。"时元和十三年。

【译文】日本僧人金刚三昧和蜀僧峨眉县人广升与城里人相约去峨眉山，同雇一个人，背着书箱和干粮药物。山南顶道路狭窄，不久转向，背着书箱忽然进入岩石裂缝。僧人广升先浏览，就被牵着，力气不能超过。看岩石缝隙很小，好像随书箱打开。众人因此组衣断蔓，推他的腰肋出来。书箱才能出来，裂缝也随合。大家问他，说："我常在这砍柴，有一个道士住在这个缝隙内，经常让我捣药。刚才也招我，我不知不觉去了。"当时是元和十三年。

上都僧太琼者，能讲《仁王经》。开元初，讲于奉化县京遥村，遂止村寺。经两夏，于一日，持钵将上堂，阖门之次，有物坠檐前。时天才辨色，僧就视之，乃一初生儿，其褓褕甚新。僧惊异，遂袖之，将乞村人。行五六里，觉袖中轻，探之，乃一弊帛也。

【译文】唐朝时上都有一个僧人叫太琼，能讲《仁王经》。开元初年，他到奉先县京遥村去讲经，就住在村寺里。经过两个夏天，有一日，他拿着钵子将要到堂上去。关门之后，有一个什么东西掉到屋檐下。当时天色刚刚亮，僧人靠近一看，竟是一个初生的孩子。那包孩子的褓褕很新。僧人非常惊异，于是就放到衣袖里。要去求村人养活这孩子，走了五六里地，忽然觉得衣袖变得很轻。打开一看，原来是一把破笤帚。

陕州西北白径岭上逻村村人田氏，常穿井得一根，大如臂，节中粗，皮若茯苓，气似术。其家奉释，有像设数十，遂置于像前。田氏名登娘，年十六七，有容质，父常令供香火焉。经岁余，女常见一少年出入佛堂中，白衣蹑履，女遂私之，精神举止有异于常矣。其物根每岁至春擢芽，其女有娠，乃以其事白于母。母疑其怪，常有衲僧过门，其家因留之供养。僧将入佛宇，辄为物拒之。一日，女随母他出，僧入佛堂，门才启，有鸽一只，拂僧飞去。其夕，女不复见其怪。视其根，顿成朽蠹。女娠凡七月，产物三节，其形如像前根也。田氏并火焚之，其怪亦绝。成式常见道者论枸杞、茯苓、人参、术形有异，服之获上寿。或不荤血、不色欲遇之，必能降真为地仙矣。田氏无分，见怪而去，宜乎。

【译文】陕州西北白径岭上逻村里有个姓田的人家，曾经打井挖出一根茎，粗如手臂，节中间稍粗，皮像茯苓，气味似白术。田家信奉佛教，有佛像摆设几十尊，就把根茎放置于佛像前。田家有个女孩儿名登娘，年纪十六七岁，长得漂亮，她父亲经常让她给佛像供香火。经过一年多，女孩儿经常看见一个少年出入佛堂中，穿白衣靸着鞋，女孩儿就偷偷与少年相好，从此精神举止有就和以前不同了。那根茎根系发达，当年到了春天发芽，女孩儿有了孕，就把这事告诉了母亲，母亲怀疑少年是怪物。曾经有个僧人前来化缘，田家就留下僧人供养他。僧人将入佛堂，就会被怪物拒绝。有一天，女孩儿随母亲外出，僧人进入佛堂，门才打开，有鸽子一只，擦着僧人飞了出去。当天晚上，女孩儿就没再见到那怪物。再看根茎，顿时变成了腐朽虫蠹的样子。女孩儿怀孕才七个月，生产东西三节，形状就像前面的根茎。田家人都用火烧了，那怪物也绝迹了。我曾经看见道士说论枸杞、茯苓、人参、白术等形状特殊，服用后获得上寿。如果不食荤、不近色欲遇到这些奇异的东西，必然能得到仙人接引成为地仙。姓田的没有成仙的缘分，见到东西奇怪就丢弃了，这么做合适吗？

宝历二年，明经范璋居梁山读书。夏中深夜，忽听厨中有拉物声，范慵省之。至明，见束薪长五寸余，齐整可爱，积于灶上，地上危累蒸饼五枚。又一夜，有物叩门，因转堂上，笑声如婴儿。如此经二夕。璋素有胆气，乃乘其笑。曳巨薪逐之。其物状如小犬。璋欲击之，变成火满川，久而乃灭。

【译文】宝历二年，明经范璋住在梁山读书。夏天神异，听到厨房里面有抽拉东西的声音，范懒得去看。第二天看见一束五寸长的薪条，整齐可爱，放在灶台上，地上垒起五个馒头。有一天晚上，有东西敲门，于是去堂上，笑声像婴儿一样。这样过了两天晚上。范璋平素有胆子，趁着它发笑，带着大柴棒追逐。怪物像小狗一样。范璋想击打它，变成了满川的火光，过了很久才熄灭。

建中初，有人牵马访马医，称马患脚，以二十镮求治。其马毛色骨相，马医未常见，笑曰："君马大似韩幹所画者，真马中固无也。"因请马主绕市门一匝，马医随之。忽值韩幹，幹亦惊曰："真是吾设色者。"乃知随意所匠，必冥会所肖也。遂摩挲，马若蹶，因损前足，幹心异之。至舍，视其所画马本，脚有一点黑缺，方知是画通灵矣。马医所获钱，用历数主，乃成泥钱。

【译文】唐德宗建中初年，长安有人牵马寻访马医，以二十镮铜钱求为马治脚病。马医观其马的毛色、骨相，甚为惊奇："此马实在奇怪，极像韩干所画，而真马中没有这样的！"于是，他建议马主牵马绕长安东、西两市走一圈，自己则跟在后面。马主按照其所说的做了，忽逢韩幹，也大惊道："此马怎么和我所画的一样呢？"。韩干细观那马，见其前蹄损伤，心中甚为怪异，回到家后展卷观看自己所画之马，见其中一匹脚上有一处黑缺，才知道画能通灵。马医获得的钱，过了多次手，都变成了泥钱。

莱州即墨县有百姓王丰兄弟三人。丰不信方位所忌，常于太岁上掘坑，见一肉块，大如斗，蠕蠕而动，遂填。其肉随填而出，丰惧，弃之。经宿，长塞于庭。丰兄弟奴婢数日内悉暴卒，唯一女存焉。

【译文】莱州即墨县有百姓王丰兄弟有三人。王丰不信丰硕，常在太岁上动土，看见一个肉块。像斗一样大，在蠕动，于是填埋了它。这块肉随着填埋而出来了，王丰害怕，跑走了。过了一晚，长满了这个庭院。王丰兄弟三人和奴婢都死了，只有一个女儿活了下来。

　　虔州五城县黑鱼谷，贞元中，百姓王用业炭于谷中。中有水，方数步，常见二黑鱼，长尺余，游于水上。用伐木饥困，遂食一鱼。其弟惊曰："此鱼或谷中灵物，兄奈何杀此！"有顷，其妻饷之。用运斤不已，久乃转面。妻觉状貌有异，呼其弟视之。忽褫衣号跃，变为虎焉，径入山。时时杀獐鹿，夜掷庭中。如此二年。一日日昏，叩门自名曰："我用也。"弟应曰："我兄变为虎三年矣，何鬼假吾兄姓名？"又曰："我往年杀黑鱼，冥谪为虎。比因杀人，冥官笞余一百。今免放，杖伤遍体。汝第视予无疑也。"弟喜，遽开门，见一人，头犹是虎，因怖死。举家叫呼奔避，竟为村人格杀之。验其身有黑子，信王用也，但首未变。元和中，处士赵齐约常至谷中，见村人说。

　　【译文】贞元年间在虔州五城县黑鱼谷，百姓王用在山谷中的烧炭。在山谷中有水，走了数步，经常看见两条黑鱼，长达一尺多，在水中游泳。王用伐木饥饿了，于是吃了一条黑鱼。它弟弟说："这是山谷中的灵物，你为什么吃了它？"过了一会儿，他的妻子给他送饭。王用不停挥舞斧子，过了很久转过脸来，它妻子觉得面貌奇怪，就去找他弟弟来看。突然脱下衣服大声叫喊，变成了一只老虎，径直入山。时时捕杀獐鹿，晚上扔到庭院里。这样有两年，一天黄昏，有人敲门说："我是王用。"他弟弟回答说："我哥哥变成老虎三年了，你是哪里的鬼怪盗用我哥哥的名字。"又说："我之前杀了黑鱼，冥司判我当三年老虎。最近因为杀人，冥官打了我一百鞭。现在放了我，浑身棍伤。你来看看就不会怀疑了。"他弟弟很高兴，打开门，看见一个人长着虎头，于是吓死了。举家奔走呼喊，最后被百姓格杀了。最后验明正身，果然是王用，但是头还没有变回来。元和年间，处士赵齐约经常到谷中，听见村民那么说。

元和初，上都义宁坊有妇人风狂，俗呼为五娘，常止宿于永穆墙垣下。时中使茹大夫使于金陵，有狂者，众名之信夫，或歌或哭，往往验未来事，盛暑拥絮未常沾汗，沍寒袒露体无拘折，中使将返，信夫忽叫阑马曰："我有妹五娘在城中，今有少信，必为我达也。"中使素知其异，欣然许之。乃探怀出一袱，内中使靴中，仍曰："为语五娘，无事速归也。"中使至长乐坡，五娘已至，阑马笑曰："我兄有信，大夫可见还。"中使久而方悟，遽令取信授之。五娘因发袱，有衣三事，乃衣之而舞，大笑而归，复至墙下，一夕而死，其坊率钱葬之。经年有人自江南来，言信夫与五娘同日死矣。

【译文】元和初年，上都义宁坊有个妇人疯了，民间叫做五娘，经常睡在永穆墙下。当时太监茹大夫去金陵出差，有被大家叫做信夫的疯子，有时唱歌有时哭泣，往往能对应未来的事情，盛夏是穿着棉衣也不流汗，寒冷时裸身也不觉得冷，太监要回去了，信夫突然冲出来说："我的妹妹叫五娘，最近很少有信来，请一定要为我传达问候。"太监知道这不是一般人很高兴地答应了。信夫拿出一条布条，放到太监的靴子里，说："告诉五娘，没事就快点回来。"太监到了长乐坡，五娘已经到了，拦住马说："我哥哥有信给我，您可以给我了。"太监很久之后才明白过来，马上命令把信拿出来。五娘打开包袱，里面有三件衣服，随即穿上翩翩起舞，大笑着回去，又到了墙下，过了一天就死了，坊里凑钱埋葬了他。过了一年有人从江南来，说信夫和五娘同日死去。

元和中，有淮西道军将使于汴州，止驿。夜久，眠将熟，忽觉一物压己。军将素健，惊起，与之角力。其物遂退，因夺手中革囊，鬼暗中哀祈甚苦。军将谓曰："汝语我物名，我当相还。"良久曰："此搐气袋耳。"军将乃举甓击之，语遂绝。其囊可盛数升，无缝，色如藕丝，携于日中无影。

西阳杂俎

【译文】元和年间，有淮西道的军将要去汴州出使，住在驿站，深夜，熟睡中，发觉有个东西压住自己。军将身体强健，惊起，和它角力。怪物于是就退开了，于是夺走了手中的皮包，鬼在暗中哀求。军将告诉它说："你告诉我东西的名称，我就会归还。"过了很久说："这是搐气袋。"军将用甓击打它，话就停止了，这个皮包容积有数升，没有缝隙，颜色和藕丝一样，在太阳底下没有影子。

建中末，书生何讽常买得黄纸古书一卷。读之，卷中得发卷，规四寸，如环无端，何因绝之。断处两头滴水升余，烧之作发气。讽尝言于道者，吁曰："君固俗骨，遇此不能羽化，命也。据《仙经》曰：蠹鱼三食神仙字，则化为此物，名曰脉望。夜以规映当天中星，星使立降，可求还丹。取此水和而服之，即时换骨上宾。"因取古书阅之，数处蠹漏，寻义读之，皆神仙字，讽方哭伏。

【译文】建中末年，书生何讽曾经买到一本黄纸古书。读了之后，有发圈，周长四寸，像环一样没有头，何讽常就断开它，出裂的地方滴出一升多的水，点燃有气出来。何讽常曾经告诉道士这件事，说："你还是俗人，碰到这件事不能羽化成仙，这是命啊。根据《仙经》说：蠹鱼三食神仙字就变成这种东西，叫做脉望。晚上用它对应天上星辰，星使就会立刻降下，可以求索大还丹，吃掉就成了仙人。" 何讽常于是拿出古书阅读，几处被虫咬了，读了之后，都是神仙字，何讽这才感到痛苦。

华阴县东七级赵村，村路因水啮成谷，梁之。村人日行车过桥，桥根坏，坠车焉，村人不复收。积三年，村正尝夜度桥，见群小儿聚火为戏。村正知其魅，射之，若中木声。火即灭，啾啾曰："射著我阿连头。"村正上县回，寻之，见败车轮六七片，有血，正衔其箭。

【译文】华阴县东七级赵村，村里道路被水冲断，架了一家桥梁。村民驾车过桥，桥塌了，车子掉下去了，村人就没有把车捞出来。过了三年，天色昏暗，村长走过桥边，听见一阵童子的嬉笑，远远的，只见点点火光浮动，一群小娃娃聚在那儿玩火。靠近一看，没有一个是村里的孩子。村长想，这肯定是什么妖怪在作祟，拔箭射中，梆梆有木声，只听一声怪叫"射着我阿连的头啦！"火顿时熄灭，村长从县里回来时下去找，只见破车辂辘六七片，都是三年前桥塌的时候掉下去的，其中带血迹的一片正插着那根箭。

相国李公固言，元和六年下第游蜀，遇一老姥，言："郎君明年芙蓉镜下及第，后二纪①拜相，当镇蜀土。某此时不复见郎君出将之荣也。"明年，果然状头及第，诗赋题有"人镜芙蓉"之目。后二十年，李公登庸，其姥来谒。李公忘之，姥通曰："蜀民老姥尝嘱季女者。"李公省前事，具公服谢之，延入中堂见其妻女。坐定，又曰："出将入相定矣。"李公为设盛馔，不食，唯饮酒数杯。即请别，李固留不得，但言乞庇我女。赠金皂襦帼，并不受，唯取其妻牙梳一枚，题字记之。李公从至门，不复见。及李公镇蜀日，卢氏外孙子九龄不语，忽弄笔砚，李戏曰："尔竟不语，何用笔砚为？"忽曰："但庇成都老姥爱女，何愁笔砚无用也。"李公惊悟，即遣使分诣诸巫，巫有董氏者，事金天神，即姥之女，言能语此儿。请祈华岳三郎，如其言。诘旦，儿忽能言。因是蜀人敬董如神，祈无不应，富积数百金，恃势用事，莫敢言者。洎相国崔郸来镇蜀，遽毁其庙，投土偶于江，仍判责事金天王董氏杖背，递出西界。今在贝州，李公婿卢生舍之于家，其灵歇矣。

【注释】①纪：十二年为一纪。

【译文】相国李固说："元和六年，落榜去四川游玩，碰到一个老妇人，说：你明年在芙蓉镜下中榜，过了二十四年拜相，应该会镇守四川，我到那时就看不到了。"第二年果然当上庄园，考试诗赋题果然有人镜芙蓉这个词。后二十年，老妇人来拜访。李固忘了这个人，老妇人说："我是以前提醒你的四川老婆子。"李固想起了以前的事，穿着正装感谢她。请到正堂里和妻女相见。坐下之后说："你出将入相的命定了。"李固为了她准备了盛大的酒席，老妇人不吃只喝了几杯酒。就请告辞，李固留不下她，只说请保护我的女儿。赠给财货也不收下，只拿了李固妻子的象牙梳一把，在上面题字。李固送到门口就看不见她了。等到了李固镇守四川时，卢氏的外孙九龄不说话，忽然玩弄笔砚，李固戏弄他说："你连话都不会说拿笔砚干什么？"小孩突然说话："只要能保护四川老妇人的女儿，何愁笔砚无用。"李固惊讶地想起了这件事，召唤来诸位巫师，里面姓董的巫师就是老妇的女儿，事奉金天神，说能让小孩说话。像华岳三郎祈祷，第二天早上果然灵验。于是四川人认为她能通神，祈祷的事无所不应。所以家里积攒有数百金，仗势欺人，没人敢管。等到相国崔郸来镇守四川就毁坏了神庙，把偶像扔到江里面去。仍判处杖打董氏的后背，赶出四川，现在在贝州，李固的女婿卢生收留了她，老妇人的冥灵才停息。

登封尝有士人，客游十余年归庄，庄在登封县。夜久，士人睡未著，忽有星火发于墙堵下，初为萤，稍稍芒起，大如弹丸，飞烛四隅，渐低，轮转来往，去士人面才尺余。细视光中，有一女子，贯钗，红衫碧裙，摇首摆尾，具体可爱。士人因张手掩获，烛之，乃鼠粪也，大如鸡栖子。破视，有虫，首赤身青，杀之。

【译文】登封曾经有一个士子，在外云游十多年回家，他家在登封县。深夜，没睡着，看见墙下有星火，一开始只是荧光，火来变大，大如弹丸，飞向四周，渐渐变低，围绕旋转，离着书生的脸才一尺多。仔细一看光中有一女子，插着钗子，红衫碧裙，摇首摆尾，具体而微，十分可爱。于是拿手去抓，却抓到一手鼠粪，像鸡蛋一样大。打开一看有虫子，头红身青，就杀了它。

融州河水有泉半岩，将注其下，相次九磴，每磴下一白石浴斛承之，如似镌造。尝有人携一婢，取下浴斛中浣巾。须臾风雨忽至，其婢震死，所浣巾斛碎于山下。自别安一斛，新于向者。

【译文】融州河水有半岩泉水，注入下方，从上到下一共有九块石头，每块石头下有一个白石澡盆承接，像铸造出的一样。曾经有人带着一个婢女，去下面的澡盆里面洗衣服。一会风雨突然降临，婢女被震死，洗衣服的盆子碎裂掉到了山下。又构成一个比以前那个要新的盆。

有人游终南山一乳洞，洞深数里，乳旋滴沥成飞仙状，洞中已有数十，眉目衣服，形制精巧。一处滴至腰已上，其人因手承漱之。经年再往，见其所承滴像已成矣，乳不复滴，当手承处，衣缺二寸不就。

【译文】有人在终南山一个乳洞里面游玩，洞穴深达数里，乳石滴下水，成为飞仙的样子，这样的钟乳石有数十，有眉目衣服，样子十分精巧。一滴水要滴到石像的腰上，这个人用手接住，过了一年再去，看见那个石像已经完成了，不再滴乳液，只不过当初用手接住的地方衣服缺了两寸。

《滕王图》，一日，紫极宫会，秀才刘鲁封云："尝见《滕王蛱蝶图》，有名江夏斑、大海眼、小海眼、村里来、菜花子。"

【译文】《滕王图》：一日，在紫极宫聚会，秀才刘鲁封说："曾经见过《滕王蛱蝶图》，里面的蝴蝶有叫江夏斑、大海眼、小海眼、村里来、菜花子的几种。"

续集卷三

支诺皋下

开元末，蔡州上蔡县南李村百姓李简痫疾卒。瘗后十余日，有汝阳县百姓张弘义素不与李简相识，所居相去十余舍，亦因病死，经宿却活，不复认父母妻子，且言："我是李简，家住上蔡县南李村，父名亮。"惊问其故，言方病时，梦有二人著黄，赍帖见追。行数里，至一大城，署曰王城。引入一处，如人间六司院。留居数日，所勘责事悉不能对。忽有一人自外来，称："错追李简，可即放还。"一吏曰："李简身坏，须令别托生。"时忆念父母亲族，不欲别处受生，因请却复本身。少顷，见领一人至，通曰："追到杂职汝阳张弘义。"吏又曰："弘义身幸未坏，速令李简托其身，以尽余年。"遂被两吏扶持却出城，但行甚速，渐无所知。忽若梦觉，见人环泣及屋宇都不复认。亮访其亲族名氏及平生细事，无不知也。先解竹作，因自入房索刀具，破篾成器。语音举止，信李简也，竟不返汝阳。时成式三从叔父摄蔡州司户，亲验其事。昔扁鹊易鲁公扈、赵齐婴之心，及瘳，互返其室，二室相谙。以是稽之，非寓言矣。

【译文】开元末年，蔡州上蔡县南李村百姓李简患癫痫病去世。埋葬后十多天，有一向不与李简相识得汝阳县百姓张弘义，居住的地方相距三百多里，也因病死亡，经过一夜却活了过来，再也不认父母妻子，并且说："我是李简，家住上蔡县南李村，父亲名李亮。"惊奇地问发生了什么，说刚发病时，梦到有两个黄衣服的人，带着名单在追捕人。走了几里，来到一个大城市，叫做王城。引入一个地方，就像人间的六司院。留下住了几天，所调查核对的事都不能回答。忽然有一个人从外面回来，称道："错追李简，可以马上放回。"一个官员说："李简的身体腐烂了，必须让另外托生。"当时想念父母亲属，不想去其他地方复生，于是请求恢复本身。过了一会儿，被领来一人说："追拿到杂职汝阳的张弘义。"官吏又说："弘义的身体幸运地还没腐烂，快让李简托身，用来度过余生。"于是被两个官吏扶持退出城，走得很快，渐渐没有了知觉。忽然醒了，看到环绕哭泣的人和房屋都不再认。李亮询问他们的亲族姓名和平常小事，没有不知道的。先解开竹作，就自己进入房找刀具，破蔑成器。语音举止，就和李简一样，最终没有回到汝阳。等到我三叔摄政蔡州司户，亲自验证这件事。从前扁鹊更换鲁公扈和赵齐婴的心，等到醒来，互相回他们的房间，两个房间走错了。根据这件事看，那就不是寓言了。

武宗六年，扬州海陵县还俗僧义本且死，托其弟言："我死，必为我剃须发，衣僧衣三事。"弟如其言。义本经宿却活，言见二黄衣吏追至冥司，有若王者问曰："此何州县？"吏言："扬州海陵县僧。"王言："奉天符沙汰僧尼，海陵无僧，因何作僧领来？"令回还俗了领来。僧遽索俗衣衣之而卒。

【译文】唐武宗六年，扬州海陵县还俗僧义本快要死了，摸着他弟弟说："我死了之后要为我剃发，穿僧衣。"弟弟照办了。义本过了一晚

450

又活了过来，说看见两个黄衣服的追到阴间，有一个好像阎王的人说："这是哪里人？"官吏说："海陵县的僧人。"阎王说："海陵县按照图册说没有僧人，你怎么领来一个僧人？"命令还俗之后再领来。僧人于是换了世俗的衣物之后去世了。

汴州百姓赵怀正，住光德坊。太和三年，妻阿贺尝以女工致利。一日，有人携石枕求售，贺一环获焉。赵夜枕之，觉枕中如风雨声。因令妻子各枕一夕，无所觉。赵枕辄复如旧，或喧悸不得眠。其侄请碎视之，赵言："脱碎之无所见，弃一百之利也。待我死后，尔必破之。"经月余，赵病死。妻令侄毁视之，中有金银各一铤，如模铸者。所函铤处无丝隙，不知从何而入也。铤各长三寸余，阔如巨臂。遂货之，办其殓及偿债，不余一钱。阿贺今住洛阳会节坊，成式家雇其纫针，亲见其说。

【译文】汴州百姓赵怀正，住在长安的光德坊。太和三年，他的妻子阿贺曾经做女工挣钱。有一天，有人携带一块石枕出售，阿贺用一镯换了石枕。赵怀正夜间枕着石枕睡觉，觉得枕头里像有风雨声。就让妻子枕一夜，阿贺没什么觉察。赵怀正又枕着睡觉就又觉得有声音，有时喧闹得睡不着。他侄子要弄碎看看，赵怀正说："如果弄碎了没看见什么，那就只有损失。待我死后，你再弄破它。"经过一个多月，赵怀正得病死了。他妻子让侄子砸毁石枕看看，里面有金银各一锭，就像模子铸的。石枕装金银的地方没有一丝缝隙，不知金银是从哪里进去的。两个锭各长三寸多，宽如粗手臂，就卖了金银为赵怀正置办装殓及还债，正好用光没剩一个钱。阿贺现今住在洛阳的会节坊，我家雇她做针线活，亲眼看见她说的。

支诺皋下

451

成式（一作段文昌）三从房叔父某者，贞元末，自信安至洛，暮达瓜洲，宿于舟中。夜久，弹琴，觉舟外有嗟叹声，止息即无。如此数四，乃缓轸还寝。梦一女子，年二十余，形悴衣败，前拜曰："妾姓郑名琼罗，本居丹徒。父母早亡，依于孀嫂。嫂不幸又殁，遂来扬子寻姨。夜至逆旅，市吏子王惟举，乘醉将逼辱。妾知不免，因以领巾绞项自杀，市吏子乃潜埋妾于鱼行西渠中。其夕，再见梦扬子令石义留，竟不为理。复见冤气于江石上，谓非烟之祥，图而表奏。抱恨四十年，无人为雪。妾父母俱善琴，适听郎君琴声，奇音翕响，心感怀叹，不觉来此。"寻至洛北河清县温谷，访内弟樊元则。元则自少有异术，居数日，忽曰："兄安得此一女鬼相随，请为遣之。"乃张灯焚香作法，顷之，灯后窣窣有声。元则曰："是请纸笔也。"即投纸笔于灯影中。少顷，旋纸疾落灯前。视之，书盈于幅，书杂言七字，辞甚凄恨。元则遽令录之，言鬼书不久辄漫灭。及晓，纸上若煤污，无复字也。元则复令具酒脯纸钱，乘昏焚于道。有风旋灰，直上数丈，及聆悲泣声。诗凡二百六十二字，率叙幽冤之意，语不甚晓，词故不载。其中二十八字曰："痛填心兮不能语，寸断肠兮诉何处？春生万物妾不生，更恨魂香不相遇。"

【译文】我的三从房叔父，在贞元末年，从信安到洛阳，傍晚到达瓜洲，住宿在船中。深夜，弹琴，感觉到船外面有叹息声，一停下来就没有。这样反复了好几次，于是慢慢回来睡觉。梦见一个女子，二十多岁，面容憔悴衣失败，前拜说："我姓郑名叫琼罗，原本居住在丹徒。父母早亡，依照在寡居的嫂子。嫂子不幸又死了，于是来扬子投奔姨妈。晚上到旅馆，市吏的儿子王惟举，乘着酒醉将要逼迫羞辱我。我知道不能幸免，因此用领巾绞项自杀，市吏的儿子就在鱼行西渠中埋了我。那天晚上，又托梦给扬州太守石义留，最终没有受理案子。又看见冤气聚集在江石上，不是烟雾一类的东西，却只是画下来上奏。抱憾四十年，没有人为我昭雪。我父亲和母亲都善于弹琴，刚才听你弹琴的声音，奇音合响，心感怀叹息，不知不觉就来到这。"不久到洛阳北河清县温谷，访问内弟樊元则。元则会法术，过了几天，忽然说："你怎么会有一个女鬼相随，我帮你赶走她。"于是张灯焚香作法，不久之后，灯后窣窣有声。元则说："这是请求纸笔。"就把纸笔放在灯影里。过了一会儿，飞旋的纸片落在灯前。看到纸上都是字，写了一首七言诗，言辞很感到哀伤。元则让马上记录下来，说鬼书不久就会模糊。到了天亮，纸上只有像是煤污的痕迹，再也没有字的。元则又令准备酒肉纸钱，乘黄昏焚烧在路上。有风卷起灰，直上数丈之高，听到了悲伤的哭泣声。诗共有二百六十二字，都是畅叙冤枉的意思，意义不是很顺畅，所以不记载了。其中有二十八字说："痛填满心间不能说话，肝肠寸断向哪里诉说？春季生长万物我却不能生，更恨魂香不能相遇。"

庐州舒城县蚓，成式三从房伯父，太和三年庐州某官，庭前忽有蚓出，大如食指，长三尺，白项下有两足。足正如雀脚，步于垣下。经数日方死。

【译文】庐州舒城县蚓：我三从房伯父太和三年到庐州做某官，庭前忽有蚯蚓出来，如食指一样大，长达三尺，白圈下有两只脚，脚和雀脚一样，在墙下走路，过了几天才死去。

荆州百姓孔谦蚓，成式侄女乳母阿史，本荆州人，尝言小儿时，见邻居百姓孔谦篱下有蚓，口露双齿，肚下足如蚿①，长尺五，行疾于常蚓。谦恶，遽杀之。其年谦丧母及兄，谦亦不得活。

【注释】①蛷：即马路，一种节肢动物

【译文】荆州百姓孔谦蚓：我侄女的乳母阿史，原先是荆州人，说在小的时候，看见邻居百姓孔谦的篱笆下有一只蚯蚓，口中有双齿，肚子下像蛷一样有很多脚，长一尺五，比普通蚯蚓跑得快。孔谦厌恶它，于是杀死了它。这一年孔谦的兄长、母亲都去世了，最后孔谦也死了。

越州有卢冉者，时举秀才，家贫，未及入京，因之顾头堰，堰在山阴县顾头村，与表兄韩确同居。自幼嗜鲙，在堰尝凭吏求鱼。韩方寝，梦身为鱼在潭，有相忘之乐。见二渔人乘艇张网，不觉入网中，被掷桶中，覆之以苇。复睹所凭吏就潭商价，吏即擢鳃贯鲠，楚痛殆不可忍。及至舍，历认妻子婢仆。有顷，置砧斫之，苦若脱肤。首落方觉，神痴良久，卢惊问之，具述所梦。遽呼吏访所市鱼处泊渔子形状，与梦不差。韩后入释，住祇园寺。时开元二年，成式书吏沈郅家在越州，与堰相近，目睹其事。

【译文】越州卢冉，当时中了秀才，家里贫穷，还没来得及进京，先去头堰，堰在山阴县顾头村，与表兄韩确住在一起。韩确从小喜欢吃鲙，在堰曾雇佣官吏去捕鱼。韩正在睡觉，梦见自己是鱼在潭，有相忘于江湖的快乐。看到两个渔民乘艇张网，不觉进入网里，被扔到桶里，以芦苇覆盖的。又见到所雇佣的官吏在潭边商价，官吏就擢鳃贯鲠，韩确疼痛几乎不能忍受。等到房子，都认出了他的妻子婢仆。过了一会儿，在砧上被砍杀的，痛苦就像脱皮一样。头落才醒来，痴呆很久，卢吃惊地询问，详细阐述了所做的梦。急忙叫来官吏查访所买鱼的地方和渔夫形状，与梦不差。韩确后来出家，在祇园寺。当时唐玄宗开元二年，我的书吏沈郅家在越州，与堰相近，目睹这件事。

曹州南华县端相寺，时尉李蕴至寺巡捡，偶见尼房中地方丈余独高，疑其藏物，掘之数尺，得一瓦瓶，覆以木檠。视之，有颅骨、大方隅颧下属骨两片，长八寸，开罅彻上，容钗股若合筒瓦，下齐如截，莹如白牙。蕴意尼所产，因毁之。

【译文】有县尉李蕴到曹州南华县端相寺巡检，偶尔看到尼姑房间有个地方高出一丈，怀疑藏着东西，挖出来，得到一个瓦瓶，用木片覆盖，打开一看有颅骨、大方隅颧下属骨两片，长达八寸，缝隙贯通于上，可以容纳钗子像筒一样，下端齐平，晶莹森白。李蕴以为是尼姑做的，就毁掉了。

中书舍人崔嘏，弟崔暇，娶李氏，为曹州刺史。令兵马使国邵南勾当障车，后邵南因睡忽梦崔女在一厅中。女立于床西，崔暇在床东，执红笺题诗一首，笑授暇。暇因朗吟之，诗言："莫以贞留妾，从他理管弦。容华难久驻，知得几多年。"梦后才一岁，崔暇妻卒。

【译文】中书舍人崔嘏，弟崔暇，娶了李氏，做曹州刺史。令兵马使国邵南看着车子，后邵南睡着了，梦到李氏在一厅中。站立在床西，崔暇在床东，执红笺题诗一首，笑着给了崔暇。崔暇于是朗诵，诗说："莫以贞留妾，从他理管弦。容华难久驻，知得几多年。"梦后才一年，崔暇妻去世。

李正己本名怀玉，侯希逸之内弟也。侯镇淄青，署怀玉为兵马使。寻构飞语，侯怒，囚之，将置于法。怀玉抱冤无诉，于狱中累石象佛，默期冥报。时近腊日，心慕同侪，叹咤而睡。觉有人在头上语曰："李怀玉，汝富贵时至。"即惊觉，顾不见人。天尚黑，意甚怪之。复睡，又听人谓曰："汝看墙上有青乌子噪，即是富贵时。"及觉，不复见人。有顷，天曙，忽有青乌数十，如雀飞集墙上。俄闻三军叫唤逐出，希逸坏练取怀玉，权知留后。成式见台州乔庶说，乔之先官于东平，目击其事。

【译文】李正己原名李怀玉，是侯希逸的内弟。侯镇守淄青，派李怀玉做兵马使。不久有人制造流言，侯发怒，囚禁他，将要杀掉。李怀玉抱冤无处诉说，在监狱中垒石做佛像，默默地计算死期。时近腊日，心慕同辈，感叹咤而睡。发觉有人在头上说："李怀玉，你富贵时到了。"就惊醒了，看不到人。天还黑，心里很奇怪的。再睡，又听人说："你看墙上有青乌子呐喊，这就是富贵时。"等到醒来，又看不到人。过了一会儿，天亮了，忽然有青乌几十，就像雀飞停在墙上。不久听说侯希逸被三军驱逐了出来，军士打碎牢锁来迎接怀玉，让他暂时做留守的官。我见台州乔庶说，乔的先人在东平做官，目击了这件事。

河南少尹韦绚，少时，常于夔州江岸见一异虫。初疑棘针一枝，从者惊曰："此虫有灵，不可犯之。或致风雷。"韦试令踏地惊之，虫伏地如灭，细视地上若石脉焉。良久，渐起如旧。每刺上有一爪。忽人草疾走如箭，竟不知是何物。

【译文】河南少尹韦绚，年少时，常在夔州江岸见一异虫。最初疑是一枝棘针，侍者惊讶地说："此虫有灵，不可冒犯。也许会导致风雷变化。"韦试令踏地惊吓虫子，虫伏地消失，细视地上好像有石脉。过了很久，渐起如旧。虫子每刺上有一爪。疾走如箭，最终不知是何物。

永宁王相王涯三怪：渐米匠人苏润，本是王家炊人，至荆州方知，因问王家咎徵，言宅南有一井，每夜常沸涌有声，昼窥之，或见铜（一作回）厮罗，或见银熨斗者，水腐不可饮。又王相内斋有禅床，柘材丝绳，工极精巧，无故解散，各聚一处，王甚恶之，命焚于灶下。又长子孟博，晨兴，见堂地上有凝血数滴，踪至大门方绝，孟博遽令铲去，王相初不知也，未数月及难①。

【注释】①难：指的是唐朝甘露寺之变，此次政变中王涯被杀

【译文】永宁王相王家出现的三件怪事：一、王家宅南有一井，每到夜里，便有沸腾之声，白天苏润曾窥视，有时见铜厮罗，有时见银熨斗，打其水，水质有腐味而不可饮；二、王涯家中有一禅床，以柘木和丝绳制造，但后来无故地解散；三、其长子王孟博于一日晨见厅堂地上有凝结的血迹一串，到大门口才消失，遂令家人铲去。以上怪象王涯并不知道，几个月后死于"甘露之变"。

许州有一老僧，自四十已后，每寐熟即喉声如鼓簧，若成韵节。许州伶人，伺其寝，即谱其声，按之丝竹，皆合古奏。僧觉，亦不自知。二十余年如此。

【译文】唐代许州地区有一个老僧，自打四十岁以后，每天晚上睡熟之后，喉咙里便发出一阵一阵又规律的响声。许州的乐工在他睡眠期间记录下来和古谱上的音律吻合。和尚醒了也不知道自己发出声音。二十多年一直如此。

荆有魏溪，好食白鱼，日命仆市之，或不获，辄笞责。一日，仆不得鱼，访之于猎者可渔之处，猎者绐之曰："某向打鱼，网得一麋，因渔而获，不亦异乎？"仆依其所售，具事于溪。溪喜曰："审如是，或有

灵矣。"因置诸榻，日夕荐香火。历数年不坏，颇有吉凶之验。溪友人恶溪所为，伺其出，烹而食之，亦无其灵。

【译文】楚地有魏溪，喜欢吃白色鱼，每天让仆人去买，有时不获，就责打他。一天，仆人捉不到鱼，询问打猎的人可以钓鱼的地方，打猎的人骗他说："我刚才打鱼，网捕到一只麞，因为捕鱼而获得，不也很奇异么？"仆人按照他所指教的，告诉魏溪。魏溪高兴地说："确实是这样，也许有神灵了。"于是放在床上，日夜供给香火。经过数年不坏，很有吉凶的应验。魏溪朋友厌恶他所为，等待他出去，煮着吃了，也没有灵异的事情发生。

成都坊正张和。蜀郡有豪家子，富拟卓、郑，蜀之名姝，无不毕致。每按图求丽，媒盈其门，常恨无可意者。或言："坊正张和，大侠也。幽房闺稚，无不知之，盍以诚投乎？"豪家子乃具金篚锦，夜诣其居，具告所欲，张欣然许之。异日，谒豪家子，偕出西郭一舍，入废兰若。有大像岿然，与豪家子升像之座。坊正引手扪拂乳，揭之，乳坏成穴如碗，即挺身入穴，因拽豪家子臂，不觉同在穴中。道行十数步，忽睹高门崇墉，状如州县。坊正叩门五六，有九鬟婉童启迎，拜曰："主人望翁来久矣。"有顷，主人出，紫衣贝带，侍者十余，见坊正甚谨。坊正指豪家子曰："此少君子也，汝可善待之，予有切事须返。"不坐而去，言已，失坊正所在。豪家子心异之，不敢问。主人延于堂中，珠玑缇绣，罗列满目。又有琼杯，陆海备陈。饮彻，命引进妓数四，支鬟撩鬓，缥若神仙。其舞杯闪球之令，悉新而多思。有金器容数升，云擎鲸口，钿以珠粒。豪家子不识，问之，主人笑曰："此次皿也，本拟伯雅。"豪家子竟不解。至三更，主人忽顾妓曰："无废欢笑，予暂有所适。"揖客而退，骑从如州牧，列烛而出。豪家子因私于墙隅，妓中年差暮者遽就，谓曰："嗟乎，君何以至是？我辈早为所掠，醉其幻术，归路永绝。君若要归，第取我教。"授以七尺白练，戒曰："可执此，候主人归，诈祈事设拜，主人必答拜，因以练蒙其头。"将曙，主人还，豪家子如其教。主人投地乞命，曰："死妪负心，终败吾事。今不复居此。"乃驰去。所教妓即共豪家子居。二年，忽思归，妓亦不留，大设酒乐饯之。饮既阑，妓自持锸开东墙一穴，亦如佛乳，推豪家子于墙外，乃长安东墙堵下。遂乞食，方达蜀，其家失已多年，意其异物，道其初始信。贞元初事。

【译文】唐德宗贞元初年，四川成都有一富豪，家中颇有资产，其家有一公子，尚未婚娶，可以想像攀高枝的姑娘们该有多少，但无有一人叫该公子满意。这时候，有人向公子介绍了一个人物："我们成都有一街道办事处官员，名叫张和，实乃大侠，无所不知，颇有些本领，哪怕这幽房闺稚之事，也很是精通，何不请他帮忙，寻一称心丽人？"

公子大悦，连夜置备金帛前去拜访张和，后者欣然许之。转天，张和拉着公子出城，行于荒野。公子问张和去哪儿，后者笑而不答，后来说："跟我走便是了。"遂到一废弃古老的寺院，里面大殿上有一座满是尘土的佛像，张和也不说话，拉着公子爬至佛像身上，随后摸其乳，揭开一洞，还没等公子明白过来，就被张和拉着钻了进去。进得佛像身内，公子初觉得狭窄昏暗，走了十多步，渐觉宽广明亮，后遇一门楼。于是张和叩门，不一会儿，里面有人出迎，拜道："主人已经等待您多时了。"随后将二人引入门中，逢其主人，身着紫衣，周围有侍者十余人，见到张和后甚为恭敬。张和指着公子说："这是一翩翩君子，望主人善待，我现在还有急事，需要先回去。"说罢，转眼间，张和便消失不见了，公子感到怪异，但一时又不敢问些什么。

那主人遂于堂中设置宴席，款待公子。吃了一会儿，有歌妓多人，鱼贯而入，搔手弄姿，性感多情。其间，歌妓起曼舞、抛绣球，以为行酒令，样式新颖，让公子觉得十分好玩。众人中，有一少妇般的歌妓，不时向公子投来一瞥，但见此人，面容随已经不是二八少女，但半老徐娘，气质不同寻常，别有一番淑女的气韵。公子连看几眼，觉得有些意乱情迷，无意间，他看见案上有一种怪异的金制器皿，口很大，上面雕刻着古怪的花纹，镶满名贵的宝石，随口问其为何物，主人笑道："这是我这儿的二等器皿，是仿造伯雅造成的。"

"伯雅？"公子不知其意。

夜宴至夜里三更，主人忽对公子和诸歌妓说："你们接着玩，我还有点事，先回去了。"随后告退，外面的侍从列烛而去，其排场一如州牧级别。望着主人鬼魅一般离去，公子突然感到一阵局促不安，去墙边撒尿时，正尿着，突然有人拍他的肩膀，回头一看，正是那少妇一般的歌妓，她对公子说："我见你很善良，却为什么也被掠到这儿呢？那张和，名为街道办事处官员，实在是个邪恶之人，善于幻术，我等就是中其幻术，被掠到这儿，已经多年，现在归路永绝。你是新来，身上还有阳气，如果要想回去，还有希望。"

公子大惊，问："有什么办法？"

歌妓说："我给你七尺白绫，以候主人，然后谎称拜谢，得以近主人之身，随后以白绫蒙其头，事即成功！"

天色将亮，主人回来，依旧入座，公子依歌妓之言，蒙那主人之头，其人果然大恐，大呼饶命，又道："妇人负我，坏我大事！以后再不能居住于此了！"说罢，挣扎着奔出门，飞驰而去。

公子并未离去，而是与那少妇歌妓过上了日子。一晃便是两年。公子思念家人，真的想回去了，那少妇歌妓亦不挽留，为其饯行，吃喝完毕，她亲自持铁锤在东墙上开一洞穴，形状一如公子来时的佛乳。公子探头外望，还没等定睛，便被身后的手推出了墙。一看，竟然来到了长安东城墙的墙根下。他一路乞讨，回到成都。他已经失踪多年，家里人都觉得他是个怪物，他诉说事情原委，大家这才相信。这事发生在贞元初年。

兴元城固县有韦氏女，两岁能语，自然识字，好读佛经。至五岁，一县所有经悉读遍。至八岁，忽清晨薰衣靓妆，默存牖下。父母讶移时不出，视之，已蜕衣而失，竟不知何之。荆州处士许卑得于韦氏邻人张弘郘。

【译文】兴元城固县有韦氏女，两岁能语，自然识字，好读佛经。到了五岁读遍一县所有经书。到了八岁忽然清晨薰衣靓妆，藏在窗户下面。父母惊讶她不出来，一看已经脱下衣服消失了，也不知道去了哪里。荆州处士许卑从韦氏邻人张弘郘那里听说的。

忠州垫江县县吏冉端，开成初，父死。有严师者，善山冈，为卜地，云合有生气群聚之物。掘深丈余，遇蚁城，方数丈，外重雉堞皆具，子城谯橹工若雕刻。城内分径街，小坏相次。每坏有蚁数千，憧憧不绝。径甚净滑。楼中有二蚁，一紫色，长寸余，足作金色；一有羽，细腰，稍小，白翅，翅有经脉，疑是雌者。众蚁约有数斛。城隅小坏，上以坚土为盖，故中楼不损。既掘露，蚁大扰，若求救状。县吏遽白县令李玄之，既睹，劝吏改卜。严师代其卜验，为其地吉。县吏请迁蚁于岩侧，状其所为，仍布石，覆之以板。经旬，严师忽得病若狂，或自批触，秽詈叫呼，数日不已。玄之素厚严师，因为祝祷，疗以雄黄丸方愈。

【译文】忠州垫江县县吏冉端，开成初年，父死。严师善于占卜山冈，替他卜地，说有生气群聚的东西。掘深达一丈多，遇蚁穴，方圆数

461

丈，外面具备城墙，子城上好像雕刻一样。城内街道分明。每道有蚁数千，憧憧不绝。道路很滑。楼中有二蚁，一个紫色，长达一寸，脚是金色的；一个有羽，细腰，稍小，白翅，翅有经脉，怀疑是雌的。蚂蚁加一起约有数斛之多。城隅小坏，上用坚土做盖子，所以里面的楼房不损。已经被挖出来，群蚁被扰动，好像在求救。县吏马上告诉了县令李玄之，看见以后，劝他换地。严师代其占卜，因为这块地好。县吏请求迁蚁到岩侧，和以前一样。过了十天，严师发狂，有时自己撞自己，大声叫骂，数日不已。玄之和严师交情很好，为他祈祷，用雄黄丸治好了。

朱道士者，太和八年，常游庐山，憩于涧石。忽见蟠蛇，如堆缯锦，俄变为巨龟。访之山叟，云是玄武。

【译文】朱道士在太和八年，经常去庐山游览，在溪涧石头上休息。忽然看见一只蛇，像锦缎堆砌，一会变成了巨龟。问山里老人，说这是玄武。

朱道士又曾游青城山丈人观，至龙桥，见岩下有枯骨，背石平坐，按手膝上，状如钩锁，附苔络蔓，色白如雪。云祖父已尝见，不知年代，其或炼形濯魄之士乎？

【译文】朱道士又曾游览青城山丈人观，到了龙桥，看见石头下面有枯骨，背靠石头平坐，把手按在膝盖上，形状像钩锁。浑身长满苔藓，如雪一样白。说祖父就已经看见了，不知道年代，这也许是炼形濯魄的道士吧。

武宗之元年，戎州水涨，浮木塞江。刺史赵士宗召水军接水，约获百余段。公署卑小，地窄不复用，因并修开元寺。后月余日，有夷人逢一人如猴，着故青衣，亦不辩何制，云："关将军差来采木，今被此州接去，不知为计，要须明年却来取。"夷人说于州人。至二年七月，天欲曙，忽暴水至。州城临江枕山，每大水犹去州五十余丈。其时水高百丈，水头漂二千余人。州基地有陷深十丈处，大石如三间屋者，堆积于州基。水黑而腥，至晚方落，知州官虞藏玘及官吏才及船投岸。旬月后，旧州寺方干，除大石外，更无一物。惟开元寺玄宗真容阁去本处十余步，卓立沙上，其他铁石像，无一存者。

【译文】武宗元年，戎州发洪水，浮木塞满江面。刺史赵士宗召水军捕捞约获百余段木头。公衙窄小，放不下，就拿去修筑开元寺。过了一个月多，有个夷人碰到一个猴人，穿着青衣，也不知道是什么做的衣服，说："关将军派我来取木头，现在被这里截留了，明年要拿回来。"外国人告诉了本地人，到了第二年七月，天要亮了，突然洪水到来。州城靠近江边，依靠着大山，以前每次洪水离着城池有五十丈。这次洪水高达百丈，水上飘着两千多人。城市有的塌陷十多丈。有大如三间房的石头，堆满城池。水黑色有腥臭，到了晚上才落回去，知州虞藏玘及官吏才从船上下来。十天后，以前的寺庙才干，除了大石头，没有别的东西了。只有开元寺玄宗真容阁离开本部有十多步，高立在沙滩上，其他的铁石像没有一个保留下来。

成都乞儿严七师，幽陋凡贱，涂垢臭秽不可近。言语无度，往往应于未兆。居西市悲田坊，常有帖衙俳儿干满川、白迦、叶珪、张美、张翔等五人为火。七师遇于途，各与十五文，勤勤若相别为赠之意。后数日，监军院宴满川等为戏，以求衣粮。少师李相怒，各杖十五，递出界。凡四五年间，人争施与。每得钱帛，悉用修观。语人曰："寺何足修。"方知折寺之兆也。今失所在。

【译文】成都乞丐严七师，住在脏臭的地方，满身污垢，人们不敢靠近。满嘴疯话，但是能预知未来。住在西市悲田坊，常有衙役满川、白迦、叶珪、张美、张翔等五人结伴。严七师遇到他们每个人给了十五文，很殷勤好像临别相赠一样。过了几天，监军院宴请满川等，来求衣服粮草。少师李相怒各自打了十五杖，赶出境界。后来四五年，人们都施舍给他钱，每次得到钱都送给道观，告诉别人说："寺庙有什么好修的。"这才知道灭佛的征兆。现在找不到他了。

荆州百姓郝惟谅，性粗率，勇于私斗。武宗会昌二年，寒食日，与其徒游于郊外，蹴鞠角力，因醉于墦间。迨宵分方寤，将归，历道左里余，值一人家，室绝卑，虽张灯而颇昏暗，遂诣乞浆。睹一妇人，姿容惨悴，服装羸弊，方向灯纫缝，延郝，以浆授郝。良久，谓郝曰："知君有胆气，故敢陈情。妾本秦人，姓张氏，嫁于府衙健儿李自欢。自欢自太和中戍边不返，妾遘疾而殁，别无亲戚，为邻里殡于此处，已逾一纪，迁葬无因。凡死者肌骨未复于土，魂神不为阴司所籍，离散恍惚，如梦如醉。君或留念幽魂，亦是阴德，使妾遗骸得归泉壤，精爽有托，斯愿毕矣。"郝谓曰："某生业素薄，力且不办，如何？"妇人云："某虽为鬼，不废女工。自安此，常造雨衣，与胡氏家佣作，凡数岁矣。所聚十三万，备掩藏固有余也。"郝许诺而归。迟明，访之胡氏，物色皆符，乃具以告。即与偕往殡所，毁瘗视之，散钱培梂，缗之数如言。胡氏与郝哀而异之，复率钱与同辈合二十万，盛其凶仪，瘗于鹿顶原。其夕，见梦于胡、郝。

【译文】荆州有人名叫郝惟谅，性情粗野，擅长打架。唐武宗会昌二年的寒食之日，郝惟谅与几个哥们儿在郊外游荡，踢球角力，饮酒高歌，后醉卧于一处坟地。醒来时已是夜里，摸索着走了一里多路，见旁边有一户人家，屋舍简陋，里面虽张灯，但颇昏暗，郝惟谅叩门乞水，一妇人开门相迎，姿容惨悴，面色煞白，以水授郝惟谅，后退回屋内于灯下做女工。正欲疾走，妇人说话："我知道您素有胆气，所以有一事想拜托于君。我原籍陕西，姓张，嫁于荆州军士李自欢，但自欢于大和年间西去戍边，至今杳无音信，我思念心切，加之遇疾而病亡。因在此地别无亲戚，所以死后为邻里草草埋葬于此，至今已十二年。因无亲人，我的坟墓甚为简陋，刚埋了没多长时间，尸骨就暴露于地上了，而阴间有规定：死者尸骨如不能为土所埋，便入不了阴间户籍，所以至今我亡魂游荡，无有归所。没有别的期望，只想拜托您将我另行埋葬，入土为安。"郝惟谅说："我乃粗人，亦无甚产业，手头上没有银子，即使我想将你另行安葬，也力不能及啊！"妇人说："莫担心，我虽为鬼，但这些年不废女工，善制雨衣，我平时给附近的胡家做女佣已多年，积攒了十三万钱，以此做安葬费，当会有剩余。"最后郝惟谅承诺而归。转天，郝惟谅出城相访，果然有胡氏庄园，于是将昨天晚上的遭遇如实告知，胡员外说其家确实有一张氏女佣，与所说相符，于是说明原委。后来，郝惟谅和胡员外带人在附近相寻，果然于不远处的乱坟岗看到一个已经暴露在地面上的棺材，打开棺材后，是一具骷髅，旁边是些纸做的雨衣，以及一堆堆的铜钱，数后正是十三万钱。后来，郝惟谅和胡员外又添了些钱，共计二十万，隆重葬礼，将那妇人迁葬于一处叫鹿顶原的地方。当天晚上，张氏托梦于二人，再三道谢。

衡岳西原近朱陵洞，其处绝险，多大木、猛兽，人到者率迷路，或遇巨蛇，不得进。长庆中，有头陀悟空，尝裹粮持锡，夜入山林，越兕侵虎，初无所惧。至朱陵原，游览累日，扪萝垂踵，无幽不迹。

因是胼胝，憩于岩下，长吁曰："饥渴如此，不遇主人。"忽见前岩有道士，坐绳床。僧诣之，不动，遂责其无宾主意，复告以饥困。道士欻起，指石地曰："此有米。"乃持钁^①斸^②石，深数寸，令僧探之，得陈米升余。即着于釜，承瀑敲火煮饭，劝僧食，一口未尽，辞以未熟。道士笑曰："君飧止此，可谓薄分。我当毕之。"遂吃硬饭。又曰："我为客设戏。"乃处木杪枝，投盖危石，猿悬鸟跂，其捷闪目。有顷，又旋绕绳床，劲步渐趋，以至蓬转涡急，但睹衣色成规，攸忽失所。僧寻路归寺，数日不复饥渴矣。

【注释】①钁：一种形似镐的刨土农具。②斸：挖。

【译文】湖南衡岳，山险木密，人至于此，多迷路难返，或遇巨蛇猛兽，不得前进。唐穆宗长庆年间，附近有寺，寺中有一头陀，名叫悟空，曾经裹粮持锡夜入衡岳大山中，战兕斗虎，无所畏惧。到了朱陵原潜溪附藤，处处留下足迹。此时悟空已游览数日，双脚有些疼痛，囊中粮食也已吃完，腹中感到饥饿，遂一处岩下休息，自言自语道："如此饥渴，一户人家也没有。"悟空正说着，却突见岩前不远处，于茂盛的花树间，有一道士正坐在绳床上打坐。悟空大喜，上前拜之，那道士却不理答，责备他无待客之礼，问有无斋饭。这时道士才微睁二目，以手指地上的石板："这里有点米，你可取之为炊。"说罢，道士下得绳床，手往空中一伸，竟摸来一柄铁钁，轻击石板，深入数寸，敲一小洞，令悟空伸手探之，后者不解，手指入洞，只觉下面似乎无底，猛抓一把，果得米一升有余。道士搭锅煮饭，不一会儿便告诉悟空可以开吃了，后者取米饭而食，但一口还没吃完，便吐出来，因为那米还未熟。道士笑道："虽然你不想再吃，可谓缘分浅薄，且看我将剩下的吃完。"遂张大口，将那一升多的半生不熟的米饭吃掉。道士说："我给你表演个技法。"于是，跃上一棵大树，如飞石荡至眼前，又似猿猴、小鸟，动作轻灵，目不暇

酉阳杂俎

接。随后，道士下得树来，又围着绳床转圈，越来越快，渐渐地只见道袍现七彩之色，悟空眼花缭乱。不一会儿，那道士竟转得无有踪影了。悟空大惊，探路归寺，此后几天竟不感到饥饿。

严绶镇太原，市中小儿如水际泅戏。忽见物中流流下，小儿争接，乃一瓦瓶，重帛幕之。儿就岸破之，有婴儿，长尺余，遂走。群儿逐之，顷间足下旋风起，婴儿已蹈空数尺。近岸，舟子遽以篙击杀之。发朱色，目在顶上。

【译文】严绶出镇太原期间。市井小儿玩泅水游戏，发现有一物正沿着河岸，顺流而下。那个东西漂到身边的时候，小孩都踩着水，七手八脚地伸手去拦，抓在手里的时候才发现，原来是一个缠了丝的瓦罐。拿到岸边，瓦罐被砸碎，一个一尺来长，细皮嫩肉的婴儿。竟然站了起来，摇摇摆摆地向前跑去。市井小儿跟在后面奔跑，谁料，那婴儿进化得极快，眨眼功夫，足下生风，双脚离地，已经升起数尺。岸边亲眼目睹了此事的船夫用竹篙击杀了他。发现头发是红色的，眼睛长在头顶上。

王哲，虔州刺史，在平康里治第西偏，家人掘地，拾得一石子，朱书其上曰“修此不吉”。家人揩拭，转分明，乃呈哲。哲意家人惰于畚锸，自磨朱，深若石脉，哲甚恶之。其年，哲卒。

【译文】虔州刺史王哲修在平康里治第西偏房时，家人从地里挖出一块石头，上面有四个红色的字“修此不吉”。家人擦拭，越擦越明显，于是呈给王哲。王哲想到可能是家人不愿意干活，就自己磨红字，红字就像石脉一样深，王哲很讨厌它。这一年王哲去世了。

世有村人供于僧者，祈其密言，僧绐之曰："驴"。其人遂日夕念之。经数岁，照水，见青毛驴附于背。凡有疾病魅鬼，其人至其所立愈。后知其诈，咒效亦歇。

【译文】有供奉僧人的村民祈求佛教的密言，骗他说是"驴"，这个人就早晚念字。过了几年，照着水面，看见青毛驴爬在背上，只要是有疾病魅鬼的，这个人到了就立刻变好。后来知道被骗了，咒也就消失了。

秀才田暶云：太和六年秋，凉州西县百姓妻产一子，四手四足，一身分两面，项上发一穗，长至足。时朝伯峻为县令。

【译文】秀才田暶说：太和六年秋，凉州西县百姓妻生一个孩子，四手四足，一个身体分给两张脸，头顶上有一穗头发垂到脚。当时朝伯峻是县令。

韦斌虽生于贵门，而性颇厚质，然其地望素高，冠冕特盛。虽门风稍奢，而斌立朝侃侃，容止尊严，有大臣之体。每会朝，未常与同列笑语。旧制，群臣立于殿庭，既而遇雨雪，亦不移步廊下。忽一旦，密雪骤降，自三事以下，莫不振其簪裾，或更其立位。独斌意色益恭，俄雪甚至膝。朝既罢，斌于雪中拔身而去，见之者咸叹重焉。斌兄陟，早以文学识度著名于时，善属文，攻草隶书，出入清显，践历崇贵。自以门地才华，坐取卿相，而接物简傲，未常与人款曲。衣服车马，犹尚奢移。侍儿阉竖，左右常数十人。或隐几揩颐，竟日懒为一言。其子馔羞，犹为精洁，仍以鸟羽择米。每食毕，视厨中所委弃，不啻万钱之直。若宴于公卿，虽水陆具陈，曾不下箸。每令侍婢主尺牍，往来复章未常自札，受意而已。词旨重轻，正合陟意，而书体遒利，皆有楷法，陟唯署名。尝自谓所书"陟"字如五朵云，当时人多仿效，谓之郇公五云体。尝以五彩纸为缄题，其侈纵自奉皆此类也。然家法整肃，其子允，课习经史，日加诲励，夜分犹使人视之。若允读不辍，旦夕问安，颜色必悦。若稍怠惰，即遽使人止之，令立于堂下，或弥旬不与语。陟虽家僮数千人，应门宾客，必遣允为之，寒暑未尝辍也，颇为当时称之。然陟竟以简倨恃才，常为持权者所忌。

【译文】韦斌虽生于贵门，但是性颇厚质，地位名望素高，名声很高。虽然门风稍微奢侈，但是韦斌立朝侃侃而谈，容止尊严，有大臣的风范。每会朝，不曾和同列笑语。旧制，群臣立于殿庭，既遇雨雪，也不能移步到廊下。忽一旦，密雪骤降，自宰相以下，莫不振动簪裾，有的人换个站姿。只有斌意色益恭，一会雪到了膝盖。朝会既罢，韦斌在雪中拔身而去，见之者都感叹推崇。韦斌兄韦陟，很早凭借文学识度文明，善属文，攻于草隶书，出入仪式清显，履职崇贵。本来凭借门地才华，很容易可以取卿相之位，但是接物简傲，未常与人有交往。衣服车马，特别奢移。左右常数十人侍奉。有时一日懒得说一个字。其子的饮食，特别精洁，用鸟羽择米。每食毕，视厨中所弃，都价值万钱。若被公卿宴请，虽山珍海味具陈，也不下筷子。每令侍婢主管尺牍，往来复章都不自己写，让人接受自己的意思代写。词旨的重轻，都吻合韦陟的意思，而书体遒利，皆有楷法，陟只署名。曾经说自己写的所书"陟"字如五朵云，当时人多仿效，叫做郇公五云体。曾经用五彩纸做缄题，它的奢侈放纵自奉都像这样。但是家法整肃，他的日子韦允，学习经史，每日加以诲励，午夜也派人察看。如果学习刻苦，旦夕问安，那么他颜色必悦。如果稍加怠惰，就马上派人阻止他，令站在堂下，有时超过十几天不与他说话。陟虽家僮数千人，应门宾客，一定让韦允去，寒暑未尝停歇，颇被当时称道。但是韦陟最终因为简倨恃才，被持权者忌讳。

天宝中，处士崔玄微洛东有宅，耽道，饵术及茯苓三十载。因药尽，领童仆辈入嵩山采芝，一年方回，宅中无人，蒿莱满院。时春季夜间，风清月朗，不睡，独处一院，家人无故辄不到。三更后，有一青衣云："君在院中也，今欲与一两女伴，过至上东门表姨处，暂借此歇，可乎？"玄微许之。须臾，乃有十余人，青衣引入。有绿裳者前曰："某姓杨氏。"指一人曰："李氏"。又一人曰："陶氏。"又指一绯衣小女曰："姓石，名阿措。"各有侍女辈。玄微相见毕，乃坐于月下。问行出之由，对曰："欲到封十八姨。数日云欲来相看不得，今夕众往看之。"坐未定，门外报封家姨来也，坐皆惊喜出迎。杨氏云："主人甚贤，只此从容不恶，诸处亦未胜于此也。"玄微又出见封氏，言词泠泠，有林下风气。遂揖入坐，色皆殊绝，满座芬芳，馥馥袭人。命酒，各歌以送之，玄微志其一二焉。有红裳人与白衣送酒，歌曰："皎洁玉颜胜白雪，况乃青年对芳月。沉吟不敢怨春风，自叹容华暗消歇。"又白衣人送酒，歌曰："绛衣披拂露盈盈，淡染胭脂一朵轻。自恨红颜留不住，莫怨春风道薄情。"至十八姨持盏，情颇轻佻，翻酒污阿措衣，阿措作色曰："诸人即奉求，余不奉畏也。"拂衣而起。十八姨曰："小女弄酒。"皆起至门外别，十八姨南去，诸人西入苑中而别。玄微亦不至异。明夜又来，欲往十八姨处。阿措怒曰："何用更去封妪舍，有事只求处士，不知可乎？"诸女皆曰："可。"阿措来言曰："诸女伴皆住苑中，每岁多被恶风所挠，居止不安，常求十八姨相庇。昨阿措不能依回，应难取力。处士倘不阻见庇，亦有微报耳。"玄微曰："某有何力得及诸女？"阿措曰："但求处士每岁岁日与作一朱幡，上图日月五星之文，于苑东立之，则免难矣。今岁已过，但请至此月二十一日平旦，微有东风，即立之，庶可免也。"玄微许之，乃齐声谢曰："不敢忘德。"各拜而去。玄微于月中随而送之，逾苑墙乃入苑中，各失所在。乃依其言，至此日立幡。是日东风振地，自洛南折树飞沙，而苑中繁花不动。玄微乃悟诸女曰姓杨、姓李及颜色衣服之异，皆众花之精也。绯衣名阿措，即安石榴也。封十八姨，乃风神也。后数夜，杨氏辈复至愧谢，各裹桃李花数斗，劝崔生："服之，可延年却老。愿长如此住护卫，某等亦可至长生。"至元和初，玄微犹在，可称年三十许人。

【译文】玄宗天宝年间，有位高士叫崔玄微，在洛阳东面有座宅院。崔玄微沉溺于道家修炼之术，三十多年来一直服金石、餐茯苓，以期长生。因为药将用尽，便带着童仆进嵩山采芝草，在山中耽搁了一年。回来时因宅中常年无人居住，蒿莱满院。这时正是春天的夜晚，风清月朗，崔玄微睡不着。他一个人住在一个院落内，家人没有特别原因不会来打扰他。有天半夜，有位穿着青衣的姑娘对他说："您住在院内，今天我的两位女伴要到东门表姨那里去，路过我这里，想在此园内暂时歇息，可以吗？"崔玄微答应下来。不一会，有十来位女子被青衣姑娘引了进来。有位身着绿裳的女子自称是杨氏，又指着另一位说是"李氏"，再一位是"陶氏"。最后指着一位穿深红色衣服的小姑娘说："她姓石，名叫阿措。"这些女子皆有侍女伺候。玄微一一相见，然后一同坐在月下。玄微询问她们结伴而行为了何事？回答说是去拜见封十八姨。十八姨数日前就说要来但没有来，于是大伙决定去拜望她。家坐下不多久，门外就报十八姨来了。诸位皆惊喜上前迎接。杨氏说："这座园主人很是贤德，在这里从容而不恶俗，其它诸处都不如这里，所以请十八姨来此处相见。"崔玄微也拜见封氏，只见她言辞泠泠，有隐士之风。于是相互作揖坐下。这些女子皆非常艳丽，满座芬芳袭人。于是斟上酒，各人皆奉上一曲，赞美白衣女颜色皎洁胜过白雪，更何况正当盛

471

年又在月光之下，自然更显得洁白无瑕。你低声沉吟不敢埋怨东风，只能暗暗叹息荣华易逝，岁月催老。白衣人也给红衣女敬酒，并回赠一首，你穿着红衣披露着盈盈笑脸，脸颊上胭脂成淡淡的轻红。只恨红颜易老，不要埋怨东风薄情带走来青春。等到十八姨持杯祝酒时，行为显得很轻佻，酒杯倾翻，沾污了阿措的衣裳。阿措变色说："大家都奉承你，我却不怕，不会去奉承你。"说罢，拂袖而去。十八姨说："这个小女子借酒使气。"于是大家都起身送封姨到门外，十八姨去南方，大家又回到园中作别，玄微对此也不惊不怪。第二天夜晚，诸女又相聚园中，商量到十八姨处致歉。阿措发怒说："何必再到封老太婆那里去，我们去求崔处士，不知你们是否同意？"大家都说："好。"于是阿措上前对崔玄微说："我们大家都住在园内，每年都被狂风所侵扰，常求十八姨庇护。昨天我得罪了十八姨，大概不会为我们出力了。处士若不见外来庇护我等，我们也会报答你"。玄微说："我有什么法力能庇护你们呢？"阿措说："我们只求处士每年正月初一做一个红色的旗幡，上面画上日、月和金木水火土五星图案，竖立在花园的东方，就可以使我们免遭劫难。今年正月初一已过，只好请你于本月二十一日早晨，东方有微风时，就将此幡立起来，我们就可以免难了"。玄微答应下来，众女齐声道："不敢忘德。"分别拜别而去，玄微在月下送到苑墙外，见他们越过院墙消失在花园中。到了二十一日这一天，玄微如约将幡立起来。这一天，东风振地而来，在洛南折树飞沙，但苑中繁花不动。玄微才领悟到这些姓杨、姓李以及其它诸姓女子，皆是花神。那个穿深红色衣服的阿措，乃是石榴花神；封十八姨，乃是风神。隔了数夜，杨氏等众花神前来致谢，赠送数斗桃李花瓣，对玄微说："服下这些花瓣，可以延年益寿。但愿处士长久在此护卫我们。我等也可以长生了。"到宪宗元和初年，玄微仍在世，还像个三十岁左右的人。

续集卷四

贬　误

　　小戏中于弈局一枰，各布五子角迟速，名麎融。予因读《坐右方》，谓之麎戒。又尝览王充《论衡》之言秦穆为缪（音谬），及往往见士流遇人促装必谓之曰"车马有行色"，直台、直省者云"寓直"，实为可笑乃录宾语甚误者，著之于此。

　　【译文】下一局围棋，布五子争快慢的叫做麎融。我读《坐右方》，被叫做麎戒。有曾经看到王充《论衡》说秦穆为缪，又看到士子看到人准备行装称作"车马有行色"，直台、直省的人说"寓直"，实在可笑。于是记录下说错的话。

　　予太和初从事浙西赞皇公幕中，尝因与曲宴，中夜，公语及国朝词人优劣，云："世人言灵芝无根，醴泉无源，张曲江著词也。盖取虞翻《与弟求婚书》，徒以'芝草'为'灵芝'耳。"予后偶得《虞翻集》，果如公言。开成初，予职在集贤，颇获所未见书。始览王充《论衡》，自云"充细族孤门"，或嘲之，答曰："鸟无世凤凰，兽无种麒麟，人无祖圣贤。必当因祖有以效贤号，则甘泉有故源，而嘉禾有旧根也。"

【译文】我在太和初年在浙西赞皇公幕中做事，曾经参加曲宴。深夜赞皇公说到了本朝词人的优劣，说："世人说灵芝无根，醴泉无源，这是张曲江的词。大概是取自虞翻《与弟求婚书》，把芝草当做灵芝。"后来一看《虞翻集》果然跟他说的一样。开成初年，我在集贤馆上班，看见很多没见过的书。才看王充的《论衡》，自叙到："我出身不好。"有人嘲笑说："鸟没有世代凤凰，走兽没有繁衍的麒麟，人没有祖孙都是圣贤的。如果一定拿祖宗说事，那么甘泉有固定的源头，嘉禾也有不要的根系。"

范传正中丞举进士，省试《风过竹赋》，甚丽，为词人所讽。然为从竹之"箫"非萧艾之"萧"也。《荀子》云："如风过萧，忽然已化。"义同"草上之风必偃"，相传至今已为误。予读《淮南子》云："夫播棋丸于地，圆者趣圭，方者止高，各从其所安，夫人又何上下焉。若风之过箫也，忽然感之，可以清浊应矣。"高诱注云："清商浊宫也。"

【译文】范传正中丞中进士时，省试写了《风过竹赋》，辞藻华丽，被词人传诵。但是竹子做的"箫"不是萧艾的"萧"。《荀子》里说："如风过萧，忽然已化。"义同"草上之风必偃"，相传至今已经错了。我读《淮南子》，里面说："把棋子扔到地上，各自会到适宜的地方。人有何必上下奔走呢。像风吹过萧，可以辨别清浊了。"高诱注："清的是商，浊的是宫。"

相传云，释道钦住径山，有问道者，率尔而对，皆造宗极。刘忠州晏，尝乞心偈。令执炉而听，再三称"诸恶莫作，众善奉行"。晏曰："此三尺童子皆知之。"钦曰："三尺童子皆知之，百岁老人行不得。"至今以为名理。予读梁元帝《杂传》云："晋惠末，洛中沙门耆域，盖得道者。长安人与域食于长安寺，流沙人与域食于石人前，数万里同日而见。沙门竺法行尝稽首乞言，域升高坐曰：'守口摄意，心莫犯戒。'竺语曰：'得道者当授所未听，今有八岁沙弥亦以诵之。'域笑曰：'八岁而致诵，百岁不能行。'嗟乎！人皆敬得道者，不知行即是得。"

【译文】传说释道钦住径山，有问道者，率尔回答，都是极有禅理的话。刘忠州晏祈求偈语。让拿起炉子，再三说："别干坏事，要做善事"。刘晏说："这句话三尺小儿都知道。"道钦说："三岁小儿知道，但是百岁老人做不了。"到了现在也认为是至理名言。我读梁元帝《杂传》，里面说："晋惠末年，洛中沙门耆域，是得道高僧。长安人与域在长安寺就餐，流沙人与域在石人前吃饭，数万里的路同日而见。沙门竺法行磕头祈求一句话，耆域说：'守口摄意，心莫犯戒。'沙门竺法行说：我要听平常听不到的，这个八岁的沙弥也能读。耆域说：'八岁能读，百岁不能做。'哎呀！人们尊敬得道高僧，不知道能做出来就是得道。"

相传云，韩晋公滉在润州，夜与从事登万岁楼。方酣，置杯不说，语左右曰："汝听妇人哭乎？当近何所？"对："在某街。"诘朝，命吏捕哭者讯之，信宿狱不具。吏惧罪，守于尸侧。忽有大青蝇集其首，因发髻验之，果妇私于邻，醉其夫而钉杀之，吏以为神。吏问晋公，晋公云："吾察其哭声疾而不悼，若强而惧者。"王充《论衡》云："郑子产晨出，闻妇人之哭，拊仆之手而听。有间，使吏执而问之，即手杀其夫。异日，其仆问曰：'夫子何以知之？'子产曰：'凡人于其所亲爱，知病而忧，临死而惧，已死而哀。今哭已死而惧，知其奸也。'"

【译文】有一年，韩滉在润州为官，夏夜无事，与部下登万岁楼喝酒乘凉。正喝着，忽对手下说："你们听到有女人哭泣的声音吗？在什么地方呢？"

手下说："在某某大街。"

手下又说："听这意思，应该是老公去世啦！"

转天，韩滉叫捕快将夜里哭泣的女人带到衙内，一问果然是老公去世了。韩滉叫人查看她老公的尸体，也确实没看到被杀害的痕迹。但一天过后，其手下发现那女人老公的尸体很是吸引苍蝇，尤其是脑袋周围。于是，韩滉叫人将那女人老公的发髻散开，仔细查验，果然在头顶发现了铁钉按下的伤痕。再审讯，那女人不得不承认，她与邻家私通，在夜里将老公灌醉，用铁钉插进头顶将其谋杀。案子结束后，大家都认为韩滉是神人。有人问其故。韩滉说："那天晚上，我听那女人的哭泣声虽然很急，但却不甚悲伤，甚至在害怕些什么。"汉朝王充的《论衡》中有以下句子："郑国子产早晨外出，听到夫人的哭声，按着仆从的手而听。过了一会儿，让官吏去抓来审问，果然招供是亲手杀夫。"后来，仆人问其原故。子产说："凡人于其所亲爱，知病而忧，临死而惧，已死而哀。"那女人哭已经死去的亲人，声调不是哀伤，而是恐惧，所以韩滉判断出其奸情。

相传云，德宗幸东宫，太子亲割羊脾，水泽手，因以饼洁之。太子觉上色动，乃徐卷而食。司空赞皇公著《次柳氏旧闻》又云是肃宗。刘餗《传记》云："太宗使宇文士及割肉，以饼拭手。上屡目之，士及佯不寤，徐卷而啖。"

【译文】相传，唐德宗到了东宫，太子亲自割下羊脾，用水吸收，用饼擦干净。太子察觉皇帝好像生气了，就慢慢地把饼卷起来吃了。司空赞皇公写的《次柳氏旧闻》又说是肃宗。刘𫗧《传记》说："太宗让宇文士及割肉，宇文士及用饼擦手，皇帝多次看他，宇文士及佯装没看见，慢慢把饼卷起来吃了。"

相传云，张上客艺过十全，有果毅。因重病虚悸，每语腹中辄响，诣上客请治，曰："此病古方所无。"良久思曰："吾得之矣。"乃取《本草》令读之，凡历药名六七不应，因据药疗之，立愈。据刘𫗧《传记》，有患应病者，问医官苏澄。澄言："无此方。吾所撰《本草》，网罗天下药可谓周。"令试读之，其人发声辄应，至某药，再三无声，过至他药，复应如初。澄因为药方，以此药为主。其病遂差。

【译文】传说，张上客技艺很多，坚毅果敢。有人重病虚悸。每次说话腹中就响，请上客治疗，说："这病古方没有。"想了很久说："我知道了。"于是取《本草》让读的，凡是读到药名四十二次不能回应，就用这种药物治疗，立刻就好了。据刘𫗧《传记》，有看病的患者，问医官苏澄。澄说："没有治病的方子。我所撰写的《本草》，网罗了天下药方，可以说是周详了。"让病人试着去读，那人就发声读书，到某药，多次没有声音，过到其他药物，又如初一样。元澄于是就用这个药方。他的病就好了。

今人云，借书、还书等，为二痴。据杜荆州书告耽云："知汝颇欲念学，今因还车致副书，可案录受之。当别置一宅中，勿复以借人。古谚云：'有书借人为嗤，借人书送还为嗤也。'"

【译文】现在人们说：自己有书借给别人看，是傻瓜；借了别人的书还给别人送去，也是傻瓜。杜荆州告诉杜耽说："我知道你爱好学

477

习，所以给你书的副本，记录下来储存起来，不要外借。古代谚语说：
'把书借人一笑，借了书还书的也一笑。'"

世呼病瘦为崔家疾。据《北史》，北齐李庶无须，时人呼为天阉。
博陵崔谌，暹之兄也，尝调之曰："何不以锥刺颐作数十孔，拔左右好
须者栽之。"庶曰："持此还施贵族，艺眉有验，然后艺须。"崔家时有
恶疾，故庶以此调之。俗呼滹沱河为崔家墓田。

【译文】人们把瘦子叫做崔家疾。《北史》说："北齐李庶没有胡
须，人们叫做天阉。博陵崔谌是崔暹的哥哥。曾经调笑说：'为什么不在
脸上戳几个洞，找几个美髯公的胡子种上呢。'李庶说这个方法还是
给你们崔家吧，能种眉毛再来种胡子。"当时崔家有重病，所以李庶用
这个来调笑他。民间把滹沱河叫做崔家墓田。

俗好于门上画虎头，书"罿"字，谓阴刀鬼名，可息疫疠也。予
读《汉旧仪》，说傩逐疫鬼，又立桃人、苇索、沧耳、虎等。"罿"为合
"沧耳"也。

【译文】民间喜好在门上花虎头，写上"罿"字，说这事阴间拿刀的
小鬼的名字，可以平息疾病。我多《汉旧仪》，说傩送驱逐瘟疫，立起桃
人、苇索、沧耳、虎等。"罿"就是和在一起的"沧耳"。

予在秘丘，尝见同官说，俗说楼罗，因天宝中进士有东西棚，各有
声势，稍伧者多会于酒楼食毕罗，故有此语。予读梁元帝《风人辞》
云："城头网雀，楼罗人着。"则知楼罗之言，起已多时。一云："城头网
张雀，楼罗人会着。"

【译文】我在秘书省，曾经见同僚说："俗话说的'楼罗'，是因天宝年间来考进士的人分为东西两派，各有声势，稍粗俗的人多聚会在酒楼吃毕罗，所以有这个词"。我读梁元帝《风人辞》说："在城头用网捉雀，却套住了楼上罗列的士兵。"从这里可知楼罗一词，起源已经很久了。也有的文本作："城头张网捕雀，却被楼上罗列的士兵碰到了。"

世说曹著轻薄才，长于题目人。常目一达官为热鏊上猢狲，其实旧语也。《朝野金载》云："魏光乘好题目人。姚元之长大行急，谓之趁蛇鸜鹊。侍御史王旭短而黑丑，谓之烟薰水蛇。杨仲嗣躁率，谓之热鏊上猢狲。"

【译文】大家都说曹著轻佻，喜欢起外号。经常说一个大官是热锅上的猴子，这其实是以前的事。《朝野金载》说："魏光乘喜欢起外号。姚元高大走路快，叫做碰上蛇的鸜鹊。侍御史王旭矮小黑丑，叫做烟薰水蛇。杨仲嗣暴躁草率，叫做热锅上的猴子。"

蜀石笋街，夏中大雨，往往得杂色小珠。俗谓地当海眼，莫知其故。蜀僧惠嶷曰："前史说蜀少城饰以金璧珠翠，桓温恶其大侈，焚之，合在此。今拾得小珠，时有孔者，得非是乎？"予开成初读《三国典略》，梁大同中骤雨，殿前有杂色珠。梁武有喜色，虞寄因上《瑞雨颂》。梁武谓其兄荔曰："此颂清拔，卿之士龙[1]也。"

【注释】[1]士龙：晋朝文学家陆云，字士龙。
【译文】四川石笋街，夏天大雨，往往得到杂色小球。当地叫做地当海眼，不知道原因。四川和尚惠嶷说："前朝史书或四川少城用金银珠宝装饰，桓温厌恶他的奢侈，全给烧了，这就明白了。现在拾到的小球就是当时的珠宝。"我在开成年间读《三国典略》里面说，梁大同年间突然下雨，殿前有杂色小球，梁武帝很高兴，虞寄于是进献《瑞雨颂》。梁武帝对他哥哥萧荔说："这篇颂文很好，是陆云一样的人才。"

俗好剧语者云，昔有某氏，破产赍酒，少有醒时。其友题其门阖云："今日饮酒醉，明日饮酒醉。"邻人读之不解，曰："今日饮酒醉，是何等语？"于今青衿之子，无不记者，《谈薮》云："北齐高祖常宴群臣，酒酣，各令歌。武卫斛律丰乐歌曰：'朝亦饮酒醉，暮亦饮酒醉。日日饮酒醉，国计无取次。'帝曰：'丰乐不谄，是好人也。'"

【译文】民间有喜欢剧语的人说，以前有个人，破产酗酒，很少清醒，他的朋友在他家门上写字说道："今天喝醉，明天喝醉。"邻居不懂问这是什么。现在的读书人都应该知道《谈薮》说："北齐高祖经常大宴群臣，酒酣，让大家唱歌。武卫斛律丰乐唱歌道：'早上喝醉，晚上喝醉。天天喝醉，国家怎么办'皇帝说：'斛律丰乐是好人，不谄媚。'"

相传玄宗尝令左右提优人黄幡绰入池水中，复出，幡绰曰："向见屈原笑臣：'尔遭逢圣明，何尔至此？'"据《朝野佥载》：散乐高崔嵬善弄痴，大帝令没首水底，少顷，出而大笑，上问之，云："臣见屈原，谓臣云：'我遇楚怀无道，汝何事亦来耶？'"帝不觉惊起，赐物百段。又《北齐书》，显祖无道，内外各怀怨毒。曾有典御丞李集面谏，比帝甚于桀、纣。帝令缚致水中，沉没久之，后令引出，谓曰："我何如桀、纣？"集曰："向来弥不及矣。"如此数四，集对如初。帝大笑曰："天下有如此痴汉！方知龙逢、比干非是俊物。"遂解放之。盖事本起于此。

【译文】传说唐玄宗曾经让左右把优伶黄幡绰扔到水里，黄幡绰自己出来了，说："在底下看见屈原，屈原对我说：'你有圣明的君主，为什么也到了水底？'"根据《朝野佥载》记载：散乐高崔嵬善于装疯卖傻，大帝让把他扔到水里，过了一会自己出来大笑，皇帝好奇询问他，回答说："我看见了屈原，他对我说：'我碰上无道的楚怀王才跳河，你为什么来到这里？'"皇帝高兴地站了起来，赐给布帛百段。又有《北齐书》记载齐显祖无道，朝里内外都怨恨他。曾有典御丞李集当面进谏说他和桀纣一样昏庸无道。皇帝让把他扔到水里过很久再捞出来，对他说："我和桀纣相比怎么样？"李集回答："远远不及。"这样多次，李集回答的一样。齐显祖大笑说道："天下竟然有如此的傻子！才知道关龙逢、比干不是俊才。"于是把他放了。大概上述的事情都起源于此。

今人每睹栋宇巧丽，必强谓鲁般奇工也。至两都寺中，亦往往托为鲁般所造，其不稽古如此。据《朝野佥载》云："鲁般者，肃州敦煌人，莫详年代，巧侔造化。于凉州造浮图，作木鸢，每击楔三下，乘之以归。无何，其妻有妊，父母诘之，妻具说其故。父后伺得鸢，击楔十余下乘之，遂至吴会。吴人以为妖，遂杀之。般又为木鸢乘之，遂获父尸。怨吴人杀其父，于肃州城南作一木仙人，举手指东南，吴地大旱三年。卜曰般所为也，赍物具千数谢之，般为断一手，其日吴中大雨。国初，土人尚祈祷其木仙。六国时，公输般亦为木鸢以窥宋城。"

【译文】鲁般，是肃州敦煌人县人，具体的生卒年代不清楚，他的手艺巧夺天工。曾经在凉州修造佛寺，制作了木鹰，只要敲击三下木鹰上面的木楔子，木鹰就飞起来了，鲁班就坐上它飞回家。不久之后，他的妻子就怀孕了，鲁班的父母就盘问媳妇是怎么回事，妻子就原原本本的诉说了原因。这之后，有一次鲁班的父亲乘机拿到了木鹰，敲击了楔子十几下，就坐着木鹰来到了吴国的都城，当地的人以为是妖怪，就把鲁班的父亲杀掉了。鲁班又制作了一只木鹰乘坐飞到了吴国都城，于是才找到父亲的尸体。他怨恨吴国人杀了自己的父亲，就在肃州城南制作了一个木头仙人。这个仙人手指着东南方向，于是吴国大旱三年。算卦的人说："这大旱是鲁班造成的。"吴国人就拿了几千礼物去跟鲁班谢罪，于是鲁班就为他们砍掉了木仙人的一只手臂，当天吴国就下起大雨。唐朝初年，当地人还在向那个木仙人祈祷。

俗说沙门杯渡入梁，武帝召之，方弈棋呼杀，阍者误听，杀之。浮休子云：梁有榼头师，高行神异，武帝敬之。常令中使召至，陛奏榼头师至，帝方棋，欲杀子一段，应声曰："杀。"中使人遽出斩之。帝棋罢，命师入，中使曰："向者陛下令杀，已法之矣。师临死曰：'我无罪。前生为沙弥，误锄杀一蚓，帝时为蚓，今此报也。'"

【译文】民间传说杯渡和尚入梁，梁武帝召见他，正好梁武帝在下棋说了一句"杀"，宫殿侍卫误听将杯渡杀了。浮休子说：梁有榼头师，有高超的道德，神异的行为，梁武帝很尊敬。经常让太监去召唤，来人通禀说榼头师已经到了，当时梁武帝正在下棋想要杀一子，说了一句"杀"。太监就让人把榼头师推出去斩了。皇帝下完棋，让榼头师进来，太监说："刚才陛下让杀了他，已经杀了。榼头师临死说：'我无罪，只不过前世是沙弥，误杀一只蚯蚓，皇帝当时是蚯蚓，现在就是我的报应。'"

予门吏陆畅，江东人，语多差误，轻薄者多加诸以为剧语①。予为儿时，常听人说陆畅初娶童溪女，每旦，群婢捧匜，以银奁盛藻豆②，陆不识，辄沃水服之。其友生问："君为贵门女婿，几多乐事？"陆云：

"贵门礼法甚有苦者,日俾予食辣麨,殆不可过。"近览《世说新书》云:"王敦初尚公主,如厕,见漆箱盛干枣,本以塞鼻,王谓厕上下果,食至尽。既还,婢擎金漆盘贮水,琉璃碗进澡豆,因倒著水中,既饮之,群婢莫不掩口。"

【注释】①剧语:戏谑之语,笑话。②澡豆:洗涤用的粉剂,以豆粉添加药品制成。

【译文】我的门吏陆畅,江东人,说了很多错话,轻薄的人就把这些话当做笑话。我还是小孩的时候,常听人说陆畅最初娶了童溪女,每天婢女们捧着盘子,用银制的盆子装着澡豆,陆畅不认识,就用水冲开后吃了。他的朋友说:"你现在是豪门女婿有什么快乐的事?"陆畅说:"豪门礼法太苦了,每天给我吃辣的炒面粉,我都要受不了了。"最近看《世说新语》里面说,王敦刚和公主结婚,如厕,看见里面有枣,认为是厕所里的提供的果品,全给吃了。出来之后,婢女们用金漆盘子盛水,用玻璃碗放着澡豆给他,王敦于是倒入水中,喝下去了,婢女们都掩口失笑。

焦赣《易林·乾卦》云:"道涉多阪,胡言迷蹇。译暗且聋,莫使道通。"据梁元帝《易连山》,每卦引《归藏》斗图,立成委化。《集林》及焦赣《易林·乾卦》卦辞与赣《易林》卦辞同,盖相传误也。

【译文】焦赣的《易林·乾卦》说:"道涉多阪,胡言迷蹇。译暗且聋,莫使道通。"根据梁元帝的《易连山》,每个卦象引用《归藏易》的斗图。《集林》和焦赣《易林·乾卦》的卦辞与赣《易林》卦辞相同,这应该是误传吧。

予别著郑涉好为查语，每云："天公映冢，染豆削棘，不若致余富贵。"至今以为奇语。释氏《本行经》云："自穿藏阿逻仙言，磨棘画羽为自然义。"盖从此出也。

【注释】①查语：荒诞不经的话。

【译文】我单独记载郑涉喜欢说荒诞不经的话，经常说："天公映冢，染豆削棘，不如让我致富。"至今被认为是奇语。佛经《本行经》说："自从穿藏阿逻仙开始，磨棘画羽就成自然的事情。"大概这句话的出处在此吧。

《续齐谐记》云："许彦于绥安山行，遇一书生，年二十余，卧路侧，云足痛，求寄鹅笼中。彦戏言许之，书生便入笼中。笼亦不广，书生与双鹅并坐，负之不觉重。至一树下，书生乃出笼，谓彦曰：'欲薄设馔。'彦曰：'甚善。'乃于口中吐一铜盘，盘中海陆珍羞，方丈盈前。酒数行，谓彦曰：'向将一妇人相随，今欲召之。'彦曰：'甚善。'遂吐一女子，年十五六，容貌绝伦，接膝而坐。俄书生醉卧，女谓彦曰：'向窃一男子同来，欲暂呼，愿君勿言。'又吐一男子，年二十余，明恪可爱，与彦叙寒温，挥觞共饮。书生似欲觉，女复吐锦行障障书生。久而书生将觉，女又吞男子，独对彦坐。书生徐起，谓彦曰：'暂眠遂久留君，日已晚，当与君别。'还复吞此女子及诸铜盘，悉纳口中，留大铜盘与彦，曰：'无以籍意，与君相忆也。'"释氏《譬喻经》云："昔梵志作术，吐出一壶，中有女，与屏处作家室。梵志少息，女复作术，吐出一壶，中有男子，复与共卧。梵志觉，次第互吞之；柱杖而去。"余以吴均尝览此事，讶其说，以为至怪也。

【译文】《续齐谐记》记载，许彦在绥安山间行走，遇到一个书生，二十多岁，躺在路边上说脚痛，请求帮忙运送鹅笼。许彦答应了，书生便进入笼子里，笼子也不宽广，书生和两只鹅坐在一起，背起来不觉得重。到了一棵树下，书生出来说吃饭吧，于是吐出一个大铜盘上面都是珍馐美酒，喝了几杯，书生说带了一个女子随行，现在把她叫出来。于是吐出一个女子，年龄十五六，容貌漂亮。一会书生喝醉了躺下，女子说她也带了一个人来，现在把他叫出来不要惊讶，于是也吐出一个男子，年龄二十多，聪明可爱，和许彦寒暄共饮。书生好像要醒过来，女子就吐出一个屏障挡住书生。很久书生睡醒，女子就把男子吞下，一个人和许彦对坐。书生起身说："喝醉了暂时休息一下，现在天色已晚我要走了。"于是把女子和小盘子们吞下，只留下大铜盘给许彦当做纪念。佛教《譬喻经》说："以前梵志做法术，吐出一个壶，里面有一个女子，两人同卧。梵志睡着了，女子也吐出一个壶，里面有一个男子，男子和女子同卧。梵志察觉了，就按照顺序把他们都吞下肚子，拄着拐杖离开了。"我认为吴均看过这件事，惊讶他的说法，认为是最奇怪的事。

相传天宝中，中岳道士顾玄绩尝怀金游市中。历数年，忽遇一人，强登旗亭，扛壶尽醉。日与之熟，一年中输数百金。其人疑有为，拜请所欲。玄绩笑曰："予烧金丹八转矣，要一人相守，忍一夕不言，则济吾事。予察君神静有胆气，将烦君一夕之劳。或药成，相与期于太清也。"其人曰："死不足酬德，何至是也。"遂随入中岳。上峰险绝，岩中有丹灶盆，乳泉滴沥，乱松闭景。玄绩取干饭食之，即日上章封罡。及暮，授其一板云："可击此知更，五更当有人来此，慎勿与言也。"其人曰："如约。"至五更，忽有数铁骑呵之曰避，其人不动。有顷，若王者，仪卫甚盛，问："汝何不避?"令左右斩之。其人如梦，遂生于大贾家。及长成，思玄绩不言之戒。父母为娶，有三子。忽一日，妻泣：

"君竟不言，我何用男女为！"遂次第杀其子。其人失声，谳然梦觉，鼎破如震，丹已飞矣。释玄奘《西域记》云："中天婆罗疤斯国鹿野东有一涸池，名救命，亦曰烈士。昔有隐者于池侧结庵，能令人畜代形，瓦砾为金银，未能飞腾诸天，遂筑坛作法，求一烈士。旷岁不获。后遇一人于城中，乃与同游。至池侧，赠以金银五百，谓曰：'尽当来取。'如此数返，烈士屡求效命，隐者曰：'祈君终夕不言。'烈士曰：'死尽不惮，岂徒一夕屏息乎！'于是令烈士执刀立于坛侧，隐者按剑念咒。将晓，烈士忽大呼空中火下，隐者疾引此人入池。良久出，语其违约，烈士云：'夜分后惝然若梦，见昔事主躬来慰谕，忍不交言，怒而见害，托生南天婆罗门家住胎，备尝艰苦，每思恩德，未尝出声。及娶生子，丧父母，亦不语。年六十五，妻忽怒，手剑提其子，若不言，杀尔子。我自念已隔一生，年及衰朽，唯止此子，应遽止妻，不觉发此声耳。'隐者曰：'此魔所为，吾过矣。'烈士惭忿而死。"盖传此之误，遂为中岳道士。

【译文】唐朝时有中岳道士顾玄绩，遇一人，说："我正在炼金丹，需要一人相守，但要一晚上不说话，如果成了就可以啦！我观察你神静，麻烦你忍一宿别说话，金丹炼成后我们可以成仙得道。"那个人说："没问题。"随后顾玄绩带那人进入中岳嵩山幽境。在炼丹处，顾玄绩说："五更天时，会有人来这儿，你一定不要跟他说话！"五更天，果有数铁骑奔来，叫那人回避，那人不予理睬。过了一会儿，有人如贵族，仪仗威严，问："你为什么不回避？"令左右斩杀了那个人。那人恍然如梦。被斩杀后，他投胎于一个商人之家。及至长大，他想起顾玄绩的嘱托：不要说话！所以多年里，他一句话也不说，父母甚为奇怪，后来为他娶了老婆，生了三个儿子。有一天，他妻子说："你一句话都不说，我要这些儿子有什么用？"于是把三个儿子都掐死了，这时候那个人才大叫一声。此时，在嵩山，只见炼丹的药鼎破碎冲天，金丹从中猛地飞出。

　　玄奘的《西域记》说："中天里婆罗疠斯国东有一个干涸的池塘，叫做救命池，也叫烈士池。以前有隐士在池塘边结庐隐居，能让人畜变换形状，把瓦砾变成金银，但是这个隐士不能飞升上天，于是登坛作法求取一名烈士。过了一年也没得到。后来在城中遇到一个人，和他一起交游。到了这个池塘边，赠给五百金银，对他说：'没了再来拿。'像这样多次，于是烈士请求为隐士效命，隐者说：'希望你整晚不说话。'烈士说：'死都不怕，难道还怕一晚上不说话么？'于是让他拿着刀站在坛的旁边，隐士就拔出宝剑念出咒语。到了早上，烈士突然大喊到空中有天火落下，隐士责怪他违约，烈士说：'半夜之后恍惚像做梦一样，看见以前的主人看见我了，忍住没说话，他生气了杀了我，托生到天婆罗门家，尝够了艰苦，每次感受恩德也不说话。到了娶妻生子，父母去世也不说话。到了六十五岁，妻子发怒，拿着宝剑对着我儿子，说我再不说就杀了他。我想着已经过了一辈子，又已经老去了，只有这一个儿子，应该制止我的妻子，不知不觉发出了这个声音。'隐士说：'这是心魔做的，是我的过错。'烈士因此惭愧而死。"这应该是传抄的错误，因此主人公也变成了中岳道士。

　　相传云，一公初谒华严，严命坐，顷曰："尔看吾心在何所？"一公曰："师驰白马过寺门矣。"又问之，一公曰："危乎！师何为处乎刹末也？"华严曰："聪明果不虚，试复观我。"一公良久，泚颡，面洞赤，作礼曰："师得无入普贤地乎？"集贤校理郑符云："柳中庸善《易》，尝诣普寂公。公曰：'筮吾心所在也。'柳云：'和尚心在前檐第七题。'复问之，在某处。寂曰：'万物无逃于数也，吾将逃矣，尝试测之。'柳久之瞿然曰：'至矣。寂然不动，吾无得而知矣。'"又诜禅师本传云："日照三藏诣诜，诜不迎接，直责之曰：'僧何为俗入嚣湫处？'诜微瞬，亦不答。又云：'夫立不可过人头，岂容摽身鸟外？'诜曰：'吾前心于市，后心刹末。三藏果聪明者，且复我。'日照乃弹指数十，曰：'是境空寂，诸佛从自出也。'"予按《列子》曰："有神巫自齐而来，处于郑，命曰季咸。列子见之心醉，以告壶丘子。壶丘子曰：'尝试与来，以吾示之。'明日，列子与见壶丘子。壶丘子曰：'向吾示之以地文，殆见吾杜德机也。'尝又与来，列子又与见壶丘子。壶丘子曰：'向吾示之以天壤。'列子明日又与见壶丘子，出曰：'子之先生不齐，吾无得而相焉。吾示之以太冲莫朕。'尝又与来，明日又与之见壶丘子，立未定，失而走。壶丘子曰：'吾与之虚而猗移，因以为方靡，因以为流波，故逃也。'"予谓诸说悉互窜是事也。如晋时有人百掷百卢①，王衍曰："后掷似前掷矣。"盖取于《列子》均后于前之义，当时人闻以为名言。人之易欺，多如此类也。

【注释】①掷卢：一种游戏，类似掷骰子，"卢"是最好的结果。

【译文】传说，一公拜访华严，华严命令他坐，一会儿说："你看我的心在什么地方？"他说："大师的心乘白马过寺门了。"又问他，一公说："危险！大师为什么要呆在刹末？"华严说："果然聪明，请再看我。"一公看了很久，额头流汗，面色发赤，行礼说："大师不会进入普贤地了吧？"集贤校理郑符说："柳中庸精通《周易》，曾拜访普寂公。普寂公说：'占卜我心所在的地方。'柳云：'和尚心在前檐第七题。'又问他，在某个地方。普寂公说：'万物没有逃脱命数的，我将要逃了，尝试预测我。'柳很久之后说：'逃走了。寂然不动，我不知道了。'"又说禅师本传说："日照三藏拜访诜，诜不迎接，责备他说：'和尚为什么进入尘嚣漱隘的地方？'诜微微眨眼，也不回答。又说：'诜站立不可过人头，怎么允许标身在鸟外之地？'诜说：'我前心在市场，后来心里刹末。三藏是真聪明的人，知道我在哪里。'日照是弹指几十下，说：'这

酉阳杂俎

境空寂，诸佛从中而来了。'"《列子》说："有一个神奇的巫师从齐国而来，到郑国居住，叫季咸。列子见到后很高兴，把这事告诉了壶丘子。壶丘子说：'把他叫来我来看看他。'第二天，列子与他见壶丘子。壶丘子说：'向我示以地文，让他看到我至德的变化。'又一次列子与他见壶丘子。壶丘子说：'向我示以天地。'列子明天又与他见壶丘子，出来说："他心不齐，我不能观察。我只是用太冲莫胜。'又一起去见壶丘子，站还没站稳就跑走了。壶丘子说：'我与他在虚空中移动，形态万千，所以他跑了。'"我认为这些故事都互相借鉴了。如晋时有人掷骰子一百次都是"卢"，王衍说："之后的结果和前面结果一样。"取于《列子》前后平均的意思，当人们听到认为这是名言。人容易受到别人的欺骗，很多就像这类事情。

相传江淮间有驿，俗呼露筋。尝有人醉止其处，一夕，白鸟姑喋，血滴筋露而死。据江德藻《聘北道记》云："自邵伯埭三十六里，至鹿筋。梁先有逻。此处足白鸟，故老云有鹿过此，一夕为蚊所食，至晓见筋，因以为名。"

【译文】相传江淮间有客栈，俗称为露筋。曾经有人酒醉睡在这里，一个晚上，就被蚊子叮咬得血滴筋露而死。据江德藻《聘北道记》记载："从邵伯埭北行三十六里，到鹿筋——梁朝以前（鹿筋）先有车逻这个地名——这里多蚊虫。故旧老人说：有鹿经过此地，一夜被蚊子所吃，到拂晓露出筋。因此车逻改名为鹿筋。"

昆明池中有冢，俗号浑子。相传昔居民有子名浑子者，尝违父语，若东则西，若水则火。病且死，欲葬于陵屯处，矫谓曰："我死，必葬于水中。"及死，浑泣曰："我今日不可更违父命。"遂葬于此。据盛弘之《荆州记》云："固城临洱水，洱水之北岸有五女墩。西汉时，有人葬洱，墓将为水所坏。其人有五女，共创此墩，以防其墓。"又云："一女嫁阴县很子，子家赀万金，自少及长，不从父言。临死，意欲葬山上，恐子不从，乃言必葬我于渚下碛上。"很子曰："我由来不听父教，今当从此一语。"遂尽散家财，作石冢，以土绕之，遂成一洲，长数步。元康中，始为水所坏。今余石成半榻许，数百枚，聚在水中。

【译文】昆明池中有冢，俗称浑子。相传从前居民有名浑子的儿子，曾经违背父亲的话，叫东就去西，叫拿水就点火。患病临终前，想葬在山陵驻扎的地方，假装说："我死后一定要葬在水中。"死后浑哭着说："我今天不能再违背父亲的命令了。"于是埋在了水中。据盛弘之《荆州记》说："固城临洱水，洱水的北岸有五女墩。西汉时，有人葬在洱水，墓地将被水破坏。他有五个女儿，共同创造了这墩，为了防止他的坟墓被水破坏。"又说："一女嫁阴县很子，家财万金，从少年一直到成年，不听父亲的话。他父亲临死，想葬在山上，恐怕儿子不同意，就说一定要把我埋葬在水下滩上。很子说："我从来不听父亲的教诲，现在应当听从这一句。"于是就散尽家财，修建石墓，用土环绕，于是成为一个洲，长达几步。元康年间，开始被水破坏。现在剩下的石头只有半床多，数百枚，聚集在水中。

今军中将射鹿，往往射棚上亦画鹿。李绩封君义《聘梁记》曰："梁主客贺季指马上立射，嗟美其工。绩曰：'养由百中，楚恭以为辱。'季不能对。又有步从射版，版记射的，中者甚多。绩曰：'那得不射獐？'季曰：'上好生行善，散不为獐形。'"自獐而鹿，亦不差也。

【译文】现今军中将要外出狩猎射鹿，练习射箭，往往箭靶上也画鹿。《聘梁记》记载："南梁主客贺季骑马踏在脚蹬上立着射完箭，一矢未中，便赞叹着推说箭靶上的鹿画的漂亮而不忍射它。绘画的人说：'养由基百发百中，楚恭王自己做不到，引以为耻辱。'贺季不能对答，认为画工嘲讽他，心中有了不满。又有步从的军士射没有画动物形体的箭靶，从箭靶上的箭痕看，射中的人很多。画工说：'为什么不画上獐子再射？'贺季(报复地)说：'皇上有好生行善之德，所以不画獐子的图形。'"我认为，獐也好鹿也罢，(都是生物)并没什么差异啊。

今言枭镜者，往往谓和壁间蛛为镜，见其形规而圆，伏子，必为子所食也。《西汉》："春祠黄帝，用一枭破镜。"以枭食母，故五月五日作枭羹也。破镜食父，如貙虎眼。黄帝欲绝其类，故百物皆用之。傅玄赋云："荐祠破镜，膳用一枭。"

【译文】现在说的枭镜，往往是墙壁间的蜘蛛，形状扁平，孵化孩子，被孩子吃掉。《西汉》说："春天祭祀黄帝，用一枭破镜。"因为枭食母，所以五月五日作枭羹。貙虎眼破镜食父。黄帝想要灭绝它们，所以祭祀上使用。傅玄的赋说："荐祠破镜，膳用一枭。"

《朝野佥载》云："隋末，有昝君谟善射。闭目而射，应口而中，云志其目则中目，志其口则中口。有王灵智学射于谟，以为曲尽其妙，欲射杀谟，独擅其美。谟执一短刀，箭来辄截之。唯有一矢，谟张口承之，遂啮其镝。笑曰：'学射三年，未教汝啮镞法。'"《列子》云："甘蝇，古之善射者。弟子名飞卫，巧过于师。纪昌又学射于飞卫，以燕(一作徽)角之弧，朔蓬之竿，射贯虱心。既尽飞卫之术，计天下敌己者一人而已，乃谋杀飞卫。相遇于野，二人交射，矢锋相触，坠地而尘不扬。飞卫之矢先穷，纪遣一矢，既发，飞卫以棘刺之端、搏之而无差焉。于是二子泣而投弓，请为父子。刻臂以誓，不得告术于人。"《孟子》曰："逢蒙学射于羿，尽羿之道，唯羿为愈己，于是杀羿。"

【译文】《朝野佥载》说："隋末，有昝君谟善射。闭上眼睛射，说中就中，说中眼睛就中眼睛，说中嘴就中嘴。有王灵智跟他学射箭，认为自己惟妙惟肖，想射死他成为天下第一。君谟抓住一把短刀，拦截住来箭。只有一个箭，他张口承接到，咬住箭矢。笑着说：'学射三年，没有教你咬箭法。'"《列子》说："甘蝇，古代善于射箭的人。弟子名叫飞卫，技巧超过老师。纪昌又学射于飞卫，学会了飞卫的全部方法，估计天下的敌手只有飞卫一个人了，于是谋杀飞卫。在野外相遇，两人互相射击，箭头相抵触，掉在地上尘土却不扬起。飞卫的箭先没了，纪昌先射了一支箭，射出去以后，飞卫用棘刺的尖端射出去把箭射掉。于是两人痛苦丢开弓，请求成为父子。刻臂发誓，方法不再告诉别人。"《孟子》说："逢蒙向羿学射箭，学会了所有本领，只有羿能超过自己，于是杀了后羿。"

予未亏齿时，尝闻亲故说，张芬中丞在韦南康皋幕中，有一客于宴席上，以筹碗中绿豆击蝇，十不失一，一坐惊笑。芬曰："无费吾豆。"遂指起蝇，拈其后脚，略无脱者。又能拳上倒碗（一作枕，非），走十间地不落。《朝野佥载》云："伪周滕州录事参军袁思中，平之子，能于刀子锋杪倒筈挥蝇起，拈其后脚，百不失一。"

【译文】我没掉牙的时候曾经听见亲戚说，张芬中丞在韦皋幕中有一个门客在宴席上，用碗里的绿豆打苍蝇，百发百中，座上的人都很惊讶。张芬说："不要浪费我的豆子。"于是用手抓苍蝇，抓住后腿，没有逃脱的。又能拳头上倒扣一个碗，走十余步不掉下。《朝野佥载》说：

"伪周滕州录事参军袁思中，是袁平的儿子，能用刀尖抓苍蝇后腿，百次不能失败一次。"

士林间多呼殿榱桷护雀网为罘罳，其浅误也如此。《礼记》曰："疏屏，天子之庙饰。"郑注云："屏谓之树，今罘罳也。列之为云气虫兽，如今之阙。"张揖《广雅》曰："复思谓之屏。"刘熙《释名》曰："罘罳在门外。罘，复也。臣将入请事，此复重思。"《西汉》："文帝七年，未央宫东阙罘罳灾。罘罳在外，诸侯之象。后果七国举兵。"又："王莽性好时日小数，遣使坏渭陵、延陵园门罘罳，曰：'使民无复思汉也。'"鱼豢《魏略》曰："黄初三年，筑诸门阙外罘罳。"予自筮仕已来，凡见缙绅数十人，皆谬言枭镜、罘罳事。

【译文】读书人之间大多称呼殿堂的橡上的护雀网为罘罳，他们的知识浅误到了这般地步。《礼记》记载："有雕饰的屏，是天子宗庙的装饰。"郑玄注说："屏，称为树，就是现在的罘罳。在屏上雕刻云气虫兽等图案。现今阙上也装饰这样的图案。"张揖《广雅》记载："罘罳称为屏。"刘熙《释名》记载："罘罳在门外。罘，就是重复。大臣将进入殿堂奏事，在此再重新思考一下。"西汉文帝七年，未央宫东阙罘罳发生灾害。罘罳在外，是诸侯的象征。后来果然七国举兵叛乱。另外：王莽生性喜好命运气数等小事，派遣使臣破坏渭陵、延陵等园门的罘罳，他说："要使民众不再思念（无罘罳）汉朝。"鱼豢所撰的《魏略》记载："黄初三年，修建各个门阙外的罘罳。"我自从出来做官以来，共见到官宦几十人，都错说了枭镜、罘罳等事。

世说蘼泥为窠，声多稍小者谓之汉燕。陶胜力注《本草》云："紫胸、轻小者是越燕。胸斑黑、声大者是胡燕，其作巢喜长。越巢不入药用。"越于汉，亦小差耳。

【译文】民间说啄泥筑巢的鸟里，声音稍小的是汉燕。陶胜力注《本草》说："紫胸、轻小的是越燕。胸斑黑、声大者的胡燕，它作巢喜欢长的。越巢不入药用。"越燕和汉燕差不了多少。

予数见还往说，天后时，有献三足乌，左右或言一足伪耳。天后笑曰："但史册书之，安用察其真伪乎？"《唐书》云："天授元年，有进三足乌，天后以为周室嘉瑞。睿宗云：'乌前足伪。'天后不悦。须臾，一足坠地。"

【译文】我以前听说，武则天时期有人进献三足乌，左右都说一足是假的。武则天笑着说："只要史书里面有记载，哪里管它真假？"《唐书》说："天授元年，有进三足乌，天后认为是周室嘉瑞。唐睿宗说：'乌前足伪。'天后不悦，一会一足坠到地上。"

世说挽歌起于田横，为横死，从者不敢大哭，为歌以寄哀也。挚虞《初礼(一曰"新礼")议》："挽歌出于汉武帝，役人劳苦，哥声哀切，遂以送终，非古制也。"工部郎中严厚本云："挽歌其来久矣。据《左氏传》，公会吴子伐齐，将战，公孙夏命其徒歌《虞殡》，示必死也。"予近读《庄子》曰："绋讴于所生，必于斥苦。"司马彪注云："绋，读曰拂，引枢索。讴，挽歌。斥，疏缓。苦，急促。言引绋讴者，为人用力也。"

【译文】：世人说挽歌起源于田横，因为田横死后，随从者不敢大声哭，以唱歌寄托哀思。挚虞《新礼议》记载："挽歌出现在汉武帝时期，那时出劳役的人劳苦，劳作时的歌声哀切，后来就用来送终，不是古时的制度。"工部郎中严厚本说："挽歌由来以久。据《左氏传》记载，哀公会聚吴王夫差伐齐国，将战之前，齐国的将领公孙夏命令他的军队唱《虞殡》，表示必战斗到死的决心。"我近读《庄子》记载："绋讴对于牵引灵枢绳索的人，必然是用来缓解用力牵拉的劳苦的。"（但）司马彪注解说："绋，读音'拂'，牵引灵枢的绳索。讴，就是挽歌。斥，缓解。苦，过用力。意思是说牵引枢索并唱歌，为的是要牵引枢索的人共同用力啊（功用相当于劳动号子）。"

旧言藏钩起于钩弋，盖依辛氏《三秦记》云："汉武钩弋夫人手拳，时人效之，目为藏钩也。"《列子》云："瓦抠者巧，钩抠者惮，黄金抠者昏。"殷敬顺敬训曰："抠与抠同。众人分曹，手藏物，探取之。又令藏钩剩一人则来往于两朋，谓之饿鸱。"《风土记》曰："藏钩之戏，分二曹，以校胜负，若人耦则敌对，若奇则使一人为游附，或属上曹，或属下曹，名为飞鸟。"又今为此戏，必于正月。据《风土记》，在腊祭后也。庚阐《藏钩赋序》云："予以腊后，命中外以行钩为戏矣。"

【注释】①藏钩：当时的一种游戏。

【译文】从前有人说藏钩这种游戏，起自于汉武帝的皇妃钩弋。按照辛氏《三秦记》上的记载：汉武帝的妃子钩弋夫人手指拳卷着不能伸直，当时的女人们争相效仿，被看成是藏钩。殷敬顺殷敬训说：弧与抠相同。玩的人分成对，或组，手中隐藏着东西，让对方猜它藏在那只手中，又叫藏钩。如果分成对（或组）后，还剩下一个人，就来往于两组之间，叫'饿鸱'。《风土记》上说：藏钩这种游戏，分成两组竞赛胜负。如果参加游戏的人正好是偶数，就分成敌对的两组；如果出现了单数，就让多出来的这个人为'游附'。或属于上边那组，或属于下边那组。又称为'飞鸟'。又有种说法，作这种游戏，一定得在正月。据《风土记》上记载，是在腊月祭祀之后。庾阐撰写的《藏钩赋》上说：必须在腊祭之后，才允许宫内宫外玩藏钩的游戏。

世说云弹棋起自魏室，妆奁戏也。《典论》云："予于他戏弄之事，少所喜，唯弹棋略尽其巧。京师有马合乡侯、东方世安、张公子，恨不与数子对。"不起于魏室明矣。今弹棋用棋二十四，以色别贵贱，棋绝后一豆。《座右方》云："白黑各六棋，依六博棋形（一云'依大棋形'）。颇似枕状。又魏戏法，先立一棋于局中，斗余者，思白黑围绕之，十八筹成都。"

【译文】《世说新语》说，弹棋起源魏室，是一种妆奁戏。《典论》说："我不喜欢游戏，但是只有弹棋让我觉得很巧妙。京师有马合乡侯、东方世安、张公子，遗憾不能和他们弹棋。"这个东西不起源于魏国很明白了。现在的弹棋有二十四颗棋子，用颜色辨别贵贱。《座右方》说："黑白各六枚，按照六博棋型拜访。像枕头一样。又有魏国的游戏方法，在中间放一个棋子，其他的有白黑棋子围绕，十八枚摆成城池模样。"

《梁职仪》曰："八座尚书以紫纱裹手版，垂白丝于首如笔。"《通志》曰："今录仆射、尚书手版，以紫皮裹之，名曰笏。梁中世已来，唯八座尚书执笏者，白笔缀头，以紫纱囊之，其余公卿但执手版。今人相传云，陈希烈不便税笏，骑马以帛裹，令左右执之。李右座见云：'便为将来故事，甚失之矣。'"

【译文】《梁职仪》说:"八座尚书用紫纱裹手版,像笔一样垂白丝在头。"《通志》说:"现在录仆射、尚书手版,用紫皮裹之,名叫笏。梁中世已来,只有八座尚书执笏者,白笔缀头,用紫纱囊之,其余公卿但执手版。今人相传说,陈希烈不便拿着笏,骑马时用帛裹,令左右拿着。李右座见到后说:'以后都会这样了,不对啊!'"

今人谓丑为貌寝,误矣。《魏志》曰:"刘表以王粲貌侵,体通说,不甚重之"。一云"貌寝,体通说,甚重之",注云:"侵,貌不足也。"

【译文】现在人们把丑叫做貌寝,错了。《魏志》说:"刘表认为王粲貌寝,言辞很好,不重视他。"注说:"侵,是容貌不够。"

予太和末,因弟生日,观杂戏。有市人小说呼"扁鹊"作"褊鹊",字上声,予令座客任道升字正之。市人言,二十年前,尝于上都斋会设此,有一秀才甚赏某呼"扁"字与"褊"同声,云世人皆误。予意其饰非,大笑之。近读甄立言《本草音义》引曹宪云:"扁,布典反。今步典,非也。案扁鹊姓秦,字越人。扁县郡属渤海。"

【译文】我在太和末年因为弟弟的生日看了一场杂戏,有市人小说里面吧"扁鹊"作"褊鹊",字是上声,我让客人任道升改正。市人说,二十年前曾在上都斋会表演这个,有一个秀才很赞赏我说"扁"字与"褊"同声,说世人都说错了。我认为他在掩饰,大笑。最近读甄立言《本草音义》引曹宪的话说:"扁,布典反。今步典反切,错了。扁鹊姓秦,字越人。扁县郡属于渤海。"

今六博齿采妓乘,乘字去声呼,无齿曰乘。据《博塞经》云:"无齿为绳，三齿为杂绳。今樗蒲塞行十一字。"据《晋书》，刘毅与宋祖、诸葛长民等东府聚戏，并合大掷，判应至数百万，余人并黑犊已还，毅后掷得雉①。

【注释】①雉：博戏掷骰子里面不好的结果

【译文】现在六博有了采妓乘，乘字是去声，没有牙齿叫乘。根据《博塞经》说："无齿为绳，三齿为杂绳。现在樗蒲塞行有十一字。"根据《晋书》，刘毅与刘裕、诸葛长民等在东府聚戏，一起掷投资，赌资有数百万，刘毅最后得到雉。

今阁门有宫人垂帛引百寮，或云自则天，或言因后魏。据《开元礼疏》曰："晋康献褚后临朝不坐，则宫人传百寮拜。有虏中使者见之，归国遂行此礼。时礼乐尽在江南，北方举动法之。周、隋相沿，国家承之不改。"

【译文】现在阁门有宫人垂帛引领群臣，有人说源自武则天，有人说来自后魏。根据《开元礼疏》说："晋康献褚后临朝不坐，派宫女传群臣跪拜。有北方使者看见了回国就施行这种礼节。当时礼乐都在江南，北方学习南方。周隋沿用，唐朝也一样。"

侍中，西汉秩甚卑，若今千牛官。举中者，皆禁中。言中严，谓天子已被冕服，不敢斥，故言中也。今侍中品秩与汉殊绝，犹奏中严外办，非也。

【译文】侍中，西汉时地位低，像今天的千牛官。整个中，都是禁中。说中严，是说天子已经穿好了朝服，不敢大声说话，所以叫中。现在侍中和汉代不一样了，但还是说中严外办，这是错的。

《礼》：婚礼必用昏，以其阳往而阴来也。今行礼于晓；祭，质明行事，今俗祭先又用昏，谬之大者矣。夫宫中祭邪魅及葬殡则用昏。又，今士大夫家昏礼露施帐，谓之入帐。新妇乘鞍，悉北朝余风也。《聘北道记》云："北方婚礼必用青布幔为屋，谓之青庐。于此交拜，迎新妇。夫家百余人挟车俱呼曰：'新妇子。'催出来。其声不绝，登车乃止。今之催妆是也。以竹杖打婿为戏，乃有大委顿者。"江德藻记此为异，明南朝无此礼也。至于奠雁曰鹅，税缨曰合髻，见烛举乐，铺母尝童，其礼太紊，杂求诸野。

【译文】《礼记》说：婚礼在黄昏举行，因为那是阳往阴来。现在在白天结婚礼；祭拜到了第二天。现在民间祭祀又到了晚上，太荒谬了。宫中祭祀邪魅丧葬才在晚上。又有现在士大夫家里婚礼露施帐，叫做入帐。新婚妻子坐在鞍上，这都是北朝余风。《聘北道记》说："北方婚礼一定用青布幔为屋，叫做青庐。在这里交拜迎接新娘。夫家百余人围绕着车说'新娘子'催他出来。声音不绝，登车为止，现在叫做催妆。用竹条打女婿作为游戏，有打个半死的情况。"江德藻认为是奇异的事李录下来，明白了南朝没有这种礼节。至于奠雁叫鹅，税缨叫合髻，见烛举乐，铺母尝童，太过紊乱，不做记载。

今之士大夫丧妻，往往杖竹甚长，谓之过头杖。据《礼》，父在，适子妻丧，不杖。众子则杖。据《礼》，彼以父服我，我以母服报之。杖同削杖也。

【译文】现在士大夫丧妻，往往拄着长竹子，叫做过头杖。根据

《礼记》，身为父亲，遇到儿妻去世，不用杖。若是儿子去世，则用杖。根据《仪礼》，儿子对父亲用丧父之仪，父亲对儿子则用丧母之仪，所用杖为桐杖。

续集卷五

寺塔记上

武宗癸亥三年夏，予与张君希复善继、同官秘书郑君符梦复，连职仙署。会暇日，游大兴善寺。因问《两京新记》及《游目记》，多所遗略，乃约一旬寻两街寺，以街东兴善为首，二记所不具则别录之。游及慈恩，初知官将并寺，僧众草草，乃泛问一二上人及记塔下画迹，游於此遂绝。后三年，予职于京洛。及刺安成，至大中七年归京。在外六甲子，所留书籍，揃坏居半。于故简中睹与二亡友游寺，沥血泪交，当时造适乐事，邈不可追。复方刊整，才足续穿蠹，然十亡五六矣。次成两卷，传诸释子。东牟人段成式，字柯古。

【译文】唐武宗癸亥三年夏，我和张希复善继，同官秘书郑君符梦复，在仙署任职。在休息的时候去大兴善寺游玩。于是询问《两京新记》及《游目记》，多有遗漏，约定十天找两街寺院，从街东兴善寺开始，单独记录《两京新记》及《游目记》不记载的寺院。到了慈恩寺，开始当地官员想把寺院合并，和尚很少，于是问了一两个人继续下了寺院的形状，到了这里就结束了。过了三年，我在洛阳当官。等到去安成做刺史，到了大中七年回到京城。在外六甲子，留下的书籍损坏了一半。在旧书里面看见了二亡友一起游览记录的文字，血泪交流，当时的快乐已经不可追忆。经过整理，才足以续上，但是五六成亡佚了。变成两卷，给大家看。东牟人段成式，字柯古。

西阳杂俎

靖善坊大兴善寺，寺取"大兴"两字、坊名一字为名。《新记》云："优填像，总章，初为火所烧。"据梁时西域优填在荆州，言隋自台城移来此寺，非也。今又有栴檀像，开目，其工颇拙，尤差谬矣。不空三藏塔前多老松，岁旱，则官伐其枝为龙骨以祈雨。盖三藏役龙，意其树必有灵也。行香院堂后壁上，元和中，画人梁洽画双松，稍脱俗格。曼殊堂工塑极精妙，外壁有泥金帧，不空自西域赍来者。发塔有隋朝舍利塔，下有《记》云："爰在宫中，兴居之所，舍利感应，前后非一。时仁寿元年十二月八日。"栴檀像堂中有《时非时经》，界朱写之，盛以漆龛。僧云隋朝旧物。寺后先有曲池，不空临终时，忽时涸竭。至惟宽禅师止住，因潦通泉，白莲藻自生。今复成陆矣。东廊之南素和尚院，庭有青桐四株，素之手植。元和中，卿相多游此院。桐至夏有汗，污人衣如鞯脂，不可浣。昭国东门郑相，尝与丞郎数人避暑，恶其汗，谓素曰："弟子为和尚伐此树，各植一松也。"及暮，素戏祝树曰："我种汝二十余年，汝以汗为人所恶。来岁若复有汗，我必薪之。"自是无汗。宝历末，予见说已十五余年无汗矣。素公不出院，转《法华经》三万七千部。夜尝有貉子听经，斋时鸟鹊就掌取食。长庆初，庭前牡丹一朵合欢。有僧玄幽题此院诗，警句曰："三万莲经三十春，半生不踏院门尘。"今有梵僧憍陈如难陀，以粉画坛，性狷急我慢，未甚通中华经。左顾蛤像，旧传云，隋帝嗜蛤，所食必兼蛤味，数逾数千万矣。忽有一蛤，椎击如旧，帝异之。置诸几上，一夜有光。及明，肉自脱，中有一佛、二菩萨像。帝悲悔，誓不食蛤。非陈宣帝。于阗玉像，高一尺七寸，阔寸余，一佛、四菩萨、一飞仙，一段玉成，截肪无玷，腻彩若滴。天王阁，长庆中造。本在春明门内，与南内连墙。其形大，为天下之最。太和二年，敕移就此寺。拆时，腹中得布五百端，漆数十桶。今部落鬼神形像隳坏，唯天王不损。

【译文】靖善坊大兴善寺，寺取"大兴"两个字一个字为名、坊的一个字为名字。《新记》说："优填像，总章，当初被火烧了。"据梁时西域优填在荆州，说隋朝时从台城搬来这寺，错了。现在又有栴檀像，睁着眼睛，他们的工艺很笨拙，错谬很多。不空三藏塔前多老松，一年旱灾，官吏就砍下它的枝做龙骨祈求下雨。大概师说三藏驾驭龙，这棵树外必有灵异的意思。行香院堂后面墙壁上，元和年间，画人梁洽画双松，摆脱世俗标准。曼殊堂工雕塑极精妙，内外壁有泥金帧，是不空从西域带来的。发塔有隋朝舍利塔，下有《记》说："就在宫中，兴居之所，舍利感应，前后不一。时仁寿元年十二月八日。"栴檀像堂中有《时非时经》，是界朱写的，装在漆龛里。僧人说隋朝旧物。寺后先有曲池，不空临终时，忽然干涸。到只有宽禅师停了下来，于是积水通向泉水，白莲藻萌生。现在又成了陆地。东廊的南素和尚院，庭院中有青桐四株，是南素和尚亲手种植。元和年间，卿相们多游览这个院子。桐到夏季有汗，像脂肪一样污染人的衣服，不可洗。昭国东门郑相，曾与丞郎几人避暑，讨厌树汗，对南素和尚说："学生为和尚砍这棵树，各植一棵新松了。"到了晚上，南素和尚开玩笑对这棵树说："我种你二十多年，你的汗被人厌恶。明年如果有汗，我一定砍了你。"从此再没有汗。宝历末年，我看到说已经十五多年无汗了。南素和尚不出院，转《法华经》三万七千部。夜里曾经有狗獾听经，斋戒时乌鹊靠近手掌取食。长庆初年，庭院牡丹并蒂开。有个僧人玄幽在这个院子题诗，说："三万莲经三十春，半生不踏院门尘。"现在有梵僧憍陈如难陀，以粉画坛，性情急躁暴厉，不太懂中华经典。左边有蛤像，旧时传说，隋炀帝喜欢蛤，所食必有蛤，吃的总数超过几千万。忽然有一个蛤，捶击依旧不开，皇帝很奇怪。放在桌子上，一天夜里有光泽。到了第二天，肉从中脱出，中有一佛二菩萨像。皇帝很后悔，发誓不吃蛤蜊。这件事不是陈宣帝的。于阗玉佛像，高一尺七寸，宽一寸多，一个佛、四个菩萨、一飞仙、一段玉成，像脂肪一样没有污点，彩色像是要滴出来一样。天王阁，长庆年间造。本在春明门内，与南边皇宫连墙。形貌为天下最大。太和二年，命令转移到这寺。拆除时，腹中得到布五百段，漆数十桶。现在部落鬼神形象毁坏，只有天王像没被损害。

辞。二十字连句：乘晴入精舍，语默想东林。尽是忘机侣，谁惊息影禽（善继）。有松堪系马，遇钵更投针。记得汤师句，高禅助朗吟（柯古）。一雨微尘尽，支郎许数过。方同嗅檐卜，不用算多罗（梦复）。蛤像二十字连句。虽因雀变化，不逐月亏盈。纵有天中匠，神工讵可成（柯古）。相好全如梵，端倪祇为隋。宁同蚌顽恶，但与鹬相持（善继）。圣柱连句，上有铁索迹。天心助兴善，圣迹此开阳。（柯古）载想雷轮重，絙疑电索长。（善继）上冲扶蟠蝀，不动束银铛（柯古）。饥鸟未曾啄，乖龙宁敢藏（善继）。

【译文】留下一首诗，二十字连句：乘晴入精舍，语默想东林。尽是忘机侣，谁惊息影禽（善继）。有松堪系马，遇钵更投针。记得汤师句，高禅助朗吟（柯古）。一雨微尘尽，支郎许数过。方同嗅檐卜，不用算多罗（梦复）。蛤像二十字连句。虽因雀变化，不逐月亏盈。纵有天中匠，神工讵可成（柯古）。相好全如梵，端倪祇为隋。宁同蚌顽恶，但与鹬相持（善继）。圣柱连句，上有铁索迹。天心助兴善，圣迹此开阳。（柯古）载想雷轮重，絙疑电索长。（善继）上冲扶蟠蝀，不动束银铛（柯古）。饥鸟未曾啄，乖龙宁敢藏（善继）。

语。各徵象事须切，不得引俗书。一宝之数，无钩不可（鼎上人）。唯猊可伏，非驼所堪（柯古）。坑中无底，迹中无胜（文上人）。与马同渡，负猿而行（善继）。色青力劣，名香几重（梦复）。尾既出牖，身可取兴（约上人）。六牙生花，七支拄地（柯古）。形如珂雪，力绝羁琐（善继）。园开胁上，河出鼻中（柯古）。一醉难调，六对曾胜（日高上人）。

【译文】连句语：各徵象事须切，不得引俗书。一宝之数，无钩不可（鼎上人）。唯猊可伏，非驼所堪（柯古）。坑中无底，迹中无胜（文上人）。与马同渡，负猿而行（善继）。色青力劣，名香几重（梦复）。尾既出牖，身可取兴（约上人）。六牙生花，七支拄地（柯古）。形如珂雪，力绝羁琐（善继）。园开胁上，河出鼻中（柯古）。一醉难调，六对曾胜（日高上人）。

长乐坊安国寺。红楼，睿宗在藩时舞榭。东禅院，亦曰水塔院，院门北西廊五壁，吴道玄弟子释思道画释梵八部，不施彩色，尚有典刑。禅师法空影堂，世号吉州空者，久养一骡，将终，鸣走而死。有弟子允嵩患风，常于空室埋一柱琐之，僧难辄愈。佛殿，开元初玄宗拆寝室施之。当阳弥勒像，法空自光明寺移来。未建都时，此像在村兰若中，往往放光，因号光明寺。寺在怀远坊，后为延火所烧，唯像独存。法空初移像时，索大如虎口，数十牛曳之，索断不动。法空执炉，依法作礼九拜，涕泣发誓，像身忽曝曝有声，迸分竟地为数十段。不终日，移至寺焉。利涉塑堂，元和中，取其处为圣容院，迁像庑下。上忽梦一僧，形容奇伟，诉曰："暴露数日，岂圣君意耶？"及明，驾幸验问，如梦。即令移就堂中，侧施帷帐安之。

【译文】长乐坊安国寺。红楼，唐睿宗在藩时的舞榭。东禅院，也叫水塔院，院大门北西廊五壁，吴道玄弟子释思道画了释梵八部，不用彩色，还有成法可依。禅师法空影堂，世人称为吉州空的，长期养一头骡子，要去世，骡子跑动死亡。有学生允嵩中风，常在空房间里埋葬一个柱子，和尚就好了。佛殿，开元初年玄宗拆卧室建筑的。当阳的弥勒佛像，法空从光明寺搬来。未建立都城的时候，这像在村里寺庙中，往往放光，因此称光明寺。寺在怀远坊，后来被火所烧，只有像存留。法空当初移动佛像时，绳索大如虎口，几十牛拉，绳断不动。法空拿着炉子，依照仪式礼节九拜，流泪发誓，像身体忽然噪噪有声，分裂最终变成几十段。不到一天被移到寺庙。元和年间，选择此处为圣容院，把像迁到门房里。皇帝忽然梦见一个僧人，容貌奇伟，申诉说："我被暴露了几天，难道是圣明的君主心意吗？"等到天亮，皇帝前往审问，和梦里一样。当即命令转移到堂中，侧面设置了帷帐安置它。

光明寺中，鬼子母及文惠太子塑像，举止态度如生。工名李岫。山庭院，古木崇阜，幽若山谷，当时辇土营之。上座璘公院，有穗柏一株，衢柯偃覆，下坐十余人。

【译文】光明寺里，鬼子母及文惠太子塑像，举止态度像活人一样。工人叫做李岫。山上的庭院，古木崇阜，幽若山谷，当时把土抬上去营建寺院。上座璘公院，有穗柏一株，路口的树木有阴影，下面坐着十多个人。

辞。红楼连句，隐侯体：重叠碎晴空，余霞更助红。蟾踪近鸡鹊，鸟道接相风（善继）。苔静金轮路，云轻白日宫（元和中帝幸此处）。壁诗传谢客（词人陈至题此院诗云："藻非尚寒龙迹在，红楼初启日光通。"），门榜占休公

（广宣上人住此院，有诗名，号为《红楼集》。柯古）。穗柏连句：一院暑难侵，莓苔可影深。标枝争息鸟，余吹正开衿（柯古）。宿雨香添色，残阳石在阴。乘闲动诗思，助静入禅心（善继）。题璘公院（一言至七言，每人占两题）：静，虚。热际，安居。（梦复）龛灯敛，印香除。东林宾客，西涧图书。檐外垂青豆，经中发白蕖。纵辩宗因衮衮，忘言理事如如（柯古竟）。泉台定将入流否，邻笛足疑清梵余。（柯古新续）语徵释门中僻事（须对）：麋字、莎灯、华绵、象荐、（升上人）集仿地、效殿林（柯古夜续，不竟）。

【译文】诗，红楼连句，隐侯体：重叠碎晴空，余霞更助红。蟾踪近鸤鹊，鸟道接相风（善继）。苔静金轮路，云轻白日宫（元和中帝幸此处）。壁诗传谢客（词人陈至题此院诗云："藻非尚寒龙迹在，红楼初启日光通。"），门榜占休公（广宣上人住此院，有诗名，号为《红楼集》。柯古）。穗柏连句：一院暑难侵，莓苔可影深。标枝争息鸟，余吹正开衿（柯古）。宿雨香添色，残阳石在阴。乘闲动诗思，助静入禅心（善继）。题璘公院（一言至七言，每人占两题）：静，虚。热际，安居。（梦复）龛灯敛，印香除。东林宾客，西涧图书。檐外垂青豆，经中发白蕖。纵辩宗因衮衮，忘言理事如如（柯古竟）。泉台定将入流否，邻笛足疑清梵余。（柯古新续）语徵释门中僻事（须对）：麋字、莎灯、华绵、象荐（升上人）、集仿地、效殿林（柯古夜续，不竟）。

常乐坊赵景公寺，隋开皇三年置。本曰弘善寺，十八年改焉。南中三门里东壁上，吴道玄白画地狱变，笔力劲怒，变状阴怪，睹之不觉毛戴。吴画中得意处。三阶院西廊下，范长寿画西方变及十六对事，宝池尤妙绝，谛视之，觉水入浮壁。院门上白画树石，颇似阎立德。予携立德行天祠粉本验之，无异。西中三门里门南，吴生画龙及刷天王须，笔迹如铁。有执炉天女，窃眸欲语。华严院中，镂鋀卢舍立像，高六尺，古样精巧。塔下有舍利三斗四升。移塔之时，僧守行建道场，出舍利俾士庶观之。呗赞未毕,满地现舍利,士女不敢践之,悉出寺外。守公乃造小泥塔及木塔近十万枚葬之,今尚有数万存焉。寺有小银像六百余躯,金佛一躯长数尺,大银像高六尺余,古样精巧。又有籤七宝字《多心经》小屏风,盛以宝函,上有杂色珠及白珠,骈骛乱目。禄山乱,宫人藏于此寺。屏风十五牒,三十行经后云:"发心主司马恒存,愿成主上柱国索伏宝息、上柱国真德为法界众生造。"黄金牒经,善继疑外国物。

【译文】常乐坊赵景公寺,隋开皇三年置。本叫弘善寺,开皇十八年改的名字。南中三门里东壁上,吴道玄白描画地狱变,笔力劲怒,变状阴怪,看了以后汗毛乍起。是吴画中的得意处。三阶院西廊下,范长寿画西方变及十六对事,宝池特别绝妙,仔细一看,觉的水入浮壁。院门上白画树石,颇似阎立德的画。我带着立德行天祠粉本检验,没有差别。西中三门里门南,吴生画龙及刷天王须,笔迹如铁。有执炉天女,窃眸欲语。华严院中,鍮鉐卢舍立像,高达六尺,古样精巧。塔下有舍利三斗四升。移塔之时,僧守行建立道场,挖出舍利让大家观看。念经声没完,满地都是舍利,士女不敢踩,都跑到了寺外。守公乃造小泥塔和木塔近十万枚埋葬,今尚有数万留存。寺有小银像六百余躯,一躯金佛长达数尺,大银像高达六尺多,古样精巧。又有籤七宝字《多心经》小屏风,盛以宝函,上有杂色珠及白珠,骈骛乱目。安史之乱时,宫人藏在此寺。屏风有十五牒,三十行经后云:"发心主司马恒存,愿成主上柱国索伏宝息、上柱国真德为法界众生造。"黄金牒经,善继怀疑是外国的东西。

辞。吴画连句:惨淡十堵内,吴生纵狂迹。风云将逼人,鬼神如脱壁(柯古)。其中龙最怪,张甲方汗栗。黑夜窸窣时,安知不霹雳(善继）。此际忽仙子，猎猎衣舄奕。妙瞬乍疑生，参差夺人魄（梦复）。往往乘猛虎，冲梁耸奇石（一作特）。苍峭束高泉，角睐警欹侧（柯古）。冥狱不可视，毛戴腋流液。苟能水成刹，那更沉火宅（善继）。

【译文】辞：为吴道子的地狱画连句：情景惨淡的十堵墙上地狱画，是吴道子纵横狂放的墨迹。画面风云看上去气势逼人，其中的鬼神就像要脱壁而出（柯古）。画中的龙形状最怪异，鳞片张裂吓得人冒冷汗。到了黑夜窸窣欲动的时侯，怎知不会因而起霹雳（善继）。此处忽然画有仙女，衣带飘飘熠熠生辉。奇妙的眼神刚一看还以为是活人，脉脉含情差点要了人命（梦复）。地狱王往往坐乘猛虎（独角兽），是头高冲屋梁耸立着的奇兽。背景画着苍山峭壁瀑布飞泉，兽用眼角斜视着警告那些心术不正的人（柯古）。冥间地狱吓人不可看，看了让人毛发悚立腋窝流汗。如果汗水流成河了，转眼又会（因看到火狱而随之）沉入火坑（善继）

语。各录禅师佳语：兰若和尚云："家家门有长安道。"（柯古）荆州些些和尚云："自看工夫多少。"（善继）无名和尚云："最后一大息须分明。"（梦复）

【译文】各位禅师的佳语：兰若和尚云："家家门有长安道。"（柯古）荆州些些和尚云："自看工夫多少。"（善继）无名和尚云："最后一口气须分明。"（梦复）

题约公院四言：印火荧荧，灯续焰青（善继）。七俱胝咒，四阿含经（柯古）。各录佳语，聊事素屏（梦复）。丈室安居，延宾不扃（升上人）。

【译文】《题约公院四言》：印火荧荧，灯续焰青（善继）。七俱胝咒,四阿含经（柯古）。各录佳语,聊事素屏（梦复）。丈室安居,延宾不扃（升上人）。

大同坊灵华寺,大历初,僧俨讲经,天雨华,至地咫尺而灭。夜有光烛室,敕改为灵华。俨即康藏之师也,康本住靖恭里毡曲,忽睹光如轮,众人皆见,遂寻光至俨讲经所灭。佛殿西廊,立高僧一十六身,天宝初自南内移来,画迹拙俗。观音堂,在寺西北隅。建中末,百姓屈俨,患疮且死,梦一菩萨摩其疮曰:"我住灵华寺。"俨惊觉汗流,数日而愈。因诣寺寻捡,至圣画堂见菩萨一如其睹。倾城百姓瞻礼,俨遂立社建堂移之。圣画堂中,构大枋为壁,设色焕缛。本邵武宗画,不知何以称圣。据《西域记》,菩提树东有精舍,昔婆罗门兄弟欲图如来,初成佛像,旷岁无人应召。忽有一人,自言善画如来妙相,但要香泥及一灯照室,可闭户六月。终怪之,余四日未满,前开户,已无人矣。唯右膊上工未毕。盖好事僧俨此说也。堂中有于阗铄石立像,甚古。《游目记》所说刺柏,太和中伐为殿材。

【译文】大同坊灵华寺:大历初年,僧俨讲经,天上落下花,至地咫尺就消失。夜有光烛照亮屋子,下诏改叫灵华寺。俨就是康藏的老师,康本住在靖恭里毡曲,忽然看见如轮的光环,众人都看见,于是寻光到了俨讲经处,光到那就消灭了。佛殿西廊,立十六身高僧,天宝初年自南内移来,画迹拙俗。观音堂在寺西北隅。建中末年,百姓屈俨,患疮要死,梦见一菩萨抚摸疮口曰:"我住在灵华寺。"俨惊醒流汗,数日痊愈。于是到佛寺寻找,到圣画堂见到一个梦见的菩萨。倾城百姓来顶礼膜拜,俨于是立社建堂把菩萨像移走。圣画堂中,构建大枋做墙壁,颜色绚烂。本来是邵武宗的画,不知为什么叫做圣。据《西域记》说,菩提树东有精舍,以前有婆罗门兄弟想找如来,佛像刚铸成,过了一年无人应召。忽有一人，自言善画如来的样子，但要香泥和一间灯照的房间，要闭户六月。最终因为好奇心，差四日未满，就打开门，已经没人了。只有佛像的右膊上工未完成。大概是好事僧说妄语。堂中有于鍮钰石立像，很古老。《游目记》所说的刺柏，太和年间被砍伐做了宫殿的木材。

辞。偶连句。共入夕阳寺，因窥甘露门（升上人）。清香惹苔藓，忍草杂兰荪（梦复）。捷偈飞箱答，新诗倚杖论（柯古）。坏幡标古刹，圣画焕崇垣（善继）。岂慕穿笼鸟，难防在牖猿（柯古）。一音唯一性，三语更三番（善继）。

【译文】诗，偶连句：共入夕阳寺，因窥甘露门（升上人）。清香惹苔藓，忍草杂兰荪（梦复）。捷偈飞箱答，新诗倚杖论（柯古）。坏幡标古刹，圣画焕崇垣（善继）。岂慕穿笼鸟，难防在牖猿（柯古）。一音唯一性，三语更三番（善继）。

道政坊宝应寺。韩幹，蓝田人，少时常为贳酒家送酒。王右丞兄弟未遇，每一贳酒漫游。幹常徵债于王家。戏画地为人马，右丞精思丹青，奇其意趣，乃岁与钱二万，令学画十余年。今寺中释梵天女，悉齐公妓小小等写真也。寺有韩幹画下生帧弥勒，衣紫袈裟，右边仰面菩萨及二狮子，犹入神。有王家旧铁石及齐公所丧一岁子，漆之如罗幹罗，每盆供日，出之寺中。弥勒殿，齐公寝堂也。东廊北面，杨岫之画鬼神。齐公嫌其笔迹不工，故止一堵。

【译文】道政坊宝应寺：韩幹是蓝田人，少时常替卖酒的送酒。王右丞兄弟没发迹时，长赊账。幹常去王家讨债。戏画人马在地上，王维精思丹青，认为意趣奇妙，于是每年给钱二万，令学画十余年。现在寺中释梵天女都是齐公妓小小等的写真。寺有韩幹画的下生帧弥勒，穿着紫袈裟，右边有仰面菩萨和二狮子，很神似。有王家旧铁石和齐公所衰的一岁子，像罗幹罗一样刷漆，每盆像太阳拜访，流出寺庙外。弥勒殿是齐公寝堂。东廊北面有杨岫画的鬼神。齐公嫌他的笔迹不工，所以画才一堵墙。

辞。僧房连句：古画思匡岭，上方疑傅岩。蝶闲移忍草，蝉晓揭高杉（柯古）。香字消芝印，金经发莒函。井通松底脉，书拆洞中缄（善继）。哭小小写真连句：如生小小真，犹自未栖尘（梦复）。褕袂将离壁，斜柯欲近人（柯古）。昔时知出众，情宠占横陈（善继）。不遣游张巷，岂教窥宋邻（梦复）。庚楼吹笛裂，弘阁赏歌新（柯古）。蝉怯折腰步，蛾惊半额颦（善继）。图形谁有术，买笑讵辞贫（柯古）。复陇迷村径，重泉隔汉津（梦复）。同心知作羽，比目定为鳞（善继）。残月巫山夕，余霞洛浦晨（柯古）。

【译文】《僧房连句》：古画思匡岭，上方疑傅岩。蝶闲移忍草，蝉晓揭高杉（柯古）。香字消芝印，金经发莒函。井通松底脉，书拆洞中缄（善继）。哭小小写真连句：如生小小真，犹自未栖尘（梦复）。褕袂将离壁，斜柯欲近人（柯古）。昔时知出众，情宠占横陈（善继）。不遣游张巷，岂教窥宋邻（梦复）。庚楼吹笛裂，弘阁赏歌新（柯古）。蝉怯折腰步，蛾惊半额颦（善继）。图形谁有术，买笑讵辞贫（柯古）。复陇迷村径，重泉隔汉津（梦复）。同心知作羽，比目定为鳞（善继）。残月巫山夕，余霞洛浦晨（柯古）。

安邑坊玄法寺，初居人张频宅也。尝供养一僧，僧以念《法华

512

经》为业。积十余年，张门人谮僧通其侍婢，因以他事杀之。僧死后，阖宅常闻经声不绝。张寻知其冤，惭悔不及。因舍宅为寺，铸金铜像十万躯，金石龛中皆满，犹有数万躯。东廊南观音院，卢奢那堂内槽北面壁画维摩变，屏风上相传有虞世南书。其日，善继令彻障登榻读之，有世南、献之白，方知不谬矣。西北角院内有怀素书，颜鲁公序，张渭侍郎、钱起郎中赞。曼殊院东廊，大历中，画人陈子昂画廷下象马人物，一时之妙也。及檐前额上有相观法，法儗韩混同。西廊壁有刘整画双松，亦不循常辙。

【译文】安邑坊玄法寺是初居人张频宅。曾供养一僧，僧人念《法华经》作为功课。过了十多年，张家门人诬告僧人私通侍女，杀了僧人。僧人死了之后，宅子里常闻念经的声音不停。张频知道他冤枉，后悔不已。于是把房子当成寺院，铸造了金铜像十万，都在佛龛里，还有数万座。东廊南有观音院，卢奢那堂内槽北面壁画是维摩变，屏风上相传有虞世南书。那天善继令撤下屏障登榻阅读，有世南献之白几个字，才知道不是假的。西北角院内有怀素书，颜鲁公的序，张渭侍郎、钱起郎中的赞。曼殊院东廊，在大历年间，画家陈子昂画廷下象马人物，是当时的奇观。屋檐前额上有相观法，法应该是和韩字弄混了。西廊壁有刘整画的双松，也是不拘一格。

徵内典中禽事，须切对：鹫头作岭，鸡足名山（梦复）。孔雀为经，鹦鹉语偈（善继）。共命是化，入数论贪（柯古）。未解出笼，岂能献果（升上人）。鵽居其上，雁坠于前（柯古）。巢顶既安，入影不怖。字中疑鹤，朱里认鹅（柯古）。徵兽中事，须切对：金翅鸟王，银角犊子（柯古）。地名鹿苑，塔号雀离（善继）。啐啄同时，忧悷调伏（升上人）。徵马事：加诸楚毒（升上人）、乾陟（善继）、马宝（梦复）、驮经（柯古）、爱马（升上人）、绀马（善继)、麦约食粳(柯古)、铁马(升上人)、先陀和(柯古)、胜步(升上人)、游入正路(柯古)。

【译文】征集典籍里的鸟的事迹，成对：鹜头作岭，鸡足名山(梦复)。孔雀为经，鹦鹉语偈(善继)。共命是化，入数论贪(柯古)。未解出笼，岂能献果(升上人)。鸱居其上，雁坠于前(柯古)。巢顶既安，入影不怖。字中疑鹤，朱里认鹅(柯古)。微兽中事，须切对：金翅鸟王，银角犊子(柯古)。地名鹿苑，塔号雀离(善继)。唪啄同时，忧恼调伏(升上人)。微马事：加诸楚毒(升上人)、乾陟(善继)、马宝(梦复)、驮经(柯古)、爱马(升上人)、绀马(善继)、麦约食粳(柯古)、铁马(升上人)、先陀和(柯古)、胜步(升上人)、游入正路(柯古)。

平康坊菩提寺：佛殿东西障日及诸柱上图画，是东廊旧迹，郑法士画。开元中，因屋坏，移入大佛殿内槽北壁。食堂前东壁风上，吴道玄画《智度论》色偈变，偈是吴自题，笔迹遒劲，如磔鬼神毛髮。次堵画礼骨仙人，天衣飞扬，满壁风动。佛殿内槽后壁面，吴道玄画《消灾经》事，树石古险。元和中，上欲令移之，虑其摧坏，乃下诏择画手写进。佛殿内槽东壁维摩变，舍利弗角而转睐。元和未，俗讲僧文淑装之，笔迹尽矣。故兴元郑公尚书题北壁僧院诗曰："但虑彩色污，无虞臂胛肥。"置寺碑阴，雕饰奇巧，相传郑法士所起样也。初，会觉上人以施利起宅十余亩。工毕，酿酒百石，列瓶瓮于两庑下，引吴道玄观之。因谓曰："檀越为我画，以是赏之。"吴生嗜酒，且利其多，欣然而许。予以踪迹似不及景公寺画。中三门内东门塑神，善继云是吴生弟子王耐儿之工也。其侧一鬼有灵，往往百姓戏犯之者得病，口目如之。寺之制度，钟楼在东，唯此寺缘李右座林甫宅在东，故建钟楼于西。寺内有郭令玭珥鞭及郭令王夫人七宝帐。寺主元竟，多识释门故事，云李右座每至生日，常转请此寺僧就宅设斋。有僧乙尝叹佛，施鞍一具，卖之，材直七万。又僧广有声名，口经数年，次当叹佛，因极祝右座功德，冀获厚亲。斋毕，帘下出彩筐，香罗帕籍一物，如朽钉，长数寸。僧归，失望惭惋数日。且意大臣不容欺己，遂携至西市，示于商胡。商胡见之，惊曰："上人安得此物？必货此，不违价。"僧试求百千，胡人大笑曰："未也。"更极意言之，加至五百千，胡人曰："此直一千万。"遂与之。僧访其名，曰："此宝骨也。"又寺先有僧，不言姓名，常负束藁坐卧于寺两廊下，不肯住院。经数年，寺纲维或劝其住房，曰："尔压我耶？"其夕，遂以束藁焚身。至明，唯灰烬耳。无血膋之臭，众方知异人，遂塑灰为像。今在佛殿上，世号束草师。

【译文】平康坊菩提寺：佛殿东西的障日和柱上的图画，是东廊旧迹，郑法士画的。开元年间，因为屋坏，移入了大佛殿内槽北壁。食堂前东壁上，是吴道玄画的《智度论色偈变》，偈是吴道玄自题的，笔迹遒劲，像碾磨鬼神的毛发。小墙画的是礼骨仙人，天衣飞扬，满壁像有风吹动。佛殿内槽后壁面，是吴道玄画的《消灾经事》，树石古老险峻。元和年间，皇帝想要移动，怕破坏了，于是下诏调高超的画手摹写下来。佛殿内槽东壁有维摩变。元和未年，民间传说僧文淑写的，笔迹绝妙。故兴元郑公尚书《题北壁僧院诗》说道："但虑彩色污，无虞臂胁肥。"放到寺碑的阴面，雕饰十分奇巧，相传郑法士所制作的。当初会觉上人用施舍得钱建起宅院十余亩。干完活酿了百石酒，把瓶子放在两庑下，带着吴道玄观之。说道曰："檀越为我画一幅画，我就把酒赐给你。"吴道子爱喝酒而且酒很多，就欣然答应。我认为这里的画好像比不上景公寺的画。中三门内东门的塑神，善继说是吴生弟子王耐儿做的。其侧的一鬼有神灵，往往戏弄冒犯它的百姓会得病，碰哪里哪里生病。一般寺院的整体规划是，钟楼在东，只有这座寺庙挨着李右座林甫宅在东，所以在西面建造钟楼。寺内有郭令玟瑠鞭及郭令王夫人七宝帐。寺主元竟知道很多释门故事,说李右座每到了生日,常邀请此寺僧人来家准备斋宴。有僧乙曾经感叹佛像失修,李右座就施舍一具马鞍,卖了得到七万钱。又僧广有声名,念经数年,有感叹佛像失修,于是极力称赞右座的功德,希望得到厚礼。斋宴结束,帘下出来一个彩筐,香巾裹着一个东西,如朽烂的钉子,长达数寸。和尚回来失望惭愧数日。但是认为大臣不会欺骗自己,于是带携至西市,对胡人商人展示。胡人商人见到,惊讶地说:"你怎么得到的这个,我一定要买下,不还价。"僧试着出价百千,胡人大笑曰:"不够。"加价到五百千,胡人说:"这个价值一千万。"于是卖给他。僧人问这是啥,回答道:"这是宝骨。"又寺先有僧人,不说自己的姓名,常负一束草坐卧在寺庙的两廊下,不肯住在屋子里。过了数年,管理人员劝他住在房子你,曰:"你在逼我么?"这天晚上就用那一束草自焚了。到了天亮,只有灰烬,没有血肉的腥臭。大家才知道这不是一般人,于是用灰烬建成一座雕像。现在就在佛殿上,大叫叫做束草师。

辞。书事连句:悉为无事者,任被俗流憎(梦复)。客异干时客,僧非出院僧(柯古)。远闻疏牖磬,晓辨密龛灯(善继)。步触珠幡响,吟窥钵水澄(梦复)。句饶方外趣,游惬社中朋(柯古)。静里已驯鸽,斋中亦好鹰(善继)。金涂笔是裂,彩溜纸非缯(升上人)。锡杖已克锻,田衣从坏塍(柯古)。占床惭一胁,卷箔赖长肱(善继)。佛日初开照,魔天破几层(柯古)。咒中陈秘计,论处正先登(善继)。勇带绽(绽,疑作磁)针石,危防丘井藤(升上人)。

【译文】辞,《书事连句》:悉为无事者,任被俗流憎(梦复)。客异干时客,僧非出院僧(柯古)。远闻疏牖磬,晓辨密龛灯(善继)。步触珠幡响, 吟窥钵水澄（梦复）。句饶方外趣, 游惬社中朋（柯古）。静里已驯鸽, 斋中亦好鹰（善继）。金涂笔是褧, 彩溜纸非缯（升上人）。锡杖已克锻, 田衣从坏縢（柯古）。占床惭一胁, 卷箔赖长肱（善继）。佛日初开照, 魔天破几层（柯古）。咒中陈秘计, 论处正先登（善继）。勇带绽（绽, 疑作磁）针石, 危防丘井藤（升上人）。

续集卷六

寺塔记下

宣阳坊奉慈寺，开元中，虢国夫人宅。安禄山伪署百官，以田乾真为京兆尹，取此宅为府，后为郭暧驸马宅。今上即位之初，太皇太后为升平公主追福，奏置奉慈寺，赐钱二十万，绣帧三车，抽左街十寺僧四十人居之。今有僧惟则，以七宝木摹阿育王舍利塔，自明州负来。寺成后二年，司农少卿杨敬之小女，年十三，以六韵诗题此寺，自称关西孔子二十七代孙，字德邻。警句云："日月金轮动，栴檀碧树秋。塔分鸿雁翅，钟挂凤皇楼。"事因见，敕赐衣。

【译文】宣阳坊奉慈寺：在开元年间是虢国夫人的宅第。安禄山伪政权署理百官时期，任命田乾真为京兆尹，田把这个宅子据为己有，后来成为郭暧驸马的宅院。现在皇帝即位之初，太皇太后为升平公主祈福，修筑了奉慈寺，赐给钱二十万和绣帧三车，抽调左边街道寺庙四十人住在那里。现在有僧人惟则，用七宝木雕刻阿育王舍利塔，从明州背来。寺建成后两年，司农少卿杨敬之小女，时年十三，用六句诗题写在院子里，自称是孔子在关西的二十七代孙，字德邻。其中有警句："日月金轮动，栴檀碧树秋。塔分鸿雁翅，钟挂凤皇楼。"皇帝看见之后，赐给衣服。

征释门衣事，语须对：如象鼻，投牛（一云羊）耳（柯古）。五纳，三衣（善继）。惭愧，斗薮（升上人）。坏衣，严身（约上人）。畜长十日，应作三志（入上人），杂身四寸，掩手两指（柯古）。琐形，刀残（善继）。其形如稻，其色如莲（升上人）。赤麻白豆，若青若黑（柯古）。

【译文】《征释门衣事》，对句是：如象鼻，投牛耳（柯古）。五纳，三衣（善继）。惭愧，斗薮（升上人）。坏衣，严身（约上人）。畜长十日，应作三志（入上人），杂身四寸，掩手两指（柯古）。琐形，刀残（善继）。其形如稻，其色如莲（升上人）。赤麻白豆，若青若黑（柯古）。

光宅坊光宅寺，本官蒲萄园中禅师影堂，师号惠中，肃宗上元二年征至京师，初居此寺。征诏云："杖锡而来，京师非远。斋心已久，副朕虚怀。"建中中，有僧竭造曼殊堂，将版基于水际，虑伤生命，乃建三月道场，祝一足至多足、无足令他去。及掘地至泉，不遇虫蚁。又以复素过水，有虫投一井水中，号护生井，至今涸。又铸铜蟾为息烟灯，天下传之。今曼殊院尝转经，每赐香。宝台甚显，登之，四极眼界。其上层窗下尉迟画，下层窗下吴道玄画，皆非其得意也。丞相韦处厚，自居内廷至相位，每归辄至此塔焚香瞻礼。普贤堂，本天后梳洗堂，蒲萄垂实，则幸此堂。今堂中尉迟画颇有奇处，四壁画像及脱皮白骨，匠意极险。又变形三魔女，身若出壁。又佛圆光，均彩相错乱目。成讲东壁佛座前锦如断古标。又左右梵僧及诸蕃往奇，然不及西壁，西壁逼之摽摽然。

【译文】光宅坊光宅寺，本来是官方葡萄园中禅师影堂，禅师叫做惠中，肃宗上元二年征召来到京师，一开始在这座寺庙居住。征诏说："拄着拐杖来，京师不太远。斋戒的禅心已经很久了，正好符合我的禅心。"建中年间，有僧人建造曼殊堂，要在水边打地基，怕伤害到性命，于是建立三个月的道场，让动物都离开。等到挖地到了地下水处，都没遇到虫子。又用纱巾过滤水，虫子投到井水里，叫做护生井，现在干涸了。有铸造一个无烟灯，天下传名。现在曼殊院在转经，经常有人上香。高台明显，登上去，看得很远，上层窗户下面是尉迟的画，下层窗下吴道玄的画，都不是得意之作。丞相韦处厚从内廷到宰相之位，回家就去上香。普贤堂，本来是天后梳洗的地方，葡萄果实累累，所以来这里。现在堂中尉迟的画颇有奇处，四壁画像及脱皮白骨，匠心独运。又有变形三魔女，身子好像跳出来一样。又有佛圆光，光彩耀人。东墙下佛座前的锦缎像断掉的古物。又有左右胡僧的雕像，但是比不上西墙，西墙栩栩如生。

辞。中禅师影堂连句：名下固无虚，敖曹貌严毅。洞达见空王，圆融入佛地（善继）。一言当要害，忽忽醒诸醉。不动须弥山（一云"不动如须弥。"），多方辨无匮（梦复）。坦率对万乘，偈答无所避。尔如毗沙门，外形如脱履（柯古）。但以理为量，不语怪力事。木石摧贡高，慈悲引贪恚（升上人）。当时乏支许，何人契深致。随宜诅说三，直下开不二（柯古）。

【译文】辞，《中禅师影堂连句》：名下固无虚，敖曹貌严毅。洞达见空王，圆融入佛地（善继）。一言当要害，忽忽醒诸醉。不动须弥山，多方辨无匮（梦复）。坦率对万乘，偈答无所避。尔如毗沙门，外形如脱履（柯古）。但以理为量，不语怪力事。木石摧贡高，慈悲引贪恚（升上人）。当时乏支许，何人契深致。随宜诓说三，直下开不二（柯古）。

　　翊善坊保寿寺，本高力士宅。天宝九载，舍为寺。初，铸钟成，力士设斋庆之，举朝毕至，一击百千，有规其意，连击二十杵。经藏阁规构危巧，二塔火珠受十余斛。河阳从事李涿，性好奇古，与僧智增善，尝俱至此寺，观库中旧物。忽于破瓮中得物如被，幅裂污坌，触而尘起。涿徐视之，乃画也。因以州县图三及缣三十获之，令家人装治，大十余幅。访于常侍柳公权，方知张萱所画《石桥图》也。玄宗赐高，因留寺中，后为鬻画人宗牧言于左军，寻有小使领军卒数十人至宅，宣敕取之，即日进入。先帝好古，见之大悦，命张于云韶院。寺有先天菩萨帧，本起成都妙积寺。开元初，有尼魏八师者，常念大悲咒。双流县百姓刘乙，名意儿，年十一，自欲事魏尼，尼遣之不去。常于奥室立禅，尝白魏云："先天菩萨见身此地。"遂筛灰于庭，一夕有巨迹数尺，轮理成就。因谒画工，随意设色，悉不如意。有僧杨法成，自言能画，意儿常合掌仰祝，然后指授之。以近十稔，工方毕。后塑先天菩萨凡二百四十二首，首如塔势，分臂如意蔓。其榜子有一百四十二曰鸟树，一凤四翅，水肚树，所题深怪，不可详悉。画样凡十五卷。柳七师者，崔宁之甥，分三卷，往上都流行。时魏奉古为长史，进之。后因四月八日，赐高力士。今成都者，是其次本。

　　【译文】翊善坊保寿寺，原来是高力士的宅第。天宝九年，变成寺庙。一开始铸钟建成，高力士开设斋宴庆祝，朝臣都来了。钟敲一下回音千百。经藏阁规构巧妙，二塔藏有火珠十多斛。在河阳郡做文书工作的李涿，爱收藏古玩，曾居长安，与该寺僧人智增友善，而游览该寺，无意间在其仓库的破瓮里发现一卷东西，上面满是尘土。李涿仔细观看，竟是一幅画。他知道该画不俗，定有来历，于是以别物与看守仓库的僧人宗牧交换，得该画而去。装裱之后，李涿带该画去拜访大臣、书法家柳公权，后才知道那画是盛唐时著名画家张萱的《石桥图》，可谓价值连城。当初，唐玄宗将其画赐于高力士，因此留于寺中。李涿很是愉快，但高兴了没多长时间，就有官差找上门来，把画要走了。原来僧人宗牧后来觉得不对劲，于是报了官，说被换走的有可能是一幅皇家名画。李涿不得不把心爱的画交出来。而皇帝看到张萱的《石桥图》后，也喜欢得不得了，把玩一番，叫人将其张挂于云韶院。

有帧先天菩萨图。绘画这幅画的缘由起自成都的妙积寺。开元初年。妙积寺中有个尼姑叫魏八师，常常念大悲咒。双流县普通百姓刘乙名意儿，这年十一岁，自愿以师徒之礼事奉魏八师，赶他也不走。刘乙在内室参禅。一次，他对魏八师说："先天菩萨现身在这块地方。"于是就在寺内庭院洒上柴灰。一天晚上，灰上出现了几尺大的脚印，连菩萨脚掌上的轮形印纹都清清楚楚。因此请来画工讲明这件事，让画工随心所欲地调配颜色，但是都不令人满意。僧人杨法成说他能画。刘乙双手合什仰祝上天，然后告诉如何画。杨法成画了近十年，才画成先天菩萨的形象，最后涂上白色，才完成了这幅画。刘乙、杨法成绘画的先天菩萨共有二百四十二个头，排列如塔形，手臂分开向外伸，如蔓。他的奏折上说有一百二十四种鸟树，有四翅的凤凰，水肚树，所说怪异，不能尽知。画样共十五卷。崔宁的外甥柳七师分去三卷，带往京都长安去传播。当时，魏奉古为长史，见到画卷后进献给皇上。后来就在四月八日这天，玄宗皇帝将它赏赐给高力士。现在成都收存的是它的次本。

辞。先天帧赞连句：观音化身，厥形孔怪。胀脂淫厉，众魔膜拜（善继）。指莽鸿纷，榜列区界。其事明张，何不可解（柯古）。阎河德川，大士先天。众像参罗，敦敦田田（梦复）。百亿花发，百千灯燃。胶如络绎，浩汗连绵（善继）。焰摩界戚（一作灭），洛迦苦霁。正念归依，众昔如彗（柯古）。庚泽可汰，痴膜可脱。稽首如空，睟容若睇（善继）。阐提墨尿，睹而面之。寸念不生，未遇乎而（柯古）。

【译文】辞。先天帧赞连句：观音化身，厥形孔怪。脆腼淫厉，众魔膜拜（善继）。指蒡鸿纷，榜列区界。其事明张，何不可解（柯古）。阎河德川，大士先天。众像参罗，敦敦田田（梦复）。百亿花发，百千灯燃。胶如络绎，浩汗连绵（善继）。焰摩界戚，洛迦苦霁。正念归依，众昔如彗（柯古）。庚泽可汰，痴膜可脱。稽首如空，睟容若睇（善继）。阐提墨尿，睹而面之。寸念不生，未遇乎而（柯古）。

事征①：高力士呼二兄（柯古），呼阿翁（善继）呼将军（梦复），呼火老（柯古），五轮磴（善继）。初施棻戟（梦复），常卧鹿床（柯古），长六尺五寸（善继），陪葬泰陵（梦复）。咏荠（柯古），齿成印（善继），上国下国（梦复），梦鞭（柯古），吕氏生髭（善继）。

【注释】①事征：一种文字游戏。
【译文】事征：高力士呼二兄（柯古），呼阿翁（善继）呼将军（梦复），呼火老（柯古），五轮磴（善继）。初施棻戟（梦复），常卧鹿床（柯古），长六尺五寸（善继），陪葬泰陵（梦复）。咏荠（柯古），齿成印（善继），上国下国（梦复），梦鞭（柯古），吕氏生髭（善继）。

宣阳坊静域寺，本太穆皇后宅。寺僧云："三阶院门外，是神尧皇帝射孔雀处。禅院门内外，《游目记》云王昭隐画。门西里面和修吉龙王，有灵。门内之西，火目药叉及北方天王，甚奇猛。门东里面贤门也，野叉部落。鬼首上蟠蛇，汗烟可惧。东廊，树石险怪，高僧亦怪。

西廊，万寿菩萨。院门里面南壁，皇甫轸画鬼神及雕形，势若脱。轸与吴道玄同时，吴以其艺逼己，募人杀之。万菩萨堂内有宝塔，以小金铜塔数百饰之。大历中，将作刘监有子，合手出胎，七岁念《法华经》。及卒，焚之，得舍利数十粒，分藏于金铜塔中。善继云合是刘铭（一作铦）。佛殿东廊有古佛堂，其地本雍村。堂中像设悉是石作。相传云隋恭帝终此堂（雍村，一作维村）。三门外画，亦皇甫轸迹也。金刚旧有灵，天宝初，驸马独孤明宅与寺相近，独孤有婢名怀香，稚齿俊俏，常悦西邻一士人，因宵期于寺门，有巨蛇束之俱卒。佛殿内西座蕃神，甚古质。贞元已前，西蕃两度盟，皆载此神立于坛而誓。"相传当时颇有灵。

【译文】宣阳坊静域寺，本太穆皇后宅。寺僧介绍寺庙的装饰布局，说里面"三阶院门外，是神尧皇帝射孔雀处。禅院门内外，有《游目记》是王昭隐画的。门西里面和修吉龙王，有灵异发生。门内的西面，火目药叉及北方天王，很是奇猛。门东里面有贤门、野叉部落。鬼头上缠着一条蛇，十分可怕。东廊的树石险怪，高僧雕像也很奇怪。西廊有万寿菩萨。院门里面的南壁是皇甫轸画的鬼神和雕像，好像要跑出来一样。轸与吴道玄同时代的人，吴认为他的技艺和自己不相上下，派人刺杀了他。万菩萨堂内有宝塔，用小金铜塔数百装饰。大历年间，将作刘监有儿子合着掌出生，七岁能念《法华经》。死后火化得到舍利数十粒，分别藏在金铜塔中。善继说应该叫做刘铭。佛殿东廊有古佛堂，本来在雍村。堂中的陈设都是石作的。相传说隋恭帝在此堂内去世。三门外的画也是皇甫轸的旧迹。金刚以前有灵异发生，天宝初年，驸马独孤明的宅第和寺相近，独孤有婢女叫做怀香，稚齿俊俏，和西邻一士人相好，于是晚上等在寺门前，有巨蛇缠绕着她一起死去。佛殿内西有一座蕃神像，很是古质。贞元以前，和吐蕃两度结盟，都把这个神像拉到坛前发誓。"

辞。三阶院连句：密密助堂堂，隋人歌屎桑。双弧摧孔雀，一矢损贪狼(柯古)。百步望云立，九规看月张。获蛟徒破浪，中乙漫如墙(善继)。还似贯金鼓，更疑穿石梁。因添挽河力，为灭射天狂(柯古)。绝艺却南牧，英声来鬼方。丽龟何足敌，殪豕未为长(善继)。龙臂胜猿臂，星芒起箭芒。虚夸绝高鸟，垂拱议明堂(柯古)。

【译文】辞。《三阶院连句》：密密助堂堂，隋人歌屎桑。双弧摧孔雀，一矢损贪狼(柯古)。百步望云立，九规看月张。获蛟徒破浪，中乙漫如墙(善继)。还似贯金鼓，更疑穿石梁。因添挽河力，为灭射天狂(柯古)。绝艺却南牧，英声来鬼方。丽龟何足敌，殪豕未为长(善继)。龙臂胜猿臂，星芒起箭芒。虚夸绝高鸟，垂拱议明堂(柯古)。

崇义坊招福寺，本曰正觉，国初毁之，以其地立第赐诸王，睿宗在藩居之，乾封二年，移长宁公主锦堂于此，重建此寺。寺内旧有池，下永乐东街数方土填之。今地底下树根多露。长安二年，内出等身金铜像一铺，并九部乐。南北两门额，上与岐、薛二王亲送至寺，彩乘象舆，羽卫四合，街中余香，数日不歇。景龙二年，又赐真容坐像，诏寺中别建圣容院，是玄宗在春宫真容也。先天二年，敕出内库钱二千万，巧匠一千人，重修之。睿宗圣容院，门外鬼神数壁，自内移来，画迹甚异。鬼所执野鸡，似觉毛起。库院鬼子母，贞元中李真画，往往得长史规矩，把镜者犹工。寺西南隅僧伽像，从来有灵，至今百姓上幡缯不绝。先寺奴朝来者，常续明涂地，数十年不懈。李某为尹时，有贼引朝来，吏将收捕。奴不胜其冤，乃上钟楼遥启僧伽而碎身焉。恍惚间，见异僧以如意击曰："无苦，自将治也。"奴觉。奴跳下数尺地，一毛不损。囚闻之，悔懊自服，奴竟无事。

【译文】崇义坊招福寺，本来叫正觉寺，国初毁掉，用来给诸王盖房子，唐睿宗在藩时住过。乾封二年，把长宁公主锦堂移于此，重建寺院。原先有池塘，用土填上。现在地底下树根多露出来了。长安二年，内出等身金铜像一具，和九乐乐器。南北两门额是皇帝与岐、薛二王亲送至寺的，当时情形很热闹。景龙二年，又赐真容坐像，下令寺中新建圣容院，这是玄宗在东宫时的真容。先天二年赐给钱二千万，雇佣巧匠一千人，重新修缮。睿宗的圣容院，门外有鬼神数壁，自大内移来，画迹很奇异。库院鬼子母是贞元年间李真画的，里面拿镜子的人画的最好。寺西南隅的僧伽像，一直以来很灵异，至今百姓香火不断。以前的寺奴朝来，经常凌晨擦地，数十年未曾懈怠。李某是京兆尹时，有贼供出朝来，要收捕他时，朝来不堪忍受冤枉，跳楼自杀。恍惚间看见一个奇怪的和尚用如意敲击他，说："你不会有事的。"朝来惊觉，跳下去之后一点事也没有。囚犯听说后很后悔，于是坦白了，朝来最后也没事。

辞。赠诸上人连句：翻了西天偈，烧余梵宇香。燃眉愁俗客，支颊背残阳（柯古）。洲号唯思沃，山名祇记匡。辩中摧世智，定里破魔强（善继）。许叡禅心彻，汤休诗思长。朗吟疏磬断，久语贯珠妨（柯古）。乘兴书芭叶，闲来入豆房。漫题存古壁，怪画匝长廊。

【译文】辞。《赠诸上人连句》：翻了西天偈，烧余梵宇香。燃眉愁俗客，支颊背残阳（柯古）。洲号唯思沃，山名祇记匡。辩中摧世智，定里破魔强（善继）。许叡禅心彻，汤休诗思长。朗吟疏磬断，久语贯珠妨（柯古）。乘兴书芭叶，闲来入豆房。漫题存古壁，怪画匝长廊。

事征释门古今迷字：争田书贞字（善继），焉兜知伯叔（柯古），解梦羊负鱼（梦复），问入日下人（善继），塔上书师子（柯古）。征前代关释门佳谱：何充志大宇宙（善继），此子疲于津梁（柯古），生天在丈人后（梦复），二何佞于佛（善继），问年答"小如来五岁"（柯古）答四声云"天宝寺"（梦复），菩萨颦眉所以慈悲六道（善继），周妻何肉（柯古）。

【译文】事征，《释门古今迷字》：争田书贞字（善继），焉兜知伯叔（柯古），解梦羊负鱼（梦复），问入日下人（善继），塔上书师子（柯古）。征前代关释门佳谱：何充志大宇宙（善继），此子疲于津梁（柯古），生天在丈人后（梦复），二何佞于佛（善继），问年答"小如来五岁"（柯古）答四声云"天宝寺刹"（梦复），菩萨颦眉所以慈悲六道（善继），周妻何肉（柯古）。

招国坊崇济寺，寺内有天后织成蛟（蛟，《志》作纹）龙被袄子及绣衣六事。东廊从南第二院，有宣律师制袈裟堂。曼殊堂有松数株，甚奇。

【译文】招国坊崇济寺，里面有天后织成的蛟龙被子和绣衣六件。东廊从南第二院里有宣律师的制作袈裟的房间。曼殊堂有数株松非常奇特。

辞。宣律和尚袈裟绝句："共覆三衣中夜寒，披时不镇尼师坛。无因盖得龙宫地，畦里尘飞业相残。"（善继）和前云："南山披时寒夜中，一角不动毗岚风。何人见此生惭愧，断续犹应护得龙。"（柯古）奇松二十字："杉桂何相疏，榆柳方迥屑。无人擅谈柄，一枝不敢折。"（柯古）"半庭苔藓深，吹余鸣佛禽。至于摧折枝，凡草犹避阴。"（善继）"僻径根从露，闲房枝任侵。一株风正好，来助碧云吟。"（梦复）"时

时扫窗声，重露滴寒砌。风飚一枝遒，闲窥别生势。"（升上人）"偃盖入楼妨，盘根侵井窄。高僧独惆怅，为与澄岚隔。"（柯古）

【译文】辞。《宣律和尚袈裟绝句》："共覆三衣中夜寒，披时不镇尼师坛。无因盖得龙宫地，哇里尘飞业相残。"（善继）和前云："南山披时寒夜中，一角不动毗岚风。何人见此生惭愧，断续犹应护得龙。"（柯古）奇松二十字："杉桂何相疏，榆柳方迥屑。无人擅谈柄，一枝不敢折。"（柯古）"半庭苔藓深，吹余鸣佛禽。至于摧折枝，凡草犹避阴。"（善继）"僻径根从露，闲房枝任侵。一株风正好，来助碧云吟。"（梦复）"时时扫窗声，重露滴寒砌。风飚一枝遒，闲窥别生势。"（升上人）"偃盖入楼妨，盘根侵井窄。高僧独惆怅，为与澄岚隔。"（柯古）

永安坊永寿寺，三门东，吴道子画，似不得意。佛殿名会仙，本是内中梳洗殿。贞元中，有证智禅师往往著灵验，或时在张楔兰若中治田，及夜归寺，若在金山界，相去七百里。

【译文】永安坊永寿寺三门东有吴道子的画，不是得意之作。佛殿叫做会仙本来是大内的梳洗殿。贞元年间，有证智禅师居住时有灵异发生，有时候在张楔寺庙里种田，晚上回来，两地相距七百里。

辞。闲中好："闲中好，尽日松为侣。此趣人不知，轻风度僧语。"（梦复）"闲中好，尘务不萦心。坐对当窗木，看移三面阴。"（柯古）"闲中好，幽磬度声迟。卷上论题笔，画中僧姓支。"（善继）

【译文】辞。《闲中好》："闲中好，尽日松为侣。此趣人不知，轻风度僧语。"（梦复）"闲中好，尘务不萦心。坐对当窗木，看移三面阴。"（柯

古）“闲中好，幽磬度声迟。卷上论题肇，画中僧姓支。”（善继）

崇仁（一作圣）坊资圣寺，净土院门外，相传吴生一夕秉烛醉画。就中戟手，视之恶骇。院门里，卢楞伽画。卢常学吴势，吴亦授以手诀。乃画总持三门寺，方半，吴大赏之，谓人曰：“楞伽不得心诀，用思太苦，其能久乎？”画毕而卒。中门窗间，吴道子画，高僧韦述赞，李严书。中三门外，两面上层，不知何人画，人物颇类阎令。寺西廊北隅，杨坦画，近塔天女，明睐将瞬。团塔院北堂有铁观音，高三丈余。观音院两廊四十二贤圣，韩干画，元中书载赞。东廊北头散马，不意见者，如将嘶蹀。圣僧中龙树、商那、和修，绝妙。团塔上菩萨，李异（一作真）画。四面花鸟，边鸾画。当药上菩萨顶，茂葵尤佳。塔中藏千部《法华经》。

【译文】崇仁坊资圣寺，在净土院门外，传说是吴道子曾经有在一天晚上喝醉了在烛光下画了一副画，画中的人伸出两个手指指着人，看起来很愤怒勇武的样子，让看见被震撼住。庙里有个卢楞伽，喜欢画画，而且经常学吴道子绘画的走笔气势，吴道子也教他一些绘画技巧。他画总持三门寺，画了一半的时候就被吴道子大加赞赏，但是吴道子却对人说：卢楞枷绘画，技巧方面虽然没问题，但是却不得心诀，所以思虑过度，可能活不长，结果这人画完就死了。中门窗间是吴道子画，高僧韦述做赞。李严书写的。中三门外两面上层，不知道谁画的，人物画得像阎立本。寺西廊北隅是杨坦画的近塔天女。团塔院北堂有一座铁观音，高达三丈多。观音院两廊四十二贤圣图像是韩干画的，元载做赞。东廊北头有散马，看不见的时候好像就要嘶鸣。圣僧中龙树、商那、和修的图像，画的都很绝妙。团塔上菩萨，是李异画的。四面的花鸟是边鸾画的。当归长上了菩萨顶，这里的茂葵特别好。塔里藏有千部《法华经》。

辞。诸画连句，柏梁体：吴生画勇矛戟攒（柯古），出奇变势千万端
（一作"出奇骋变势万端。"善继）。苍苍鬼怪层壁宽（梦复），睹之忽忽毛发寒
（柯古）。棱伽之力所疼瘢（一作"所痹"。柯古），李真周昉优劣难（梦复）。
活禽生卉推边鸾（柯古）。花房嫩彩犹未干（善继）。韩干变态如激湍（梦
复），惜哉壁画势未殚（柯古），后人新画何汗漫（善继）。

【译文】辞，连句诗，柏梁体：吴生画勇矛戟攒（柯古），出奇变势
千万端。苍苍鬼怪层壁宽（梦复），睹之忽忽毛发寒（柯古）。棱伽之力所
疼瘢，李真周昉优劣难（梦复）。活禽生卉推边鸾（柯古）。花房嫩彩犹未
干（善继）。韩干变态如激湍（梦复），惜哉壁画势未殚（柯古），后人新画何
汗漫（善继）

楚国寺，寺内有楚哀王等身金铜像，哀王绣袄半袖犹在。长庆
中，赐织成双凤夹黄袄子，镇在寺。中门内有放生池。太和中，赐白毡
黄胯衫。寺墙西，朱泚宅。

【译文】楚国寺内有楚哀王等身的金铜像，哀王半袖绣衣犹在。长
庆年间，赐给织成双凤团的夹黄衣服，留在寺院。中门内有放生池。太
和年检，赐给白毡黄胯衫。寺墙西是朱泚的宅第。

事征：地狱等活（约上人），八抹洛伽（又上人），波吒（升上人），坏从
狱不生（柯古），铅河（约上人），剑林（又上人），烊铜（升上人）。诸上人以予
该悉内典，请予独征：无中阴，五无间，黑绳赤树，火厚二百肘，风吹
二千年，陆陀罗炭，钵头摩赫护量五十由旬，舌长三车赊，铜鹭铁蚁，

阿鼻十一义，九千钵头摩如一裟诃麻，百年除一尽（并柯古）。

【译文】事征：地狱等活（约上人），八抹洛伽（义上人），波吒（升上人），坏从狱不生（柯古），铅河（约上人），剑林（义上人），烊铜（升上人）。诸上人以予该悉内典，请予独征：无中阴，五无间，黑绳赤树，火厚二百肘，风吹二千年，陆陀罗炭，钵头摩赫护量五十由旬，舌长三车赊，铜鹫铁蚁，阿鼻十一义，九千钵头摩如一裟诃麻，百年除一尽（并柯古）。

慈恩寺，寺本净觉故伽监，因而营建焉。凡十余院，总一千八百九十七间，敕度三百僧。初，三藏自西域回，诏太常卿江夏王道宗设九部乐，迎经像入寺，彩车凡千余辆。上御安福门观之。太宗常赐三藏衲，约直百余金，其工无针缝之迹。初，三藏翻《因明》，译经僧栖玄，以论示尚药奉御吕才，才遂张之广衢，指其长短，著《破义图》。其序云："岂谓象系之表，犹开八正之门；形器之先，更弘二知之教。"立难四十余条，诏才就寺对论。三藏谓才云："檀越平生未见《太玄》，诏问须臾即解。由来不窥象戏，试造旬日即成。以此有限之心，逢事即欲穿凿。"因重申所难，一一收摄，柝毫藏耳，衮衮不穷，凡数千言。才屈不能领，辞屈礼拜。塔西面画湿耳师子，仰摹蟠龙，尉迟画。及花子钵、曼殊，皆一时绝妙。寺中柿树、白牡丹是法力上人手植。上人时常执炉循诸屋壁，有变相处辄献虔祝，年无虚月。又殿庭大莎罗树，大历中，安西所进。其木椿赐此寺四橛，橛皆灼固。其木大德行逢自种之，一株不活。

【译文】慈恩寺，本是净觉法师的旧寺院，就此重新营建。共十几个院落，总计一千八百九十七个房间，下旨度三百名僧人在其中。当初，玄奘自西域回，皇帝下诏让太常卿、江夏王李道宗设九部乐，迎请经书佛像入寺，出动彩车计一千多辆，皇帝还亲临安福门观看。太宗曾经赐给三藏一件衲衣，约价值百馀两白银，衲衣的制作看不见针线缝过的痕迹。当初，三藏翻译因明学说，被译经僧人栖玄拿给吕才阅读，吕才就抄写张贴在交通便利的大街上，并为指出因明学的不足之处，做了一篇名为《因明注解立破义图》的文章。文章的序写道："没听说表明象、系的卦形，还开列（佛教）'八正道'的门径；世上还没有人类，就有了（佛教）'二智'的教化理论。"文中提出疑问四十多条，为此皇帝下诏让吕才去寺院与玄奘辩论。三藏对吕才说："檀越平生没见过《太玄经》，皇帝诏问你你很快就能理解。从来不看下象棋的书，你试着研究十来天就有成果。以这种有限的智慧，遇到事物就想弄通。"因而重新对吕才提出的疑问，一一进行归类解答，分析仔细而透彻，滔滔不绝，共记下几千字。吕才因不能领会其中深奥，理屈词穷礼拜玄奘告退。塔西面画的是黑耳师子，高处画的是蟠龙——尉迟乙僧画的。还有手持花饰钵盂的文殊菩萨，都是当时绝妙之画。寺中柿树、白牡丹是法力上人亲自种植的。法力上人时常拿着香炉沿着各屋墙壁走，看到有变相处就献香虔诚祷祝，一年下来没有不走一遍的空月。另外殿庭有大莎罗树，是大历年间，安西都护府进献的。其木桩赐给该寺四根，端头都是用火烤过封起来的。这种树高僧行逢自己也栽种过，一株也没栽活。

续集卷七

金刚经鸠异

贞元十七年，先君自荆入蜀，应韦南康辟命。洎韦之暮年，为贼辟谗构，遂摄尉灵池县。韦寻薨，贼辟知留后。先君旧与辟不合，闻之，连夜离县。至城东门，辟寻有帖，不令诸县官离县。其夕阴风，及返，出郭二里，见火两炬夹道，百步为导。初意县吏迎候，且怪其不前，高下远近不差，欲及县郭方灭，及问县吏，尚未知府帖也。时先君念《金刚经》已五六年，数无虚日，信乎至诚必感，有感必应，向之导火，乃经所著迹也。后辟逆节渐露，诏以袁公滋为节度使。成式再从叔少从军，知左营事，惧及祸，与监军定计，以蜡丸帛书通谋于袁。事旋发，悉为鱼肉。贼谓先君知其谋。于一时先君念经夜久，不觉困寐，门户悉闭。忽觉，闻开户而入，言"不畏"者再三。若物投案，暴然有声。惊起之际，言犹在耳，顾视左右，吏仆皆睡。俾烛桦四索，初无所见，向之关扃已开辟矣。先君受持此经十余万遍，徵应事孔著。成式近观晋、宋已来，时人咸著传记彰明其事。又先命受持讲解有唐已来《金刚经灵验记》三卷，成式当奉先命受持讲解。太和二年，于杨州僧栖简处听《平消御注》一遍。六年，于荆州僧靖奢处听《大云疏》一遍。开成元年，于上都怀楚法师处听《青龙疏》一遍。复日念书写，犹希传照罔极，尽形流通。摭拾遗逸，以备阙佛事，号《金刚经鸠异》。

【译文】贞元十七年，我父亲从荆州入蜀，回应韦南康的召唤。到了韦的晚年，被贼辟构陷，贬官做灵池县县尉。韦不久就死去了，贼辟掌管留后。我父亲以前就和贼辟不合，听说之后，连夜离开。到了东门，知道贼辟发布命令不让各位县官离开县境。当天晚上有阴风阵阵，回去之后，到了城池外两里，看见火炬夹道，百步前面有个向导。一开始认为是县里官吏迎接，还奇怪他们为什么不靠前，到了县城边上火光才消失，询问县吏，却发现他们都不知道。当时父亲念了五六年的《金刚经》，没停下来一天，这确实是诚心所至。之前的火炬就是念的经文。后来贼辟逐渐要叛乱，诏命袁滋代替他做节度使，我叔叔从小参军，掌管军队左营的事务，害怕被造反牵连，和监军定下计谋，用蜡丸帛书和袁滋联系。事情败露，都被捕杀了，贼辟说我父亲也参与了谋划。当时父亲念经到晚上，不自觉地睡着了，门窗都关上了，突然惊醒听到打开窗户的声音，听到好几声“不害怕”。好像有东西到了桌子上，发出巨大的声音。惊醒的瞬间好像还能听见话语声，环视左右，仆人们都睡着了。于是拿着火烛四处搜寻，一开始什么也没看见，只不过之前关上的门窗又打开了。我父亲已经读这本经书十多万遍了，应验的事情很多。我进来查看晋、宋以来的事情，当时的人们都著述宣扬这种事情。之前又有先人的命令，让学习唐朝以来的三卷《金刚经灵验记》，我应当照做。太和二年，在扬州僧人栖简处听读《平消御注》一遍，太和六年在荆州听僧人靖奢念《大云疏》一遍。开成元年，在上都听怀楚法师处念《青龙疏》一遍。又每天念经抄写，特别希望这种灵异能够一直延续下去，让大家都知道。我就选取了一些事情，用来为佛教提供证据，命名为《金刚经鸠异》。

张镒相公先君齐丘，酷信释氏。每旦更新衣，执经于像前，念《金刚经》十五遍，积数十年不懈。永泰初，为朔方节度使。衙内有小将负罪，惧事露，乃扇动军人数百，定谋反叛。齐丘因衙退，于小厅闲行，忽有兵数十，露刃走入。齐丘左右唯奴仆，遽奔宅门。过小厅数步，回顾又无人，疑是鬼物。将及门，其妻女奴婢复叫呼出门，云有两甲士，身出厅屋上。时衙队军健闻变，持兵乱入。至小厅前，见十余人仡然庭中，垂手张口，投兵于地，众遂擒缚。五六人暗不能言，余者具首云："欲上厅，忽见二甲士，长数丈，嗔目叱之，初如中恶。"齐丘闻之，因断酒肉。张凤翔即予门吏卢迈亲姨夫，迈语予云。

【译文】张镒亡父张齐丘，笃信佛教。每天换衣服，要念《金刚经》十五遍，过了几十年一直这样。永泰初年为朔方节度使。衙门内有人煽动花边，张齐丘在衙门里散步时，遇到了乱兵，身边只有奴婢几个，张转身就跑，但是乱兵没追上来，一问说是有两个士兵拦住了乱兵。回到庭院看是十几个人把兵器扔了，站在院子里，大家就把他们捆绑住了。五六个人不能说话，剩下的说："想追的时候看见两个数丈高的卫士，瞪眼怒骂，我们像中邪一样不能动。"张齐丘知道后，就不吃酒肉了。张凤翔是我门吏卢迈的亲姨夫，卢迈告诉了我。

刘逸淮在汴，时韩弘为右厢虞候，王某为左厢虞候，与弘相善。或谓二人取军情，将不利于刘。刘大怒，俱召诘之。弘即刘之甥，因控地碎首大言，刘意稍解。王某年老，股战不能自辩，刘叱令拉坐杖三十。时新造赤棒，头径数寸，固以筋漆，拉之不仆，数五六当死矣。韩意其必死，及昏造其家，怪无哭声，又谓其惧不敢哭。访其门卒，即云大使无恙。弘素与熟，遂至卧内问之。王云："我读《金刚经》四十年矣，今方得力。"言初被坐时，见巨手如簸箕翕然遮背。因袒示韩，都无挞痕。韩旧不好释氏，由此始与僧往来。日自写十纸，乃积计数百轴矣。后在中书，盛暑，有谏官因事谒见，韩方洽汗写经，怪问之，韩乃具道王某事。予职在集仙，常侍柳公为予说。

【译文】刘逸淮在汴州时，有韩弘是右厢虞候，有王某为左厢虞候，和韩弘关系好。有人说这两个人窃取军情，对刘不利。刘很愤怒，韩弘磕破了头辩解，刘就放过了她。王某年老不能辩解，刘就要打他三十杖。当时新造的刑杖很大，打五六下就要打死。韩弘认为一定被打死了，就去他家拜访，没听见哭丧声音，以为不敢哭丧，进去一看，王某没死，就去询问原因。王某说，这是我四十年来写经的结果。后来韩弘在中书省任职，有人看见韩弘流汗抄经，说他原因，韩弘就把王某的事情告诉了他。我在集仙院时，常侍柳公告诉了我。

梁崇义在襄州，未阻兵时，有小将孙咸暴卒，信宿却苏。梦至一处，如王者所居，仪卫甚严，有吏引与一僧对事。僧法号怀秀，亡已经年。在生极犯戒，及入冥，无善可录，乃给云："我尝嘱孙咸写《法华经》。"故咸被追对。咸初不省，僧故执之，经时不决。忽见沙门曰："地藏尊者语云：'弟子若招承，亦自获祐。'"咸乃依言，因得无事。又说对勘时，见一戎王，卫者数百，自外来。冥王降阶，齐级升殿。坐未久，乃大风卷去。又见一人被拷覆罪福，此人常持《金刚经》，又好食肉，左边有经数千轴，右边积肉成山，以肉多，将入重论。俄经堆中有火一星，飞向肉山，顷刻销尽，此人遂履空而去。咸问地藏："向来外国王，风吹何处？"地藏云："彼王当入无间，向来风即业风也。"因引咸看地狱。及门，烟焰扇赫，声若风雷，惧不敢视。临回，镬汤跳沫，滴落左股，痛入心髓。地藏乃令一吏送归，不许漏泄冥事。及回如梦，妻儿环泣已一日矣。遂破家写经，因请出家。梦中所滴处成疮，终身不差。

【译文】梁崇义在襄州,有孙咸暴死,过了一晚活过来。梦到阎王文一个和尚,和尚叫怀秀死了很多年,生前犯戒没干过好事,骗人说曾教孙咸写《法华经》,所以被捉拿到哪里。孙咸一开始不明白,后来说确实如此,于是就被放了。又看见一个戎装往这来了,冥王出迎,没多久大风卷走了。有一个常读《金刚经》并且爱吃肉,因为吃的肉太多了要被定罪,经书里面出来一个火星把肉烧光了,这个人也就走了。孙咸问地藏,说外来来的那个王者从哪里来。地藏说从没有的空间来,吹的风就是业风。于是带着孙咸看地狱的模样,火焰滔天十分恐怖,回来时锅里的热水溅到身上十分痛苦,地藏让一个官吏把他送回,说不让泄露冥间的事情。回来一看妻儿已经哭了一天了,于是出家当和尚去了。梦中溅到的地方有伤口,一辈子没好。

贞元中,荆州天崇寺僧智灯常持《金刚经》。遇疾死,弟子启手足犹热,不即入木。经七日却活,云初见冥中若王者,以念经故,合掌降阶。因问讯,言更容上人十年在世,勉出生死。又问人间众僧中后食薏苡仁及药,食此大违本教。灯报云:"律中有开遮条,如何?"云:"此后人加之,非佛意也。"今荆州僧众中后无饮药者。

【译文】贞元年间,荆州天崇寺僧智灯常年《金刚经》,得病死了,手足还热,就没放到棺材里。七天后活了,说看见阎王认为我念经就加了我十年阳寿。说僧人吃薏苡仁和药的,违背教义。智灯说:"律中有开遮条,怎么样?"说:"这是后人加上的,不是佛祖的本意。"

公安潺陵村百姓王从贵妹,未嫁,常持《金刚经》。贞元中,忽暴疾卒。埋已三日，其家复墓，闻冢中呻吟，遂发视之，果有气，舆归。数日，能言，云："初至冥间，冥吏以持经功德放还。"王从贵能治木，常于公安灵化寺起造，其寺禅师曙中常见从贵说。

【译文】公安潺陵村百姓王从贵的妹妹，没嫁人，常读《金刚经》。贞元年间，暴病死亡。下葬三日，听到墓中有人呻吟，打开一看还有气，抬回去了。几天后说：刚到阴间，官吏认为我念经有功德就放了我。王从贵干木匠活，经常在公安灵化寺干活，寺里的禅师曙中常见王从贵这么说。

韦南康[1]镇蜀，时有左营伍伯，于西山行营与同火卒学念《金刚经》。性顽，初一日才得题目，其夜堡外拾薪，为蕃骑缚去，行百余里乃止。天未明，遂踣之于地，以发系橛，覆以驼毯（一作褊）寝其上。此人惟念经题，忽见金一铤放光，止于前。试举首动身，所缚悉脱，遂潜起逐金铤走。计行未得十余里，迟明，不觉已至家。家在府东市，妻儿初疑其鬼，具陈来由。到家五六日，行营将方申其逃。初，韦不信，以逃日与至家日不差，始免之。

【注释】①韦南康：即韦皋，于德宗贞元初年，任剑南西川节度使，后治蜀达二十一年。

【译文】唐朝南康王韦皋镇守蜀中时，左营有个叫伍伯的，在西山行营，与他同伙兵卒学念《金刚经》。但他很愚笨，一天才学会念经题。一天夜里，伍伯在兵营外拾柴，被番兵骑士给俘虏去了，走了百余里才停下来，此时天还没亮，就把他扔倒在地上，把他的头发捆在木桩子上，用驼毛毯子盖在他身上让他睡觉。伍伯只是念经题，忽然看见一锭金子，在面前放光，他试着抬头、动动身子，结果给他捆绑的绳子都脱落了。他偷偷地起来，跟随着放光的金锭往前走，估计走了不到十里地的路，天还没大亮，便在不知不觉中到了家。他家在州府东市镇，妻子、孩子见他回家，都以为遇到了鬼，经伍伯解释，才弄清事情的始末。他到家五六天了，军营头领们准备上报他开小差。对于伍伯的陈述，一开始韦皋不信，后来计算从他离开军营那天到回家那天的日程不差，这才对他免于治罪。

元和初，汉州孔目典陈昭，因患见一人，著黄衣，至床前云："赵判官唤尔。"昭问所因，云："至自冥间，刘辟与窦悬对事，要君为证。"昭即留坐。逡巡又有一人，手持一物如球胞，前吏怪其迟，答之曰："缘此，候屠行开。"因笑谓昭曰："君勿惧，取生人气须得猪胞。君可面东侧卧。"昭依其言，不觉已随二吏行。路甚平，可十余里，至一城，大如府城，甲士守门焉。及入，见一人怒容可骇，即赵判官也。语云："刘辟收东川，窦悬捕牛四十七头送梓州，称准辟判杀，辟又云先无牒。君为孔目典，合知是实。"未及对，隔壁闻窦悬呼陈昭好在，及问兄弟妻子存亡。昭即欲参见，冥吏云："窦使君形容极恶，不欲相见。"昭乃具说："杀牛实奉刘尚书委曲，非牒也。纸是麻面，见在汉州某司房架。"即令吏领昭至汉州取之，门馆扃锁，乃于节窍中出入。委曲至，辟乃无言。赵语昭："尔自有一过，知否？窦悬所杀牛，尔取一牛头。"昭未及对，赵曰："此不同人间，不可抵假。"须臾，见一卒掣牛头而至，昭即恐惧求救。赵令捡格，合决一百，考五十日。因谓昭曰："尔有何功德？"昭即自陈设若干人斋，画某像。赵云："此来生缘尔。"昭又言："曾于表兄家转《金刚经》。"赵曰："可合掌请。"昭依言。有顷，见黄幞箱经自天而下，住昭前。昭取视，即表兄所借本也，有烧处尚在。又令合掌，其经即灭。赵曰："此足以免。"便放回，复令昭往一司曰生禄，捡其修短。吏报云："昭本名钊，是金榜刀，至某年改为昭，更得十八年。"昭闻惆怅，赵笑曰："十八年大得作乐事，何不悦乎？"乃令吏送昭。至半道，见一马当路，吏云："此尔本属，可乘此。"即骑乃活，死已一日半矣。

【译文】唐元和年初，汉州孔目典陈昭，因得病看见一个穿黄衣的人到了床前说："赵判官叫你。"陈昭问原因，那人答道："到了冥间刘辟与窦悬对事，要召你作证。"陈昭于是留他坐下。徘徊之际来了一个人，手中拿着一个东西像球胞，前来的官吏怪他来晚了。后来那人答道："只因为这个，等屠户开门。"于是笑着对陈昭说："你不要害怕，取生人气，必须用猪胞。你可以面向东侧趴下。"陈昭按照他的话做，不知不觉已经随着两个官吏走了，路很平，走了十多里，到了一个城里。大得像府城。甲士守门，等到进去，看见一个人怒色吓人，就是赵判官。赵判官说："刘辟在东州吃了败仗，窦悬捕牛四十七头，送往梓州，说刘辟批准宰杀的。刘辟又说：事先没有命令。你作为孔目典，应当知道事情经过。"还没来得及对证，听到隔壁的窦悬喊："陈昭在哪里？"并询问他兄弟妻子存亡的事，陈昭就想见他。冥吏说："窦悬形体面容很丑，不相让你想见。"陈昭就说了杀牛的事确实是奉刘尚书的命令，没有文牒，纸是麻的，在汉州某私房的架子上。于是就派官吏领陈昭到汉州去取，门馆上锁，就在节窍中出入，委屈极了，刘辟无言以对。赵判官对陈昭说："你自己也有一个过失，你知道吗？窦悬所杀的是牛，你取走一个牛头。"陈昭还没来得及回答，赵判官就说："这里不同于人间，不可作假。"不一会儿，看见一个士兵带着牛头到来。陈昭立即恐惧求救。赵判官检验规定，应判打一百杖，击打五十天。于是对陈昭说："你有什么功德？"陈昭就自己陈述："曾设了若干斋戒，画佛像。"赵判官说："这是来生的福罢了。"陈昭又说："曾在表兄家读《金刚经》。"赵判官说："可以合掌请经。"陈昭按照他的话做，过了一会儿，见黄袱箱经从天而降，落在陈昭面前。陈昭取来一看，就是表兄所借的那本，边上烧着了的地方还在。又合掌请，那个经书就没有了。赵判官说："这足以赦免了你。"便放他回去了。又让陈昭去一司，说他的福禄，拿出来看他寿命的长短，官吏说："陈昭本命陈钊，是金旁刀。到了某年改为昭，再得十八年的寿命。"陈昭听闻后很惆怅。赵判官笑着说："十八年可大作乐事了，为什么不高兴呢？"于是让官吏送陈昭。到了半路，看见一匹马拦在路上，官吏说："这本属于你，可乘上这匹马走。"于是骑上马就复活了。他已经死了半天了。

荆州法性寺僧惟恭，三十余年念《金刚经》，日五十遍。不拘僧仪，好酒，多是非，为众僧所恶。后遇疾且死。同寺有僧灵岿，其迹类惟恭，为一寺二害。因他故出，去寺一里，逢五六人，年少甚都，衣服鲜洁，各执乐器如龟兹部，问灵岿："惟恭上人何在？"灵岿即语其处，疑其寺中有供也。及晚回入寺，闻钟声，惟恭已死，因说向来所见。其日合寺闻丝竹声，竟无乐人入寺。当时名僧云："惟恭盖承经之力，生不动国，亦以其迹勉灵岿也。"灵岿感悟，折节缁门。

【译文】荆州法性寺一个僧人名叫惟恭，三十多年常念《金刚经》，一日五十遍。但惟恭不遵守僧人的仪规，爱吃酒，又爱评论是非。众僧友很厌恨他。惟恭临死之前，一个僧友在外见到五六人仪容不凡，手拿乐器，说是迎接惟恭，并称惟恭为上人。当天全寺僧众都听到优美的音乐之声，迎接惟恭而去。但是当时并没有乐手进入寺庙。当时名僧说："惟恭这是因为念经才这样的，一直坚持，这个事迹也可以勉励灵岿啊。"灵岿有所感悟，开始改变以前的行为。

董进朝，元和中入军。初在军时，宿直城东楼上。一夕，月明，忽见四人著黄，从东来，聚立城下，说己姓名，状若追捕。因相语曰："董进朝常持《金刚经》，以一分功德祝庇冥司，我辈久蒙其惠，如何杀之？须枉命相代。若此人他去，我等无所赖矣。"其一人云："董进朝对门有一人，同姓同年，寿限相埒，可以代矣。"因忽不见，进朝惊异之。及明，已闻对门复魂声。问其故，死者父母云："子昨宵暴卒。"进朝感泣说之，因为殡葬，供养其父母焉。后出家，法号慧通，住兴元唐安寺。

【译文】董进朝，元和年间参军，在军队时在城东楼上值班，看见四个黄衣人从东方来在城下，好像是捉拿逃犯的人，互相说：董进朝常念《金刚经》，每次念完经回向时，都以一分功德，祝愿护佑冥司。我们久蒙董进朝念经回向的恩惠，为什么要杀他呢？他对门有一位同姓同年的人，寿限将到，可以代替他。"四人忽然不见了。到天亮时，听到对门人家的儿子已经突然死去。董进朝内心受到触动，于是给钱办了丧事，供养它的父母，后来出家法号慧通，住兴元唐安寺。

元和中，严司空绶在江陵，时涔阳镇将王沨，常持《金刚经》。因使归州勘事，回至咤滩，船破，五人同溺。沨初入水，若有人授竹一竿，随波出没，至下牢镇著岸不死。视手中物，乃授持《金刚经》也。咤滩至下牢，三百余里。

【译文】元和年间严绶在将领，当时涔阳镇将王沨，常念《金刚经》。一次坐船到咤滩船毁了，五个人同时落水。王沨入水感觉有人给他一个东西，他就牢牢抓住，到了下牢岸边没有淹死，一看拿的就是《金刚经》。咤滩至下牢有三百多里。

长庆初，荆州公安僧会宗，姓蔡，常中蛊，得病骨立，乃发愿念《金刚经》以待尽。至五十遍，昼梦有人令开口，喉中引出发十余茎。夜又梦吐大蟆，长一肘余，因此遂愈。荆山僧行坚见其事。

【译文】长庆初年，荆州公安僧会宗，中了蛊，重病要死，于是许下誓愿要读着《金刚经》死去。到了五十遍，梦到有人让他张嘴，从嘴区处头发和虫子，因此痊愈。荆山僧行坚看见了这个事情。

江陵开元寺般若院僧法正，日持《金刚经》三七遍。长庆初，得病卒。至冥司，见若王者问："师生平作何功德？"答曰："常念《金刚经》。"乃揖上殿，令登绣坐念经七遍。侍卫悉合掌阶下，拷掠论对皆停息而听。念毕，后遣一吏引还。王下阶送，云："上人更得三十年在人间，勿废读诵。"因随吏行数十里，至一大坑，吏因临坑，自后推之，若陨空焉。死已七日，唯面不冷。法正今尚在，年八十余。荆州僧常靖亲见其事。

【译文】唐时，湖北江陵开元寺般若院僧人法正，每天持念《金刚经》。长庆初年，他因病暴死。魂到阴间，看见一个像王的人，对法正作揖，叫他坐绣座，念经七遍，侍卫合掌，阶下停止对其他罪人行刑。阎王走下殿阶，送法正还阳，说："上人增寿三十年。"荆州僧人常靖，亲眼看见法正复活。法正到八十岁时还在。

石首县有沙弥道荫，常持念《金刚经》。宝历初（一云"长庆"），因他出夜归，中路忽遇虎吼掷而前。沙弥知不免，乃闭目而坐，但默念经，心期救护。虎遂伏草守之。及曙，村人来往，虎乃去。视其蹲处，涎流于地。

【译文】石首县有沙弥道荫,常持念《金刚经》。宝历初年,夜出看见路中有一只老虎,沙弥知道躲不过去了,就坐在地上闭目念经,希望得到拯救。老虎就爬在草里等着,天亮了村民赶走老虎,发现老虎待的地方口水流了满地。

元和三年,贼李同捷阻兵沧景,帝命刘祐统齐德军讨之。初围德州城,城坚不拔。翌日,又攻之,自卯至未,十伤八九,竟不能拔。时有齐州衙内八将官健儿王忠幹,博野人,常念《金刚经》,积二十余年,日数不阙。其日,忠幹上飞梯,将及堞,身中箭如猬,为槱木击落。同火卒曳出羊马城外,置之水濠里岸,祐以暮夜命抽军,其时城下矢落如雨,同火人忽忙,忘取忠幹尸。忠幹既死,梦至荒野,遇大河,欲渡无因,仰天大哭。忽闻人语声,忠幹见一人长丈余,疑其神人,因求指营路。其人云:"尔莫怕,我令尔得渡此河。"忠幹拜之,头低未举,神人把腰掷之空中,久方著地,忽如梦觉,闻贼城上交二更。初不记过水,亦不知疮,抬手扪面,血涂眉睫,方知伤损。乃举身强行百余步,却倒。复见向人持刀叱曰:"起!起!"忠幹惊惧,遂走一里余。坐歇,方闻本军喝号声,遂及本营。访同火卒,方知身死在水濠里,即梦中所过河也。忠幹见在齐德军。

【译文】元和三年,李同造反,刘祐统齐德军讨伐。一开始围德州城,没打下来。第二天也没打下来。伤亡惨重。当时有齐州衙内八将官健儿王忠幹是博野人,二十多年来常念《金刚经》。当天攻城王忠幹中了很多箭摔下来,被放在岸边,已经死去梦见在荒野遇到一条大河,渡不过去,放声大哭。听见一人说话,怀疑是神人,请求指出回营寨的路。这个人说:"不要怕,我渡你过河。"神人把他扔过河,醒后看见都是敌军,恐惧跑出来才看见自军营盘,才知道自己死在水沟里,是在梦中过的河。王忠幹现在在齐德军里。

何轸，鬻贩为业。妻刘氏，少断酒肉，常持《金刚经》。先焚香像前，愿年止四十五，临终心不乱，先知死日。至太和四年冬，四十五矣，悉舍资装供僧。欲入岁假，遍别亲故。何轸以为病魅，不信。至岁除日，请僧受八关，沐浴易衣，独处一室，跌坐高声念经。及辨色，悄然，儿女排室入看之，已卒，顶热灼手。轸以僧礼葬，塔在荆州北郭。

【译文】何轸以买卖为业。妻子刘氏，年少断绝酒肉，常念《金刚经》。先在像前焚香礼拜，希望能活到四十五岁。临终时心不乱，事先知道自己的死日。到唐朝大和四年冬天，已四十五岁了，尽舍钱财来置供品供奉和尚，快过年的时候，就与所有亲友告别。何轸认为她得病见鬼，不相信。到了大年除夕，请和尚来，沐浴更衣，独自住在一个房子里，坐下高声念经，等到声音渐渐没有了，儿女打开屋子看她，已经死了，头热得烫手。何轸用和尚的礼节把她葬在塔中，塔在荆州城北。

蜀左营卒王殷，常读《金刚经》，不茹荤饮酒。为赏设库子，前后为人误累，合死者数四，皆非意得免。至太和四年，郭钊司空镇蜀，郭性严急，小不如意皆死。王殷因呈锦缬，郭嫌其恶弱，令祖背将毙之。郭有番狗，随郭卧起，非使宅人逢之辄噬，忽吠数声，立抱王殷背，驱逐不去。郭异之，怒遂解。

【译文】蜀左营卒王殷有，常读《金刚经》。不吃荤不饮酒。他做赏设库子，先后被人牵连，当死有多少回了，都意外得到免除。到了太和四年，郭钊镇守蜀地，郭钊性格急躁严厉，稍有不如意的就都处死。王殷因为呈献锦缬，而郭钊嫌质劣货差，令他露出后背，要打死他。郭钊有一个外来狗，跟着郭钊，形影不离，不是这宅院里的人，碰到就咬。狗忽大叫，立即抱住王殷的后背，怎么也赶不下来。郭钊感到奇怪，怒气也就随着消了。

郭司空离蜀之年，有百姓赵安常念《金刚经》，因行野外，见衣一袱遗墓侧。安以无主，遂持还。至家，言于妻子。邻人即告官赵盗物，捕送县。贼曹怒其不承认，以大关挟胫，折三段。后令杖脊，杖下辄折。吏意其有他术，问之，唯念《金刚经》。及申郭，郭亦异之，判放。及归，其妻云："某日闻君经函中震裂数声，惧不敢发。"安乃驰视之，带断轴折，纸尽破裂。安今见在。

【译文】郭司空离蜀那年，有百姓赵安常念《金刚经》，在野外行走，看见一个包袱在墓碑旁，认为无主之物，就拿回家。邻居举报他偷东西，找到县衙，拒不承认被用了重刑，但是刑具都断了。官吏询问，他说在家里经常念《金刚经》，告诉了郭司空，他也很奇怪，释放了。回家妻子说你放经书的盒子里有声音，没敢看，打开一看经书碎裂了。赵安现在还活着。

太和五年，汉州什邡县百姓王翰，常在市日逐小利，忽暴卒。经三日却活，云冥中有十六人同被追，十五人散配他处，翰独至一司，见一青衫少年，称是己侄，为冥官厅子，遂引见推典。又云是己兄，貌皆不相类。其兄语云："有冤牛一头，诉尔烧畬枉烧杀之。尔又曾卖竹与杀狗人作笁篗，杀狗两头，狗亦诉尔。尔今名未系死籍，犹可以免，为作何功德？"翰欲为设斋及写《法华经》、《金光明经》，皆曰不可，乃请曰持《金刚经》日七遍与之，其兄喜曰："足矣。"及活，遂舍业出家。今在什邡县。

【译文】唐朝大和五年，汉州什邡县百姓王翰，常在集市，每日获些小利。忽然暴死，过了三天又活了。他说：在冥司中看见有十六个人一齐被拘捕，十五个人散配到其他地方，唯独自己到了一司。看见一个穿青衫的少年，声称是自己的侄，做了冥官厅子，于是就领他去见推典。又说是自己的哥哥，容貌都不象他。他的哥哥告诉他说："有一头冤枉的牛，控诉你烧荒，烧死了它。又曾把竹子卖给杀狗的人作篓筺。杀死了两只狗，狗也控诉你。现在你的名字还没有注入死册，罪可以赦免，替他们作些功德的事"。于是翰想为他们设斋，以及给写《法华经》、《金光明经》，都说："不可以。"就请求他给他们念七遍《金刚经》。他的哥哥高兴地说："够了。"等到他复活，就弃家而出家了。

太和七年冬，给事中李公石为太原行军司马。孔目官高涉，因宿使院，至鏧鏧鼓起时诣邻房，忽遇一人，长六尺馀，呼曰："行军唤尔。"涉遂行。行稍迟，其人自后拓之，不觉向北。约行数十里，至野外，渐入一谷底。后上一山，至顶四望，邑屋尽眼下。至一曹司，所追者呼云："追高涉到。"其中人多衣朱绿，当案者似崔行信郎中。判云："付司对。"复引出，至一处，数百人露坐，与猪羊杂处。领至一人前，乃涉妹婿杜则也。逆谓涉曰："君初得书手时，作新人局，遣某买羊四口，记得否？今被相债，备尝苦毒。"涉遽云："尔时只使市肉，非羊也。"则遂无言，因见羊人立啮则。逡巡，被领他去，倏忽又见一处，露架方梁，梁上钉大铁环，有数百人皆持刀，以绳系人头，牵入环中剞剔之。涉惧，走出，但念《金刚经》。倏忽逢旧相识杨演，云："李尚书时杖杀贼李英道，为劫贼事，已于诸处受生三十年。今却诉前事，君常记得无？"涉辞以年幼不省。又遇旧典段怡，先与涉为义兄弟，逢涉云："先念《金刚经》，莫废忘否？向来所见，未是极苦处。勉树善业，今得还，乃经之力。"因送至家如梦，死已经宿。向所拓处，数日青肿。

547

【译文】唐朝太和七年冬天，给事中（官名）李公石被派任太原行军司马时，孔目（官名）高涉夜间遇到一个人推他，引他入冥府。他被带到一个地方，看到有数百人与猪羊杂处而坐，冥吏带他走到其中一人的面前，原来是他的妹婿杜则，杜则说：'你还记不记得以前曾经叫我去买羊么？我现在为此倍尝辛苦！'高涉说：'当时我只叫你到市场去买肉，并没有叫你买羊啊！'杜则遂无话可说。这时，出现羊人用牙齿咬杜则，杜则面带惊惧的被鬼吏带走了。一会儿，高涉又来到一处，看到梁上钉有大铁环，旁有数百人候刑，狱卒将罪人的头用绳子绑在铁环中，再持刀剐剔。他看得惶悚颤抖，急忙离开。高涉十分害怕，一直念诵金刚经。他曾遇到旧识段怡先，彼此是义兄弟。段怡先告诉他说：'你念诵《金刚经》，不要废忘。你刚才所见，并不是最苦之处，以后务必广积善业，你现在能返回阳间，是持诵《金刚经》的功德力所致。'段怡先护送高涉回家，高涉苏醒后，原来已经死了一整天。上次被推的部位，依然青肿，几天以后才消失。

永泰初，丰州烽子暮出，为党项缚入西蕃易马。蕃将令穴肩骨，贯以皮索，以马数百蹄配之。经半岁，马息一倍，蕃将赏以羊革数百。因转近牙帐，赞普子爱其了事，遂令执蠢左右，有剩肉余酪与之。又居半年，因与酪肉，悲泣不食。赞普问之，云："有老母频夜梦见。"赞普颇仁，闻之怅然，夜召帐中，语云："蕃法严，无放还例。我与尔马有力者两匹，于某道纵尔归，无言我也。"烽子得马极骁，俱乏死，遂昼潜夜走。数日后，为刺伤足，倒碛中。忽有风吹物窸窣过其前，因揽之裹足。有顷，不复痛，试起步走如故。经信宿，方及丰州界。归家，母尚存，悲喜曰："自失尔，我唯念《金刚经》，寝食不废，以祈见尔，今果其誓。"因取经拜之。缝断，亡数幅，不知其由。子因道碛中伤足事，母令解足视之，所裹疮物乃数幅经也，其疮亦愈。

【译文】永泰初年，丰州一人晚上出去被党项人抓住去吐蕃换马。吐蕃在肩胛骨上打穴，穿上皮绳，让养马。过了半年，马繁衍多了一倍，吐蕃人用数百张羊皮赏赐。于是转到牙帐，赞普子爱他聪明，让在左右拿着大旗，又剩下的肉和奶制品都给他吃。过了半年，还给他却不吃了。赞普问他为什么，说："晚上梦到了老母亲。"赞普很仁慈，偷偷对他说，法律严格本来不能放走你，我给你两匹马，你骑走，别说是我干的。他跑死两匹马逃走了。数日后脚受伤倒在石头上，风吹来一物裹在脚上，就不疼了，又开始走，当了丰州边境，回家，他母亲还在他母亲说："你丢了之后我日夜念《金刚经》，祈祷能见到你，现在果然成功见到你了。"于是取经跪拜。一看书少了几页，不知道原因。他说了道里脚受伤，母亲解开一看过伤口的就是经书，伤口也痊愈了。

大历中，太原偷马贼诬一王孝廉同情，拷掠旬日，苦极强首，推吏疑其冤，未即具狱。其人惟念《金刚经》，其声哀切，昼夜不息。忽一日，有竹二节坠狱中，转至于前。他囚争取之，狱卒意藏刃，破视，内有字两行云："法尚应舍，何况非法。"书迹甚工。贼首悲悔，具承以匿嫌诬之。

【译文】大历年间，太原偷马贼诬陷王孝廉是同伙，拷打数日，也不招供，审判官员怀疑有冤枉，还没审判，王孝廉就念《金刚经》，声音哀切，日夜不息。有一天，有两节竹子掉到大牢里面，转到面前。囚犯争着拿，狱卒怀疑里面藏刀，打开一看，里面有两行字说："法尚应舍，何况非法。"字迹工整，贼首后悔，坦白了诬陷行为。

续集卷八

支 动

北海有木兔，类鼥颙。

【译文】北海有木兔，类似鼥颙。

鼠食盐则身轻。

【译文】鼠食盐就会身轻。

乌贼鱼骨如通草，可以刻为戏物。

【译文】乌贼鱼骨像通草，可以雕刻成为玩具。

章举每月三八则多。

【译文】章举每月二十四日多。

虾姑状若蜈蚣，管虾。

【译文】虾姑状形状像蜈蚣，管理虾群。

南海有水族，前左脚长，前右脚短，口在胁傍背上。常以左脚捉物，置于右脚，右脚中有齿嚼之，方内于口。大三尺余。其声术术，南人呼为海术。

【译文】南海有水族，前左脚长，前右脚短，口在胁傍背上。常用左脚捉物，放到右脚，右脚中有齿嚼之，才放到口。大达三尺多。发出"术术"的声音，南人呼为海术。

猎者不杀豺，以财为同声。又南方恶豺向人作声。

【译文】猎人不杀豺，因为和"财"同声。又南方厌恶豺向人发声。

卫公幼时，常于明州见一水族，有两足，觜似鸡，身如鱼。

【译文】卫公年幼时，常在明州看见一种水族，有两足，觜似鸡，身如鱼。

卫公年十一，过瞿塘，波中睹一物，状如婴儿，有翼，翼如鹦鹉。公知其怪，即时不言。晚风大起，方说。

【译文】卫公年十一，过瞿塘，水中睹一物，状如婴儿，有翼，翼如鹦鹉。公知其怪，当时不言。晚风大起，才说。

句容赤沙湖，食朱砂鲤，带微红，味极美。

【译文】句容赤沙湖，食朱砂鲤，带着微红，味道鲜美。

负朱鱼亦绝美，每鳞一点朱。

【译文】负朱鱼亦绝美，每片鳞上有一点红色。

向北有濮固羊，大而美。

【译文】向北有濮固羊，体型大，味道美。

丙穴鱼，食乳水，食之甚温。

【译文】丙穴鱼，吃乳水，吃了觉得很温热。

蜃身一半已下鳞尽逆。

【译文】蜃身一半以下的鳞都反着长。

太和七年，河阴忽有蝇蔽天如蝗，止三日，河阳界经旬方散。有李犨，时为尉，向予三从兄说。

【译文】太和七年，河阴忽有苍蝇蔽天如蝗虫，只有三天，但是河阳界内过了十天才散。有李犨，当时是县尉，对我三从兄说过。

南中瑇瑁，斑点尽模糊，唯振州瑇瑁如舶上者。尝见卫公先白书，上作此瞒帽字。

【译文】南中瑇瑁，斑点尽模糊，只有振州瑇瑁如舶上的。曾经看见卫公飞白书，上面写作瞒帽字。

卫公言鹅警鬼，鵁鶄压火，孔雀辟恶。

【译文】卫公说鹅警鬼，鵁鶄压火，孔雀辟恶。

洪州有牛尾狸，肉甚美。

【译文】洪州有牛尾狸，肉的味道很好吃。

威远军子将臧平者，好斗鸡。高于常鸡数寸，无敢敌者。威远监军与物十匹强买之，因寒食乃进。十宅诸王皆好斗鸡，此鸡凡敌十数，犹擅场怙气。穆宗大悦，因赐威远监军帛百匹。主鸡者想其蹠距，奏曰："此鸡实有弟，长趾善鸣，前岁卖之河北军将，获钱二百万。"

【译文】威远将军臧平，喜好斗鸡。有一只高大威猛的鸡，威远军监军用十匹布帛强买了，在寒食节进献给皇帝。其他王爷也喜好斗鸡，这只鸡打了十多场，连胜还很威风。唐穆宗很高兴，于是赐给威远监军布帛百匹。斗鸡的主人很羡慕说："这只鸡有兄弟，脚趾长善于鸣叫，去年卖给了河北的军将，得到钱二百万。"

韦绚云："巴州兔作狸班。"

座的高僧泰贤讲述了一段往事：泾帅段宅在长安昭国坊，总之他家曾丢失银器十余件。据分析，应是奴婢所为。但具体是谁，不得而知。当时，泰贤还是小沙弥，每每与其师出入段家，段公为了破案，令他带着一千钱去西市胡商那求购郎巾。到了修竹南街的一家店铺，泰贤问老板有没有郎巾，后者回答有呀。泰贤说，很容易买到哦！老板说，是的，但只是人们不识此宝，不知道它的妙用。遂取郎巾卖与泰贤，其形如巨虫，两头光，呈黄色。回去后，泰贤将郎巾交给段公。段公将奴婢招集于庭院中。随后，用火熏烤那郎巾，见其如虫一般蠕动，发出一种奇怪的味道。不一会儿，众奴婢中有一丫鬟，脸上的肌肉、嘴唇以及手脚便不由自主地抖动起来，遂诘问该女，正是窃得银器而欲逃者。

象管，环王国野象成群，一牡管牝三十余。牝牙才二尺，迭供牡者水草，卧则环守。牝象死，共挖地埋之，号吼移时方散。又国人养驯，可令代樵。

【译文】象管，环王国野象成群。一头公的管理三十多头母的。母象象牙才二尺，次第给公的进献水草，环绕卧倒守护。公象死了，一起挖掘掩埋，头领更换时才散去。又有国人养大象，可以命令代替砍樵。

熊胆，春在首，夏在腹，秋在左足，冬在右足。

【译文】熊胆，春天在首，夏天在腹，秋天在左足，冬天在右足。

南安蛮江蛇，至五六月，有巨蛇泛江岸，首如张帽，万蛇随之入越王城。

【译文】南安蛮江蛇，到了五六月，有巨蛇游过江岸，首如张帽，万蛇随之进入越王城。

野牛，高丈余，其头似鹿，其角丫戾，长一丈，白毛，尾似鹿，出西域。

【译文】野牛，高达一丈多，其头似鹿，其角丫戾，长达一丈，白毛，尾似鹿，出自西域。

潜牛，勾漏县大江中有潜牛，形似水牛。每上岸斗，角软还入江水，角坚复出。

【译文】潜牛：勾漏县大江中有潜牛，形似水牛。经常上岸争斗，角软还入江水，角变坚硬才上岸。

猫，目睛暮圆，及午竖敛如綖。其鼻端常冷，唯夏至一日暖。其毛不容蚤，虱黑者暗中逆循其毛，即若火星。俗言猫洗面过耳则客至。楚州谢阳出猫，有褐花者。灵武有红虬拨及青骢色者。猫一名蒙贵，一名乌员。平陵城，古谭国也，城中有一猫，常带金锁，有钱飞若蛱蝶，士人往往见之。

【译文】猫，目睛晚上变圆，及午变竖。其鼻端常冷，唯夏至一日暖。毛里面不长跳蚤，黑的跳蚤暗中逆循猫毛，就好像火星。俗话说猫洗面过耳那么客人就会到来。楚州谢阳出产猫，有褐花的。灵武有红虬拨及青骢色的猫。猫也叫蒙贵，又叫乌员。平陵城是古代的谭国，城中有一猫，常带金锁，有钱纹像蝴蝶一样翻飞，士子们经常能见到。

鼠，旧说鼠王其溺精一滴成鼠。一说鼠母头脚似鼠，尾苍口锐，大如水中者，性畏狗，溺一滴成一鼠。时鼠灾多起于鼠母，鼠母所至处，动成万万鼠。其肉极美。凡鼠食死人目睛，则为鼠王。俗云鼠啮上服有喜，凡啮衣欲得有盖，无盖凶。

【译文】鼠：以前传说鼠王留下一滴精就会成为一只老鼠。也有人说鼠母头脚像老鼠，尾巴黑色，嘴巴尖锐，像水中的一样大，害怕狗。留下一滴尿就会成为一只老鼠。当时鼠灾多起自鼠母，鼠母到的地方，动辄上万老鼠，肉的味道鲜美。老鼠吃死人的眼球的话就会变成鼠王。民间说：老鼠咬上衣会怀孕，凡是咬衣服有盖的没事，没有盖子的会倒霉。

千岁燕，齐鲁之间谓燕为乙，作巢避戊巳。《玄中记》云："千岁之燕，户北向。"《述异要》云："五百岁燕，生胡髯。"

【译文】千岁燕：齐鲁之间把燕叫做乙，作巢避开戊巳。《玄中记》云："千岁之燕，户北向。"《述异要》云："五百岁燕，生胡髯。"

鹧鸪飞数逐月，如正月一飞而止于窠中，不复起矣。十二月十二起，最难采，南人设网取之。

【译文】鹧鸪的飞翔的次数随着月份而变化，像正月一飞就停在巢穴中，不再飞起。十二月起飞十二次，最难捕获，南方人架起网来捕捉。

鹊窠，鹊构窠取在树杪枝，不取堕地者，又缠枝受卵。端午日午时,焚其窠灸病堵,疾立愈。

【译文】鹊巢:鹊构建巢穴使用树杪枝,不用堕地的,又缠枝放鸟蛋。端午日午时,烧它的巢穴烤病灶,疾病马上痊愈。

勾足鸲鹆,交时以足相勾,促鸣鼓翼如斗状,往往堕地。俗取其勾足为媚药。

【译文】勾足鸲鹆,交配时用足相勾,急促鸣叫鼓动翅膀如斗状,往往堕地。民间取其勾足做成媚药。

壁镜,一日江枫亭会,众说单方,成式记治壁镜用白矾。重访许君,用桑柴灰汁,三度沸,取汁白矾为膏,涂疮口即差,兼治蛇毒。自商、邓、襄州多壁镜,毒人必死。坐客或云巳年不宜杀蛇。

【译文】壁镜:一日在江枫亭会。大家讨论单方。我记治壁镜用白矾。有访问许君,用桑柴灰汁,三度煮沸,取汁白矾为膏,涂疮口即治好了,兼治蛇毒。在商州、邓州、襄州多壁镜,毒人必死。客人说巳年不宜杀蛇。

大蝎,安邑县北门县人云:“有一蝎如琵琶大,每出来,不毒人,人犹是恐。其灵积年矣。”

【译文】大蝎:安邑县北门县人说:“有一蝎如琵琶一般大,每次出来,不毒杀人,人还是恐惧。它的威灵积累很长了。”

红蝙蝠，刘君云："南中红蕉花时，有红蝙蝠集花中，南人呼为红蝙蝠。"

【译文】红蝙蝠：刘君说："南中红蕉花开花时，有红蝙蝠落在花中，南方人叫做红蝙蝠。"

青蚨，似蝉而状稍大，其味辛可食。每生子，必依草叶，大如蚕子。人将子归，其母亦飞来。不以近远，其母必知处。然后各致小钱于巾，埋东行阴墙下。三日开之，即以母血涂之如前。每市物，先用子即子归母，用母者即母归子，如此轮还，不知休息。若买金银珍宝，即钱不还。青蚨，一名鱼伯。

【译文】青蚨，古书中说的一种虫，形似蝉而稍大，味道辛辣可食用。只要生子，一定依附在草叶上，像蚕子一样大。抓住孩子，母亲就会飞来，不管远近，它的母亲一定知道它的所在，然后各放置一枚小钱在巾帛上，埋在东阴墙下，三日后打开，就用母亲的血涂在上面。每次买东西，先用子那么子就会回来找母，先用母就会回来找子，像这样循环不停。如果买金银财宝就不再回来。青蚨又称为鱼伯。

寄居之虫，如螺而有脚，形似蜘蛛，本无壳，入空螺壳中载以行。触之缩足，如螺闭户也。火炙之，乃出走，始知其寄居也。

【译文】寄居虫：像螺蛳却有脚，像蜘蛛，本来无壳，进入空的螺壳中带着行走。碰上就把脚缩进去，像螺闭户一样。用火烤就会弃壳跑走，才知道它是寄居虫。

蜾蠃，今谓之蠮螉也。其为物纯雄无雌，不交不产。取桑虫之子祝之，则皆化为己子。蜂亦如此耳。

【译文】蜾蠃现在叫做蠮螉。这种东西只有雄性没有雌性，不交配不生子。把桑虫拿过来祈祷做仪式，就变成了自己的孩子，马蜂也是这样的。

鲫鱼，东南海中有祖州，鲫鱼出焉，长八尺，食之宜暑而避风。此鱼状，即与江河小鲫鱼相类耳。浔阳有青林湖，鲫鱼大者二尺余，小者满尺，食之肥美，亦可止寒热也。

【译文】鲫鱼，东南海中有祖州，鲫鱼出产在那里，长达八尺，适宜夏天避风吃。此鱼形状，即与江河小鲫鱼相类似。浔阳有青林湖，鲫鱼大的二尺余，小的满尺，口感肥美，也可止寒热病。

黄魟（魟音烘）鱼，色黄无鳞，头尖，身似大槲叶。口在颔下，眼后有耳，窍通于脑。尾长一尺，末三刺甚毒。

【译文】黄魟鱼，色黄无鳞，头尖，身似大槲叶。口在颔下，眼后有耳，耳洞通到脑袋里。尾巴长达一尺，末尾三刺有剧毒。

䲛蛤，傍海大鱼，脊上有石十二时，一名篱头溺，一名䲛蛤。其溺甚毒。

【译文】䲛蛤，傍到海的大鱼上，脊上有石十二块，也叫篱头溺，又叫䲛蛤。它的物有剧毒。

郫县侯生者，于沤麻池侧得鳝鱼，大可尺围，烹而食之，发白复黑，齿落更生，自此轻健。

【译文】郫县的侯生，在沤麻池侧得到鳝鱼，有一尺多大，煮了吃了，白发变黑，齿落了又生出来，从此变得轻松矫健。

剑鱼，海鱼千岁为剑鱼。一名琵琶鱼，形似琵琶而喜鸣，因以为名。虎鱼，老则为蛟。江中小鱼化为蝗而食五谷者，百岁为鼠。

【译文】剑鱼：海鱼过了一千年就变成剑鱼，也叫琵琶鱼，形式琵琶喜好鸣叫，所以叫这个。虎鱼，老了变成蛟龙，变成蝗虫吃五谷的江中小鱼过了一百年变成老鼠。

金驴，晋僧朗住金榆山，及卒，所乘驴上山失之。时有人见者，乃金驴矣。樵者往往听其鸣响。土人言："金驴一鸣，天下太平。"

【译文】金驴，晋朝僧朗住在金榆山，死了之后，所乘坐的驴子上山走失了。当时又看见的人，说是金驴。砍樵的人往往能听见它的叫声，当地人说："金驴一鸣，天下太平。"

圣龟，福州贞元末，有村人卖一笼龟，其数十三，贩药人徐仲以五镪获之。村人云："此圣龟，不可杀。"徐置庭中，一龟藉龟而行，八龟为导，悉大六寸。徐遂放于乾元寺后林中，一夕而失。

【译文】圣龟：贞元末年在福州，有村民贩卖一笼乌龟，有十三只，卖药的徐仲用五镪买到。村民说："这是神龟，不能杀。"徐仲放在院子里，看见一只乌龟爬在一只乌龟背上行进，其他八只乌龟作为向导。于是徐仲把乌龟放到乾元寺的后山中，一晚上就没了。

运粮驴，西域厌达国有寺户，以数头驴运粮上山，无人驱逐，自能往返。寅发午至，不差晷刻。

【译文】运粮驴：西域厌达国有寺院，用几头驴子运粮上山，没有人驱赶，驴子自己能够往返。寅时出发，午时到达，一会也不差。

邓州卜者，有书生住邓州，尝游郡南，数月不返。其家诣卜者占之，卜者视卦曰："甚异，吾未能了。可重祝。"祝毕，拂龟改灼，复曰："君所卜行人，兆中如病非病，如死非死，逾年自至矣。"果半年书生归，云："游某山深洞，入值物蛰如中疾，四支不能动，昏昏若半醉。见一物自明入穴中，却返。良久，又至，直附身引颈临口鼻，细视之，乃巨龟也。十息顷方去。"书生酌其时日，其家卜吉时焉。

【译文】邓州卜者：有住在邓州的书生，曾经游览郡的南方，几个月没回来。家里人求占卜，占卜师看着卦象说："太奇怪了，我不明白"。完事后，又占卜了一次，说："您所占卜的行人，征兆显示，像病不是病，像死没死，过了这一年自己就会回来。"果然半年后回来了，说："去某个山洞游玩，被植物扎了一下好像中风，四肢不能动，像半醉一样昏昏欲睡。见到一个发光物进入山洞，又回去了。过了很久又回来了，探身靠近我的口鼻，仔细一看是巨龟。过了十息才离开。"书生估计时间，正好是占卜有好结果的时间。

五时鸡，影鹅池北有鸣琴苑，伺夜鸡鸣，随鼓节而鸣，从夜至晓，一更为一声，五更为五声，亦曰五时鸡。

【译文】五时鸡：影鹅池背面有鸣琴苑，等到夜里鸡鸣，随着鼓的节拍鸣叫。从夜里到早上，一更叫一声。过了五更就叫五声。也叫五时鸡。

鹧鸪似雌雉，飞但南不向北。杨孚《交州异物志》云："鸟像雌雉，名鹧鸪。其志怀南，不向北徂。"

【译文】鹧鸪像母鸡，只向南飞不向北飞。杨孚《交州异物志》说："鸟像母鸡，叫做鹧鸪，它的目标在南方，不向北走。"

猬见虎，则跳入虎耳。

【译文】刺猬见到老虎就跳到虎耳里面。

鹞子两翅各有复翎，左名撩风，右名掠草。带两翎出猎，必多获。

【译文】鹞子的两个翅膀各自有重生的羽毛，左边叫撩风，右边叫掠草，带着这两根羽毛除去打猎，一定收获很多。

世俗相传云，鸱不饮泉及井水，惟遇雨濡翮，方得水饮。

【译文】民间传说，猫头鹰不喝井水泉水，只有遇到下雨沾湿了它的羽毛，才能得到水喝。

开元二十一年, 富平县产一角神羊, 肉角当顶, 白毛上捧。议者以为獬豸。

【译文】开元二十一年, 富平县生出一只只有一只角的神羊。肉角长在顶上, 白色毛向上捧起。讨论的人认为这是獬豸。

獬豸见斗不直者触之, 穷奇见斗不直者煦之, 均是兽也, 其好恶不同。故君子以獬鹰为冠, 小人以穷奇为名。

【译文】獬豸见到不正直的东西会碰撞, 穷奇看见不正直的东西会亲近, 这两种动物都是野兽, 但是他们的好恶不同, 所以君子把獬豸作为帽子, 小人把穷奇作为名字。

鼠胆在肝, 活取则有。

【译文】鼠胆很小附在肝上, 活取老鼠才会有。

续集卷九

支植上

卫公平泉庄有黄辛夷、紫丁香。

【译文】李卫公的平泉庄里有黄辛夷、紫丁香。

都胜花，紫色，两重心。数叶卷上如芦朵，蕊黄叶细。

【译文】都胜花，紫色，两重花蕊。数叶向上卷起像芦朵，花蕊黄色叶片细小。

那提槿花，紫色，两重叶。外重叶卷心，心中抽茎，高寸余。叶端分五瓣如带，瓣中紫蕊。茎上黄叶。

【译文】那提槿花，紫色，两重叶子。外边一圈的叶子向中间卷起，花蕊中抽出茎条，高大一寸多。叶子的顶端分开有五瓣像带子一样，瓣中有紫色花蕊。茎上有黄叶。

月桂，叶如桂，花浅黄色，四瓣，青蕊。花盛发，如柿叶带棱。出蒋山。

【译文】月桂，叶子像桂叶，花浅黄色，四瓣，青蕊。花盛开时，像柿叶带棱。产自蒋山。

溪荪，如高粱姜。生水中。出茆山。

【译文】溪荪，如高粱姜。生在水中。产自茆山。

山茶，似海石榴。出桂州。蜀地亦有。

【译文】山茶，似海石榴。产自桂州。蜀地也有。

贞桐，枝端抽赤黄条，条复旁对，分三层。花大如落苏花，作黄色，一茎上有五六十朵。

【译文】贞桐，枝端抽出赤黄条，枝条对称，分为三层。像落苏花一样大，花色为黄色，一茎上有五六十朵花。

俱那卫，叶如竹，三茎一层。茎端分条如贞桐。花小，类木槲。出桂州。

【译文】俱那卫，叶子像竹叶，三茎一层。茎端分出枝条像贞桐一样。花小，像木槲。产自桂州。

瘴川花，差类海榴，五朵簇生。叶狭长重沓，承于花底。色中第一，蜀色不能及。出黎州按辔岭。

【译文】瘴川花，有点像海榴，五朵为一簇一起生出。叶狭长重叠，在花底承起花朵。是花中颜色最好看的，四川的也不能赶上。产自黎州按辔岭。

木莲花，叶似辛夷，花类莲花，色相傍。出忠州鸣玉溪，邛州亦有。

【译文】木莲花，叶子像辛夷，花像莲花，颜色互相依傍。产自忠州鸣玉溪，邛州也有。

牡桂，叶大如苦竹叶，叶中一脉如笔迹。花带叶三瓣，瓣端分为两歧，其表色浅黄，近歧浅红色。花六瓣，色白，心凸起如荔枝，其色紫。出婺州山中。

【译文】牡桂，叶像苦竹叶一样大，叶中一脉像笔迹划过。花带叶三瓣，瓣端分为两歧，花表色是浅黄，靠近分岔处是浅红色。花六瓣，色白，花心如荔枝一样凸起，紫色。产自婺州山中。

簇蝶花，花为朵，其簇一蕊，蕊如莲房，色如退红。出温州。

【译文】簇蝶花，花是一朵，花瓣中间有一棵花蕊，花蕊如莲房一样，颜色像是退红。产自温州。

山桂，叶如麻，细花紫色，黄叶簇生如慎火草。出丹阳山中。

【译文】山桂，叶子如麻，小花为紫色，黄叶堆积着生长像慎火草。产自丹阳山中。

那伽花，状如三春无叶花，色白心黄，六瓣。出舶上。

【译文】那伽花，形状如同三春无叶花，白色花瓣黄色花蕊，一共六瓣。产自舶上。

南安有人子藤，红色，在蔓端有刺，其子如人状。昆仑烧之集象，南中亦难得。

【译文】南安有人子藤，红色，在蔓端有刺，它的果实如同人的形状。昆仑国的人点燃它用来使象集群，南中地区也难以得到它。

三赖草，如金色，生于高崖，老子弩射之，魅药中最切。

【译文】三赖草，好像是金色，在高崖上生长，用老子弩射去它，最适宜用来做媚药。

卫公言："桂花三月开，黄而不白。"大庾诗皆称桂花耐日。又张曲江诗"桂花秋皎洁"，妄矣。

【译文】卫公说："桂花三月开放，黄色但是不白。"庾信的诗都说桂花能耐受住太阳。还有张曲江的诗"桂花秋皎洁"，这是假的。

木中根固柿为最，俗谓之柿盘。

【译文】柿子树史书里面根系最为坚固的，世人把它叫做柿盘。

曹州及扬州淮口出夏梨。

【译文】曹州以及扬州淮口出产夏梨。

卫公言："滑州樱桃十二枚长一尺。"

【译文】李卫公说："滑州的樱桃十二枚长度为一尺。"

韦绚云："湖南有灵寿花，数蒂簇开，视（一曰规）日如槿，红色。春秋皆发，非作杖者。"

【译文】韦绚说："湖南有灵寿花，多个花蒂一起开放，对着太阳看如同槿花，红色。春秋皆发，不是做拐杖用的。"

又言："衡山祝融峰下法华寺，有石榴花如槿，红花。春秋皆发。"

【译文】又说："衡山祝融峰下法华寺，有如槿一样的石榴花，红花。春秋两季都开放。"

卫公又言："衡山旧无棘，弥境草木，无有伤者。曾录知江南，地本无棘，润州仓库或要固墙隙，植蔷薇枝而已。"

【译文】李卫公又说道："衡山以前没有荆棘，整个山上都是草木，没有妨害这些草木的东西存在。曾经考察江南，江南也本来没有荆棘，润州的仓库有时要加固墙的缝隙，就是在缝隙中种植蔷薇枝罢了。"

卫公言："有蜀花鸟图，草花有金粟、石阑、水礼、独角将军、药管。石阑叶甚奇，根似棕叶。大凡木脉皆一脊，唯桂叶三脊。近见菝葜亦三脊。"

【译文】李卫公说："有四川的花鸟图，草本花有金粟、石阑、水礼、独角将军、药管。其中石阑叶特别奇怪，根系像棕叶。大多叶片的叶脉都是中间一条的，只有桂叶是中间三条。近来看见菝葜的叶片也是三脊。"

莼根，羹之绝美，江东谓之莼龟。

【译文】莼根，用来做羹味道十分鲜美，江东地区把它叫做莼龟。

王旻言：萝蓄（一曰卜）根茎，并生熟俱凉。

【译文】王旻说：萝卜的根茎，无论生熟性质都是凉的。

重台朱槿，似桑，南中呼为桑槿。

【译文】重台的朱槿，看着像桑，南中地区把它叫做桑槿。

金松，叶似麦门冬，叶中一缕如金縓^①。出浙东，台州犹多。

【注释】①縓：通"线"。

【译文】金松的叶片像麦门冬的一样，叶片中间的叶脉如同金线。产自浙东，尤其是台州最多。

卫公言："回讫草鼓如鼓，及难果能菜。"

【译文】李卫公说："回讫草像鼓一样鼓起，及难果能够食用。"

江淮有孟娘菜，并益肉食。

【译文】江淮有种孟娘菜，适合和肉一起食用。

又青州防风子可乱毕拨^①。

【注释】①毕拨：一种胡椒科、毕拨种、毕拨属植物，可入药。

【译文】青州的防风子可以扰乱毕拨的药效。

又太原晋祠，冬有水底苹，不死。食之甚美。

【译文】在太原晋祠，冬天有水底的苹草，不会冻死。味道很鲜美。

卫公言："蜀中石竹有碧花。"

【译文】李卫公说:"四川的石竹会开碧色花朵。"

又言:"贞元中牡丹已贵。柳浑善言:'近来无奈牡丹何,数十千钱买一颗。今朝始得分明见,也共戎葵校几多。'"成式又尝见卫公图中有冯绍正鸡图,当时已画牡丹矣。

【译文】又听说:"贞元年间牡丹已经价格昂贵。柳浑善说:'近来无奈牡丹何,数十千钱买一颗。今朝始得分明见,也共戎葵校几多。'"我又曾经见到李卫公藏画中有冯绍的正鸡图,在那个时代就已经开始画牡丹了。

卫公庄上旧有同心蒂木芙蓉。

【译文】李卫公的庄院上曾经有两株生长在一棵树上的芙蓉。

卫公言:"金钱花损眼。"

【译文】李卫公言:"金钱花损害视力。"

紫薇,北人呼为猴郎达树,谓其无皮,猿不能捷也。北地其树绝大,有环数夫臂者。

【译文】紫薇,北方人叫做猴郎达树,这是在形容这种树没有树皮,即便是猿猴也不能迅速地攀爬。北方的这种树十分高大,有的树需要好几个人才能合抱住。

卫公言："石榴甜者谓之天浆，能已乳石毒。"

【译文】李卫公说："甘甜的石榴叫做天浆，能够解乳石的毒素。"

东都胜境有三溪。今张文规庄近溪，有石竹一竿，生瘿，今大如李。

【译文】东都胜境有三条溪水。现在张文规的庄院靠近溪水，有以竿石竹，石竹生了瘿病，现在瘿子和李子一样大了。

麻黄，茎端开花，花小而黄，簇生。子如覆盆子，可食。至冬枯死如草，及春却青。

【译文】麻黄在茎干的顶端开花，它的花小而且是黄色的，一簇一簇地生长。果实如同覆盆子一样，可以食用。到了冬枯死如草，及春却青。

太常博士崔硕云："汝西有练溪，多异柏。及暮秋，叶上敛，俗呼合掌柏。"

【译文】太常博士崔硕说："汝河西边有一条练溪，多奇异的柏树。到了暮深秋时节，叶子向上敛起，大家把它叫做合掌柏。"

洛中鬻花木者言："嵩山深处有碧花玫瑰，而今亡矣。"

【译文】洛阳里买花树的人说道："嵩山深处有碧花玫瑰，现在灭绝了。"

崔硕又言："常卢潘云：衡山石，名怀。"

【译文】崔硕又说："常卢潘说过：衡山石，名怀。"

三色石楠花，衡山石楠花有紫、碧、白三色，花大如牡丹，亦有无花者。

【译文】三色石楠花：衡山石楠花有紫、碧、白三种颜色，像牡丹花一样大，也有不开花的。

卫公言："二鬣松，与孔雀松别。"又云："欲松不长，以石抵其直下根，便不必千年方偃。"

【译文】李卫公说："二鬣松，和孔雀松是有区别的。"又说："想要松不要太长，用石头抵住松树直接向下长得那条根，便能够使松树不必活一千年才死。"

东都敦化坊百姓家，太和^①中有木兰一树，色深红。后桂州观察使李勃看宅人，以五千买之。宅在水北。经年，花紫色。

【注释】①太和：唐文宗李昂在公元827年至835年间的年号。

【译文】东都洛阳敦化坊的百姓家，在太和年间有一株木兰花树，颜色是深红的。后来桂州观察使李勃的看护宅子的人，用五千钱买来了它。宅子在洛河的北面。一整年，都开放着紫色的花。

处士郑又玄云："闽中多佛桑树，树枝叶如桑，唯条上勾。花房如桐，花含长一寸余，似重台状。花亦有浅红者。"

【译文】处士郑又玄说："福建地区有很多佛桑树，树枝的叶片如同桑叶，唯一不一样的就是叶脉向上勾起。花房如同桐花的一样，花苞长一寸多，好像重台的样子。这种花也有浅红颜色的。"

独栶树，顿丘南应足山有之。山上有一树，高十余丈，皮青滑似流碧，枝干上耸，子若五彩囊，叶如亡子镜，世名之仙人独栶树。

【译文】独栶树：顿丘县的南方的应足山有这种树。山上有一棵树，高读达十多丈，树皮青色润滑好像流动的碧玉，枝干向上耸起，结出的果实好像五彩的香囊，叶子如同亡子镜一样，世上人们把它叫做仙人独栶树。

木龙树，徐之高冢城南有木龙寺，寺有三层砖塔，高丈余。塔侧生一大树，大树的枝叶缠绕一直到塔顶，树的枝干交横。上平，容十余人坐。枝杪四向下垂，如百子帐。莫有识此木者，僧呼为龙木。梁武曾遣人图写焉。

【译文】木龙树：徐州高冢城城南有一座木龙寺，寺中有一座三层砖塔，佛塔高一丈多。塔的旁边生长着一棵大树，萦绕至塔顶，枝干交横。上端的树枝平坦，可以容纳十多人坐下。树枝的末梢向四面八方下垂，就如同百子帐一样。没有能认识这棵树的人，僧人们称作龙木。梁武帝曾派人把这棵树画下来。

鱼甲松，洛中有鱼甲松。

【译文】鱼甲松：洛中地区生长着鱼甲松。

续集卷十

支植下

青杨木，出峡中。为床，卧之无蚤。

【译文】青杨木产自峡谷中。拿它做床，人躺在上面不会生跳蚤。

夏州槐，夏州唯一邮有槐树数株，盐州或要叶，行牒求之。

【译文】夏州槐：夏州唯一的邮驿有槐树数棵，盐州官府有时索要槐树叶，专门写了一张公文来索求。

蜀楷木，蜀中有木类柞，众木荣时枯柄，隆冬方萌芽布阴，蜀人呼为楷木。

【译文】蜀楷木：四川内有一种柞树，其他树枝叶茂盛时它枯败，到了深冬时节才萌发长芽、四川人把它叫做楷树。

古文柱，齐建元二年夏，庐陵长溪水冲击山麓崩，长六七尺，下得柱千余根，皆十围。长者一丈，短者八九尺。头题古文字，不可识。江淹以问王俭，俭云："江东不闲隶书，秦汉时柱也。"

【译文】古文柱：齐建元二年夏，庐陵长溪河的河水冲击山麓导致土层崩解，断裂下来的土层长达六七尺，坠落下来得到土柱有一千多根，周长都达到十围之长。长的能高达一丈，短的也有八九尺的高度。顶端题写着古代文字，不能认识。江淹把这些文字询问王俭，王俭回答道："江东地区不适应隶书这种书体，这些土柱应该是秦汉时期的柱子。"

色绫木，台山有色绫木，理如绫文。百姓取为枕，呼为色绫枕。

【译文】色绫木：台山有种色绫树，纹理如同绫状花纹一样。百姓把它当做枕头，于是把它叫做色绫枕。

鹿木，武陵郡北有鹿木二株，马伏波①所种，木多节。

【注释】①马伏波：马援（前14年—49年），字文渊。汉族，扶风茂陵（今陕西杨凌西北）人。西汉末至东汉初年著名军事家，东汉开国功臣之一。

【译文】鹿木：武陵郡的北面有鹿木二棵，东汉马援所种，这棵树有很多结节。

倒生木，此木依山生，根在上，有人触则叶翕，人去则叶舒。出东海。

【译文】倒生木：这种树依靠着山势生长，根系在上面，有人触碰那么叶就会合上，人离开了叶子才重新舒展。这种书源自东海。

黝木，节似虫兽，可以为鞭。

【译文】黝木，它的枝节像虫兽，可以做成鞭子。

桄榔树，古南海县有桄榔树，峰头生叶，有面，大者出面百斛。以牛乳啖之，甚美。

【译文】桄榔树：古代南海县境内有桄榔树，在山顶生生长着叶子，叶子能磨成面，大的树能够出面一百斛。用牛乳送服，十分美味。

怪松，南康有怪松，从前刺史令画工写松，必数枝衰悴。后因一客与妓环饮其下，经日松死。

【译文】怪松：南康境内有一种怪松，从前刺史命令画工摹画松树，一必有几个枝条衰老死亡。之后因为一个游人和妓女在树下畅饮过了一天，松树就死亡了。

河伯下材，中宿县山下有神宇，溱水至此沸腾鼓怒，槎木泛至此沦没，竟无出者，世人以为河伯下材。

【译文】河伯下材：中宿县境内的山下有一座神庙，溱河至此变得奔腾汹涌，槎木漂流到这里都沉没了，竟然没有一棵能出水的木材，世人认为这是河神在搜集木材使之下沉。

交让木，《武陵郡记》："白雉山有木，名交让。众木敷荣后方萌芽，亦更岁迭荣也。"

【译文】交让木：《武陵郡记》记载："白雉山有一种树，名字叫做交让。其他树的花都凋落后才萌芽，也是一年一开花。"

三枝槐，相国李石，河中永乐有宅，庭槐一本，抽三枝，直过堂前屋脊，一枝不及。相国同堂兄弟三人，曰石、曰程，皆登第、宰执，唯福一人，历七镇使相而已。

【译文】三枝槐，相国李石，河中永乐有宅，庭槐一本，抽三枝，直过堂前屋脊，一枝不及。相国同堂兄弟三人，曰石、曰程，皆登第、宰执，唯福一人，历七镇使相而已。

无患木，烧之极香，辟恶气，一名噤娄，一名桓。昔有神巫曰瑶月毛，能符劾百鬼，擒魑魅，以无患木击杀之。世人竞取此木为器，用却鬼，因曰无患木。

【译文】无患木，点燃之后十分香，能掩盖不好的气味，一种叫做噤娄，另一种叫做桓。以前有神巫叫瑶肔毛，能够用符箓压制百鬼，擒拿魑魅，用无患木击杀百鬼魑魅。世上的人都拿这种木制作法器用来驱鬼，因此叫做无患木。

醋心树，杜师仁常赁居，庭有巨杏树。邻居老人每担水至树侧，必叹曰："此树可惜。"杜诘之，老人云："某善知木病，此树有疾，某请治。"乃诊树一处，曰："树病醋心。"杜染指于蠹处，尝之，味若薄醋。老人持小钩披蠹^①，再三钩之，得一白虫如蝠。乃傅药于疮中，复戒曰："有实自青皮时必摽之，十去八九则树活。"如其言，树益茂盛矣。又云："尝见《栽植经》三卷，言木有病醋心者。"

【注释】①蠹：虫子。

【译文】醋心树：杜师仁经常租房子居住，庭院里有一棵巨大的杏树。邻居老人只要担水至树的旁边，一定感叹道："这颗树可惜了。"杜师仁盘问老人，老人说："我善于诊知树的疾病，这颗树有病，请允许我为这棵树诊治。"于是诊治了这颗树的一处，说："这颗树得了醋心病。"杜师仁把手指放在长虫子的地方，尝了一下手指的味道，味道好像淡淡的醋。老人手持小钩钩虫子，经过多次才钩出来，钩出来一个像蝙蝠一样的大白虫。于是在树的伤口处涂抹了药物，又警戒他说："如果长有果实那么在还青皮的时候就一定要把他摘去，如果十之八九的果实摘去之后那么树能够活下来。"做了老人所说的，这颗树愈发茂盛。又有人说："曾经看见《栽植经》三卷，有说过树得醋心病之类的话。"

女草，葳蕤草一名丽草，亦呼为女草，江湖中呼为娃草。美女曰娃，故以为名。

【译文】女草：葳蕤草另一个名字是丽草，也被称作女草，民间把它叫做娃草。因为美女被叫做娃，所以把"娃字"当做名字。

山茶花，山茶叶似茶树，高者丈余。花大盈寸，色如绯，十二月开。

【译文】山茶花：山茶叶像茶树，高大的山茶树有一丈多高。花朵巨大超过一寸，颜色是绯红色，在十二月开放。

异木花，卫公尝获异木一株，春花紫。予思木中一岁发花唯木兰。

【译文】异木花：李卫公曾经得到异木花一株，春天开出紫色的花。我想了想花树里面一年开花的只有木兰花。

王母桃，洛阳华林园内有之，十月始熟，形如栝蒌。俗语曰："王母甘桃，食之解劳。"亦名西王母桃。

【译文】王母桃，在洛阳华林园内有，到了十月份才成熟，形状如同栝蒌一样。俗语说："王母的甘桃，吃掉它能缓解疲劳。"也叫做西王母桃。

胡榛子，阿月①生西国，蕃人言与胡榛子同树，一年榛子，二年阿月。

【注释】①阿月：一种果实。
【译文】胡榛子：阿月果生长在西域，吐蕃人说它和胡榛子长在一种树上，（这种树）长一年结出榛子，长两年结出阿月。

橄榄子，独根树东向枝曰水威，南向枝曰橄榄。

【译文】橄榄子：只有一条根系的树，它朝东方的枝条叫做水威，朝着南方的枝条叫做橄榄。

东荒栗，东方荒中有木，名曰栗。有壳，径三尺二寸。壳刺长丈余。实径三尺。壳亦黄。其味甜，食之令人短气而渴。

【译文】东荒栗：东方荒野里面有一种树，叫做栗。树皮外有壳，树干直径达三尺二寸。壳上有刺，刺的长度有一丈多。果实直径三尺。果壳也是黄色的。果实的味道甜，吃了它以后让人感到气短并且口渴。

猴栗，李卫公①一夕甘子园会客，盘中有猴栗，无味。陈坚处士云："虔州南有渐栗，形如素核。"

【注释】①李卫公：李靖(571年—649年)，字药师，雍州三原(今陕西三原县东北)人。隋末唐初将领，是唐朝文武兼备的著名军事家。后封卫国公，世称李卫公。

【译文】猴栗：李卫公一天晚上在甘子园会见客人，盘中有猴栗，没有什么味道。陈坚处士说："虔州的南边有渐栗，形状如同素核。"

儋①岸芥，芥高者五六尺，子大如鸡卵。

【注释】①儋：儋县，地名，在中国海南省。

【译文】儋岸芥：儋县的芥草长得长的有五六尺之高，果实像鸡蛋一样大。

儋崖瓠，儋崖种瓠，成实率皆石余。

【译文】儋崖瓠：在儋县的悬崖上种葫芦，结出的果实大多都有一石重。

童子寺竹，卫公言："北都惟童子寺有竹一窠[①]，才长数尺。相传其寺纲维[②]每日报竹平安。"

【注释】①窠：同棵。②纲维：此处指寺院的管事僧。

【译文】童子寺竹：卫公说："北都只有在童子寺有一棵竹子，只有数尺的高度。相传这家寺庙的司事僧每日都要人去想他报告竹子是否还平安无事。"

石桂芝，生山石穴中，似桂树而实石也。高大如绞尺，光明而味辛。有枝条，捣服之，一斤得千岁也。

【译文】石桂芝，生长在山间的石穴中，像桂树一样但是里面却像石头一样坚硬。像绞尺一样高大，颜色光亮而且味道是辛辣的。生长有枝条，捣烂吃下，每吃一斤能够多活一千岁。

石发[①]，张乘言："南中水底有草，如石发，每月三四日始生，至八九日已后可采，及月尽悉烂，似随月盛衰也。"

【注释】①石发：生长在水边石头上的苔藻。

【译文】石发：张乘说过："南中水底有种水草，好像生长在水边石头上的苔藻一样。每个月三四日才长出来，过了八九天就可以采摘了。等过了一个月这些草就都烂掉了。好像随着月相圆缺变化一样生长消亡。"

席箕，一名塞芦，生北胡地。古诗云："千里席箕草。"

【译文】席箕草，一名塞芦草，在北方胡地生长。有句古诗说："千里席箕草。"就说的是它。

宋州莆田县破冈山，武宗二年，巨石上生菌，大如合箕，茎及盖黄白色，其下浅红，尽为过僧所食，云美倍诸菌。

【译文】宋州莆田县有破冈山，唐武宗二年，有块巨石上面长了一株蘑菇，像盖上盖的竹筐一样大，茎杆和菌盖是黄白色的，在这之下是浅红色的。都被过路的僧人吃掉了，（僧人）说这个蘑菇味道比其他蘑菇都要好。

大食勿斯离国，石榴重五六斤。

【译文】大食有勿斯离国，那里的石榴能重达五六斤。

南中桐花有深红色者。

【译文】南中有深红色的桐花。

东宫郡，汉顺帝时属南海，西接高凉郡。又以其地为司谏都尉。东有芜地，西邻大海。有长洲，多桃枝竹，缘岸而生。

【译文】东宫郡，汉顺帝时期属于南海管辖，西边与高凉郡接壤。之后又把这块地方当做司谏都尉的属地。在东有大盘荒芜的土地，在西边毗邻大海。一个长长的川中岛屿, 生长着很多桃树竹子, 沿着河岸生长。

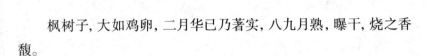

枫树子, 大如鸡卵, 二月华已乃著实, 八九月熟, 曝干, 烧之香馥。

【译文】枫树果实像鸡蛋一样大, 二月份的时候枫树花就结果了。果实八九月份成熟, 晒干了燃烧它, 香气很浓。

图书在版编目（CIP）数据

酉阳杂俎：谦德国学文库 / (唐) 段成式著；中华
文化讲堂注译. -- 北京：团结出版社, 2018.3

   ISBN 978-7-5126-6046-5

Ⅰ.①酉… Ⅱ.①段… ②中… Ⅲ.①笔记小说—中
国—唐代②《酉阳杂俎》—注释③《酉阳杂俎》—译文
Ⅳ.①I242.1

中国版本图书馆CIP数据核字(2018)第008569号

出版：团结出版社

   （北京市东城区东皇城根南街84号　邮编：100006）

电话：(010) 65228880　　65244790　（传真）

网址：www.tjpress.com

Email：65244790@163.com

经销：全国新华书店

印刷：三河市金轩印务有限公司

开本：148×210　1/32

印张：19

字数：450千字

版次：2017年7月　第1版

印次：2017年7月　第1次印刷

书号：978-7-5126-6046-5

定价：68.00元